Sonja Röhm-Reimann

Die Drachenreiter von Mera

Band I
Entscheidung in Elnamira

Kaltera
Totes Gebirge
Jediki
Weidel
UkaWa
Tauben-station
Feuerberge
Helona
Kersa Hele
Bersa
Serana
Deneva
Dena Ura
Hoffnungs klippe
Totsee
Ela
Mera
Elnamira
Inselreich

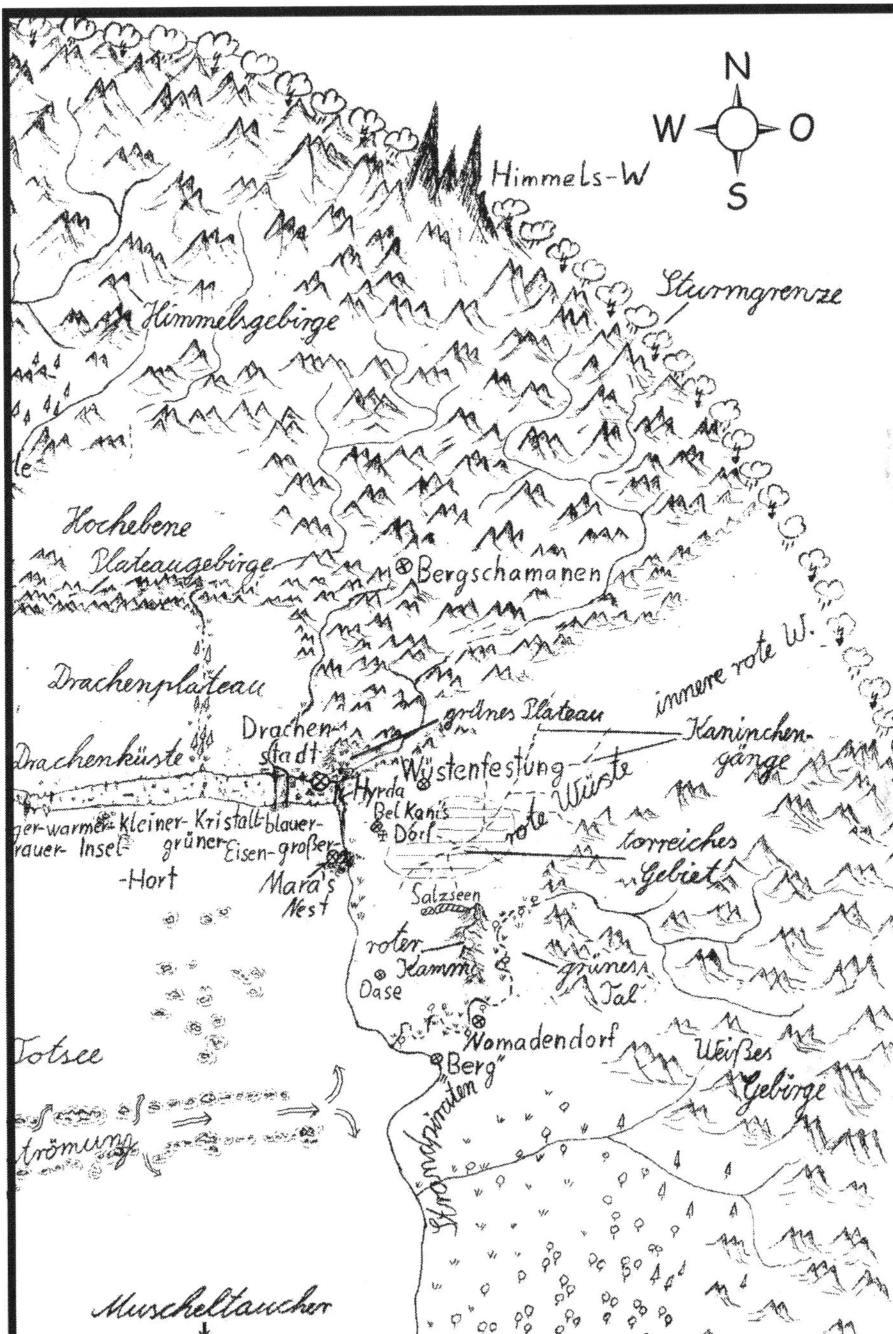
N
W
O
S
Himmels-W
Sturmgrenze
Himmelsgebirge
Hochebene
Plateaugebirge
Bergschamanen
innere rote W.
Drachenplateau
grünes Plateau
Kaninchengänge
Drachenstadt
Drachenküste
Wüstenfestung
rote Wüste
Hyrda
Bel Kani's Dorf
kleiner
Kristall
blauer
grüner
Insel
Eisen
großer
-Hort
Mara's Nest
torreiches Gebiet
Salzseen
roter Kamm
grünes Tal
Oase
Nomadendorf
Berg
Weißes Gebirge
Totsee
Strandpiraten
Muscheltaucher

Alle Bücher der Reihe:
Die Drachenreiter von Mera (ab 16 Jahren)
Band 1: Entscheidung in Elnamira (ISBN 978-1-7311-4607-6)
Band 2: Tödlicher Nebel (ISBN 978-1-7017-1477-9)
Band 3: Das Eisenvolk (ISBN 979-8-6468-4872-8)
Band 4: Die Kaltera Schluchten (ISBN 979-8-5072-4773-8)

Josef-Zeitler-Str. 6, 94315 Straubing

Cover:
Epic Moon Coverdesign

Bildmaterial:
Sonja Röhm-Reimann, pixabay.com

Korrektorat & Buchlayout:
Lektorat Buchstabenpuzzle Karwatt
www.buchstabenpuzzle.de

2. Auflage

Imprint: Independently published.
ISBN-13: 978-1-7311-4607-6

Sonja Röhm-Reimann

Die Drachenreiter von Mera

Band I
Entscheidung in Elnamira

Inhalt

Vor aller Zeit

Auszug aus Die Entstehung der Welt

Im Anfang war das Nichts. Und das Wesen. Das Wesen schwebte im Nichts und war das Nichts. Das Nichts war langweilig. So erschuf das Wesen das Universum. Das Universum breitete sich aus, bildete Sterne, Planeten und Welten und den Raum dazwischen, der alles in Bewegung hielt. Über allem und in allem schwebte das Wesen und beobachtete, was es erschaffen hatte. Es gefiel ihm; es war nicht mehr langweilig. Alles stand zueinander in Beziehung und alles übte auf das Andere Einfluss aus. Anfangs war alles im Gleichgewicht. Doch in der endlosen Weite der Ewigkeit begann sich Ungleichgewicht zu bilden und drohte alles zu zerstören, bis am Ende wieder nur das Nichts bleiben würde. So beschloss das Wesen, dem entgegenzuwirken und das Ungleichgewicht auszugleichen. Es zeigte sich in den Welten als Gottheit und suchte sich eine Welt, die ihm geeignet erschien und gestaltete diese nach seinen Vorstellungen. Es schuf einen Teil von sich selbst als lebendes Wesen und lenkte so die Geschicke dieser Welt. Es schuf die Tore zum Ausgleich zwischen den Welten, und die Drachen, um über die Welt zu wachen, und einen Teil von sich sandte es als einen lebendigen Drachen in den Himmel, damit er über die Drachen wachen sollte und so herrschte wieder Gleichgewicht im Universum.

Doch die Menschen entwickelten sich eigenständig. Sie gaben dem Wesen auf ihrer Welt einen Namen und verehrten es, aber viele fürchteten sich vor den Drachen und begannen, gegen diese zu kämpfen, die doch ein Teil des Wesens waren. So wurde das Gleichgewicht erneut in Gefahr gebracht, bis das Wesen, in seiner Zweiheit auf dieser Welt, erneut eingriff, sie veränderte und eine Grenze erschuf, um das Gleichgewicht dieser und somit aller Welten zu bewahren. Und es suchte sich ein Volk unter den Menschen, das auch sein zweites Ich, das in den Drachen wohnte, verehrte und das es unterstützen und den Drachen dienen sollte.

1 Auf Leben und Tod

Ein Gemurmel weckte Karin langsam auf. Ihre Augenlider fühlten sich viel zu schwer an, um die Augen aufzumachen. Sie wollte sich umdrehen, um wacher zu werden; es funktionierte nicht, sie konnte sich nicht bewegen. Sie war dabei wieder einzuschlafen, als jemand laut und vernehmlich niesen musste.

Erneut versuchte sie, sich umzudrehen, aber sie brachte nur ein paar matte Bewegungen zustande, die an ihrer Lage nichts Wesentliches änderten. Stattdessen verspürte sie einen jähen Schmerz in ihrer linken Seite, was ihr ein leises Stöhnen entlockte.

»Sie wacht auf!«

Diese Stimme kannte sie von irgendwoher. Im Geiste sah sie plötzlich das Gesicht einer jungen Frau vor sich, bestimmt nicht älter als sie selbst – und sie hatte gerade erst ihren zwanzigsten Geburtstag gefeiert – mit auffallend intensiv grüne Augen. Diese Augenfarbe hatte sie bisher nur einmal gesehen: Bei einer Geburtstagsfeier einer Schulfreundin; deren Cousine hatte solche grüne Augen. Zuerst hatten alle geglaubt, sie trüge Kontaktlinsen, aber es war ihre natürliche Augenfarbe. Damit nicht genug, waren die Haare der Cousine ihrer Freundin kastanienbraun, ein Farbton, den Karin bis dahin auch nur als gefärbte Variante gekannt hatte. Das Gesicht, das sie jetzt vor sich sah, wurde allerdings von einer pechschwarzen Lockenmähne umrahmt.

»Das wäre gut. Vielleicht schafft sie es ja«, ließ sich eine andere, etwas tiefer klingende Stimme hinter ihrem Rücken vernehmen und riss sie aus ihren Überlegungen. Auch diese Stimme hörte sie nicht zum ersten Mal. Karin nahm ihre ganze Kraft zusammen und schaffte es tatsächlich, sich von der rechten Seite, auf der sie lag, auf den Rücken zu drehen. Wieder dieser Schmerz in der linken Seite.

»Sie ist wirklich wach.«

Jemand setzte sich neben sie. Endlich gelang es ihr, die Augen einen Spalt breit zu öffnen. Alles war leicht verschwommen, den jungen Mann, der neben ihr auf der Bettkante saß, konnte sie jedoch erkennen. Er hatte ebensolche auffällige grüne Augen wie die junge Frau und ebenfalls schwarze Haare; seine waren nur leicht gewellt und höchstens fingerlang. Auch ihn meinte Karin, vor nicht allzu langer Zeit schon einmal gesehen zu haben. Aber wo? Was war mit ihr passiert?

Ihr Blick fiel auf das dünne Etwas, das aus ihrer Seite ragte. Sie starrte darauf, ohne zu begreifen. Dann kam die Erinnerung so plötzlich wie ein Blitzschlag über sie. Sie atmete heftig ein und – plötzlich um einiges wacher – versuchte sich aufzusetzen.

Auf halber Strecke verließen sie ihre Kräfte und sie sank, von einem stechenden Schmerz in ihrer linken Seite begleitet, wieder zurück. Schlimmer noch: Jetzt konnte sie sich überhaupt nicht mehr bewegen; nicht einmal die Finger konnte sie rühren.

»Was ist los mit mir?«, nuschelte sie undeutlich. Selbst das Sprechen funktionierte nicht richtig.

»Schscht! Nicht reden!«, befahl die junge Frau, die herübergekommen war. Karin erkannte das Gesicht aus ihrer Erinnerung. »Versuch, dich nicht zu bewegen und sag nichts! Du bist von einem Lichtpfeil getroffen worden.«

Lichtpfeil? Waren das diese weiß leuchtenden Lichtblitze gewesen, die auf sie abgeschossen worden waren? Sie waren auseinandergelaufen wie eine Schar aufgescheuchter Hühner. – Aber einer nach dem anderen war zusammengebrochen. Sie sah das Gesicht von Rudi vor sich – keine zwei Meter von ihr entfernt war er der Länge nach im Schnee gelegen, den Kopf zu ihr hingedreht und seine weit geöffneten Augen schienen sie anzustarren. Immerzu. Kein Blinzeln. Keine Tränen. Sie hatte zurückgestarrt – lange. Und erst als das Inferno aus heißem Wasser und schmelzendem Schnee über sie hereingebrochen war, erst als das Wasser über Rudis Gesicht und seine Augen gelaufen war, hatte sie wirklich begriffen, dass er tot war, mausetot. Der Schnee-Wasser-Strom war über ihn hinweg gegangen und hatte ihn schließlich etliche Meter weit mitgerissen. Dann war der Strom versiegt.

Karin stöhnte. Waren die anderen auch alle tot? War sie die Einzige, die noch lebte? Sie brauchte die Frage nicht wirklich zu stellen, tief in ihrem Inneren kannte sie die Antwort. Doch das konnte sie nicht akzeptieren.

Aber was genau war da passiert? Sie atmete einmal tief ein, schloss die Augen und versuchte, das Geschehene noch einmal aufzurufen.

*

Rudi und noch ein paar andere Kommilitonen wollen mit Karin eine Bergtour in den Alpen machen. Alles ist bestens: das Wetter ein Traum und alle gut gelaunt. Bis Mittag ist schon ein großer Teil des Aufstiegs geschafft und vor den großen Schneefeldern machen sie noch eine vergnügliche Rast. Wenn sie doch nur eine Minute länger Rast gemacht hätten! Dann wären sie noch nicht auf dem Schneefeld, als jetzt das Ungeheuerliche geschieht. Dann gingen sie wahrscheinlich noch durch das kleine Lärchenwäldchen oder wenigstens über schneefreies Gelände …

Doch sie sind auf dem Schneefeld. Zwar erst am Rand, aber eben auf dem Schnee und somit weithin sichtbar für jedermann.

Susi, die die Führung auf dem Schneefeld übernommen hat, sieht es zuerst und bleibt stehen.

»Schaut mal da oben!« Sie deutet auf zwei nahe beieinander stehende Felstürme, die aus dem Schneefeld ragen. Daraufhin bleiben alle stehen und schauen. Und sie schauen noch und rühren sich nicht von der Stelle, als das Flimmern, das dort oben zwischen den Felstürmen zu sehen ist, stärker wird, als sich dahinter eine rötliche Steinwüste zeigt und – bis es zu spät für sie ist.

*

Warum waren sie nicht gleich hinter die Felsen gelaufen? Oder wenigstens dann, als die ersten Fremden durch dieses Tor in ihre Welt gewechselt hatten? Karin sah abermals Rudis tote Augen vor sich. – Warum nur waren sie stehen geblieben? Tränen stiegen ihr in die Augen und fanden den Weg zwischen ihren geschlossenen Lidern nach außen.

Jemand strich ihr über die Haare.

»Wir versuchen, dir zu helfen. Bleib ganz ruhig. Wir tun unser Möglichstes.«

Karin erinnerte sich, dass der junge Mann neben ihr auf der Bettkante saß. Doch das war jetzt nebensächlich. Momentan interessierte sie nur das, was auf dem Berg passiert war und sie ließ das Geschehene aus ihrer Erinnerung noch einmal vor ihren Augen ablaufen:

*

Ein Trupp archaisch anmutender Krieger kommt durch dieses Loch zwischen den Welten aus dieser roten Steinwüste in ihre Welt. Die Männer tragen dunkle Lederkleidung, auch Helm und eine Art Brustpanzer scheinen aus Leder zu sein. Sie halten lange Speere in den Händen und auf dem Rücken haben sie noch weitere Waffen. Welche Waffen kann Karin nicht erkennen. Das ist ihr aber angesichts dessen, worauf ihr Kommandant reitet, völlig egal. Er lässt feige zuerst sein Fußvolk das Tor passieren, dann reitet er mitten durch sie hindurch. Dabei drängt er seine Leute nicht gerade rücksichtsvoll zur Seite.

Karin fährt es eiskalt durch die Glieder. Sie weiß, dass es eigentlich keine Drachen gibt, aber wenn man den Kopf dieses grotesken Tieres benennen sollte, dann musste man ihn als Drachenkopf bezeichnen: einen erdbraunen, schuppigen, stacheligen Drachenkopf mit spitzen Hörnern, gelben Augen und langen weißen Zähnen in einem riesigen Maul. Auch die Tatsache, dass das Tier aufgezäumt ist und friedlich unter seinem Reiter geht, macht es nicht weniger furchteinflößend. Der Rest des Tieres ist weniger schockierend. Seinen Körper kann Karin am ehesten mit einem Kamel vergleichen: zottelig, zwei Höcker und große zweizehige Füße. Auch der Hals ist größtenteils mit Fell bedeckt. Kopfwärts wird es spärlicher und zuletzt von Schuppen abgelöst, so wie sie auch den langen geringelten Schwanz bedecken.

Und auf einem wuchtigen, schwarzen Sattel zwischen den Höckern sitzt der Kommandant dieser seltsamen Truppe. Seine Lederrüstung ist feiner gearbeitet als die seiner Männer und mit roten Streifen verziert.

Er entdeckt ihre Gruppe fast sofort. Ohne lange zu überlegen, stellt er sich in die Steigbügel und wendet sich zu seinen Männern. Und obwohl er nicht einmal besonders laut ruft, kann Karin es deutlich verstehen. Das heißt, das erste Mal nicht. Das erste Mal sind es nur zwei unverständliche Worte. Dann gibt es so etwas wie ein Erdbeben und eine Druckwelle breitet sich von dem seltsamen Tor wie eine größer werdende Blase aus und verzerrt alles. Nach einem Augenblick, in dem alles still zu stehen scheint, fällt die Welle wieder zurück und saugt dabei ein Stück ihrer Welt durch das Tor an, ähnlich wie ein rückwärtslaufender Film. Und dann wiederholen sich die letzten Sekunden. Als sich der Kommandant ein zweites Mal in die Steigbügel stellt und an seine Männer wendet, sind seine Worte klar zu verstehen. Er hat einen Akzent, der ein bisschen so klingt, wie wenn ein Franzose Deutsch spricht. »Tötet sie!«

*

Das war alles gewesen. Diese Worte würden sie für den Rest ihres Lebens verfolgen. – Falls sie am Leben blieb. Und so, wie sie sich fühlte, würde das vielleicht nicht mehr lange sein.

*

Die Männer reagieren sofort. In Bruchteilen von Sekunden stecken sie ihre Speere in den Boden und holen etwas von ihrem Rücken hervor, das Karin an Armbrüste erinnert. Und dann bricht das Inferno über sie herein: Gleißend helle Lichtblitze lösen sich von den Waffen und fliegen zu ihnen herüber. Das helle Licht blendet sie. Jetzt endlich löst sich ihre Erstarrung. Wie kopflose Hühner laufen sie schreiend in alle Richtungen auseinander. Doch das nützt nichts. Die fremden Krieger sind offenbar exzellente Schützen und einer nach dem anderen fällt.

*

Und sie? Was war mit ihr passiert? Auch sie war gerannt bis sie auf dem glatten Schnee ausgerutscht und ausgerechnet in die kleine Felsspalte am Rand des Schneefeldes gefallen war. Sie hatte sich dabei den Kopf angeschlagen, so dass sie ganz benommen gewesen war. Das restliche Geschehen hatte sich wie in Watte verpackte Zeitlupe angefühlt. Sie wusste auch nicht, wie lange sie dort gelegen hatte. War sie vielleicht bewusstlos gewesen? Sie konnte sich nicht erinnern. Ebenso wenig konnte sie sich daran erinnern, getroffen worden zu sein. Aber das Ding in ihrer Seite bewies das Gegenteil. Daran, was als Nächstes geschehen war, konnte sie sich allerdings noch genau erinnern:

*

Plötzlich sind die Fremden da. Direkt vor Karins kleiner Felsspalte. Die Spalte verläuft nicht senkrecht, sondern schräg nach unten und ist auch nicht besonders tief, so dass sie noch einen Teil des Schneefeldes im Blick hat. Und genau dort liegt Rudi im Schnee. Ein Mann bückt sich und zieht etwas aus ihm heraus. Dann gibt er ihm einen Tritt mit dem Stiefel und Rudi rollt auf den Rücken, das Gesicht ihr zugewandt. Seit diesem Zeitpunkt starrt er sie unentwegt mit seinen toten Augen an …

Trotz der eingeschränkten Sicht aus der Spalte kann sie erkennen, dass die Fremden irgendetwas einsammeln und alles sorgfältig absuchen. Plötzlich hört sie abermals die eiskalte Stimme des Kommandanten: »Sucht weiter, es darf keinen Hinweis auf uns geben. – Wir waren niemals hier.«

Daraufhin versucht Karin, sich noch tiefer in die kleine Spalte zurückzuziehen, doch sie kann sich nicht bewegen. Bange Minuten verstreichen, aber dann sind die Männer weg. Nur Rudis tote Augen starren sie weiterhin an, bis – ja, bis etwas Merkwürdiges geschieht:

Zuerst ist ein Brüllen zu hören, dann fegt ein heißer Wind über Karin hinweg und kurze Zeit später rauscht ein großer Schwall Wasser, durchsetzt mit Schnee- und Eisbrocken den Hang hinunter und reißt Rudi mit. Auch in ihre Spalte dringt das Wasser. Es ist seltsam warm, doch die schmelzenden Eisstücke kühlen es schnell ab. Der Eiswasserstrom hat solche Wucht, dass er schließlich auch Karin aus der Spalte spült. Vor Kälte zitternd liegt sie im Gras. – Im Gras; der gesamte Schnee ist bis auf wenige kleine Stellen verschwunden.

Es gelingt ihr, den Kopf zu heben und nach oben zu schauen. So kann sie sehen, wie die letzten der fremden Krieger durch das Tor in der roten Wüste verschwinden, dann liegt sie einfach da und starrt auf die rote Wüstenlandschaft, während sie auf ihren Tod wartet.

*

Stattdessen war etwas anderes geschehen: Durch das seltsame Tor war etwas herübergeflogen. Etwas Riesiges, das die Sonne verdunkelte. Sie hatte an ein Ufo gedacht. Aber Karin hatte noch nie von einem Ufo gehört, das so laut brüllen konnte, dass sich Lawinen von den Hängen lösten. Vielleicht war das alles nur Einbildung gewesen? Jedenfalls war es wieder ruhig gewesen und die Sonne hatte, wie zuvor, warm auf ihren unterkühlten Körper geschienen. Kurz bevor sie endgültig das Bewusstsein verloren hatte, hatte sie Stimmen gehört; Stimmen mit dem gleichen französisch-klingenden Akzent wie bei dem unheimlichen Anführer. Und es waren dieselben, die sie jetzt von den beiden jungen Leute neben ihrem Bett hörte. Sie konnte sich noch genau an den Wortlaut und das Geschehen erinnern:

*

»Beim Großen Drachen! Die sind alle tot!«, kann sie die Stimme der jungen Frau rufen hören.

»Die waren unbewaffnet!«, erwidert die dunkler klingende Stimme des Mannes.

»Lass uns gehen!«, redet er weiter. »Für die kommt jede Hilfe zu spät. Das Tor wird nicht ewig halten! Außerdem dürften wir gar nicht hier sein.«

»Gleich! Vielleicht haben sie doch etwas liegen lassen? Wer weiß?«

»Nie! Gar kann sich Fehler dieser Art nicht leisten. In fremde Welten eindringen, da gibt es keine Gnade! Und jetzt komm, wir dürfen das auch nicht!«

»Ich komme ja schon! Wir … – meine Güte! Die lebt noch!«

»Ach was! Komm jetzt, Sora!«

»Doch! Schau, sie atmet und … – das gibt's nicht: Gar hat einen Pfeil vergessen!«

»Was?«

Schritte kommen näher. Jemand fasst Karin mit unglaublich warmen Händen unter den Schultern und hebt sie leicht an. Verschwommen kann sie das Gesicht einer jungen Frau erkennen.

»Tatsächlich!« Die Stimme klingt aufgeregt. »Wir brauchen den Pfeil als Beweis! Vielleicht können wir Gar das Handwerk legen!«

Pause.

»Wenn wir den Pfeil entfernen, stirbt sie auf der Stelle«, meldet sich schließlich der junge Mann zu Wort.

Nach einer weiteren Pause redet wieder die Frau.

»Wir müssen sie mitnehmen, das ist ihre einzige Chance! Der Pfeil ist nicht zerbrochen. Vielleicht können wir sie retten!«

Wieder Stille.

»In Ordnung«, erwidert der junge Mann zuletzt. »Hilf mir. Und mach schnell. Das Tor …«

»… hält nicht ewig, ich weiß.«

*

Karin war schon zu weit weg gewesen, um noch mitzubekommen, was genau die beiden mit ihr gemacht hatten. Das Letzte, an das sie sich erinnern konnte, war, dass sie hochgehoben wurde.

Jetzt lag sie hier irgendwo – in dieser roten Steinwüste, jenseits dieses seltsamen Tores? – hatte einen *Lichtpfeil* in der Seite und konnte sich nicht bewegen … Wenigstens war ihr nicht mehr kalt. Man hatte sie mit einer angenehm warmen Decke zugedeckt, nur die Stelle an ihrer Seite, an der der Schaft des Pfeiles aus ihrem Körper ragte, hatte man ausgespart. Sie versuchte, die Augen zu öffnen. Es gelang, und die Umgebung erschien ihr sogar weniger vernebelt als bei ihrem ersten Versuch.

Sie sah den jungen Mann an, der sie sorgenvoll musterte. Hinter ihm stand die junge Frau mit nicht minder sorgenvollem Gesichtsausdruck.

»Du heißt Sora«, nuschelte Karin undeutlich. Sie war sich nicht sicher, ob das irgendjemand verstanden haben konnte, aber die Frau lächelte.

»Stimmt! Woher weißt du das?« Schnell fügte sie hinzu: »Nein, sag nichts! Du sollst nicht sprechen, das schadet dir.«

Der junge Mann meldete sich zu Wort: »Wir erklären dir lieber gleich ein paar Dinge, damit du nicht in Versuchung kommst Fragen zu stellen. Also – ich bin Niro und du … also … ääh … wo soll ich anfangen?«

Sora konnte ein Lachen nicht unterdrücken. »Lass das lieber mich machen!«

Niro räumte bereitwillig seinen Platz und Sora setzte sich statt seiner auf die Bettkante.

»Ich heiße Sora, wie du ja schon weißt. Wir – also Niro und ich – haben beobachtet, wie Gar verbotenerweise ein Tor zu einer fremden Welt geöffnet hat und mit seiner Elitetruppe hindurchgegangen ist. Wir konnten das Aufblitzen der Lichtpfeile sehen und das bedeutet, dass gekämpft wurde. Beides – ohne triftigen Grund in fremde Welten eindringen und dort auch noch Gewalt anwenden – ist ein sehr schlimmes Vergehen in unserer Welt. Deshalb wollten wir der Sache nachgehen und als Gar weg war, sind wir schnell durch das Tor geflogen. Um es kurz zu machen: Wir haben dich dort gefunden und mitgenommen.«

Sora legte eine Pause ein, ehe sie weitersprach. Und als sie es tat, klang ihre Stimme kummervoll.

»Du bist verletzt. Die Verletzung durch den Pfeil an sich ist nicht so schlimm, aber das Gift wird dich umbringen.«

Niro legte Sora tröstend den Arm um die Schultern. »Kelim hat bestimmt eine Idee!«

Dann sagte eine Weile niemand etwas.

Trotz Redeverbot – Karin brauchte eine endgültige Bestätigung. Gut, Rudi hatte sie gesehen, aber die anderen? Wenn sie doch nicht die Einzige war? Sie musste einfach fragen.

»Was mid meine Feunde bassied?«, brachte sie mühsam heraus. Es war kaum lauter als ein Atemzug. Karin glaubte nicht, dass das jemand verstanden haben konnte.

»Scht – nicht sprechen«, mahnte Sora. Sie schien es trotzdem verstanden zu haben, denn sie nahm sanft Karins Hände und drückte sie leicht. »Es tut mir leid, aber sie sind alle tot.« Sora bekam feuchte Augen, als sie hinzufügte: »Es waren fünf. Mit dir sechs junge Leute, die da herumlagen wie weggeworfen.« Sie schluckte heftig und wischte sich die Augen. »Es tut mir leid«, wiederholte sie. »Gar ist ein Monster.«

Fünf. Also alle. Karin schluckte ebenfalls. Auf einmal war es ihr ganz recht, wenn sie sterben würde; wie sollte sie leben, wenn die anderen alle tot waren?

Plötzlich klopfte es an der Tür.

Sora sprang auf. »Das muss Kelim sein.«

Niro hatte bereits die Tür geöffnet. Ein älterer Mann trat ein und setzte sich ohne Umschweife neben Karin auf die Bettkante. Er betrachtete den Pfeil, der aus ihrer Seite ragte und berührte ihn behutsam mit den Fingerspitzen. So saß er eine Weile, ohne ein Wort zu sagen.

Plötzlich stand er auf und wandte sich zu Sora und Niro, die angespannt auf das Ergebnis seiner Begutachtung warteten.

»Ihr habt recht. Das ist eindeutig ein Pfeil von Gar; diese Pfeilklasse ist ausschließlich seinen Eliteeinheiten vorbehalten. Niemand sonst benutzt sie. Sie sind absolut tödlich und zerbrechen hundertprozentig, wenn man versucht, sie herauszuziehen.«

»Wir können ihr also nicht helfen?«, fragte Sora verzweifelt. Ihre Augen glänzten verdächtig. Niro schluckte nur schwer und sagte keinen Ton.

»Ich glaube nicht. Sicher – ich könnte den Pfeil entfernen. Ich weiß, was zu tun ist, damit er nicht zerbricht. Und bis jetzt scheint er noch intakt zu sein. Aber nach dieser Zeit … habt ihr etwa freien Zugang zu Drachenmilch?«

Niro schüttelte den Kopf. »Nein«, sagte er anklagend. »Wir haben immer zu wenig. Die Quote, die Gar einfordert, ist so hoch, dass sogar die Drachenbabys krank werden.«

Kelim nickte und kniff die Lippen zusammen. »Das ist schlecht, sehr schlecht«, murmelte er vor sich hin. »Ohne eine ausreichende Menge Drachenmilch haben wir keine Chance.« Plötzlich hob er energisch den Kopf und sah Niro in die Augen. »So schnell geben wir nicht auf! Zumindest können wir den Pfeil entfernen. Und – *wie viel* Drachenmilch habt ihr denn noch?«

Niro zog unter seinem Hemd ein kleines Fläschchen hervor. »Das ist alles. Leider.«

Karin bezweifelte, dass der Inhalt ausreichen würde, auch nur ein Schnapsglas zu füllen.

»Hmm. Das ist wirklich nicht viel. Aber immerhin kann dieses Bisschen ihr Leben um etliche Stunden verlängern. Das reicht vielleicht, um in der Zwischenzeit irgendwo noch mehr Drachenmilch aufzutreiben. Könnt ihr sie zu mir bringen? Das ist nicht so weit wie zum Heilhaus. Zu Hause habe ich alles, was ich brauche, um den Pfeil zu entfernen.«

»Sicher«, antwortete Niro und verstaute das Fläschchen wieder unter seinem Hemd. »Also los! Worauf warten wir noch? Komm Sora, fass mit an – jede Sekunde zählt!«

Er fasste Sora am Handgelenk und diese erwiderte den Griff und umfasste ihrerseits das von Niro. Dann setzten sie Karin mit Kelims Hilfe darauf, legten sich deren Arme um die Schultern und hielten sie mit den freien Händen fest. Kelim öffnete ihnen die Tür und sie liefen los.

Trödelei lässt sich den beiden nicht vorwerfen, kam Karin in den Sinn, als sie im Eiltempo durch schwach erleuchtete Gänge und Tunnel getragen wurde. Manchmal ging es auch eine Treppe hinauf oder hinunter. Karin hing wie ein Mehlsack zwischen den beiden; sie war nicht in der Lage, sich selbstständig festzuhalten, doch ihre Träger hielten sie sicher, trotz des hohen Tempos, das sie vorlegten. Nach wenigen Minuten machten sie vor einer Tür halt. Kelim, der hinter ihnen gelaufen war, trat vor und öffnete. Er war deutlich außer Atem – im Gegensatz zu Sora und Niro, obwohl diese auch noch Karin getragen hatten …

Drinnen zündete Kelim eine Öllampe an und brachte auch noch ein paar andere Lampen zum Leuchten, die ein seltsames grünlich-gelbes Licht verströmten, das den Raum deutlich besser ausleuchtete, als das flackernde Licht der Öllampe. Dann ging er in eine Ecke des Raumes. Nachdem er dort etliche Schachteln, Kleidung und anderen Krimskrams beiseite geräumt hatte, kam so etwas wie ein Bett zum Vorschein. Eine graue, löchrige Decke lag darauf. Mit einem Ruck zog er sie herunter und mit ihr landeten etliche kleinere Gegenstände, die noch darauf gelegen hatten, achtlos auf dem Fußboden. Darunter kam ein erstaunlich sauberes, weißes Bettlaken zum Vorschein. Sora und Niro legten Karin vorsichtig darauf ab.

Inzwischen ging es ihr so schlecht, dass sie kaum noch die Augen öffnen oder die Lippen bewegen konnte. Kelim war das nicht entgangen.

»Ihr müsst ihr *jetzt* die Drachenmilch geben, sonst kann sie sie nicht mehr schlucken«, ermahnte er die beiden.

Sora sah Niro an. »Machst du das?«

»Meinetwegen. Aber du musst ihren Kopf halten.«

Kurz darauf spürte Karin jemanden hinter ihrem Kopf. Sie wurde an den Schultern vorsichtig angehoben. Dann lehnte ihr Oberkörper an Sora, die hinter ihr kniete. Sora nahm ihren Kopf und öffnete ihr vorsichtig den Mund.

»Schlucken!«, befahl sie energisch. »Auf jeden Fall schlucken – egal wie furchtbar es schmeckt. Wenn du es ausspuckst, wirst du sterben!«

Wenn sich Karin auch nicht mehr bewegen konnte, hören konnte sie noch ausgezeichnet. Sie machte sich auf einen üblen

Geschmack bereit und hatte auch vor, brav zu schlucken. Doch was dann in ihre Kehle tropfte, war einfach unglaublich.

»Schlucken!«, zischte Sora und hielt ihr den Mund und die Nase zu.

Doch Karin konnte nicht. Lieber sterben, als dieses widerliche Zeug auch nur eine Sekunde länger im Mund zu behalten. Sie brachte es sogar fertig, einige schwache Abwehrbewegungen zu machen. Aber Sora hatte sie fest im Griff; Karin konnte nicht einmal daran denken, irgendetwas auszuspucken. Außerdem bekam sie keine Luft mehr. Und dann drückte Niro ihr einmal kurz gegen den Kehlkopf und das sorgte dafür, dass die Drachenmilch da landete, wo sie hinsollte: in Karins Magen. Sora lockerte ihren Griff und Karin japste nach Luft.

Niro hielt ihr einen Becher Wasser an die Lippen. »Hier, zum Nachspülen.«

Dieses Mal schluckte Karin bereitwillig – und gierig. Alles war recht, wenn es nur diesen üblen Geschmack wegmachte. Doch der ließ sich nicht so einfach wegspülen. Sie war sich sicher, dass sie sich gleich übergeben würde. Nach ein paar krampfhaften Atemzügen verging dieses Gefühl jedoch schlagartig. Stattdessen trübte sich ihr Bewusstsein immer mehr ein und es wurde dunkel und still um sie herum.

Als sie wieder erwachte, hatte sie immer noch einen widerlichen Geschmack im Mund. Sie schluckte ein paar Mal, aber der Geschmack blieb. Schließlich öffnete sie die Augen, was wider Erwarten ohne Probleme gelang. Sie sah Sora, die gerade eine Schüssel mit Wasser auf ein kleines Tischchen stellte, das jemand neben das Bett gestellt hatte. Kelim stand daneben. Er hatte ein etwa meterlanges Rohr in der rechten Hand. In der anderen hielt er eine Öllampe. Er führte das Rohr mehrmals durch die Flamme, dann übergab er Niro die Lampe. Jetzt stieg auf das Bett und kniete sich über Karin. Als er sah, dass sie wach war, rief er Sora und Niro zu Hilfe.

»Haltet sie gut fest! Wenn sie sich zu stark bewegt, bricht der Pfeil – und das war's dann.«

Vorerst holte er mit der freien Hand etwas aus seiner Hosentasche und hielt ihr dann eine komische, klickernde Karte an die Seite. Das Klickern änderte ständig seine Frequenz und Lautstärke, bis es plötzlich aufhörte. »Zweieinhalb Stäbe«, murmelte

Kelim. Sora reichte ihm einen kleinen Stift und er markierte das Rohr an einer bestimmten Stelle. Dann setzte er das Rohr neben den Pfeil auf Karins Seite und Sora brachte in Höhe des Pfeilendes eine weitere Markierung an.

Kelim nickte. »In Ordnung.« Er stieg vom Bett herunter.

Sora band Karin mit einem Strick die Füße zusammen und setzte sich dann auf ihre Beine, während Niro ihre Hände am Kopfende des Bettes festband. Dann kniete er sich zusätzlich auf ihre Schultern. Das war ziemlich unangenehm, hielt sie aber sicher in Position; selbst wenn sie im Vollbesitz ihrer Kräfte gewesen wäre, hätte sie sich kaum bewegen können. So selbstverständlich, wie die beiden handelten, ließ Karin vermuten, dass sie in dererlei Angelegenheiten schon Erfahrung hatten – oder hatte sie Kelim nur zuvor eingewiesen? Wie auch immer, langsam bekam sie es mit der Angst zu tun; so etwas wie eine Narkose hatte sie hier wohl nicht zu erwarten.

Kelim kniete sich neben das Bett und schob das Rohr vorsichtig über den herausragenden Teil des Pfeiles. Bevor er weitermachte, wandte er sich noch einmal an Karin.

»Es wird dir ziemlich wehtun; ich muss die Röhre ganz über den Pfeil schieben, sonst kann ich ihn nicht entfernen. Versuch still zu halten. Wenn der Pfeil bricht, kann dir niemand mehr helfen.«

Ohne weitere Verzögerung machte er sich daran das Rohr weiter über den Pfeil und damit in Karins Seite hineinzuschieben.

Der Schmerz war unglaublich. Hätte sie gekonnt, hätte Karin wie am Spieß gebrüllt und sich nach Leibeskräften gewehrt. Leider – oder zum Glück – war sie lediglich in der Lage, leise zu stöhnen und ein bisschen mit den Muskeln zu zucken. Aber nur kurz, dann verlor sie das Bewusstsein und sie spürte nichts mehr.

Als sie wieder zu sich kam, lag sie immer noch auf dem Bett. Ihre Hände und Füße waren wieder frei und auch sonst hielt sie niemand mehr fest. Vorsichtig versuchte sie, sich zu bewegen, und siehe da: Es gelang! Ihre linke Hand fand den Weg zu ihrer Seite, dorthin, wo der Pfeil gesteckt hatte. Sie ertastete einen Verband, aber keinen Pfeil. Und ihrer rechten Hand gelang es, das Tuch, mit dem sie zugedeckt war, beiseitezuziehen. Den Kopf zu heben, um den Verband auch anzusehen, war schon bedeutend schwieriger. Auch das gelang und bevor ihr der Kopf zu schwer wurde, konnte sie kurz ihre drei Retter erkennen, die in der gegenüberliegenden Ecke des Raumes an einem Tisch saßen und aufgeregt diskutierten. Nach einer kurzen Pause versuchte sie sich aufzusetzen, aber das erwies sich als unmöglich und sie ließ sich wieder zurücksinken.

Kelim bemerkte als erster, dass sie wach war. Er stand auf und kam zu ihr herüber. Sora und Niro taten es ihm gleich. Wortlos wandte sich Kelim zu dem kleinen Tischchen, auf dem die Schale mit Wasser gestanden hatte. Jetzt lagen dort ein blutdurchtränkter Lappen und das Rohr, das Kelim so unsanft in Karins Körper hineingestoßen hatte. Das Rohr war offensichtlich gesäubert worden, kein bisschen Blut war daran zu sehen. Kelim griff danach und hielt es ihr vor die Nase.

»Hier«, meinte er. »Das Ding da drin hat dich so zugerichtet.«

Jetzt konnte sie sehen, dass das Rohr weit mehr als nur ein einfaches Rohr war: Die scharfen Kanten, die es an seiner Spitze hatte und mit denen es Kelim so mühelos in sie hineinstoßen hatte können, waren nach innen geklappt und verschlossen das Rohr gänzlich; so hatte er es mit dem Pfeil herausziehen können, ohne dass auch nur ein Tropfen des Giftes in Karins Körper gelangt war. Kelim nahm den Deckel vom anderen Rohrende und zog vorsichtig den Pfeil – der exakt genauso lang wie das Rohr war – heraus. Der vordere Teil des Pfeiles schien aus Glas oder Kristall zu sein und funkelte kostbar im Licht der Laternen. Ihm fehlte die klassische dreieckige Spitze; er war einfach angespitzt, so wie es auch im Bogensport üblich war. Dafür war das Kristallteil mit unzähligen winzigen Widerhaken übersät. Da sie von Karins Blut dunkelrot gefärbt waren, konnte man sie besonders gut erkennen. Karin schauderte bei diesem Anblick; immerhin war es *ihr* Blut.

Ein weiteres Detail an diesem seltsamen Kristallteil waren viele winzige Haarrisse. Aus einem etwas Größeren quoll eine bläuliche Flüssigkeit, die sich langsam zu einem Tropfen sammelte. Bevor dieser groß genug war, um herabzutropfen, steckte Kelim den Pfeil zurück in das Rohr und verschloss es.

»Hast du das Gift gesehen?«, fragte er. Karin nickte.

»Davon hast du eine nicht zu kleine Menge in deinem Körper. Hätten wir den Pfeil versucht, ohne das Rohr herauszuziehen, wäre er zerbrochen und du wärst auf der Stelle an dem Gift gestorben.« Kelim seufzte. »So stirbst du jetzt erst in ein bis zwei

Tagen. Es sei denn, wir treiben in dieser Zeit irgendwie Drachenmilch auf. Sie ist das einzige Gegenmittel.! Aber Niros Fläschchen scheint das letzte gewesen zu sein. Hier und im blauen Hort gibt es jedenfalls keine Drachenmilch mehr. Vielleicht gibt es weiter im Westen noch etwas, aber das herauszufinden wird einige Tage dauern und du brauchst die Drachenmilch jetzt.«

»Nein!«, widersprach Karin schwach. »Alles, nur das nicht.« Allein der Gedanke daran bewirkte, dass sich ihr Magen zusammenkrampfte.

Niro musste bei Karins Reaktion trotz ihrer ernsten Lage unwillkürlich grinsen, und auch Soras Gesichtsausdruck wirkte einen Augenblick eher erheitert als sorgenvoll. Mitfühlend nahm sie Karins Hand.

»Ich weiß«, sagte sie, »Drachenmilch ist ein furchtbares Zeug. Aber es hilft. Ohne dieses grässliche Zeug wärst du wahrscheinlich jetzt schon tot.«

»Sag mal«, meinte Niro plötzlich, »wenn es dir jetzt ein bisschen besser geht, meinst du, du könntest uns deinen Namen verraten? – Sonst wissen wir ja nicht, was wir auf deine Grabscheibe schreiben sollen, wenn wir keine Drachenmilch auftreiben.«

»Niro!«, fuhr Sora auf. »Wie kannst du nur! Das ist nicht witzig!«

»Schon gut«, beschwichtigte Karin. »Ich bin nicht so empfindlich. Aber es wäre schön, wenn ich weder das eine noch das andere bekommen würde.«

Sora schüttelte den Kopf. »*Weder – noch* gibts nicht, nur …«

»… *entweder – oder,* ich weiß«, ergänzte Karin resigniert. »Ich heiße Karin«, fügte sie hinzu, »und ihr seid Sora, Niro und – Kelim, richtig?«

»Ja«, bestätigte Sora. »Vielleicht finden wir ja einen Weg, um an Drachenmilch zu gelangen.«

Besonders zuversichtlich wirkte sie allerdings nicht.

Kelim mischte sich ein. »Ruh dich aus – Karin. Karin ist doch richtig?«

Karin nickte.

»Wir haben eine Idee, wie wir vielleicht herausfinden, wo wir Drachenmilch bekommen.«

»Aber das ist doch so weit«, wandte Sora ein. »Und Karin ist doch eine Fremde. Wenn …«

»Schscht!«, unterbrach Kelim sie. »Vielleicht geht es doch. Und jetzt rüber zum Tisch. Wenn wir das jetzt hier bereden, kommt die Frau nie zur Ruhe.«

Die drei setzten sich wieder an den Tisch und führten dort ihre Diskussion fort. Karin nutzte die Zeit, um ihre Retter genauer in Augenschein zu nehmen.

Alle hatten eine dunkle, fast bronzefarbige Haut, leuchtend grüne Augen und schwarze Haare. Wie exotisch musste da sie wirken, mit ihren langen, zu einem Pferdeschwanz gebundenen, blonden Haaren, heller Haut und ihren blaugrauen Augen. Sora mit ihrer Lockenmähne erinnerte Karin an eine Spanierin oder eine Zigeunerin. Allerdings fehlten die Ohrringe und auch ihre Kleidung passte nicht. Sie hatte das gleiche an wie Niro: Lange, bequem aussehende, dunkelbraune Stiefel, eine dunkle Lederhose und ein einfaches, ebenso braunes, weit geschnittenes Hemd. Kelim fiel etwas aus der Rolle: Sein Hemd war hell und mit Rüschen verziert. Auch seine Haare, die kaum länger als ein Drei-Tage-Bart waren, erschienen ein wenig heller. Besonders an den Seiten. Karin grinste, als ihr dämmerte, dass das wohl daran lag, dass Kelim um einiges älter war als Sora und Niro: Das Helle waren graue Haare. Sie betrachtete das Hemd eine Weile. Dann grinste sie noch mehr. Sie fühlte sich an Mantel- und Degen-Filme erinnert und stellte sich Kelim als Musketier oder kühnen Piraten vor. Okay – aus dem Alter war er wohl raus, mit grauen Haaren … Sie wandte sich erneut Sora und Niro zu. Das Auffälligste an deren Kleidung waren die breiten Ledermanschetten, die sie um die Unterarme trugen und eine Art lederner Brustpanzer, der zwar stabil aussah, sie in ihrer Bewegungsfreiheit aber nicht einengte.

Kelim stand auf. Offenbar waren sie zu einem Ergebnis gelangt.

»Schluss jetzt! Wir nehmen ein Wurmboot. Alles andere dauert zu lange. Und meine Bootswürmer sind sowieso die schnellsten.«

Wurmboot? Hatte sie da richtig gehört? Und *Bootswürmer*? Wo in aller Welt war sie da hineingeraten? Gab es hier wirklich echte Drachen? Dass es etwas, das Drachen*milch* hieß, gab, konnte sie nicht mehr leugnen, aber … Sie dachte an das unmögliche Reittier, das durch das Tor gekommen war. War das wirklich ein Drache gewesen? Sie hatte sich einen Drachen immer als übergroße Eidechse mit Flügeln vorgestellt. Das Vieh hatte eher wie ein Kamel mit Chamäleonschwanz ausgesehen. Nur der Kopf deckte sich mit ihren Vorstellungen von einem Drachen. Na schön. Drachenmilch, Drachen, Wurmboote, Bootswürmer ... Sie beschloss, sich vorerst über gar nichts mehr zu wundern, selbst wenn es Hexen, Gespenster oder fliegende Elefanten sein sollten.

Die Drei waren zu ihr herübergekommen. Ohne Verzögerung nahmen Sora und Niro Karin zum zweiten Mal auf ihre Arme. Mit dem Unterschied, dass diese nun in der Lage war, ihre Arme selbstständig um die Schultern der beiden zu legen.

»Wir bringen dich jetzt zu Hyrda«, erklärte Sora. »Hyrda weiß alles, sie ist die Urmutter und Herrscherin von Erde und Untererde.«

Hyrda? *Untererde*? Na ja, fliegende Elefanten eben ...

Im selben Tempo wie zuvor eilten Sora und Niro mit Karin durch einen Wirrwarr von Gängen und endlose, steile Treppen hinauf und hinunter, immer dicht hinter Kelim, der die kleine Gruppe anführte. Bis sie schließlich an das Ufer eines unterirdischen Sees gelangten. Diesmal waren auch Sora und Niro außer Atem. Erstaunlicherweise war es nicht dunkel, das Gewölbe über dem See wurde von seltsamen, grünlichgelben Lichtflecken erhellt, die unregelmäßig über den Felsen verteilt waren. Leuchtbakterien? Karin fand keine Zeit, sich näher damit zu befassen. Sie wurde über einen Steg getragen und in eines der Boote gesetzt, die daran festgemacht waren. Sie stellte fest, dass es sich durchaus nicht um ein Ruder- oder Motorboot handelte, wie sie zuerst geglaubt hatte. Erstens fehlten die Ruder und zum Zweiten war am Heck kein Motor zu erkennen, sondern ein großer Kasten mit Deckel angebracht.

Als alle ihren Platz im Boot gefunden hatten – Sora vorne am Bug, Niro mit Karin in der Mitte und Kelim am Heck, öffnete Kelim den Deckel des Kastens und ein seltsames Lebewesen streckte seinen Kopf neugierig heraus. Karin riss die Augen auf. Nessie? Nein, bestimmt nicht, nur die Größe wäre richtig. An diesem Kopf saßen nicht einmal richtige Augen, nur zwei weißliche Flecke, mit denen das seltsame Wesen immerhin Bewegungen erkennen konnte, denn der Kopf folgte genau den Handbewegungen von Kelim. Er öffnete den Deckel einer kleinen Kiste, die auf dem Boden des Bootes stand und holte eine tischtennisballgroße, schwarze Kugel heraus. Er hielt sie in die Höhe und das seltsame, wurmähnliche Wesen streckte den Kopf danach. In der Mitte des Kopfes entstand eine runde Öffnung, was das Bild eines riesenhaften Wurmes vervollständigte. Wie es sich so nach oben streckte, konnte man erkennen, dass sich der restliche Körper keinesfalls so rund fortsetzte wie sein Kopf, sondern seitlich abgeplattet war. Das erinnerte Karin an ein Meerestier, von dem sie einmal ein Foto gesehen hatte. Wie hatte das geheißen? Peitschenwurm – oder Riemenwurm? Vielleicht auch Riemenfisch? Ja, so hatte es wohl geheißen. Ihr war das Tier damals vorgekommen wie ein Wesen aus einer anderen Welt – wie passend.

Kelim ließ die schwarze Kugel fallen und diese verschwand augenblicklich im Maul des Tieres, wurde regelrecht in den runden Schlund eingesaugt. Zeitgleich begann das Wasser hinter dem Boot zu schäumen. Karin konnte im schäumenden Wasser ein Stück vom Hinterende des seltsamen Tieres erkennen, das heftig hin und her peitschte. Jetzt wusste sie, was es mit dem *Wurmboot* auf sich hatte! Die heftigen Bewegungen erzeugten einen starken Vortrieb, so dass die Leine, mit der das Boot am Steg festgemacht war, straff gespannt wurde. Kelim holte eine weitere, größere Kugel aus der Kiste und legte sie in ein Körbchen, das gerade so hoch hing, dass es das Tier nicht erreichen konnte. Jetzt erst entdeckte Karin, dass es mit einer Art ledernem Geschirr um Kopf und Hals im Kasten festgebunden war. Es bemühte sich, nach Kräften zu der Kugel zu gelangen, und sein Hinterende peitschte dabei wild durchs Wasser. Kelim löste die Leine und das Boot schoss mit atemberaubender Geschwindigkeit davon. Nicht nur Karin war beeindruckt, auch Sora und Niro zollten Kelims Wurmboot gehörigen Respekt.

»Wahnsinn!«, rief Sora. »Ich habe noch nie einen so schnellen Wurm gesehen.«

Sie hielt sich übertrieben stark am Bootsrand fest. Niro sagte nichts, aber auch er hielt sich mit einer Hand am Bootsrand fest, mit der anderen zog er Karin enger zu sich heran, als ob sie sonst ins Wasser fallen würde.

Kelim lachte. Sora drehte sich gerade noch rechtzeitig nach vorne, um zu sehen, dass das Boot geradewegs auf eine Wand zuhielt.

»Pass auf!«, rief sie erschrocken.

Kelim lachte erneut und verschob lediglich die Stange, an der das Körbchen mit der Kugel festgemacht war, ein kleines Stückchen. Sofort folgte der Kopf des Wurmes dieser Bewegung, das Boot beschrieb einen leichten Bogen und glitt in einen der niedrigen Tunnel, die vom See in alle Richtungen abzweigten. Hier wurde das Licht spärlicher. Streckenweise wurde der Weg nur durch die kleine Buglaterne ihres Bootes erhellt. Kelim musste den Wurm bremsen, um in dem schmalen Tunnel den Wänden rechtzeitig ausweichen zu können. Er tat dies, indem er ihn mit einer kleineren, schwarzen Kugel fütterte, worauf dieser vorübergehend seine Schwimmbewegungen einstellte.

Kurz darauf endete der Tunnel und sie gelangten ans Tageslicht. Karin schloss geblendet die Augen. Als sie sich an das Licht gewöhnt hatte, stellte sie fest, dass es so hell nun auch wieder nicht war: Der Tunnel hatte sie in eine tiefe Schlucht freigegeben. Rechts und links von ihrer Wasserstraße erhoben sich fast hundert Meter hohe, nahezu senkrechte Felswände.

Der Wurm trieb das Boot mit unverminderter Geschwindigkeit an. Und so wurde ein anfangs leises Rauschen schnell zu einem donnernden Tosen, wie das von einem mächtigen Wasserfall. Sora und Niro begannen unruhig zu werden. Aber Kelim grinste nur. Nach einer Biegung traten plötzlich die Felswände auseinander und gaben den Blick auf eine weite, zerklüftete Landschaft frei. Kaum hundert Meter entfernt donnerte von der linken Felswand ein mächtiger Wasserfall herab und ihre Wasserstraße schien genau in den Wasserfall zu münden. Niro fasste Karin fester und auch sie versuchte unwillkürlich, sich an ihm festzuhalten. Sora schrie entsetzt auf – und Kelim lachte. Wenige Meter bevor das Boot den Wasserfall erreichte, verschob er rasch das Körbchen und das Boot schwenkte nach links. Karin erkannte, dass ihre Wasserstraße überhaupt nicht mit dem Wasserfall in Verbindung stand, sondern kaum zwei Meter davor direkt in den Berg führte. Dazwischen befand sich massiver Fels.

Kelim fütterte den Wurm mit einer kleinen Kugel und schüttete sich aus vor Lachen, während das Boot ruhig durch das Wasser glitt.

»Sehr witzig! Machst du das mit Jedem so? Möchtest du vielleicht mal wieder mit Mahur mitfliegen? Ich bin sicher, dabei könnte ich mich revanchieren«, ließ Niro sichtlich verärgert vernehmen. Sora verkniff sich eine Bemerkung und versuchte zu erkennen, wohin der Tunnel führte. An den Wänden gab es viele dieser seltsamen, leuchtenden Flecken, so dass sie sich, nachdem sie sich an die Dunkelheit in dem Tunnel gewöhnt hatten, gut orientieren konnten. Der Wurm war fertig mit der kleinen Kugel und streckte sich erneut eifrig nach dem Körbchen. Das Boot wurde wieder schneller.

»Da gehts lang.« Kelim deutete auf einen von drei abgehenden Seitentunneln. Über dessen Eingang war ein seltsames Symbol auf den Fels gemalt worden. Karin erinnerte es entfernt an eine Seilbahn oder an eine Art Förderband. Wie sie bald erkennen sollte, hatte sie damit ins Schwarze getroffen. Der Kanal hörte plötzlich auf und Kelim nahm die Kugel aus dem Körbchen. Er gab sie dem Wurm, der sie gierig einsaugte.

Augenblicklich beendete er seine Anstrengungen und ließ sich in den Kasten zurücksinken. Kelim klappte den Deckel zu, während das Boot langsam auf das Ufer zutrieb, dann griff er nach einer langen Stange, die im Boot lag und stakte das Boot zum Ufer. Dicke Taue liefen dort über Rollen an der Decke entlang. Und daran war etwas befestigt, das aussah wie eine riesige Badewanne.

»Heda!«, rief Kelim. »Ebenentransport.«

Gleich darauf wurde irgendwo eine Tür geöffnet und Schritte waren zu hören. Plötzlich setzten sich die Seile mit einem Knarren in Bewegung und die Wanne senkte sich in das Wasser. Als die Bewegung aufhörte, rief eine Stimme: »Einschiffen, bitte!«

Kelim stakte das Boot über die Wanne.

»Eingeschifft«, rief er zurück.

Die Wanne wurde wieder aus dem Wasser gehoben und über ein Rollensystem an ein monströs dickes Seil eingehakt.

»Ebene?«, fragte die Stimme.

»Hyrda«, antwortete Kelim.

»Hyrda? Sicher?«

»Hyrda«, wiederholte er.

Das dicke Seil setzte sich unter ohrenbetäubendem Gequietsche in Bewegung. Langsam senkte sich ihre Wanne in einem schräg verlaufenden Schacht nach unten. Dieser war unbeleuchtet und das Seil verschwand unter ihnen in der Dunkelheit. Zum Glück hatten sie die Buglaterne ihres Bootes, so dass sie wenigstens einige Meter weit sehen konnten. Nach oben hin war der Schacht durchgehend beleuchtet und Karin konnte das Seil verfolgen, bis es sich weit oberhalb ihrer Position im Licht verlor, ohne dass ein Ende zu erkennen gewesen wäre. Welch ein gigantischer Aufzug!

Die Fahrt in diesem bizarren Lift dauerte endlos lange. Längst war über ihnen nur noch Dunkelheit, kein Licht aus dem oberen Abschnitt fand seinen Weg in diese Tiefen. Das furchtbare Quietschgeräusch war ebenfalls nicht mehr zu hören. Nur noch das vergleichsweise leise Geräusch der Rollen, über die das Seil lief und die in regelmäßigen Abständen an der Decke befestigt waren, durchbrach die Stille. In weniger regelmäßigen Abständen waren große Öffnungen in die Wände eingelassen und dort befanden sich ähnliche Vorrichtungen, wie die, mit der ihre Badewanne in das Seil eingehakt worden war. Karin konnte sich einer gewissen Beklemmung nicht entziehen. Den anderen war offensichtlich auch nicht besonders wohl in ihrer Haut, denn während der gesamten Fahrt sagte niemand ein Wort.

Plötzlich gab es einen Ruck und das Seil kam zum Stehen. Nur wenige Meter unter ihnen war ein großes Rad zu erkennen, an dem das Seil wieder nach oben umgeleitet wurde.

»Tiefer gehts wohl nicht mehr«, bemerkte Niro. Seine Stimme erklang erschreckend laut nach der langen Zeit des Schweigens. Sora sagte nichts. Es begann zu rattern und ihre Wanne wurde vom Seil ausgeklinkt und durch die seitliche Öffnung transportiert, die sich direkt neben ihnen im Schacht befand. Auf der anderen Seite war Wasser und ihre Wanne wurde dort hinein abgesenkt. Hier waren die Felswände auch wieder mit den leuchtenden Flecken bedeckt und alle waren froh, endlich mehr erkennen zu können als das, was die Buglaterne gerade anstrahlte.

Sie befanden sich in einer kleinen Höhle, die gerade groß genug für das Manöver mit der Wanne war. Kelim stakte das Boot aus der Wanne und betätigte einen Seilzug, der an der Wand befestigt war. Ein tausendfaches Klingeln lief durch den Schacht und kurz danach wurde die Wanne aus dem Wasser gehoben und zum Schacht befördert.

Kelim kümmerte sich nicht weiter darum. Er öffnete den Kasten und sofort streckte der Wurm seinen Kopf heraus. Kelim reichte ihm ein Appetithäppchen, bevor er eine der schwarzen Kugeln ins Körbchen legte. Sofort legte der Wurm wieder los und das Boot schoss durch die unterirdische Wasserstraße, die von der kleinen Höhle wegführte. Nach kurzer Zeit verließ der Kanal den Berg und verlief in einer beängstigend tiefen Schlucht, in die kaum Tageslicht drang. Doch nur kurz, dann führte sie der Kanal zurück in den Berg. Hier waren die Wände fast vollständig mit diesen leuchtenden Flecken bedeckt und Karin konnte einen schmalen Weg erkennen, der den Kanal begleitete. Ohne einen für die anderen erkennbaren Grund, gab Kelim seinem Wurm die Kugel aus dem Körbchen und zwei weitere aus der Kiste. Der Wurm ließ sich zufrieden zurücksinken und Kelim klappte den Deckel der Kiste zu.

Das Boot trieb langsam auf eine kleine Bucht mit einem kleinen Steg zu. Als sie ihn erreicht hatten, sprang Kelim aus dem Boot und vertäute es. Dann half er Sora und Niro, Karin aus dem Boot zu heben. Sie nahmen sie wieder auf die Arme und folgten Kelim auf dem Steg bis zu dem Fußweg, der den Kanal bis hierher begleitet hatte. Kurz nach der Bootsanlegestelle führte er weg vom Kanal und endete nach wenigen Metern vor einer großen, dunklen Tür.

Als sie darauf zugingen, öffnete sie sich von selbst. Sie betraten einen kleinen, nur spärlich beleuchteten Raum. Hinter einem kleinen Tischchen saß eine in eine graue Kutte gehüllte Gestalt, die sie mit einem »Seid gegrüßt, Drachenreiter! Was wollt ihr hier?« empfing. Kelim antwortete für sie.

»Diese junge Frau in den Armen der Drachenreiter ist todkrank. Einzig Drachenmilch kann sie noch retten. Wir kennen aber keine Möglichkeit, rechtzeitig welche zu bekommen. Wir bitten in dieser Angelegenheit um einen Rat von Hyrda.«

Der Kuttenmann wiegte bedächtig den Kopf. »Hmm. Das ist ein schwieriger Fall. Aber ihr habt recht: Wenn jemand einen Zugang zur Drachenmilch finden kann, dann Hyrda. – Die Frau kann den Weg zur Befragung nicht allein gehen; jemand wird sie tragen müssen. Und wird ebenfalls befragt werden.« Er sah fragend in die Runde.

Sora schluckte schwer. »Ich …«, brachte sie heraus. Schweißperlen erschienen auf ihrer Stirn. »Ich bin schon einmal befragt worden. Ich …«

»Schon gut«, unterbrach Niro sie, »ich machs. Sie ist sowieso zu schwer für dich allein, auch wenn du als Ältere von uns beiden die Verantwortung hast.« Und mit wenig Hoffnung fügte er hinzu: »Vielleicht wird mir diese Befragung sogar offiziell anerkannt?«

Doch er schien sich bei dieser Entscheidung nicht besonders wohl in seiner Haut zu fühlen. Was war so schlimm an dieser *Befragung*? Karin wurde es langsam mulmig zumute.

Der Kuttenmann wies auf eine kleine Tür am anderen Ende des Raumes. »Dort hindurch. In den Kammern rechts könnt ihr euch ausziehen.«

Ausziehen? Was in aller Welt hatten sie mit ihr vor? Bevor Karin weiter darüber nachdenken konnte, trugen Sora und Niro sie schon durch die Tür, die ihnen Kelim geöffnet hatte. Sie gelangten in eine riesenhafte Halle, die von einem milden Licht gerade hell genug ausgeleuchtet wurde, um sich zu orientieren. In der Mitte der Halle befand sich ein gewaltiges Loch. Ein Mehrfamilienhaus hätte ohne Schwierigkeiten darin Platz gefunden. Das Loch war von einem schweren Metallgitter umgeben, das geschätzt drei Mal so hoch war wie Karin. Der Boden außerhalb des Gitters war auf etwa drei Metern mit einer grünen Leuchtfarbe gestrichen, an den sich ein weiterer Zaun anschloss. Dieser war jedoch nur etwa halb so hoch wie der Innere. Beide Zäune wurden von einem schmalen, rot markierten Weg durchbrochen, der freischwebend mehrere Meter über den Abgrund führte, wo er in einer kleinen Plattform mündete. Auch wenn der Weg durch ein Geländer gesichert war, sollte man besser schwindelfrei sein, wenn man sich auf diese Plattform wagen wollte.

Und aus der Tiefe drangen seltsame schmatzende Geräusche.

Zwei weitere Kuttenmänner eilten auf die Gruppe zu und dirigierten Niro und Sora zu zwei kleinen Kammern. Nachdem sie Karin auf einer schmalen Liege in der einen Kammer abgesetzt hatten, verschwand Niro in der anderen. Kelim wartete draußen. Der Kuttenmann, der mit Sora gegangen war, half dabei, Karin auszuziehen. Diese fühlte sich bereits wieder deutlich schwächer und ließ alles wie eine Puppe über sich ergehen. Als die beiden jedoch Schwierigkeiten mit dem Reißverschluss an Karins Jeans hatten, strengte sie sich an und half mit.

»Kann der Verband dran bleiben?«, wollte Sora wissen.

Der Kuttenmann nickte. »Für Hyrda ist er kein Hindernis. Aber hinterher wird sie auf alle Fälle einen neuen Verband brauchen. Ich kümmere mich darum.« Er verschwand.

Der andere Mann kam mit Niro in Karins Kammer herüber. Niro war, wie auch Karin – von ihrem Verband einmal abgesehen – vollkommen nackt und obwohl Karin so geschwächt war, kam sie nicht umhin, seinen wohlgeformten, athletischen Körperbau zu bewundern. Einzig zwei deutlich sichtbare Narben an rechtem Oberarm und Bein störten an dem sonst makellosen Körper, unterstrichen jedoch andererseits seine Männlichkeit und verliehen ihm eine gewisse Autorität. Ohne weitere Worte nahm Niro Karin auf seine Arme und trat hinaus in die Halle. Ihr schien es, als ob er etwas blass im Gesicht war, aber das mochte an dem fahlen Licht liegen. Doch dann schluckte Niro mehrmals und leckte sich nervös über die Lippen und sie entschied, dass es nicht am Licht lag: Niro hatte eindeutig Angst! Das trug nun nicht gerade dazu bei, ihr das eigene Unbehagen in Bezug auf diese ominöse *Befragung* zu nehmen.

Der Kuttenmann geleitete Niro bis zur äußeren Umzäunung und gab noch letzte Anweisungen.

»Wehr dich nicht – es hat sowieso keinen Sinn. Lass es einfach geschehen. Hyrda hat noch nie jemanden umgebracht, der freiwillig zu ihr gekommen ist, um Rat zu erbitten.«

Niro nickte. Dann atmete er tief ein und ging vorsichtig den schmalen Weg bis zur Plattform über dem Abgrund. Dort blieb er stehen. Karin riskierte einen Blick in die Tiefe. Sie konnte nichts entdecken, nur das Schmatzgeräusch drang zu ihnen herauf. Der Kuttenmann schlug drei Mal auf einen Gong und das Geräusch wurde lauter. Dann begann ein grau-grünes Licht in der Tiefe unter ihnen zu leuchten. Das Leuchten wurde immer heller und was Karin in diesem Licht zu sehen bekam, ließ sie nach Luft schnappen.

Irgendetwas kam von unten herauf. Es füllte das riesige Loch komplett aus und stieg hoch wie heißer Brei. Die grau-grün leuchtende Masse kam unaufhaltsam auf sie zu. Nur wenige Meter unterhalb der Plattform gelangte sie zum Stillstand. Karin atmete auf. Doch plötzlich lösten sich unzählige Tentakel aus der unförmigen Masse und schwangen wild durch die Luft. Die dicksten waren so mächtig wie alte Bäume, andere gerade armdick. Einige erhoben sich weit über die Plattform und klatschten gegen die Absperrung, sodass diese erzitterte. Etliche andere bauten sich rund um die Plattform auf, wo sie kurz innehielten, bevor sie Niro und Karin umschlangen.

Karin wurde von Niro fortgerissen und durch die Luft gewirbelt. Sie schrie erschrocken auf. Doch nur kurz. Die zahlreichen Tentakel, die sie umschlungen hatten, begannen ihren Körper abzutasten und in sie hineinzukriechen und noch während sie schrie, drang der erste Tentakel in ihren Mund ein. Panik erfasste sie und sie wehrte sich mit all ihren verbliebenen Kräften. Es war vergeblich. In der Umklammerung der Tentakel war sie so hilflos wie eine Marionette an ihren Fäden. Sie wurde hierhin und dorthin gebogen, während die Tentakel unablässig jeden Winkel ihres Körpers erforschten, unter ihren Verband krochen und ihn ihr vom Körper rissen, in Ohren, Nase und Hals drangen, dass sie würgen musste, sich in die Wunde vortasteten, so dass sie vor Schmerzen stöhnte, und auch nicht halt vor After oder Vagina machten. Immer tiefer drangen sie in sie ein.

Und dann griff das Wesen auch noch nach ihrem Verstand. Sie hörte auf, gegen die Tentakel zu kämpfen; sie konnte sich nicht mehr bewegen. Kein Muskel gehorchte ihr mehr. Sie spürte, wie das Wesen in ihrem Gedächtnis wühlte. Wie es gierig ihre Erinnerungen an den Überfall von Gar aufsaugte, aber auch anderes: Wie sie einmal verliebt gewesen war und wie sie sich gefühlt hatte, als er dann Schluss gemacht hatte … Nein! Das wollte sie alles nicht preisgeben. Das war ihr Leben! Doch Hyrda bohrte gnadenlos weiter und saugte die Erinnerungen aus Karins Leben genussvoll auf. Die ganze Zeit hing diese dabei bewegungsunfähig in den Armen des Monsters. Erstaunlicherweise verspürte sie dabei keine Atemnot, obwohl sie nicht dazu in der Lage war, auch nur einen einzigen Atemzug zu tun.

Endlich – nach Stunden, wie es Karin vorkam; tatsächlich waren nur wenige Minuten vergangen – zog sich Hyrda zurück und setzte sie sanft auf der Plattform ab. Völlig entkräftet blieb sie dort liegen. Jetzt wusste sie, wieso sich die beiden so vor dieser Befragung gefürchtet hatten. Sie wollte nur noch weg von hier, war jedoch nicht in der Lage, sich auch nur aufzusetzen. Kurz nach ihr landete auch Niro wohlbehalten auf der Plattform. Etwas zittrig, aber durchaus in der Lage, sich auf den Beinen zu halten, versuchte er, sie auf die Arme zu nehmen, was nicht ganz einfach war, da beide über und über mit graugrünem, glitschigem Schleim bedeckt waren. Schließlich gelang es Niro, Karin sicher zu fassen. Vorsichtig trug er sie über den schmalen Steg zurück.

Er wurde von den Kuttenmännern in Empfang genommen, die ihn und Karin in Tücher hüllten und in die Kammern geleiteten. Dort wurden sie abgeduscht und abgetrocknet. Danach durfte sich Niro ankleiden. Bei Karin legten sie zuerst einen neuen Verband an, bevor sie diese mit Soras Hilfe anzogen. Die Tatsache, dass man mit dem Reißverschluss Karins Jeans auch tatsächlich wieder zumachen konnte, rief dabei allgemeines Staunen hervor. Danach ging es noch einmal zurück zur Umzäunung. Die Kuttenmänner übernahmen dabei den Transport von Karin. Vor der äußeren Umzäunung setzten sie diese auf dem Boden ab.

In der Grube waberte die grau-grüne Masse von Hyrda noch immer knapp unterhalb der Plattform. Tentakel waren keine zu sehen. Sie warteten.

Plötzlich schnellte ein einziger, baumstarker Tentakel aus der Masse und verharrte dicht neben der Plattform.

»Eure Antwort«, sagte einer der Kuttenmänner und sah Niro an. Etwas zaghaft machte sich dieser auf den Weg zur Plattform. Karin war heilfroh, dass ihre Anwesenheit dort offenbar nicht benötigt wurde und sie hier sitzen bleiben konnte. Hyrda rührte sich nicht, bis Niro die Plattform erreicht hatte. Dann sprossen seitlich aus dem Tentakel zwei kleinere hervor und legten sich rechts und links an Niros Schläfen. Dieser verfiel augenblicklich in eine Art Trance und blieb bewegungslos stehen. Das Ganze dauerte nur wenige Sekunden, dann zogen sich die beiden kleinen Tentakel wieder in den großen zurück und dieser versank in der wabernden Masse, die langsam in der Tiefe verschwand. Auch das Leuchten wurde weniger und bald war nichts mehr von Hyrda zu sehen. Lediglich das schmatzende Geräusch verriet, dass dort unten irgendetwas war.

Niro kam langsam wieder zu sich und machte sich vorsichtig auf den Rückweg über den schmalen Steg.

»Und?«, rief ihm Sora ungeduldig entgegen.

Niro grinste und tat, als ob er alle Zeit der Welt hätte, aber dann beeilte er sich doch und noch ehe er bei ihnen angelangt war, begann er zu reden.

»Es gibt tatsächlich eine Möglichkeit, Karin vielleicht zu retten. Es ist nicht ganz einfach und beileibe nicht sicher für sie – aber immerhin haben wir eine Chance.«

»Lass hören!«, drängte Sora.

»Wir müssen sie in ein wildes Drachennest legen und hoffen, dass der Drache sie adoptiert«, erklärte Niro, als er die äußere Umzäunung passiert hatte.

»Ein wildes ... Wie sollen wir denn ein wildes Nest finden?«, rief Sora.

Niro lachte. »Lass mich doch ausreden! Hyrda kennt zwei Nester, die Junge im richtigen Alter haben: Nicht zu groß, damit sie Karin nichts tun und nicht zu klein, damit die Milch richtig wirken kann. Eines liegt im Weißen Gebirge, zwei Flugtage von hier. Aber das andere – halt dich fest – liegt vor der Küste, am Nordufer bei den Soldatenklippen.«

»Die Soldatenklippen?«, wiederholte Sora erfreut. »Hej, die sind doch keine zwei Flugstunden von hier.«

»Ja. Ein grünes Weibchen. Und das Beste kommt noch: Wir können das Drachenbaby vielleicht auf eine Nachbarklippe setzen, dann ist Karin hundertprozentig sicher vor ihm.«

»Sehr gut«, meldete sich Kelim zu Wort. »Dann ...«

»Aber wie sollen wir es anstellen, dass der Drache Karin adoptiert und nicht als Appetithappen betrachtet?«, unterbrach ihn Sora.

»Das kann uns Niro unterwegs erklären«, sagte Kelim und beendete damit ihre Unterhaltung. Er warf einen Blick auf Karin. »Wir sollten uns beeilen, die Drachenmilch hört langsam zu wirken auf.«

Alle Blicke richteten sich auf Karin, deren Zustand sich sichtlich verschlechtert hatte. Hatte sie bis vor Kurzem noch selbstständig sitzen können, fehlte ihr jetzt die Kraft dazu und sie sank vor aller Augen zu Boden.

»Wie geht es dir?«, fragte Sora besorgt.

»Es ging schon mal besser«, antwortete Karin schwach.

»Ich bringe euch zum grünen Plateau«, schlug Kelim vor. »Das geht am schnellsten. Vorher schicken wir einen Drachenruf los, dann ist Mahur schon dort, wenn wir ankommen.«

»Das ist eine gute Idee«, stimmte ein Kuttenmann zu. »Ich werde das gleich erledigen. Mahur – ist das euer Drache?«

»Ja, aber ich bin mir nicht sicher, ob das funktionieren wird«, wandte Sora ein. »Mahur wurde bisher noch nie gerufen.«

»Bestimmt«, beruhigte Kelim sie. »Mahur ist sehr zuverlässig und er kennt den Ruf von den anderen Drachen. Er wird kommen. – Und jetzt los, sonst ist die Frau tot, ehe wir dort sind!«

Sora und Niro fassten sich an den Händen und die Kuttenmänner setzten Karin darauf. Selbstständig festhalten konnte sie sich nicht mehr, das mussten die beiden für sie übernehmen.

Sie eilten zurück zu Kelims Boot. Noch ehe sie es erreicht hatten, erschollen merkwürdige, quakende Töne, die sich mit einigem Abstand wiederholten und in weiter Ferne, kaum noch hörbar, ein weiteres Mal. Kelim nickte anerkennend. »Hyrdas Wächter sind sehr schnell mit dem Drachenruf. Gut. Jetzt liegt es an uns.«

Er verlor keine Zeit. Kaum, dass alle im Boot saßen, öffnete er den Deckel des Kastens und lockte den Bootswurm mit einer leckeren Kugel. Brav trieb dieser das Boot mit Höchstgeschwindigkeit an. Bald waren sie wieder am *Badewannen*-Aufzug angelangt. Und auf ein Klingelzeichen hin, konnten sie sich erneut in einer dieser Wannen einschiffen. Als Ziel nannte Kelim das grüne Plateau. Die Fahrt nach oben schien kein Ende zu nehmen. Als sie ihr Ziel erreichten, hatten sie längst die Stelle passiert, an der sie das erste Mal gestartet waren. Sie verließen ihre Wanne und Kelim steuerte seinen Wurm durch einen engen Kanal ans Tageslicht. Bald gelangten sie an einen malerischen See, an dessen gegenüberliegendem Ufer sich eine weite, grüne Ebene anschloss. Doch davon bekam Karin nichts mehr mit. Sie hing kraftlos in Niros Armen und war nicht mehr imstande, auch nur die Augen zu öffnen. Von der Unterhaltung ihrer Begleiter nahm sie lediglich ein undeutliches Murmeln wahr. Sie spürte, dass sie aus dem Boot gehoben wurde und registrierte vage, dass sie noch weiter in die Höhe gehoben wurde. Etwas später ließ sie ein eiskalter Wind, der ihr um die Ohren pfiff, kurzzeitig etwas wacher werden, und sie spürte den festen Griff von Niro, der ihre Taille von hinten umklammert hielt. Dann gab es nur noch Stille und Dunkelheit.

Ein fernes Rauschen drang an ihre Ohren. Karin bekam kaum Luft. Etwas Schweres drückte auf ihre Brust, ihr Gesicht. Und dieser Gestank! Sie konnte unmöglich ein weiteres Mal einatmen. Lieber sterben, als auch nur noch einmal einzuatmen … Sie atmete dennoch. Sie wollte schreien – doch kein Laut löste sich von ihren Lippen. Der Druck von oben ließ etwas nach. Plötzlich tropfte ihr etwas bestialisch Stinkendes ins Gesicht, lief in Nase und Mund. Sie musste weg hier, sonst würde sie der Gestank umbringen …

Aber sie konnte sich nicht bewegen. Sie wollte das Zeug loswerden, es ausspucken, ausschnauben, sich einfach irgendwie davon befreien. Nichtsdestotrotz lief es weiter ungehindert in ihre Nase und in den leicht geöffneten Mund. Nicht einmal die Lippen konnte sie bewegen, um wenigstens den Mund zuzumachen. Ein weiterer quälender Atemzug gurgelte durch die Flüssigkeit in ihrer Nase.

Wenn ich darin ertrinke, brauche ich es wenigstens nicht mehr einzuatmen, war ihr letzter Gedanke, ehe sie erneut in Dunkelheit versank.

Ein ferner Schrei – eine Möwe? Karin schlug die Augen auf. Sie blickte in einen blauen Himmel mit kleinen, weißen Wölkchen. Eine Weile starrte sie nur in den blauen Himmel über ihr. War sie tot? Um sie herum war es still. Nein, nicht ganz: Ein stetes Rauschen, wie an der Meeresküste, war zu hören. Und wieder dieser Schrei – von einer Möwe? Möwen klangen irgendwie anders. Sie tat einen tiefen Atemzug. Das erwies sich als keine gute Idee: Ein bestialischer Gestank brannte in ihrer Nase und sie musste husten. Mühsam rappelte sie sich auf und übergab sich in einen Wirrwarr aus alten Hölzern, Tang und stinkenden Überresten von Fisch und anderem Getier, der sich direkt neben ihrem Kopf befand. Als sich ihr Magen etwas beruhigt hatte, rückte sie ein wenig ab von diesem ekelerregenden Haufen und versuchte, so flach wie möglich zu atmen. Dabei stellte sie fest, dass auch sie selbst über und über mit diesen stinkenden Überresten beschmiert war. Überdies war sie stellenweise von einer noch fürchterlicher stinkenden, halb angetrockneten, roten Flüssigkeit bedeckt, die sich wie eine Latexhaut anfühlte. Besonders Brust und Gesicht waren damit fast vollständig bedeckt. Sie unternahm einen schwachen Versuch, sich das rote Zeug abzuwischen, doch es widerstand ihren kraftlosen Bemühungen und sie ließ die Hände sinken.

Hilfesuchend sah sie sich um. Der stinkende Haufen war Bestandteil eines größeren Gebildes, das aus Holz, Tang und Abfällen bestand. Es war nahezu kreisrund und hatte in der Mitte eine Vertiefung, in der sie bequem drei Mal der Länge nach Platz finden würde. Die gröberen Holzteile am Rand waren sorgfältig miteinander verflochten. Die Mulde hingegen war mit feinem Reisig und Tang ausgepolstert. Ein Nest? Karin erinnerte sich daran, dass Niro von einem *wilden Drachennest* gesprochen hatte, als er von Hyrda zurückgekommen war. Sie hätte zu gerne einen Blick über den Rand des Nestes geworfen, aber sie war zu schwach dazu. Das Erbrechen hatte sie all ihrer spärlichen Kraft beraubt und so ließ sie sich einfach wieder zurücksinken und starrte in den blauen Himmel mit den weißen Wölkchen. Sie beobachtete teilnahmslos, wie sie vorüberzogen, und trotz des Gestankes um sie herum, wurden ihr langsam die Augenlider schwer. Sie sah noch ein paar weiße Wolken vorbeiziehen, schließlich noch eine grüne Wolke, dann fielen ihr die Augen zu.

Eine grüne Wolke?

Karin riss die Augen auf. Blauer Himmel mit weißen Wölkchen. Ihre Augen wollten eben wieder zufallen, als sie ein Flattergeräusch, wie von einem großen Vogel, hörte. Plötzlich verdunkelte sich der Himmel und etwas Großes landete über ihr auf dem Nest. Sie wurde tiefer ins Nest gedrückt und fürchtete schon, zerquetscht oder erstickt zu werden, da ließ der Druck nach und der Bauch eines riesigen Tieres verharrte im Abstand einer Armlänge über ihr. Sie wagte es nicht, sich zu bewegen. Als sich ihre Augen an die plötzliche Dunkelheit unter dem riesigen Tier gewöhnt hatten, erkannte sie, dass sein Bauch von großen, grünschillernden Schuppen bedeckt war, was sie an eine Smaragdeidechse denken ließ, an eine harmlose, kleine, vielleicht fußlange Smaragdeidechse. Jede einzelne *dieser* Schuppen war allerdings mindestens so groß wie ihre Hand ... Doch ein Drache? War alles wahr, was sie gehört hatte? Keine Einbildung, kein Traum? Es musste ein Traum sein! Trotz aller Beweise weigerte sich ihr Verstand immer noch, die Existenz eines Drachen für möglich zu halten. Denn wenn dieses Tier ein Drache war und wirklich existierte, dann war auch der Rest der Geschichte wahr. Dann waren Rudi und die anderen wirklich tot, war sie wirklich verletzt und vergiftet und war in einer anderen Welt gefangen. Sie schloss die Augen. Als sie diese wieder öffnete, stand das riesige Tier noch immer über ihr. Sie drehte den Kopf zur Seite und blickte direkt auf einen gewaltigen Fuß.

Ihr Herz begann heftig zu schlagen. Das war keine Einbildung. Der Fuß war echt. Die Zehen waren so dick wie ihre Arme und an der Spitze der Zehen – sie zählte vier; drei nach vorne, eine nach hinten, wie bei einem Vogelfuß – befanden sich gewaltige, furchteinflößende Klauen. Eine davon hatte sich keine zehn Zentimeter neben ihrem Kopf in den Nestboden gebohrt. Wie gelähmt starrte sie auf die Klaue, als sich das riesige Tier abermals bewegte. Sie wagte kaum zu atmen, als es die Vorderbeine in den Boden stemmte, um sich aufzurichten, dabei bohrten sich die Krallen noch tiefer in den Nestboden. Jetzt sah sie, dass sie sich geirrt hatte: Es waren fünf Zehen. Es gab noch eine weitere Zehe, die nach hinten gerichtet war.

Das Tier bog den Kopf nach unten, um sich anzusehen, was da unter ihm im Nest lag. Und da jetzt wieder mehr Licht zu ihr vordrang, konnte sie genau sehen, was sich da ihrem Gesicht bis auf wenige Zentimeter näherte. Erst tat sie sich schwer zu begreifen, was sie da sah, da der Kopf des Tieres sozusagen auf dem Kopf stand, doch dann verdrehte dieses den Hals ein wenig, so dass er jetzt richtig herum war. Sie hielt vor Schreck den Atem an: Zwei riesengroße, gelbe Augen – so groß wie Untertassen – schwebten direkt vor ihrem Gesicht. Sie konnte jede Einzelheit erkennen. Das Muster in der gelben Iris, die schlitzförmigen Pupillen, lange spitze Dornen statt Wimpern an den Augenlidern und über den Augenwülsten. Der ganze Kopf war von grünen Schuppen bedeckt, viele davon trugen spitze Dornen. Karin fühlte sich an einen Dornteufel erinnert, eine kleine Wüsteneidechse, die mit ähnlich aussehenden Dornen bewaffnet war. Allerdings fraß dieses harmlose, kleine Tier lediglich Ameisen, was von diesem hier sicher nicht anzunehmen war. Die, im Verhältnis zu seinem mächtigen Kopf lächerlich kleinen Nasenlöcher zuckten leicht, als das Untier jetzt an ihrem Gesicht schnupperte. Karin drückte sich unwillkürlich tiefer ins Nest, in dem vergeblichen Versuch Abstand zu gewinnen.

Dann öffnete sich das Maul und zwei Reihen riesiger, nadelspitzer Zähne erschienen. Dazwischen schob sich eine blaugrüne, gespaltene Zunge hervor. Die Zunge war so dick wie Karins Unterschenkel und leckte ihr mitten über das Gesicht. Karin schrie entsetzt auf. Der Kopf zuckte erschrocken zurück und schnaubte ihr eine heiße, unglaublich stinkende Atemwolke entgegen, die ihr augenblicklich das Bewusstsein raubte.

Als sie zu sich kam, lag sie eingeklemmt in einem Spalt zwischen Vorderbein und Brust des riesigen Tieres. Sie stöhnte und bewegte vorsichtig ihre Glieder, worauf sich der Drache auf alle vier Beine erhob und den Kopf unter seinen Bauch steckte. Karin wagte es nicht, auch nur den kleinen Finger zu rühren, als er erneut an ihr schnupperte und ihr über das Gesicht leckte.

»Geh weg«, flüsterte sie. »Lass mich.«

Der Drache hörte auf, Karin abzulecken, und veränderte seine Position im Nest so, bis sein Vorderkörper genau über ihr schwebte. Am Übergang zu seinem langen, trotz seiner Größe elegant wirkenden Hals stellten sich plötzlich die Schuppen auf und eine rote Flüssigkeit quoll darunter hervor. Augenblicklich drang ein bestialischer Gestank auf sie ein.

Karin schrie auf. Sie wusste nur zu gut, was das rote Zeug war: Drachenmilch! Sie würde diesen widerwärtigen Geschmack nie vergessen, den sie, seit ihr Niro und Sora einen Schluck davon eingeflößt hatten, immer noch zu schmecken glaubte. Allein der Gedanke an dieses fürchterliche Zeug ließ ihren Magen rebellieren.

Nun gab es keine Ausflüchte mehr: Wenn das Drachenmilch war, dann *war* das Tier ein Drache und sie befand sich *wirklich* in einem Drachennest. Es war kein Traum; es war alles echt. Und wie Niro es gehofft hatte: Der Drache hatte sie adoptiert und war nun dabei, sie zu füttern.

In Panik versuchte sie, unter dem Bauch hervorzukriechen, während die Drachenmilch auf sie herabzutropfen begann. Damit war der Drache jedoch nicht einverstanden!

Empört schnaubte er sie an. Die heiße, stinkende Atemwolke benebelte sie so, dass sie ihren Fluchtversuch aufgeben musste. Eine riesige Klauenhand packte sie und drehte sie auf den Rücken.

»Bitte, nein …«, flüsterte sie schwach, doch der Drache drückte ihre rechte Schulter mit einer seiner Zehen tief in das Nest. Dann setzte er auch noch den anderen Vorderfuß dicht neben ihren Körper und eine Zehe davon auf ihre andere Schulter. Sie war so zwischen den beiden Drachenfüßen eingeklemmt, dass sie nicht einmal den Kopf zur Seite drehen konnte, als jetzt das riesige Tier seine Brust bis dicht über ihren Kopf absenkte und zum zweiten Mal seine Schuppen abspreizte. Sogleich begann wieder die rote Flüssigkeit hervorzuquellen. Anfangs fielen nur wenige Tropfen auf Karin herab, doch dann ergoss sich ein wahrer Sturzbach über sie und da sie den Kopf nicht wegdrehen und die Luft nicht ewig anhalten konnte, blieb ihr nichts anderes übrig – wenn sie nicht ersticken oder darin ertrinken wollte – als das widerliche Zeug zu schlucken. Der Drache beobachtete sie dabei genau und erst als sie ein paar Mal geschluckt hatte, ließ er von ihr ab. Stöhnend drehte sie sich auf die Seite und würgte krampfhaft, bevor sie das Bewusstsein verlor.

Als sie wieder zu sich kam, war der Drache weg. Karin setzte sich vorsichtig auf. Sie war über und über mit halb angetrockneter Drachenmilch bedeckt. Der Geruch war zwar widerlich, aber sie musste sich inzwischen doch ein wenig daran gewöhnt haben, denn wenn sie nicht zu tief einatmete, blieb der Würgereiz aus.

Sie fühlte sich deutlich besser und kräftiger als vor der *Fütterung*; die Drachenmilch schien wirklich zu helfen. Sie mühte sich trotzdem, so viel wie möglich von dem widerlichen Zeug abzuwischen, das sie bedeckte. Unter der roten Schicht kam ihre vollkommen zerfetzte Kleidung zum Vorschein. Ihr Bauchverband war ebenfalls verschwunden. Stattdessen war ihre Wunde mit einer weißlichen, durchscheinenden Masse bedeckt, über der sich eine Lage Tang befand, der etwas ungeschickt um ihren Bauch herumgewickelt worden war. War das der Drache gewesen? Und was war dieses klebrige, weiße Zeug? Karin musste unwillkürlich an angetrocknete Spucke denken und verzog angewidert das Gesicht. Igitt! Vorsichtig tastete sie nach der Stelle, an der der Pfeil gesteckt hatte. Es tat viel weniger weh. Half dieses weiße Zeug, das zäh wie Kaugummi auf ihrer Haut klebte, oder war das die Wirkung der Drachenmilch?

Aber jetzt raus aus dem Nest, bevor der Drache zurückkam und versuchte, sie zu füttern! Alles andere hatte Zeit bis später.

Doch das war leichter gesagt als getan. Das Nest lag auf der Spitze eines Felsturmes und der war von allen Seiten von Wasser umgeben. Es gab noch weitere dieser Felstürme. Einige waren spitz wie Nadeln, die meisten jedoch an der Oberseite abgeflacht. Einige standen einzeln wie Festungen im Wasser, andere bildeten größere, zusammenhängende Flächen. Vielleicht konnte sie wenigstens auf einen der anderen Felstürme gelangen?

Sie kletterte auf den Nestrand. Eine frische Brise wehte den Geruch nach salzigem Meer in ihr Gesicht und sie atmete gierig die frische Luft. Das Plateau des nächststehenden Felsturms war deutlich größer, als das, auf dem das Nest lag und kaum mehr als drei Meter entfernt. In einer Vertiefung im Fels schimmerte eine Pfütze. Wasser? Trinkbares Süßwasser? Gierig betrachtete Karin die Pfütze. Sie hatte fürchterlichen Durst und ihr Hals brannte. Sie musste dorthin! Aber wie? Sie sah sich suchend im Nest um. Neben allem möglichen Treibgut schien der Drache auch ein halbes Schiff mit eingearbeitet zu haben. Ihr gelang es, eine lockere Holzplanke aus der Nestwand zu ziehen. Wenn sie es schaffen würde, diese über den Spalt zwischen den Felstürmen zu legen, könnte sie vielleicht hinüberkriechen …

Sie hatte Glück, die Planke war gerade lang genug. Trotz ihrer schlechten Verfassung gelang es ihr, diese bis zum anderen Felsturm hinüberzuschieben. Bevor sie sich daran machen konnte hinüberzukriechen, musste sie sich jedoch noch einmal ausruhen. Endlich wagte sie sich vorsichtig auf die Planke. Sie war etwas verzogen und kippelte gefährlich unter Karins Gewicht. Zehn Meter unter ihr brach sich die Brandung an den Felsen. Einen Sturz würde sie wohl kaum überleben, aber die Furcht vor dem Drachen und nicht zuletzt die Gier nach frischem Wasser ließen sie das Wagnis eingehen. Stück für Stück schob sie sich über die Planke. Schließlich hatte sie es geschafft. Schwach wie sie war, machte sie sich nicht die Mühe aufzustehen, sondern kroch auf allen vieren bis zur Pfütze. Gierig trank sie mehrere große Schlucke, bis sie ein Geräusch aufschreckte. Ängstlich sah sie nach oben. Kam der Drache zurück? Aber das Geräusch kam nicht von oben: Eine blaue Miniaturausgabe ihrer Drachenmutter stand direkt vor ihr! Erschrocken kam sie auf die Beine.

Der Drache reichte ihr gerade mal bis zur Brust. Nichtsdestotrotz fauchte er sie an und schnaubte ihr aus seinen Nüstern eine heiße, stinkende Rauchwolke entgegen. Ganz langsam und jede schnellere Bewegung vermeidend, die ihr Gegenüber zum Angriff verleiten könnte, wich Karin zurück. Der kleine Drache folgte ihr, bis sie am Rand des Felsturmes angelangt war. Wie hatte sie ihn nur übersehen können? Seine blauen Schuppen schimmerten metallisch im Sonnenlicht. Es gab auf diesem Plateau nichts, wo er sich hätte verstecken können. Aber sie hatte eben nur Augen für die Wasserpfütze gehabt.

Der nächste Schritt zurück würde ihr ein unfreiwilliges Bad im zehn Meter tiefer liegenden Meer einbringen …

Ihr fiel wieder ein, was Sora und Niro gesagt hatten: Dass sie vor dem Drachenbaby sicher sei, wenn sie es auf einen Nachbarfelsen setzen würden. Und ausgerechnet auf diesen Felsen war sie geflüchtet.

Vorsichtig versuchte sie, am Rand des Felsens entlang bis zu ihrer Brücke zu gelangen. Der kleine Drache verfolgte jede ihrer Bewegungen und hielt immer gleichen Abstand zu ihr: Bewegte sie sich schneller, wurde auch er schneller, blieb sie stehen, so blieb auch er stehen. Ob er ihr auch über die Planke folgen würde? Plötzlich kreischte er auf und flatterte wild mit seinen Stummelflügeln, den Blick himmelwärts gerichtet. Karin sah ebenfalls nach oben.

Die Drachenmutter kehrte zurück!

Wenige Sekunden später war sie neben ihnen auf dem Felsen gelandet. Das Drachenbaby lief sofort zu seiner Mutter und kuschelte sich unter einen ihrer Flügel, aber sobald diese sich vorne erhob und die Schuppen an der Vorderbrust abspreizte, stellte es sich unter ihren Bauch und schleckte gierig die hervorquellende, rote Flüssigkeit auf. Erleichtert, dass der kleine Drache nun kein Interesse mehr an ihr hatte, stellte Karin sich etwas aus der Windrichtung, damit sie möglichst wenig vom Gestank der Drachenmilch abbekam. Als der kleine Drache satt war, legte sich die Drachenmutter hin und betrachtete wohlwollend ihre beiden Zöglinge.

Der Kleine rülpste einmal kräftig und kam dann mit neugierig vorgestrecktem Hals auf Karin zu. Da sie nicht weiter zurück konnte, blieb sie mit klopfendem Herzen einfach stehen, wo sie war. Immerhin hatte der kleine Drache gerade eine ausgiebige Mahlzeit hinter sich, somit konnte sie hoffen, dass er nicht gleich versuchen würde sie aufzufressen. Er stank bestialisch nach Drachenmilch und beschnupperte Karin ausgiebig von oben bis unten. Sie wagte es nicht, sich zu rühren. Als er genug geschnuppert hatte, nahm er seinen Kopf zurück und kippte ihn leicht zur Seite. Das sah drollig aus und Karin entspannte sich etwas. Gleich darauf drehte sich der kleine Drache um und rannte flügelschlagend ein paar Meter davon, ehe er stehen blieb und sich mit aufmunterndem Blick und schräg gestelltem Kopf über die Schulter nach ihr umsah. Das sah noch drolliger aus und Karin musste unwillkürlich lachen. Zum Teil auch aus Erleichterung darüber, weil sie erkannte, dass er lediglich spielen wollte und sie offensichtlich gerade dazu aufforderte, hinter ihm herzulaufen. Danach war ihr allerdings nicht zumute. Sie hatte kaum noch die Kraft, sich auf den Beinen zu halten. Allein die Angst vor dem kleinen Drachen hatte sie bis jetzt aufrecht gehalten. Nachdem sich diese nun als grundlos herausgestellt hatte, ließ sie sich zu Boden sinken und beschränkte sich darauf, Mutter und Kind von dort aus im Auge zu behalten.

Der kleine Drache schien enttäuscht, dass Karin nicht hinter ihm hergelaufen war und trollte sich zu seiner Mutter. Diese stand unvermittelt auf und knurrte bedrohlich. Karin setzte sich erschrocken auf, doch der Drache hatte es nur auf ihre wackelige Brücke abgesehen. Er stieß sie mit einem Kopfstoß vom Felsen. Karin hörte, wie die Planke ins Meer platschte. Zurück ins Nest konnte sie jetzt nicht mehr. Nicht, dass sie darüber traurig gewesen wäre, denn nach diesem stinkenden Unrathaufen hatte sie keinerlei Sehnsucht.

Jetzt kam der Drache doch noch zu ihr herüber. Karin blieb einfach sitzen, wo sie war – was hätte sie auch tun können? Er ergriff sie mit einem seiner Vorderfüße und umspannte dabei mühelos ihre Taille – und ehe sie sich versah, war er mit ihr schon in die Luft gestiegen. Er flog ein Stück aufs Meer hinaus, ging dann tiefer und als er nur noch wenige Meter über der Meeresoberfläche war, ließ er sie fallen.

Sie schrie und versuchte, sich noch irgendwo am Drachenfuß festzuhalten, da schlugen auch schon die Wellen über ihr zusammen. Prustend tauchte sie wieder auf. Der Drache kreiste über ihr. Karin hielt sich nur mühsam über Wasser. Um richtig schwimmen zu können, war sie einfach zu schwach. Verzweifelt nahm sie ihre letzten Kräfte zusammen, um zu den Felsen zu gelangen, jedoch schlugen dort die Wellen heftig gegen den Fels. Selbst wenn sie es schaffen würde, bis dorthin zu schwimmen, würde sie die Brandung an den Felsen zerschmettern …

Doch so weit kam es nicht: Ein heftiger Wind peitschte die Wasseroberfläche, als der Drache herabstieg und sie mit den Vorderbeinen aus dem Wasser fischte. Er ging sehr geschickt vor und obwohl seine riesigen Klauen messerscharf waren, fasste er sie so behutsam, dass sie nicht einen Kratzer davontrug. Ebenso vorsichtig setzte er sie im Nest ab. Ein frischer Wind ließ Karin frösteln. Sofort legte sich der Drache zu ihr ins Nest und nahm sie unter sich. In dem beengten Raum zwischen Bein und Bauch und von einem riesigen Flügel bedeckt, wurde ihr schnell wieder warm. Befreien konnte sie sich nicht aus dieser kleinen Höhle, jedoch roch der Drache bei Weitem nicht so streng wie seine Milch oder der Nestboden unter ihr. So ergab sie sich ihrer Erschöpfung und rückte sogar etwas näher an den warmen Bauch heran. Kurz darauf war sie eingeschlafen.

Als sie aufwachte, lag der Drache unverändert in derselben Position; er schien zu schlafen. Vorsichtig versuchte sie, einen Weg unter dem über sie gebreiteten Flügel nach draußen zu finden. Doch der Drache bemerkte ihre Bewegungen und stand auf. Er steckte den Kopf unter den Bauch und beschnupperte sie ausgiebig. Das gefiel ihr überhaupt nicht. Nicht nur, dass sich sein gewaltiges Maul direkt vor ihrem Gesicht befand – sein Atem stank einfach überwältigend. Sie rappelte sich auf, um der stinkenden Atemwolke auszuweichen. Da begann er auch noch sie abzuschlecken. Prompt verlor sie bei dieser heftigen Liebkosung das Gleichgewicht und stürzte zu Boden. Der Drache fuhr fort, sie mit seiner Zunge zu bearbeiten. Jetzt widmete er sich ihrer Vorderseite. Es tat weh, als er über ihre Wunde leckte. Karin wollte sich zur Seite rollen, aber er setzte ihr einen Fuß auf die Brust und drückte sie tiefer ins Nest. Dem Druck eines Drachenfußes hatte sie nichts entgegenzusetzen und sie musste die schmerzhafte Schleckerei erdulden. Erst jetzt bemerkte sie, dass die Drachenzunge über ihren nackten Bauch glitt. Weder Tang, noch dieses eklige, klebrige Zeug war dazwischen. Endlich hörte der Drache auf, sie mit seiner Zunge zu malträtieren. Sie atmete erleichtert auf, doch dann gab er ein komisches Würgegeräusch von sich und aus seinem Maul tropfte ein weißlich-durchscheinender Schleim auf ihren Bauch. Igitt! Sie versuchte, sich aus dem Griff zu befreien, aber ebenso gut hätte sie versuchen können, den Mount Everest anzuheben. Der Drachenfuß bewegte sich keinen Millimeter. Jetzt verteilte der Drache den klebrigen Schleim mit seiner Zunge über ihre Vorderseite, wobei er ihrer Verletzung besonderes Augenmerk schenkte.

Was als Nächstes geschah, verblüffte Karin: Statt sie loszulassen, wie sie erwartet hatte, griff er sich mit seinem anderen Vorderbein irgendetwas vom Nestrand und legte es auf ihren Bauch. Sie hob den Kopf, doch sie konnte nicht über die große Zehe sehen, die sie so unerbittlich am Boden festhielt. Dann schnappte er plötzlich nach ihren Beinen und sie konnte die spitzen Zähne spüren, die sich schmerzhaft in ihre Haut bohrten, als er sie anhob. Ihren Oberkörper hielt er unterdessen weiterhin mit dem Fuß ins Nest gedrückt. Und mit dem freien Vorderbein begann er doch tatsächlich, etwas um ihren Bauch herumzuwickeln. So viel Geschick hätte sie diesem massigen Tier nicht zugetraut.

Danach ließ der Drache sie endlich los.

Vorsichtig setzte sie sich auf und begutachtete ihre Vorderseite. Sie tastete nach den Tangblättern, die erstaunlich fest an dem widerlichen Schleim klebten. Am liebsten hätte sie das Zeug sofort heruntergerissen, aber der Drache wäre damit bestimmt nicht einverstanden gewesen. Sie war so mit sich beschäftigt, dass sie gar nicht merkte, dass er seine Vorderbrust über ihrem Körper platziert hatte. Erst als sie den Geruch der austretenden Drachenmilch wahrnahm, begriff sie, was er vorhatte. Panisch mühte sie sich ab, unter ihm hervorzukrabbeln. Aber mit einem schnellen Griff fing er sie wieder ein und drückte sie auf den Nestboden. Schon begann die Milch auf sie herabzutropfen. Der rote Strom drohte sie zu ertränken. Sie zappelte und strampelte wild mit den Beinen, doch am Ende blieb ihr abermals nichts anderes übrig, als zu schlucken – erst dann ließ der Drache von ihr ab und flog über das Meer davon.

Sie rang nach Luft und wünschte sich, bewusstlos zu werden, aber ihr Wunsch erfüllte sich nicht. Ihre Kehle brannte und ihr verkrampfter Magen fühlte sich an wie aus Stein. Gleich würde alles wieder hochkommen. Die Drachenmilch weigerte sich jedoch, den schönen, kuscheligen Platz in ihrem Magen wieder zu räumen. Auch als sie einen Finger tief in den Hals steckte, um das widerliche Zeug loszuwerden, blieb es unten. Sie stöhnte und schleppte sich zum Nestrand, um wenigstens ein bisschen frische Luft in die Nase zu bekommen. Gierig atmete sie die kühle Seeluft, die eine leichte Brise zu ihr herauftrug. Nach einer halben Ewigkeit verging endlich die Übelkeit und ihr Magen entkrampfte sich. Sie rückte noch etwas weiter an den Rand des Nestes und genoss den angenehmen, leicht würzigen Geruch des Meeres, den ihr der Wind zutrug.

Da sie nichts weiter tun konnte, machte sie es sich auf dem Nestrand bequem und vertrieb sich die Zeit, indem sie den kleinen Drachen auf dem Nachbarfelsen beobachtete. Der hüpfte übermütig herum und machte mit seinen Stummelflügeln unbeholfene Flugversuche. Ihr Blick fiel auf den Nestrand neben sich. Irgendetwas glitzerte dort im hellen Sonnenlicht. Sie griff danach. Es war eine metallisch-grün schillernde Drachenschuppe. Sie gefiel ihr und sie steckte sie gewohnheitsmäßig in die hintere Tasche ihrer Jeans. Dann stutzte sie und griff noch einmal in die Tasche. Die Tasche war tatsächlich vollständig intakt. Und das, obwohl vom Rest ihrer Hose kaum noch etwas übrig geblieben war, Hüfte und Pobacken waren noch einigermaßen bedeckt, doch weiter abwärts war, außer ein paar Stofffetzen, nichts mehr vorhanden.

Es gab noch mehr dieser schillernden Schuppen. Die meisten waren grün wie die, die sie eingesteckt hatte, aber es waren auch einige blau schillernde darunter. Karin nahm sich auch von dieser Sorte eine Schuppe. Sie überlegte und kam zu dem Schluss, dass sie vom Vater des kleinen Drachen stammen könnte; der kleine Drache war schließlich blau gefärbt. Auch von ihm fand sie ein paar kleinere, blaue Schuppen. Eine davon wanderte ebenfalls in ihre Tasche. Zuletzt fand sie eine große Schuppe, die weder blau noch grün war, sondern golden schimmerte. Dazu fiel ihr nichts ein und sie steckte sie einfach zu den anderen.

Besorgt fragte sie sich, wie viel Zeit inzwischen wohl vergangen war, seitdem der Drache fortgeflogen war. Sie suchte den Himmel ab. Weit und breit kein Drache in Sicht. Erleichtert legte sie sich zurück, die Arme hinter dem Kopf verschränkt. Wo blieben eigentlich Sora und Niro? Irgendwann mussten diese sie doch wieder abholen; sie konnte doch nicht auf Dauer in diesem Nest bleiben. Ohne fremde Hilfe konnte sie hier allerdings nicht weg.

Der Drache tat ihr zwar nichts, im Gegenteil, er kümmerte sich so fürsorglich um sie, wie um sein eigenes Junges. Aber im Gegensatz zu diesem schmeckte ihr die Drachenmilch nun mal nicht. Sie schüttelte sich. Wenn das blöde Vieh sie noch einmal zwang dieses Zeug zu schlucken, dann würde sie wahnsinnig werden …

Erneut suchte sie den Himmel ab. Und hoffte wider besseres Wissen, dass der Drache nicht mehr zurückkommen würde. Lange musste sie nicht mehr warten, dann entdeckte sie einen kleinen, grünen Punkt am Himmel, der rasch näher kam. Der Drache kam! Mit klopfendem Herzen setzte sie sich auf und sah sie sich hektisch im Nest um. Gab es hier nichts, wo sie sich verstecken konnte? Dann fiel ihr auf, dass er nicht von der Seeseite angeflogen kam, wohin er verschwunden war, sondern vielmehr von der Landseite. Er musste einen großen Bogen geflogen sein. Er flog hoch und wurde teilweise von den Wolken verdeckt, die sich landeinwärts zu einer dunklen Wolkenwand verdichteten. Weiter im Landesinneren, wo sich die Landschaft zu einer mächtigen Gebirgskette auftürmte, regnete es sogar. Hier hingegen gab es nur einige harmlose, kleine, weiße Wölkchen. Aber warum flog er so hoch? Gerade so, als ob er sich in den Wolken verstecken wollte. Erst als er beinahe über dem Nest war, ging er in einen steilen Sturzflug über. Er fiel regelrecht vom Himmel.

Als der kleine Drache den anfliegenden Drachen entdeckte, hüpfte er flügelschlagend auf seinem Felsen herum und streckte den Kopf nach oben. Doch plötzlich knurrte er und duckte sich ängstlich. Irgendetwas stimmte nicht. Dann sah Karin, dass jemand auf dem Rücken des Drachen saß. Das mussten Sora und Niro sein!

Sie stand auf und winkte mit den Armen, während der Drache weiter auf das Nest zustürzte. Allmählich bekam sie es mit der Angst zu tun. Wenn er nicht bald abbremste, würde er kopfüber ins Nest stürzen. Im letzten Augenblick spreizte er seine Flügel zu einem Bremsmanöver und landete butterweich auf dem Nest. Der heftige Luftzug, der bei diesem Manöver entstand, riss sie von den Füßen und sie wäre beinahe über den Nestrand ins Meer gefallen. Noch ehe der Drache mit allen vier Füßen auf dem Boden stand, war Niro schon heruntergesprungen.

»Schnell! Komm! Da hinten kommt die Mutter!«, rief er.

Karin rappelte sich auf und Niro half ihr, über das Bein des riesigen Tieres aufzusteigen. Von oben griff Sora nach ihr und zog sie zu sich herauf. Rasch kletterte Niro hinterher. Kaum hatte Karin hinter Sora Platz genommen, ließ diese Mahur wieder aufsteigen. Niro schaffte es gerade noch auf seinen Platz hinter Karin, bevor der Drache mit einem kräftigen Satz vom Nest abhob und sich steil nach oben schraubte. Karin wäre sicherlich heruntergefallen, wenn Niro sie nicht festgehalten hätte. Er und Sora schienen dagegen keinerlei Probleme damit zu haben, sich im Sattel zu halten. Endlich ging der Drache in einen weitaus angenehmeren Geradeausflug über. Wolkenfetzen zogen an ihnen vorüber und nahmen ihnen die Sicht nach unten. Andererseits waren sie so auch von unten nicht mehr zu sehen. Es war kalt hier oben und Karin, die kaum noch etwas am Leib hatte, begann vor Kälte zu zittern.

Aber Mann! War das ein Gefühl auf einem Drachen zu reiten. Der Wind pfiff Karin um die Ohren und brannte ihr in den Augen. Mahur flog unglaublich schnell. In null Komma nichts hatte er die Küste erreicht. Jetzt ging er tiefer und folgte dem Küstenverlauf in Richtung Norden. Die Luft war hier nicht mehr ganz so kalt und da keine Wolken mehr die Sicht verdeckten, hatte Karin einen grandiosen Ausblick auf die Landschaft unter ihnen. Die zerklüftete Küste der Soldatenklippen zu ihrer Rechten ging in einen endlosen, flach auslaufenden, roten Sandstrand über. Weiter landeinwärts wurde er durch eine lockere Vegetation aus Büschen und vereinzelten Bäumen abgelöst. Dazwischen gab es größere gelbbraune Grasflächen. Das Meer auf der anderen Seite war ruhig und glitzerte in der Sonne. Bei diesem Anblick vergaß Karin beinahe, was sie gerade durchgemacht hatte. Unter anderen Umständen hätte dieser Flug ewig dauern können. Das Gefühl, auf einem lebendigen Tier über diese herrliche Landschaft zu fliegen, war einfach unbeschreiblich! Doch Karin fror. Das einzig Warme in diesem eisigen Gegenwind waren die Arme von Niro, die sie fest und sicher hielten.

Nicht lange, und in der Ferne tauchte eine weitere, mächtige Gebirgsfront auf. Sie flogen noch eine Zeit lang über dem malerischen Sandstrand, ehe er langsam durch gröber werdende Felsen abgelöst wurde. Anfangs blieb die Küste flach, je näher sie dem riesenhaften Gebirge kamen, desto größer wurden die Felsen und desto steiler der Strand. Auch die Farbe der Felsen änderte sich von Rot über Braun zu einem hellen Ocker. Schließlich flogen sie entlang einer stetig höher werdenden Steilküste. Unzählige Vögel flatterten erschreckt auf, als der Drache über sie hinwegflog. Sie brüteten wohl in den Wänden der Steilküste, die inzwischen gut und gerne zwanzig Meter über das Meer ragte. Stellenweise war der Fels weiß verfärbt vom Kot der Vögel. Sie folgten dem Verlauf des Ufers, bis die Küstenlinie in einem weiten Bogen Richtung Westen schwenkte und nun parallel zu dem riesenhaften Gebirge lief. Vor dem eigentlichen, weiter im Landesinneren gelegenen Gebirgszug gab es ein vergleichsweise niedriges Vorgebirge, das als Hochplateau in eine über hundert Meter hohe Steilküste mündete.

Der Drache folgte nicht dem weiten Bogen der Küstenlinie, sondern flog geradewegs über das Meer auf die hohe Steilküste zu. Die nahezu senkrechte Wand war zerklüftet und mit unzähligen Löchern und Höhlen jeder Größe übersät wie ein Schweizer Käse. Der helle Ockerton der Felsen bekräftigte das Bild von einem riesenhaften Käsestück. Mahur steuerte direkt auf eine der größeren Höhlen zu und flog, ohne langsamer zu werden, in sie hinein. Keine zwanzig Meter später bremste er so stark ab, dass Karin allein durch den festen Griff von Niro davor bewahrt wurde herunterzufallen. Dann setzte er sanft auf.

Niro half Karin über das Bein herabzuklettern. Auch Sora kletterte herunter. Sie rief Mahur etwas zu und der Drache drehte sich um und verschwand in einem Seitengang. Dann musterte sie Karin mit angewidert verzogenem Gesicht. »Boah! Stinkst du!« Sie hielt sich die Nase zu. »Ich glaube, du musst dringend ein Bad nehmen.«

Das war das Erste, was Sora sagte, seit sie vom Nest losgeflogen waren. Karin nahm es ihr nicht übel. Sie wunderte sich eher, wie die beiden ihren Geruch den ganzen Flug über ausgehalten hatten. Besonders Niro. Er hatte direkt hinter ihr gesessen und sie auch noch festgehalten.

Jetzt nickte er. »Oh, ja! Und ich auch.«

Sora grinste. »Ich werde mich euch anschließen.«

»Na dann los! Auf zum Baderaum.« Niro wandte sich an Karin. »Kannst du laufen?«

Karin war so durchfroren, dass sie ihre Beine fast nicht mehr spürte. Sie zuckte unsicher mit den Schultern. »Ich weiß nicht. Ist es weit?«

»Es geht. Versuch es einfach.«

Vorsichtig machte sie ein paar Schritte. Sie schwankte ein wenig, und Niro reichte ihr die Hand, um sie zu stützen. Nach ein paar Schritten kehrte langsam das Gefühl in ihre Beine zurück und es ging besser. Der Weg führte durch ein Gewirr von verschiedenen Tunnel und Höhlen. Karin fragte sich, wie die beiden es fertigbrachten, nicht die Orientierung zu verlieren. Sie hatte schon längst jeden Richtungssinn verloren. Endlich kamen sie am Baderaum an. Sehr weit war es wirklich nicht gewesen, aber Karin zitterten die Beine vom Laufen und sie setzte sich auf einen großen Stein. Der Baderaum bestand aus einer wunderschönen, kleinen Grotte, in der ein Wasserfall in ein steinernes, natürliches Badebecken herabstürzte. Durch einige Löcher in der Decke fiel helles Sonnenlicht auf die Wasseroberfläche und wurde von den kleinen Wellen tausendfach zurückgeworfen. Neben der Badegrotte standen einige Badewannen aus Holz unter einem einfachen Strohdach. Durch hölzerne Rohrleitungen konnten diese nach Belieben mit dem Wasser aus dem Wasserfall befüllt werden. Sora zog von drei Leitungen den Holzstöpsel, der das Rohrende verschloss, heraus und sogleich begann das Wasser die Wannen zu füllen. Unter einem anderen Strohdach standen einige Holzzuber neben Regalen und Kisten. Sie gingen hinüber. In den Regalfächern befanden sich frische Wäsche und Tücher.

Sora musterte Karin. Sie besah sich den Drachenverband an deren Bauch.

»Ich wusste gar nicht, dass auch wilde Drachen einen Tangwickel machen können«, stellte sie erstaunt fest.

»Ich auch nicht«, stimmte Niro zu. »Ich dachte immer, das haben die Drachen von uns gelernt.«

»Tja, so kann man sich irren, aber jetzt runter damit! Es mag ja gut für deine Verletzung sein, aber für unsere Nasen ist das nichts.«

Mit weit ausgestreckten Armen, damit sie ja nicht zu dicht an Karin herankam, half sie dieser, die Überreste ihrer Kleidung und den Tangwickel loszuwerden. Niro, der mit Karin schon während des Fluges unfreiwillig auf Tuchfühlung gegangen war, ging beherzter vor und war eine weitaus größere Hilfe.

»Na«, neckte er Sora, »hast du ein empfindliches Näschen? Oder hast du Angst, dass du gebissen wirst. Drachenkinder sollen ja sehr bissig sein. Und da Karin adoptiert wurde, hat sie sicher auch ein bisschen was von einem Drachenbaby angenommen.«

»Sehr witzig!«

Niro packte grinsend die Überreste von Karins Kleidung und den abgewickelten Tang und stopfte beides in eine kleine Holzkiste, wobei er sorgfältig darauf achtete, dass der Deckel der Kiste hinterher auch wirklich exakt darauf zu liegen kam, ohne eine Lücke zu lassen.

Dann zogen sich auch die beiden ihre Kleider aus und warfen sie in einen mit Schaumwasser gefüllten Zuber. Ein mit Wasserkraft betriebenes Rührwerk hielt das Wasser darin in Bewegung.

Das weiße, klebrige Zeug haftete noch immer an Karin, als jetzt alle drei in die Wannen stiegen. Das eigentlich nur lauwarme Wasser fühlte sich auf Karins unterkühlter Haut kochend heiß an und es dauerte, bis sie sich so weit daran gewöhnt hatte, um ganz in die Wanne zu steigen. Endlich hatte sie es geschafft. Sie lehnte sich zurück und tauchte tief ins Wasser ein, um schnell wieder warm zu werden.

Sora griff sich unterdessen aus einer Schale am Kopfende ihrer Wanne einen gelblichen, ovalen Gegenstand, der sich als Seife entpuppte. Niro tat es ihr nach und seifte sich kräftig damit ein, so dass er über und über mit Schaum bedeckt war. Auch an Karins Wanne lag eine Seife. Sie bemühte sich redlich, den Gestank abzuwaschen, und tauchte auch den Kopf unter. Aber es schien nicht viel zu helfen; sie stank immer noch fürchterlich. Lediglich der Drachenschleim löste sich im Wasser auf und wurde über den Überlauf der Wanne fortgespült.

Sora und Niro beendeten ihr Bad mit einem kleinen Ausflug ins große Badebecken der Grotte; Niro machte einen Kopfsprung hinein, Sora benutzte brav eine Treppe. Danach trockneten sie sich ab und zogen sich frische Sachen an. Ihre gewaschene Kleidung hängten sie über eine Leine. Karin war gemütlich im warmen Wasser ihrer Wanne liegen geblieben. Sie wunderte sich über die Vertrautheit der beiden. Waren sie ein Paar?

Das warme Wasser und das Plätschern des kleinen Wasserfalls lullten sie ein und sie wäre um ein Haar eingeschlafen.

»Du riechst immer noch ziemlich streng«, stellte Niro fest.

Karin öffnete erschrocken die Augen.

»Schlafen kannst du später«, sagte Sora energisch. »Jetzt müssen wir erst mal etwas gegen deinen Geruch tun.«

Sie hielt eine große Bürste mit unangenehm hart aussehenden Borsten in der Hand. Niro war mit einer ähnlichen Bürste bewaffnet.

Die nächste halbe Stunde verbrachten die beiden damit, Karin einzuseifen und gründlich abzuschrubben. Der Geruch ließ sich jedoch nicht vollständig beseitigen.

»Schluss jetzt! Das muss reichen«, meinte Sora schließlich. »Ihre Haut ist schon ganz gerötet. Das Meiste haben wir ja abbekommen.«

Sie halfen Karin aus der Wanne und trockneten sie ab. In ein großes Tuch gehüllt geleiteten sie diese anschließend zu ihrer Wohnung. Karin war von der Schrubberei völlig erschöpft und konnte sich kaum noch auf den Beinen halten. Schwer stützte sie sich auf die beiden. Endlich öffnete Sora eine Tür. Karin wurde in den hinteren Teil der Wohnung geführt. Niro legte noch eine Decke auf ein niederes Bett und sie ließ sich dankbar auf das Lager sinken. Wenige Augenblicke später war sie eingeschlafen.

2 Gefangen in der Fremde

Karin wachte auf, als jemand sie leicht an der Schulter schüttelte. »Du musst aufwachen«, hörte sie Sora sagen. »Der große Drachenrat tagt in einem halben Uhrumlauf. Und es macht keinen guten Eindruck, wenn wir zu spät kommen. Wir kriegen sowieso genug Ärger.«

Karin sah sich verwundert um. Wo war sie? Dann erinnerte sie sich, dass Sora und Niro sie zu sich nach Hause mitgenommen hatten. Sie setzte sich auf. Ihre Verletzung schmerzte dabei und sie legte eine Hand auf die Seite und verzog das Gesicht.

»Tut es noch sehr weh?«, erkundigte sich Sora besorgt.

»Ja. Aber lange nicht mehr so schlimm wie am Anfang.«

»Das ist gut. Der Drache hat dich auch hervorragend behandelt; wir hätten es nicht besser machen können. Und Drachenspucke hat eine sehr gute Heilwirkung. Hier – trink!« Sie reichte Karin eine kleine Schüssel. Sie war mit einem warmen, dickflüssigen Brei gefüllt.

»Was ist das?«, fragte Karin misstrauisch.

Sora lachte. Sie hatte ein fröhliches, ansteckendes Lachen.

»Drachenmilch«, sagte sie mit einem frechen Augenzwinkern. »Nein, das ist Eiergerstenbrei.«

»Eier- was?«

»Eiergerstenbrei. Das kriegen alle, die wieder zu Kräften kommen sollen. Leider nur die; ich könnte das Zeug jeden Tag essen.« Sora machte dabei ein so sehnsüchtiges, gieriges Gesicht, dass Karin lachen musste. Dabei spürte sie ihre Verletzung, jedoch nicht so stark, dass sie deswegen zu Lachen aufgehört hätte. Es war wirklich schon viel besser geworden. Sie griff nach der Schüssel und probierte. Es schmeckte wirklich sehr gut und Karin leerte die Schüssel in nur wenigen Minuten. Das war ihre erste vernünftige Mahlzeit seit – ja, seit wann eigentlich? Sie hatte keine Ahnung, wie viele Tage seit diesem brutalen Überfall vergangen waren.

Der schwere grüne Vorhang, mit dem die kleine Kammer von der übrigen Wohnung abgetrennt war, schob sich ein wenig zur Seite und Niro steckte seinen Kopf herein. »Beeilt euch bitte!« Er wirkte nervös.

»Wir kommen gleich«, beruhigte Sora ihn, wirkte aber ebenfalls angespannt. »Hier«, wandte sie sich wieder an Karin, »ich hab' dir alte Sachen von mir rausgesucht. Du bist ein bisschen kleiner als ich. Das hier hat mir vor ein paar Sommern noch gepasst. Inzwischen ist es mir etwas zu eng. Ich bin überraschend noch einmal ein kleines Stück gewachsen und ich musste mir eine neue Garnitur besorgen. Das war ganz schön teuer. Ein Glück, dass ich mich bisher nicht von meinen alten Sachen trennen konnte. Hoffentlich passt es dir.«

Karin schwang die Beine über den Bettrand und betrachtete die Sachen, die Sora für sie zusammengesucht hatte: Ein Höschen und eine Art Büstenhalter mit Bindebändern aus einem weichen, seidigen Stoff in hellgrau, eine dunkelbraune Lederhose und ein ebenso braunes, robust aussehendes Schlupfhemd mit einem Unterziehhemd mit nur dreiviertellangen Ärmeln aus demselben seidigen, hellgrauen Stoff wie die Unterwäsche, alles ebenfalls mit Bändern zu schnüren. Daneben stand ein Paar verblichener Stiefel. Sora hingegen hatte wieder ihre gewohnte Kleidung angelegt. Die helle, weite Stoffkleidung, die sie nach dem Bad getragen hatte, hatte bequemer ausgesehen. Wieso sollte sie auch diese uniformähnlichen Sachen tragen? Sie war schließlich kein Drachenreiter. Die schlichten Sachen aus dem Baderaum hätten es doch auch getan. Diese Möglichkeit schien Sora nicht in Betracht zu ziehen und sie sagte lieber nichts dazu und griff nach dem Höschen.

Sora half ihr beim Anziehen und Karin stellte fest, dass die Sachen sogar noch bequemer waren, als sie aussahen. Außerdem passten sie wie angegossen. Nachdem sie seit nunmehr gut drei Jahren aufgehört hatte zu wachsen, würde das auch so bleiben. Es sei denn, sie futterte sich einen Speckbauch an. Sora kämmte ihr noch die Haare und Karin band sie mit dem Stoffband, das ihr Sora gab, zu ihrem gewohnten Pferdeschwanz zusammen.

Sora zog den Vorhang auf, vor dem Niro ungeduldig gewartet hatte. Er warf einen prüfenden Blick auf Karin und nickte dann.

»In Ordnung. Also los. Oder musst du noch in den Waschraum?«
Karin schüttelte den Kopf.

Die beiden führten sie erneut durch ein Labyrinth von Gängen und Höhlen und legten dabei ein ordentliches Tempo vor. Karin hatte Mühe, Schritt zu halten. Sie staunte nicht schlecht, als sie nach kurzer Zeit in eine riesenhafte Höhle gelangten, die zur Hälfte nach oben offen war. Die Öffnung war, wie auch die Höhle, annähernd oval und befand sich genau über deren Mitte. Wären nicht doch ein paar unregelmäßige Gesteinsformationen darunter gewesen, hätte man es für eine künstliche Höhle halten können.

Das Ganze sah aus wie ein großes Fußballstadion, nur die Tribünen fehlten. Stattdessen befanden sich die verschiedensten Gebäude unter dem überdachten Rand. Es gab Häuser aus Holz, aus Stein oder aus beidem. Kleine Hütten mit Strohdächern und große, mehrstöckige Gebäude, die zum Teil aufwendig verziert waren. Es gab kunstvolle Holzschnitzereien und nicht minder kunstvolle Steinmetzarbeiten. Einige Häuser schienen direkt in den Fels hineingebaut zu sein und ragten nur ein kurzes Stück aus der Wand; es sah seltsam aus, wenn ein Haus nach dem ersten Fenster an der Felswand aufhörte. Manche Fassaden waren auch bemalt. Das Hauptmotiv waren Drachen. Immer wieder Drachen. In Grün oder Blau und in allen Größen. Fliegend oder am Boden. Es gab kämpfende Drachen, Drachen mit Jungen und immer wieder in Formation fliegende Drachen mit ihren Reitern.

Bis auf die Wege, die den Boden wie ein Spinnennetz durchzogen, ausgehend vom Zentrum der Höhle, war der gesamte Grund bewachsen. Es gab kein Fleckchen nackten Fels. Vor den Häusern gab es ausgedehnte Gemüsebeete, seltener wurden auch Blumen gepflegt. Beerensträucher und Obstbäume rundeten das Bild ab. Etwas weiter zum Zentrum hin befanden sich größere Flächen mit verschiedenen Feldfrüchten. Karin erkannte Getreide und Mais. Im Zentrum selbst gab es einen großen Brunnen, der von einer ausgedehnten Grünfläche umgeben war.

Der achteckige Brunnen war eine Pracht. Er bestand aus halb durchscheinendem weißen Stein, der noch schöner war, als der berühmte Carrara-Marmor. Die Ecken waren als kleine Säule gefertigt, auf der jeweils ein kleiner steinerner Drache saß; jeder sah anders aus. In der Mitte des Brunnens thronte ein riesiger, goldener Drache, der aus seinem Maul das Wasser spie. Um den Brunnen zog sich ein breiter Weg aus weißem Mosaik. Von diesem Weg zweigten acht Wege ab, die beginnend bei einem Drachen, in gerader Linie von ihm wegführten. In regelmäßigen Abständen wurden diese von den Wegen gekreuzt, die als konzentrische Ringe, oder besser Ovale, um den Brunnen herumführten. Diese strenge Ordnung wurde nur im Bereich der Häuser unterbrochen, da zu jedem Haus und Gemüsegarten ein eigenes Wegenetz gehörte. Waren die Wege des *Spinnennetzes* allesamt mit weißen Mosaiksteinen belegt, war das Wegesystem vor den Häusern sehr unterschiedlich gestaltet.

»Komm weiter, Karin!«, drängte Sora. »Du kannst dir später alles ansehen. Wir sind spät dran.«

Sora und Niro nahmen sie in die Mitte und führten sie über einen breiten, weißen Weg zu einem großen Haus, dessen linke Hälfte aus Holz, die rechte jedoch aus Stein gebaut war. In die Mitte war eine große Doppeltür eingelassen. Der linke Flügel, der sich in der hölzernen Hälfte befand, stand auf und sie gingen hinein. Die Tür war mit kunstvollen Ornamenten verziert, aber Sora und Niro ließen Karin keine Zeit, einen genaueren Blick darauf zu werfen. Im Vorbeigehen erkannte sie am Rand der Tür eine Reihe ineinander verschlungener Drachenköpfe. Sie folgten kurz einem nach links führenden, schmalen Gang. An seinem Ende erwartete sie ein Mann, dieser nickte kurz zur Begrüßung und öffnete wortlos eine schlichte Tür zu ihrer Rechten.

Sie betraten einen großen, nahezu runden Raum, der Karin an einen Gerichtssaal erinnerte: Die eine Hälfte des Raumes bestand aus tribünenartig hintereinander aufgereihten Sitzbänken, die mit einer niederen Holzwand von einer Art Arena getrennt waren. Zwei Durchlässe an den Seiten ermöglichten den Zugang zu den Bänken. Vor der Trennwand stand eine Reihe Stühle. Auf der anderen Seite der Arena stand erhöht ein langer Tisch, hinter dem elf ernst dreinblickende Personen saßen. Nur zwei davon schienen Frauen zu sein. Die übrigen Ratsmitglieder waren zumeist ältere Männer. Alle hatten dunkle Haare und grüne Augen und sie trugen ähnliche Kleidung wie Sora oder Niro. Sie musterten Karin eingehend, so dass ihr ganz mulmig zumute wurde.

Die Sitzbänke waren fast vollständig besetzt. Hier gab es keine Einheitlichkeit. Neben Männern und Frauen waren auch etliche Kinder darunter. Viele trugen die dunkle Kleidung der Drachenreiter, aber fast ebensoviele helle oder sogar bunte Sachen. Ein paar wenige hatten sogar braune Haare. Nur die Augen schienen bei allen grün zu sein und die waren ausnahmslos auf Karin gerichtet. Sie hätte sich am liebsten in ein Mauseloch verkrochen.

Auf einem der Stühle in der Arena saß Kelim, der ihnen zuwinkte. Sie gesellten sich zu ihm und setzten sich neben ihn. Außer ihnen saß nur noch ein Mann, der ebenfalls die Kleidung der Drachenreiter trug, in der Stuhlreihe. Nach ihnen kamen lediglich noch zwei weitere Personen in den Saal, dann schloss der Mann, der ihnen die Tür geöffnet hatte, diese von innen und setzte sich auf einen Stuhl, der direkt neben der Tür stand.

Ein älterer Mann, der in der Mitte hinter dem Tisch saß, stand auf und hob die Hände. Sofort verstummte das Murmeln im Saal. Er führte offensichtlich den Vorsitz in dieser Runde.

»Das ist Rodan; er ist unser Ratsvorsitzender«, flüsterte Sora Karin zu.

»Drachenreiter!«, begann Rodan. »Wir sind hier versammelt, um im Fall Sora, Niro und Kelim zu verhandeln. Sora und Niro haben gegen eine Reihe unserer Regeln verstoßen und hielten es offenbar nicht für nötig, den Rat über ihr Tun zu informieren. Kelim hat die beiden unterstützt. Der Ankläger möge sprechen!« Er setzte sich wieder hin.

Ankläger? Karin schluckte und warf einen erschrockenen Blick auf ihre Begleiter. Sora und Niro waren sichtlich nervös, Kelim jedoch schien kein bisschen beunruhigt.

Der Mann, der neben ihnen saß, erhob sich.

»Verehrter Rat!«, begann er. »Es sind viele Dinge, die ich zu berichten habe: Das größte Vergehen, das sich die beiden zuschulden kommen haben lassen, ist, dass sie durch ein Tor in eine fremde Welt eingedrungen sind und von dort eine Eingeborene mitgenommen haben.«

Ein ungläubiges Murmeln erhob sich im Saal.

»Ruhe, bitte!«, bat Rodan gelassen. Das Murmeln verstummte. Der Ankläger fuhr fort: »Des Weiteren wurde der Vorfall nicht bekannt gemacht. Stattdessen wurde – mit der Hilfe von Kelim –

ohne Anmeldung der Rat von Hyrda beansprucht. Danach fand ein nicht angemeldeter Drachenflug statt, der über einen Drachenruf eingeleitet wurde. Es wurde ohne Erlaubnis ein wildes Drachennest aufgesucht, obwohl es verboten ist, in das Aufzuchtgeschehen wilder Drachen einzugreifen. Auch dieses wurde nicht gemeldet. Erst nach dem heimlichen Anflug auf besagtes Nest – und auch dies mit erheblicher zeitlicher Verzögerung – wurde von den Vorfällen berichtet.«

Erneut erhob sich ein ungläubiges Gemurmel im Saal.

»Ruhe, bitte!«, bat Rodan ein zweites Mal. »Sind das alle Vorwürfe?«, wandte er sich an den Ankläger.

Dieser nickte und setzte sich wieder auf seinen Platz.

»Nun«, fuhr Rodan fort, »das sind gravierende Verstöße gegen unsere Ordnung.« Er wandte sich an Sora und Niro. »Was hat euch dazu bewogen, derart gegen unsere Ordnung zu verstoßen? Ich habe von euch bisher nur Gutes gehört. Und Sora ist sogar die Jüngste, die eine Drachenflugerlaubnis bekommen hat.«

Sora und Niro wechselten einen Blick, dann erhob sich Sora. Sie räusperte sich nervös.

»Verehrter Rat«, begann sie und räusperte sich dann zum zweiten Mal. »Wir – also Niro und ich – hatten wichtige Gründe dies zu tun.«

Rodan nickte. »Wir hören dir zu. Nenne uns deine Gründe.«

Es dauerte eine Weile, bis Sora alles erzählt hatte, angefangen mit Gar, den sie beobachtet hatten, als er durch das Tor gegangen war, über ihren verzweifelten Versuch, Karin das Leben zu retten, bis hin zu ihrer erfolgreichen Aktion mit dem Drachennest.

Als Sora geendet hatte, herrschte Schweigen im Saal.

»Du kannst dich wieder setzen«, sagte Rodan. »Hast du irgendeinen Beweis für eure Anschuldigungen gegen Gar?«

Sora nickte, aber es war Kelim, der sich erhob. Er trug eine Umhängetasche, aus der er jetzt das Rohr herausholte, das Karin schon zur Genüge kennengelernt hatte. Er hielt es in die Höhe.

»Hier drinnen ist der Lichtpfeil, der diese junge Frau beinahe umgebracht hätte. Etwas, das Sora und Niro durch ihr beherztes Eingreifen verhindern konnten.«

Er ging zum Tisch und legte das Rohr darauf ab. Rodan griff zögernd danach.

»Vorsichtig!«, warnte Kelim.

Rodan nickte. »Zeig du uns den Pfeil, du bist mit der Stoßröhre besser vertraut.«

Kelim nahm das als Stoßröhre bezeichnete Rohr wieder an sich und öffnete vorsichtig den Verschluss. Er zog den Lichtpfeil ein Stück heraus und ging damit den Tisch entlang, so dass jedes der Ratsmitglieder einen Blick darauf werfen konnte. Dann holte er den Pfeil ganz heraus und hielt ihn hoch. Die blauen Gifttropfen glitzerten im Licht der Saalbeleuchtung. Einzelne, entsetzte Aufschreie waren zu hören, aber bevor auch nur einer der todbringenden Gifttropfen herabfallen konnte, hatte Kelim den Pfeil wieder sicher im Rohr verstaut. Er verschloss es sorgfältig und übergab es Rodan. Dieser nahm es nachdenklich entgegen. Nach einem kurzen Blick in die Runde der Ratsmitglieder sagte er knapp: »Wir vertagen die Entscheidung.«

Er beriet sich kurz mit seiner Nachbarin zur Linken, dann erhob er sich. »In einem Uhrumlauf«, sagte er mit Blick auf das Publikum.

Die Ratsmitglieder erhoben sich und verließen den Saal durch eine Tür, die sich hinter ihrem Tisch befand. Karin war sie bisher gar nicht aufgefallen, auch den Mann, der neben der Tür stand, hatte sie nicht bemerkt. Oder war dieser eben erst hereingekommen? Er war mit Pfeil und Bogen bewaffnet. Rodan übergab ihm das Rohr und sprach kurz mit ihm. Der Mann nickte und verschwand durch die Tür. Nachdem das letzte der Ratsmitglieder den Saal verlassen hatte, wurde diese geschlossen.

Jetzt erhoben sich auch die Leute von ihren Bänken und machten sich daran, den Saal zu verlassen. Nicht wenige diskutierten dabei aufgeregt. Immer wieder starrten sie dabei auf Karin. Diese war froh, als endlich alle Leute den Saal verlassen hatten. Jetzt stand auch Niro auf. Kelim legte ihm eine Hand auf den Arm.

»Wir sollten besser bleiben.«

»Wieso?«, wollte Niro wissen.

Kelim lächelte nachsichtig. »Weil es um uns geht. Es ist *gute Sitte* mit Geduld auf das Urteil zu warten, das weißt du doch! – Außerdem«, fuhr er fort, »würden uns die Leute sonst mit Fragen bestürmen.«

»Hm, du hast recht«, stimmte Niro zu und setzte sich wieder.

»Was passiert jetzt?«, wollte Karin wissen.

Kelim zuckte mit den Schultern. »Keine Ahnung, aber ich fürchte, Sora wird die Drachenflugerlaubnis entzogen werden.«

»Ich lasse mir Mahur nicht wegnehmen!«, brauste Sora auf. »In unserer Gemeinschaftsordnung heißt es auch, dass wir anderen helfen sollen! Und genau das war es, was wir getan haben!«

Kelim seufzte. »Du hättest den Rat frühzeitig informieren können.«

»Dazu war doch überhaupt keine Zeit«, warf Niro ein.

»Doch, eigentlich schon«, gab Sora zerknirscht zu. »Mit dem Drachenruf hätten wir auch den Rat benachrichtigen können – wir haben nur einfach nicht daran gedacht.«

»Nun«, tröstete Kelim sie, »der Rat besteht doch nicht aus Unmenschen. Sie kennen dich doch von klein auf. Als euer Vater verunglückt war, seid ihr doch quasi hier im Rat aufgewachsen.«

Niro nickte. »Schon. Aber vielleicht sind sie ja jetzt erst recht enttäuscht.«

Und Sora fügte hinzu: »Wenn wir nur etwas Tolles entdeckt hätten. Zum Beispiel einen Sonnendrachen.«

Kelim lachte auf. »Du meinst, dann würde sich der Rat so freuen, dass er euch alles verzeiht? – Oh, Kinder! Seit gut hundert Sommern hat niemand mehr einen goldenen Drachen – oder Sonnendrachen, wie ihn die meisten nennen – gesehen.«

»Eben, das wäre doch die Entdeckung gewesen!«

»Aber ihr habt doch etwas sehr Wichtiges herausgefunden: Ihr habt es gesehen *und* ihr könnt es sogar beweisen, dass die Gerüchte über Gar, er würde in fremde Welten eindringen, wahr sind. Alle munkeln doch, dass es nicht mit rechten Dingen zugeht, seit er die Drachenmilchquote für seine Elitetruppen erhöht hat, obwohl wir uns nicht im Krieg befinden. Der Pfeil ist euer goldener Drache!«

»Aber das ist nun wirklich keine gute Nachricht«, meinte Niro.

Karin hatte aufmerksam zugehört. Alles hatte sie nicht verstanden, aber zum einen wusste sie jetzt, dass Sora und Niro Geschwister waren, was ihre Vertrautheit erklärte, und zum anderen erinnerte sie die Erwähnung des goldenen Drachen an irgendetwas. Es hatte mit dem Drachennest zu tun. Dann fiel es ihr wieder ein: Die Schuppe! Sie hatte im Drachennest eine goldene Schuppe gefunden.

Sie zupfte Sora am Ärmel. »Äh – Sora, hat ein goldener Drache golden schimmernde Schuppen?«

»Ja, natürlich. Wieso fragst du?«

»Weil – weil ich im Drachennest eine goldene Schuppe gefunden habe.«

»Unmöglich!«, meinte Kelim. »Du irrst dich. Das Sonnenlicht wird sich auf einer Schuppe gespiegelt haben. Du hast vielleicht eine große blaue Schuppe gesehen – der Vater eines blauen Drachen ist immer auch blau, aber nicht golden. Ein goldener Drache hat keine blauen Nachkommen.«

»Doch, sie ist golden! Ich habe sie mitgenommen.«

»Du hast was?«, rief Sora aufgeregt.

»Ich habe sie mitgenommen«, wiederholte Karin. »Ich habe sie in meine Hosentasche gesteckt. – Zusammen mit einer grünen und zwei blauen.«

Die anderen starrten sie ungläubig an.

»Doch, ehrlich. Die Po-Tasche an meiner Hose war so ziemlich das Einzige, was nicht zerrissen war. Ich …«

Weiter kam sie nicht. Niro war aufgesprungen. »Die Hose! Die liegt im Abfall! Kommt schnell, bevor sie weggebracht wird!«

Sofort sprang auch Sora auf und war schon auf dem Weg zur Tür.

»Halt! Hiergeblieben!«, rief Kelim. »*Ihr* bleibt schön hier. Ich rufe einen der Wächter.«

Gehorsam setzten sich die beiden auf ihre Plätze, während Kelim zur Tür ging und leise mit dem dort stehenden Mann sprach. Der nickte und verschwand kurz durch die Tür, bevor er seinen Platz wieder einnahm, als sei nichts geschehen.

»Und?«, fragte Niro ungeduldig, als sich Kelim wieder zu ihnen setzte.

»Er hat jemanden in den Baderaum geschickt«, antwortete Kelim knapp. Er schien mit seinen Gedanken in weiter Ferne zu schweifen. Er wirkte so versunken, dass Karin es nicht wagte, ihn anzusprechen. Auch Sora und Niro saßen schweigend auf ihren Plätzen. Aber im Gegensatz zu Kelim, der ganz entspannt zu sein schien, sahen sie immer wieder zur Tür hinüber. Niro knetete nervös seine Hände und Sora schien keine Position zu finden, die sie länger als fünf Sekunden aushalten konnte. Schließlich wandte sich Sora an Karin und fragte sie, wohl um sich abzulenken, nach ihren Erlebnissen im Drachennest. Als Karin von ihrem Ausflug auf den Nachbarfelsen berichtete, richtete sogar Kelim seinen Blick auf sie und lauschte aufmerksam. Bis dahin war sie sich nicht sicher gewesen, ob er in seiner Versunkenheit überhaupt bemerkt hatte, dass sie etwas sagte.

Endlich erschien der Bote. Er machte einen angewiderten Gesichtsausdruck und trug die Überreste der Hose, die er über einen langen Stock gehängt hatte, mit ausgestrecktem Arm vor sich her. Karin musste darüber schmunzeln. Vor nicht allzu langer Zeit hatte sie genauso gerochen wie die Hose. Auch jetzt haftete der Geruch noch an ihr, wenn auch deutlich schwächer. Sehr viel schwächer, korrigierte sie, als ihr der Geruch der Hose in die Nase stieg. Wie hatte sie es in dem Drachennest bloß aushalten können? Auf ein Zeichen von Kelim legte der Mann die Hose in der Mitte der Arena ab. Kelim bedankte sich für seinen Dienst und der Mann verließ den Saal. Sofort stand Niro auf, doch Kelim hielt ihn abermals zurück.

»Nein, nicht jetzt! Das soll Karin machen, wenn der Rat wieder da ist.«

»Ich glaube nicht, dass Karin öffentlich sprechen darf«, wandte Sora ein. »Sie gehört nicht zu uns und hat deshalb auf einer Ratsversammlung kein Rederecht.«

»Wart es ab. Während ihr so ungeduldig herumgezappelt seid, habe ich mir ein paar Dinge durch den Kopf gehen lassen. Und ich glaube, ich habe eine Lösung für einige unserer Probleme gefunden.«

»Und?«, fragte Niro nach.

»Wart es ab«, sagte Kelim nur und grinste dabei verschmitzt.

Niro öffnete den Mund, um zu protestieren, aber dann schloss er ihn wieder und wartete schweigend auf die Rückkehr der Ratsmitglieder. Sie brauchten nicht mehr lange zu warten. Kaum eine Minute später kamen diese durch die Tür hinter dem Tisch herein. Über das Gesicht von Rodan huschte eine Mischung aus Zufriedenheit und Erleichterung, als er sah, dass sie nach *guter Sitte* im Saal gewartet hatten. Er nickte ihnen anerkennend zu. Jetzt wurde die Eingangstür zum Saal geöffnet und die Zuschauer strömten herein und quetschten sich auf die Bänke. Karin hatte den Eindruck, dass es viel mehr Leute waren als zuvor. Und tatsächlich, etliche

Leute bekamen keinen Platz mehr auf den Bänken und mussten mit einem Stehplatz vorliebnehmen. Einige mussten sogar in die Arena ausweichen und drängten sich dort an den Seiten, sie hielten jedoch Abstand zu ihnen und kein Einziger wagte es, sich auf einen der Stühle im Innern der Arena zu setzen.

Als alle ihre Plätze eingenommen hatten und die Türen geschlossen worden waren, hob Rodan wie zuvor die Hände und binnen Sekunden verstummte das aufgeregte Gemurmel im Saal. Karin bewunderte die Disziplin der Leute. Rodan richtete seinen Blick auf Sora und Niro, als er das Wort ergriff.

»Wir haben die Gründe für euer Verhalten mit Wohlwollen zur Kenntnis genommen. Dennoch, ihr habt versäumt, den Rat rechtzeitig zu informieren – ihr hattet mehrere Möglichkeiten dazu; keine habt ihr genutzt. Ich sehe wohl, dass euch die Sorge um diese junge Frau sehr beschäftigt hat, aber trotzdem müsst ihr euren Pflichten nachkommen! Laut unserer Gemeinschaftsordnung trifft Kelim keine Schuld, da ihr selbst für euer Tun verantwortlich seid und nur Drachenreiter Verantwortung für andere Drachenreiter übernehmen können. Persönlich bin ich aber enttäuscht darüber, dass Kelim, der sonst so besonnen und überlegt handelt, es versäumt hat, meine beiden Zöglinge auf deren Versäumnis aufmerksam zu machen.«

Er bedachte Kelim mit einem strengen Blick. Dieser stand auf, trat näher an den Tisch heran und kniete sich dann auf den Boden. Er senkte demütig den Kopf.

»Verzeih, großer Rat. Ich habe in der Tat gefehlt. Ich hätte Sora und Niro darauf hinweisen müssen, nicht zu vergessen, dich zu informieren. Ich bitte den großen Rat um Strafe oder Verzeihung, ganz wie es euch beliebt.«

Die Strenge wich aus dem Gesicht von Rodan.

»Steh auf, Kelim. Du bist kein Drachenreiter und deshalb nicht an unsere Ordnung gebunden. Du hast gegen kein Gesetz verstoßen, wie sollten wir dich also bestrafen? Deine Entschuldigung ist uns genug. Wir verzeihen dir von ganzem Herzen; schließlich hast du die beiden mit all deinen Möglichkeiten unterstützt.«

Kelim hob den Kopf und stand auf. »Hab Dank, großer Rat!« Er setzte sich wieder auf seinen Platz.

Rodan wandte sich erneut an Sora und Niro. »Nun zu euch, ihr beiden. Niro, nachdem du die große Drachenprüfung noch nicht abgelegt hast, ist auch deine Schuld gering. Du wirst nun einen Mond länger auf deine Prüfung warten müssen, damit du ausreichend Zeit hast, darüber nachzudenken, wie du in jeder Situation deiner Pflicht gerecht wirst!«

Niro senkte den Kopf und biss sich auf die Unterlippe.

»Und nun zu dir, Sora. Du hattest als Ältere die Hauptverantwortung. Wenn das Ergebnis eures Tuns auch noch so nützlich und aufschlussreich ist, wir können dir deine Verfehlungen nicht ungestraft durchgehen lassen. Wir entziehen dir deine Drachenflugerlaubnis für die Dauer von sechs Monden. In dieser Zeit hast du genügend Möglichkeiten, deine Zuverlässigkeit unter Beweis zu stellen; gilt der Beweis als erbracht, dass du jeder Situation gewachsen bist, kannst du nach Ablauf der Bewährungszeit die Prüfung erneut ablegen.«

»Nein!«, entfuhr es Sora. »Ihr …«

»Still!«, zischte Kelim ihr zu und legte ihr beschwichtigend die Hand auf den Arm. Sora holte tief Luft und verkniff sich weitere Worte.

»Mahur«, fuhr Rodan fort, »wird solange der Ausbildungsgruppe zugeteilt. Ich bin mir sicher, dass Sora die Prüfung erneut mit Bravour meistern wird und dann wird Mahur wieder zu ihrer Verfügung stehen.« Er zwinkerte Sora aufmunternd zu.

Niro beugte sich zu Sora und legte tröstend eine Hand auf ihr Bein. »Das ist doch gut«, flüsterte er ihr zu, »sie nehmen dir Mahur nicht wirklich weg; du bekommst ihn zurück.«

»Und nun zu dieser jungen Frau.« Rodan bedachte Karin mit einem mitfühlenden Blick. »Dein Name ist Karin?« Karin nickte.

»Gut, Karin, dich stellen wir unter die Obhut von Kelim. Er war es schließlich, der dir den todbringenden Pfeil entfernt hat und damit neben Sora und Niro die Verantwortung für dich übernommen hat. Vorerst nur für die Zeit, bis wir entschieden haben, ob und wenn ja, wie wir dich in deine Welt zurückbringen können.«

Ob? Karin schluckte. Musste sie womöglich für immer hierbleiben?

»Sollte es keinen Weg zurück geben für dich, so soll Kelim auf Dauer zu deinem Vormund ernannt werden – sofern Kelim keine Einwände dagegen hat. Kelim?«

»Nein, großer Rat, ich habe keinen Einwand. Es ist mir eine große Ehre, dass ihr mir so viel Vertrauen entgegenbringt, mir diese junge Frau anzuvertrauen. Großer Rat …«

»Moment noch, Kelim. Ich sehe, dass du etwas auf dem Herzen hast. Wir werden dich anhören.« Er wandte sich erneut an Karin. »Ich erwarte nicht, dass du unsere Entscheidung verstehst, doch bei uns ist es Sitte, dass niemand allein Verantwortung trägt, solange er nicht die große Drachenprüfung abgelegt hat und seine Selbstständigkeit bewiesen hat. Noch bist du keine von uns, aber du bist bereits mehrmals auf einem Drachen geritten und hast mehr Drachenmilch geschluckt, als jeder einzelne von uns. Und mit der Befragung durch Hyrda hast du unwissentlich schon einen Teil der Drachenprüfung hinter dich gebracht, und da sie sich deines Problems angenommen hat, hat sie dich für würdig erachtet.« Er wandte sich an Niro. »Auch deine Befragung kann gewertet werden, denn Hyrda hat auch dich für würdig befunden, indem sie dir die Lösung eures Problems anvertraut hat. Ihr seid beide über jeden Zweifel erhaben!«

Niro freute sich sichtlich über diese Mitteilung.

Rodan richtete seine Aufmerksamkeit wieder auf Karin. »Sora hat richtig gehandelt, als sie dir ihre Reiterkleidung zum Anziehen gegeben hat. Wir würden dich gerne in unserem Kreis willkommen heißen. Natürlich werden wir versuchen, dir eine Rückkehr in deine Welt zu ermöglichen, aber du musst wissen, dass es vielleicht nicht mehr möglich sein wird, ein Tor in deine Welt zu öffnen; manchmal vergehen hunderte von Sommern, ehe es gelingt, ein Tor ein zweites Mal zu öffnen.«

Karin war wie erschlagen. Hunderte! Niro legte ihr die Hand auf die Schulter.

»Hej! Nun lass den Kopf nicht gleich hängen. Das gilt doch nicht für jedes Tor. Manche lassen sich über einen längeren Zeitraum fast beliebig öffnen. Außerdem scheint Gar eine Methode gefunden zu haben, Tore zu öffnen, die fast immer funktioniert.«

»… sagen, was dir auf dem Herzen liegt, Kelim.«

Karin schrak hoch. Die letzten Worte von Rodan hatte sie nicht mitbekommen. Doch die hatten wohl nicht ihr, sondern Kelim gegolten.

Kelim erhob sich. »Ja, Großer Rat, es hat sehr wohl etwas mit dem *stinkenden Haufen,* wie du gesagt hast, zu tun. Es handelt sich dabei im Übrigen um die Hose von Karin, beziehungsweise das, was von dieser übrig geblieben ist. Aber ich werde etwas weiter ausholen müssen, um meine Vorschläge hinreichend begründen zu können.«

»Nun, wir werden dir zuhören.«

»Wie ihr wisst, kenne ich mich sehr gut mit Drachen aus und habe mich insbesondere mit den verschiedenen Drachenzuchten beschäftigt. Grüne Drachen sind die friedfertigsten und die Weibchen fürsorgliche Mütter; blaue Drachen sind sehr stark. Aus diesen Gründen werden grüne Weibchen für die Zucht und blaue Männchen zum Reiten bevorzugt. Die genannten Eigenschaften haben auch die jeweiligen wild lebenden Drachen. Bekannterweise haben männliche Jungtiere immer die Farbe des Vaters. Wilde, blaue Männchen töten auch zuweilen männliche, grüne Drachenjunge oder sogar grüne Rivalen. Blaue Jungtiere sind indes vor ihnen sicher. Grüne Drachen töten keine andersfarbigen Jungtiere. Dass es dennoch mehr grüne als blaue Drachen gibt, hängt damit zusammen, dass alle Drachenweibchen – auch die blauen – grüne Männchen bevorzugen, da diese weitaus fürsorglicher sind und sich auch selbst um ihren Nachwuchs kümmern; blaue Drachenmännchen kümmern sich so gut wie nie um ihren Nachwuchs. Hingegen ist über den legendären goldenen Drachen, der gerne auch Sonnendrache genannt wird, zu lesen, dass er fremde Jungtiere seiner auserwählten Drachendame nicht nur immer am Leben lässt, sondern sich um sie kümmert, wie um seine eigenen Jungen. Der goldene Drache ist der Stärkste, Mutigste – und mit Abstand der Klügste aller Drachen. Leider gibt es nur männliche Exemplare davon und oft dauert es viele Generationen, bis wieder ein goldener Drache geboren wird.«

»Das alles ist uns bekannt, Kelim«, warf Rodan ein. »Warum erzählst du uns das?«

Kelim grinste. »Nun, für Karin war das sicherlich aufschlussreich. Doch bevor ich zu meinen Vorschlägen komme, möchte ich diese bitten, ihre Hosentaschen zu leeren. Karin?«

Erneut waren alle Blicke auf Karin gerichtet. Sie hatte plötzlich einen ganz trockenen Mund, als sie langsam zu ihrer Hose ging und aus den stinkenden Stofffetzen die Drachenschuppen herausfischte. Die Goldene war die Letzte. Als sie diese hochhielt, ging ein Aufschrei durch das Publikum, dann herrschte Stille.

Scheinbar unbeeindruckt bat Rodan Karin, ihm die Schuppe zu bringen. Karin reichte sie ihm. Er drehte sie in den Händen.

»Wo hast du sie gefunden?«

»Im Nest. Neben ein paar blauen Schuppen.«

»Wieso hast du sie eingesteckt?«, fragte Rodan weiter.

»Ich weiß nicht«, Karin zuckte mit den Schultern. »Einfach so. Vielleicht, weil meine Tasche als einziges noch heil war?«

Aus dem Publikum waren einige Lacher zu hören.

Rodan schmunzelte. »Ich denke, das ist ein guter Grund. Nun gut. Du kannst dich wieder setzen.« Seine Augen wanderten zu Kelim. »Nun? Können wir jetzt deine Vorschläge hören?«

Kelim nickte. »Die goldene Schuppe beweist eindeutig, dass es einen goldenen Drachen gibt. Und nun meine Vorschläge: Der erste betrifft Sora. Sie sollte ihre Flugerlaubnis behalten, da meiner Ansicht nach, ihre Flugkünste in kurzer Zeit dringend benötigt werden.

Zum Zweiten sollten wir versuchen, das grüne Weibchen einzufangen – mit Karins Hilfe sollte uns das gelingen – und Karin beibringen, einen Drachen zu reiten.« An dieser Stelle erhob sich ein Raunen im Saal. Unbeirrt fuhr Kelim fort. »Das grüne Weibchen wird Karin am ehesten als Reiter dulden – immerhin hat es sie adoptiert. Außerdem ermöglicht es uns Karin, an eine nicht unerhebliche Menge Drachenmilch zu gelangen. Die wir in Kürze außer für unsere hungernden Jungdrachen wahrscheinlich dringend gegen das Gift der Lichtpfeile brauchen werden.« Erneut lief ein Raunen durch den Saal. Kelim ignorierte es auch dieses Mal und sprach ohne Unterbrechung weiter. »Als Nächstes schlage ich vor, dass wir auch den blauen Jungdrachen einfangen. Er hat sich nach Karins Erzählung mit ihr angefreundet und ist vermutlich einfach zu zähmen.« Er sah sich im Publikum um. »Das wäre doch eine schöne Aufgabe für unsere Nachwuchsdrachenreiter!«

Die meisten Kinder im Publikum waren von dieser Idee sehr angetan und bekamen leuchtende Augen. »Au, ja!«, rief irgendein Knirps begeistert aus und die Erwachsenen lachten.

»Und da er ohne Milchmangel aufgewachsen ist«, erklärte Kelim weiter und wandte sich wieder den Ratsmitgliedern zu, »ist er sicher stark und ausdauernd. Außerdem ist er wahrscheinlich noch zu klein, um ohne seine Mutter zu überleben. Mein letzter Vorschlag betrifft den goldenen Drachen. Dazu muss ich noch etwas erklären: Wie bekannt ist, sind die direkten Nachkommen eines goldenen Drachen nie blau, sondern grün oder seltener selbst golden. Das heißt, dass das Jungtier im Nest *nicht* von ihm ist. Da Karin sowohl Schuppen von einem blauen, wie einem goldenen Drachen gefunden hat, müssen wir annehmen, dass letzterer seinen blauen Rivalen vertrieben hat und jetzt darauf wartet, dass das grüne Weibchen wieder empfängnisbereit ist. Er wird also immer wieder zum Nest zurückkommen, um sich um Jungtier und Mutter zu kümmern, bis er mit der Mutter für eigenen Nachwuchs sorgen kann. Wenn wir das grüne Weibchen einfangen, wird unweigerlich auch er hier auftauchen! Mein Vorschlag für diesen Fall: Niro soll einen Teil seiner Drachenprüfung ablegen, indem er den goldenen Drachen zähmt und sein Reiter wird.«

»Was?!«, rief Niro so entsetzt, dass sich einige der Anwesenden ein Lachen nicht verkneifen konnten.

»Oh, ja, Niro! Mit der Hilfe von Karin und dem grünen Weibchen wird dir das auch gelingen.« Kelim wandte sich an die Ratsmitglieder, die seine Rede äußerlich unbeeindruckt zur Kenntnis genommen hatten.

»Verehrte Ratsmitglieder, großer Rat, lasst euch diese Vorschläge durch den Kopf gehen.« Er setzte sich wieder auf seinen Platz und wartete ruhig auf eine Antwort des Rates.

»Das werden wir«, antwortete Rodan. »Aber was meinst du mit deinen Andeutungen, dass wir Soras Reitkünste und die Drachenmilch brauchen werden?«

Kelim schien genau diese Frage erwartet zu haben, denn er wirkte sehr zufrieden, als er sich jetzt erhob, um zu antworten.

»Oh, das erste dürfte klar sein: Der Geruch von Sora, Niro und Mahur ist den drei wilden Drachen jetzt bekannt und wenn Karin sich gut mit Ersteren versteht, übernehmen auch das grüne Weibchen und ihr Junges und als direkte Folge auch der goldene Drache diese freundschaftliche Einstellung. Nur Sora ist also in der Lage mit Mahur den dreien weitgehend ungefährdet gegenüberzutreten. Bei der Drachenmilch bin ich mir nicht ganz sicher. Aber wenn Gar diese Überfälle in fremde Welten öfters unternimmt – und alle Anzeichen sprechen dafür – stellt er eine große Gefahr für unsere Welt dar. Er hat in letzter Zeit seine Macht immer weiter ausgebaut. Praktisch alle Truppen unterstehen inzwischen ihm allein. Bis auf wenige, entlegene Gebiete sind wir und die Flotte des Inselreiches die einzigen, über die er noch nicht den Oberbefehl hat! Und seine neue Elitetruppe war an dem Übergriff in Karins Welt beteiligt – wie wir anhand des Pfeiles beweisen können, da diese Pfeilklasse allein seinen Elitetruppen vorbehalten ist. Und wofür, wenn nicht als Gegengift gegen Lichtpfeile und um Kampfverletzungen zu heilen, hortet er so viel Drachenmilch? Die Heilhäuser bekommen nach eigenen Angaben genug. Mir ist kein anderer Zweck bekannt, für den so viel Drachenmilch benötigt würde. Vielleicht benötigt er sie auch gar nicht und möchte lediglich erreichen, dass sie uns nicht mehr zur Verfügung steht. Die machtvollen, unabhängigen Drachenreiter waren ihm schon immer ein Dorn im Auge; ich fürchte, es kommen schwere Zeiten auf uns zu – womöglich wird es sogar Krieg geben.«

»Du sprichst wahr«, seufzte Rodan. »Wir beobachten diese Entwicklung schon seit vielen Monden mit Sorge. Aber uns sind die Hände gebunden. Wir unterstehen dem Weltenfriedensrat, und dieser hat sich bis jetzt immer hinter Gar gestellt – sonst hätte er die Drachenmilchquote nicht so maßlos erhöhen können.« Er stand auf. »Wir beraten uns ein zweites Mal. Ein halber Uhrumlauf sollte genügen.«

Abermals verließen die Ratsmitglieder den Saal. Rodan sprach noch kurz mit dem Bogenschützen, worauf dieser ebenfalls den Saal verließ. Auch der Großteil des Publikums zog es vor, sich draußen die Beine zu vertreten; einige wenige blieben sitzen und diskutierten leise miteinander.

Kaum hatte sich die Tür hinter den Ratsmitgliedern geschlossen, konnte sich Niro nicht mehr zurückhalten.

»Bist du wahnsinnig?«, fuhr er Kelim an. »Ich soll als Teil der Drachenprüfung einen wilden Drachen zähmen?«

»Beruhige dich!«, beschwichtigte dieser. »Du sollst nicht irgendeinen wilden Drachen zähmen, du sollst einen *goldenen* Drachen zähmen. Ich sagte doch, goldene Drachen sind sehr schlau. Wenn es uns gelingt, das grüne Weibchen und das Jungtier zu zähmen, und sie keinen Feind in uns sehen, erkennt der goldene Drache, dass wir keine Gefahr darstellen. Und wenn er sieht, dass sich das grüne Weibchen und andere Drachen freiwillig reiten lassen, wird er auch das nicht als sein Verderben ansehen. Außerdem bist du schon oft genug auf Mahur geritten und ich habe beobachtet, dass ihn nicht immer Sora gesteuert hat, obwohl du noch keine Flugerlaubnis hast.«

»Woher weißt du das?«, fragte Niro erschrocken. Er sah verlegen zu Boden. »Wir dachten, das würde niemand bemerken. Wir – wir fliegen doch meistens zu zweit.«

Kelim lachte laut auf. »Niemand bemerken? Ich glaube nicht, dass es im Rat jemanden gibt, der davon *nichts* weiß!«

Sora sah verwirrt drein. »Aber das ist doch verboten! Wieso hat uns dann niemand bestraft oder zur Ordnung gerufen?«

Kelim schmunzelte. »Du solltest eure Gemeinschaftsordnung mal etwas genauer durchlesen. Natürlich ist es verboten, ohne Flugerlaubnis einen Drachen allein zu steuern. – Wie hast du denn das Fliegen gelernt, Sora?«

»Ich bin mit unserem Vater und später mit Reno, Ron oder den Ratsmitgliedern geflogen.«

»Ja, und? Wer hatte denn das Kommando?«

Jetzt dämmerte Sora, auf was Kelim hinauswollte. »Zum Üben natürlich ich – aber das waren doch meine Lehrer!«

»Und wo steht, dass du nicht der Lehrer von deinem Bruder sein darfst? Solange du hinter ihm sitzt und bereit bist einzugreifen, gilt das nicht als unerlaubtes Fliegen.«

»Und wir Idioten haben das heimlich gemacht!«, rief Niro so laut aus, dass einige Leute zu ihnen herübersahen.

Kelim hatte ein unverschämtes Grinsen im Gesicht, als er bemerkte: »Ja, das war schon lustig euch zuzusehen, wie ihr immer kurz vor eurer Heimkehr in halsbrecherischer Turnerei eure Plätze vertauscht habt.« Er wurde wieder ernst. »Normalerweise bestimmt der Rat bei wem ein Unmündiger außerhalb seiner Flugstunden mitreiten darf; meistens sind dies die Eltern, wenn diese auch Drachenreiter sind. Da ihr leider ohne Eltern auskommen müsst, hat der Rat beide Augen zugedrückt und euch lieber zusammen fliegen lassen, als Niro einem Lehrer und einem fremden Drachen zuzuteilen. Ihr hattet es schwer und ohne euren Vater habt ihr länger gebraucht, um euch einzufügen. Wir waren zu dem Schluss gekommen, euch diese Heimlichkeiten – die durchaus den Tatbestand der Lüge erfüllen – und einige andere Verfehlungen, ausnahmsweise nicht vorzuwerfen, damit ihr besser über euren Verlust hinwegkommt und um euch und vor allem Niro, den Weg zum Erwachsenwerden zu erleichtern. Und wir hatten recht: Sora, du hast dich nach deiner so frühen und mit Bravour bestandenen Drachenprüfung bis auf ein paar Kleinigkeiten inzwischen hervorragend eingefügt und Niros Reitkünste übertreffen bereits die anderer in seinem Alter. Und für die jetzigen Verfehlungen trage ich, zu meiner Schande, den Hauptteil der Schuld.«

Sora und Niro schwiegen für einen Augenblick betreten.

Sora fasste sich als Erste wieder. »Das überrascht mich. Mir war das bisher nicht bewusst und ich habe das nicht so gesehen, aber wenn wir uns der Lüge schuldig gemacht haben …«

»Es gab eine heftige Diskussion. Aber was wäre passiert, wenn wir euch getrennt hätten? Du hast dich doch vor allem deshalb so angestrengt, um für deinen Bruder sorgen zu können, und ohne dein Vorbild wäre Niro bis heute nicht in der Gemeinschaft angekommen. Wie auch immer: Niro, du hast alle Voraussetzungen dazu, dieses Unternehmen zu meistern.«

»Na, du hast gut reden«, knurrte Niro. »Du brauchst den Drachen ja nicht zu reiten.«

»Darf ich auch mal was fragen?«, meldete sich Karin zu Wort, die aufmerksam zugehört hatte.

»Natürlich«, meinte Kelim. »Nur zu!«

»Ich verstehe das alles nicht. Ich meine, dass ich nicht so einfach wieder nach Hause kann, habe ich schon kapiert. Aber was genau habt ihr mit mir vor? Soll ich ernsthaft lernen, einen Drachen zu reiten? Und was sollte das mit der Drachenmilch? – Und was für eine Rolle spielst du eigentlich hier? Rodan hat gesagt, du bist kein Drachenreiter, trotzdem scheint der Rat besonderen Wert auf deine Meinung zu legen.« Letzteres wunderte Karin ein wenig; es passte nicht so recht zu ihrem ersten Eindruck von Kelim, als er sich einen Spaß daraus gemacht hatte, ihnen mit seinem Wurmboot einen gehörigen Schrecken einzujagen. Obwohl es ihr so schlecht gegangen war, konnte sie sich noch deutlich an sein Gelächter erinnern. Diese Erinnerung stand in krassem Kontrast zu seiner wohlüberlegten Rede von eben.

»Ich sehe, du hast gut aufgepasst, Karin«, antwortete er anerkennend. »Sora, möchtest du zur Abwechslung, Karin ein paar Antworten geben?« Er schmunzelte. »Bei den vielen Fragen bin ich am Ende noch heiser.«

»Wenn du es erlaubst, gerne«, antwortete Sora und wandte sich zu Karin. »Ich kann dir jedoch nicht sagen, wie der Rat entscheiden wird, Karin. Ich vermute allerdings, dass der Rat Kelims Vorschlägen im Wesentlichen folgen wird. Seine Meinung hat in der Tat hohes Gewicht: Er gehört zum Rat der Weisen. Statt wie wir, sich um die Drachen zu kümmern und zu reiten, befasst sich Kelim mit dem Wesen der Dinge. Er studiert unsere Schriften, befasst sich mit der Heilkunde, kümmert sich um unsere Ernährung und vieles andere. Es gibt viele unter uns, die den Weg ohne Drachen wählen; dazu zählen auch unsere Baumeister, oder die, die unser Vieh betreuen. Aber nur wenige werden in den Rat der Weisen gewählt. Kelim genießt im Rat der Weisen noch eine Sonderstellung: Er vertritt uns vor dem Weltenfriedensrat und vor den Regierungen.«

Diese Offenbarung überraschte Karin noch mehr; anscheinend hatte sie mit ihrem ersten Eindruck von Kelim wirklich völlig danebengelegen. Und mit einigen anderen Dingen wohl ebenfalls.

»Regierung*en*? – Ich dachte Gar und der Weltfriedensrat sind eure Regierung?«

»Beim Großen Drachen!«, rief Kelim aus. »Nein, da liegst du vollkommen falsch! Jedes Volk hat seine eigene Regierung oder seinen König. Gar ist Baru des größten und einflussreichsten Volkes.«

Karin sah ihn verständnislos an. »Was ist ein Baru?«

»Ein Herrscher oder Gebieter. Baru ist ein sehr altes Wort, das so viel heißt wie *der, dem alle folgen*. Du hast es noch nie gehört, oder?«

Karin schüttelte den Kopf.

»Man munkelt aber, dass es nicht mit rechten Dingen zugegangen ist, als Gar an die Macht gewählt wurde«, fuhr Kelim nach dieser kleinen Unterbrechung fort. »Sein Gebiet, über das er offiziell herrscht, ist die große Ebene Ela im Westen. Der große Drachenrat, den du gerade kennengelernt hast, ist die Regierung unseres Gebietes, des Drachenreiches. Unser Drachenreich erstreckt sich über die gesamte Steilküste und die angrenzenden Gebiete. Hier im Ostteil reichen wir mit dem Plateaugebirge bis zum Beginn des Himmelsgebirges. Im Westteil ist die Küste flacher und es gibt weniger gut geeignete Drachenhöhlen. Das Plateaugebirge reicht hier auch nicht so weit ins Hinterland und bildet die Grenze zum Reich der Feuerberge, das zwischen uns und Gars Gebiet liegt.«

Niro ergänzte: »Es gibt noch mehr Gebiete. Das Inselreich zum Beispiel oder das Wüstenreich im Osten. Außerdem gibt es noch viele kleinere Gebiete und die Nomadenstämme. Alle sind im Weltenfriedensrat vertreten. Und es heißt im Übrigen *Welt*en*friedensrat*, nicht *Weltfriedensrat*.«

»Ja«, bestätigte Kelim. »Früher gab es nur einmal im Lauf eines Sonnenkreises die *Zusammenkunft der Völker*, aber nach dem großen Krieg wurde der Weltenfriedensrat eingerichtet. Und da man glaubt, dass das Eisenvolk aus einer anderen Welt stammt und nun auch der Umgang mit den Toren und fremden Welten besprochen werden sollte, wurde der Name Welt*en*friedensrat gewählt. Der Weltenfriedensrat vermittelt zwischen den einzelnen Völkern von Mera – und von anderen Welten, falls es zu einem Kontakt mit anderen Welten kommen sollte – und greift auch aktiv ein, wenn eine Regierung sich gegenüber einer anderen zu viel herausnimmt.«

»Oh, ja!«, meinte Sora bitter. »Aber den Erhöhungen der Drachenmilchquote hat der Weltenfriedensrat zugestimmt! Das sind doch nur noch Marionetten von Gar!«

»Na, na«, beschwichtigte Kelim. »So darfst du nicht reden, Sora. Es mag sein, dass es Gar gelingt, den Rat mit falschen Argumenten zu täuschen, doch auf Dauer wird das nicht funktionieren.«

»Na hoffentlich hast du recht«, sagte Sora wenig überzeugt.

»Nun, ich muss zugeben«, sagte Kelim, »dass Gars Aktivitäten in der Tat beunruhigend sind. Doch wenn dem Friedensrat zu Ohren kommt, dass Gar fremde Welten heimsucht, ist er am Ende. Gegen den Friedensrat kann er seine Interessen kaum durchsetzen.«

»Und wenn Gar der Rat egal ist?«, wandte Niro ein. »Wenn er mit seinen Truppen einfach das Ratsgebäude stürmt und sich als Alleinherrscher ausruft?«

»Der Große Drache bewahre uns!«, rief Kelim. »Das wäre eine Katastrophe! Aber so weit wird es nicht kommen, denn dann hätte Gar sämtliche Völker gegen sich.«

»Und wenn er sich mit einigen Völkern verbindet?«, meinte Karin. Sora, Niro und Kelim sahen sie erstaunt an.

»Ich meine – ich überlege ja nur«, stotterte Karin herum. Hatte sie etwas Falsches gesagt? Doch Kelim nickte.

»Oh ja, daran haben wir natürlich auch schon gedacht. Aber bisher gibt es keine Anzeichen dafür. Wir befürchten eher, dass er die einzelnen Gebiete mit Gewalt an sich reißt und vermuten, dass Gar sich in den fremden Welten nach einer Möglichkeit umsieht, effektiver Krieg zu führen, oder dort neue Waffen ausprobiert oder einen Weg durch die Welten sucht, um den Völkern durch ein Tor kommend in den Rücken zu fallen.«

»Und dafür braucht er natürlich unsere Drachenmilch«, meinte Niro bitter.

»Das mit der Drachenmilch ist wirklich ein Problem«, stimmte Kelim zu.

»Wieso?«, wollte Karin wissen.

»Ganz einfach«, erklärte zur Abwechslung wieder Niro. »Bei zu wenig Milch werden unsere Nachwuchsdrachen geschwächt – und sind außerdem am Ende nicht mehr gegen Krankheiten und das Gift der Lichtpfeile immun.«

Kelim nickte langsam. »Ja, und wenn Gar wirklich die Alleinherrschaft anstrebt, wären seine Soldaten die einzigen, die genug Drachenmilch bekommen würden, um gegen das Gift immun zu sein. Aber noch verfügen wir über genügend kräftige Drachen. Gar wird noch viele Sommer brauchen, um uns auf diese Art zu schwächen.«

»Dann sollten wir ihm auf alle Fälle zuvorkommen!«, gab sich Niro kämpferisch.

»Nun ja«, meinte Kelim, »mit eurem Pfeil haben wir nun das erste Mal einen Beweis gegen Gar in den Händen. Wenn wir es geschickt anstellen, wird Gar bald Geschichte sein.«

»Das wäre mir am liebsten«, sagte Niro bestimmt. Auch Sora nickte und Karin fügte hinzu: »Mir auch, er hat schließlich meine Freunde umgebracht.«

Schlagartig kam mit diesem Satz die Erinnerung wieder über sie. Rudis tote Augen ... Sie schluckte schnell ein paar Tränen hinunter. Sie wollte nicht vor den anderen wie ein Baby heulen, aber es gelang ihr nicht, ihren Kummer vor den anderen zu verbergen. Ohne ein Wort zu sagen, legte Sora einen Arm um Karins Schultern und drückte sie sanft an sich. Fast im selben Augenblick öffnete sich die Tür, und die Mitglieder des *großen Drachenrates*, also der Regierung des Drachenreichs, wie Karin jetzt wusste, kehrten zurück in den Saal. Karin fiel auf, dass sowohl neben dem Türsteher der Publikumstür, durch die jetzt erneut die Leute hereinströmten, als auch neben dem Bogenschützen je zwei kräftige Männer in Drachenreiterkleidung Posten bezogen. Im Gegensatz zu Sora und Niro oder den Drachenreitern im Publikum, trugen sie die vollständige Ausstattung inklusive Brustpanzer und Unterarmmanschetten. Was hatte das zu bedeuten? Als der letzte Zuhörer seinen Platz im Saal gefunden hatte, erhob sich Rodan und hob wie zuvor die Hände. Sofort herrschte wieder Stille.

Alles wartete gespannt auf die Entscheidung des Rates. Karin fiel ein, dass weder Kelim, noch Sora oder Niro auf ihre Frage, was sie in Bezug auf die Drachenmilch für eine Rolle spielte, geantwortet hatten. Sie hatte keine Zeit, sich weiter Gedanken darüber zu machen, denn Rodan ließ seine Zuhörer nicht warten und begann unverzüglich mit seiner Rede.

»Die Ausführungen von Kelim sind nicht alle neu für uns. Neu war jedoch die Mitteilung, dass wir womöglich einen Sonnendrachen für uns gewinnen können. Wir haben daraufhin unsere zuvor getroffenen Entscheidungen angepasst. Kelim, deinem ersten Vorschlag entsprechen wir insoweit, dass Sora in den nächsten sechs Monden Mahur nur mit unserer ausdrücklichen Erlaubnis oder nach direkter Aufforderung durch den Rat fliegen darf. Wir werden keine eigenmächtigen Flüge dulden. Hast du das verstanden, Sora?«

Sora strahlte. »Ja, verehrter Rat!«

»Gut! Da wir in nächster Zeit in der Tat auf deine Flugkünste zurückgreifen werden und du dabei dein ganzes Können unter Beweis stellen musst, haben wir beschlossen, auf eine Wiederholung der Drachenprüfung zu verzichten. Hast du gegen diese Entscheidung Einwände?«

»Ja, verehrt – ähh nein, natürlich nicht, verehrter Rat«, antwortete Sora etwas chaotisch. Dabei strahlte sie über das ganze Gesicht.

Rodan schmunzelte. »Gut, dass du dich doch noch auf eine Antwort festlegen konntest.«

Sora wurde rot. Rodan wandte sich an Kelim.

»Zu deinen Vorschlägen zwei und drei: Natürlich werden wir uns die Gelegenheit nicht entgehen lassen, einen wilden Drachen und sein Jungtier einzufangen. Wir hatten diese Unternehmung schon eingeplant. Es wäre töricht, auf eine Chance, zusätzliche Drachenmilch zu bekommen, zu verzichten, da momentan unser Vorrat bis auf den letzten Tropfen aufgebraucht ist und noch kein neuer Jungdrache geschlüpft ist. Wir werden dieser Unternehmung jetzt höchste Priorität einräumen, da wir uns beeilen müssen, wenn wir auch den Sonnendrachen für uns gewinnen wollen. Sollte es uns gelingen, das grüne Weibchen und sein Junges zu zähmen, werden wir, wie du vorgeschlagen hast, Kelim, auch versuchen, den Sonnendrachen von uns zu überzeugen. Und ebenso wie du sind wir der Ansicht, dass das eine angemessene Aufgabe für Niro ist. Zum einen wäre es gut, wenn er einen eigenen Drachen bekommen würde und zum anderen hat er die größten Chancen auf Erfolg – außer vielleicht Sora oder Karin, deren Geruch kennt der Drache ebenso. Sora hat allerdings bereits Mahur zum Fliegen und Karin kann noch keinen Drachen reiten.«

Niro schüttelte den Kopf. Er schien der einzige zu sein, der nicht an einen Erfolg glaubte.

Rodan lächelte nachsichtig. »Hab Vertrauen in deine Fähigkeiten, Niro! Du und Sora, ihr könnt hervorragend mit Drachen umgehen. Wir werden dich mit dieser Aufgabe nicht allein lassen. Außerdem kannst du es nur mit der Hilfe von Karin, Sora und dem grünen Weibchen und seinem Jungtier schaffen. Wir helfen alle zusammen.«

Niro schien noch immer nicht überzeugt. Das Lächeln verschwand aus dem Gesicht von Rodan.

»Hast du irgendwelche Einwände dagegen, Niro?«, fragte er förmlich.

Niro zuckte hilflos mit den Schultern, sagte dann aber mit unerwartet fester Stimme: »Nein, verehrter Rat!«

»Gut so! Etwas anderes hätte ich auch nicht von dir erwartet. Wir sind aber noch nicht ganz am Ende. Es gibt noch eine Neuigkeit, die uns zu schnellem Handeln zwingt: Während wir uns beraten haben, ist das grüne Weibchen auf der Suche nach Karin hier aufgetaucht.«

Ein überraschtes Murmeln erhob sich.

»Ja, ich war auch erstaunt, dass es so früh auftaucht«, bemerkte Rodan mit Blick auf das Publikum, ehe er mit seinem Bericht fortfuhr. »Es ist, wie zuvor Mahur, in der großen Halle gelandet und hat alles beschnüffelt. Da es der Spur durch die engen Gänge nicht folgen konnte, ist es bald wieder abgeflogen. Es hat ja schließlich noch ein anderes Junges zu versorgen.«

Sora und Niro sahen sich an. Dass ein Drache ein einmal adoptiertes *Kind* nicht so leicht wieder aufgab, damit hatten sie offensichtlich nicht gerechnet. Karin erst recht nicht. Sie riss den Mund auf und vergaß, ihn wieder zuzumachen.

»Ich hätte nicht gedacht, dass sich ein wilder Drache in der Höhle zu landen traut«, flüsterte Sora Niro zu.

»Ich auch nicht«, gab Niro zurück.

Kelim, der das gehört hatte, mischte sich ein. »Ich schon.« Er wandte sich an den Rat. »Ich hatte von Anfang an die Befürchtung, dass Karin den Drachen nicht so schnell wieder los wird, sollte er sie wirklich adoptieren. Ich habe mir sicherheitshalber deshalb erlaubt, für die Instandsetzung der Falle zu sorgen. Einige Drachenreiter sind gerade dabei, die große Falle vorzubereiten.« Er schmunzelte. »Mutterliebe duldet eben keine Verzögerung; der Drache wird sich sofort nach Karins Verschwinden auf die Suche gemacht haben.«

»Das ist uns inzwischen bekannt und ich danke dir für deine Umsicht. Eile tut not, ehe das grüne Weibchen seine Suche als aussichtslos abbricht. Und wir haben mehr als nur einen Drachen einzufangen.« Rodan wandte sich an Sora und Niro. »Kommt bitte gleich nach dem Ende der Versammlung mit mir mit.«

Sora und Niro sahen sich an. Sora zuckte mit den Schultern. »Wie du wünschst, verehrter Rat.«

Rodan nickte zufrieden und nahm nun Karin ins Visier.

»Karin, du wirst gleich nach Beendigung dieser Versammlung zur Falle gebracht, um das grüne Weibchen dorthin zu locken. Ich weiß, dass du keine große Lust darauf hast, ein weiteres Mal mit deiner Drachenmutter zusammenzukommen, aber nur, wenn du in ihr Nest zurückkehrst, gelingt es uns, sie einzufangen und zu zähmen.«

Ins Nest zurück? In diesen Gestank? Karin sprang auf. »Niemals! Igitt!«

Einige aus dem Publikum lachten über ihre heftige Reaktion.

Rodan versuchte, sie zu beruhigen: »Ganz so schlimm wird es nicht werden. Erstens musst du nicht in das Nest auf den

Soldatenklippen, sondern hier bei uns in eines, das *wir* für den Drachen gebaut haben. Außerdem haben wir hier Wasser, mit dem man Dreck auch wieder abwaschen kann. In einem Punkt musst du allerdings klein beigeben: Wir brauchen dringend die Milch des Drachen und wir können sie nur gewinnen, wenn der Drache gerade sein Junges füttert – oder dich.«

Da! Jetzt hatte sie ihre Antwort! Sie hatte zwar befürchtet, dass es keine besonders angenehme Tätigkeit war, bei der Gewinnung von Drachenmilch zu helfen, aber dass sie sich noch einmal füttern lassen sollte … Rodan machte nicht den Eindruck, als ob er einen Scherz gemacht hatte. Er meinte es ernst. Karin sträubten sich die Haare und ihr Magen krampfte sich schmerzhaft zusammen. Panik stieg in ihr hoch.

»Ich soll mich von dem Drachen füttern lassen?«, flüsterte sie entsetzt, mehr Stimme hatte ihr die Panik nicht übrig gelassen. »Auf keinen Fall!« Hektisch sah sie sich nach einer Fluchtmöglichkeit um.

»Tut mir leid«, sagte Rodan knapp, »es muss sein.« Auf einen kurzen Wink von ihm, verließen die vier Männer, die bei den Türen gestanden hatten, ihre Posten und kamen auf Karin zu. Die stand vor Schreck wie erstarrt, erst als der erste der Männer sie am Handgelenk fasste, löste sich ihre Starre und sie begann sich zu wehren. Sie hatte jedoch nicht die geringste Chance.

»Sora! Niro! Das könnt ihr doch nicht zulassen!«, rief sie verzweifelt, als die Männer ihr die Hände hinter dem Rücken zusammenbanden.

Doch Sora und Niro rührten sich nicht. Niro rutschte unbehaglich auf seinem Platz herum und sah dann verlegen zur Seite. Sora schien etwas sagen zu wollen, aber sie fand offenbar nicht die richtigen Worte. Kelim tätschelte ihr die Schulter.

»Geht jetzt! Euer Vormund wartet schon. Ich habe ein Auge auf Karin.« Wortlos standen die beiden auf und gingen hinüber zum Tisch der Ratsmitglieder.

»Moment noch«, bat Kelim, als die Männer Karin in Richtung Ausgang zogen. Sie warteten. »Es hat keinen Sinn, dich zu wehren, Karin«, sagte er. »Es ist so beschlossen worden. Und es ist nicht zu deinem Schaden. Du bist immer noch krank. Außerdem wirst du dich daran gewöhnen. Ich habe mitgezählt, wie oft du gefüttert worden bist.« Ein unergründliches Lächeln huschte über Kelims Gesicht. »Wenn mich nicht alles täuscht, wird es bald für alle eine Überraschung geben. Und glaube nicht, dass wir dich dort allein lassen. Wir passen gut auf dich auf.« Er nickte und die Männer zogen Karin mit sich fort.

Sie führten sie abermals durch ein Labyrinth aus Gängen und Höhlen und der Weg schien kein Ende zu nehmen. Schließlich gelangten sie in eine große Höhle, die zum Meer hin offen war. Sie ähnelte der Höhle, in der Mahur gelandet war. In einer Ecke befand sich das frisch gebaute Nest: Ein großer Haufen aus Ästen, der mit Gras – oder Tang? – ausgepolstert war. Die Männer zerrten sie zum Nest. Sie zogen ihr Stiefel und Hosen aus und ketteten sie mit ihrem rechten Fuß an einer Wand fest. Erst danach lösten sie ihre Handfesseln und zogen ihr auch die restlichen Kleider aus.

»Hier, zieh das an«, sagte einer der Männer und reichte ihr zwei winzige Stofffetzen. »Es wäre schade um die anderen Sachen.« Dann gingen sie und ließen Karin allein zurück.

»He! Ihr könnt mich doch hier nicht einfach allein lassen!«, rief sie panisch hinter ihnen her, doch niemand antwortete ihr.

Vier starke Männer! Es hätte einer gereicht. So schwach wie sie war, hätte man diesem sogar noch eine Hand auf den Rücken binden können, ohne dass sie eine Chance gehabt hätte. Es musste dem Drachenrat enorm wichtig sein, wenn er so auf Nummer sicher ging.

Sie blickte auf das bisschen Stoff in ihren Händen; eine Art Bikini-Oberteil und ein ziemlich knappes Wickelröckchen aus einfachem, grobem Stoff. Sie zog es an und fühlte sich nicht sehr viel mehr angezogen als vorher. Ein bisschen kam sie sich vor wie Jane bei Tarzan im Urwald. Zumindest hatte diese im Film etwas ähnlich Knappes getragen. Nur, dass diese immer mit der Hilfe von Tarzan rechnen konnte. Allerdings hatte es der auch nie mit einem Drachen zu tun bekommen … Sie schüttelte den Kopf. Wieso verglich sie alles immer wieder mit irgendwelchen Filmen, die sie irgendwann gesehen hatte? Vielleicht, weil Filme nicht real waren und das, was sie hier erlebte, ihr ebenso irreal vorkam? Aber das hier war kein Film. Es war echt.

Sie sah sich um. Die Höhlenwände, vor denen das Nest aufgebaut war, waren nicht durchgehend. Es gab mehrere Spalten und Löcher durch die Karin leicht hätte hindurchschlüpfen können. Ihr nützte das allerdings nichts, da sie so kurz angekettet war, dass sie die Löcher nicht erreichen konnte. Sie betrachtete die Kette. Sie war so dick, dass man damit auch einen Elefanten anbinden hätte können. Sie setzte sich resigniert auf den Nestrand und besah sich noch einmal die Höhle. Auf der anderen Seite entdeckte sie ein zweites Nest. Es war halb hinter einem Felsvorsprung verborgen, so dass sie es anfangs übersehen hatte. Wozu sollte das gut sein?

Ein leises Geräusch in ihrem Rücken ließ sie herumfahren. Sie konnte nichts entdecken.

»Psst! Ich bin's, Karin.« Sora lugte vorsichtig aus einem der Löcher in der Wand. Sie sah sich misstrauisch um und schlüpfte dann ganz hindurch.

»Ich bringe dir etwas zu essen. Ich glaube nicht, dass der Drache heute noch einmal vorbeikommt.« Sie reichte Karin eine Schüssel. »Extra für dich.«

»Extra? Doch nicht etwa dieser Eiergerstenbrei?«, fragte Karin, die sich unendlich erleichtert fühlte, nicht mehr mutterseelenallein in dieser unheimlichen, leeren Höhle sein zu müssen.

Sora grinste. »Doch, natürlich. Was denn sonst?«

Ein Gedanke huschte in Karins Geist und trotz ihrer Angst machte sich auch in ihrem Gesicht ein Grinsen breit. »Und du hast nicht unterwegs heimlich genascht?«

Sora lachte. »Nein. Wenn ich auch zugeben muss, dass ich schon in Versuchung war, ein bisschen zu probieren.«

»Wo ist Niro?«, fragte Karin, als sie Sora die Schüssel abnahm und, obwohl sie vor lauter Angst keinen Hunger verspürte, zu essen begann.

»Bei Mahur. Er macht ihn für unseren Flug fertig. Ich sollte eigentlich auch dort sein, aber ich wollte unbedingt nach dir sehen und habe es übernommen, dir das Essen zu bringen, unsere Leute sind ja nicht gerade sanft mit dir umgegangen. Haben sie dir wehgetan?«

Karin schüttelte den Kopf. »Wohin sollt ihr denn fliegen?«

»Wir sollen den kleinen Drachen einfangen.«

»Ist das nicht gefährlich?«

»Wie kommst du denn da drauf? Der ist doch noch ganz klein.«

»Ich dachte eher an seine Mutter.«

»Ach so! Nein, wir sollen ihn holen, wenn seine Mutter hier ist, um dich zu suchen. Sobald sie hier auftaucht und in unsere Falle geht, müssen wir los. Je eher sie ihre beiden Kinder beisammen hat, desto eher wird sie sich beruhigen und aufhören, gegen uns zu kämpfen.«

Karin schluckte. Das Drachenweibchen war riesig, wie wollten die Drachenreiter es daran hindern, diese Höhle zu verlassen? Sie dachte schaudernd an die gewaltigen, messerscharfen Klauen. Wollten sich ihm die Drachenreiter einfach in den Weg stellen?

»Wie soll das überhaupt funktionieren? Hier ist doch nichts.« Sie sah sich noch einmal in der Höhle um. Es gab keine Ketten – außer der, mit der sie angebunden war – keine Gitter oder irgendetwas, um den Drachen daran zu hindern, wieder zu verschwinden, wenn ihm danach war.

»Oh, doch!« Sora deutete auf die Wände im Eingangsbereich der Höhle. »Siehst du die Spalten?«

Karin sah genauer hin und entdeckte schließlich etwa zwanzig Meter vom Eingang entfernt, zwei breite, gerade verlaufende Spalten, die vom Boden bis zur Decke der Höhle reichten. Sie waren zu gleichmäßig, um einen natürlichen Ursprung zu haben.

»Ja, ich sehe sie. Und?«

»Wenn der Drache mit dir beschäftigt ist, schieben wir dort das Tor zu.«

»Aha.« Bei Karin schrillten die Alarmglocken. Was würde der Drache mit ihr machen, wenn er mit ihr *beschäftigt* war? Füttern? Ihre Hände begannen zu zittern. Bevor Sora es bemerkte, drehte sie sich etwas zur Seite und fragte schnell: »Und aus was für einem Material muss ein Tor sein, wenn es einem Drachen widerstehen soll?«

»Du hast ja mächtig Respekt vor den Drachen! Dabei hast du noch nicht mal einen Drachen kämpfen, geschweige denn das Drachenfeuer gesehen. Aber deine Frage ist mehr als berechtigt: Es gibt wenig, was einem Drachen standhalten kann. Außerdem muss es schnell gehen. Du musst ihn lange genug ablenken, bis zumindest das erste Tor zugeschoben ist. Damit es schnell geht, ist das erste nur aus Holz. Das hält ihn hoffentlich so lange auf, bis wir die Steintore zugeschoben haben.«

»Steintore?«

»Na, klar! Oder glaubst du, Holz oder Eisen halten einem Drachenfeuer stand?«

»Keine Ahnung.« Karin zuckte mit den Schultern. Konnte ein Drache wirklich Eisen zum Schmelzen bringen? Sie schluckte. Wenn der Drache nun sauer auf sie wurde, weil sie ihn in eine Falle gelockt hatte, würde er sie dann grillen wie ein Bratwürstchen?

»He, mach nicht so ein Gesicht«, tröstete Sora sie. »*Dir* tut der Drache doch nichts; *wir* müssen vor ihm auf der Hut sein.«

»Oh, nein, mir tut er nichts; er *füttert* mich nur ...«

Sora lachte. »Oh, natürlich. Das ist mindestens genauso schlimm, wie gebraten zu werden.«

»Haha. Sehr witzig!«

»Im Ernst, Karin: So schlimm wird es nicht werden. Mit etwas Glück brauchst du vielleicht gar nicht abzuschlucken. Wir versuchen, die Milch aufzufangen. Vielleicht können wir alles zurückhalten, obwohl das nicht üblich ist. Ich frage mal meinen Onkel, ob das geht. Obwohl, einen Schluck könntest du schon vertragen, du siehst immer noch ziemlich mitgenommen aus.«

»Ach, echt?«

»Ja, das ist keine Lüge. Schau nicht so beleidigt, du würdest dich jedenfalls wesentlich schneller erholen, wenn du dich noch einmal füttern lassen würdest.«

»Ich lasse mir lieber Zeit dazu«, entgegnete Karin trotzig.

»Dass du dich da nicht täuschst, Karin! Du sollst doch helfen, den Drachen zu zähmen, und lernen, ihn zu reiten. Und sobald er hier ist, gehts los.«

»Das sagt ihr«, beklagte sich Karin. »Was gibt euch eigentlich das Recht, so über mich zu bestimmen?«

»Hmmm ...«, überlegte Sora. »Solange du hier bist, musst du dich eben in unsere Gemeinschaft einfügen. Und die Lage ist zurzeit nicht die Beste. Der Rat muss alle Möglichkeiten ausschöpfen, sonst macht sich Gar zum Alleinherrscher unserer Welt und bedroht unser Reich.«

»Eure Welt ...«

»Wer weiß, vielleicht will er auch die fremden Welten beherrschen, in die er eindringt. Deine zum Beispiel. Ich trau ihm alles zu. Aber ich muss jetzt wieder gehen. Iss deinen Brei auf und gib mir die Schüssel zurück, sonst kommt raus, dass ich es war, die dir das Essen gebracht hat, statt Niro beim Satteln zu helfen. Und ich habe schon genug Ärger.«

Schnell schlürfte Karin die Schüssel leer und gab sie Sora widerstrebend zurück. Sie wollte nicht allein hier bleiben, aber sie wollte auch nicht, dass Sora schon wieder ihretwegen Ärger bekam. Sora schlüpfte mit der Schüssel in der Hand durch ein Loch in der Wand davon.

Karin war wieder allein. Sie ließ den Höhleneingang nicht aus den Augen. Das leise Geräusch der Meeresbrandung drang zu ihrer Höhle herauf und ab und zu der Schrei eines Vogels. Sonst war Stille und sie konnte ihr aufgeregt schlagendes Herz hören. Bei jedem Vogelschrei zuckte sie zusammen. Es begann dunkel zu werden, ohne dass der Drache aufgetaucht war und sie konnte die Sterne sehen, die vor dem Höhleneingang vorbeizogen. Vorübergehend wurde es hell in der Höhle, als ein großer, fast voller Mond vorbeizog. Danach gab es abermals nur die Sterne. Die Nacht schien kein Ende zu nehmen und zuletzt konnte Karin ihr stärker werdendes Bedürfnis, eine Toilette aufzusuchen, nicht mehr unterdrücken und sie erleichterte sich in einer Ecke des Nestes. Endlich begann es, hell zu werden, und die Sterne verblassten. Als schließlich die Sonne weit draußen im Meer über den Horizont stieg, fielen Karin die Augen zu.

Etwa eine halbe Stunde später tauchte das grüne Weibchen vor der Küste auf und steuerte, von seiner Nase geleitet, die Höhle an, in der Karin schlief. Das riesige Tier landete erstaunlich leise im Eingangsbereich der Höhle. Minutenlang verharrte es bewegungslos. Als Mahur mit Sora und Niro auf dem Rücken eilig aus einer der anderen Höhlen startete, wandte es den Kopf und beobachtete das Manöver aufmerksam, bevor es sich erneut dem Inneren der Höhle zuwandte. Es schnupperte lange an den Hosenresten von Karin, die die Drachenreiter dort abgelegt hatten, um ihm den Weg zu weisen. Dabei sah es sich immer wieder zum Meer hin um. Vorsichtig schnüffelnd wagte es sich endlich weiter hinein. Oft hielt es inne. Der Geruch, den es in der

Höhle vorfand, schien ihm nicht besonders zu behagen. An der Stelle mit den senkrechten Spalten verharrte es besonders lange, beschnüffelte diese ausgiebig und knurrte misstrauisch. Es wich etwas zurück und stieß einen seltsamen Laut aus. Daraufhin blies es eine heiße, stinkende Rauchwolke in eine der Spalten. Als nichts geschah, setzte es seinen Weg fort. Wie zuvor blieb es alle paar Schritte stehen, um ausgiebig zu schnüffeln. Nach über zwei Stunden erreichte es endlich das Nest. Es schnupperte aufgeregt daran herum, berührte es mit den Klauen, wich jedoch immer wieder zurück, ehe es wagte, seine Vorderfüße auf den Nestrand zu setzen. Da nichts passierte, entspannte es sich ein wenig und streckte den Kopf nach Karin, die immer noch in tiefem Schlaf lag.

Es beschnupperte Karin von oben bis unten. Offenbar zufrieden mit dem, was es da roch, stieg es endlich ganz auf das Nest. Karin bewegte sich etwas im Schlaf, wachte aber immer noch nicht auf. Erst als das riesige Tier sie mit der Nase anstieß, öffnete sie die Augen – und blickte direkt auf einen riesigen Drachenkopf. Sie schrie auf und zuckte erschrocken zurück. Auch das Drachenweibchen zuckte zurück. Karin kam irgendwie auf die Füße und wich rasch nach hinten – solange, bis sich die Kette an ihrem Fuß spannte und sie unsanft von den Füßen riss. Schon war ihre Drachenmutter erneut über ihr und leckte ihr über das Gesicht.

»Nicht! Bitte!«, japste Karin, als ihr dabei der wenig angenehme Drachenatem entgegenwehte.

Als hätte das grüne Weibchen sie verstanden, ließ es von ihr ab. Stattdessen drückte es Karin mit einem seiner Vorderfüße ins Nest, stellte sich darüber und spreizte die Schuppen an der Vorderbrust ab. Karin wünschte sich plötzlich, es würde sie weiter abschlecken. Obwohl sie wusste, dass jeder Widerstand zwecklos war, wehrte sie sich nach Kräften und wand sich unter dem Griff der Drachenklauen, bis das riesige Tier sie, verärgert wegen ihres Gezappels, wütend anschnaubte. Der unglaubliche Gestank raubte ihr halb das Bewusstsein und sie lag still. Gleich würde die rote Flut über sie hereinbrechen …

Doch es fielen nur wenige Tropfen, dann versiegte der rote Strom. Karin blinzelte ungläubig. Über ihr schwebten mehrere

Gebilde, die wie große Schneeschaufeln aussahen. Bei genauerem Hinsehen erkannte sie, dass durch die hohlen Stiele der Schaufeln die rote Drachenmilch ablief. Die Stiele waren durchsichtig, so dass man den Milchfluss gut beobachten konnte. Mit einem Mal verstand sie, wozu die Spalten und Löcher in der Wand neben ihr gut waren. Sie atmete erleichtert auf. Aber wieso ließ sich das Drachenweibchen das gefallen? Es hatte wie immer den Kopf unter den Bauch gesteckt, um zu beobachten, ob Karin brav trank. Es musste doch die Schaufeln bemerken! Doch es reagierte in keiner Weise auf die Gebilde unter seinem Bauch. Und roch es nicht die Leute, die sich zwangsläufig am Ende der Stiele befinden mussten? Bevor Karin sich weiter darüber Gedanken machen konnte, hörte sie eine leise Stimme sagen: »Den Rest für sie!«, und die Schaufeln wurden zurückgezogen.

Oh nein! Jetzt tropfte die Drachenmilch wieder ungehindert auf sie herab und drohte sie zu ertränken und – wie immer – blieb ihr am Ende keine andere Wahl, als zu schlucken. Erst danach versiegte der rote Strom und sie schnappte halb erstickt nach Luft. Ihre Drachenmutter schien zufrieden und ließ sie los. Karin krümmte sich zusammen und presste die Hände auf den schmerzhaft verkrampften Magen. Sie war so mit sich selbst beschäftigt, dass sie nicht bemerkte, dass das Drachenweibchen plötzlich mit einem lauten Knurren aufsprang und Richtung Ausgang strebte. Nur ganz peripher nahm sie das Rattern und Krachen wahr, das vom Eingang der Höhle zu kommen schien. Ihr Magen beruhigte sich unerwartet schnell und Karin hob den Kopf, um nachzuschauen, was diesen Krach verursachte. Sie hob ihn gerade noch rechtzeitig, um sehen zu können, wie sich das wütende Tier mit lautem Gebrüll gegen die hölzerne Absperrung warf, mit der die Drachenreiter inzwischen die Höhle verschlossen hatten. Die Balken erzitterten unter dem heftigen Aufprall. Noch einmal nahm es Anlauf. Lange würde die Absperrung nicht standhalten; einige Balken waren bereits beim ersten Ansturm gesplittert. Es wurde immer dunkler in der Höhle und Karin fürchtete schon, das Bewusstsein zu verlieren – es wäre nicht das erste Mal nach dem Genuss von Drachenmilch – bis sie erkannte, dass es die steinernen Tore waren, die das Licht von der Höhle fernhielten. Langsam wurden sie von den Seiten hereingeschoben. Als der Durchgang etwa zur Hälfte zugeschoben war, hörte das Drachenweibchen plötzlich auf, gegen die Absperrung anzurennen. Es trat ein paar Schritte zurück und gab einen seltsamen, knirschenden Laut von sich.

»Achtung! Drachenfeuer!«, schallte ein Warnruf durch die Höhle. Fast im gleichen Augenblick spie das wütende Tier einen blau-weißen Feuerstrahl aus seinem Rachen gegen die hölzerne Absperrung. Diese ging augenblicklich in Flammen auf. Eine Hitzewelle fegte über Karin hinweg und wehte ihr die Haare aus dem Gesicht. Fast eine halbe Minute lang schoss der gewaltige Feuerstrahl aus dem Rachen des Tieres, ehe es sein Maul schloss und abermals diesen seltsamen Ton von sich gab. Von der mächtigen, hölzernen Absperrung war nicht mehr als ein glühender Aschehaufen übriggeblieben und die Luft in der Höhle war so heiß geworden, dass Karin die Kehle brannte. Plötzlich sprühte von überall her Wasser in die Höhle und brachte etwas Abkühlung. Es zischte laut, als das Wasser auf den Aschehaufen traf.

Der Spalt zwischen den beiden steinernen Toren war immer noch groß genug, um das Drachenweibchen entkommen zu lassen. Es strebte eilig darauf zu.

Bevor es hindurchschlüpfen konnte, wurden von außen mehrere fußballgroße, grüne Kugeln in den Spalt geworfen, die beim Aufprall explodierten und wie eine übergroße Wunderkerze große, grün glühende Funken versprühten. Erschrocken wich das Drachenweibchen ein paar Schritte zurück, bevor es sich erneut nach vorne bewegte. Die nächste Kugel knurrte es nur noch an, ohne zurückzuweichen, es blieb lediglich für einen Moment stehen.

»Hej! Karin!« Karin hob den Kopf etwas höher. Eine undeutliche Gestalt hinter einem der Schlupflöcher rief ihr etwas zu: »Du musst den Drachen rufen! Der Spalt ist noch zu breit!«

Den Drachen rufen? Dieses Monster, das sie dauernd mit seiner ekelhaften Milch folterte?

»Los doch! Ruf den Drachen! Sonst war alles umsonst!«

Das Drachenweibchen hatte den Spalt schon fast erreicht. Eine weitere grüne Kugel stoppte es nur kurz.

Ich muss verrückt sein, dachte Karin, als sie unsicher aufstand.

»He!«, rief sie schwach. »He, du!«, setzte sie etwas lauter hinzu. Nichts passierte.

»Lauter! Du musst laut schreien!«, rief eine verzweifelte Stimme.

Ein Schwindelanfall überkam Karin und sie wäre beinahe gestürzt. Sollte der blöde Drache doch abhauen! Aber als sie das Gleichgewicht wiedergefunden hatte, nahm sie sich zusammen und brüllte:

»He! Du Mistvieh!«

Dieses Mal wurde sie gehört. Das grüne Weibchen blieb stehen und drehte sich nach ihr um. Unschlüssig zögerte es einen Moment, bevor es sich erneut dem Spalt zuwandte und versuchte, hindurchzuschlüpfen. Doch die Zeit hatte gereicht: Der Spalt war nicht mehr breit genug für einen Drachen. Es brüllte wutentbrannt auf und trat ein paar Schritte zurück. Ein weiteres Mal gab es diesen seltsamen Laut von sich.

»Drachenfeuer!«, schallte wieder der Warnruf durch die Höhle.

»Duck dich, Karin! Das Feuer schlägt zurück!«, rief ihr jemand aus der Nähe zu. Karin ließ sich fallen und presste sich tief in die Nestmulde. Die Drachenreiter begannen wieder, Wasser in die Höhle zu sprühen. Dann brach die Hölle los. Zum Glück drang ein Teil des Feuerstrahls durch den noch immer vorhandenen Spalt nach draußen. Der Rest traf auf massiven Fels und wurde von ihm nach allen Seiten abgelenkt. Eine schier unerträgliche Hitzewelle lief durch die Höhle. Die Äste am Nestrand begannen zu rauchen, und wenn sich Karin nicht in die Nestmulde zurückgezogen hätte, wäre es ihr übel ergangen. Das Drachenweibchen hörte auf, Feuer zu speien und ließ zum vierten Mal diesen seltsamen Laut ertönen. Das Wasser löschte die Glutnester und kühlte die Höhle langsam auf ein erträgliches Maß herunter. Vorsichtig streckte Karin ihren Kopf über den Nestrand und sah, dass die steinernen Tore dort, wo sie der Feuerstrahl getroffen hatte, rötlich glühten. Mein Gott, war das Drachenfeuer gewaltig! Noch ein, zwei solche Feuerstöße und der Stein würde schmelzen. Doch momentan warf sich das wütende Drachenweibchen brüllend gegen das Tor, dass die gesamte Höhle erzitterte. Es hielt kurz inne, nahm wieder Anlauf und ein zweites Mal erzitterte die Höhle unter dem Ansturm des gewaltigen Tieres. Inzwischen waren die Steintore ganz vorgeschoben worden und es drang nur noch wenig Tageslicht durch einen kaum handbreiten Spalt zwischen ihnen hindurch. Das wütende Tier hörte nicht auf, gegen die Steintore zu kämpfen. Immer wieder warf es sich unter Gebrüll dagegen.

»Wir brauchen das Junge!«, rief eine Stimme. »Die kämpft ja wie besessen.«

Doch Sora und Niro waren noch nicht zurück. Sie konnten nichts tun, als zu warten. Langsam wurden die Abstände zwischen den Ausbruchsversuchen länger. Zwischendurch kam das Drachenweibchen zum Nest zurück und vergewisserte sich, dass es Karin gut ging, bevor es sich abermals gegen die Tore warf. Dann geschah das, was Karin – und wohl auch die Drachenreiter – gefürchtet hatten: Es blieb ein paar Schritte von den Toren entfernt stehen und gab den seltsamen Laut von sich, der dem Drachenfeuer voranging.

»Duck dich, Karin!«, riefen gleich mehrere Stimmen. Doch Karin hatte sich mit einem Sprung schon tief in der Nestmulde in Sicherheit gebracht. Dieses Mal würde der gesamte Feuerstoß von den Felsen zurückgeworfen werden. Sie drückte sich, so tief sie konnte, in die Mulde. Dann spürte sie, wie Wasser auf sie herabregnete.

Dann erfolgte der Feuerstoß. Die Hitzewelle war unglaublich. Karin hatte das Gefühl, die nackte, ungeschützte Haut auf ihrem Rücken würde kochen. Sie bekam kaum noch Luft und das bisschen, das sie abbekam, brannte bis in die Lunge hinunter. Konnte man in der Lunge Brandblasen bekommen? Wenn die Drachenreiter Karin nicht permanent mit Wasser begossen hätten, wäre es aus gewesen mit ihr. Endlich hörte der Feuerstoß auf und das Drachenweibchen gab den seltsamen Ton von sich. Die Drachenreiter sprühten weiter Wasser auf Karin und die Tore. Als die Luft wieder einigermaßen atembar war, streckte Karin ihren Kopf über den Nestrand und betrachtete die Steintore. Das Wasser, das diese traf, verdunstete sofort unter lautem Zischen und hüllte alles in eine dichte Dampfwolke. Der Dampf leuchtete anfangs rötlich, nach einiger Zeit verblasste die Farbe und auch das Zischen wurde weniger. Das Drachenweibchen nahm Anlauf und warf sich gegen die Steintore. Es gab ein unangenehmes Knirschen, als ob etwas nachgegeben hätte. Die Tore schienen jedoch unversehrt. Doch als sich der Dampf langsam verzog, konnte Karin da, wo sich das riesige Tier dagegen geworfen hatte, eine deutliche Einbuchtung im Fels erkennen. Sie war nicht die Einzige, die das bemerkt hatte.

»Mehr als einen Feuerstoß halten die Tore nicht mehr aus! Beim nächsten Mal bricht sie durch!«, rief jemand hörbar beunruhigt. Daraufhin begannen aufgeregte Stimmen hinter den Schlupflöchern miteinander zu diskutieren.

Zum Glück unternahm das Drachenweibchen vorerst keinen weiteren Fluchtversuch, das Feuerspeien hatte es offensichtlich erschöpft. Es kam zum Nest zurück und leckte Karin besorgt über ihren geröteten Rücken. Das tat weh! Doch bald wandte sich das noch immer erboste Tier wieder den Toren zu. Es probierte noch einmal erfolglos durchzubrechen. Dann geschah das Unvermeidliche: Es nahm Aufstellung und machte sich bereit für einen weiteren Feuerstoß. Gerade, als es den seltsamen Ton ausstieß, ertönte ein Geräusch wie von einer schweren Steinplatte, die über den Boden schleift. Karin sah, dass in der gegenüberliegenden Ecke der Höhle eine schmale Steinwand beiseite geschoben wurde, die das zweite Nest verborgen hatte. Sie hatte nicht bemerkt, wie sie davorgeschoben worden war.

Und dort saß der kleine, blaue Drache im Nest. Das Drachenweibchen ließ abermals den seltsamen Ton hören, ohne zwischenzeitlich Feuer gespuckt zu haben. Karin atmete erleichtert auf. Der kleine Drache gab einen leisen, dünnen Schrei von sich und seine Mutter eilte sofort zu ihm und schleckte ihn so heftig ab, dass er fast das Gleichgewicht verloren hätte.

»Das war knapp«, hörte Karin eine erleichterte Stimme in ihrer Nähe sagen. Von allen Seiten waren unterdrückte Jubelrufe zu hören. Das Drachenweibchen reagierte nicht darauf. Es hatte nur Augen für sein Junges. Jetzt hörte es auf, es abzuschlecken und machte sich daran, es zu füttern. Hatte es denn überhaupt noch Milch? Karin konnte sich nicht vorstellen, dass nach der riesigen Sturzflut, die es über sie vergossen hatte, noch ausreichend Milch für das Kleine übrig geblieben war. Doch da hatte sie sich geirrt; als die Milch zu fließen begann, hielten die Drachenreiter anfangs sogar die großen Auffangschaufeln darunter, bevor sie das Kleine trinken ließen. Dennoch wurde es satt und wandte sich ab, bevor der Milchstrom versiegte. Die

Drachenmutter wirkte erschöpft und legte sich zu ihrem Kleinen ins Nest. Das schlüpfte unter einen Flügel und kuschelte sich eng an sie. Kurz darauf schienen beide eingeschlafen zu sein.

Nicht lange danach kamen Kelim und Sora durch eines der Löcher herein. Sora trug eine kleine Kiste. Kelim betrachtete den Rücken von Karin. »Du hättest dich auf den Rücken drehen sollen«, meinte er. »Wieso?«, wollte Karin wissen und drehte sich jetzt auf den Rücken, um ihre Besucher besser zu sehen. »Autsch!«, rief sie und rollte sich schnell wieder auf den Bauch.

»Das ist ja schlimmer wie Sonnenbrand«, beklagte sie sich.

»Das glaube ich gerne, du siehst aus wie ein gekochter Krebs. Aber du hast noch mal Glück gehabt; du wirst wahrscheinlich keine Brandblasen bekommen – was angesichts des gewaltigen Feuers erstaunlich ist, vor allem, wenn man über einige Dinge nicht Bescheid weiß.«

Karin wurde nicht recht schlau aus dem, was Kelim zuletzt gesagt hatte, sagte aber nichts.

Kelim nahm eine Flasche aus Soras Kiste und vergoss ihren Inhalt über Karins Rücken. Mit einem Handschuh bewaffnet verteilte er die Flüssigkeit sorgfältig. Erst als Karin der schreckliche Geruch in die Nase stieg, begriff sie, was er da auf ihrem Rücken verteilte. Und einen Augenblick später hatte sie auch eine Idee, warum sie sich besser mit der Vorderseite nach oben hätte hinlegen sollen: Diese war rot von der Milch, die der Drache über sie vergossen hatte. Kelim hätte sich die Mühe sparen können, sie extra zu behandeln. Aber hatten die Drachenreiter sie nicht mit Wasser besprüht? Dann wäre die Milch doch abgewaschen worden! Es musste doch einen anderen Grund geben. Sie fragte ihn danach. Seine Erklärung verblüffte sie.

»Weil Drachenmilch gegen Hitze schützt. Die Wirkung ist sehr stark. Sogar die Wasserdusche hätte die Schutzwirkung nicht ganz aufheben können. Jetzt hilft dir die Milch nur noch bei der Heilung, das ist immerhin auch etwas.«

»Solange ich sie nicht trinken muss, ist mir das egal«, gab Karin zur Antwort.

Kelim sagte nichts. Er war fertig mit dem Verteilen und zog den Handschuh aus.

»Ich habe zu tun«, sagte er knapp. »Sora, du weißt, wo du mich findest.« Ohne weitere Worte schlüpfte er durch ein Loch in der Wand und war fort.

Sora stellte die Kiste ab und setzte sich auf eine milchfreie Stelle im Nest neben Karin.

»Ich habe gehört, dass du deine Drachenmutter gerufen und damit das ganze Unternehmen gerettet hast. Und das, obwohl wir dich hier angekettet und ihrer Fürsorge ausgeliefert haben. Wir stehen in deiner Schuld.«

»Na ja. Ihr habt mir immerhin das Leben gerettet. Und ich hab das nicht getan, um euch einen Gefallen zu tun.«

»Warum dann?«

»Das weiß ich nicht. Ich verstehe selber nicht, warum ich es getan habe. Eigentlich wollte ich das Vieh doch loswerden …«

Sora runzelte die Stirn und sah Karin ernst an. »Hmm, vielleicht weiß ich es.«

»Und?«

»Kelim hat es mir versucht zu erklären. Er hat dabei immer irgendwie um den heißen Brei herumgeredet, als gäbe es da noch etwas, das er mir aber nicht verraten wollte.«

»Ja, und?«

»Du hast das grüne Drachenweibchen wahrscheinlich deshalb gerufen, weil du dich mit ihm verbunden fühlst.«

»Ich mich mit dem Drachen verbunden fühlen? Nie!«

»Irgendwas in der Art hat Kelim jedenfalls gesagt.«

»Wenn er gesagt hätte, dass der Drache sich *mit mir* verbunden fühlt, könnte ich das nachvollziehen. Aber umgekehrt …«

»Ich verstehe auch nicht ganz, was Kelim gemeint hat; es hängt irgendwie mit dem Füttern zusammen.«

»Das war übrigens hundsgemein. Erst lasst ihr mich glauben, dass ich ungeschoren davonkomme und dann seht ihr seelenruhig zu, wie das Vieh mich füttert.«

»Red nicht immer so abfällig von deiner Drachenmutter! Das tut mir in der Seele weh. Drachen sind hochintelligente, sensible Lebewesen – und können schnell beleidigt sein.«

»Ist mir doch egal«, gab Karin trotzig zurück. Sie starrte missmutig auf die Kette, die sie gefangen hielt. »Ich bin wohl kein intelligentes Lebewesen mit Gefühlen?«

»So habe ich das nicht gemeint«, verteidigte sich Sora. »Aber schließlich haben nicht wir, sondern ein Drache dir das Leben gerettet. Das grüne Weibchen hat deine Lage erkannt und hat beschlossen, sich deiner anzunehmen. Es hat dich dort auf den Klippen nicht gefüttert, damit du satt wirst. Es hat es getan, weil es wusste, dass du sonst sterben würdest. Ein Drache würde nie versuchen, einen gesunden Menschen gegen seinen Willen zu füttern.« Sora druckste ein wenig herum. »Deine Drachenmutter wird dich noch einmal füttern. Deine Verletzung ist noch nicht ausgeheilt und jetzt hast du einen verbrannten Rücken.«

Karin schüttelte energisch den Kopf. »Nein!«

»Tut mir leid. Kelim hat darauf bestanden, dass das grüne Weibchen dich füttern darf, wenn es das will. Ich und Niro haben versucht, ihn davon abzubringen – schließlich haben wir jetzt genug Drachenmilch; falls nötig, könntest du auch einen Schluck aus der Flasche nehmen. Aber Kelim war nicht zu überzeugen! Und der Rat hat mal wieder auf ihn gehört, obwohl einige Ratsmitglieder durchaus damit einverstanden gewesen wären, dich aus dem Nest zu holen.«

Karin sagte nichts. Ihre Gedanken rasten. Kelim war schuld daran, dass sie immer noch hier im Nest saß. Was bezweckte er damit? Machte es ihm etwa Spaß, sie leiden zu sehen? Und der Rat hatte ausgerechnet ihn zu ihrem Vormund bestellt! Kelim hatte freie Hand. Dabei schien er es nicht böse mit ihr zu meinen, er hatte alles getan, um ihr das Leben zu retten. Aber warum tat er ihr das an? Er wusste, wie schrecklich Drachenmilch für sie war. Sie war über und über mit dem scheußlichen Zeug bedeckt; dank seiner Hilfe jetzt auch auf der Rückseite, die bei der Fütterung verschont geblieben war. Sie versuchte, möglichst flach zu atmen. Viel half es nicht, da der Geruch nicht nur an, sondern sogar in ihr haftete: Das Zeug klebte zäh wie Sirup in Nase und Rachen. Jeder Atemzug war eine Qual. Nein, so ganz stimmte das nicht mehr. Der Geruch war widerlich, aber wenn sie wollte, konnte sie auch normal atmen, ohne dass sie würgen musste oder ihr schwindlig und übel wurde. Gewöhnte sie sich etwa an das Zeug? Ihr fiel ein, wie schnell sich ihr Magen beruhigt hatte und bewusstlos war sie auch nicht geworden. Es stimmte: Es machte ihr lange nicht mehr so viel aus wie beim ersten Mal. Das war allerdings kein Grund, sich noch einmal füttern zu lassen! Vielleicht könnte sie sich dazu überreden lassen, einen kleinen Schluck aus einer Flasche zu nehmen, aber unter einem Wasserfall aus Drachenmilch zu liegen, die einem nicht nur in den Mund, sondern auch in Nase, Augen und Ohren lief, und dabei fast zu ersticken, das war nichts, was sie freiwillig zulassen würde. Ganz sicher nicht! Sie hätte Kelim am liebsten geschüttelt und ihm tüchtig die Meinung gesagt. Doch Kelim war fort. Er hatte es Sora überlassen, ihr die Lage zu erklären.

Sora stand auf und nahm die Kiste wieder an sich. »Wenn du nichts dagegen hast, waschen wir dir die Drachenmilch ab – aber nicht vom Rücken.«

Karin hätte nichts dagegen gehabt von allen Seiten gewaschen zu werden …

Sora verschwand durch eines der Schlupflöcher, um kurz darauf mit Niro und einem Schlauch erneut aufzutauchen. Nachdem sie Karin gründlich abgespritzt hatten, säuberten sie auch das Nest.

»Und jetzt?«, fragte Karin, während sie sich das Wasser aus den Haaren strich.

»Jetzt ruhst du dich erst einmal aus«, meinte Sora. Sie reichte Karin eine Decke. »Hier, so ein nasses Nest ist ziemlich ungemütlich. Und deine Drachenmutter wärmt momentan gerade das andere Nest.«

Karin nahm die Decke dankbar entgegen. Nicht, weil sie fror, dazu war es viel zu heiß in der Höhle, aber mit der Decke konnte sie ihren Körper verhüllen. Sie spürte auf ihrer nackten Haut förmlich die Blicke der Drachenreiter, die sie hinter den Toren und Löchern in den Wänden flüstern hörte und die das Geschehen in der Höhle sicherlich aufmerksam beobachteten.

Dann war sie wieder allein im Nest. Vorsichtig lugte sie zum anderen Nest hinüber. Die Drachen schienen immer noch zu schlafen. Trotzdem klopfte ihr bei diesem Anblick das Herz bis zum Hals. Das grüne Weibchen würde sie wieder füttern und sie konnte nichts dagegen unternehmen. Es war dumm von ihr gewesen, es zu rufen! Was war nur in sie gefahren, dass sie es getan hatte? Jetzt musste sie es ausbaden. Sie nahm die Kette und zog daran. Sie war so schwer, dass sie Mühe hatte, sie auch nur zu straffen. Sie lachte gequält auf; diese Kette würde sogar einem halbwüchsigen Drachen widerstehen. Ihr kam der Gedanke, dass die Kette ursprünglich vielleicht gar nicht für einen Menschen bestimmt war. Aber dann fiel ihr Blick auf ihren Knöchel. Der dicke Metallring schloss sich eng darum herum; er war viel zu klein für einen Drachenfuß.

Sie warf erneut einen Blick zum anderen Nest hinüber. Das Drachenweibchen schlief immer noch. Erleichtert zog sie die Decke enger um ihren Körper und suchte sich eine gut gepolsterte Stelle im Nest. Ihr Rücken schmerzte und es dauerte eine Weile, bis sie eine halbwegs angenehme Position gefunden hatte. Als sie dann still lag, spürte sie, wie erschöpft sie war. Sie zog sich die Decke über das Gesicht. Die Decke vermittelte ein Gefühl der Sicherheit, so wie sie sich als kleines Kind unter der Bettdecke sicher gefühlt hatte, wenn das Mondlicht unheimliche Schatten in ihr Zimmer geworfen hatte. Sie hatte peinlich darauf geachtet, dass ja keine Zehe herausgeschaut hatte, erst danach hatte sie einschlafen können. Es funktionierte auch hier. Langsam wich die Anspannung von ihr und sie schlief ein.

Als sie wieder aufwachte, stand das Drachenweibchen vor den geschlossenen Steintoren und schnüffelte durch den kleinen Spalt in der Mitte. Es griff mit den Vorderfüßen in den Spalt und versuchte, die Tore auseinanderzudrücken. Als das nicht funktionierte, schnaubte es unwillig und suchte die Höhle nach einer anderen Fluchtmöglichkeit ab. Es steckte den Kopf in jede Spalte und in jedes Loch, das es finden konnte. Neben dem Nest von Karin fand es wohl einen besonders interessanten Geruch in einem der Löcher, denn es grunzte und schnüffelte sehr lange daran herum. Karin fiel ein, dass es genau der Durchgang war, zu dem Sora, Kelim und Niro hereingekommen waren. Es erkannte deren Geruch! Komischerweise ignorierte es den Geruch der anderen Drachenreiter, von denen sich nicht wenige hinter den durchlöcherten Wänden befanden.

Karin setzte sich auf und das Drachenweibchen kam zu ihr herüber. Sofort bereute sie, sich aufgesetzt zu haben, aber sich wieder hinlegen und so tun, als würde sie noch schlafen, würde wohl nicht funktionieren. Sie seufzte und machte sich mit klopfendem Herzen auf das Schlimmste gefasst. Das Drachenweibchen beschnupperte sie kurz, leckte ihr zwei Mal über das Gesicht und fuhr dann fort, die Höhlenwände zu erkunden. Karin atmete erleichtert auf.

Als der kleine Drache sah, dass sie wach war, verließ er sein Nest und kam zu ihr herüber. Er beschnupperte sie aus einiger Entfernung und als er ihren Geruch wiedererkannte, schlug er fröhlich mit seinen Flügelchen und forderte sie in seiner drolligen Art erneut zum Fangen spielen auf. Karin tat es richtig leid, ihn ein weiteres Mal enttäuschen zu müssen, aber im Gegensatz zu ihm, konnte sie das Nest nicht verlassen. Der Kleine schien zu verstehen, wieso sie ihm nicht folgen konnte. Er schnaubte entrüstet und versuchte dann, die Kette zu zerbeißen. Karin musste unwillkürlich lachen. Als er es nicht schaffte, rief er nach seiner Mutter. Die kam prompt herbeigeeilt und das Lachen erstarb Karin auf den Lippen: Das riesige Tier packte die Kette mit beiden Vorderfüßen und versuchte sie zu zerreißen, dabei schleifte es Karin ein Stück über den Boden.

»Lass das!«, rief Karin erschrocken.

Das Drachenweibchen unterbrach seine Anstrengungen und schnupperte besorgt an ihr. Noch einmal packte es die Kette. Erst versuchte es die eiserne Fessel, wie das Kleine, zu zerbeißen, als es damit keinen Erfolg hatte, sie aus der Wand zu reißen. Dabei schleifte es Karin abermals ein Stück über den Boden und zog sie dann in die Höhe. »Lass mich sofort wieder runter!«, schrie diese angstvoll, als sie hilflos in der Luft baumelte. Das riesige Tier hörte augenblicklich mit seinen Bemühungen auf und ließ sie vorsichtig herunter. Dann schleckte es ihr ein paar Mal behutsam über das Gesicht, griff noch einmal unschlüssig nach der Kette und ließ es dann bleiben. Karin war sich sicher, dass es einem Drachen kaum Mühe kosten würde, die Kette aus der Wand zu reißen und nur wenig mehr sie durchzureißen. Das grüne Weibchen wagte es offenbar nicht, mehr Kraft einzusetzen, um sie nicht zu verletzen. So blieb es dabei, dass sie das Nest nicht verlassen konnte.

Zu Karins Erstaunen begannen die Drachenreiter jetzt die steinernen Tore wieder auseinander zu schieben. Als der Durchgang breit genug war, dass ein Drache den Kopf hindurch stecken konnte, hörten sie auf damit. Das Drachenweibchen eilte sogleich zum Spalt, schnupperte kurz und schon verschwand sein Kopf darin. Ein seltsames, mahlendes Geräusch war zu hören und Karin stand auf, um besser sehen zu können. Irgendetwas lag hinter dem Spalt auf dem Boden und das grüne Weibchen senkte seinen Kopf immer wieder in dieses Etwas.

»Na? Möchtest du uns helfen, deinen Drachen zu füttern?«, erklang plötzlich die Stimme von Niro hinter ihrem Rücken.

Sie drehte sich um. Sora und Niro standen hinter ihr im Nest und jeder hielt einen Korb mit makrelengroßen, grünen Fischen in den Händen. Sie hatte die beiden nicht kommen gehört.

»Wo kommt ihr denn so plötzlich her?«, fragte sie erstaunt.

»Aus der Wand, wie immer«, meinte Niro trocken. »Das sind grüne Jagdfische. Kein Drache kann da widerstehen«, erklärte er, als er ihr seinen Korb hinhielt.

Karin war unsicher.

»Wie füttert man denn einen Drachen?«, fragte sie. In Gedanken sah sie vor sich, wie außer dem Fisch auch ihre ganze Hand in dem riesigen Rachen verschwand.

»Na, einen nach dem anderen«, antwortete Niro, der offenbar nicht verstand, was es da zu fragen gab.

»Ja, aber …«

»Du nimmst sie am Schwanz und hältst sie deiner Drachenmutter einfach vor die Nase, den Rest erledigt sie schon alleine«, erklärte Sora, die eher verstanden hatte, wo Karin der Schuh drückte. »Und übrigens: Sei nett zu ihr. So ein Drache ist schneller beleidigt, als du denkst. Und wir wollen sie schließlich für uns gewinnen.«

Inzwischen war der Haufen vor dem Spalt verschwunden und das Drachenweibchen zog den Kopf zurück. Es leckte sich die Lippen und kam dann vorsichtig zum Nest herüber.

Als es dieses fast erreicht hatte, wurde Karin nervös.

»Meint ihr nicht, dass es besser wäre für euch zu verschwinden?«

»Ach was!«, tat Niro großspurig ab.

Bei Sora klang es weniger lässig. »Sie kennt unseren Geruch doch. Und wenn du keine Angst vor uns hast und wir keine Angst vor dir oder deiner Drachenmutter haben, wird sie hoffentlich verstehen, dass wir keine Gefahr darstellen, zumal, wenn wir sie füttern. – Du musst ihr aber den ersten Fisch geben!«

Sie hielt Karin ihren Korb hin. Zögernd nahm sich diese einen Fisch. Als das Drachenweibchen begann, Sora und Niro zu beschnuppern, hielt sie ihm den Fisch vor die Nase.

»Hier, für dich!«, sagte sie dabei.

Das grüne Weibchen roch einmal daran und nahm ihn anschließend behutsam aus Karins Hand. Dann warf es ihn weit weniger behutsam in die Höhe, schnappte danach und verschlang ihn in einem Bissen.

»Weiter!«, befahl Niro und Karin fuhr fort, dem Weibchen die Fische aus dem Korb anzubieten. Zuletzt beteiligten sich auch Sora und Niro an der Fütterung und nach anfänglichem Zögern ließ es sich auch von ihnen füttern. Karin war mehr als erstaunt, dass es so friedlich blieb, schließlich hatten sie es eingesperrt und es hätte den Geruch von Sora und Niro auch damit verbinden können. Doch es blieb vollkommen entspannt. Sora und Niro kehrten ihm sogar den Rücken zu, als sie das Nest verließen und durch die durchlöcherte Wand verschwanden. Sie schienen ihm völlig zu vertrauen.

Karin nicht. Sie wurde immer nervöser. Noch hatte ihre Adoptivmutter keine Anstalten gemacht, sie zu füttern, aber lange konnte es nicht mehr dauern. Karins Unruhe fiel dem Drachenweibchen natürlich auf. Es beschnupperte sein *Kind* besorgt und tat dann genau das, was Karin gefürchtet hatte: Es machte sich bereit sie zu füttern. Aus Erfahrung rechnete es offenbar mit einem Fluchtversuch, denn noch ehe Karin sich bewegte, umfing es diese in einer schnellen Bewegung mit den Zehen seines rechten Vorderfußes und drückte sie unter sich ins Nest. Es fixierte sie mit den Zehen so, dass sie ihren Kopf nicht bewegen konnte, und spreizte dann seine Schuppen. Karin wusste, dass sie nichts dagegen machen konnte; sie brachte es allerdings nicht fertig, still zu liegen und wehrte sich nach Kräften. Natürlich half es nicht. Einzig die Schaufeln, mit denen die Drachenreiter die Milch auffingen, gewährten ihr etwas Aufschub. Doch wie beim ersten Mal wurden die Schaufeln bald zurückgezogen und Karin konnte dem Unvermeidlichen nicht länger entgehen. Sie hatte nur die Wahl zwischen Ersticken, Ertrinken oder zu schlucken. Sie schluckte. Hinterher lag sie wie üblich mit verkrampftem Magen und nach Luft japsend da, während das Drachenweibchen zufrieden zu seinem eigenen Jungen hinüberwechselte.

Ein paar Minuten später erschienen Sora und Niro mit dem Schlauch und befreiten sie von der roten Brühe. Das grüne Weibchen beobachtete sie dabei aufmerksam. Als sie fertig waren, kam es herüber und beschnupperte die beiden. Sora tätschelte den Drachenkopf.

»Bist eine gute Mutter!«, lobte sie. Das riesige Tier nahm es gelassen hin und stupste nun seinerseits Sora mit dem Kopf. Sie tat dies so heftig, dass Sora beinahe das Gleichgewicht verlor, aber diese lachte nur darüber.

»Nicht so stürmisch! Ich habe nur zwei Beine«, rief sie dem Drachen fröhlich zu. Das Drachenweibchen nahm es gelassen hin. Es stupste probehalber auch Niro an, dann Karin. Karin wäre beinahe hingefallen. Niro erwischte sie gerade noch am Arm.

»Hiergeblieben! Du darfst keine Schwäche zeigen, wenn du das Kommando übernehmen willst!«, erklärte er. »Deine Drachenmutter wird dich solange weiterfüttern, bis du ihrer Meinung nach die Milch nicht mehr nötig hast; also bis du gesund und stark bist.«

Sora nickte. »Wir haben dich beobachtet. So nervös und ängstlich wie du warst, hast du auf sie keinen gesunden und kräftigen Eindruck gemacht! Es war nur logisch, dass sie dich gefüttert hat.«

»Ihr meint, wenn ich ruhig geblieben wäre und keine Angst gezeigt hätte, hätte mich der Drache nicht gefüttert?«

»Wahrscheinlich nicht«, meinte Sora. »Es sei denn, dein Rücken hätte sie dazu veranlasst.«

»Warum habt ihr mir das nicht vorher gesagt?«

»Kelim hat es uns verboten«, antwortete Niro.

Kelim! Allmählich begann Karin ihn zu hassen. Ihm allein hatte sie den ganzen Schlamassel zu verdanken.

»Sei nicht wütend auf Kelim, Karin«, sagte Sora, die zu ahnen schien, was diese empfand. »Es mag dir vielleicht so vorkommen, aber es steckt bestimmt keine böse Absicht dahinter. Ich habe darüber nachgedacht. Du bist nur in unserer Gemeinschaft sicher. Wenn Gar von dir erfährt, wird er versuchen dich umzubringen. Am sichersten bist du, wenn du mit den Drachen fliegst. Da wird dich Gar am Allerwenigsten vermuten. Außerdem kann er dir dann kaum noch etwas antun. Du solltest so schnell wie möglich lernen, wie man mit Drachen umgeht.«

Das mochte stimmen, aber musste sie deshalb Drachenmilch trinken und halbnackt angekettet in einem Drachennest sitzen?

Wieder schien Sora ihre Gedanken zu kennen. »Wenn du versprichst, nicht davonzulaufen, versuchen wir zu erreichen, dass man dir wenigstens die Kette abnimmt.«

Karin überlegte. Davonlaufen konnte sie sowieso nicht. Wohin denn auch? Bestenfalls würde sie sich hoffnungslos in dem Labyrinth der Gänge verirren. Sie war so oder so eine Gefangene. Ihr blieb gar keine andere Wahl, als hierzubleiben und mitzuspielen – zumindest weitgehend.

»Okay«, sagte sie, »ich verspreche es. Aber ihr wisst doch, dass ich sowieso nirgends hin kann. Auch wenn ich es nicht versprechen würde.«

»Ich habe das etwas spezieller gemeint«, stellte Sora richtig. »Ich meinte, du sollst nicht vor dem Drachen weglaufen!«

»Das«, sagte Karin langsam, »ist etwas schwieriger.« Sie sah das Drachenweibchen an, das ihre Unterhaltung neugierig beobachtet hatte. »Versprichst *du* mir, mich nicht mehr zu füttern?«, fragte sie und versuchte, den riesigen Drachenkopf dabei ein klein wenig zur Seite zu schieben, damit ihr der Atem nicht mehr ins Gesicht wehte. Das grüne Weibchen sah sie fragend an und schleckte ihr dann schnell einmal über das Gesicht.

»Iiih!«, machte Karin. »Okay, dann schleckst du eben. Aber bitte nicht anschnaufen und nicht füttern! Hast du das verstanden?«

Sora und Niro lachten.

»Ganz so einfach ist das nicht«, meinte Sora dann. »Deine Drachenmutter ist sehr fürsorglich. Und wenn sie der Meinung ist, dass du ihre Milch nötig hast, dann lässt sie sich nicht davon abhalten, dich zu füttern.«

Karin seufzte. Sie würde die Kette wohl doch nicht los. Aber vielleicht ...

»Und was ist mit den Schaufeln?«, fragte sie hoffnungsvoll. »Ihr braucht sie doch bloß einfach nicht zurückzuziehen.«

Niro schüttelte den Kopf. »Oh, nein! So funktioniert das nicht. Ich habe Onkel Rodan gefragt. Wir müssen immer etwas übrig lassen. Weil ...«

»He, ihr zwei! Wollt ihr da drüben Wurzeln schlagen? Wenn ich mich nicht irre, solltet ihr doch mit dem Kleinen spielen.«

Sora und Niro zuckten schuldbewusst zusammen. Karin sah zum anderen Nest hinüber und suchte dann die Höhle ab. Sie konnte den kleinen Drachen nirgends entdecken. Auch Sora und Niro sahen sich suchend um. Niro fand ihn schließlich.

»So ein Wildling«, lachte er und zeigte auf den Spalt zwischen den Steintoren. Da hing der kleine Drache auf halber Höhe, eingespreizt zwischen den beiden Toren. Eifrig schob er sich weiter nach oben. Als er die Decke erreicht hatte, schrie er triumphierend und flatterte mit den Flügelchen. Das hätte er lieber bleiben lassen, denn dabei verlor er den Halt und rutschte schneller werdend den Spalt wieder hinunter. Das letzte Stück legte er in freiem Fall zurück. Sofort war seine Mutter bei ihm und beschnupperte ihn besorgt. Auch Niro und Sora eilten zu ihm. Dem Kleinen war nichts passiert. Seine Mutter schleckte ihn ab. Er entzog sich dieser Liebkosung und hopste übermütig durch die Höhle. Sora und Niro liefen ihm lachend hinterher und versuchten, seinen Schwanz zu fassen. Niro gelang es. Er ließ aber gleich wieder los und rannte davon. Sogleich drehte sich der kleine Drache um und jagte nun Niro und Sora. Sie lockten ihn zu Karin ins Nest und stoppten dann. Der kleine Drache blieb ebenfalls stehen.

»Du musst ihn hinter den Ohrstacheln kraulen«, riet Niro etwas außer Atem.

Karin probierte es und der kleine Drache schmiegte sich genießerisch an ihre kraulende Hand. Plötzlich fauchte die Drachenmutter und sie zuckte zusammen.

»Keine Angst«, beruhigte Sora. »Sie ruft bloß das Kleine.«

Brav lief dieses zu seiner Mutter, die es fütterte. Gierig schleckte das Kleine die rote Flüssigkeit, als die Auffangschaufeln endlich zurückgezogen wurden.

Karin schüttelte sich. »Bäh! Und das schmeckt dem Kerlchen auch noch. Kein Wunder, dass es so einen Mundgeruch hat.«

Niro grinste. »Fast so wie du.«

Karin hauchte sich in die Hand und schnupperte. Es roch genauso widerlich, wie der Geschmack, den sie auf der Zunge hatte. Sie verzog das Gesicht.

Niro lachte.

»Das vergeht wieder«, tröstete Sora. »Aber wir müssen jetzt gehen.«

Niro tätschelte Karin an der Schulter. »Wir werden ein gutes Wort für dich einlegen. Versprochen!«

Damit gingen sie. Karin zweifelte daran, dass ein *gutes Wort* ihr viel helfen würde. Sie setzte sich auf den Nestrand und beobachtete die beiden Drachen. Der Kleine hatte sich an seine Mutter gekuschelt und war eingeschlafen. Nicht lange danach tat es ihm seine Mutter gleich.

Es wurde langsam dunkel. Karin stand eine weitere Nacht in der Höhle bevor. Sie seufzte. Plötzlich drang ein Lichtschein aus den Schlupflöchern in der Wand. Drei Gestalten schlüpften hindurch. Das Licht der Laterne, die die erste Gestalt hochhielt, blendete sie so, dass sie nicht erkennen konnte, wer ihre Besucher waren. Sie kamen zu ihr ins Nest und machten es sich auf dem Rand neben ihr bequem. Erst als sie die Laterne auf den Boden abgestellt hatten, erkannte Karin Rodan und die Frau, die neben ihm gesessen hatte. Den anderen Mann kannte sie nicht. Gut möglich, dass auch er ein Ratsmitglied war, sie hatte sich nicht alle Gesichter gemerkt.

Rodan musterte Karin schweigend. Sie begann sich unbehaglich zu fühlen und hielt Ausschau nach ihrer Decke. Diese lag ein paar Armlängen entfernt auf dem Nestrand. Sie überlegte aufzustehen, um sich die Decke zu holen, ließ es dann aber sein.

»Du hast dich tapfer geschlagen«, lobte Rodan. Es klang ehrlich begeistert. »Obwohl wir dich so grob behandelt haben und du nicht wenig darunter leiden musst, hast du unser Vorhaben unterstützt«, fuhr er fort, sie zu loben. »Das grüne Weibchen hat euch drei bereits akzeptiert, jetzt musst du ihm nur noch klar machen, dass *du* das Sagen hast, und nicht es.«

»So?«, erwiderte Karin. Sie wusste nicht recht, was sie sagen sollte. Sie war mehr als verärgert darüber, wie sie behandelt wurde und welchen Gefahren man sie ausgesetzt hatte – sie dachte an ihren verbrannten Rücken – und hätte Rodan am liebsten wüst beschimpft. Aber sie brachte es nicht über sich. Rodan war so aufrichtig begeistert, ja sogar richtig stolz auf sie, dass es ihr allen Wind aus den Segeln nahm. Da steckte keine böse Absicht dahinter. Sie dachte daran, wie wichtig es für die Drachenreiter war, die Milch des Weibchens zu bekommen. Er wäre ein schlechter Regierungschef, wenn er diese Chance nicht genutzt hätte. Sie war eine Fremde, der er nicht trauen konnte, die Drachenmilch fürchterlich fand und Drachen auch – inzwischen allerdings beides nicht mehr so sehr – und er hatte ohne Frage sicherstellen müssen, dass sie ihre Aufgabe als Lockvogel erfüllte. Denn ohne diese vermaledeite Kette wäre sie nie im Nest geblieben, sie wäre in Panik davongerannt und sie hätten das grüne Weibchen wahrscheinlich nicht einfangen können. Und ihr die Kleider zu nehmen, war auch weit entfernt davon böswillig zu sein; einmal mit Drachenmilch durchtränkte Sachen waren eben nur noch zum Wegwerfen gut. So sagte sie nichts weiter.

»Morgen werden wir es wieder fliegen lassen«, verkündete Rodan.

Karin glaubte, sich verhört zu haben. Was hatten all die Mühen für einen Sinn gehabt, wenn sie den Drachen gleich wieder frei ließen?

Rodan fuhr fort. »Es ist jetzt soweit, dass es die Höhle als sicheren Ort betrachtet. Es wird freiwillig wiederkommen, nicht zuletzt deshalb, weil wir es zufüttern. Wir brauchen nicht zu fürchten, dass es sein Junges – oder dich – woanders hinbringt.«

Bei der Vorstellung, dass das Drachenweibchen sie an einen anderen Ort verschleppen könnte, schauderte Karin. Sie dachte an das stinkende Nest bei den Soldatenklippen und auf einmal sah sie die Kette an ihrem Fuß in einem anderen Licht. Vielleicht war es ganz gut so. Aber Rodan hatte gesagt, dass keine Gefahr mehr bestand.

»Seid ihr sicher? So schnell?«, fragte sie nach.

Rodan nickte und die Frau an seiner Seite antwortete:

»Ja. Drachen lernen schnell. Deswegen muss man gut aufpassen, keine Fehler zu machen. Hör gut zu, wenn dir Sora und Niro etwas erklären, und halte dich genau daran, was man dir sagt. Drachen können sehr gefährlich sein!«

Karin hatte schon ein spöttisches »Wie überraschend« auf den Lippen, doch sie verkniff sich ihre Bemerkung. Wenn sie hier weg wollte, war es nicht gut, jemanden zu beleidigen. Sie machte einen Versuch.

»Kann ich denn …? Ich meine, wenn der Drache nun raus darf – kann ich dann auch hier weg?«

Rodan lächelte mild. »Nicht ganz. Nur in der Zeit, in der deine Drachenmutter unterwegs ist. Kommt sie zurück, musst du hier sein. Wenn du dich benimmst, muss es allerdings nicht unbedingt das Nest sein.«

»Und heute Nacht?«, fragte Karin hoffnungsvoll.

Aber Rodan schüttelte den Kopf. »Die Drachen können jederzeit aufwachen. Du wirst hier schlafen. Hast du eine Decke bekommen?«

Karin nickte.

»Gut. Wir gehen jetzt lieber, bevor deine Drachenmutter noch aufwacht. Wir haben kein Denkmeinnicht benutzt. Versuch zu schlafen, Karin. Morgen ist viel zu tun für dich.«

Rodan nahm die Laterne auf und ihre Besucher erhoben sich und entschwanden durch die Schlupflöcher. Sie sah ihnen nach. Der helle Schein der Laterne, der durch die Schlupflöcher drang, wurde schnell schwächer und machte der Dunkelheit Platz, die sich in der Höhle breitgemacht hatte. Es war unheimlich. Durch die Steintore wurden die Geräusche des Meeres gedämpft und sie kam sich seltsam abgeschnitten von der Welt vor. Das Einzige, was deutlich zu hören war, war das geräuschvolle Atmen der Drachen. Letzte Nacht hatte es wenigstens das Licht der Sterne und eine Zeit lang sogar Mondlicht gegeben.

Jetzt herrschte absolute Finsternis in der Höhle. Der Spalt zwischen den Steintoren lag in einem ungünstigen Winkel zu ihrem Nest und war zu schmal, um einen Blick auf den Sternenhimmel werfen zu können. Wenn sie ihr doch wenigstens die Laterne dagelassen hätten. Doch das hatten sie nicht und so tastete sie im Dunkeln nach der Decke. Sie zog diese eng um den Körper und machte es sich so bequem wie möglich in der Nestmulde. Obwohl sie müde und erschöpft war, konnte sie lange nicht einschlafen. Die letzten Worte von Rodan gingen ihr dauernd im Kopf herum. Was für eine Aufgabe hatten sie für sie vorgesehen? Und was bitte war *Denkmeinnicht*?

Schließlich fiel sie doch in einen unruhigen Schlaf. Sie träumte von Rudi und ihren anderen Freunden, die sie mit vorwurfsvollen Augen ansahen und riefen »Warum bist du nicht bei uns?«. Als sie schweißgebadet erwachte, musste sie feststellen, dass sie sich kaum bewegen konnte. Etwas Schweres war über sie gebreitet und drückte sie in einen Winkel zwischen zwei Wänden. Es dauerte eine Weile bis sie begriff, was das zu bedeuten hatte: Die

Wände waren nichts anderes als ein Bein und der Bauch des grünen Weibchens und darüber hatte es seine Flügel gebreitet. Und sie hatte nichts gemerkt! Hatte das Tier gespürt, dass sie Albträume hatte? Oder war es einfach so zu ihr gekommen? Wie dem auch sei, ihr war nicht wohl dabei, dass der Drache so unbemerkt an sie herankommen konnte. Ob es schon hell war? Sie versuchte erfolglos, den Flügel anzuheben. Das Drachenweibchen grunzte leise und bewegte sich ein klein wenig, dann atmete es ruhig und gleichmäßig weiter. Es schien zu schlafen. Karin hielt es für besser, es nicht zu wecken. Sie zog die Decke wieder enger um sich. Es würde wohl keine Gefahr für sie bedeuten, wenn sie noch ein wenig schlief. Sie gähnte und kurze Zeit später war sie tatsächlich wieder eingeschlafen.

Als sie das nächste Mal aufwachte, war es hell und sie lag allein im Nest. Verwirrt setzte sie sich auf. Das grüne Weibchen stand im anderen Nest und war gerade dabei, sein Kleines zu füttern. War es in der Nacht wirklich hier bei ihr gewesen oder hatte sie das auch nur geträumt? Ihr Blick fiel auf den Nestrand; dort stand eine kleine Schüssel. Jemand hatte sie offenbar dort abgestellt, während sie geschlafen hatte. Was passierte noch alles, während sie schlief? Drachen kamen und gingen, Sachen wurden gebracht … und sie bekam nichts von all dem mit! Neben der Schüssel lag ein kleiner Zettel, auf dem etwas geschrieben stand. Neugierig griff sie danach. Sie hatte Mühe, die schnörkeligen Buchstaben zu entziffern. *Iss erst, wenn der Drache dir zusieht!* stand darauf. Sonst nichts. Sie drehte das Blatt herum. Die Rückseite war unbeschrieben. In der Schüssel war Eiergerstenbrei. Ob Sora der heimliche Besucher gewesen war? Ein lautes Krachen ließ sie zusammenfahren.

Die Drachenreiter öffneten die Tore! Karin genoss das helle Licht des Morgens, das zunehmend den Weg in die Höhle fand. Das Halbdunkel, das seit Schließung der Tore geherrscht hatte, hatte ihre ohnehin nicht gerade fröhliche Stimmung weiter gedrückt. Jetzt atmete sie erleichtert auf.

Misstrauisch beobachtete das grüne Weibchen den Vorgang. Erst, als die Tore vollständig in den Spalten der Seitenwände verschwunden waren, wagte es, die Höhle jenseits der Tore zu inspizieren. Nach einem Blick hinunter aufs Meer, drehte es um und steuerte direkt auf das Nest mit Karin zu. Diese ahnte nichts Gutes. Den kleinen Drachen hatte das Weibchen bereits gefüttert … Da fiel ihr die Schüssel wieder ein. Und das, was Sora übers Füttern gesagt hatte. Sie versuchte, möglichst gelassen zu wirken, als sie sich die Schüssel griff und – vor den Augen des Drachen – genüsslich deren Inhalt schlürfte. Einer Eingebung folgend rülpste sie hinterher vernehmlich. Das Drachenweibchen beobachtete alles genau. Als sie die Schüssel zurückstellte, machte es Anstalten, sich über sie ins Nest zu stellen. Karin schüttelte den Kopf und sagte ruhig, aber bestimmt:

»Nein! Ich bin schon satt.« Dann trat sie ein paar Schritte zur Seite. Und das Wunder geschah: Das riesige Tier stieg wieder vom Nest herunter. Es stupste sie kurz mit seiner Nase an und ging dann gemächlich zum Höhlenausgang, warf einen kurzen Blick hinaus und flog schließlich davon, ohne sich noch einmal umzusehen.

»Du hättest uns ruhig noch ein bisschen Milch gönnen können, statt wegen so eines mickrigen Breis auf dein leckeres Frühstück zu verzichten«, rief ihr Niro mit einem Grinsen auf den Lippen aus einem der Schlupflöcher zu. Karin ignorierte den Kommentar. Sie war viel zu verblüfft darüber, dass sie nicht gefüttert worden war.

»Es hat funktioniert!«, rief sie. »Der Drache hat mich nicht gefüttert.« Sie schloss die Augen und legte den Kopf in den Nacken. Dabei lächelte sie glückselig. Die Kleinigkeit, nicht gefüttert worden zu sein, ließ sie sich fühlen wie im siebten Himmel.

»Nun, dann kannst du ja jetzt das Kommando übernehmen.«

Das holte sie wieder auf die Erde zurück. Sie war nach wie vor im Drachennest angekettet. Und dass das grüne Weibchen sie jetzt nicht gefüttert hatte, musste nicht heißen, dass es dies ein anderes Mal auch nicht tat. Niro und auch Sora waren inzwischen zu ihr ins Nest geklettert. Ebenso ein weiterer Drachenreiter. Und der hatte etwas dabei; etwas, wofür sie sich gerne vor ihm auf den Boden geworfen und ihm die Stiefel geküsst hätte: den Schlüssel für ihre Kette. Sie hätte nicht gedacht, dass das leise *Klack* eines aufspringenden Schlosses sich so wunderbar anhören konnte. Sie war frei!

Sie ließen ihr wenig Zeit sich zu freuen.

»Komm, auf zur Sattelkammer«, sagte Niro und schob sie in Richtung der Schlupflöcher.

»In diesen Nichts-Sachen?«, protestierte Karin.

Der unbekannte Drachenreiter versprach, sich darum zu kümmern, und verschwand in eine andere Richtung, während Niro sie in einen breiten Tunnel schob und zur Eile drängte. Sie begegneten einer Schar Kinder, die lachend in die entgegengesetzte Richtung lief. Niro drehte sich um.

»Passt auf! Der Kleine ist ein richtiger Wildling«, rief er ihnen hinterher.

Wollten die Kinder wirklich zu dem kleinen Drachen? So klein war der schließlich auch wieder nicht. Karin erinnerte sich daran, dass Kelim den Kindern vorgeschlagen hatte, sich um den kleinen Drachen zu kümmern. Aber ihr war nicht recht wohl bei dem Gedanken, so kleine Kinder zu dem Drachen zu lassen. Er hatte immerhin ziemlich lange Krallen und spitze Zähne. Andererseits war er sehr verspielt und würde mit den Kindern vielleicht wirklich nur Fangen spielen wollen. Sie beschloss, die Sache den Drachenreitern zu überlassen, sie kannten sich schließlich aus mit den Drachen und wussten am ehesten, ob es für die Kinder gefährlich war oder nicht.

Die Sattelkammer erwies sich als hoher Tunnel, an dessen Wänden die ledernen Sättel aufgehängt waren. Es war eine stattliche Anzahl an Sätteln, die da dicht an dicht entlang des ganzen langen Tunnels ihren Platz fand. Es gab sie in allen Variationen und Größen inklusive diverses Zubehör, mit dem Karin meist überhaupt nichts anzufangen wusste. Niro führte sie in den hinteren, niedrigeren Teil des Tunnels, in dem kleinere Sättel aufbewahrt wurden.

»Die hier sind die Übungssättel für die Jungdrachen«, erklärte Niro. Er nahm einen blauen Sattel von der Wand und wuchtete ihn über ein Holzgestell, das in der Mitte zwischen den Tunnelwänden stand. Es gab einige dieser Holzgestelle, die als hölzerne Drachen bezeichnet wurden, wie Niro ihr erklärte. Diejenigen, die weiter vorne im Tunnel standen, waren allerdings deutlich größer als dieses Modell. Schritte näherten sich und der unbekannte Drachenreiter brachte Karin die versprochenen Kleider. Es waren nicht die

Sachen, die Sora ihr gegeben hatte, sondern nur ein Unterziehhemd und eine einfache, knielange Hose aus grobem, einfachem Stoff. Trotzdem zog Karin diese dankbar an. Jetzt fühlte sie sich wieder weit weniger nackt und damit deutlich wohler in ihrer Haut.

Die nächste Stunde verbrachten Niro und Sora damit, Karin beizubringen, wie man einen Drachen sattelte. Immer wieder musste sie den schweren Sattel vom hölzernen Drachen nehmen, um ihn dann erneut aufzulegen und festzuzurren, bis ihr der Umgang mit den verschiedenen Riemen und Schnallen vertraut war.

»Das reicht für heute«, meinte Sora schließlich. »Jetzt sind die Kinder dran.«

Sie ließen den Sattel auf dem hölzernen Drachen liegen und machten sich auf den Rückweg. Dabei begegneten sie erneut den Kindern, die eifrig schwatzend den Tunnel entlang liefen. Karin fiel ein kleines Mädchen auf, das eine Hand auf die Schulter gepresst hatte. An den Fingern waren Blutspuren. Auch Sora bemerkte es.

»Schlimm?«, fragte sie das kleine Mädchen. Doch das schüttelte nur den Kopf und beeilte sich, den Anschluss an die anderen nicht zu verlieren. Karin blieb stehen und sah den Kindern nach. Bei ihr zu Hause wäre das kleine Mädchen heulend zu seiner Mutter gelaufen und hätte bestimmt keine Lust mehr gehabt weiterzuspielen. Außerdem hätte es seine Mutter nie erlaubt, dass es sich mit so einem gefährlichen Tier abgab.

»Komm, weiter«, drängte Niro. »Dein Drache könnte jederzeit zurückkommen.«

Ihr Drache war noch nicht wieder zurück und sein Junges schlief zusammengerollt im Nest. Ein Drachenreiter berichtete, dass das grüne Weibchen nicht weit vor der Küste auf der Jagd nach Fischbeute seine Kreise zog; es konnte in wenigen Minuten hier sein, wenn es seine Jagd beendete. Also mussten sie hierbleiben. Niro nutzte die Zeit, um Karin einige Verhaltensregeln im Umgang mit Drachen beizubringen, während Sora sich Wasser, Seife und Bürste bringen ließ, um Karin die Haare zu waschen und zu kämmen. Karin ließ es dankbar geschehen, während sie versuchte zu verstehen, was Niro über die Drachen erzählte. Wenn man einen Drachen reiten und befehligen wollte, das hieß, ihm Kommandos geben wollte, schien es wichtig, auf gar keinen Fall ein Anzeichen von Schwäche zu zeigen, da sonst der Drache nicht mehr gehorchte und sich im schlimmsten Fall seines Reiters entledigen würde – was nicht selten dessen Tod bedeutete.

»Man sagt«, erklärte Niro, »wenn du vor den Augen eines Drachen stolperst, ist es das Letzte, was du in deinem Leben tust.«

»Dann gehorchen Drachen nicht freiwillig?«, fragte Karin.

»Doch«, erwiderte Niro. »Wenn sie dich für stark und klug genug halten, überlassen sie dir aus freien Stücken das Kommando. Sie vertrauen dir eben. Aber wenn du Schwäche zeigst, dann hast du ihr Vertrauen enttäuscht und Drachen gehen mit Versagern nicht gerade zimperlich um. Sie gehorchen nur jemandem, den sie für fähig dazu halten, die richtigen Entscheidungen zu treffen. Drachen untereinander verhalten sich auch so. Versager werden attackiert. Die Folgen sind hier natürlich weniger schwerwiegend. Schon allein der Größenunterschied bringt uns hingegen in eine ziemlich aussichtslose Position.«

Sora merkte, wie sich Karin bei Niros letzten Worten versteift hatte und sah sich veranlasst, Niros Erklärung zu ergänzen.

»Du brauchst dich deswegen nicht vor deinem Drachen zu fürchten. Dir droht als einzige keine Gefahr: Die Jungen eines Drachen genießen zeitlebens den Schutz ihrer Mütter. Das Schlimmste, was dir passieren kann, ist, dass dir dein Drache eine Zeit lang nicht mehr gehorcht. Eben so lange, bis du ihm erneut bewiesen hast, dass du stark genug bist, das Kommando zu führen.«

»Ist das wahr, oder sagst du das jetzt einfach, um mich zu beruhigen?«

Sora grinste. »Was würde wohl passieren, wenn ich gelogen hätte? Überleg mal.«

Karin überlegte. Glaubte sie Sora, würde sie nicht so sehr achtgeben und dann …

»Okay. Ich glaube dir. Nachdem ihr sogar gegen eure Regeln verstoßen habt, um mir das Leben zu retten, würde es wenig Sinn machen, mich jetzt in Gefahr zu bringen.«

Niro klopfte ihr auf die Schulter. »Kluges Kind.«

Sie sah ihn an. Meinte er das ernst, oder nahm er sie bloß auf den Arm? Bei Niro war sie sich da nicht ganz sicher.

»Zwei Drachen im Anflug!«, brüllte plötzlich ein Drachenreiter vom Eingang der Höhle zu ihnen herüber.

Zwei? Sie sahen sich an.

Niro sprang auf. »Das muss der Sonnendrache sein!«, rief er aufgeregt.

»Schnell, zieh deine Sachen wieder aus, Karin!«, riet Sora. »Vielleicht musst du dich noch einmal füttern lassen, um dem Sonnendrachen zu beweisen, dass *du* dem grünen Weibchen vertraust.«

»Was?«, rief Karin. »Noch einmal füttern lassen?«

»Nur wenn es unbedingt sein muss«, beschwichtigte Niro. »Ich glaube nicht, dass es nötig sein wird. Du riechst sowieso so stark nach Drachenmilch, dass jeder Nicht-Drachenreiter Reißaus nimmt.«

»Oh, danke für die Blumen.«

»Was für Blumen?«, fragte Niro verwirrt.

»Ach, vergiss es! Das sagt man bei uns halt so, wenn man ein Kompliment bekommt, das eigentlich keines ist.«

Jetzt grinste Niro. »Das muss ich mir merken.«

Widerwillig zog Karin die neuen Kleider wieder aus und gab sie einem der Drachenreiter, die durch die Schlupflöcher gekommen waren. Auch Kelim und Rodan waren dabei. Sie riefen Niro zu sich und redeten leise auf ihn ein. Niro wirkte sehr konzentriert und nickte gelegentlich. Die anderen Drachenreiter stellten drei große Körbe mit grünen Jagdfischen neben dem Nest ab, bevor sie sich erneut hinter die sichere Wand zurückzogen. Kelim und Rodan waren fertig mit Niro. Sie nickten Karin aufmunternd zu, bevor sie sich ebenfalls zurückzogen. Kelim nahm vorher noch Bürste und Waschschüssel von Sora entgegen.

Dann warteten sie. Es herrschte angespannte Stille. Man hätte eine Stecknadel fallen hören können. Lautes Gebrüll kündigte die Ankunft der Drachen an. Der kleine Drache war aufgewacht und antwortete seiner Mutter. Er hüpfte aus dem Nest und lief flügelschlagend Richtung Höhlenausgang. Das grüne Weibchen landete zuerst in der Höhle. Es lief gleich zu seinem Kind und liebkoste es. Dann kam es herüber, stupste Karin mit der Nase und begann auch sie abzuschlecken.

»Ist ja gut«, sagte Karin, bemüht, nicht das Gleichgewicht zu verlieren. Sie versuchte, den großen Kopf auf die Seite zu schieben, doch es dauerte eine Weile, ehe sich das Weibchen dazu überreden ließ, damit aufzuhören. Deutlich kräftiger stupste es jetzt Niro und Sora an, schleckte sie jedoch nicht ab. Das Junge war ebenfalls herübergekommen und hüpfte flügelschlagend um die Brust seiner Mutter herum. Diese schien kurz zu überlegen, bevor sie zum anderen Nest hinüberging und dort ihr Junges fütterte.

»Schade«, meinte Sora. »Sie vertraut uns noch immer nicht ganz, sonst hätte sie das Junge gleich hier gefüttert.«

Der goldene Drache ließ auf sich warten. Er kreiste unschlüssig vor der Höhle. Endlich wagte er sich herein. Er flog weit in die Höhle und landete dann brüllend innerhalb der Absperrung.

Karin hielt den Atem an. War das grüne Weibchen schon riesig, so überragte es der goldene Drache bei Weitem. Selbst Mahur, der um einiges größer als das grüne Weibchen war, wirkte im Vergleich mit ihm geradezu zierlich.

»Beim Großen Drachen, ist das ein Riesenvieh!«, entfuhr es Niro. Dann standen sie einfach da und warteten ab, was als Nächstes passieren würde.

Es passierte nichts.

Der goldene Drache stand ebenfalls still und wartete. Nur seine Nasenflügel bebten. Zugleich fasziniert und eingeschüchtert betrachtete Karin den Drachen. Alles an ihm war außerordentlich. Der Glanz seiner goldenen Schuppen war so außergewöhnlich, dass es schien, als hätte er das Sonnenlicht mit in die Höhle genommen. Wie musste er erst im Licht der Sonne funkeln! Kein Wunder, dass er auch Sonnendrache genannt wurde. Seine Dornen waren mindestens doppelt so lang und kräftig wie die des grünen Weibchens. Und der Blick seiner leuchtend gelben Augen strahlte Überlegenheit und Eiseskälte aus. Einem Blick dieser Augen längere Zeit standzuhalten, ohne ein tiefgreifendes Unbehagen zu verspüren, war schier unmöglich. Und dieses Monstrum sollte Niro zähmen? Niro schien ähnlich zu denken, denn er schickte einen hilfesuchenden Blick in Richtung der Schlupflöcher. Doch dort rührte sich niemand. Glaubten die Drachenreiter tatsächlich, wenn sie sich nicht bewegten, würde sie der Drache nicht bemerken? Aber wie schon das grüne Weibchen zuvor, schien der goldene Drache die Drachenreiter hinter den Wänden tatsächlich nicht wahrzunehmen. Karin konnte das nicht begreifen.

Der kleine Drache war satt und rülpste genüsslich. Statt wie üblich das Nest zu verlassen und nach Spielmöglichkeiten zu suchen, blieb er im Nest sitzen und beäugte den goldenen Drachen misstrauisch. Seine Mutter ignorierte den großen Drachen und wechselte gemächlich zum anderen Nest.

»Und jetzt?«, fragte Karin.

Sora zuckte mit den Schultern. »Entweder wir füttern das Weibchen oder du wirst gefüttert. Das werden wir gleich herausfinden.«

»Und wenn es satt ist?«, gab Karin zu bedenken.

Niro grinste. »Der Drache, der sich so satt fressen kann, dass er grüne Jagdfische verschmäht, muss erst noch geboren werden.«

Das grüne Weibchen bot Karin die Brust an, doch Karin trat einfach ein paar Schritte zur Seite und es ließ es gut sein. Sie nahmen die Körbe und fütterten es abwechselnd. Der goldene Drache kam neugierig näher. Mutig nahm Niro einen Fisch und machte einen Schritt auf ihn zu. Er hielt den Fisch hoch. »Willst du auch einen?«

Der goldene Drache streckte den Hals, bis sein Kopf nur mehr eine Armlänge von Niros Hand entfernt war und sog prüfend die Luft ein, um Niro dann eine heiße, stinkende Rauchwolke entgegen zu blasen. Tapfer blieb Niro stehen.

»Boah! Was hast du denn gefressen?«, entgegnete Niro, der etwas blass um die Nase geworden war. Der Drache zog den Kopf wieder zurück, ohne den Fisch anzurühren. Niro wirkte leicht angeschlagen, als er zu den anderen zurückkam. Schweigend gab er seinen Fisch dem grünen Weibchen, das ihn ohne Umschweife verschlang. Nachdem es alle Fische verputzt hatte, gähnte es und machte es sich im Nest bequem. Es rollte sich zusammen und nahm den Kopf zum Körper. Völlig entspannt schloss es die Augen.

Sora strahlte. Hinter der Wand waren verhaltene Beifallsrufe zu hören. Niro setzte dem Ganzen die Krone auf, indem er das Drachenweibchen hinter den Ohrstacheln kraulte. Es öffnete nicht einmal die Augen.

»Sieht so aus, als hätten wir gewonnen«, stellte er zufrieden fest. »Zumindest was Drache Nummer eins betrifft.«

Er sah sich nach dem goldenen Drachen um, der alles genau beobachtet hatte. Langsam kam dieser näher. Er ließ sich neben dem Nest nieder und beschnupperte sie. Als Erstes war Karin dran. Er schnupperte nur kurz, dann stieß er sie kräftig an und warf sie um. Ehe sie sich wieder aufrappeln konnte, griff er sie mit einem Vorderfuß und setzte sie neben dem grünen Weibchen im Nest ab.

»Er hält dich offenbar noch immer für ein Baby«, sagte Niro.

Er grinste dabei so unverschämt, dass Karin ihm am liebsten eine Ohrfeige verpasst hätte. Als sie aufstehen wollte, hörte er auf zu grinsen und sagte schnell:

»Nein! Bleib im Nest! Sonst wird der Drache sauer. Momentan wird er seine Meinung nicht ändern. Du hast später noch Gelegenheiten genug, um dich zu bewähren.«

Daraufhin blieb Karin lieber liegen, als auszuprobieren, wie es war, wenn der goldene Drache sauer wurde. In dieser Hinsicht war sie kein bisschen neugierig.

An Sora schnupperte er deutlich länger. Auch sie stieß er kräftig an. Sora schaffte es jedoch, auf den Beinen zu bleiben.

»He! Nicht so fest!«, sagte sie ruhig.

Jetzt kam Niro an die Reihe. Auch er überstand den Stoß unbeschadet. Als Sora zu den Schlupflöchern hinüberging, um ein paar Fische zu holen, streckte der Drache schnell einen Flügel und versperrte ihr den Weg. Sora zog die Schultern hoch und setzte sich zusammen mit Niro auf den Nestrand. Sie warteten. Der Drache gab den Weg nicht frei.

»Das kann ja heiter werden«, meinte Niro. Er warf einen Blick zu den Schlupflöchern. Doch er sah nur ratlose Gesichter.

Endlich fand der kleine Drache den Mut herüberzukommen und fauchte den goldenen Drachen an. Der beschnupperte ihn, stupste ihn an und – lief davon. Der kleine Drache rannte fauchend hinterher. Der goldene Drache ließ sich einholen und der kleine Drache fiel knurrend über seinen Schwanz her. Dann jagte der goldene Drache den Kleinen durch die Höhle. Als er ihn einfing, schleckte er ihn ab. Das gefiel dem Kleinen nicht besonders und er flüchtete sich zu seiner Mutter ins Nest. Niro und Sora lachten herzhaft. Karin fand es zwar ebenfalls lustig, wie die beiden hintereinander herrannten, aber ihr verging das Lachen schnell, als sich der Kleine zu ihr ins Nest flüchtete. Er drängte sich zwischen sie und seine Mutter und legte sich dabei halb auf Karin. Die Krallen des kleinen Drachen waren verflixt spitz und bohrten sich in ihre nackte Haut. Sie schubste ihn mühsam von sich herunter und setzte sich auf. Dann rieb sie sich den Oberschenkel, an dem sich drei lange rote Striemen befanden.

»Trampel!«, schimpfte sie. Der Kleine scherte sich nicht darum. Er kuschelte sich zwischen Karin und seiner Mutter zurecht und machte es sich mit seinem Kopf in Karins Schoß bequem. Hilfesuchend blickte sie zu Sora und Niro auf, die vom Nestrand zu ihr herabsahen und sich nur mühsam das Lachen verbeißen konnten. Niro grinste wieder. Karin war davon überzeugt, dass, wenn es einen Wettbewerb für unverschämtes Grinsen geben würde, ihn Niro um Längen gewinnen würde.

»Nun kuschel dich doch auch an dein Geschwisterchen«, sagte er. »Sei doch nicht so!«

Sora prustete los. Eigentlich wollte Karin irgendetwas Unfreundliches erwidern, aber Soras Lachen wirkte so ansteckend, dass sie bald alle drei lachten. Der goldene Drache betrachtete sie verwundert.

Hinter den Löchern schlug sich Kelim die Hand vor die Stirn und schüttelte den Kopf.

Das Drachenweibchen hob kurz den Kopf, besah sich die Szene und ließ ihn wieder sinken. Der goldene Drache war nähergekommen und stupste das Weibchen in die Seite. Es hob erneut den Kopf, schubste ihn leicht beiseite und legte den Kopf wieder ab. Jetzt drehte sich der goldene Drache um und flog davon.

»War's das?«, fragte Niro erstaunt.

Rodan kam aus einem Loch hervor. Er schüttelte vorwurfsvoll den Kopf. »Was sollen die Drachen denn von uns denken? Ich habe geglaubt, ihr seid Drachenreiter, keine albernen Kinder!«

Er versuchte vergeblich, streng auszusehen. Er sah eher so aus, als ob er selbst gerne lachen wollte.

»Tut mir leid, Onkel«, sagte Niro. »Der Kleine ist einfach zu komisch und Soras Lachen steckt an. Und wie Karin geguckt hat!«

Prompt fing er wieder zu lachen an. Rodan war ihm aber nicht böse, zumal auch so mancher Drachenreiter hinter den Schlupflöchern eher zu der Kategorie der albernen Kinder zu gehören schien. Man konnte immer noch unterdrücktes Kichern aus der Wand hören.

»Ich weiß, wir verkennen den Ernst der Lage«, sagte Sora mit bemüht ernstem Tonfall. Aber ihr gelang es nicht, das Grinsen ganz aus ihrem Gesicht zu vertreiben. »Aber immerhin muss der Drache anerkennen, dass wir keine Angst vor ihm haben.«

»Das stimmt«, gab Rodan zu. »Wer lacht hat keine Angst. Aber wenn ihr glaubt, dass er euch so anerkennen wird und euch gehorcht, muss ich doch meine Zweifel bekunden.«

Endlich gelang es Niro, wieder ernst zu werden. »Vielleicht sollten wir den kleinen Drachen wegsperren, wenn der Sonnendrache da ist. Dann wird es bestimmt leichter sein, ernst zu bleiben.«

»Du weißt genau, dass das nicht geht! Du wirst dich zusammenreißen müssen!«

Wenn sie geahnt hätten, was der kleine Drache noch anrichten würde, hätten sie diese Möglichkeit sicher nicht so leicht verworfen.

Der restliche Vormittag verlief ziemlich eintönig. Erst schlief das grüne Weibchen mehrere Stunden, dann sah es einfach nur zu, wie der kleine Drache dicke Äste aus den Nestern herauszog und in der Höhle herumwarf. Es interessierte sich weder für Futter noch beschnupperte es den grünen Sattel, den die Drachenreiter neben das Nest stellten, damit es sich daran gewöhnen konnte.

»So kommen wir nie weiter«, beklagte sich Niro, als es zuletzt einfach davonflog.

Jetzt grinste zur Abwechslung einmal Karin. »Aber es ist ein neuer Drache geboren!«

»Wie meinst du das?«, fragte Niro irritiert.

»Es hat die Fische nicht angerührt.«

Sora prustete los. Niro verstand es immer noch nicht.

Karin half nach. »Du hast gesagt, ein Drache, der grüne Jagdfische nicht anrührt, muss erst geboren werden.«

Niro setzte eine säuerliche Miene auf.

»Könnt ihr nicht einmal ernst bleiben?«, tadelte Kelim sie.

»Wenn du so einen Druck hättest, würdest du uns vielleicht verstehen«, verteidigte sich Sora.

»Ich versteh euch ja«, erwiderte Kelim, »und es tut mir leid, euch noch mehr unter Druck zu setzen, aber ihr müsst euch bei den Drachen beeilen: Wenn der goldene Drache zum Zug kommt, verlässt er sonst das Weibchen, statt hierzubleiben! Dass es den Fisch nicht angerührt hat, ist ein sicheres Zeichen, dass ihr bald eine Drachenpaarung erleben werdet. Und wenn wir ihn bis dahin nicht von uns überzeugt haben, dann kommt er frühestens wieder zur Eiablage.«

»Und wie sollen wir uns beeilen, wenn die Drachen uns ignorieren? Kannst du uns das sagen?«, beklagte sich Niro.

Darauf gab Kelim keine Antwort.

Rodan kam, bat Sora und Niro zu sich und verschwand mit ihnen. Karin erlaubte man, in den Baderaum zu gehen, sie sollte sich aber beeilen. Nach einem wohltuenden, jedoch viel zu kurzen Bad, um nennenswert etwas gegen den Geruch auszurichten, durfte sie sogar die Sachen, die sie von Sora bekommen hatte, anziehen. Danach brachte man sie zu ihrem Erstaunen nicht wieder zum Drachennest, sondern in die große Halle.

Außer Sora und Niro erwarteten sie dort ein kleiner Imbiss und – Mahur. Er war gesattelt. Sora und Niro sollten offenbar fliegen. Zu Karins Überraschung sollte auch sie mitfliegen. Niro und Sora halfen ihr, den Brustpanzer und die Armmanschetten anzulegen. Dann stiegen sie auf. Sora kletterte als Erste über das Bein nach oben. Als Nächstes kam Karin. Was bei Sora so mühelos ausgesehen hatte, entpuppte sich als kniffelige Kletterei. Sora streckte ihr hilfreich den Arm entgegen und zog sie das letzte Stück herauf. Niro folgte als Letzter. Karin steckte die Stiefel in die dafür vorgesehenen Halterungen, wie es ihr die beiden an dem kleinen Sattel gezeigt hatten. Niro schnallte ihre Beine noch zusätzlich mit zwei Lederriemen an und zog sie straff. Er und Sora verzichteten darauf. Zuletzt legte Niro ihr noch einen breiten Ledergurt um die Taille und band sie damit am Sattel fest. Trauten sie ihr überhaupt nichts zu? Als ob sie einfach so aus dem Sattel kippen würde …

»Fertig«, sagte Niro, als er den letzten Gurt angezogen hatte.

Und los ging es. Mit einem Riesensatz sprang Mahur nach vorne, breitete dabei die Flügel aus und kaum zwei Flügelschläge später hatte er die Höhle hinter sich gelassen. Reflexartig hatte sich Karin bei diesem vehementen Start an Sora geklammert. Doch die lachte bloß.

»Hej! Du bist doch festgebunden. Du kannst ruhig loslassen.«

Vorsichtig und ein bisschen verlegen löste Karin ihren Griff. Sie wartete auf einen hämischen Kommentar von Niro. Der sagte zur Abwechslung einmal nichts. Doch sie hatte sich zu früh gefreut. Nachdem sie eine ruhige Runde geflogen waren, beugte er sich nach vorne.

»Ich mach mir echte Sorgen um Sora. Wenn wir unsere Manöver fliegen, wirst du sie wahrscheinlich erdrücken.«

Obwohl sie sein Gesicht nicht sehen konnte, wusste Karin, dass er wieder sein hämisches Grinsen aufgesetzt hatte. Sie nahm sich vor, ihm nicht noch mehr Stoff für seinen Spott zu liefern und sich auf keinen Fall mehr an Sora festzuhalten – egal welche Flugkunststücke diese Mahur abverlangte. Vorerst flog er jedoch ruhig seine Runden.

»Da draußen!«, rief Niro plötzlich und deutete nach rechts. Karin hielt die Hand schützend über die Augen und entdeckte bald zwei kleine Punkte, die weit weg in der angegebenen Richtung ihre Kreise dicht über dem Wasser zogen. Sora lenkte Mahur in die angegebene Richtung und die Punkte wurden rasch größer. Karin hatte vergessen, wie schnell Mahur fliegen konnte. Bald erkannte sie die beiden: Es waren der goldene Drache, der in der Sonne glitzerte wie tausend Edelsteine und ihr grünes Weibchen. Wenige hundert Meter von den beiden Drachen entfernt ließ Sora Mahur abbremsen und lenkte ihn auf einer großen Kreisbahn um die beiden herum. Diese ließen sich nicht stören. Plötzlich stürzte sich das Weibchen hinunter und stieß den Kopf tief ins Wasser. Als es ihn wieder herauszog hatte es einen dicken Fisch im Rachen. Es stieg ein paar Meter auf, dann warf es den Fisch in die Luft und verschlang ihn in einem einzigen Bissen. Jetzt stürzte sich der goldene Drache ins Wasser. Er tauchte vollkommen ab. Es dauerte. Karin begann unruhig zu werden. Mahur war schon fast eine ganze Runde geflogen. Endlich tauchte der Drache wieder auf. Mühsam erhob er sich über die Wasseroberfläche. Er hatte etwas Großes, Seekuhähnliches mit allen vier Füßen gepackt und steuerte jetzt auf eine Gruppe flacher Felsen zu, die in der Nähe aus dem Wasser ragten. Seine Beute zappelte dabei heftig. Über den Felsen stieg er ein Stück in die Höhe und ließ dann seinen Fang fallen. Mit einem dumpfen Klatschen schlug das zappelnde

Etwas auf den Felsen auf. Es bewegte sich nicht mehr. Der goldene Drache landete neben seiner Beute und riss sich mit seinen messerscharfen Zähnen mühelos ein großes Stück heraus. Nachdem er es verschlungen hatte, fauchte er laut und das grüne Weibchen landete neben ihm. Ohne Verzögerung machte es sich über den dicken Brocken her und auch der goldene Drache biss ein weiteres Mal zu. Eine Weile sahen sie den beiden beim Fressen zu. Als sie nicht mehr so gierig zubissen und nur noch kleinere Stücke herausrissen, rief Sora: »Jetzt sind wir dran! Auf gehts! Festhalten!«

Im selben Augenblick lenkte sie Mahur aus der Kurve und er schraubte sich nahezu senkrecht nach oben. Und wieder griff Karin haltsuchend nach Sora. Von hinten drang Niros Lachen an ihr Ohr. Sie ärgerte sich und wollte Sora gerade wieder loslassen, da ging Mahur in einen steilen Sturzflug über. Er flog eine enge Spirale und ging knapp über der Wasseroberfläche so abrupt in einen Geradeausflug über, dass sich Karin fast der Magen umdrehte. Sie ließ Sora nicht los. Niro hörte nicht auf zu lachen. Als sie sich umdrehte, sah sie, dass er beide Arme weit von sich gestreckt hatte und sich allein mit den Beinen anklammerte. Als Sora Mahur mit einem Salto die Richtung ändern ließ, juchzte er laut auf, ohne auch nur in Gefahr zu geraten, den Halt zu verlieren. Auch Sora juchzte, als sie Mahur flach über dem Wasser sich ein paar Mal um die eigene Achse drehen ließ und streckte ebenfalls die Arme aus. Die Flügelspitzen des Drachen tauchten dabei bei jeder Drehung ins Wasser, dass es spritzte.

»Lass los, Karin«, lachte Sora. »Zeig deinem Drachen, dass du ihn reiten kannst. Und keine Angst, du gehst uns schon nicht verloren.«

Mahur flog wieder geradeaus und Karin löste zögernd die Hände von Sora. Vorsichtig streckte sie die Arme zur Seite.

»Na also«, freute sich Niro, »es geht doch – und jetzt bleib so!«

»Juhuu!«, rief er laut, als Sora Mahur erneut nach oben zog.

»Und nicht festhalten«, fügte Sora hinzu, als sie Mahur mit einem Überschlag zum zweiten Mal in den Sturzflug lenkte. Karins Aufschrei ging in den Jubelrufen der beiden unter. Sie klammerte sich so fest mit den Beinen an den Sattel, dass erst ihre Beine und dann auch ihr übriger Körper zu zittern anfingen. Sora ließ Mahur ein gutes Stück aufsteigen und flog eine ruhige

Runde. Das gab Karin Zeit, nach den beiden Drachen Ausschau zu halten. Sie saßen immer noch neben der Beute und beobachteten Mahurs Flugmanöver aufmerksam.

Hinter ihr rührte sich etwas und sie drehte sich um. Niro hatte seine Füße aus den Halterungen gezogen und stieg auf den Sattel.

»Mein Gott, was machst du da?«, rief sie erschrocken.

Niro lachte.

»Dreh dich nach vorne und lass ihn machen!«, befahl Sora barsch und Karin gehorchte. Ihr Herz pochte heftig. Was, wenn Niro herunterfiel? Sie riskierte noch einmal einen vorsichtigen Blick nach hinten.

Niro stand frei auf dem Sattel und hielt beide Arme zur Seite gestreckt!

»Jetzt«, sagte er ruhig, ging in die Knie und – sprang. Er hatte sich kräftig abgestoßen, zog jetzt die Füße an und machte einen perfekten Salto, bevor er, Arme und Beine weit von sich gestreckt und schon ein gutes Stück hinter ihnen, in die Tiefe stürzte.

»Los, Mahur!«, rief Sora. Und Mahur legte die Flügel an und stürzte wie ein Stein in die Tiefe. Karins Hände wanderten unwillkürlich wieder zu Soras Taille.

»Finger weg!«, verlangte Sora energisch. Karin zog die Hände wieder zurück und klammerte sich stattdessen an den ledernen Haltegurt, der um ihre Taille geschlungen war. Immer schneller fiel Mahur vom Himmel und beschrieb dabei eine leichte Spirale. Das Meer kam schnell näher …

Plötzlich gab es einen Ruck und Karin wurde heftig durchgeschüttelt, als Mahur die Flügel ausbreitete und seinen Fall abrupt abbremste. Noch einmal wurde sie erschüttert, als Mahur sich nach etwas streckte, dann flog er ruhig über das Wasser. Karin stieß erleichtert die Luft aus. Aber wo war Niro?

Sie verrenkte sich fast den Hals, als sie das Wasser nach ihm absuchte.

Sora lachte herzhaft. »Du suchst an der falschen Stelle. Schau mal unter uns.«

Karin beugte sich zur Seite und sah nach unten. Mahur schien irgendetwas in den Vorderfüßen zu halten. War das etwa Niro?

Über einigen flachen Felsen blieb Mahur flügelschlagend in der Luft stehen und setzte dort etwas ab. Dann erhob er sich wieder in die Lüfte. Sie sah angestrengt nach unten. Es war tatsächlich Niro! Mahur hatte ihn aufgefangen! Jetzt flog er einen Bogen und steuerte erneut auf die Felsen zu. Niro stand da, mit ausgestreckten Armen, wie Leonardo di Caprio auf der Titanic und erwartete den Drachen. Kurz bevor dieser ihn erreichte, hob er die Arme senkrecht nach oben. Mahur drehte den Kopf, öffnete das Maul und schnappte sich Niro. Karin stockte der Atem. Mitten im Flug drehte der Drache den Kopf nach hinten und ließ seinen Fang genau über dem Sattel fallen.

»Bin wieder da!«, rief Niro gutgelaunt und steckte seine Stiefel in die Halterungen, als sei nichts geschehen. Karin konnte ihn nur mit offenem Mund anstarren. Er wuschelte ihr über die Haare. »He, komm wieder zu dir! Alles in Ordnung. Mir ist nichts passiert. Was meinst du, wozu der Brustpanzer gut ist? Und jetzt zeigen wir den beiden da unten mal, wie sehr uns Mahur vertraut. Los, Sora!«

»Schon dabei!«, rief diese und lenkte ihren Drachen auf ein paar spitze Felszacken zu, die wie Nadeln aus dem Wasser ragten. Als sie noch etwa hundert Meter davon entfernt waren, rief Sora Mahur irgendetwas zu und beugte sich dann weit nach vorne, bis sie fast auf ihm lag. Karin stellte sich das ziemlich unangenehm vor, denn genau dort hatte Mahur etliche, kräftige Dornen. Gleich danach gab er einen seltsamen Laut von sich. Karin kannte diesen Laut. Und dann öffnete er auch schon das Maul und spie einen mächtigen, blau-weißen Feuerstrahl. Der Strahl traf genau auf die mittlere Felszacke. Mahur hörte nicht auf Feuer zu speien. Er stand heftig mit den Flügeln schlagend in der Luft und der Feuerstrahl blieb exakt auf die mittlere Zacke gerichtet. Eine Minute war schon längst vorüber, doch er spie unverändert sein Feuer. Endlich richtete sich Sora wieder auf und Mahur beendete seine Bemühungen mit dem typischen, seltsamen Laut. Die Felszacke glühte orangerot und begann sich zur Seite zu neigen. Sora ließ Mahur noch eine ruhige Runde um die beiden Drachen drehen, dann flogen sie zurück zur großen Halle. Mahur schien erschöpft zu sein, denn er landete weit weniger spektakulär als beim letzten Mal und außerdem ziemlich unsanft gleich nach dem Höhleneingang. Zu Fuß ging er weiter bis zur großen Halle, wo er stehen blieb und sich gleich niederließ. Sora hingegen schien nicht erschöpft zu sein. Mit zwei großen Sätzen sprang sie von ihm herunter, lief nach vorne und kraulte ihn liebevoll und ausgiebig hinter den Ohrstacheln. Mahur grunzte wohlig und legte den Kopf auf dem Boden ab. Sora fuhr fort, ihn zu kraulen.

»Bist ein guter Junge«, lobte sie ihn. »Du hast uns sehr geholfen.«

Niro hatte inzwischen Karins Gurte gelöst und half ihr aus dem Sattel. Karin hatte so zittrige Knie, dass sie es fast nicht schaffte von Mahur herunterzusteigen. Niro sprang neben ihr herunter.

»Ich fang dich auf. Lass dich einfach fallen!«

Das hatte sie eigentlich nicht vor, doch dann rutschte sie aus und fiel Niro direkt in die Arme. Natürlich grinste er wieder. Er sagte jedoch nichts, als er spürte, wie sie zitterte. Er ließ sie so neben dem Drachen auf den Boden gleiten, dass ihr Rücken an seinem Bauch lehnte und setzte sich dann daneben.

»Ruh dich ein Weilchen aus«, sagte er. »Das war wohl ein bisschen viel auf einmal.«

Karin nickte.

Allmählich ließ das Zittern in ihren Beinen nach. Sora gesellte sich zu ihnen und legte Karin wortlos einen Arm um die Schultern. So saßen sie einfach da. Plötzlich stand Kelim neben ihnen.

»Wie erfreulich«, sagte er trocken, »endlich einmal kein albernes Gekicher.« Er wandte sich an Karin. »Wenn du wieder gehen kannst, kommst du zu mir: Großer Gang bis zum blauen Dreieck, dann links, fünfte Tür. Und ihr«, wandte er sich an Sora und Niro, »sollt euch um die Drachen kümmern.«

»Um alle?«, fragte Niro geistesabwesend.

»Natürlich!«, entgegnete Kelim verärgert. »Um alle Drachen, die wir besitzen! – Um den goldenen und um das grüne Weibchen natürlich! Was hast du denn gedacht?«

»Ich dachte eher an Mahur«, mischte sich Sora ein.

»Um den auch. Aber hier könnt ihr mit Hilfe rechnen.«

Karin blickte auf. Kelim war nicht allein gekommen. Einige Drachenreiter standen vorne bei Mahurs Kopf und kraulten ihn abwechselnd hinter den Ohrstacheln. Mahur genoss die Aufmerksamkeit, die ihm zuteil wurde, sichtlich. Er hatte die Augen geschlossen und grunzte gelegentlich leise. Kelim hatte sich umgedreht und verschwand in einem großen, eckigen Gang.

»Ich muss nicht mehr ins Nest zurück?«, fragte Karin ungläubig.

»Doch, sicher«, meinte Niro. »Aber momentan wirst du nicht benötigt. Schließlich soll *ich* den Sonnendrachen reiten, nicht du. Dich nimmt er momentan sowieso nicht ernst genug dafür, sonst hätte er dich nicht ins Nest gesetzt. Ich werde noch einmal versuchen ihn zu füttern. Ich hoffe, unser Ritt hat ihn davon überzeugt, dass er mir vertrauen kann und dass ich ihm auch vertraue. Schließlich habe ich Mahur mein Leben anvertraut. Und, Karin, glaub nicht, dass er nicht bemerkt hat, wie du dich festgeklammert hast. Das hat ihn nur in seiner Meinung bestärkt, dass du noch ins Nest zu deiner Drachenmutter gehörst.«

»Ihr hättet mich wenigstens vorwarnen können«, beschwerte sich Karin.

»Ich glaube nicht, dass du dann eine wesentlich bessere Figur gemacht hättest«, meinte Sora. »Erstens bist du noch ziemlich geschwächt und zweitens kenne ich niemanden, der sich bei seinem ersten Flug nicht festgehalten hätte; es gehört einige Übung dazu.«

»Warum habt ihr mich dann mitgenommen?«

»Weil du eben dazu gehörst. Du hast dein Vertrauen uns und Mahur gegenüber bewiesen. Zumindest in den Augen des Sonnendrachen. Das heißt nicht, dass er dir zutraut, die Führung zu übernehmen«, erklärte Sora.

»Aber ich hoffe doch, dass wir etwas besser abgeschnitten haben als du«, sagte Niro und grinste schon wieder; er konnte es einfach nicht lassen.

»Was will Kelim von mir?«, wechselte Karin das Thema.

»Keine Ahnung«, antwortete Sora. »Aber wenn wir noch länger hier sitzen, verlieren wir das Vertrauen der anderen Drachenreiter in unsere Fähigkeiten. Wir sollten schließlich in der Lage sein, uns um unsere Drachen zu kümmern, statt faul hier herum zu sitzen.«

Sora stand auf und half Karin auf die Beine. Sie und Niro ließen Mahur aufstehen und verschwanden mit ihm durch einen großen Seitengang. Ebenso die anderen Drachenreiter. Karin blieb allein zurück. Niemand kümmerte sich um sie. Und wenn sie jetzt nicht zu Kelim ging? Besonders große Lust dazu hatte sie jedenfalls nicht. Schließlich hatte er dafür gesorgt, dass sie in

Ketten gelegt worden war und der Drache sie mehr als einmal gefüttert hatte. Aber wohin sonst konnte sie schon gehen?

Zum Baderaum! Den Weg war sie schon zwei Mal gegangen; sie würde ihn bestimmt finden.

Sie zögerte kurz, dann bog sie trotzig in den Gang ein, der zum Baderaum führte. Sie hatte es satt, sich herumkommandieren zu lassen. Niemand hielt es für nötig, sie nach ihrer Meinung zu fragen! Nie hatte man ihr eine Wahl gelassen. Selbst Sora und Niro kommandierten sie einfach nur herum.

Drei Abzweigungen später musste sie sich eingestehen, dass sie nicht mehr weiter wusste. Sie irrte eine Weile herum, dann hörte sie Stimmen. Sie blieb stehen. Schon bogen zwei Drachenreiter um die Ecke. Als diese Karin sahen, kamen sie auf sie zu.

»Willst du zur offenen Halle?«, fragte einer der beiden arglos. »Dann musst du da vorne links gehen.«

Sie nickte schnell und bedankte sich. Die beiden gingen weiter.

Karin hatte keine Ahnung, was die offene Halle war. Sie ging nicht links; sie nahm den rechten Gang. Irgendwohin musste der ja auch führen. Nach einer Weile kam sie erneut an eine Abzweigung. Während sie noch überlegte, ob sie lieber den heller beleuchteten oder den dunkleren Gang nehmen sollte, hörte sie wieder Schritte. Schnell schlüpfte sie in den weniger erleuchteten Gang und drückte sich an einer besonders schwach beleuchteten Stelle flach an die Wand. Die beiden Drachenreiter, die zu den Schritten gehörten, bogen auch in den dunklen Gang ein und gingen an ihr vorbei, ohne auch nur in ihre Richtung zu sehen. Sie wollte gerade erleichtert aufatmen, als die beiden sich ohne jede Vorwarnung umdrehten und sie grob packten. Erschrocken schrie sie auf. Die Männer sprachen kein einziges Wort, als sie ihr die Arme auf den Rücken drehten und sie mit sich fortzogen. Karins Herz klopfte heftig. Was hatten sie mit ihr vor? Sie brachte vor Schreck keinen Ton heraus. Es dauerte nicht lange und sie machten vor einer Tür halt. Einer der Männer klopfte und eine wohlbekannte Stimme rief: »Tür ist auf!«

Der Mann, der geklopft hatte, öffnete die Tür und sie wurde grob hineingestoßen.

»Was hast du dir dabei gedacht?«, fuhr Kelim sie an und schloss die Tür, nachdem er sich mit einem Kopfnicken bei den Männern bedankt hatte.

»Ich … ich«, stotterte Karin. Weiter kam sie nicht.

»Es mag sein, dass ein solches Verhalten in deiner Welt üblich ist. Wir dulden hier keinen Ungehorsam. Und versuche dich nicht damit herauszureden, dass du dich verlaufen hast: Ich habe dich beobachten lassen. Du hast dich sogar zu einer Lüge hinreißen lassen! Das kann ich dir nicht durchgehen lassen! Du musst lernen, dich an unsere Regeln zu halten.«

»Ich kenne eure Regeln doch gar nicht«, wagte sie zu widersprechen.

»Hast du nicht gehört, was der Rat gesagt hat? Er hat mich dazu bestimmt deine Verantwortung zu übernehmen. Ich treffe die Entscheidungen für dich. Du hast dich daran zu halten! Ich habe schon gemerkt, dass es dir schwerfällt dich unterzuordnen. Du tust das, was Sora und Niro von dir verlangen nur deshalb, weil du sie magst und du von Drachen keine Ahnung hast. Nicht, weil man dir gesagt hat, dass du es tun sollst. Du brauchst mir nichts vorzumachen! Es mag sein, dass es in deiner Welt anders ist, aber hier ist es überlebenswichtig, gehorsam zu sein, bis man genug gelernt hat, um eigene Entscheidungen zu treffen.«

»Bei mir zu Hause bin ich schon längst volljährig und treffe meine eigenen Entscheidungen«, widersprach Karin trotzig.

»Ich weiß zwar nicht, was du mit volljährig meinst, aber hier triffst du keine eigenen Entscheidungen, bis du auch dazu in der Lage bist! Dich hier in den Gängen zu verirren, ist eine Sache, aber draußen kann dich das schneller das Leben kosten, als du denkst! Du wirst heute Nacht Gelegenheit erhalten, dein Verhalten zu überdenken! Und jetzt setz dich und iss!«

Karin wagte nichts mehr dagegen zu sagen. So aufgebracht hatte sie Kelim bisher noch nicht erlebt. Doch in einem Punkt konnte sie nicht umhin, ihm recht zu geben: Sie hatte keine Ahnung von dieser Welt und sie würde noch eine Menge zu lernen haben, ehe sie sich hier zurechtfinden würde. Und das betraf nicht nur den Umgang mit Drachen.

Sie setzte sich an den Tisch und nahm die kleine Schüssel, die dort stand. Eine, nur mehr lauwarme, trübe Brühe schwappte darin. Sie wagte Kelim nicht nach der Zusammensetzung zu fragen und trank schweigend. Die Brühe schmeckte nicht einmal so übel und sie fühlte sich besser danach. Anschließend musste sie sich auf das Bett legen und nachdem er ihr Brustpanzer und Armmanschetten ausgezogen hatte, kontrollierte Kelim ihre Verletzung an der Seite. »Das sieht gut aus. Es ist schon fast verheilt.«

Er drückte kräftig auf die Wunde. Karin verzog das Gesicht.

»Schlimm?«, erkundigte sich Kelim.

»Nein, gar nicht. Ich hab nur erwartet, dass es gleich weh tut.«

Kelim schmunzelte und verteilte eine wohlriechende, grüne Salbe darauf. Er schien nicht mehr wütend auf sie zu sein.

»Bleib liegen, bis die Salbe eingezogen ist«, sagte er und ging zur Tür. Er öffnete sie und sprach leise mit jemandem, der offenbar dort gewartet hatte.

»Deine Strafe hat noch Zeit«, sagte er, nachdem er die Tür wieder geschlossen hatte. »Ich denke, es wäre übertrieben, dich die ganze Nacht auf der Nadel sitzen zu lassen. Inzwischen kannst du anfangen, das hier zu lesen.« Kelim legte ein großes Buch mit kartondicken Seiten auf den Tisch.

Karin betrachtete den edel wirkenden, aber abgegriffenen Ledereinband. »Was ist das?« Zu fragen, was es mit der *Nadel* auf sich hatte, obwohl es sie brennend interessierte, was für eine Art Strafe ihr zugedacht war, wagte sie jedoch nicht.

»Die Gemeinschaftsordnung der Drachenreiter.«

Sie stand auf und ging zum Tisch hinüber. Kelim legte noch drei weitere Bücher dazu.

»Die Regeln der guten Sitte, Die acht Säulen der Weisheit und Die Regeln der Strafe«, erklärte er.

Letzteres schlug er auf, zeigte auf ein Kapitel und reichte es ihr. Die Schrift war genauso verschnörkelt, wie die Nachricht auf dem Zettel und sie hatte Mühe, den Text zu entziffern. Der Titel des Kapitels lautete: *Strafe bei Ungehorsam*. Karin schluckte. Sie setzte sich und überflog die Zeilen, bis sie bei *Ungehorsam gegenüber dem Vormund* angekommen war. Was sie da las, ließ sie noch einmal heftig schlucken. Es war eine ganze Palette verschiedener Strafen, die der Vormund offenbar beliebig verhängen konnte. Mit etlichen, wie mit *einer Nacht (wahlweise bis drei Tage) auf der Nadel,* die Kelim offenbar für sie ausgesucht hatte, konnte sie nicht viel anfangen. Ganz zum Schluss gab es noch einen Abschnitt, der *Die Pflicht der Strafe* hieß: Um den Erfolg der Erziehung der *Unmündigen* zu gewährleisten, war der Vormund verpflichtet, eine Strafe zu verhängen, sonst drohte ihm selbst Bestrafung. Es hatte also keinen Sinn, Kelim anzubetteln, ihr die Strafe zu erlassen …

Er nahm ihr wortlos das Buch aus den Händen und legte es zu den anderen. Dann deutete er auf das erste Buch. Sie schlug es auf. Die Buchstaben waren noch mehr verschnörkelt und sie scheiterte gleich am ersten Wort. Er versuchte, ihr zu helfen, schüttelte dann den Kopf und holte eine Schiefertafel und einen Kreidestift. Statt zu lesen, übte sie jetzt Buchstaben schreiben. Karin kam sich vor wie in der ersten Klasse. Nachdem sie das Prinzip der Verschnörkelung verstanden hatte, war es gar nicht mehr so schwer und Kelim schien mit ihren gemalten Werken zufrieden zu sein.

Plötzlich klopfte es an der Tür.

»Tür ist auf!«, rief Kelim und zwei Drachenreiter traten ein. Er nickte ihnen zu.

»Es ist Zeit«, sagte er zu Karin und nahm ihr den Stift weg. »Geh mit ihnen und tu, was sie sagen. Ich lasse mir berichten!«

Er schob sie Richtung Tür. Die Männer nahmen sie in die Mitte und führten sie in die große Halle. Karin spürte, wie sich ihr Herzschlag beschleunigte. Niemand sagte ihr, was ihr bevorstand. Es war dunkel in der großen Halle, nur ein blasser Mond verbreitete den Anschein von Helligkeit. Und am Ausgang der Höhle standen zwei kleine Laternen an den Seiten, deren Licht allerdings überwiegend nach draußen fiel. Der große Drache, der sie erwartete, war dennoch nicht zu übersehen. Karin musste ihre Hände ausstrecken und die Männer legten ihr zwei breite Lederarmbänder um die Handgelenke. Die Armbänder waren mit einem ebenso breiten, etwa unterarmlangen Band verbunden. Dann kletterten die Drachenreiter auf den Drachen, während sie stehenbleiben musste. Sie konnte sich beim besten Willen nicht vorstellen, was die beiden mit ihr vorhatten, bis der Drache sie so plötzlich mit einem Fuß ergriff, dass sie erschrocken aufschrie, und mit ihr aus der Höhle flog. Es war nur ein kurzer Flug, dann setzte er sie in der Luft stehend auf einer spitzen, im hellen Mondlicht blass leuchtenden Felszacke ab.

»Halt dich gut fest!«, rief ihr einer der Drachenreiter zu, dann wendete der Drache und flog zurück.

Der Fels war glatt und mit einer glitschigen Algenschicht überzogen und Karin hatte Mühe nicht abzurutschen. Sie verstand schnell, wofür der Lederriemen gut war. Sie warf ihn über die Spitze der Felszacke und benutzte ihn als Haltegurt – wozu er zweifellos gedacht war. Sich mit ihrem ganzen Gewicht an den Gurt zu hängen, erwies sich schon nach kurzer Zeit als unangenehm und sie klammerte sich so gut wie möglich mit den Beinen an, um ihre Handgelenke und Schultern zu entlasten. Lange konnte sie das sicher nicht aushalten. *Bis zu drei Tagen* war in dem Buch gestanden. So lange würde sie nie durchhalten! Wer würde seinen Kindern so etwas antun?

Karin stöhnte. Ihr tat jetzt bereits alles weh. Wie lange hing sie hier schon? Zehn Minuten? Eine Stunde? Die Zeit schien still zu stehen. Nur der Mond verschwand langsam über der Steilküste. Niemand kam. Schließlich konnte sie sich mit den Beinen nicht mehr halten und wurde nur mehr von dem Gurt davon abgehalten, ins Meer abzurutschen. Als ihre Hände und Schultern zu arg schmerzten, schaffte sie es doch noch einmal, sich mit den Beinen anzuklammern. Aber bald musste sie wieder aufgeben. Die Dunkelheit wich langsam dem Morgen und endlich hörte sie das ersehnte Flattern. Die großen Zehen des Drachen legten sich vorsichtig um ihren Körper und dann wurde sie zurück in die große Halle gebracht. Als der Drache sie auf dem Boden absetzte, blieb sie einfach liegen. Jemand kam und nahm ihr die Armbänder ab. Karin hob nicht einmal den Kopf. Sie wünschte sich nur nach Hause. Zu ihren Eltern, ihren Freunden …

Doch die waren tot. Und einen Weg nach Hause gab es auch nicht; das Tor existierte nicht mehr.

Karin begann zu schluchzen. Lange lag sie so, von Weinkrämpfen geschüttelt. Endlich hatte sie keine Tränen mehr und sie setzte sich langsam auf. Sie fühlte sich leer und kraftlos.

Kelim saß mit dem Rücken an die Wand gelehnt neben ihr, die Hände lässig über die Knie gelegt und beobachtete sie. Hatte er die ganze Zeit da gesessen?

»Es hat lange gedauert, bis du es zugelassen hast«, sagte er. »Aber nun ist es gut so. Komm!«

Er stand auf, nahm sie bei den Händen und zog sie hoch. Er musste sie stützen, sonst wäre sie wieder zusammengebrochen.

Sie ließ sich widerstandslos von ihm fortführen. Mechanisch setzte sie einen Fuß vor den anderen, ohne dass sie es bewusst wahrnahm. Am Ende standen sie vor Kelims Bett und sie ließ sich einfach darauf fallen. Sie schloss die Augen und blieb so liegen, wie sie gefallen war, das Gesicht ins Kissen vergraben. Dann spürte sie, wie Kelim ihr die feuchten Kleider auszog und ihr mit einem süß duftenden, nassen Tuch den Rücken wusch. Anschließend drehte er sie um und wusch auch ihre Vorderseite von Gesicht bis zu den Füßen gründlich ab. Sie ließ es einfach geschehen. Die sanfte Berührung tat gut. Unendlich gut. Nach den schrecklichen Erfahrungen der letzten Tage hungerte ihr Körper nach Trost. Es war, als würde Kelim nicht nur ihre Haut berühren, sondern auch ihre Seele streicheln. Sie spürte die Berührung so intensiv, dass sie wieder zu weinen begann.

»Ist ja gut«, sagte Kelim und strich ihr über die Haare. Er hob ihren Kopf und flößte ihr einen heißen, würzig riechenden Tee ein. Der Tee verbreitete eine angenehme Wärme in ihrem Magen, die sich bald im ganzen Körper ausbreitete. Allmählich drang das, was um sie herum geschah, wieder besser zu ihr durch und das Erste, was ihr bewusst wurde, war, dass sie vollkommen nackt auf Kelims Bett lag. Sie öffnete die Augen und tastete mit schwacher Hand nach einer Decke und als sie fündig wurde, zog sie diese bis zum Kinn hoch.

Kelim schmunzelte.

»Wenn es dir so lieber ist«, sagte er und half ihr mit der Decke.

Er schob ihr ein dickes Kissen unter den Kopf.

»So«, meinte er und zog einen der Stühle zum Bett. »Und jetzt erzähl mir, was passiert ist dort drüben jenseits des Tores, erzähl mir alles, alles, was dich bedrückt, alles, was auf dich eingestürmt ist seither. Alles, wofür du bisher keine Worte gefunden hast. Rede es dir von der Seele!«

Karin wollte mit niemandem reden. Und schon gar nicht mit Kelim, der der Hauptverantwortliche für vieles war, was sie hier erlitten hatte. Sie wollte ihre Ruhe, wollte schlafen. Doch er ließ nicht locker. Schließlich gab sie nach und begann stockend zu erzählen. Als sie bei Rudis Augen angelangt war, kamen ihr wieder die Tränen und sie musste ihre Erzählung unterbrechen, weil sie von einem heftigen Weinkrampf geschüttelt wurde.

Kelim strich ihr tröstend über die Haare. »Lass dir Zeit.«

Endlich fand sie wieder die Kraft, weiterzusprechen. Anfangs mit vielen Pausen, in denen sie nach den richtigen Worten suchte, drängte die Geschichte bald mit Macht an die Oberfläche und Karin erzählte Kelim alles. Angefangen von dem Gefühl, bald zu sterben, über die Angst vor dem riesigen Drachen, die Panik, gefüttert zu werden, über ihre Hilflosigkeit gegenüber dem Drachen und den ihr fremden Menschen, die über sie bestimmten und nicht zuletzt ihre größer werdende Abneigung gegenüber Kelim selbst. An dieser Stelle runzelte Kelim die Stirn, aber er widersprach nicht und ermunterte sie stattdessen weiterzureden.

Dann war alles gesagt. Sie lag da und starrte an die Zimmerdecke, die Hände noch immer in die Zudecke verkrampft, an der sie sich, schon seit dem Anfang ihrer Erzählung unbewusst festgeklammert hatte.

Kelim strich ihr wieder über die Haare. »Ruh dich aus und versuche, dich zu entspannen. Besser, ich hole jemanden für dich.« Er stand auf und verschwand.

Als er wiederkam, wurde er von einem ihr unbekannten, jungen Drachenreiter begleitet.

»Du wirst viel Geduld brauchen«, sagte Kelim zu ihm. »Mehr als üblich. Und du wirst eine ganze Menge Pulver brauchen.«

»Ich werde mir Mühe geben«, antwortete der junge Mann und setzte sich zu Karin auf die Bettkante.

»Das ist genau das, was ich von dir erwarte«, entgegnete Kelim und verschwand in einem Teil seiner Wohnung, den Karin vom Bett aus nicht einsehen konnte.

»Entspann dich!«, sagte der junge Mann und nahm die Decke weg. Unwillkürlich versuchte sie, nach der Decke zu greifen, um sie sich zurückzuholen. Der junge Mann fing ihre Hände ein und legte sie sanft zurück aufs Bett.

»Es ist warm genug. Du wirst nicht frieren«, sagte er.

Sie wollte erwidern, dass es weniger mit der Temperatur, als vielmehr damit zu tun hatte, dass sie nichts anhatte, aber bevor sie dazu kam, fasste der junge Mann sie mit einer Hand am Kinn. Die andere Hand hielt er über ihr Gesicht und zerrieb etwas zwischen den Fingern. Ein feines Pulver rieselte ihr in die Nase.

Sie hob die Hände, um sich gegen diesen plötzlichen Zugriff zu wehren, doch der junge Mann nahm diese einfach in die seinen und legte sie mit sanfter Gewalt zurück auf das Bett.

»Entspann dich«, wiederholte er. »Es wird dir guttun.«

Ein seltsamer Nebel legte sich über alles um sie herum und der süßliche Geruch des Pulvers erfüllte ihr ganzes Denken. Sie ließ ihre Hände liegen und als der junge Mann sie auf die Vorderseite drehte, ließ sie es einfach geschehen. Ganz sanft fuhren seine Hände über ihren Rücken, ihre Beine und Arme. Allmählich griff er stärker zu und aus dem Streicheln wurde eine sanfte, doch wirkungsvolle Massage. Karin ergab sich diesen angenehmen Berührungen. Langsam ließ die Wirkung des seltsamen Pulvers nach und der Nebel lichtete sich wieder. Die Bewegungen des jungen Mannes wurden schwächer und gingen erneut in ein sanftes Streicheln über. Dann drehte er sie mit geübten Bewegungen auf den Rücken zurück. Automatisch half sie mit.

»Bleib ruhig! Lass das mich machen!«

Wieder fasste er sie am Kinn und streute ihr das seltsame Pulver in die Nase. Und wieder hob sie abwehrend die Hände. Aber sie war viel zu langsam. Noch ehe sie die Hände ganz erhoben hatte, breitete sich der süßliche Geruch in ihrer Nase aus und alles um sie herum verschwand in dem seltsamen Nebel. Ihre Hände sanken kraftlos zurück aufs Bett. Der junge Mann begann sie wieder zu streicheln. Seine sanften, ruhigen Bewegungen waren Balsam für die Seele und Karin ließ es geschehen. Erst strich er ihr über die Haare und das Gesicht, dann ging er zum Rest ihres Körpers über. Sanft glitten seine Hände über ihre Arme und ihre Seiten bis hinunter zu den Füßen. Allmählich wanderten seine Hände in empfindlichere Bereiche, liebkosten ihren Bauch, strichen ihr zart über die Lippen. Als seine Hände jedoch anfingen, ihre Brüste und die Innenseiten ihrer Beine mit einzubeziehen, versteifte sie sich. Sofort hörte der junge Mann auf damit und beschränkte sich auf weniger sensible Bereiche. Er löste eine Hand von ihr und legte ihr ein feines Tuch über die Augen. Es war rot und alles um Karin herum wurde rosarot. Dann streute er ihr abermals das süßliche Pulver in die Nase und sie ließ es zu, dass er ihre empfindlichen Bereiche mit einbezog, ohne sich zu verkrampfen. Seine Berührungen waren angenehm und sie ergab sich seinen streichelnden Händen. Erneut wurden seine Berührungen zudringlicher. Immer öfter strich er ihr nicht nur über die Lippen und ihre Brüste, sondern arbeitete sich an der Innenseite ihrer Beine allmählich weiter nach oben. Sie begann sich wieder zu versteifen.

»Entspann dich«, sagte der junge Mann. »Lass es einfach geschehen. Es tut dir gut.«

Ein weiteres Mal streute er ihr das Pulver in die Nase und alles um sie herum verschwand in einem rosaroten Nebel. Doch obwohl die Berührungen sich so wunderbar anfühlten, konnte sie nicht zulassen, dass ein fremder Mann sie an intimen Stellen berührte. Geduldig wich er jedes Mal zurück, wenn er spürte, dass sie sich anspannte, und fing von vorne an. Immer wieder streute er ihr das Pulver in die Nase und von Mal zu Mal wurde ihr Widerstand schwächer. Die Wirkung des Pulvers war inzwischen so stark, dass sie außer den wunderbaren Berührungen des jungen Mannes nur noch einen rosaroten Nebel um sich herum wahrnahm, der keinerlei Einzelheiten preisgab. Endlich ließ sie es zu, dass er sie an ihren empfindlichsten Stellen berührte. Ihr Atem beschleunigte sich, als sie seine Berührungen in Erregung versetzten. Er verstärkte seine Bemühungen und unter seinen geschickten Händen dauerte es nicht lange, bis sie ihren Höhepunkt erreicht hatte und lustvoll aufstöhnte. Danach streichelte er sie noch eine Zeit lang weiter, bevor er sie schließlich behutsam zudeckte und sich mit einem sanften Kuss auf die Lippen verabschiedete. In völliger Entspannung lag Karin da, noch immer das Tuch über den Augen und genoss das Gefühl, das ihr dieser Zustand vermittelte. Mit einem leichten Lächeln auf den Lippen schlief sie bald darauf ein.

3 Ein eigener Drache

Als Karin wieder aufwachte, fühlte sie sich gut und ausgeruht – und ein bisschen beschämt; sie hatte es zugelassen, dass ein fremder Mann sie berührt hatte! Kelim saß auf einem Stuhl neben ihrem Bett. Er las in einem Buch und hatte noch nicht gemerkt, dass sie aufgewacht war. Er musste schon länger dort sitzen, denn auf dem kleinen Tischchen neben dem Bett stand eine große Tasse, die schon fast leer getrunken war. Karin streckte sich genüsslich und schon fühlte sie sich weniger gut: Alles tat ihr weh und sie hatte einen fürchterlichen Muskelkater in Beinen und Armen, so dass ihr ein leiser Schmerzlaut entschlüpfte. Kelim sah auf.

»Gut, dass du ausgeschlafen hast. Ich habe schon befürchtet, dich wecken zu müssen. Wie fühlst du dich jetzt?«

»Schrecklich!«

Das war offensichtlich nicht die Antwort, die er erwartet hatte, denn er sah sie sichtlich überrascht an. »Wie bitte?«

»Schrecklich«, wiederholte sie. »Mir tut alles weh und ich habe einen fürchterlichen Muskelkater. Ich kann mich gar nicht richtig bewegen.«

»Oh! Ach so! Muskelkater nennst du das? Das habe ich eigentlich nicht gemeint. Ich wollte wissen, wie du dich fühlst – geistig, nicht körperlich.«

»Besser. Viel besser. Die ganze Anspannung ist irgendwie verschwunden. Und das – äh – wer war das eigentlich?«

»Das ist völlig unwichtig. Du solltest dich nur richtig entspannen.«

»Das … das am Ende war aber etwas anderes!«

Karin konnte nicht verhindern, dass sie rot wurde.

Kelim entging es nicht. »Ist das in deiner Welt nicht üblich?«

»Was?«

»Nun, wir nennen es *Entspannung durch Freude.* Was tut ihr denn, wenn es jemandem schlecht geht?«

Sie brauchte eine Weile, um zu verdauen, was Kelim da gesagt hatte. Sexuelle Befriedigung, um Kummer zu heilen? Unvorstellbar! Das würde in ihrer, von kirchlicher Moral geprägten Welt nicht akzeptiert werden. Jeder, der sich als anständigen Menschen ansah, würde Sturm dagegen laufen. Aber es hatte ihr gutgetan. Sehr sogar.

»Nun, äh – jedenfalls nicht das«, brachte sie heraus.

Kelim half ihr aus dem Bett und führte sie zu einem kleinen Raum. »Hier kannst du ablassen und dich ein wenig frisch machen«, sagte er und zog den Vorhang vor dem Eingang zu.

Karin benutzte die Toilette, die sich dort befand und nicht viel anders funktionierte und aussah, als diejenigen, die es in ihrer Welt gab. Nur Toilettenpapier schien es nicht zu geben. Stattdessen stand neben der Toilette eine Schale mit dicken, fleischigen Blättern. Unschlüssig griff sie sich eines davon. Es fühlte sich weich wie ein Schwamm an. Ein Blick in den kleinen Deckeleimer am Boden neben der Toilette bestätigte ihre Vermutung, dass es sich dabei um das hiesige Toilettenpapier handelte. Sie benutzte eines der erstaunlich saugfähigen Blätter und entsorgte es anschließend in dem Eimer, so wie es Kelim offensichtlich handhabte. Gleich danach zog sie die frische Unterwäsche an, die Kelim für sie am Rand des Waschbeckens hingelegt hatte. Erst dann betrachtete sie sich in dem kleinen Spiegel, der über dem Waschbecken hing. Ihre Haare waren zerzaust und ihr Gesicht war, vor allem um die Nase herum, von einem orangefarbenen Pulver bedeckt. Sie wusch sich das Gesicht mit einem, der neben dem Waschbecken liegenden Tücher. Auch eine saubere Bürste lag dort und sie brachte Ordnung in ihre zerzausten Haare. Sie hätte sich auch gerne die Zähne geputzt, aber Zahnputzzeug gab es nicht. Neben der Seife stand nur noch ein seltsames Kästchen mit durchlöchertem Glasdeckel, in dem ein paar schwarze Käfer herumkrabbelten. Was hatten Käfer in einem Badezimmer zu suchen? Auch Rasierzeug gab es nicht. Wenn sie recht überlegte, sah es so aus, als ob Kelim von Natur aus keine Haare im Gesicht hatte und Rasierzeug deshalb überflüssig war. Auch bei Niro wuchs nur ein zarter Flaum; er war allerdings noch sehr jung, aber jetzt, da sie darüber nachdachte, fiel ihr auf, dass kein einziger Drachenreiter, den sie bisher gesehen hatte, irgendeine

Art von Haaren im Gesicht trug. Entweder war das Tragen von Bärten nicht üblich bei den Drachenreitern oder ihnen wuchsen im Gesicht tatsächlich keine Haare. Sie verließ den Raum und Kelim brachte sie zum Bett zurück.

»Ruh dich noch ein Weilchen aus«, sagte er, als er sie zudeckte. »Du wirst sowieso gleich geholt werden und dann ist es vorbei mit der Ruhe.«

»Wie soll es denn jetzt weitergehen mit mir? Ich …« Karin versagte die Stimme.

Kelim nahm ihre Hand. »Es ist ganz normal, dass du Angst hast. Aber du bist hier unter Freunden. Auch wenn es dir offensichtlich nicht so vorkommt.«

Bei den letzten Worten hatte Kelim nachdenklich die Stirn in Falten gelegt. Er machte eine kurze Pause, bevor er weiterredete.

»Ich bin nicht dein Feind, Karin. Und das, was ich dir deiner Meinung nach angetan habe, ist nicht geschehen, um dir zu schaden oder dich zu quälen. Und es war auch nicht meine Entscheidung allein. Im Übrigen kann ich dir leider nicht versprechen, dass ich dich nicht wieder in eine unangenehme Lage bringen werde. Manches muss eben sein, auch wenn es dir nicht gefällt. Aber ich glaube, das mit dem Füttern ist jetzt vorbei. Du brauchst dich nicht mehr vor dem Drachen zu fürchten.«

Es sollte Karin eigentlich trösten, doch Kelim schien aus unerfindlichen Gründen traurig darüber zu sein, dass sie nicht mehr gefüttert wurde. Wie sollte sie das verstehen? Trauerte er um die Milch, die sie nun nicht mehr auffangen konnten? Irgendwie glaubte sie das nicht. Es musste einen anderen Grund dafür geben. Kelim sah jedoch nicht so aus, als würde er ihr auf eine diesbezügliche Frage eine Antwort geben.

»Das war schrecklich. – Das Füttern meine ich«, sagte sie und schüttelte sich.

»Das wissen wir. Und wir haben alle ein schlechtes Gewissen deswegen. Es ging aber nicht anders. Außerdem bist du deswegen jetzt wieder gesund und deine Verletzung ist fast ausgeheilt. Glaub mir, es hat keinem Spaß gemacht zuzusehen, wenn du gefüttert worden bist. Und leider ist auch nichts weiter passiert dabei.«

Die letzte Bemerkung war mehr als rätselhaft. Was hätte denn dabei passieren sollen? Bevor Karin dazu kam, danach zu fragen, klopfte es ungeduldig an der Tür und eine wohlbekannte Stimme rief: »Wie lange sollen wir denn noch warten? Wir brauchen Karin – jetzt! Sie muss ihren Drachen reiten, bevor es zu spät ist.«

»Komm rein, Sora. Die Tür ist auf.«

Sora stürmte herein und sah sich suchend nach Karin um.

»Langsam, langsam!«, beschwichtigte Kelim sie mit einem belustigten Lächeln auf den Lippen. »Du kannst ihr beim Anziehen helfen. Ich hole inzwischen etwas zu essen.«

Sora hatte Karin entdeckt und lief zu ihr hinüber. Sie setzte sich auf den frei gewordenen Stuhl und nahm Karins Hand.

»Geht es dir gut? Kelim hat gesagt, dass du unbedingt schlafen musst. Und bei uns geht das Gerücht um, dass du die Nacht auf der Nadel gewesen wärst. Das stimmt doch nicht! Oder?«

»Na ja«, meinte Karin, »es war wohl nicht die ganze Nacht.«

»Dann stimmt es also!«, rief Sora wütend. »Kelim! Wie konntest du nur! Sie war doch schon völlig erledigt, als wir mit dem Flug fertig waren.«

»Ich weiß«, kam eine nicht besonders reumütig klingende Stimme aus dem Hintergrund. »Deshalb ist sie danach auch heulend zusammengebrochen.«

»Musste das sein?«

»Ja. Habt ihr nicht gemerkt, dass das zu viel für sie war?«

»Sie hat nichts …«

»… nichts gesagt? Was hätte sie denn sagen sollen? Ihr hättet ihr in die Augen sehen sollen! Dieser unruhige Blick. Und wenn der Drache weg war, waren sie leer, keine Trauer, keine Freude.«

»Aber sie hat doch mit uns gelacht.«

»Das war nur oberflächlich. Sicher, das hat ihr gutgetan. Genauso wie eure Gegenwart ihr guttut. Aber sie hat Albträume. Jedes Mal, wenn sie eingeschlafen war, hat sie sich herumgewälzt, gestöhnt und gejammert. Einmal hat sie sogar richtig geweint.«

»Davon weiß ich nichts.«

»Ihr habt das natürlich nicht mitbekommen, ihr hattet zu tun oder wart zu Hause. Überlegt doch mal: Sie hat alles verloren. Ihre Heimat, ihre Familie, ihre Freunde und beinahe auch das eigene Leben. Hier ist alles fremd für sie. Und ihr wollt einfach so zur Tagesordnung übergehen?«

»Nein, das nicht. Aber die Arbeit mit den Drachen lässt uns überhaupt keine Zeit. Ich hätte gerne mehr mit ihr geredet.«

»Ich weiß. Darum habe ich die Sache in die Hand genommen. Es musste sein. Mag sein, dass das euch jetzt Probleme bereitet, aber besser jetzt, als dass sie später komplett zusammenbricht und sich womöglich nie wieder erholt.«

Karin hatte schon vorher den Verdacht gehabt, dass Kelim dafür gesorgt hatte, dass sie nach ihrem Drachenflug mit Mahur auf sich allein gestellt war. Er hatte sie auf die Probe gestellt. Hatte er nicht gesagt, dass er sie beobachten hatte lassen? Sein Ärger hatte echt geklungen, aber die Strafe hatte er sicher schon vorher ausgewählt. Jedenfalls hatte er mit den Drachenreitern in seiner Wohnung nicht darüber gesprochen. Nicht zuletzt deshalb, weil er wusste, dass sie nach dem Ritt völlig erledigt sein würde, hatte er diese Strafe gewählt. Er hatte gewollt, dass sie damit überfordert war, dass sie danach am Ende war, dass sie keine Kraft mehr hatte, das Geschehene zu verdrängen. Er hatte ihren Zusammenbruch gewollt, hatte gewollt, dass sie wie ein Baby heulte und von Weinkrämpfen geschüttelt wurde. Und sie musste gestehen, dass er damit recht gehabt hatte: Seit sie sich ihren Kummer aus der Seele geweint hatte und es geschafft hatte, darüber zu reden – und nicht zuletzt seit dem Besuch des unbekannten jungen Mannes mit den geschickten Händen – ging es ihr besser.

Sie hatte Kelim unterschätzt. Sehr sogar. Er wusste offenbar besser über sie Bescheid als sie selbst.

Obwohl sie sich vor Muskelkater kaum bewegen konnte, fühlte sie sich jetzt viel eher in der Lage, sich den Aufgaben zu stellen, die die Drachenreiter für sie vorgesehen hatten. Sie hatte viel eher als zuvor das Gefühl, dass sie selbst über ihr Schicksal entscheiden konnte. Es war nicht länger wie ein Film, der um sie herum ablief. Sie hatte Anteil an dem, was geschah. Und solange sie nicht nach Hause konnte, wollte sie sich den Herausforderungen stellen, die dieses neue Leben für sie bereithielt. Sie wollte ihren Rettern helfen, Gar das Handwerk zu legen. Und als Erstes würde sie das grüne Weibchen reiten. Sie wusste zwar nicht, wie sie das mit diesem unglaublichen Muskelkater schaffen sollte, dennoch würde sie es versuchen und niemand würde sie dazu zwingen müssen. Und wer weiß – sie dachte an die Flüge mit Mahur – vielleicht würde es ihr sogar richtig Spaß machen.

Als sie sich mit Soras Hilfe angezogen hatte, brachte ihr Kelim eine große Schüssel mit Eiergerstenbrei. Während sie aß, legte Sora ihr den Brustpanzer und die Armmanschetten an und verschnürte alles fachgerecht. Kaum war die Schüssel leer, nahm Sora Karin bei der Hand und strebte zur Tür.

»Bitte, beeil dich! Dein Drache kann jeden Augenblick losfliegen. Wir dürfen ihn nicht verpassen. Onkel Rodan macht jetzt schon ein Gesicht wie eine Gewitterwolke.«

»Moment noch!«, rief Kelim. Er gab Sora ein kleines Döschen. »Sie soll es erst nehmen, wenn sie aufsteigt. Aber dann auf jeden Fall, sonst schafft sie es nie auf den Drachen.«

Sora sah ihn verständnislos an.

»Sie hat den Drachenbiss«, erklärte er. »Und zwar richtig schlimm.«

»Auch das noch!«

»Nimmt dich das wunder?«

»Eigentlich nicht«, sagte Sora nach einer kurzen Pause. »Eigentlich überhaupt nicht. Im Gegenteil; alles andere wäre ein Wunder! Aber das können wir jetzt am allerwenigsten gebrauchen!«

»Deshalb soll sie ja eine Kugel nehmen. Ich habe eine extra große gemacht. Und jetzt lauft los. Wenn ihr den Abflug verpasst, wirft mich Rodan sonst seinem Drachen zum Fraß vor.«

Das ließ sich Sora nicht zwei Mal sagen. Sie packte Karin an der Hand und rannte mit ihr los. Mühsam stolperte diese hinter Sora her. Ihre Beine versagten fast den Dienst. Sie biss die Zähne zusammen und versuchte das Tempo zu halten. Eigentlich hatte sie Sora fragen wollen, was ein *Drachenbiss* war, doch im Grunde brauchte sie nicht zu fragen; es war eindeutig, dass ihr Muskelkater damit gemeint war. Außerdem war sie so damit beschäftigt, ihre Beine zum Laufen zu zwingen, dass sie nicht auch noch sprechen konnte. Sie konzentrierte sich darauf, einen Fuß vor den anderen zu setzen. Noch ehe sie bei der Falle ankamen, begannen ihre Muskeln wieder zu zittern und sie war schweißgebadet.

Das grüne Weibchen war noch da. Neugierig schnupperte es an den Seilen, die von der Decke hingen und an denen die Drachenreiter den grünen Sattel langsam auf ihren Rücken absenkten. Sie waren so beschäftigt, dass sie Karin anfangs gar nicht bemerkten.

Karin setzte sich keuchend auf den Nestrand. Ihre Beine fühlten sich an wie Gummi. So würde sie nie auf einen Drachen kommen, geschweige denn sich festklammern können!

Sobald die Drachenreiter Karin entdeckt hatten, liefen sie auf sie zu und überschütteten sie mit Befehlen und Ratschlägen: Sie sollte das Weibchen füttern, um es abzulenken. Schon hatte sie einen Korb mit Fischen in die Hand gedrückt bekommen und wurde Richtung Drachenkopf geschoben. Außerdem sollte sie das Weibchen kraulen, damit es das Satteln als etwas Angenehmes in Erinnerung behielt. Und sie sollte selbstsicher auftreten. Und ruhig mit dem Weibchen reden. Und …

»Schluss jetzt!«, rief eine energische Stimme.

Karin blickte auf. Der Ratsvorsitzende höchstpersönlich stand neben ihr. Er hatte die Hände in die Hüften gestemmt und sah aus, als ob er gleich irgendjemanden fressen würde. Sofort herrschte Stille.

»Seid ihr Drachenreiter oder ein Haufen Hühner?«, fragte Rodan eisig. Niemand sagte etwas.

Er wandte sich an Karin. »Du kommst spät. Sehr spät.« Kurz warf er einen Blick auf den Drachenkopf. »Wir haben Glück. Die Zeit wird reichen. Gerade noch. Viel länger können wir deinen Drachen nicht mehr ablenken. Ich weiß, dass du nichts dafür kannst. Leider ist jetzt keine Zeit mehr, dich groß auf deinen ersten Flug vorzubereiten. Jetzt hör gut zu! Und kraule deinen Drachen dabei, sonst fliegt er doch noch ohne dich los.«

Karin begann das Drachenweibchen hinter den Ohrstacheln zu kraulen. Das grunzte zufrieden und schnupperte beiläufig an ihr und dem Korb. Und schnappte sich dann mit einer schnellen Bewegung den ganzen Korb.

»He!«, rief Karin. »Doch nicht alle auf einmal!«

Das darauf folgende, allgemeine Gelächter entspannte die Stimmung wieder. Während die Drachenreiter das friedlich auf dem Korb herumkauende Drachenweibchen fertig sattelten und Karin es hinter den Ohrstacheln kraulte, erklärte Rodan ihr, was sie tun sollte. Und das war einfach: Gar nichts sollte sie tun! Sie sollte alles dem Drachen überlassen. Karin hatte ein mulmiges Gefühl dabei. Sora stand die ganze Zeit etwas abseits und hielt das Döschen in der erhobenen Hand. Man sah, dass sie etwas sagen wollte, es aber nicht wagte, Rodan zu unterbrechen.

Das Drachenweibchen bewegte sich kein bisschen, als die Drachenreiter die Gurte festzogen. Karin wunderte sich wieder darüber, wie schnell es zu den Drachenreitern Vertrauen gefasst hatte. Und da sie ruhig blieb, beunruhigte es auch das Festziehen der Gurte nicht sonderlich. Sie hätte nie geglaubt, dass sich der riesige Drache so etwas gefallen lassen würde.

Endlich wandte sich Rodan Sora zu. »Was hast du auf dem Herzen, Sora?«

»Das hier, Onkel«, meinte Sora und hielt Rodan das Döschen hin. »Kelim hat gesagt, Karin soll es jetzt nehmen.«

»So?«

Er nahm das Döschen, öffnete es und nahm die Kugel heraus. Er betrachtete sie nachdenklich und warf dann einen prüfenden Blick auf Karin.

»Geh mal ein paar Schritte, Karin!«

Sie tat es und machte dabei erwartungsgemäß keine besonders gute Figur.

Rodan sah sie an. »Das sieht nicht gut aus. Und du darfst dich nicht festbinden beim ersten Ritt. Und auch nicht mit den Händen anklammern. Hoffentlich geht das gut.«

Ohne weitere Worte reichte er ihr die Kugel, aber die besorgte Miene, die er dabei aufsetzte, sprach Bände.

Etwas ratlos nahm Karin die murmelgroße Kugel in Empfang.

»Du musst sie kauen«, erklärte Sora. »Nicht abschlucken. Sie löst sich dann langsam auf.«

Karin nickte, steckte sie sich in den Mund und fing an, darauf herumzukauen, wie auf einem Kaugummi. Es schmeckte nach gar nichts.

»Übrigens.« Sora grinste. »Du kannst auch gerne absteigen während des Fluges. So wie Niro. Dein Drache sollte nur hoch genug fliegen und du musst Beine und Arme strecken, um möglichst langsam zu fallen. Deine Drachenmutter fängt dich garantiert auf!«

Karin sah sie entgeistert an. Einfach abspringen, so wie Niro?

»Ach ja«, fügte Sora hinzu. »Wenn du wieder in den Sattel willst, musst du dich so hinstellen wie Niro: Die Arme weit auseinander halten und dann schnell nach oben, bevor sie zuschnappt. Aber wahrscheinlicher ist, dass sie dich gleich zum Nest zurückträgt.«

»Ja, das wäre eine Möglichkeit«, bestätigte Rodan. »Ich kann mir zwar nicht vorstellen, dass du es tun wirst, aber das wäre jedenfalls besser, als unfreiwillig abzusteigen. Und jetzt los! Sie will fliegen!«

Er schob Karin näher an den Drachen.

»Es tut mir leid, dass das Ganze etwas überstürzt abläuft, aber das grüne Weibchen fliegt gleich los und so schnell bekommen wir keine zweite Gelegenheit. Bei einem Jagdflug solltest du besser nicht zum ersten Mal fliegen und so häufig sind diese Übungsflüge nicht.«

Das Bein, über das sie aufsteigen sollte, war glatt und bot wenig Halt. Sie zögerte.

»Na los!«, ermunterte Sora sie. »Du schaffst das schon.«

Das Drachenweibchen bog den Hals und beobachtete sie. Vorsichtig machte sich Karin an den Aufstieg. Die Kugel half zwar etwas, doch wegzaubern konnte diese ihren Muskelkater nicht und sie gab eine lächerliche Vorstellung. Zwei Mal rutschte sie wieder herunter. Sie biss die Zähne zusammen und startete einen dritten Versuch. Als auch der zu scheitern drohte, bog das Drachenweibchen plötzlich den Hals weiter nach hinten und schob sie mit dem Kopf das letzte Stück hoch. Als sich Karin in den Sattel setzte und die Stiefel in die Halterungen steckte, sah sie nach unten und blickte in die verblüfften Gesichter von Sora und Rodan. Doch dann lachte Sora.

»Hej! Ich glaube, um dich müssen wir uns keine Sorgen machen. Deine Mutter kümmert sich schon um dich.«

Auch Rodan wirkte erleichtert und von den anderen Drachenreitern kam Applaus. Karin war etwas irritiert. War der Beifall ehrlich gemeint, weil sie es hinauf geschafft hatte, oder galt er eher dem Drachen? Oder machten sie sich – wie sonst Niro – nur über sie lustig? Jeder von ihnen wäre sicher in zwei bis drei Sprüngen im Sattel gesessen … Wo war übrigens Niro? Sie sah sich um. Außer einem halben Dutzend unbekannter Drachenreiter und Rodan war niemand hier. Auch Sora war plötzlich nirgends mehr zu entdecken.

Jetzt kam Bewegung in das Drachenweibchen und es strebte schneller werdend Richtung Ausgang.

Karin schluckte. Sie saß wirklich auf dem Drachen! Und das allein. Sie würde ganz auf sich gestellt sein. Und wenn sie herunterfiel und das Drachenweibchen sie nicht auffing?

»Denk daran: Nicht festhalten!«, rief Rodan ihr hinterher, als das riesige Tier die Flügel entfaltete und sich mit zwei kräftigen Flügelschlägen in die Lüfte erhob.

Karin klammerte sich, so gut sie konnte, mit den Beinen an den Sattel. Das war allerdings nicht nötig. Nach dem fulminanten Start ging ihre fliegende Unterlage in einen ruhigen Geradeausflug über und sie hätte sogar ihre Beine aus den Halterungen nehmen können. Das Drachenweibchen beschleunigte und die Landschaft unter ihr flog nur so vorbei. Karin fing an, den Flug zu genießen. Es war einfach herrlich, auf so einem gewaltigen Tier durch die Lüfte zu fliegen. Über sich nur den Himmel, unter sich das glitzernde Meer und rechts von ihr zog die Steilküste an ihr vorbei. Sie spürte, wie sich ihr Puls beschleunigte. Es war wie ein Rausch und sie konnte gar nicht anders: Sie streckte die Arme zur Seite und lachte. Und als das Drachenweibchen noch einen Zahn zulegte und mit einer scharfen Kurve aufs offene Meer zusteuerte, begleitete sie dies mit einem lauten Jubelruf. Lange flogen sie einfach geradeaus. Allmählich ließ das unbändige Glücksgefühl, das sie ergriffen hatte, etwas nach und sie begann, sich Sorgen zu machen. Die Steilküste lag weit zurück und war kaum noch auszumachen. Wenn sie hier ins Meer fiel, wäre sie verloren, egal wie gut sie schwimmen konnte. Ihr Reittier flog unbeirrt geradeaus. Wo wollte es hin? Hier gab es weit und breit nichts außer dem endlosen Meer. Unwillkürlich presste sie ihre Beine wieder fester an den Sattel. Plötzlich entdeckte sie weit über sich einen grünen Punkt zwischen den Wolken. Der grüne Punkt blieb auf seiner Position genau über ihr und da wusste Karin, dass sie sich keine Sorgen zu machen brauchte: Sie wurde beobachtet.

Dann tauchte eine große Gruppe schwarzer Felsen vor ihnen auf. Das Drachenweibchen steuerte darauf zu und ließ sich von den Aufwinden über den heißen Felsen nach oben tragen. Es umrundete die Felsen in engen Kurven und gewann ohne Anstrengung schnell an Höhe, bis es die Wolken erreicht hatte. Der grüne Punkt hielt sich weit abseits zwischen ein paar weißen Wolken versteckt. Dann stürzte sich ihr Reittier hinunter.

In einer engen Spirale trudelte es auf die schwarzen Felsen zu. Karin klammerte sich mit den Beinen, so fest sie konnte, an den Sattel. Im letzten Augenblick fing das Weibchen den Sturz ab und flog jetzt rasend schnell und knapp über der Meeresoberfläche dahin. Karins Beine begannen zu zittern und sie musste heftig gegen den Impuls ankämpfen sich festzuhalten. Wieder schraubte sich das Drachenweibchen nach oben und nutzte dabei die Aufwinde über den schwarzen Felsen. Und wieder stürzte es sich hinunter. Als es das dritte Mal aufstieg wurde es Karin mulmig zumute. Sie hatte nicht mehr die Kraft, sich mit den Beinen anzuklammern. Entweder sie hielt sich mit den Händen fest oder sie würde in den freien Fall übergehen, ohne dabei auf einer fliegenden Unterlage zu sitzen.

Doch entweder spürte das Drachenweibchen, dass sie einen dritten Sturzflug nicht aushalten würde oder es war ein glücklicher Zufall, jedenfalls stürzte es sich nicht noch einmal in die Tiefe, sondern flog zurück zur Steilküste. Es machte nur wenige, langsame Flügelschläge und während es sich der Steilküste näherte, verlor es stetig an Höhe. Als es seine ursprüngliche Flughöhe erreicht hatte, ging es in einen ruhigen Geradeausflug über und steuerte schließlich zielsicher den Eingang zur Falle an. Kurz bevor sie hineinflogen, sah Karin aus den Augenwinkeln heraus einen grünen Schatten hinter sich vorbeihuschen; ihr Beobachter war ebenfalls im Landeanflug.

Sie wurden mit begeistertem Jubel empfangen. Sofort belohnten die wartenden Drachenreiter das grüne Weibchen mit ein paar leckeren Fischen und kraulten es ausgiebig hinter den Ohrstacheln. Karin fühlte sich prima. Sie war wohlbehalten zurück, hatte sich *nicht* festgehalten und war *nicht* heruntergefallen; sie konnte stolz auf sich sein. Sie richtete sich im Sattel auf. Doch dann fiel ihr ein, dass sie jetzt wieder absteigen musste und der kühne Drachenreiter brachte es nicht einmal fertig, aus dem Sattel zu steigen, weil ihm die Beine den Dienst verweigerten … Vorbei war es mit dem Ruhm. Die Drachenreiter mussten heraufklettern und Karin aus dem Sattel helfen.

Plötzlich waren Sora und Niro da.

»Das hast du gut gemacht«, lobte Niro sie, als die beiden sie auf ihre Arme nahmen.

»Wo bringt ihr mich hin?«

»Zu Kelim natürlich«, antwortete Sora. »Aber vorher musst du deine Drachenmutter noch loben.«

Sie trugen sie nach vorne und Karin kraulte das grüne Weibchen ausgiebig hinter den Ohrstacheln.

»Wie willst du es denn nennen?«, fragte Niro, als sie sich auf den Weg zu Kelim machten.

»Wie *nennen*?« Karin verstand nicht, was Niro meinte.

»Na, du musst ihm einen Namen geben.«

»Wieso ich?«

»Weil du das grüne Weibchen als Erste geritten bist und weil es dein Drache sein soll«, erklärte Sora.

»Keine Ahnung. Welche Namen gibt man denn Drachen?«

»Egal. Nur möglichst wenige e's und i's – das klingt weich und das mögen Drachen nicht besonders.«

»Aha. – Äh, warum lasst ihr mich nicht wenigstens probieren, ob ich selber laufen kann? So schlimm ist mein Muskelkater nun auch wieder nicht.«

»Weil du es garantiert nicht kannst! – Ob mit oder ohne Katze«, antwortete Niro amüsiert.

Er hatte offenbar keine Ahnung, was Karin mit *Muskelkater* gemeint hatte. Er fragte allerdings nicht nach, sondern fuhr fort zu erklären.

»Sora hat mir erzählt, dass dir Kelim Muskelkraut gegeben hat. Und wenn das aufhört zu wirken, wird es erst richtig schlimm. Du wirst wohl den nächsten Tag im Bett verbringen müssen.«

Eine Weile gingen sie schweigend weiter. Doch dann fiel Karin etwas ein.

»Wieso ist das grüne Drachenweibchen eigentlich geflogen? Ich meine, das, was sie gemacht hat, hatte doch überhaupt keinen Nutzen für sie.«

»Nur so, zum Vergnügen und zum Üben«, antwortete Sora.

»Drachen fliegen einfach, weil es ihnen Spaß macht?«, fragte Karin nach.

Sora nickte. »Außerdem macht es ihnen Spaß, um die Wette zu fliegen. Und je mehr sie üben, desto eher haben sie Erfolg. Wir machen mit ihnen deshalb jeden heißen Sommer ein großes Wettfliegen. Die Drachen haben mindestens so viel Spaß daran wie wir. Und trainieren ganz selbstständig für diesen Wettkampf.«

Niro hatte plötzlich wieder sein freches Grinsen im Gesicht und Karin ahnte, dass sie gleich ein weiteres Mal Zielscheibe seines Spottes sein würde. Sie hatte sich nicht getäuscht:

»Ich hätte schon erwartet, dass du dich da draußen etwas mehr anstrengst«, sagte er. »So ruhig, wie deine Drachenmutter geflogen ist, hättest du schon abspringen können. Ich frage mich: War das nun Faulheit oder Feigheit?«

»Woher willst du denn wissen, dass ich es nicht doch getan habe?«, konterte Karin.

»Weil wir dich beobachtet haben.«

Deshalb also war Niro beim Start nicht da gewesen und Sora so plötzlich verschwunden. Der grüne Punkt musste Mahur gewesen sein. Ihr fiel nichts mehr ein, was sie Niro entgegnen könnte; der Punkt ging an ihn. Aber sie hatte noch eine Frage: »Wieso sollte ich mich eigentlich nicht festhalten? Meine *Drachenmutter*, wie ihr immer so schön sagt, hätte das doch gar nicht gemerkt!«

»Meinst du?«, grinste Niro. »Hast du nicht gesehen, dass sich ein sehr fürsorgliches Drachenweibchen mitten im Sturzflug immer wieder nach dir umgesehen hat?«

»Ehrlich gesagt: Nein.«

»Hat es aber! Und der erste Flug ist dein Vertrauensbeweis deinem Drachen gegenüber. Und du musst ihm beweisen, dass du sicher im Sattel sitzt. Hältst du dich fest, ist das in seinen Augen ein Zeichen von Angst oder Unfähigkeit und es überlässt dir nie das Kommando.«

»Außerdem gibt es da noch etwas«, sagte Sora. »Der erste Ritt eines Drachenreiters ist Bestandteil der Drachenprüfung. Deshalb wird auch vorher der Sattel mit Farbe bestrichen. – Deine Hände sind sauber, Rodan hat das genau überprüft, als man dich heruntergeholt hat. Und Niro seine Wette verloren!«

»Das glaube ich jetzt aber nicht!«, widersprach Karin. Sie betrachtete ihre Hände. Sie hatte den Sattel ja schon beim Aufsteigen berührt und trotzdem keine Farbe an den Fingern. »Ich habe den Sattel angefasst.«

»Ja, beim Aufsteigen«, sagte Niro. »Da war der Sattel noch warm. Erst der Luftzug beim schnellen Fliegen kühlt die Farbe weit genug ab, dass sie abfärbt, wenn du fest genug zupackst. Du kannst stolz auf dich sein, Karin. Es in deinem Zustand zu schaffen, die Finger von den Gurten zu lassen, ist nicht unbedingt zu erwarten.«

Karin wollte Niro noch nach der Wette fragen, doch da waren sie schon bei Kelims Wohnung angelangt.

Kelim ließ sich von Sora und Niro kurz berichten und nachdem sie Karin auf dem Bett abgesetzt hatten, schickte er sie weg. Er half Karin Brustpanzer, Armmanschetten und Stiefel auszuziehen.

»Kannst du noch laufen?«, fragte er.

»Nein, es wird von Minute zu Minute schlimmer. Es tut jetzt sogar weh, wenn ich die Beine nicht bewege. Wenn es noch schlimmer wird, dann ... dann fange ich wahrscheinlich zu schreien an.«

Kelim schmunzelte. »Das will ich nicht hoffen. Aber es wird sicher noch schlimmer werden. Es ist wahrscheinlich besser, wenn ich dich zu Bataya bringen lasse. Leg dich solange hin. Ich bin gleich wieder da.«

Er ging zur Tür, doch dann drehte er sich noch einmal um.

»Eine Frage noch: Hättest du die Kugel auch genommen, wenn du gewusst hättest, dass es hinterher umso schlimmer wird und ganz besonders, wenn du dich zwischenzeitlich anstrengst? – Eine ehrliche Antwort bitte! Nach *guter Sitte* ist das zwar sowieso zu erwarten, aber bei dir betone ich das lieber noch mal; wer weiß, was bei dir *gute Sitte* ist.«

Hätte sie das? Die Schmerzen wurden allmählich wirklich unerträglich. Ohne diese Kugel hätte sie es wahrscheinlich nie geschafft, oben zu bleiben, und schon gar nicht ohne sich festzuhalten. – Doch! Sie hätte es wahrscheinlich trotzdem getan.

»Ich glaube, ja. Wahrscheinlich schon.«

»Warum?«

»Weil ...« Ja, warum eigentlich? Warum hatte sie den Drachen unbedingt reiten wollen? Sie wusste es nicht. Kelim stand an der Tür und wartete auf eine Antwort.

»Weil ich den Drachen reiten wollte«, antwortete sie unsicher.

»Warum?«, wiederholte Kelim.

»Weil ...«, setzte sie an. Aber sie konnte schlichtweg nicht erklären, warum sie den Drachen unbedingt hatte reiten wollen. Der einzige, vernünftige Grund, den Drachen zu reiten, wäre der, dass man ihr gesagt hatte, dass sie es tun solle. Doch das war nicht der Grund. Sie hatte es einfach gewollt.

»Ich weiß es nicht«, sagte sie.

Kelim nickte. »Das habe ich mir fast gedacht!«

Mit diesem rätselhaften Kommentar ließ er Karin allein zurück. Sie ließ sich stöhnend auf das Bett zurücksinken. Das war kein Muskelkater mehr. Das war etwas anderes. Jede noch so kleine Bewegung löste höllische Schmerzen aus und auch wenn sie still lag, zog und stach es heftig in den Beinen. Der Schmerz brachte sie immer wieder dazu, sich doch zu bewegen, was natürlich erst recht wehtat. Die Schmerzen in den Armen und übrigen Muskeln hingegen hatten sich nicht verstärkt, nur ihre Beine benahmen sich so verrückt. Ihr brach der Schweiß aus. Wo blieb Kelim so lange? Als er endlich zurückkam, brachte er zwei Drachenreiter mit und die hatten eine Trage dabei.

Karin stöhnte vor Schmerzen, als die beiden sie auf die Trage legten und festschnallten. Dann wurde sie fortgetragen.

Sie brachten sie in die große, oben offene Höhle, das *Fußballstadion*, wie sie diese bei sich nannte. Zuerst dachte sie, sie würden sie in das Gebäude bringen, in dem die Ratsversammlung stattgefunden hatte, doch ihre Träger steuerten ein großes, weißes Haus daneben an. Auf seine Fassade war ein riesiger Drache gemalt, der seine Flügel schützend über ein paar am Boden liegende Menschen und einen jungen Drachen gebreitet hatte. Die Männer trugen sie eine Treppe hinauf und gelangten in einen größeren Saal, der ähnlich einem Großraumbüro, durch Vorhänge in viele kleine Abteile unterteilt war. In den Abteilen standen Betten. Sie legten sie wortlos auf eines der Betten und verschwanden, wobei sie den Vorhang hinter sich zuzogen.

Kurz darauf näherten sich eilige Schritte und eine nicht ganz schlanke Frau mit Bürstenkopffrisur schlüpfte durch den Vorhang in Karins Abteil. Sie trug ein kurzärmeliges graues Hemd, eine dreiviertellange graue Hose und – Sandalen. Es war das erste Mal, dass Karin jemandem begegnete, der nicht entweder Stiefel anhatte oder barfuß ging.

»Hej! Ich bin Bataya. Kelim hat mir schon gebeichtet, was er mit dir angestellt hat.«

Sie stellte das kleine Körbchen, das sie bei sich hatte, auf das kleine Tischchen neben Karins Bett.

»Wie fühlst du dich?«, fragte sie dabei.

»Miserabel«, antwortete Karin. »Wenn das noch schlimmer wird, fallen mir wahrscheinlich die Beine ab.«

Bataya lachte. »Sicher nicht! Aber ich habe etwas für dich.« Sie holte ein kleines Fläschchen aus dem Korb und zählte zehn Tropfen auf einen Löffel.

»Mund auf! Und schön abschlucken! Du wirst sehen, das hilft.«

Karin gehorchte und nach ein paar Minuten begannen die Schmerzen tatsächlich nachzulassen. Allerdings passierte noch etwas ganz anderes: Plötzlich wurde es ihr schwindlig und sie konnte nur noch verschwommen sehen. Als sie es Bataya sagen wollte, gehorchte ihr ihre Zunge nicht mehr, sie schien zusammen mit dem gesamten Hals plötzlich anzuschwellen. Dann begann es sie am ganzen Körper zu kribbeln. Wie aus weiter Ferne hörte sie die Stimme von Bataya.

»Beim Großen Drachen! Rimo! RIMO! Schnell, bring das Notfallkörbchen!«

Dann bekam sie nichts mehr mit.

Als sie wieder aufwachte, schien sie mitten in einer Ratsversammlung zu sein. Jedenfalls war sie von einer Menge Menschen umgeben. Sie blinzelte verwirrt, aber sie hatte Mühe, die Augen zu öffnen; ihre Augenlider waren geschwollen. Auch ihr Gesicht fühlte sich seltsam an. Wenigstens sah sie genug, um die Leute zu erkennen. Rechts neben ihrem Bett standen Bataya und ein unbekannter Junge, links Rodan, Kelim und zu ihrer Freude auch Sora und Niro.

»Ah! Dem Großen Drachen sei Dank!«, sagte Rodan, als sie die Augen öffnete. »Du hast uns einen Riesenschreck eingejagt. Wir dachten schon, wir verlieren dich.«

Bataya machte irgendetwas mit ihrem Arm und Karin drehte den Kopf, um nachzusehen. Sie erschrak, als sie ihren Arm sah: Er war über und über mit dicken Quaddeln bedeckt. Aus ihrer Armbeuge ragte etwas, das wie ein dünner Strohhalm aussah und Bataya steckte gerade einen perlmuttartig glänzenden Schlauch darauf, der irgendwo über ihrem Kopf verschwand. »Was ist passiert?«, nuschelte sie; ihre Zunge wollte nicht so recht, wie sie es wollte.

»Du hast mein Schmerzmittel nicht vertragen«, erklärte Bataya. »So etwas habe ich noch nie erlebt! Du bist die Erste, die so darauf reagiert hat. Aber du bist anders. Vielleicht haben wir bisher nur Glück gehabt, dass du die Sachen, die wir dir zuvor gegeben haben, vertragen hast. Ich wage es jedenfalls nicht, dir noch etwas Neues zu geben, bevor ich dich nicht getestet habe. Du wirst die Schmerzen in deinen Beinen ertragen müssen.«

Das waren nun keine guten Nachrichten. Noch schien das Schmerzmittel, das sie offensichtlich nicht vertrug, zu wirken, denn die Schmerzen hielten sich in Grenzen, aber Karin spürte bereits, wie sie langsam stärker wurden und wenn sie die Beine bewegte, war es richtig unangenehm.

Sie sah wieder zur anderen Seite. Ihre Besucher sahen alle ziemlich blass aus; der Schrecken stand ihnen ins Gesicht geschrieben.

»War es so schlimm?«, fragte Karin. Ihr Blick fiel auf ihren Arm. Er war blutverkrustet. Sie entdeckte entlang ihres Unterarms mehrere blutende Einstichstellen und in der Nähe der Armbeuge steckte sogar ein ebensolcher Strohhalm, wie sie ihn im anderen Arm hatte, jedoch war dieser geknickt. Jemand hatte dort offenbar vergeblich versucht, ihn ihr in die Vene zu schieben. Bisher hatte sich niemand die Zeit genommen ihn zu beseitigen. Das sagte alles.

»Ja«, antwortete Rodan knapp und bestätigte damit ihre Beobachtungen. »Aber Bataya sei Dank, bist du wieder zurück.« Er seufzte. »Nun müssen wir wieder alles um ein bis zwei Tage verschieben. Da der Sonnendrache Niro sowieso nicht anerkennen will und das grüne Weibchen ihn immer noch heftig zurückweist, ist das nicht weiter schlimm. Hauptsache, du kommst wieder auf die Beine.«

»Das wird sie«, meldete sich Bataya zu Wort. »So wahr ich Bataya heiße! Aber bevor ich sie euch zurückgebe, teste ich sie, das könnt ihr mir glauben.«

Rodan schmunzelte. »Tu das, Bataya.«

»Natürlich. Und jetzt verschwindet! Ihr habt alle gesehen, dass Karin am Leben ist, das muss genügen. Sie braucht ihre Ruhe.«

Außer dem Jungen verließen alle Besucher brav das Abteil. Kelim, Sora und Niro hatten keine Gelegenheit bekommen, mit ihr zu sprechen. Karin musste innerlich grinsen. Wenn sie zu einem Drachen wollte, musste sie nicht extra aufstehen …

Die nächsten Stunden waren nicht besonders angenehm. Die Schmerzen in den Beinen waren schier unerträglich und sie konnte es in keiner Stellung länger als ein paar Sekunden aushalten. Ruhelos wälzte sie sich im Bett herum. Wenigstens die Schwellungen an Armen und Gesicht verschwanden bald. Endlich begannen die Schmerzen nachzulassen und sie schlief erschöpft ein.

Als sie aufwachte, war es ziemlich dunkel und sie hätte beinahe den Jungen übersehen, der auf einem Stuhl neben ihrem Bett saß – und schlief. Es würde von Bataya sicherlich ein ordentliches Donnerwetter geben, wenn sie bemerkte, dass er eingeschlafen war, statt auf sie aufzupassen. Sie bewegte vorsichtig ihre Beine. Es tat fast nicht mehr weh. Nur so viel, wie man es bei einem mittleren Muskelkater erwarten würde. Das war auszuhalten. Sie betrachtete wieder den Jungen. Ob sie ihn wecken sollte? Aber er schlief so friedlich, dass sie es nicht über sich brachte. Bataya würde wohl nicht gerade jetzt nachschauen kommen.

Allerdings hatte sie Durst. Auf dem Tischchen stand ein Becher. Karin griff danach und stellte fest, dass er mit Wasser gefüllt war. Sie konnte den Jungen also ruhig weiterschlafen lassen. Sie trank den Becher leer und stellte ihn zurück. Während sie noch überlegte, ob sie aufstehen sollte, ging das Licht an. Sie hörte Schritte und eine Lampe nach der anderen begann zu leuchten, bis es so hell war wie bei ihrer Ankunft. Der Junge wachte gerade noch rechtzeitig auf, bevor Bataya den Vorhang zur Seite schob. Er machte ein so schuldbewusstes Gesicht, dass Bataya sofort gemerkt hätte, dass etwas nicht stimmte. Sie sah ihn aber nicht einmal an.

»Guten Morgen, Karin. Schön, dass du schon wach bist. Ich habe dir etwas zu essen gebracht.«

Sie stellte ein Tablett neben das Glas auf dem Tischchen und schob ihr ein dickes Kissen unter den Kopf. Den Jungen ignorierte sie dabei völlig. Bevor Karin frühstücken durfte, untersuchte Bataya sie erst einmal gründlich. Offensichtlich zufrieden mit dem Ergebnis stellte sie ihr das Tablett auf die Beine und befahl dem Jungen, darauf zu achten, dass sie auch ordentlich aß; sie wäre nur noch Haut und Knochen. Dann rauschte sie wieder davon. Karin konnte zwar nicht finden, dass sie zu mager war, gemessen an Bataya war sie jedoch schon sehr dünn. Allerdings hatte sie Hunger und der Junge somit keine schwere Aufgabe; sie aß ganz von allein – und zwar alles. Als sie fertig gegessen hatte, nahm der Junge das Tablett und verschwand damit hinter dem Vorhang. Doch gleich darauf kam er noch einmal zurück.

»Das hätte ich fast vergessen«, sagte er und bückte sich nach etwas, das neben dem Tischchen auf dem Boden lag.

»Das hat mir Kelim gegeben. Du sollst jeden Buchstaben in jeder Schreibart zehnmal schreiben und dann anfangen, das hier zu lesen.«

Er hielt ihr die Sachen hin. Es war ein Buch, auf dem ein paar Blätter lagen, und ein Stift.

»Er hat gesagt, wenn Bataya dich testet, hast du reichlich Zeit dafür.«

Nicht gerade begeistert nahm Karin ihm die Dinge ab.

Der Junge lachte. »Du machst genauso ein Gesicht wie Kala, wenn ihr unser Lehrer eine Strafarbeit aufgibt.«

»So ähnlich fühlt sich das hier auch an«, entgegnete sie missmutig.

Als der Junge wieder hinter dem Vorhang verschwunden war, besah sie sich die Sachen, die er ihr gegeben hatte. Das Buch kannte sie schon; es war *Die Gemeinschaftsordnung der Drachenreiter*, geschrieben in der sogenannten Hochschrift, die extra für wichtige Texte bestimmt war. Was nichts anderes hieß, als dass es Karin nicht lesen konnte, weil die Buchstaben dermaßen verschnörkelt waren, dass sie diese nicht erkannte … Auf den Blättern stand jeweils das ganze Alphabet, am Anfang jeder Zeile ein Buchstabe mit viel Platz daneben, um zu üben …

Sie war beinahe umgebracht worden, hatte einen leibhaftigen Drachen geritten und jetzt sollte sie so etwas Banales wie Buchstaben schreiben üben. Karin seufzte. Doch es war eine Anordnung von Kelim und sie musste gehorchen, sonst wurde sie wieder bestraft. Das hatte ihr Kelim deutlich genug klar gemacht. Sie hatte trotzdem keine Lust dazu. Sie legte Buch und Blätter auf das Tischchen und beschloss, ihre Aufgabe auf später zu verschieben. Vorsichtig stand sie auf. Ihre Beine trugen sie und ihr wurde weder schlecht noch schwindlig. Das ermutigte sie, ein paar Schritte zu gehen und da auch das problemlos funktionierte, ging sie gleich weiter. Sie schob den Vorhang ein Stück zur Seite und erkundete ihre Umgebung.

Neben den Abteilen gab es in der Nähe des Eingangs einen größeren Bereich ohne Vorhänge. Gleich daneben befanden sich zwei Türen. Auf der einen stand *Wasch R*, auf der anderen *Ablass R* in nur mäßig verschnörkelten Buchstaben, so dass sie keinerlei Mühe hatte, die Worte zu entziffern. Kurzentschlossen öffnete sie die zweite Tür; sie erinnerte sich, dass Kelim dieses Wort gebraucht hatte, als er sie bei sich ins Bad geschickt hatte. Wie erwartet, war es die Toilette und sie *ließ ab*. Sie fand die Bezeichnung lustig, aber irgendwie auch treffend. Das wäre ein tolles Modewort für ihre Clique. Da fiel ihr wieder ein, dass die meisten davon jetzt tot waren. Plötzlich fand sie diesen Begriff kein bisschen mehr witzig. Sie schluckte und verließ die Toilette. Die Lust zu weiteren Erkundungen war ihr erst einmal vergangen und sie ging zu ihrem Abteil zurück und legte sich wieder auf das Bett. Sie lag noch nicht richtig, als sie die energischen Schritte von Bataya die Treppe heraufkommen hörte. Bataya steuerte geradewegs das Abteil von Karin an und zog schwungvoll den Vorhang beiseite. Sie hatte ein Körbchen dabei.

»Wenn es dir gut geht, fange ich gleich mit dem Testen an«, verkündete sie und stellte das Körbchen auf dem Tisch ab.

Aber vorher untersuchte sie Karin noch einmal gründlich.

»Ich denke, wir können starten«, sagte sie dann.

Karin musste ihr Hemd ausziehen und ihre Arme mit den Handflächen nach oben seitlich auf zwei Bretter legen, die Bataya aus dem Bett herausgeklappt hatte. Anschließend band Bataya ihre Handgelenke mit einem weichen Band an die Bretter. Statt eines festen Knotens machte sie nur eine große Schleife. Das sah nett und harmlos aus, Karin konnte ihre Arme trotzdem nicht mehr bewegen. Danach wusch sie Karin mit einem nach Alkohol riechenden Tuch gründlich die Unterarme, wobei sie die Einstichstellen aussparte.

»Der Platz wird nicht reichen«, sagte sie und berührte vorsichtig einen Bluterguss auf ihrem linken Unterarm. Kurz entschlossen zog sie Karins BH nach oben und wusch ihr auch den Bereich zwischen den Brüsten und entlang des Rippenbogens.

»Das ist auch eine gute Stelle für den Test«, erklärte sie dabei.

Karin sagte nichts.

Der eigentliche Test erinnerte sie an den Test, den ihre heuschnupfengeplagte Schulfreundin über sich ergehen lassen hatte müssen: Bataya fügte ihr mit einem harten Bürstchen mehrere rote Striemen zu, brachte in regelmäßigen Abständen aus einer Vielzahl von Döschen aus ihrem Korb jeweils eine kleine Menge des Inhalts mit Holzstäbchen darauf auf und markierte die Stellen mit einem Stift.

»Schön liegenbleiben«, sagte sie, als sie damit fertig war. »Ich komme wieder, wenn die Stunde halb gelaufen ist.«

Und weg war sie. Wenn Kelim gedacht hatte, dass sie jetzt Buchstaben schreiben konnte, hatte er sich wohl gründlich vertan. Während Karin noch überlegte, ab das nun gut oder schlecht für sie war, wurde der Vorhang beiseitegeschoben und Niro kam herein. Ausgerechnet Niro! Und sie lag da wie gekreuzigt und mit entblößter Brust.

»Wie geht es dir?«, begrüßte er sie. Aber bevor sie antworten konnte, rief er:

»Hej! Bataya hat dich sogar auf die rote Spinne getestet!« Dabei starrte er unverschämt auf ihren entblößten Oberkörper. »Das muss ich Sora sagen, sie wollte schon immer mal sehen, wie das Gift wirkt.«

Karin hob den Kopf und versuchte zu sehen, was Niro so unglaublich interessant an ihr fand, aber der Wulst des hochgeschobenen BHs verdeckte ihr die Sicht. Sie ließ den Kopf wieder sinken. »Wieso fragst du eigentlich, wie es mir geht, wenn dich das überhaupt nicht interessiert?«

»Doch, das tut es«, widersprach Niro.

»Bis du gekommen bist: Ganz gut«, antwortete sie daraufhin.

Niro grinste. »Weißt du, dass du lustig aussiehst?«

Sie seufzte. »Ich sagte doch: *… bis du gekommen bist.*«

Niro grinste noch mehr. »Nicht weglaufen! Ich hole Sora. *Den* Anblick sollte sie wirklich nicht versäumen.«

Und schon war er verschwunden. Karin öffnete den Mund und vergaß, ihn wieder zuzumachen. Das war doch der Gipfel! Erst starrte er sie an wie ein Gemälde, dann lief er davon wie ein kleiner Junge, um Sora brühwarm seine Neuigkeiten zu verkünden. Und sie konnte nichts machen, außer brav liegen zu bleiben.

Längere Zeit später hörte sie erneut Schritte. Es war tatsächlich Sora, die schwungvoll den Vorhang zu ihrem Abteil aufzog.

»Hej, Karin! Niro hat mir erzählt, wie er dich wieder geärgert hat. Nimm es nicht so ernst. Er ist zu uns allen so. Außerdem meint er es nicht böse und ein Gutes hat die Sache schon: Es lenkt von schlechten Gedanken ab. Oder hast du jetzt viel Zeit damit verschwendet, über deine Lage nachzugrübeln?«

»Nein, Niros Kommentare haben mich so beschäftigt, dass ich an nicht viel anderes gedacht habe«, gab Karin zu.

»Siehst du! Mich hat es auch immer abgelenkt und so bin ich eigentlich wenig dazugekommen traurig zu sein. Und mit der Zeit verliert der Kummer seinen Biss. So sehr ich mich manchmal über Niro geärgert habe, so hat es mir doch geholfen, mein Lachen zurückzugewinnen.«

»Wie meinst du das?«, fragte Karin unsicher. »Das mit dem Lachen meine ich.«

»Nun, ja …« Sora senkte den Kopf und betrachtete eingehend ihre Stiefelspitzen, »… es war eine schlimme Zeit, nachdem unser Vater verunglückt war. Da hat Niro angefangen, sich über alles und jeden lustig zu machen. Es war seine Art damit umzugehen. Und irgendwie hat das uns beiden geholfen, darüber hinwegzukommen.«

Karin hatte vergessen, dass sie nicht die Einzige war, die einen Verlust hinnehmen hatte müssen. Bei ihr hatte der Kummer seinen Biss noch nicht verloren; zu frisch waren die Ereignisse. Bisher hatte sie allerdings kaum Zeit gefunden, ihrem Kummer trübe Gedanken zu schenken. – Nicht zuletzt dank Niros Spott.

»Es tut mir leid – das mit eurem Vater, meine ich«, sagte sie.

Sora setzte sich auf den Stuhl. »Das braucht dir nicht leidzutun. Das ist jetzt schon viele Sommer her und inzwischen sind wir alt genug, um allein zurechtzukommen. Darf ich mir mal deinen Test ansehen? Niro sagt, Bataya hat dich auch auf Gifte getestet! Und ich habe noch nie die rote Spinne gesehen.«

»Ich kann dich wohl kaum daran hindern mich anzuschauen, Bataya hat mich festgebunden. Aber natürlich darfst du es. Allerdings würde ich auch gerne sehen, was daran so interessant ist.«

Sie hob wieder den Kopf, doch der BH hatte sich in der Zwischenzeit natürlich nicht in Luft aufgelöst.

»Du kannst nicht hinsehen«, meinte Sora mit einem Lachen. »Warte!« Sie stützte Karins Kopf mit einer Hand und drückte mit der anderen den BH flach. »So, ich denke, jetzt kannst du es sehen.«

»Mein Gott, was ist das?«, rief Karin entsetzt, als sie das rote Muster sah. Es war ein spinnennetzartiges Gebilde, das von dem roten Striemen in der Brustbeinmitte ausging und sich beidseits bis auf ihre Brüste ausdehnte. Die Linien des Netzes waren leuchtend rot.

»Das ist die rote Spinne. Ich hätte nicht gedacht, dass das so eindrucksvoll aussieht«, antwortete Sora beeindruckt.

Energische Schritte näherten sich und Bataya zog den Vorhang zur Seite.

»Hej, Sora! Schön, dass du Karin besuchst. Ich dachte, Niro wollte auch kommen?«

»Der war schon kurz hier. Er musste wieder zur Besprechung.«

»So? Hast du Lust, mir beim Ablesen zu helfen?«

»Gerne, wenn es nicht zu lange dauert. Ich muss auch gleich wieder hinüber.«

»Tut es nicht. Du musst nur unter den Zahlen einen Kreis, einen Strich oder Kreuze machen.«

Sie reichte Sora eine Tafel und einen Stift.

Bataya besah sich Karins rechten Arm. Sie löste die Schleife und hob den Arm, damit Karin es auch sehen konnte. Sie deutete auf einen großen, roten Fleck gleich am Anfang der Striemen. »Das erste ist das Schmerzmittel, das du nicht verträgst, Karin.« Und zu Sora sagte sie: »Drei Kreuze, bitte!«

Bataya besah sich eine Stelle nach der anderen und Sora schrieb auf, was Bataya sagte. Karin reagierte nur noch auf ein einziges Mittel so heftig wie auf das Schmerzmittel und auf wenige andere geringgradig. Nur bei den Giften war es genau anders herum. Die heftigste Reaktion war natürlich die auf das Gift der roten Spinne. Allerdings fand Karin es seltsam, dass Bataya testete, ob sie auf Gifte allergisch reagierte. Ob und wie das Gift wirkte, konnte man doch so gar nicht herausfinden. Oder funktionierte dieser Test anders und es war gar kein Allergietest? Das beängstigende, rote Muster war jedenfalls keine Reaktion, die man bei einem Allergietest erwarten würde.

»Geht das wieder weg?«, erkundigte sie sich besorgt.

»Natürlich«, beruhigte Bataya. »Du musst jetzt noch zwei Uhrumläufe im Bett bleiben. Ich muss es nochmal kontrollieren; manchmal tritt eine Reaktion verspätet auf.«

Zu Karins Erleichterung klappte sie die Bretter wieder weg, bevor sie ging.

»Möchtest du deinen Brusthalter ausziehen?«, fragte Sora und Karin nickte.

Sora half ihr und Karin war froh das Ding von ihrem Hals loszubekommen.

»Danke«, sagte sie.

Soras Blick fiel auf das Buch und die Blätter. »Ich muss wieder gehen. Aber ich denke, es wird dir nicht langweilig werden.«

Sie zog den Vorhang ordentlich hinter sich zu und ließ eine resignierte Karin zurück. Nun musste sie doch üben! Seufzend griff sie nach den Blättern und dem Buch.

Als Bataya zwei Stunden später wieder erschien, hatte sie noch nicht einmal alle Blätter abgearbeitet. Bataya hatte den Jungen mitgebracht und statt Sora, schrieb jetzt er die Ergebnisse auf die Tafel. Es hatte sich nichts Neues ergeben.

»Zwei Tage kein Wasser auf die Stellen«, sagte Bataya, während sie Verbände über den Striemen anbrachte.

»Du kannst gehen«, sagte sie knapp, als sie damit fertig war. »Rimo bringt dir deine anderen Sachen.«

Karin zog den BH wieder an und schlüpfte in ihr Hemd. Sie kämpfte noch mit den Bindebändern, als der Junge mit ihren Stiefeln und der übrigen Ausrüstung erschien. Er half ihr beim Anziehen und begleitete sie dann nach unten. Kelim erwartete sie und brachte sie gleich hinüber ins Nachbarhaus und dort in die Arena, in der die Besprechung noch immer im Gange war. Es herrschte keine so strenge Ordnung wie bei der Ratsversammlung. Die Leute standen oder saßen in Grüppchen beieinander und diskutierten angeregt. Einige saßen um den langen Tisch herum und studierten irgendwelche Texte oder blätterten in Büchern, von denen etliche auf dem Tisch herumlagen. Es waren auch nicht alles Drachenreiter. Nicht wenige waren wie Kelim gekleidet. Waren das Leute aus dem *Rat der Weisen*?

Rodan stand, lässig auf die Trennwand zur Tribüne gestützt, in der Arena und sprach mit ein paar Drachenreitern, die dahinter auf der Tribüne saßen. Auch Sora und Niro saßen dort. Als die Drachenreiter Karin entdeckten, verstummte das Gespräch und sie sahen neugierig zu ihr herüber. Nach und nach richteten sich die Blicke Aller auf Karin und sie begann sich unwohl zu fühlen. Sie hasste es, angestarrt zu werden, besonders, wenn sie so wenig darauf vorbereitet war, wie jetzt. Sie hatte keine Gelegenheit gehabt, sich zu waschen oder sich wenigstens die Haare ordentlich zu kämmen.

»Sei gegrüßt, Karin!«, begrüßte Rodan sie in seiner Funktion als Ratsvorsitzender förmlich. »Schön, dass du unserer Besprechung noch beiwohnen kannst, wenn auch die Dinge, die euch drei betreffen« – er schloss mit einer Geste Sora und Niro ein – »inzwischen geklärt sind. Gut erholt siehst du nicht aus, aber wenn dich Bataya gehen hat lassen, wirst du wohl in der Lage dazu sein, deine Aufgaben zu erledigen. Kommen wir gleich zur Sache: Kelim hat uns mitgeteilt, dass dein Wissen erhebliche Lücken aufweist und du auch die einfachsten Dinge nicht beherrschst. Wir haben deshalb beschlossen, dich in die Schule zu schicken. – Natürlich nicht für alle Stunden«, erklärte er, als er Karins entgeisterten Gesichtsausdruck bemerkte. »Vorerst wird es genügen, wenn du unsere Schriften zu lesen lernst. Dann kannst du dir selbst das fehlende Wissen anlesen, oder dir eine andere Schulstunde aussuchen. Kelim wird da sicher ein Auge auf dich haben. Nun, Karin, hast du irgendwelche Einwände dagegen?«

»Ob ich …« Der strenge Blick von Rodan und auch von Kelim ließ sie verstummen. Sie überlegte. Das war keine Frage! Es wurde erwartet, dass sie mit *Nein* antwortete; so wie es Sora und Niro bei der Ratsversammlung auch getan hatten. Und wenn sie *Ja* sagte? Das wagte sie nicht. Außerdem war es sicher nicht verkehrt, Lesen zu lernen. Das Ganze war ihr überaus peinlich, wenn sie als Erwachsene mit den Kindern in die Schule gehen sollte … Sie holte tief Luft.

»Nein«, sagte sie brav. Ihr fiel ein, was ihr Kelim auf dem Weg hierher über die *gute Sitte* erzählt hatte und sie verbesserte sich schnell: »Nein, verehrter Rat.«

Rodan lächelte. »Sehr schön. Wenn es auch ein wenig gedauert hat. Der nächste Punkt betrifft deine Ungeschicklichkeit. Ich konnte mich davon persönlich überzeugen, als du versucht hast, deinen Drachen zu besteigen. Natürlich hattest du mit dem Drachenbiss ein Problem. Trotzdem: Jedes Kind hätte es besser gemacht.«

Gerade eben hatte sie gedacht, das Schlimmste hinter sich zu haben, wenn sie einwilligte mit Kindern zur Schule zu gehen … Karin wäre am liebsten in der Erde versunken. Noch nie war sie vor versammelter Mannschaft so vorgeführt worden. Sie merkte, dass sie rot wurde, und sah schnell zu Boden.

»Kastor wird für dich ein Übungsprogramm zusammenstellen«, fuhr Rodan fort, »das du täglich abarbeiten wirst. Ich erwarte bald eine deutliche Besserung. Und ich erwarte, dass du dir Mühe gibst! Hast du dagegen irgendwelche Einwände?«

Er erwartete, dass sie sich Mühe gab … Sie sah Rodan an. Er erwartete nicht nur, dass sie sich Mühe gab; er erwartete eine Antwort.

»Nein, verehrter Rat«, sagte sie leise. Was hätte sie auch sonst sagen sollen?

Rodan war nicht zufrieden.

»Deine Antwort ist für alle bestimmt, nicht nur für mich«, bemängelte er. »Bitte wiederhole deine Antwort angemessen!«

Das auch noch. Sie holte tief Luft und wiederholte ihre Antwort so, dass sie jeder im Saal verstehen konnte.

»Sehr gut«, lobte Rodan. »Nun muss ich dir noch eine Frage stellen: Welchen Namen hast du für deinen Drachen ausgesucht?«

Karin erschrak. Daran hatte sie überhaupt nicht mehr gedacht! Sie hatte es auch nicht für so wichtig gehalten. Wenn sie jetzt offiziell danach gefragt wurde, war es den Drachenreitern wohl doch wichtig. Nur – sie hatte sich keinen Namen ausgesucht.

»Ich – ich habe mich noch nicht entschieden«, versuchte sie sich herauszuwinden und vergaß prompt die Anrede.

»Welche Namen stehen denn zur Auswahl?«, hakte Rodan nach.

Nun musste sie ihr Versäumnis doch zugeben. Recht kleinlaut sagte sie: »Noch keine – ich habe mir noch keine überlegt.«

Der freundliche Gesichtsausdruck verschwand aus dem Gesicht von Rodan.

»Du hast dir also noch keine Namen überlegt«, stellte er fest. Er wirkte über alle Maßen enttäuscht, als er fortfuhr: »Und du hast uns dahingehend angelogen!«

Das schien das Schlimmste zu sein. Er sah sie an, als hätte sie gerade zugegeben, jemanden umgebracht zu haben. Auch die anderen Drachenreiter sahen sie an wie einen Schwerverbrecher. Karin begann zu schwitzen. Was hatte sie denn getan? Sie hatte doch nur ein bisschen um die Wahrheit herumgeredet; von einer Lüge konnte man da doch überhaupt nicht sprechen. Was war daran denn so schlimm? Sie konnte sich doch immer noch einen Namen ausdenken.

»Rodan, mein verehrter Rat!«, meldete sich plötzlich eine heiser klingende Stimme zu Wort. Ein Mann, der mit dem Rücken zu ihnen am Tisch gesessen hatte, drehte sich zu ihnen um. Er hatte nur noch wenige weiße Haare auf dem Kopf und so viele Falten im Gesicht, dass man Mühe hatte, es als solches überhaupt zu erkennen. Er musste uralt sein. Dennoch trug er die Kleidung der Drachenreiter inklusive Brustpanzer und Armmanschetten.

»Wie kannst du das Mädchen nach unseren Maßstäben beurteilen? Seht sie euch doch an: Sie hat die ganze Zeit versucht, alles richtig zu machen. Und nur, weil sie sich nicht getraut hat, gleich zuzugeben, dass sie eine eurer Aufgaben noch nicht erfüllt hat, könnt ihr doch nicht davon ausgehen, dass sie gegen unsere Regeln verstoßen hat. Wisst ihr denn, an welche Regeln sie sich in ihrer Welt halten muss? Glaubt ihr im Ernst, dass es die gleichen sind wie bei uns?« Er wandte sich an Karin. »Was bedeutet in deiner Welt eine Lüge?«

»Das – das kommt darauf an«, antwortete sie vorsichtig. »Lüge ist ja nicht gleich Lüge.«

»Kannst du uns das erklären?«

Alle Augen waren neugierig auf Karin gerichtet.

»Ich – ja, also …« Sie wusste nicht recht, was sie jetzt sagen sollte.

Der alte Mann kicherte. »Du bist es nicht gewohnt, vor anderen zu sprechen, nicht wahr?«

Sie nickte und überlegte dabei fieberhaft, wie man eine Lüge erklärte – und wie sie sich dabei am besten verteidigen konnte. Sie hatte jedenfalls das dringende Gefühl, dass das nötig war – so wie sie die Drachenreiter ansahen …

»Also«, begann sie schließlich, »wenn man jemanden anlügt, um ihm zu schaden oder um zu verhindern, dass es herauskommt, dass man etwas angestellt hat oder um sich einen Vorteil zu verschaffen, dann ist das schlimm und kann auch bestraft werden. Wenn man lügt, um andere zu ärgern oder in Misskredit zu bringen, zerstört es das Vertrauen der anderen in denjenigen der lügt. Wenn man aber lügt, um zu verhindern, dass jemandem ein

Schaden zugefügt wird, ist das in Ordnung oder man kann auch lügen, wenn die Wahrheit jemanden kränken würde und man das nicht möchte. Und wenn man ein bisschen um die Wahrheit herum redet, ohne sie direkt zu sagen, ist das auch nicht gleich eine Lüge. Ich – ich habe nicht, ich meine …«

»Schon gut«, unterbrach Rodan Karin und begann zu schmunzeln, »du hast uns eben nicht angelogen, du hast nur *ein bisschen um die Wahrheit herumgeredet,* wie du dich ausdrückst. Das wolltest du doch damit sagen?«

Sie nickte. Vorsichtig sah sie sich um. Die Stimmung hatte sich ein wenig gebessert und etliche Drachenreiter schienen sich ebenso über ihre Ausdrucksweise zu amüsieren wie Rodan. Aber noch immer sahen sie einige an, als hätte sie die heilige Kuh geschlachtet.

Rodan wurde wieder ernst. »Bei uns gibt es das nicht, Karin. Eine Lüge ist immer eine Lüge. Ob für oder gegen jemanden ist dabei einerlei. Und ob du nun lügst oder nur die Wahrheit verschweigst, spielt auch keine Rolle. Du hast uns glauben lassen, du hättest dir schon Gedanken über einen Namen gemacht; und das gilt bei uns als Lüge. Und ein Drachenreiter lügt nicht! Niemals und unter keinen Umständen! Nicht bei Kleinigkeiten und auch nicht, um sein Leben oder das eines anderen zu retten. Das ist eines der wichtigsten Dinge – die du offenbar alle noch lernen musst.« Er seufzte. »Was sollen wir jetzt mit dir machen? Es macht keinen Sinn, dich zu bestrafen oder dir das Vertrauen zu entziehen, aber einfach vergessen können wir das nicht. Uns ist das einfach zu wichtig. Es ist eine der Grundlagen unserer Gemeinschaft. Und in die wollen wir dich doch aufnehmen; du darfst also nicht lügen!« Er schwieg für einen Moment.

»Was schlägst du vor?«, fragte er dann.

»Ich?«

Wie kam Rodan dazu, *sie* zu fragen? Sie hatte nicht die geringste Idee dazu. Kelim legte seine Hand auf ihre Schulter und sie drehte sich zu ihm um.

»Nun überlege einmal«, sagte er leise. »Wenn du einen Fehler gemacht hast und es tut dir leid, was machst du dann?«

Was machte sie dann? »Ich versuche, es wieder gut zu machen«, antwortete sie ebenso leise.

»Und was noch?«

Karin überlegte. – Doch, natürlich! Es war so selbstverständlich, dass es ihr gar nicht in den Sinn gekommen war, weil sie nach etwas Besonderem gesucht hatte.

»Ich entschuldige mich«, sagte sie etwas zu laut zu Kelim, so dass es jeder, der nicht allzu weit von ihr entfernt stand, verstanden hatte.

»Gut so«, sagte deshalb auch Rodan.

So einfach war das sicher nicht. Es musste bestimmt wieder nach bestimmten Regeln ablaufen.

»Und wie …«

Kelim unterbrach sie. »Du hast es schon einmal gesehen.«

Richtig. Kelim hatte es getan; er hatte sich dabei hingekniet. Aber was genau hatte er gesagt? Sie konnte sich nicht mehr erinnern.

»Ich weiß nicht, was ich sagen soll. Das ist doch bestimmt nicht beliebig, oder?«

Kelim nickte. Er sagte ihr den Text leise ins Ohr und schob sie nach vorne.

»Nur zu!«, sagte er dabei. »Solange du es auch so meinst, ist der Text nicht so wichtig.«

Mit trockenem Mund und zittrigen Knien trat Karin ein paar Schritte vor und kniete sich dann vor Rodan auf den Boden, wohlwissend, dass alle Blicke auf sie gerichtet waren und jede ihrer Bewegungen genau verfolgt wurde. Sie richtete den Blick auf den Boden und begann. Sie musste sich sehr zusammennehmen, um es fertig zu bringen, laut und vernehmlich zu sprechen.

»Verzeihung, verehrter Rat! Ich hätte gleich sagen müssen, dass ich mir noch keinen Namen ausgedacht habe. Ich bitte um Verzeihung oder Bestrafung. Wie es – äh – beliebt?« Den letzten Satz hatte sie wieder vergessen. Kurz entschlossen wiederholte sie: »Ganz wie ihr wollt!«

Einige Drachenreiter lachten und sie fürchtete schon, es vermasselt zu haben, aber Rodan war zufrieden damit.

»Steh auf, Karin! Noch bist du nicht vollständig in unsere Gemeinschaft aufgenommen; unsere Ordnung kann deshalb auch nicht in vollem Umfang für dich gelten, und somit können wir dich nicht bestrafen. Und da du keine bösen Absichten verfolgt hast, verzeihen wir dir dieses Mal gerne und von Herzen. Aber denk daran: Ein zweites Mal gibt es nicht!«

Als sie aufstand, kicherte der alte Mann wieder.

»Ihr habt das Mädchen ganz schön eingeschüchtert«, sagte er. »Wie soll sie sich hier zu Hause fühlen, wenn sie vor euch Angst hat?« Er richtete seine Aufmerksamkeit auf Karin. »Du musst ihnen das nachsehen, Mädchen, es fällt ihnen schwer, dir zu vertrauen. Du bist einfach zu anders. Doch statt dich herumzuführen und dir zu zeigen, wie wir leben, schleppen sie dich zu ihren offiziellen Versammlungen und erwarten von dir, dass du weißt, wie man sich hier benimmt. Ich würde dir das zu allerletzt beibringen. Geh, und reite deinen Drachen! Lerne unsere Welt kennen! Und überlass das Diskutieren den alten Männern – und den alten Frauen. Es reicht, wenn du dich hinterher an ihre Beschlüsse hältst; die sind sicher gut und richtig.«

»Merdon! Dich hat niemand nach deiner Meinung gefragt!«, tadelte Rodan.

»Richtig«, kicherte der Alte. »Aber manchmal ist es nötig, euch in die Schranken zu weisen: Ihr seht vor lauter Regeln und *guter Sitte* das Wesen der Dinge nicht mehr. Was ist denn wirklich wichtig für das Mädchen? Dass sie weiß, wie sie jeden Einzelnen anzusprechen hat? – Sicher nicht!«

»Du sprichst wahr, aber das hier ist eine offizielle Zusammenkunft!«

»Dann beende doch die offizielle Zusammenkunft, Rodan, verehrter Rat! Dann könnt ihr miteinander reden, wie es euch beliebt.« Der Alte schüttelte den Kopf. »Auf das Naheliegende kommen die jungen Leute immer zuletzt.« Er drehte sich wieder zum Tisch und fuhr fort, in seinem Buch zu lesen, als ob ihn das Ganze nichts anginge.

Rodan zu den »jungen Leuten« zu zählen war absurd, auch wenn er sicherlich deutlich jünger war als Merdon, und Karin entspannte sich etwas. Einen Freund hatte sie wenigstens hier im Saal. Die anderen sollte sie – zumindest versuchen – als solche zu sehen. Allerdings blieb nach dieser heftigen Reaktion auf ihre harmlose Lüge ein mulmiges Gefühl im Bauch zurück. Was, wenn sie unwissentlich wieder gegen eine der *Grundlagen der Gemeinschaft* verstieß? Die Blicke, die ihr einige der Drachenreiter zugeworfen hatten …

Rodan sah sich fragend um.

»Ich bin dafür!«, rief jemand.

Das war Niro gewesen. Ein leichtes Lächeln huschte über das Gesicht von Rodan. Auch Kelim nickte und die anderen taten es ihm gleich. Rodan beendete deshalb offiziell die Besprechung und bat alle zum Essen in den nebenan liegenden Gemeindesaal. In Windeseile löste sich die Versammlung auf und alles strebte zu der Tür, durch die bei Karins erster Versammlung die Ratsmitglieder gekommen und gegangen waren.

Für Karin ging das alles ein bisschen zu schnell und sie blieb erst einmal stehen, bis sie von Sora und Niro in die Mitte genommen und mitgezogen wurde.

»Komm«, sagte Niro, »bevor dir die anderen alles wegessen.«

Sora lachte. »Du hast doch nicht etwa Hunger, Niro?«

»Wie kommst du da drauf?«, fragte er betont unschuldig.

Und dann lachten sie wieder einmal alle drei, obwohl das so lustig auch wieder nicht war. Aber es war unmöglich, Soras Lachen zu widerstehen; außerdem nahm es die Spannung, unter der Karin immer noch stand.

»Eure Gegenwart ertragen zu müssen ist die reinste Strafe«, beschwerte sich daraufhin Kelim, der hinter ihnen ging. Sein Problem schien allerdings nicht darin zu liegen, ihr Lachen ertragen zu müssen, sondern eher darin, nicht auch mitzulachen.

Sie folgten den anderen durch einen langen Gang und gelangten in einen größeren Raum, in dem mehrere lange Tische standen. Während sie an der Schlange zur Essensausgabe standen, informierten sie Karin über die weiteren Ergebnisse der Besprechung: Erst sollten sie alle drei noch einmal Mahur reiten, aber diesmal sollte Niro vorne sitzen und dann sollte Karin ihre erste richtige Flugstunde auf ihrem Drachen bekommen. Karin bezweifelte, dass sie, sollte Mahur wieder solche Kapriolen fliegen, danach noch in der Lage sein würde, auf ihren Drachen überhaupt aufzusteigen, das schien allerdings niemanden zu interessieren.

»Hier!«, meinte Niro und drückte Karin eine Schüssel in die Hand und ehe sie sich versah, hatte er sie auch schon randvoll mit einem undefinierbaren Brei gefüllt. Er drückte ihr noch einen Löffel in die andere Hand und schob sie dann weiter.

»Komm, da hinten bei Bataya sind noch vier freie Plätze.«

Karin sah sich um. Außer Bataya und dem Jungen entdeckte sie an den Tischen noch etliche andere Personen, die nicht bei der Besprechung dabei gewesen waren.

Doch dann rief Rodan Sora und Niro zu sich und der freie Platz dort reichte gerade für die beiden. Kelim verschwand in eine andere Richtung und Karin stand plötzlich allein da.

Bataya winkte sie zu sich. »Komm nur her. Ich beiße nicht.«

Also setzte sie sich ohne ihre Begleiter zu Bataya an den Tisch.

»Schön, dass du Appetit hast«, bemerkte Bataya, als sie die gefüllte Schüssel von Karin sah.

»Das war Niro«, beschwerte sich diese. »Ich hab überhaupt keinen Hunger. Und er hat mich nicht einmal sehen lassen, was in dem anderen Topf war.«

Bataya lachte. »Ich bin mir sicher, dass du weder diese Sorte, noch die aus dem anderen Topf je in deinem Leben probiert hast; also ist es doch egal, womit du anfängst.«

»Also, ich mag beide«, erklärte der Junge.

»So?«, sagte Karin.

Etwas anderes fiel ihr nicht ein und sie probierte den Brei. Aus was er auch bestehen mochte, er schmeckte jedenfalls nicht schlecht und sie begann schweigend zu löffeln.

»Sehr glücklich wirkst du nicht«, stellte Bataya fest. »Was haben sie mit dir angestellt in ihrer Beratung?«

»Na ja«, begann Karin, »es ist halt, weil mich niemand je nach meiner Meinung fragt. Ich darf nur *Ja* sagen, als ob ich zu dämlich wäre, irgendetwas für mich zu entscheiden. Nicht mal darüber, was ich essen möchte, darf ich entscheiden. Ich bin doch kein blödes Schaf!«

»Aber du weißt doch wirklich nichts«, wandte der Junge ein. »Du *bist* so unwissend wie ein Schaf. Darum müssen wir auf die Schafe auch immer aufpassen, damit ihnen nichts passiert. Und das machen wir auch mit dir.«

Als er sah, wie sich ihre Miene verfinsterte, fügte er schnell hinzu:

»Aber es gibt einen Unterschied zu einem Schaf: Ein Schaf bleibt immer ein Schaf. Du kannst lernen. Wenn du genug gelernt hast, wird man dir eines Tages die Verantwortung für dein Leben anvertrauen.«

Das waren große Worte für so einen kleinen Jungen, fand Karin und dabei schien er kaum älter als zehn Jahre zu sein. Sie musterte ihn. »Du willst also auch auf mich aufpassen?«

»Natürlich! Das muss ich doch!«, erklärte er. »Jeder hier muss sich um dich kümmern. Du gehörst doch jetzt zu uns.«

Karin schmunzelte. Die Vorstellung, dass ein zehnjähriger Junge auf sie aufpasste, war absurd. Aber irgendwie auch vernünftig; der Junge war schließlich hier aufgewachsen und wusste über diese Welt eine Menge mehr als sie. Wahrscheinlich konnte er sie tatsächlich vor mancherlei Gefährlichem beschützen.

»Das freut mich«, sagte sie deshalb. »Wenn ich dich an meiner Seite weiß, muss ich hier wohl keine Angst haben. Du heißt Rimo, nicht?«

Der Junge nickte. »Auf mich kannst du dich verlassen«, fügte er selbstbewusst hinzu.

Sie dachte daran, wie er neben ihrem Bett eingeschlafen war und bemühte sich ernst zu bleiben.

»Darf ich mich zu dir setzen?«

Karin sah auf. Rodan stand mit einer halb leer gegessenen Schüssel in der Hand neben ihr. Wenn es nicht mehr offiziell war, sollte sie ihn dann auch nur mit seinem Namen ansprechen? So wie Sora und Niro? Rodan war allein gekommen und sie sah sich suchend um. Von den beiden keine Spur.

»Wenn du nach Sora und Niro Ausschau hältst: Die beiden sind schon fertig mit essen und unterwegs zu Mahur.«

Sie rückte wortlos ein Stück zur Seite, um ihm Platz zu machen, und er setzte sich neben sie.

»Ich habe darüber nachgedacht, was Merdon eben gesagt hat«, sagte er. »Du hattest bisher tatsächlich kaum Gelegenheit, irgendetwas außer der Falle und deinem Drachen kennenzulernen. Bei der nächsten Versammlung werde ich vorschlagen, dich bis auf Weiteres von offiziellen Besprechungen oder Ratsversammlungen auszuschließen; du hast sowieso keinen Einfluss auf das Ergebnis. Es ist besser, du lernst unsere Welt erst einmal richtig kennen. Du brauchst dir vorerst also keine Gedanken mehr über die richtigen Worte zu machen. Auch bei mir genügt es, wenn du mich mit meinem Namen anredest.«

Konnte er Gedanken lesen? Genau das hatte sie sich eben gefragt. Rodan war noch nicht fertig.

»Und Kelim soll dir fürs erste die wichtigen Dinge aus unserer Gemeinschaftsordnung lieber vorlesen; deine Lüge eben hat uns doch sehr erschüttert.«

»Und mich hat es erschüttert, wie ihr darauf reagiert habt«, gab Karin zurück. »Einige haben mich angesehen, als ob sie mich in Stücke reißen wollten.«

»Von uns aus gesehen war das auch ein glatter Vertrauensbruch. Du hast das offensichtlich völlig anders gesehen.«

»Ja. Wie ihr mich behandelt – für so etwas Belangloses – ich meine, das war doch keine Lüge – unter einer Lüge verstehe ich jedenfalls etwas mehr, als das, was ich gesagt – oder nicht gesagt habe. Ich meine, egal, was ich jetzt tue, ich … ich …«

»Du meinst, du hast Angst davor, etwas falsch zu machen und dass wir – wie hast du gerade gesagt? – dass wir dich deswegen in Stücke reißen?«, half Rodan.

Sie nickte. Er hatte es auf den Punkt gebracht: Genau davor hatte sie Angst und sie wünschte sich, endlich nach Hause zu können. Nach Hause, dort wo man auch mal lügen durfte, wo keine Versammlungen stattfanden, in denen jedes Wort stimmen musste – und dort, wo die Gräber ihrer Freunde waren. Das gab einen weiteren Stich. Für sie gab es kein Grab. Ob man sie trotzdem für tot erklärt hatte? Oder suchte man immer noch nach ihr? Dabei war sie doch hier! Sie schluckte. Daran sollte sie besser nicht denken, sonst würde sie noch verrückt werden. Sie rührte angestrengt in ihrem Brei herum, bis sich eine Hand auf die ihre legte.

»Karin«, sagte Rodan sanft, »niemand wird dich in Stücke reißen. Es mag sein, dass wir im ersten Schreck entsetzt darüber waren, aber wir sind doch keine Unmenschen. Wie es dir schwerfällt, dich bei uns zurechtzufinden, so fällt es uns schwer, dich zu verstehen. Wir sollten mehr miteinander reden, dann wird es sicher weniger Missverständnisse geben. Und wir werden dich nicht für etwas bestrafen, was du nicht wissen konntest.«

»Und wieso sollte ich mich dann offiziell entschuldigen?«

Rodan seufzte. »Weil das eine offizielle Veranstaltung war. Da gibt es keinen Spielraum. Ich sagte doch, dass ich dich künftig nicht mehr dabei haben will. Jetzt denk mal an etwas anderes. Etwas, was dir angenehmer ist. Zum Beispiel ans Drachenreiten. *Das* scheint dir immerhin Spaß zu machen.«

»Na ja, *Spaß machen* ist vielleicht nicht der richtige Ausdruck«, sagte sie langsam. »Aber irgendwie ist es schon etwas Besonderes. Ich weiß nicht, wie ich das beschreiben soll. Es ist nur – na ja, es ist irgendwie großartig …«

»Irgendwie großartig?«, wiederholte er schmunzelnd. »So etwas sagt nicht jeder über einen Drachenflug. Ich glaube, dann ist das jetzt gerade das Richtige für dich, um auf andere Gedanken zu kommen. Vergiss die Beratung, iss deine Schüssel leer und sieh zu, dass du in die große Halle kommst!«

Er löffelte schnell seine eigene Schüssel leer und stand dann auf.

»Ach ja«, sagte er und setzte sich wieder. »Eine Kleinigkeit haben wir ganz vergessen: Wenn du dann zu deinem Drachen gehst, solltest du einen schönen Namen für ihn dabei haben. Ich nehme nicht an, dass du inzwischen Zeit gefunden hast, dir etwas auszudenken?«

Karin schüttelte den Kopf.

»Hmm«, überlegte er. »Vielleicht kann ich dir ein bisschen helfen: An was hast du denn gedacht, als du deinen Drachen zum ersten Mal gesehen hast?«

Da brauchte sie nicht lange nachzudenken:

»An ein grässliches Monster aus meinem schlimmsten Albtraum!«, antwortete sie.

Rodan lachte. »Das bringt uns allerdings nicht weiter! Und später?«

»Na ja.« Karin überlegte. »Dann habe ich ihn mit einer Smaragdeidechse verglichen.«

»Einer Eidechse?« Rodan war verblüfft.

»Ja, wegen der grünen Schuppen.«

»Ach so«, sagte er langsam, »*Smaragd*-eidechse. Gut, dann ist dein Drache für dich wie ein grüner Edelstein; aber ein Name will mir dazu nicht einfallen. Leider muss ich jetzt los. Vielleicht fällt dir noch etwas ein, bis du mit dem Essen fertig bist. Es wäre jedenfalls schön, wenn du nach *guter Sitte* deinem Drachen einen Namen gibst, bevor du ihn das erste Mal richtig reitest und das Kommando übernimmst. Wenn du hier fertig bist, gehst du bitte gleich zur großen Halle, sonst müssen Sora und Niro noch auf dich warten.«

Er stand auf und ging. Karin rührte gedankenverloren in ihrem Brei herum. Ein Name für einen Drachen. Kein *e*, kein *i* – also war er bestimmt keine Eidechse; das Wort hatte nur *e's* und *i's*.

Und *Smaragd*? Das war auch kein Name. Aber – Karin ging die Buchstaben durch. S – ma – ra – gd – eidechse. – MA-RA! Das klang gut. Kein *e*, Kein *i*. Sie hatte ihren Namen. Zufrieden, wenigstens eine Aufgabe erledigt zu haben, stand sie auf und ließ ihren restlichen Brei stehen, was ihr einen missfälligen Blick von Bataya eintrug.

Jetzt musste sie nur noch den Weg zur großen Halle finden. Das fing schon damit an, dass sie nicht wusste, welche der vier Türen nach draußen führte … Was hatte Rimo gesagt? »*Aber du weißt doch wirklich nichts!*« Sie seufzte. Nein, sie wusste wirklich nichts.

Jemand berührte sie an der Schulter.

»Soll ich dir den Weg zeigen?«, fragte Rimo. »Bataya meint, allein würdest du dich verirren.«

»Das könnte stimmen«, gab sie zu. »Ja, das wäre nett von dir, wenn du mich begleiten würdest.«

Mit Rimos Hilfe dauerte es nicht lange, bis Karin in der großen Halle stand. Sie musste nur kurz warten, dann kam Mahur mit Sora und Niro im Sattel durch einen großen Seitentunnel herein.

»Hej!«, wurde sie von Sora begrüßt. »Du bist schon da. Dann können wir gleich starten. Komm rauf!«

Skeptisch betrachtete Karin den Drachen. Mahur war ein gutes Stück größer als das grüne Weibchen. Wie zum Ausgleich dafür waren die Schuppen an seinem Bein viel rauer. Und ihr ging es deutlich besser. Und tatsächlich: Mit Anlauf schaffte sie es im zweiten Versuch bis in Soras Reichweite und die half ihr das letzte Stück hoch. Während Sora sie an den Sattel gurtete, gab diese ihr noch ein paar Tipps.

»Du brauchst dich eigentlich nur anzuklammern, wenn du über Kopf fliegst oder Mahur schnell die Richtung ändert; sonst reichen die Gurte vollkommen aus. Und herunterfallen kannst du sowieso nicht: Der Taillengurt hält dich sicher.«

»Und außerdem würde dich Mahur entweder auffangen oder wieder aus dem Wasser fischen«, ergänzte Niro, bevor er den

Drachen ohne Vorwarnung starten ließ – was Karin zu einem erschrockenen Schrei veranlasste. Gut, dass sie jetzt hinter Niro saß, so konnte sie sein Grinsen wenigstens nicht sehen.

Der Rest spielte sich ab wie zuvor: Sobald sie den goldenen Drachen ausfindig gemacht hatten, begann Niro mit ihrer Flugschau. Niro beherrschte Mahur bei Weitem nicht so gut wie Sora, bei ihm dauerte es immer einige Augenblicke, bevor dieser seine Kommandos befolgte, während man bei Sora den Eindruck hatte, dass er schon reagierte, bevor sie mit dem Kommando fertig war. Auf das Rotieren um die eigene Achse verzichtete Niro ganz. Dafür verzichtete Sora beim Absprung auf den Salto. Fast hätte es Karin geschafft, sich während des Fluges nicht festzuhalten, nur bei den Verrenkungen, die Mahur machte, um Sora sicher aufzufangen, klammerte sie sich kurz an Niro.

Als sie hinterher wieder mit zitternden Beinen von Mahur herunterstieg, waren die beiden sichtlich zufrieden mit ihr. Nach einer kurzen Pause nahmen sie Karin in die Mitte und führten sie zu einem schmalen Tunnel. Mahur verschwand mit einigen Drachenreitern in einem anderen Tunnel.

»Wohin bringt ihr mich?«, fragte Karin.

»Zur Falle«, antwortete Sora.

»Kann ich mich nicht noch ein bisschen ausruhen? Ich kann jetzt unmöglich gleich wieder auf einen Drachen steigen.«

»Brauchst du auch nicht«, beruhigte Sora schmunzelnd. »Ich habe vorhin eine schöne, kuschelige Decke ins Nest gelegt. Da kannst du dich ausruhen und eine Weile schlafen, wenn du willst.«

»Im Nest?«

»Ja«, sagte Niro und seine Mundwinkel zuckten verdächtig, »da, wo du nach Meinung des Sonnendrachen auch hingehörst. Wie alle Drachen*babys*.« Den Schluss des letzten Wortes betonte er besonders.

Das ärgerte Karin, aber ihr fiel nichts ein, was sie hätte erwidern können. Eine Weile gingen sie still nebeneinander her, dann brach Sora das Schweigen.

»Ich will dir ja nicht zu nahe treten, nachdem du schon den halben Rat gegen dich aufgebracht hast, aber hast du dir inzwischen einen Namen überlegt? Es ist wichtig. Und ein Drache verdient einen anständigen Namen, wenn du ihm schon Befehle erteilst. Wenn dir nichts einfällt, helfen wir dir gerne.«

»Mara«, antwortete Karin.

»Mara?«, wiederholte Niro. »Das klingt gut. Wie kommst du darauf?«

Sie erzählte es ihnen.

Sora war verblüfft.

»Du vergleichst deinen Drachen mit einem winzigen, unscheinbaren Felsenhuscher?«

»Was für'n Ding?«

»Einem Felsenhuscher, einer Eidechse, wie du sagst. So nennt ihn hier allerdings keiner.«

Sora überlegte weiter. »So wie du die Farbe deiner Smaragdeidechse beschreibst, ist dein Vergleich allerdings nicht schlecht. Bei uns sind die Felsenhuscher allerdings alle mehr oder weniger unscheinbar braun gefärbt. Schade. Mir gefallen sie nämlich und ich beobachte gern, wie sie in den Felsen umherhuschen.«

Niro nickte. »So abwegig ist dein Vergleich wirklich nicht. Ein Felsenhuscher hat vieles, was ein Drache auch hat: Schuppen, vier Beine, einen langen Schwanz, auch der Kopf ist ähnlich.«

»Vor allem die Schuppen«, stimmte Karin zu. »Drachenschuppen sind nur ein bisschen größer.«

»Ein bisschen ...« Sora lachte.

Auch Niro hatte ein breites Grinsen im Gesicht. »Aber wirklich nur ein kleines bisschen. Weißt du was, Karin?« Er klopfte ihr freundschaftlich auf die Schulter – allerdings schien er sie mit Mahur zu verwechseln, und Karin ging unter dem kräftigen Schlag in die Knie. »Dein Name klingt nicht nur gut, er ist einfach großartig.«

»Ja«, stimmte Sora zu. »Dein Name wird einem Drachen mehr als gerecht: Er birgt ein Geheimnis und zugleich steht er für etwas sehr Kostbares; einen Edelstein.«

Inzwischen waren sie bei der Falle angekommen. Das grüne Weibchen war nicht da und der kleine Drache schlief zusammengerollt im anderen Nest. Sie kletterten in Karins Nest und machten es sich gemütlich.

»Möchtest du schlafen?«, fragte Sora.

Karin schüttelte den Kopf. »Dazu bin ich viel zu aufgeregt.«

»Das kann ich verstehen. Dann können wir dir vielleicht etwas von uns erzählen; wir haben den Auftrag bekommen, dich zu unterrichten, wann immer es geht. Du kannst dabei ruhig liegen bleiben.«

»Gerne.«

»Also«, begann Sora, »äh …« Dann verstummte sie und sah hilfesuchend zu Niro hinüber. Niro erwiderte ihren Blick.

Karin musste lachen. »Sehr interessant, was du erzählst. Kannst du das noch mal wiederholen? Sonst vergesse ich es womöglich wieder.«

»Ich …«, begann Sora, doch dann musste sie ebenfalls lachen und auch Niro fiel mit ein.

»Schon wieder!«, schreckte sie eine Stimme auf.

Sie verstummten und wandten die Köpfe. Kelim stand auf dem Nestrand und blickte zu ihnen herab.

»Euch einmal zu begegnen, ohne dass ihr euch benehmt wie alberne Kinder, ist wirklich eine Seltenheit.«

Er setzte sich zu ihnen ins Nest und lehnte sich an den Rand.

»Ich habe euer Gespräch gehört. Sora, du solltest dir vielleicht vorher überlegen, was du Karin erzählen willst; erzähle ihr das, von dem du glaubst, dass es wichtig für sie sein könnte. Ich weiß, es ist nicht so einfach, weil es so viele Dinge gibt, über die man reden müsste. Aber jetzt werde ich mich ein wenig mit Karin unterhalten. Ihr dürft gehen und eure Pflicht erfüllen; ihr habt in den letzten Tagen wenig Zeit dafür gehabt und euer gesamtes Guthaben aufgebraucht. Ich brauche nur jemanden, der mir rechtzeitig Bescheid sagt, wenn der Drache kommt.«

»Danke«, sagte Niro und stand auf. »Ich werde das einrichten.«

Auch Sora erhob sich. Sie schien etwas unschlüssig zu sein.

»Ich bin nicht rechtzeitig zurück, wenn der Drache kommt«, wandte sie ein.

»Und dann frisst der Drache Karin sofort.« Niro tat so, als würde er Sora mit seinen Armen verschlingen.

»Du hast recht«, sagte Sora. »Eigentlich kann nichts passieren.«

Niro grinste. »Genau. Bis auf eines: Ich finde, Karin sieht richtig ausgehungert aus.«

»Niro!«, schimpfte Sora. »Ich glaube nicht, dass das Karin witzig findet.«

Doch Karin entgegnete nur: »Na, da hab ich aber Glück, dass ich gerade satt bin.«

Noch immer grinsend nahm Niro Sora bei der Hand und kletterte mit ihr aus dem Nest.

Kelim kam gleich zur Sache. »Bevor wir uns mit der Gemeinschaftsordnung befassen, muss ich gleich noch einmal auf deine Lüge zurückkommen.«

Karin seufzte. »War das denn wirklich so schlimm?«

»Nein. Aber im Ratssaal ist in dieser Hinsicht kein Spielraum. Nur hast du schon einmal gelogen. Und das war schlimm. Ich hätte dich dafür weit schlimmer bestrafen können, als dich nur eine halbe Nacht auf der Nadel sitzen zu lassen. Allerdings habe ich das mit deiner Lüge erst erfahren, nachdem schon alles in die Wege geleitet war. Die beiden Drachenreiter, die ich dir nachgeschickt habe, haben wirklich gedacht, dass du zur offenen Halle gehst, und wollten dich dort ein zweites Mal abfangen, um dich zu mir zu bringen – aber du bist nicht gekommen. Nach ihrer Beschreibung hättest du dich gar nicht mehr verlaufen können. Zum Glück für dich, haben sie dich auch so gefunden.«

Karin schwieg und betrachtete eingehend das Muster auf ihrer Decke. Kelim hatte recht. Da hatte sie gelogen. Und das mit voller Absicht. Wenn das, was sie bei der Besprechung gesagt hatte, schon als Lüge galt, wie schlimm war es dann, wirklich gelogen zu haben? Wie wollte Kelim sie jetzt dafür bestrafen? Sie konnte sich kaum etwas Schlimmeres vorstellen, als die Strafe auf der Nadel. Ihre Hände waren auf einmal ganz feucht und zittrig.

»Was – was hast du jetzt mit mir vor?«, brachte sie mühsam heraus, ohne den Blick von der Decke zu lösen.

»Nichts«, antwortete Kelim zu ihrer Verblüffung. »Ich glaube, dass du dich vor allen entschuldigen musstest, war Strafe genug für dich. Ich hoffe, du hast gut zugehört, was dir Rodan über das Lügen erzählt hat.«

Karin nickte stumm. Kelim nahm ein Buch aus der Umhängetasche, die er bei sich hatte, und schlug es auf einer der vorderen Seiten auf. Karin kannte das Buch; es war *Die Gemeinschaftsordnung der Drachenreiter*. Er fuhr mit dem Finger über den Text, bis er eine bestimmte Stelle gefunden hatte.

»Ah, hier steht es«, sagte er und begann zu lesen. »Ein Drachenreiter lügt nicht. Er lügt niemals und unter keinen Umständen. Er lügt nicht wegen Dingen des Alltäglichen. Auch lügt er nicht, nur um sein Leben zu retten und auch nicht, um das Leben eines anderen zu retten. Nur die reine Wahrheit verdient es, gesagt zu werden. Denn eine einzige Lüge zerstört das Vertrauen auf ewig und ohne Vertrauen kann die Gemeinschaft nicht bestehen.«

Er sah auf und ließ das Buch sinken.

»Das ist nicht ganz das, was du uns über Lügen erzählt hast.« Er seufzte. »Von allen Dingen, die du hier lernen musst, wird dir dies wohl am schwersten fallen. Wir werden dir dabei helfen. Rodan hat alle angewiesen, genau darauf zu achten, was du sagst – und sofort einzugreifen, wenn du auch nur einen fingerbreit von der Wahrheit abrückst. Und du wirst auch nicht von Strafe verschont! Im Gegenteil. Wir hoffen, dass du so schneller lernst, auf deine Worte zu achten. Bei uns kennen es die Kinder von klein an nicht anders und trotzdem dauert es lange, bis sie den Mut aufbringen, unter allen Umständen bei der Wahrheit zu bleiben.« Er schwieg für einige Atemzüge und seufzte ein weiteres Mal, bevor er fortfuhr. »Es war dumm von uns anzunehmen, dass du die gleiche Einstellung zu einer Lüge hast wie wir, nur weil dich ein Drache adoptiert hat und du dich mit ihm verbunden fühlst.«

Er senkte den Blick auf das Buch und es dauerte, bis er den Kopf wieder hob und weitersprach.

»Willst du es trotzdem mit uns versuchen? Sonst finden wir einen anderen Reiter für das grüne Weibchen, wenn es erst einmal so weit ist, dass es außer dir auch andere Reiter duldet. Du kannst auch bei uns bleiben, ohne ein Drachenreiter zu sein.« Er sah sie erwartungsvoll an.

Karin schwieg. Ihr ging vor allem ein Satz immer wieder durch den Kopf: »Auch lügt er nicht, nur um sein Leben zu retten und auch nicht, um das Leben eines anderen zu retten.« Rodan hatte das auch gesagt, sie hatte es nur nicht so ernst genommen, da es ihr übertrieben vorkam. Wer würde den Mut aufbringen, lieber zu sterben als zu lügen? Oder noch schlimmer, lieber zusehen, wie ein Freund starb, wenn man ihn mit einer Lüge retten konnte.

»Ich glaube nicht, dass ich das kann«, antwortete sie leise. »Vielleicht – ganz vielleicht würde ich es schaffen, auf eine Lüge zu verzichten, die mein Leben retten könnte, aber niemals, wenn ich damit ein anderes Leben retten könnte.«

»Und was ist mit den Lügen des Alltags?«

»Das ist machbar. Wenn um mich herum keine Lügen sind, habe auch ich keinen Grund zu lügen. Ich hasse Lügen. Und ich schäme mich dafür, dass ich die beiden angelogen habe, ich wollte das eigentlich nicht; es hat sich so ergeben. Es tut mir leid.« Karin betrachtete wieder das Muster auf ihrer Decke.

»Keiner von uns ist sich sicher, ob er den Mut dazu hat, bei der Wahrheit zu bleiben, wenn es um Leben oder Tod geht. Das zu schaffen ist das Ideal, das wir anstreben. Auch ich bin mir in diesem Punkt nicht sicher.«

Sie sah auf. »Ich denke, du bist kein Drachenreiter?«

»Bin ich auch nicht. Ich gehöre aber zum *Volk* der Drachenreiter. Und dieser Teil des Buches bezieht sich auf unser ganzes Volk. Der zweite Teil enthält die zusätzlichen Regeln für die eigentlichen Drachenreiter. Willst du es nun mit uns versuchen?«

»Ja«, antwortete sie und bekräftigte ihre Entscheidung mit einem deutlichen Nicken; nachdem sie nun wusste, wie es sich anfühlte, auf einem Drachen zu reiten, wollte sie nicht mehr darauf verzichten. Nur in einem Punkt musste sie Kelim widersprechen: »Aber ich bin bestimmt nicht mit einem Drachen verbunden. Höchstens umgekehrt.«

Kelim lächelte. »Oh, doch, Karin! Ich habe dich doch beobachtet. Und je öfter du gefüttert wurdest, desto stärker ist diese Bindung geworden.«

»Du lügst, es …« Karin brach ab, als ihr bewusst wurde, welches Wort sie gerade verwendet hatte und was es bedeutete.

»Sehr schön«, bemerkte Kelim erfreut, »du hast gemerkt, was du gerade gesagt hast. Ich hoffe doch sehr, dass du es nicht so gemeint hast.«

»Habe ich auch nicht«, meinte sie kleinlaut. »Es ist mir so herausgerutscht. Ich meine nur, dass du dich irrst; ich spüre nichts von einer Bindung.«

»Das habe ich auch nicht behauptet. Lass es jetzt gut sein, wir reden ein andermal darüber. Da die Frage jetzt geklärt ist, ob du versuchen willst, ein Drachenreiter zu werden, können wir uns jetzt anderen Dingen widmen.«

Er blätterte zurück bis zur ersten Seite und begann zu lesen. »Das Volk der Drachenreiter ist vom Großen Drachen auserwählt, die Drachen zu reiten und zu …«

»Drache im Anflug!«, rief eine Stimme vom Höhleneingang.

»… schützen«, beendete Kelim den Satz mit säuerlicher Miene. Er seufzte, klappte das Buch zu und verstaute es wieder in seiner Tasche.

»Wir machen ein andermal weiter«, sagte er und kletterte aus dem Nest. Bevor er hinter der Wand verschwand, drehte er sich noch einmal um. »Und warte auf Sora, bevor du irgendetwas unternimmst!«

Der Drache kam! – *Ihr* Drache kam. Karins Herzschlag beschleunigte sich. Sie schob die Decke beiseite und stieg auf den Nestrand. Ob er sie noch einmal füttern wollte? Sie bekam eine Gänsehaut. Plötzlich wimmelte es von Drachenreitern. Aus allen Öffnungen kamen sie hervor und verteilten sich entlang der Wände. Sora war nicht dabei. Es herrschte angespannte Stille, während sie auf die Ankunft des grünen Weibchens warteten. Endlich wurde der Eingang zur Falle durch etwas Großes verdunkelt und es flog brüllend in die Höhle. Der kleine Drache antwortete in gleicher Weise, wenngleich sein Brüllen eher wie das Blöken eines Kälbchens klang. Das Drachenweibchen landete kurz vor den Nestern und wandte sich gleich zu Karins Nest, als sie dort Karin entdeckte. Ehe diese Zeit hatte irgendetwas zu tun, wurde sie umgestoßen und das Weibchen schleckte sie stürmisch von oben bis unten ab, bis sie vollkommen durchnässt war und hörte auch dann noch nicht auf. Ihr gelang es nicht, es davon abzubringen. Im Hintergrund hörte sie das Gelächter der Drachenreiter.

Plötzlich stand Sora neben ihr. Sie grinste genauso unverschämt wie sonst Niro.

»Ist ja gut, wenn du dich freust, dass es deiner Kleinen gut geht«, sagte sie noch immer grinsend zu dem Drachen. »Aber jetzt lass sie bitte in Ruhe!«

Energisch drückte sie gegen den Drachenkopf. Sie musste alle Kraft aufbieten, bevor sich das Drachenweibchen endlich davon abbringen ließ, Karin abzuschlecken und stattdessen an ihr schnupperte.

Karin rappelte sich auf. »Danke! Die hätte mich vor lauter Liebe noch totgeschleckt.«

Sora lachte. »Gern geschehen.« Und dann lachte sie noch mehr. »Du siehst aus wie frisch geduscht.«

»Na toll! Wenn ich jetzt fliegen muss, friere ich wahrscheinlich am Sattel fest. Na ja, wenigstens belästigen mich jetzt keine Fliegen mehr; bei dem Geruch fallen die alle tot vom Himmel.«

Einer der Drachenreiter kam zu ihnen ins Nest. Auch er hatte ein ziemlich unverschämtes Grinsen im Gesicht. Immerhin brachte er ein großes Handtuch und mit Sora zusammen rubbelte er Karin, so gut es ging, trocken. Das Drachenweibchen sah ihnen verwundert zu.

»Besser geht es nicht«, meinte Sora. »Wir müssen ja nicht so hoch fliegen.«

Beiläufig begann sie dabei, das riesige Tier hinter den Ohrstacheln zu kraulen und ohne darüber nachzudenken, machte Karin dasselbe auf der anderen Seite. Das Drachenweibchen hielt still und schloss genießerisch die Augen. Ein empörter Schrei des kleinen Drachen schreckte es hoch und es wechselte eilig zum anderen Nest, um ihn zu liebkosen und zu füttern.

Danach wurde es ernst und Karin musste helfen, ihren Drachen zu satteln. Sora überprüfte jede Schnalle und jeden Gurt, den Karin festgezogen hatte und obwohl sich Karin angestrengt hatte, musste sie bei einigen Gurten nacharbeiten und sie noch fester anziehen. Endlich war Sora zufrieden. Sie nahm Karin bei der Hand. »Nachdem mir Kelim gesagt hat, dass du wirklich Drachenreiter werden willst, bekommt dein Drache jetzt seinen Namen. Komm!«

Sora führte sie direkt vor den Drachenkopf, während die Drachenreiter einen großen Kreis bildeten. Niro stand schon bereit und kraulte das grüne Weibchen mit einer Hand hinter den Ohrstacheln. In der anderen hielt er ein kleines Körbchen, das mit einem silbrig glänzenden Tuch zugedeckt war.

»Hallo, Niro, wo kommst du denn auf einmal her?«, fragte Karin überrascht.

»Na, deine erste Flugstunde kann ich doch nicht verpassen.«

»Du lässt wohl auch keine Gelegenheit aus, zu sehen, wie ich mich blamiere?«

»Ungern; ich freue mich schon darauf, zu sehen, wie du aufsteigst. Aber hauptsächlich möchte ich dabei sein, wenn dein Drache seinen Namen bekommt.«

Niro trat zurück und Sora führte Karin näher an den Drachenkopf. »Drache!«, sagte sie feierlich. »Hier bringe ich dir Karin, deine Reiterin. Sie wird von nun an für dich sorgen und ihr Leben dem deinen widmen, solange sie bei uns ist. Sei gut zu ihr und trage sie sicher durch alle Gefahren!«

Das grüne Weibchen verharrte bewegungslos, als wüsste es um die Bedeutung der Worte.

Sora beugte sich zu Karins Ohr. »Umarme deinen Drachen und gib ihm einen Kuss auf die Nase.«

Karin trat vor und schlang ihre Arme um den gewaltigen Kopf. Obwohl es bestimmt lächerlich aussah, kam es ihr ganz natürlich vor, das riesige Tier zu küssen. Hatte Kelim doch recht?

Als sie zurücktrat, erhob Sora erneut ihre Stimme.

»Drache! Karin hat einen Namen für dich ausgewählt. Nimm ihn an, als Zeichen eurer Verbundenheit!«

Und ohne, dass sie jemand dazu aufgefordert hätte, oder ihr gesagt hätte, was sie sagen sollte, trat Karin vor und sagte laut:

»Der Name, den ich für dich ausgewählt habe, lautet: MARA!«

Und dann geschah etwas Erstaunliches: Das eben auf den Namen Mara getaufte Drachenweibchen beugte sich zu ihr und berührte sie mit der Schnauzenspitze so sachte an der Stirn, als ob es auch ihr einen Kuss geben würde. Die Berührung war angenehm und ließ – neben einem leichten Kribbeln auf der Haut – ein Glücksgefühl in ihr zurück, so dass Karin für einen Augenblick die Augen schloss, um diesem Gefühl nachzuspüren.

Die Drachenreiter um sie herum brachen in Jubel aus und Niro drückte ihr das Körbchen in die Hand. Sie registrierte es, aber es war unwichtig.

»Sieh rein und dann rate mal, was du machen sollst«, sagte Niro.

Karin kam es vor, als ob die Stimme von weit entfernt her kam. Sie fühlte sich so leicht, so unbeschwert, dass alles andere um sie herum belanglos erschien. Dennoch zog sie das Tuch weg und blickte auf einen grünen Jagdfisch. Sie erkannte, dass es genau das war, um ihr Glück perfekt zu machen. Sie lachte glücklich und hielt den Fisch am Schwanz in die Höhe. Und Mara nahm den Fisch ganz bedächtig aus ihrer Hand und verschluckte ihn genüsslich.

Und dann war es vorbei. Die seltsame Stimmung, die sie ergriffen hatte, war auf einen Schlag verschwunden und sie stand einfach wieder vor einem Drachen, auf dem sie gleich ihre erste Flugstunde haben sollte. Sie schüttelte den Kopf, um wieder klar zu werden, und fragte sich, was da gerade mit ihr passiert war.

»Los! Rauf mit dir!«, rief Sora ihr zu und riss sie aus ihren Gedanken.

Sora schien überhaupt nichts gemerkt zu haben.

Die Drachenreiter waren immer noch da. Sie standen zwar nicht mehr im Kreis um Mara herum, machten jedoch auch keine Anstalten, die Falle zu verlassen. Alle würden zusehen, wenn sie gleich versuchen musste aufzusteigen. Konnte sie nicht eine Leiter benutzen? Natürlich gab es weit und breit keine Leiter. Also fasste sie sich ein Herz und nahm Anlauf. Mara beobachtete sie. Im selben Moment, in dem sie loslief, streckte der Drache plötzlich das Bein zur Seite, so dass sie mühelos darüber hinauflaufen konnte. Als sie das Ende des Beines erreicht hatte, bog Mara den Hals und schob sie mit dem Kopf das letzte Stück nach oben. Und schon saß sie im Sattel.

»Spielverderber!«, rief Niro von unten hoch. Als Karin nach unten sah, nickte er jedoch und hielt anerkennend den Daumen hoch.

»Gut gemacht!«, rief Sora und folgte Karin nach oben. Ihr half Mara nicht – es war natürlich auch nicht nötig. Sora gelangte so mühelos nach oben, als liefe sie über ebenen Boden.

»Du sitzt auf dem falschen Platz«, sagte sie, als sie sich hinter Karin in den Sattel schwang. »Du musst vorne sitzen.«

Karin wechselte auf den freien Platz vor sich und Sora rückte von hinten nach. Während Sora die Lederriemen um Karins Beine legte, betrachtete diese verwundert die farbigen Lederkäppchen, die Sora vorhin über etliche von Maras Dornen gesteckt hatte. An ihnen waren gleichfarbige Riemen befestigt, die in einem Ring zusammenliefen, der vorne am Sattel angebracht war. Die Riemen hatten ein Stück vor dem Ring kleine Schlaufen und darin steckten gut fingerlange, stabile Stäbchen.

»Hier, zieh das an!«, verlangte Sora, als sie mit den Gurten fertig war. Sie reichte Karin ein paar Handschuhe. Als Karin hineinschlüpfte, stellte sie fest, dass die ersten drei Finger der Handschuhe versteift waren, und sie die Finger nicht abknicken konnte. Und dann beugte sich Sora seitlich an Karin vorbei nach vorne und erklärte geduldig, wie man mit Zug oder Druck an den Rückendornen und Riemen einen Drachen lenken konnte, wobei sich die Stäbchen an den Riemen als sehr hilfreich erwiesen. An einigen Stellen musste man auch tief unter die Schuppen fahren und kräftig drücken. Dabei wiederum waren die Handschuhe sehr von Nutzen.

»Warum benutzt du eigentlich bei Mahur nicht auch dieses komische Geschirr? Und Handschuhe hast du auch nie an, oder?«, fragte Karin.

Sora lachte. »Weil ich genug Kraft in den Fingern habe, um es auch so hinzubekommen«, erklärte sie. »In ein paar Monden kannst du das bestimmt auch.«

In ein paar Monden? War das dasselbe wie Monate? Wahrscheinlich. War sie in ein paar Monaten überhaupt noch hier? Oder würden die Drachenreiter nie ein Tor zurück in ihre Welt öffnen können? Hatten sie es bisher überhaupt versucht? Karin bezweifelte es. Bevor die wilden Drachen nicht gezähmt waren, würden die Drachenreiter sie wahrscheinlich sowieso nicht gehen lassen. Wollte sie überhaupt zurück? Eine Eisenfaust schien sich um ihr Herz zu legen. Sora, Niro – sie würde sie nie wieder sehen. Und die Drachen. Sie schluckte. Mara war *ihr* Drache. Sie würde sie nie vergessen können. Aber es gab auch noch ihre Mutter. Seit ihr Vater nach dem Unfall ins Koma gefallen war, hatte sie doch sonst niemanden mehr; sie hatte keine Geschwister. Und was war mit ihren Freunden? Den Eltern ihrer toten Freunde? Niemand von ihnen wusste, was dort in den Bergen passiert war. Sie musste ihnen doch sagen, was geschehen war …

»Karin? Was ist los mit dir? Du hörst mir ja gar nicht mehr zu.«

»Es ist nur, ich …« Und dann brach Karin in Tränen aus.

Sora legte ihr tröstend eine Hand auf die Schulter und sah hilfesuchend zu den Drachenreitern am Boden. Doch die sahen genauso ratlos zurück.

»Karin«, sagte Sora leise, »du musst das Drachenreiten nicht lernen, wenn du nicht willst.«

Karin schüttelte den Kopf. »Doch! Das ist es ja«, schniefte sie. »Ich will es ja!«

»Aber …«

Karin zog die Nase hoch und wischte sich mit dem Ärmel die Tränen aus dem Gesicht. Sie holte ein paar Mal tief Luft, bis sie wieder in der Lage war zu sprechen, dann drehte sie sich zu Sora um.

»Es ist nur, was du eben gesagt hast; das mit den paar Monden. Da musste ich wieder an zu Hause denken und dass niemand dort weiß, was passiert ist und wie. Und dass ich zurück will. Und dass ich hierbleiben will. Und – dass ich überhaupt nicht mehr weiß, wo ich hingehöre.«

Abermals kamen ihr die Tränen und sie blickte wieder nach vorne und betrachtete eingehend die farbigen Lederriemen.

Sora schwieg. Sie ließ ihre Hand auf Karins Schulter liegen und so blieben sie sitzen, bis sich Karin beruhigt hatte und auch dann rührte sich keiner von den beiden. Die Drachenreiter am Boden warteten geduldig. Auch Mara blieb still stehen. Endlich wandte diese den Kopf. Als weder Sora, noch Karin darauf reagierten, bog sie den Hals stärker und stupste Karin mit der Nase. Karin streichelte sie wie abwesend, doch dann hob sie den Kopf und blickte Mara in die Augen. Und damit war es um sie geschehen. Der unergründliche und grenzenlose Überlegenheit ausstrahlende Ausdruck in Maras Augen fegte alles andere beiseite. Sie wollte nur noch ihren Drachen reiten. Jetzt! Egal, was die Zukunft für sie bereit hielt. Jetzt war es Zeit zu reiten! Kelim hatte doch recht; sie hatte eine Verbindung mit dem Drachen. Aber woran hatte er das erkannt? Und wie hatte das geschehen können? Sie hatte ja immer noch Angst vor ihm. Gerade eben, nachdem der Drachenreiter Maras Ankunft verkündet hatte, hatte ihr das Herz bis zum Hals geklopft und als Mara sie dann umgeworfen und abgeschleckt hatte, wie erleichtert war sie da gewesen, als Sora gekommen war …

Egal. Zum Grübeln war später Zeit.

»Los, Mara!«, rief sie. »Lass uns fliegen!«

Sora war etwas überrascht von Karins plötzlichem Sinneswandel, doch dann gab sie Karin ihre erste Flugstunde.

Das Steuern eines Drachen erwies sich als viel anstrengender und komplizierter, als Karin gedacht hatte. Und als sie glücklich wieder in der Falle landeten, taten ihr nicht nur die Finger, sondern die gesamten Arme weh und dabei waren sie, außer dass sie

Mara höher oder tiefer fliegen hatten lassen, nichts Komplizierteres als einfache Rechts- und Linkskurven geflogen. Erschöpft kletterte sie aus dem Sattel und ließ sich das Bein hinunterrutschen.

Rodan persönlich erwartete sie; bei der Namensgebung war er nicht dabei gewesen. Kelim ebenso wenig, was Karin ein wenig wunderte. Aber sie hatten vermutlich noch andere Aufgaben, außer sich um sie zu kümmern.

»Und?«, fragte er.

»Es geht so«, antwortete Sora. Dafür, dass sie so zarte Hände hat, hat sie sich eigentlich ganz gut geschlagen.

Karin betrachtete ihre Hände. So zierlich waren ihre Hände nun auch wieder nicht. Aber wenn sie an den festen Griff von Sora oder Niro dachte, musste sie Sora recht geben; im Vergleich zu den beiden hatte sie zarte Hände.

»Was ist Sora? Du siehst aus, als hättest du noch etwas auf dem Herzen.«

Sora nickte. »Kann ich dich allein sprechen?«

Rodan sah sie überrascht an.

»Ich glaube, es ist wichtig«, fügte Sora hinzu.

»Wie du willst«, meinte Rodan. »Hat es Zeit, bis ihr mit dem Drachen fertig seid?«

»Es hat auch noch Zeit, bis Karin gebadet hat und ich sie nach Hause gebracht habe, wenn du dann für mich Zeit hast.«

»Sicher. Du findest mich im Gemeindehaus.«

Rodan ging und Karin musste unter Soras Anleitung, Mara allein den Sattel abnehmen. Das kostete sie ihre letzten Kraftreserven und sie hatte hinterher erhebliche Mühe, Mara davon zu überzeugen, dass es nicht nötig war, sie mit Drachenmilch wieder aufzupäppeln. Wenn Sora sie nicht mit Kraulen abgelenkt hätte, hätte sie es wahrscheinlich überhaupt nicht geschafft, der Fürsorge ihrer Drachenmutter zu entkommen.

»Du solltest versuchen, dir die Wege einzuprägen, du wirst sie noch oft gehen müssen, ehe Mara in ihre richtige Höhle umzieht«, empfahl Sora, als sie Karin bei der Hand nahm und durch das Labyrinth der Gänge führte.

Karin erwiderte nichts, bemühte sich aber, den Weg im Kopf zu behalten. Eigentlich hatte sie tausend Fragen zu tausend verschiedenen Dingen – allen voran wollte sie wissen, was bei der Namensgebung mit ihr passiert war, doch sie brachte es nicht fertig, danach zu fragen, und so sagte sie überhaupt nichts, sondern schlich müde neben Sora her.

Das Bad war herrlich entspannend und Karin sah schläfrig zu, wie Sora ihre mit Drachenspucke getränkten Sachen erst in den Waschbottich steckte und dann auf eine Leine hängte. Leider musste sie danach die Badewanne wieder verlassen und Sora brachte sie – nur mit einer leichten Tunika und einer kurzen Hose aus den Regalen der Badegrotte bekleidet – zu Kelims Wohnung.

Sora schien mit ihren Gedanken beschäftigt zu sein und sprach den ganzen Weg über kein Wort. Erst, als sie bei Kelims Wohnung angekommen waren, brach sie das Schweigen.

»Weißt du, dass das so gut wie nie vorkommt, dass ein Drache den Kuss erwidert? Das ist etwas ganz Besonderes.« Sie lächelte, als sie weitersprach und betonte jedes Wort wie in einer feierlichen Zeremonie. »Der Große Drache hat dir über Mara seinen Segen gegeben!«

Mit diesen Worten wandte sie sich ab und ließ Karin allein vor Kelims Wohnung stehen. Kelim musste sie schon erwartet haben, denn noch bevor sie anklopfen konnte, ertönte sein »Tür ist auf!«

Zaghaft öffnete sie die Tür und trat ein.

Es gefiel ihr nicht besonders, ausgerechnet bei Kelim übernachten zu müssen, aber immerhin gab es jetzt ein eigenes Bett für sie und ein Bereich seiner Wohnung war mit einem Vorhang abgetrennt. Er löcherte sie auch nicht mit Fragen zu ihrem Drachenflug oder malträtierte sie mit der *Gemeinschaftsordnung der Drachenreiter*, sondern schickte sie, nachdem sie etwas gegessen hatte, gleich ins Bett. Karin widersprach nicht; sie war hundemüde.

4 Ein Fehltritt mit Folgen

Kelims Stimme weckte sie am anderen Morgen. »Ich hab dir Frühstück gemacht.«

Karin öffnete die Augen und sah sich verwirrt in dem kleinen Abteil um, in dem sie lag. Es dauerte, bis ihr wieder einfiel, wo sie war.

»Karin?«

Die Stimme von jenseits des Vorhangs wurde ungeduldig. Trotzdem blieb sie noch eine Weile liegen und genoss die Geborgenheit unter ihrer warmen Decke.

»Du musst aufstehen, Karin. Rodan hat nach dir geschickt; du wirst gebraucht!«

Widerwillig setzte sich Karin auf und zog ihre Kleider an, die – bereits trocken und auch für normale Nasen wieder erträglich riechend – ordentlich zusammengelegt auf dem kleinen Tischchen neben ihrem Bett lagen.

Während sie ihren Brei frühstückte, der wie immer völlig undefinierbar aussah, und – ebenfalls wie immer – trotzdem gut schmeckte, begann Kelim, ihr die Schutzausrüstung anzulegen.

»Du musst dich leider schon wieder beeilen«, meinte er. »Der goldene Drache ist bei Mara gelandet, und Niro hat wohl immer noch nicht den Durchbruch erzielt. Du und Sora sollt ihn unterstützen. Falls es dir gut genug geht. Sora hat Rodan gestern von deinem Gefühlsausbruch erzählt und er ist etwas in Sorge deswegen. Aber ich denke, du bist stark genug, um dich deinen Aufgaben zu stellen.«

Kaum war die Schüssel leer und die letzte Schleife gebunden, da öffnete Kelim schon die Tür.

»Kennst du inzwischen den Weg?«, fragte er.

Als Karin nickte, schob er sie nach draußen und schloss die Tür hinter ihr. Etwas verdutzt über diesen schnellen Hinauswurf, blieb sie erst einmal stehen, aber dann beeilte sie sich. Zu ihrer Erleichterung fand sie auf Anhieb die richtigen Abzweigungen.

Sie wurde schon erwartet und gleich zu Rodan geführt. Dieser und ein paar andere Drachenreiter standen bewegungslos hinter den Schlupflöchern und beobachteten still die beiden Drachen. Sora und Niro saßen auf einer kleinen Bank. Als Karin hereinkam, standen sie sofort auf und Rodan sagte leise:

»Lasst euch etwas einfallen.«

Dabei bewegte er sich kein bisschen.

Zusammen mit Niro und Sora schlüpfte Karin durch die Löcher in die Falle. Wieder verschlug es ihr den Atem, als sie den goldenen Drachen sah; er war einfach riesig. Und wunderschön. Zudem sah er absolut unbezwingbar aus. Dieser Ausdruck in den Augen … Niemals würde sich dieser Drache von irgendjemandem Befehle geben lassen.

Und doch sollte ihn Niro zähmen …

Der goldene Drache beachtete sie überhaupt nicht. Er hatte nur Augen für Mara und verfolgte jede ihrer Bewegungen. Mara tat unbeteiligt und schleckte sich ihre Flügelhäute. Ganz anders reagierte der kleine Drache: Als er Niro entdeckte, rannte er begeistert mit den Flügeln schlagend auf ihn zu und bedrängte ihn so hartnäckig, dass Niro nichts anderes übrig blieb, als eine Runde Fangen mit ihm zu spielen. Erst danach konnte er sich seiner Aufgabe widmen, den goldenen Drachen zu zähmen.

Erst probierten sie es mit Füttern und hielten ihm abwechselnd Fische unter die Nase. Gnädig ließ er sich dazu herab, einige davon zu verschlingen, doch dann verlor er das Interesse daran und richtete seine Aufmerksamkeit wieder auf Mara. Dann ging Niro dazu über, ihn zu berühren. Mutig legte er seine Hände auf eines der baumdicken Beine. Der Drache schien es nicht einmal zu bemerken. Niro umrundete ihn einmal und legte dabei immer wieder seine Hände auf ihn. Der Drache störte sich nicht daran. Schließlich versuchte Niro, ihn von seinem Platz zu vertreiben, und drückte kräftig gegen ein Bein. Endlich wandte der Drache den Kopf und besah sich seine Besucher. Es folgte das Ritual des Beschnupperns und Anstoßens. Niro meisterte den Stoß mit Bravour und auch Sora war nicht aus dem Gleichgewicht zu bringen, aber als Karin an die Reihe kam, versuchte er erst gar nicht sie umzustoßen, sondern ergriff sie vorsichtig mit den Zähnen und trug sie zum Nest, wo er sie sanft absetzte.

»Na warte, du!«, empörte sich Karin, aber ihr blieb nichts anderes übrig, als im Nest zu bleiben. Denn als sie probehalber auf den Rand kletterte, kam der goldene Drache sofort zurück und schubste sie sanft, aber bestimmt zurück ins Nest. Natürlich konnte sich Niro das Grinsen nicht verkneifen. Sora zeigte sich solidarisch und setzte sich in der Nähe von Karin auf den Nestrand. Von da aus beobachteten sie das weitere Geschehen. Niro versuchte erneut, den Drachen von seinem Platz zu vertreiben, und schließlich rückte dieser tatsächlich ein Stück zur Seite. Niro hob triumphierend die Faust in die Höhe. Dann wagte er es, ihn hinter den Ohrstacheln zu kraulen. Der Drache hielt still und grunzte wohlig. Niro grinste siegessicher zu ihnen herüber und Sora stieß Karin kräftig in die Seite.

»Endlich!«, rief sie begeistert.

Nun wurde es ernst: Niro sollte dem Drachen den Sattel auf den Rücken legen. Er holte den Sattel vom Rand der Höhle und trug ihn zum goldenen Drachen hinüber. Dieser beobachtete ihn aufmerksam. Als Niro den Sattel vor ihm absetzte, beschnupperte er ihn neugierig und ließ Niro nicht aus den Augen, während dieser den Sattel an dem Seilzug befestigte. Der Kleine kam neugierig herüber und schnupperte ebenfalls an dem Sattel. Niro ließ ihn gewähren. Als er jedoch begann hineinzubeißen, scheuchte er ihn fort. Beleidigt fing der kleine Drache an Stöcke aus den Nestern zu ziehen und herumzuwerfen. Niro beachtete ihn nicht. Und dann ging alles sehr schnell: Gerade als Niro ein paar Schritte rückwärts ging, um das Seil zu spannen, warf der kleine Drache wieder einen Stock. Der Stock landete genau zwischen Niros Füßen und der kam ins Straucheln und ging zu Boden.

Noch während Sora entsetzt aufschrie, war der goldene Drache auch schon herumgefahren und stürzte sich mit aufgerissenem Rachen auf Niro. Niro warf noch einen letzten Blick zu ihnen herüber, dann wurde er von dem Drachen verdeckt. Sie hörten einen kurzen Schrei und der Drache hielt einen Augenblick inne und sah zu Mara hinüber, dann drehte er sich um und flog davon.

Niro war weg.

Wie in Trance kletterte Karin aus dem Nest und ging hinüber zu der Stelle, an der Niro zuletzt gestanden hatte. Nur ein paar kleine Blutspritzer und der Stock waren zurückgeblieben. Niro hatte noch einmal zu ihnen herübergesehen; er hatte genau gewusst, was passieren würde. Dieser Ausdruck in seinen Augen. Es war so, als wäre er schon tot gewesen. Das ließ sie an Rudi denken. Ein kalter Schauer lief über ihren Körper hinweg. Auch Rudi hatte sie angesehen. Nur er war tatsächlich schon tot gewesen. Langsam, wie in Zeitlupe, drehte sie sich um. Sora stand neben dem Nest. Sie war kalkweiß und schwankte leicht hin und her.

»Niro«, hauchte sie, dann eilten zwei Drachenreiter auf sie zu, die sie gerade noch rechtzeitig erreichten, um sie auffangen zu können, als sie zusammenbrach.

Immer noch lief alles wie in Zeitlupe um Karin herum ab. Sie konnte es nicht glauben. Niro – weg. Einfach weg. Der goldene Drache hatte ihn – aufgefressen? War das wirklich passiert? Sie drehte sich wieder um und starrte auf die Stelle mit den Blutspritzern. Sie konnte den Blick nicht abwenden. Sie stand einfach da, den Blick unverwandt auf die Blutspritzer gerichtet, als ob sie diese dadurch verschwinden lassen könnte. Sie merkte nicht einmal, dass ihr Tränen über das Gesicht liefen.

Irgendjemand nahm sie am Arm und führte sie fort. Sie ließ es einfach geschehen. Sie wehrte sich auch nicht, als ihr jemand den Mund öffnete und irgendetwas hinein tropfte. Und als ihr jemand sagte, sie solle schlucken, tat sie auch dies. Dann bekam sie gar nichts mehr mit.

Als sie wieder aufwachte, lag sie im Bett. Ihre Gedanken kamen nur schwerfällig in Schwung. Es war so, als müssten sie sich ihren Weg durch einen Pudding bahnen. Dass sie in einem Bett lag und nur ihre Unterwäsche trug, war das Erste, was ihr bewusst wurde. Dann starrte sie längere Zeit auf den dunkelgrünen Vorhang neben ihrem Bett, bis sie erkannte, wo sie sich befand: in Kelims Wohnung.

Wie kam sie in Kelims Wohnung? Sie war doch bei den Drachen gewesen. Zusammen mit Sora und Niro. Niro! Schlagartig kam die Erinnerung und sie setzte sich ruckartig auf. Der goldene Drache hatte Niro umgebracht! Und aufgefressen ... Alles, was von Niro geblieben war, waren ein paar Blutspritzer am Boden. Sie spürte, wie sich ihr Magen zusammenkrampfte. Nein! Und nochmals nein! In einem Augenblick hatte Niro noch siegessicher die Faust in die Höhe gehoben und im nächsten … Es hatte keine drei Sekunden gedauert, dann war er weg gewesen. Ihre Übelkeit nahm zu und sie bekam kaum noch Luft. Gleich würde sie sich übergeben müssen. Sie beugte sich über den Bettrand, um wenigstens das Bett zu verschonen, da sah sie Kelim, der auf dem kleinen Stuhl am Kopfende ihres Bettes saß und sie sorgenvoll musterte. Sie wollte noch etwas sagen, doch da erbrach sie sich schon auf den Fußboden vor ihrem Bett und es spritzte bis zu Kelims Stiefeln. Als es vorbei war, setzte sie sich wieder auf.

»Es … es tut mir leid«, stammelte sie, während sie sich die Bescherung ansah.

»Das braucht dir nicht leidzutun«, sagte Kelim und reichte ihr ein Tuch, damit sie sich den Mund abwischen konnte.

»Leg dich wieder hin. Ich kümmere mich darum.«

Karin fühlte sich so elend, dass sie sich zurücksinken ließ und stumm dabei zusah, wie Kelim ihre Sauerei beseitigte. Sie dachte an Sora. Sora hatte nun niemanden mehr. Sie war die Einzige, die von ihrer Familie noch übriggeblieben war. Sicher, es gab da noch Rodan. Er war schließlich ihr Onkel. Aber sie hatte sich die ganzen Jahre um ihren Bruder gekümmert. Die beiden waren immer zusammen gewesen. Was sollte Sora jetzt ohne ihn machen? Karin kamen die Tränen. Niro, der sie immer so aufgezogen hatte. Aber der sie auch sicher gehalten hatte, als die beiden sie von dem wilden Nest zurückgeholt hatten, obwohl sie so grauenhaft gerochen hatte. Was gäbe sie dafür, wenn er sie wieder veräppeln würde! Hauptsache, er wäre wieder hier. Ihr Schluchzen wurde stärker und Kelim, der mit Aufwischen fertig war, setzte sich zu ihr aufs Bett und nahm sie in die Arme. Sie klammerte sich an ihn wie an den rettenden Strohhalm, vergrub ihr Gesicht an seiner Brust und vergoss ihre Tränen in sein Hemd, bis es ganz durchnässt war. Endlich beruhigte sie sich und löste sich beschämt von ihm. Ausgerechnet Kelim! Er war der Letzte, dem sie sich heulend an die Brust hätte werfen wollen. Aber er war der Einzige, der für sie da war und es schien ihm nichts auszumachen. Er strich ihr die Haare aus dem Gesicht.

»Wie … wie soll es jetzt weiter gehen?«, stammelte Karin, die immer noch stoßweise einatmete, wenn auch keine Tränen mehr flossen.

»Ich weiß es nicht«, sagte Kelim. Seine Stimme klang ungewohnt kraftlos. »Ich weiß es nicht. Damit hat keiner gerechnet. Eigentlich müsste jemand anderes den Drachen zähmen und auch du und Sora dürftet nicht aufhören. Aber im Moment ist niemand in der Lage, sich dieser Verpflichtung zu stellen.«

Das anschließende Schweigen breitete sich aus, wie die Dunkelheit einer wolkenverhangenen Nacht. Karin wusste nicht, wie lange sie so saßen, unfähig auch nur ein Wort zu sagen.

Plötzlich hörten sie Schritte. Schnelle Schritte. Jemand rannte. In wenigen Augenblicken war er bei Kelims Tür angelangt. Er machte sich nicht die Mühe anzuklopfen, sondern riss die Tür schwungvoll auf und stürmte herein.

»Er lebt!«, keuchte er völlig außer Atem. »Niro … lebt!« Dann musste er eine Pause einlegen, um wieder zu Atem zu kommen.

»Was?«, rief Karin, »Das kann nicht sein!« *Du lügst,* hätte sie fast hinzugefügt, aber irgendwie schaffte sie es, es nicht zu sagen und dann versagte ihr sowieso die Stimme und sie starrte den keuchenden Drachenreiter stumm an, während sie hin und her gerissen war zwischen Hoffnung und der Gewissheit, dass es nicht wahr sein konnte.

»Rede!«, verlangte Kelim.

Doch sie mussten sich noch gedulden. Es war nicht einmal eine Minute, die der Drachenreiter brauchte, um wieder zu Atem zu kommen, aber es kam Karin wie eine Ewigkeit vor. Endlich konnte er wieder sprechen.

»Der Drache ist zurückgekommen und hat Niro auf der Nadel abgesetzt.«

Auf der Nadel? Karin meinte, sich verhört zu haben. Als der Drachenreiter mit seinem Bericht fortfuhr, wurde ihr schnell klar, dass dem nicht so war.

»Wir haben sofort versucht, ihn da runter zu holen, aber der Sonnendrache lässt niemanden in die Nähe. Und keiner unserer Drachen wagt es, sich mit ihm anzulegen. Wir können nichts tun! Er scheint auf irgendetwas zu warten; wir haben keine Ahnung worauf.« Er drehte sich um und machte Anstalten zu gehen.

»Warte!«, rief Karin. »Wo willst du hin?«

Der Mann wandte sich noch einmal um. »Den anderen Bescheid sagen«, rief er und verschwand.

Mit einem Satz war Karin aus dem Bett und ihrerseits unterwegs zur Tür.

»Halt!«, rief Kelim. Er erwischte sie gerade noch am Handgelenk und zog sie zurück.

»Du hast doch gehört, was er gesagt hat: Der goldene Drache lässt niemanden in die Nähe. Außerdem bist du nicht angezogen. Die Sonne ist noch nicht aufgegangen, es ist also viel zu kalt, um ohne Kleider herumzulaufen. Und ohne deine Schutzausrüstung darfst du sowieso nicht in die Nähe der Drachen. Und was bitte, willst du schon gegen den Drachen ausrichten? Es ist besser, du bleibst hier.« Er zog sie zurück zum Bett.

»Lass mich los – bitte!«, bettelte Karin und hielt dagegen. Kelim war stärker. Er nötigte sie auf das Bett und nagelte sie mit seinem Gewicht darauf fest. Obwohl sie sich wehrte, brachte er sie dazu, den Mund aufzumachen und das abzuschlucken, was er ihr aus einer kleinen Flasche hineinschüttete. Sie spürte, wie sie die Kräfte verließen und Kelim stieg von ihr herunter. Es war nicht mehr nötig, sie festzuhalten. Mit letzter Kraft drehte sie den Kopf zu Kelim.

»Du bist gemein«, murmelte sie schwach, dann fielen ihr die Augen zu.

Als sie wieder aufwachte, musste sie erkennen, dass sie nicht in der Lage war aufzustehen: Kelim hatte sie ans Bett gefesselt. Wütend zerrte sie an den Fesseln, aber Kelim hatte gewusst, was er tat; sie hatte keine Chance, sich zu befreien. Sie rief nach ihm, doch es kam keine Antwort. Es war überhaupt sehr still um sie herum. Kelim war nicht da. Niemand war da. Sie war ganz allein in seiner Wohnung. Auch von draußen drangen keine Geräusche herein. Keine Schritte, keine Stimmen. Es war niemand da, der ihr sagen konnte, was mit Niro los war! Verzweifelt versuchte sie noch einmal, sich zu befreien, dann gab sie auf und lag einfach still da.

Hatten sie Niro inzwischen von der Nadel geholt? Oder … Karin wagte es nicht, den Gedanken zu Ende zu denken. Die Ungewissheit machte sie schier wahnsinnig.

»Kelim!«, schrie sie noch einmal, so laut sie konnte, doch wieder bekam sie keine Antwort. Sie starrte auf den grünen Vorhang, der bewegungslos von der Decke hing. Ihr fiel auf, dass es hinter dem Vorhang plötzlich heller wurde, als würde draußen die Sonne hinter einer Wolke hervorkommen. Woher kam das Licht, wenn Kelims Wohnung überhaupt keine Fenster hatte? Sie rätselte eine Weile an diesem Problem, fand aber keine Lösung. Für so Vieles gab es hier keine Antworten. Nur Fragen und Rätsel. Was war das für eine seltsame Bindung zwischen ihr und Mara? Wieso übersahen die Drachen die Drachenreiter hinter den Wänden, wenn sie doch so gut riechen konnten? Wieso war Kelim traurig darüber, dass sie nicht mehr gefüttert wurde? Wieso wollten die Drachenreiter sie überhaupt bei sich aufnehmen? Und was hatte es mit diesen Toren auf sich? Gab es das schon öfter? Und wieso war es möglich, dass ihre Welten so ähnlich waren? Es gab hier wie da Getreide und Apfelbäume. Und Schafe. Und natürlich Eidechsen, auch wenn sie hier anders genannt wurden. Auch sprachen sie dieselbe Sprache. Karin runzelte die Stirn. Stimmte das mit der Sprache? Sie erinnerte sich plötzlich an diese seltsame Wiederholung, als Gar in ihre Welt eingedrungen war und daran, dass sie zuerst *nichts* verstanden hatte, dann jedoch schon. War das so gewesen, oder hatte sie der Angriff nur so verwirrt, dass ihr Erinnerungsvermögen darunter gelitten hatte? Sie grübelte eine Weile über dieses Problem, dann hörte sie Schritte und schon wurde die Tür zu Kelims Wohnung geöffnet, kurz darauf der Vorhang beiseitegeschoben. Zwei ernst dreinblickende Drachenreiter kamen herein und begannen, ohne viele Worte ihre Fesseln zu lösen. Sie kannte die beiden schon von der Falle; sie hatten schon öfters geholfen. Zum Beispiel waren es die beiden gewesen, die sie nach ihrem ersten Ritt auf Mara aus dem Sattel geholt hatten.

»Was …«, Karin wagte es fast nicht zu fragen. »Was ist mit Niro?«, brachte sie schließlich doch über die Lippen.

»Immer noch nichts Neues«, antwortete der Jüngere der beiden kurz angebunden.

Karin atmete erleichtert auf. Dann lebte er also noch.

»Wer hat euch hergeschickt?«, fragte sie weiter.

»Kelim und Rodan«, war die knappe Antwort.

Mehr war aus den beiden nicht herauszubekommen. Sie gaben ihr ihre Kleider und halfen beim Binden der Bänder. Danach legten sie ihr die Schutzausrüstung an und nahmen sie in die Mitte, als sie Kelims Wohnung verließen. Wie eine Gefangene ging sie zwischen den beiden. Sie gingen schnell und als Karin etwas zurückblieb, griffen sie nach ihren Armen und zogen sie mit sich. Karin beschwerte sich nicht. Wahrscheinlich hatte Kelim ihnen gesagt, dass sie auf sie aufpassen sollten, nachdem sie nun schon das zweite Mal versucht hatte, ihm zu entkommen. Sie führten sie zu der Falle, in einen Nebenraum neben den Schlupflöchern. Ein leises, aufgeregtes Stimmengewirr schlug ihr entgegen. Der Raum war voller Menschen: Jede Menge Drachenreiter; Rodan und die anderen Ratsmitglieder; wahrscheinlich der gesamte Rat der Weisen, wie Karin vermutete. Zumindest trugen die Leute, die sich um den einzigen Tisch versammelt hatten, bis auf wenige Ausnahmen, keine Schutzausrüstung und viele von ihnen waren schon recht betagt. Unter ihnen befand sich auch der alte Mann, der Rodan wie ein kleines Kind zurechtgewiesen hatte. Karin erinnerte sich, dass er Merdon hieß. Und Kelim natürlich. Etwas abseits auf einer Bank saß Sora. Sie hatte ihre Haare nicht gekämmt und ihre Lockenmähne stand wirr nach allen Seiten. Sie schien überhaupt nicht mitzubekommen, was um sie herum vorging. Wie sie so dasaß, so mutlos, mit gesenktem Kopf und hängenden Schultern, kamen Karin die Tränen. Es war nicht die Sora, die sie kennengelernt hatte: Die war voller Energie gewesen und mit einem mitreißenden, fröhlichen Lachen.

Die beiden Drachenreiter führten sie zu ihr und Sora hob den Kopf, so dass Karin die dunklen Ringe unter ihren geröteten Augen sehen konnte; es sah nicht so aus, als hätte Sora seit diesem schrecklichen Vorfall auch nur eine Minute geschlafen. Sie wollte etwas sagen, Sora begrüßen, sie trösten, aber ihr blieben die Worte im Hals stecken und so setzte sie sich einfach neben Sora auf die Bank.

Das Gemurmel verstummte und Rodan kam zu ihnen herüber. »Wir müssen es noch einmal durchsprechen«, sagte er zu Karin mit einem entschuldigenden Seitenblick auf Sora.

In diesem Augenblick rauschte es und der goldene Drache landete unweit der Schlupflöcher in der Falle.

Kelim kam herüber. Seine Stimme klang aufgeregt.

»Wir hatten recht: Er hat auf die beiden gewartet!«

Rodan nickte. »Ja! Wir dürfen jetzt keinen einzigen Fehler machen. Hat er Niro mitgebracht?«

Ein Drachenreiter, der im Nebenraum an einem der Löcher stand, kam herüber.

»Ich kann nichts sehen. Er hat sich hingesetzt und die Flügel runtergelassen.«

Noch ehe Rodan etwas sagen konnte, rannte einer der Drachenreiter im Tempo eines Hundertmeter-Läufers aus dem Raum. Es herrschte angespannte Stille. Minuten vergingen. Karin klopfte das Herz bis zum Hals und Sora krampfte ihre Hände so fest zusammen, dass ihre Knöchel weiß anliefen. Endlich kam er zurück.

»Die Nadel ist leer!«

Rodan nickte. Er wandte sich wieder an Karin.

»Wir wollen das Geschehene noch einmal durchgehen – aus deiner Erinnerung. Vielleicht hast du etwas gesehen, das wir übersehen haben. Jedes kleine Detail ist wichtig. Wir dürfen keinen Fehler machen! Also: Was genau ist passiert? Was hast du gesehen? Was hast du gehört?«

Wieder einmal ruhten alle Augen auf ihr. Karin schloss die ihren und versuchte, sich zu konzentrieren. Was war passiert? Niro war rückwärts gegangen und dann … Sie ließ das Geschehen noch einmal vor ihren Augen ablaufen und gab sich Mühe, alles so genau wie möglich wiederzugeben. Als sie bei dem Schrei angelangt war, hakte Rodan nach und wollte wissen, ob der Schrei wirklich von Niro gekommen war. Karin überlegte. Da war ein kurzer Schrei gewesen. Aber war er wirklich von Niro gekommen? Je länger sie darüber nachdachte, desto unwahrscheinlicher kam ihr dies vor. Es passte einfach nicht. Er hatte sich – nicht richtig angehört. Nein, der Schrei musste von jemand anderem gekommen sein. Doch von wem? Sie überlegte weiter; der Drache hatte unmittelbar danach innegehalten und zu Mara gesehen … Karin schnappte nach Luft. Der kleine Drache! *Er* hatte diesen Schrei ausgestoßen! Und der goldene Drache hatte nicht nach Mara geschaut, er hatte zu dem kleinen Drachen hingesehen! Aber wieso? Aufgeregt erzählte sie Rodan ihre Beobachtung. Der nickte.

»Ja. So haben es auch noch einige andere wahrgenommen: Der Sonnendrache hat innegehalten, weil der kleine Drache geschrien hat.«

»Aber wieso?«

Trotz der angespannten Situation lächelte Rodan. »Das will ich dir gerne sagen: Niro war für den kleinen Drachen der liebste Spielkamerad. Selbst wenn die Kinder da waren, wollte er lieber mit Niro Fangen spielen, als mit ihnen. Und als ihm jetzt der Sonnendrache seinen Spielkameraden wegnehmen wollte, hat er protestiert. Das ist für alle noch gut zu verstehen. Aber warum der Sonnendrache auf ihn gehört hat, ist weniger nachvollziehbar.«

»Weil er Mitleid mit dem kleinen Drachen hatte?«, schlug Karin vor.

Rodan lachte rau. »Wenn Drachen etwas nicht haben, dann Mitleid. Normalerweise jedenfalls. Aber der Sonnendrache ist in jeder Hinsicht anders als andere Drachen. Und je länger wir darüber nachdenken, desto eher bin ich geneigt zuzugeben, dass der Sonnendrache tatsächlich so etwas wie Mitleid empfinden könnte. Aber viel eher denke ich, dass er es sich mit Mara nicht verderben wollte: Wenn er ihr Drachenbaby traurig macht, hätte das vielleicht ihren Unwillen hervorrufen können. Und das wollte er sicher nicht. Es muss allerdings noch mehr geben, was ihn beeinflusst hat, denn was er danach getan hat, ist überhaupt nicht mehr nachvollziehbar – zumindest für mich.«

»Was hat er denn getan?«

»Nun, zuerst ist er weggeflogen, um zu überlegen. Das ist verständlich. Doch dann ist er zurückgekommen und hat Niro *auf die Nadel* gesetzt! Das ist völlig absurd!«

Plötzlich stieß Kelim einen Schrei aus. Er packte Rodan am Arm.

»Ich … ich glaube, ich weiß warum!«, rief er aus. So laut, dass der goldene Drache draußen in der Falle unwillig knurrte.

»Ich glaube«, fuhr Kelim deutlich leiser fort, »der Drache hat beobachtet, wie Karin dorthin gebracht wurde. Und ich glaube, ich habe die Lösung.« Er ließ sich an der Wand zu Boden gleiten und stützte den Kopf in die Hände.

»Moment«, sagte er und schloss die Augen. »Lasst mich kurz nachdenken.«

Sie warteten schweigend. Mehrere Minuten vergingen, ohne dass sich Kelim bewegte. Die Spannung, die in der Luft lag, war fast greifbar, aber niemand bewegte sich oder sagte etwas. Endlich öffnete Kelim die Augen wieder und stand auf. Wortlos ging er zu dem kleinen Tisch hinüber. Es begann eine leise, aber heftige Diskussion. Karin konnte die Ungewissheit fast nicht mehr ertragen, doch Kelim machte keine Anstalten, irgendjemanden, außer den Leuten am Tisch, in seine Überlegungen einzuweihen. Den anderen ging es wohl genauso und als die Diskussion endlich ein Ende fand und er wieder zu ihnen herüberkam, wurde er von einem fast synchronen »Sag schon!« von Sora und Rodan empfangen.

Kelim verzog keine Miene, als er begann, die Beweggründe des goldenen Drachen darzulegen. Sora und Rodan nickten hin und wieder, Karin konnte sich allerdings nicht vorstellen, dass ein Drache eine so komplexe Sichtweise auf ihr Verhältnis zueinander haben könnte. Und als er zu dem Punkt kam, an dem er ihnen erklärte, was sie tun müssten, um den Drachen wieder für sich einzunehmen, konnte sie seinen Worten überhaupt nicht mehr folgen; nicht etwa, weil sie geistig überfordert gewesen wäre, doch nachdem er gefordert hatte, dass sie sich noch einmal füttern lassen sollte, war sie schlichtweg nicht mehr in der Lage dazu, ihm zuzuhören. Noch einmal füttern lassen? Sie klammerte sich mit den Händen an die Bank. Niemals!

Kelim, der natürlich wusste, wie sie zu einer erneuten Fütterung stand, bemühte sich, ihr noch einmal genau zu erklären, wieso es unbedingt sein musste. Die Argumente, die er vorbrachte, klangen vernünftig und wenn er und die anderen sich nicht irrten, war das wirklich die einzige Möglichkeit, den goldenen Drachen dazu zu bringen, von ihnen Befehle anzunehmen – und Niro freizugeben. Aber es gab auch viele *wenns* – und wenn sie sich irrten?

Zu Rodans Leidwesen begriff sie die Hälfte davon immer noch nicht. Die Aussicht auf eine Fütterung lähmte ihren Verstand. Es drang nur zu ihr durch, dass der Drache offenbar bereit war, ihnen eine zweite Chance zu geben. Hatte er doch Mitleid? Oder war er zu dem Schluss gekommen, dass Niros Sturz doch kein Versagen war, da der kleine Drache den Stock geworfen hatte? Und sie jetzt beweisen mussten, dass sie keine Versager waren, dass sie würdig und fähig waren, dem Drachen Befehle zu erteilen.

Der Haken daran war, dass er sie immer noch wie ein Drachenbaby behandelte.

Und was macht ein Drachenbaby stark? Drachenmilch natürlich! Kelim war der Meinung, dass es genügen würde, wenn Karin sich füttern lassen würde: Das schwächliche Wesen, das sie in den Augen des Drachen war, würde dadurch gestärkt werden und der Drache sie danach hoffentlich für stark genug halten, um ihren Befehlen zu gehorchen. Das gefiel Karin zwar überhaupt nicht, klang aber überzeugend.

Der Rest war komplizierter und sie musste es sich noch einmal erklären lassen. Rodan machte schon ein ungeduldiges Gesicht, doch Kelim nahm sich die Zeit und allmählich verstand auch Karin, was in dem Drachen vorging, genauer gesagt, von dem Kelim glaubte, dass es sich so verhielt. Er schien sie nicht allein zu beurteilen, sondern auch nach ihrem Verhältnis zueinander. Vertraute man einem Versager, war man selber einer – solange, bis der vermeintliche Versager bewiesen hatte, dass er doch keiner war. Also würde auch Sora in der Achtung des goldenen Drachen steigen, wenn sich Karin füttern ließ. Und natürlich Niro. Also war es unvermeidlich, dass sich Karin füttern lassen musste. Und das freiwillig. Wie musste es in den Augen des Drachen wirken, wenn sie sich weigerte, das anzunehmen, was stark machte? Wenn sie sich wehren würde, wäre sie in seinen Augen doch nur wieder das unvernünftige Drachenbaby, das im Nest am besten aufgehoben wäre – und dann würde er keine Befehle von ihr oder Sora annehmen – und so Niro nicht frei geben, sondern sein Werk endgültig vollenden.

Aber welche Rolle spielte dabei ihre Beziehung zu Mahur? Ihre Flüge hatten Sora und Niro wohl deutlich aufgewertet, sie selbst hatte dabei nicht gerade punkten können und war erneut im Nest gelandet. Ohne das Vertrauen von Mahur Niro gegenüber, hätte dieser wohl auch keine zweite Chance bekommen. Das glaubten zumindest Kelim und die anderen Drachenreiter.

Und noch eine Sache gab es.

»Warum hat er Niro auf die Nadel gesetzt?«, bohrte Karin nach. Sie konnte keinen Sinn darin finden, aber der Drache hatte es sicher nicht ohne Grund getan. Und wenn jede Kleinigkeit wichtig war, musste es auch dafür eine Erklärung geben.

»Ja, das hat mich bis gerade eben auch irritiert«, antwortete Kelim, »aber eigentlich ist es logisch. Weswegen habe ich dich denn auf die Nadel bringen lassen, Karin?«

»Du hast mich bestraft, weil ich davongelaufen bin.«

Er nickte. »Genau. Und konnte das der Drache wissen?«

Karin schüttelte den Kopf.

»Eben«, erklärte er. »Das konnte er nicht. Er hat nur gesehen, *dass* du auf der Nadel warst. Dass es eine Strafe war, hat er offenbar sofort erkannt. Nur wofür? Ich habe lange überlegt und wir alle«, – er wies mit einer Hand zum Tisch – »sind der Meinung, dass es etwas damit zu tun hat, was du davor zuletzt getan hast – und das der Drache gesehen hat. Was hast du vor deiner Strafe zuletzt getan, was der Drache gesehen hat?«

»Ich bin auf Mahur mitgeflogen«, antwortete Karin etwas irritiert. Wo war da der Zusammenhang?

»Und wie hast du dich wohl in den Augen des Drachen geschlagen?«

»Na ja«, meinte Karin und senkte den Blick, »ich glaube, so richtig toll war ich nicht. Ich hab ja gar nichts gemacht – außer mich festzuhalten.«

»Das war nicht anders zu erwarten«, schaltete sich plötzlich Rodan in das Gespräch ein. »Aber jetzt verstehe ich langsam, wie alles zusammenhängt. Der Sonnendrache glaubt, dass wir dich auf die Nadel gesetzt haben, weil wir dich für einen Versager halten, da du dich beim Fliegen so ungeschickt verhalten hast. Und schon hat es beim zweiten Mal besser geklappt. Die Strafe hat in seinen Augen also geholfen.«

»Das ist doch Unsinn«, widersprach Karin. »Das hat mir bestimmt nicht geholfen.«

»Das wissen wir auch«, entgegnete Kelim. »Aber der Drache sieht das wohl anders. Und deswegen hat er auch Niro auf die Nadel gesetzt: als Strafe für sein Versagen. Und in der Hoffnung, dass er sich beim nächsten Mal besser anstellt. Jetzt liegt es an euch, ob er seine zweite Chance bekommt: Beweist eure Stärke und fordert seine zweite Chance ein, indem ihr Niro weiter euer Vertrauen schenkt, indem ihr euch um ihn kümmert und alles dafür tut, dass er wieder auf die Beine kommt. Etwas, was ihr natürlich sowieso tun würdet.«

»Dann sind wir uns einig?« Rodan blickte in die Runde. Die Drachenreiter signalisierten Zustimmung. Rodans Blick blieb an Karin hängen.

Sie schluckte. Es lag an ihr. *Sie* sollte sich füttern lassen.

Plötzlich fasste Sora sie an den Händen.

»Bitte!«, flehte sie. »Bitte lass uns jetzt nicht im Stich. Du musst dich einfach füttern lassen. Bitte …«

Sora klang so verzweifelt, dass Karin sich richtig schuldig fühlte, obwohl sie doch gar nichts verbrochen hatte. Aber sie wusste, dass sie ihre Bitte nicht ablehnen konnte; sie würde alles tun, um Niro zu retten. Nur – wie sollte sie das durchstehen? Wie sollte sie es schaffen, ruhig liegen zu bleiben, während ein Wasserfall roten Grauens auf sie niederging? Sie war sich sicher, dass sie es nicht schaffen würde. Niemals. Andererseits – das letzte Mal war es ihr weniger schlimm vorgekommen; vielleicht hatte sie doch eine Chance. Aber wenn sie es nicht fertig brachte, würde Niro sterben.

Sie sah Rodan an. »Ich möchte ja, aber – ich – ich schaff das nicht. Ich …«

»Doch!«, unterbrach Kelim sie. »Du schaffst das. Ich weiß, dass du es schaffst. Vertrau mir.«

Karin sah Kelim erstaunt an. Der nickte ihr zu.

»Denk an deine Verbindung mit Mara. Du schaffst es!«

An den leicht verwirrten Gesichtern der anderen erkannte sie, dass niemand etwas von ihrer angeblichen Bindung zu Mara gehört hatte. Was wusste Kelim, das die anderen nicht wussten?

Rodan meldete sich zu Wort. »Jede Minute, die wir hier reden, verringert die Chance, Niro lebend zurückzubekommen; er ist verletzt. Schwer verletzt. Die Nadel ist rot von seinem Blut. Da wir uns nun sicher sind – zumindest so sicher, wie wir uns unter den gegebenen Umständen sein können – dürfen wir keinen Augenblick länger warten.«

Er hatte noch nicht zu Ende gesprochen, als Karin schon gepackt und zu den Schlupflöchern geführt wurde. Eilige Finger lösten auf dem Weg dahin die Bindebänder ihrer Kleidung und ehe sie sich versah, stand sie neben Sora auf dem Nestrand in der Falle – nackt bis auf die Unterhose. Normalerweise wäre ihr das überaus peinlich gewesen, aber sie stand so unter Spannung, dass sie es noch nicht einmal merkte. Sie sah sich dem prüfenden Blick des goldenen Drachen ausgesetzt und fühlte sich wie das Kaninchen vor der Schlange. Zum Glück blieb der Drache, wo er war; er hatte schließlich etwas zu bewachen. Mara lag neben dem schlafenden kleinen Drachen im Nest, war jedoch hellwach und beäugte den goldenen Drachen neugierig. Als sie entdeckte, wer gekommen war, vergaß sie den anderen Drachen und kam herüber.

»Jetzt!«, meinte Sora und schob Karin ein Stück ins Nest hinunter. Mit zitternden Händen und Knien kletterte Karin ins Nest und legte sich auf den Rücken. Mara stellte sich über sie, beschnupperte sie und leckte sie schließlich ausgiebig ab. Karin hielt still. Die Zeit schien stehen zu bleiben, als Mara ihre Schuppen an der Vorderbrust abstellte und die Milch zu fließen begann.

Doch vorerst kamen die Auffangschaufeln ins Spiel und gaben ihr noch ein wenig Aufschub.

»Das reicht.«

Schon wurden die Schaufeln zurückgezogen und die rote Flut stürzte auf sie herab. Nein! Sie wollte das nicht! Sie biss die Zähne zusammen. Sie durfte sich nicht wehren. Auf keinen Fall. Sonst würde der goldene Drache sie nie akzeptieren und dann würde er Niro töten. Sie schrie laut auf. Sie krallte sich mit den Händen ins Nest und – öffnete den Mund. Sie zwang sich zu schlucken. Ein Mal. Ein zweites Mal und dann schluckte sie einfach weiter. Sie spürte nichts mehr. Kein Brennen im Hals, keinen Würgereiz. Sogar der Magen krampfte sich nicht zusammen. Der Geschmack war übel, sehr übel – aber mehr nicht. Der rote Strom versiegte und Karin setzte sich auf. Sie streifte sich mit der Hand das rote Zeug aus der Nase, damit sie wieder richtig atmen konnte, und blieb dann verblüfft sitzen. Sie war völlig klar im Kopf. Ihr Magen blieb ruhig und sie fühlte sich gesättigt wie nach einer guten Mahlzeit. Keine Übelkeit. Keine Krämpfe. Keine Anzeichen von Schwindel oder einer beginnenden Ohnmacht. Nur der Geruch war unangenehm und der üble Geschmack auf der Zunge wollte auch nicht weichen. Sie war so verdutzt, dass sie nicht registrierte, dass Mara sich anschickte, sie abzuschlecken. Unbewusst drückte sie gegen deren Kopf, um ihn zur Seite zu schieben, und Mara akzeptierte diese Ablehnung und zog den Kopf zurück.

Der goldene Drache hatte alles genau beobachtet.

Völlig perplex kam Karin auf die Beine. Sie war so durcheinander, dass sie gar nicht richtig wahrnahm, wie ihr jemand einen Korb in die Hand drückte. Am Rande hörte sie Kelim ein triumphales »Ja!« ausstoßen. Und dann fügte er noch etwas hinzu, das wie »Das erkläre ich euch später!« klang.

»Erst Mara, dann den Sonnendrachen«, flüsterte eine Stimme, bevor sich jemand eilig wieder hinter die Wand zurückzog. Wie in Trance griff sich Karin einen Fisch und hielt ihn Mara vor die Nase. Vorsichtig nahm diese ihr den Fisch aus der Hand und verschlang ihn. Langsam kam Karin wieder zu sich. Sie hatte Drachenmilch getrunken und es hatte ihr nichts ausgemacht. Wie konnte das sein? Sie sah zum goldenen Drachen hinüber. Auf einmal fühlte sie sich stark und siegessicher. Sie hatte sich füttern lassen. Es war *ihre* Entscheidung gewesen, nicht die von Mara. *Sie* hatte das Sagen. Und wenn *sie* entschied, Sora und Niro anzuerkennen, musste das auch der goldene Drache tun! Zumindest war das die Meinung von Kelim und dem Rat der Weisen. Karin hoffte, dass sie recht hatten. Plötzlich war sie sich ihrer Sache nicht mehr so sicher. Was, wenn sie sich irrten? Nun, dann würde der goldene Drache Niro doch noch umbringen und sie und Sora wahrscheinlich ebenso …

Sie fütterte Mara mit zwei weiteren Fischen, dann ging sie langsam hinüber zum goldenen Drachen. Jetzt würde sie gleich erfahren, ob Kelim sich geirrt hatte. Sora hatte sich ebenfalls an der Fütterung von Mara beteiligt und folgte ihr in einigem Abstand.

Zwei Armlängen von seinem Kopf entfernt blieb Karin stehen. Sora schloss zu ihr auf.

Der Drache streckte den Kopf und beschnupperte Karin. Er ließ sich Zeit dabei.

»Mich auch«, verlangte Sora und Karin trat einen Schritt beiseite. Der Drache wiederholte seine Prozedur bei Sora. Dann stieß er Karin mit dem Kopf, dass sie ins Taumeln kam. Kelim hatte sie davor gewarnt. Sie wusste, dass alles davon abhing, wie sie den Test der Standfestigkeit überstand. Beinahe hätte sie den Korb fallen gelassen. Sie fing sich wieder und tadelte den Drachen mit fester, aber ruhiger Stimme, so wie es Sora ihr beigebracht hatte.

»He, nicht so grob!« Dabei versuchte sie, den Drachenkopf zur Seite zu schieben. Der Drache stupste sie noch einmal, aber nur ganz sachte, so dass sie keine Schwierigkeiten hatte, das Gleichgewicht zu halten. Sie tätschelte ihn.

»So ist's brav.«

Dann war Sora an der Reihe. Karin hatte den Eindruck, dass er Sora weit heftiger anstieß, als er es bei ihr getan hatte. Diese geriet dennoch nicht in Gefahr, ihr Gleichgewicht zu verlieren. Sie tätschelte den Drachen und warf Karin dann einen auffordernden Blick zu. Die Fische! Karin hatte die Fische fast vergessen. Schnell holte sie einen aus ihrem Korb und hielt ihn dem Drachen vor die Nase. Der schnupperte einmal kurz und schnappte ihn sich dann schnell, jedoch ohne ihre Finger in Gefahr zu bringen. Eine Welle der Erleichterung durchflutete Karin. Jetzt war Sora an der Reihe. Auch ihren Fisch nahm er an! Sie fütterten ihn abwechselnd, bis ihre Körbe leer waren. Er hatte sie anerkannt.

»Und jetzt mach Platz!«, forderte Sora und baute sich kämpferisch vor dem riesigen Drachen auf.

Dieser hatte verstanden. Er machte zwar nicht Platz, wie Sora gefordert hatte, aber nach einem Blick hin zu Mara, erhob er sich und steckte seinen Kopf unter den Bauch, unter dem irgendwo verborgen von Beinen und abschirmend herabgelassenen Flügeln Niro sein musste. Er legte seine Flügel wieder ordentlich an den Körper an und gab den Blick auf Niro frei, der, eingeklemmt zwischen den mächtigen Füßen, am Boden lag. Ganz behutsam nahm der Drache Niro mit den Zehen eines Vorderfußes und legte ihn langsam vor Sora und Karin ab. Niro war über und über mit Blut beschmiert und hielt eine Hand an die rechte Seite gepresst. Aber er war bei Bewusstsein und grinste Sora an.

»Sieh an«, sagte er mit schwacher Stimme. »Meine kleine Schwester kommt ohne mich nicht zurecht in der großen Welt.«

Die war so erleichtert, dass sie in Tränen ausbrach.

»Du Mistkerl!«, schimpfte sie und schnäuzte sich in den Ärmel. »Na warte! Ich werde meinen Spaß schon haben, wenn ich dich mit Drachenmilch füttere.«

»Oh, Gnade! Bitte, Drache nimm mich wieder mit! Sonst werde ich Opfer der Rachegöttin.«

Sora musste wider Willen lachen. Karin schüttelte den Kopf. Wie konnte Niro in so einer Situation noch Witze machen? Aber dann musste sie auch lachen. Sie wurden schnell wieder ernst.

»Kannst du laufen?«, fragte Sora.

»Ich glaube nicht. Meine rechte Seite und mein Bein sind ganz taub.«

Sora wandte sich an Karin. »Hilf mir, ihn auf die Beine zu stellen.«

Gemeinsam schafften sie es. Doch sie mussten Niro stützen, sonst wäre er wieder zusammengebrochen. Sora griff nach Karins Handgelenk und so wie Karin zuvor getragen worden war, setzten sie nun Niro auf ihre Hände. Der Drache hatte sich wieder hingelegt und beobachtete sie interessiert. Sora steuerte direkt auf eines der Schlupflöcher zu. Sie hatten es fast erreicht, als Karin eine Idee hatte. Sie zog Sora weg von der Wand und steuerte das Drachennest an.

»He! Was soll das?«

»Du hast doch gesagt, du willst Niro mit Drachenmilch füttern?«, vergewisserte sich Karin.

»Du willst doch nicht …«

»Doch! Wenn Drachenmilch wirklich so heilkräftig ist, wie ihr behauptet …«

»Das ist sie! Wenn das klappt, wäre das großartig«, rief Sora und half Karin bereitwillig, Niro im Drachennest zu platzieren. »Und der Sonnendrache sieht auch noch zu.«

»Was habt ihr zwei mit mir vor?«, mischte sich Niro ein.

»Ich glaube, Karin hat da eine großartige Idee«, erklärte Sora begeistert.

»Das finde ich überhaupt nicht«, protestierte Niro schwach. Er wehrte sich jedoch nicht.

Karin stellte sich auf den Nestrand und winkte mit dem Arm. Mara, die schon wieder im anderen Nest gewesen war, kam neugierig herüber. Karin legte sich neben Niro und Sora zog sich etwas zurück.

Niro machte noch einmal einen Versuch das drohende Unheil abzuwenden.

»Und was ist mit meinen Sachen?«

»Die sind sowieso ruiniert«, meinte Sora. Es klang bekümmert. »Es ist alles in Fetzen, sogar deine Stiefel.«

Karin erinnerte sich daran, wie sich Sora darüber beklagt hatte, wie teuer ihre neuen Sachen gewesen waren. Offenbar waren Kleider hier etwas sehr Kostbares.

»Karin«, rief Rodan leise aus einem der Löcher, »du musst mittrinken, sonst geht es nicht.«

Und eine andere leise Stimme befahl: »Keine Schaufeln jetzt!«

Dann herrschte gespannte Stille.

Mara stellte sich über sie, spreizte allerdings die Schuppen nicht ab. Karin öffnete den Mund.

»Nun mach schon! Ich hab Hunger!«

Das war eigentlich eine Lüge, aber in diesem Fall zählte das wohl nicht, jeder wusste schließlich, dass das nicht stimmen konnte und ein unterdrücktes Kichern hinter der Felswand war die Quittung für diese absurde Behauptung. Nichts geschah.

»Probiers mal mit Lecken, wie es die jungen Drachen immer machen«, riet Sora. Wie es junge Drachen immer machten, wusste Karin nicht, aber es war nicht viel Fantasie nötig, um es sich vorzustellen. Sie stand auf, streckte sich nach oben und versuchte, den Drachen dort abzuschlecken, wo sonst die Milch herkam. Sie reichte jedoch nicht hoch genug. Es musste ziemlich albern aussehen und Karin wurde rot, als sie sich bewusst wurde, dass sie von vielen Augenpaaren gespannt beobachtet wurde. Der Versuch allein hatte genügt. Mara senkte die Brust und stellte die Schuppen ab. Eilig legte sich Karin wieder zu Niro.

»Mit dir habe ich noch ein Wörtchen zu reden, wenn das vorbei ist«, flüsterte er und krallte sich mit den Händen in Erwartung des drohenden Unheils ins Nest.

Sie kam nicht mehr dazu, etwas zu erwidern, der Milchstrom begann zu fließen. Sie schluckte brav ein paar Mal und kroch dann ein wenig zur Seite; sie hatte erst vor kurzem eine nicht zu kleine Menge davon in den Magen bekommen, für mehr war kein Platz. Es tropfte immer noch etwas auf sie herab. Sie drehte den Kopf ein wenig, um dem Regen zu entkommen, und versuchte dann, Niro unter dem roten Wasserfall ausfindig zu machen. Er hielt sich mit den Händen krampfhaft am Nest fest, lag aber still; offenbar war er zu schwach, um einen Fluchtversuch zu unternehmen. Sie hörte, wie er schluckte und wenige Sekunden später versiegte der rote Strom. Niro schnappte nach Luft und es gelang ihm, sich auf die Seite zu drehen. Er stöhnte gequält auf und presste die linke Hand auf seinen Bauch.

Karin stand auf. Mara hatte wie immer den Kopf unter den Bauch gesteckt, um den Erfolg ihrer Fütterung zu überprüfen, und sie tätschelte ihn liebevoll. »Danke! Das hast du gut gemacht.«

Mara grunzte zufrieden und schleckte dann Karin die Drachenmilch aus Haaren und Gesicht. Diese ließ es ruhig über sich ergehen.

»Es ist unheimlich, wie du das Zeug wegsäufst, ohne mit der Wimper zu zucken«, bemerkte Sora, während sie vorsichtig zu Niro hinüberging. Sie ließ Mara und den goldenen Drachen dabei nicht aus den Augen. Mara schenkte ihr keinerlei Beachtung und fuhr fort, Karin sauber zu schlecken. Endlich schien sie mit dem Ergebnis zufrieden. Sie hob den Kopf, sah zum anderen Nest hinüber und wechselte dann dorthin.

Hinter den Löchern brandete kaum unterdrückter Beifall auf. Auch Kelim konnte sich offenbar nicht länger beherrschen.

»Ja!«, stieß er aus. Es war das zweite Mal innerhalb kurzer Zeit, dass er sich so temperamentvoll zeigte. So kannte Karin ihn gar nicht.

»Ich hatte recht!«, fuhr er nicht wesentlich leiser fort und hob triumphierend die Faust. »Der alte Sorim hat die Wahrheit gesagt: Karin ist jetzt ein Drachenkind; es ist nicht mehr zu übersehen.«

Einige Drachenreiter wagten sich aus den Löchern, um Sora und Karin mit Niro zu helfen. Dabei hatten sie vor allem Augen für Karin. Auch Kelim streckte den Kopf aus einem der Löcher. Karin fühlte sich unwohl, schon wieder im Mittelpunkt aller Aufmerksamkeit zu stehen. Und wieder hatte Kelim sie in diese unangenehme Lage gebracht!

»Ist das wohl etwas Besonderes, ein Drachenkind zu sein?«, fragte sie ihn und warf ihm einen nicht besonders freundlichen Blick zu.

»Und ob«, antwortete Kelim, ohne nähere Angaben zu machen.

Plötzlich schnaubte der goldene Drache, stand auf und kam herüber. Sofort verschwanden die Drachenreiter wieder hinter der Wand. Sora, die sich ebenfalls bis in Reichweite der Schlupflöcher zurückgezogen hatte und den Drachen genau im Auge behielt, sah sich veranlasst, ebenfalls eine Frage zu stellen.

»Wer ist Sorim?«

»War – wer war Sorim, solltest du fragen. Sorim war schon nicht mehr, als dein Vater geboren wurde. Er war damals, wie ich, Mitglied im Rat der Weisen und hat sich zeitlebens mit der Wirkung von Drachenmilch beschäftigt. Er hat immer behauptet, dass einen die Drachenmilch verändert, wenn man nur genügend davon trinkt; dass man zum *Drachenkind* wird, wie er es nannte.«

»Und was ist jetzt ein Drachenkind?«, wollte Karin wissen.

»Das werdet ihr selbst herausfinden«, antwortete Kelim nur. Er richtete seinen Blick auf Niro, der immer noch in gekrümmter Haltung im Nest lag. »Karin, sag dem goldenen Drachen, dass er weggehen soll. Wir müssen Niro da rausholen.«

»Wie soll ich das denn anstellen?«, fragte Karin ratlos.

Sora nahm Karin bei der Hand und sie stellten sich gemeinsam vor den Drachen hin.

Sora trat vor und drückte kräftig gegen eines seiner Beine.

»Bitte mach Platz!«, sagte sie dabei ruhig, aber bestimmt.

Karin tat es ihr nach und der Drache stieg tatsächlich langsam vom Nest. Sie schoben ihn noch ein Stück fort, dann tätschelten sie seinen Kopf und lobten ihn. Er drehte sich um und machte sich auf, das andere Nest zu besuchen. Eigentlich wäre das Vertrauen, das ihnen das riesige Tier hiermit bewies, ein Grund, um zu jubeln, doch das interessierte momentan Niemanden.

Während sie erneut zu Niro ins Nest stiegen, fragte Karin, ob sie der Drache verstehen könne, doch Sora schüttelte den Kopf.

»Nein. Drachen verstehen unsere Sprache nicht.«

»Dafür gehorcht er aber gut.«

»Ich sagte doch: Drachen sind sehr intelligent. Sie brauchen deine Worte nicht zu verstehen, um zu wissen, was du von ihnen willst.«

Dann galt ihr Interesse etwas anderem und sie kniete sich neben Niro ins Nest. Karin war vergessen. Es bedurfte keiner großen Kunst, um zu sehen, dass sie sich große Sorgen um ihn machte.

Niro atmete stoßweise und hielt seine Hände gegen den Bauch gepresst. Karin wusste nur zu gut, wie ihm zumute war. Sie fand, dass er sich ziemlich gut hielt. Zwei Drachenreiter kamen ins Nest und gaben sich Mühe, Niro wenigstens einen Teil der Drachenmilch abzuwaschen. Dann legten sie ihn mit der Hilfe von Sora und Karin auf eine Trage und bugsierten ihn vorsichtig durch eines der Schlupflöcher. Sora ging mit ihnen mit. Als auch Karin folgen wollte, wurde sie von zwei kräftigen Händen zurückgehalten. Sie drehte sich um und blickte in das Gesicht von Rodan.

»Du wirst dort nicht benötigt«, sagte er knapp. Auf einen Wink von ihm, griffen zwei Drachenreiter nach dem Schlauch, dirigierten sie zurück ins Nest und spritzten sie und das Nest gründlich ab. Erst dann durfte sie wieder hinter die Wand. Zwei andere Drachenreiter – einer war eine Frau, die erste außer Sora, der sie hier in der Höhle begegnete – brachten sie in den Baderaum.

Zwei Stunden später lieferten die beiden eine leidlich geruchsarme und anständig angezogene Karin bei Kelim ab.

Nachdem Kelim sich für ihre Hilfestellung bedankt hatte, musterte er Karin kurz und führte sie dann zu dem kleinen Tisch, der an der Wand stand. Es war der einzige Platz in seiner Wohnung, auf dem nichts herumlag. Auch nicht auf den drei Stühlen, die um ihn herumstanden. Ansonsten war jeder freie Platz mit Büchern, Schriftrollen und allerlei anderen Dingen belegt. War das letzte Mal auch so viel herumgelegen? Auch das Bett im hinteren Teil der Wohnung war, wie bei Karins allerererstem Besuch, fast völlig bedeckt.

»Setz dich!«, sagte er knapp.

Dankbar ließ sie sich auf den nächsten Stuhl fallen. Nach der ganzen Aufregung um Niro und den goldenen Drachen war sie völlig erledigt und sie wollte sich nur noch hinlegen und schlafen. Für mindestens zwölf Stunden – oder länger.

Doch Kelim stellte ihr eine Schüssel mit Suppe hin und bestand darauf, dass sie aß. Also aß sie. Erst danach zog er den Vorhang zu ihrem Bereich zur Seite und sie betrachtete ihr neues, eigenes Reich zum ersten Mal etwas genauer. Neben dem Bett standen ein kleiner Stuhl und ein kleines Tischchen und über dem Fußende des Bettes war ein Regal angebracht worden. Es roch nach frischem Holz. Karin liebte diesen Geruch. Doch das erinnerte sie an Zuhause und das schmerzte. Aber seit ihrem Zusammenbruch, nachdem sie eine halbe Nacht auf der Nadel verbracht hatte, konnte sie solche Gedanken wieder zulassen. Wenngleich auch kaum Zeit war, sich über Vergangenes Gedanken zu machen. Die Gegenwart stürmte mit so vielen Überraschungen auf sie ein, dass sie allein damit überfordert war.

Kelim half ihr, die Stiefel auszuziehen, und löste die Schleifen an Hose und Hemd, dann ließ er sie allein. Sie zog Hose, Hemd und nach einiger Überlegung auch das Unterziehhemd aus, bevor sie sich auf das Bett fallen ließ. Es fühlte sich himmlisch an im Vergleich zu einem Drachennest. Kelim kam zurück und brachte ihr eine Decke. Er untersuchte noch einmal ihre Verletzung an der Seite.

»Spürst du das?«, fragte er und drückte kräftig auf die Wunde.

»Natürlich. Aber es ist nur unangenehm; es tut nicht mehr weh.«

»Das ist gut. Du wirst die Sache bald vergessen haben. Wenn die Heilung abgeschlossen ist, wird die Narbe nur klein sein. Ich denke, es wird dich in Zukunft nicht beeinträchtigen.«

Er faltete die Decke auseinander und deckte Karin damit zu. Die Decke war weich und warm und nachdem er gegangen war und den Vorhang zugezogen hatte, dauerte es nicht lange bis sie eingeschlafen war. Kelim ließ sie schlafen. Und Karin schlief lange, sehr lange. Als sie endlich aufwachte, war der nächste Tag schon halb vergangen. Natürlich wollte sie gleich zu Niro, aber Kelim erlaubte es nicht. Stattdessen trug er ihr auf, die Buchstaben der Hochschrift zu üben und, wenn sie damit zurechtkäme, die *Gemeinschaftsordnung der Drachenreiter* zu lesen.

Es hatte keinen Sinn, Kelim zu widersprechen. Soviel war Karin inzwischen klar geworden. Sie nickte. Aber sie merkte, wie die Wut in ihr hochstieg. Kelim kommandierte sie wieder herum wie ein kleines Kind!

»Ich muss noch zu einer Besprechung«, fuhr er fort. »Du bleibst solange hier. Kann ich mich darauf verlassen?«

Wieso fragte er sie eigentlich? Wenn sie nicht hier blieb, würde sie nur bestraft werden. Sie funkelte ihn wütend an.

»Ja!«, stieß sie hervor. »Du kannst dich darauf verlassen. Habe ich denn eine andere Wahl?«

Daraufhin erklärte er ihr noch einmal, dass sie zu wenig wüsste, um eigene Entscheidungen zu treffen und dass sie das endlich akzeptieren sollte und aufhören müsste, ihren eigenen Kopf durchsetzen zu wollen. Immerhin ließ er sich dazu herab, seine Entscheidungen zu begründen.

»Niro braucht seine Ruhe. Es reicht, wenn Sora bei ihm ist. Du bekommst Bescheid, wenn es etwas Neues gibt. Wenn weiterhin alles gut läuft, wirst du ihn in Kürze sowieso sehen. Und wenn du bei uns bleibst, solltest du wissen, nach welchen Regeln sich unsere Gemeinschaft richtet und wie unser Zusammenleben funktioniert. Wenn du die Regeln gelesen und verstanden hast, kann ich dir auch zugestehen, dass du für einen Teil deiner Handlungen selbst die Verantwortung übernimmst. Und je mehr du lernst, desto eher bekommst du die Möglichkeit, selbst zu entscheiden. Aber ich warne dich: Verlass dich lieber auf unser Urteilsvermögen. Unsere Welt scheint sich doch sehr von deiner zu unterscheiden. Ich muss los, ich bin schon spät.« Er drehte sich um und öffnete die Tür.

»Woher weißt du das?«, wollte Karin wissen. »Ich meine, dass du spät dran bist. Hier gibt es doch kein Tageslicht und ich habe bei dir noch keine Uhr gesehen.«

Kelim, der schon halb zur Tür draußen war, lachte und drehte sich noch einmal um.

»Das erkläre ich dir, wenn ich zurück bin. Erinnere mich bitte daran, wenn ich es vergessen sollte.«

Er ging und ließ Karin allein zurück. Sie zögerte noch einen Moment, dann setzte sie sich an den Tisch und nahm sich die Übungsblätter vor, mit denen sie schon bei Bataya angefangen hatte. Doch sie war nicht recht bei der Sache und ihr gelang kaum ein Buchstabe fehlerfrei. Sie musste dauernd an Niro denken. Die Bissverletzung hatte fürchterlich ausgesehen. Karin fragte sich immer wieder, wie es Niro fertiggebracht hatte, sich auf der Nadel zu halten. Und das über Stunden. Sie selbst hatte sich nur mit Mühe anklammern können und wenn der Lederriemen nicht gewesen wäre, wäre sie nach wenigen Minuten im Meer gelandet. Niro hatte keinen Riemen gehabt und mit dieser Verletzung … Als sie erneut einen falschen Strich über einen schon fast vollendeten Buchstaben zog, gab sie auf. Sie schob die Blätter beiseite und hoffte, dass Kelim ein Einsehen hatte. Sollte sie vielleicht versuchen, im Buch zu lesen? Aber solange sie fast eine halbe Minute brauchte, um einen Buchstaben zu erkennen, hatte auch das keinen Sinn. Sie sah sich im Zimmer um. Während sie geschlafen hatte, hatte Kelim aufgeräumt. Der einzige Ort, an dem noch etwas herum lag, war sein Bett; er schien es weniger zum Schlafen, als vielmehr als Ablagefläche zu benutzen.

Es klopfte. Karin zuckte zusammen. Sie hatte niemanden kommen gehört.

»Wer ist da?«, fragte sie.

Ein fremder Mann trat ein. Er war kein Drachenreiter. Zumindest trug er nicht die richtige Kleidung, sondern eine schwarze Leinenhose und ein ebensolches Hemd.

»Ich bin Merin«, stellte er sich vor. »Kelim schickt mich. Er musste noch in den Kräutergarten. Ich soll dir die Lichtschächte zeigen.«

Er deutete auf eine Nische in der Wand zwischen Kelims Bücherregalen.

»Siehst du das Licht?«

»Ja«, antwortete Karin.

»Dann sieh es dir einmal genauer an.«

Sie stand auf und ging zu der Nische hinüber. Die Nische reichte bis zur Decke hinauf und von oben fiel durch eine runde Öffnung das Licht herein. Es schien sich um Tageslicht zu handeln, aber so ganz sicher war sie sich nicht. Wo sollte hier so tief im Fels so helles Tageslicht herkommen? Auch wenn der Schacht bis an die Oberfläche reichen würde, käme hier kaum etwas davon an.

Doch es war durchaus Tageslicht. Merin erklärte ihr die Funktion der Lichtschächte. Sie funktionierten ähnlich wie Glasfaserkabel, denn die Wände waren mit Kristallen ausgekleidet, die das Licht spiegelten. Der ganze bewohnte Teil des Höhlenlabyrinthes war von diesen Schächten durchzogen. Überdies waren die Schächte am oberen Ende mit sogenannten Lichtsammelkristallen bestückt, die die wunderbare Eigenschaft besaßen, alle Bestandteile der Sonnenstrahlung, also wohl auch Ultraviolett- und Infrarotanteile – Merin sprach von »Wärme- und Fledermauslicht« – als sichtbares Licht wieder abzugeben. Er warnte Karin davor, an einem sonnigen Tag mittags von unten direkt in einen Lichtschacht zu blicken, weil das Licht dann so hell sein konnte, dass man erblindete. Aber das war noch nicht alles: Die Kristalle waren so angeordnet, dass der Strahl je nach Sonnenstand in einem unterschiedlichen Winkel aus dem Schacht kam. Die Abweichung war zwar minimal, doch es genügte, um die Tageszeit festzustellen. Er zeigte ihr die feinen Markierungen auf dem Grund der Nische, auf die das Licht fiel und tatsächlich war sie in der Lage, an der Skala die Uhrzeit abzulesen. Und das funktionierte auch, wenn der Himmel bewölkt war. Sie war beeindruckt.

»Ich soll dich außerdem zu Niro bringen.«

Dazu brauchte er sie nicht lange zu überreden. Doch zu ihrem Erstaunen nahm er den Weg Richtung Falle. Er führte sie in den Raum mit den Schlupflöchern. Und da war Niro. Er lag auf einer Trage, die man auf dem Boden abgestellt hatte. Rodan und ein paar andere Drachenreiter standen etwas abseits. Als sie erkannte weswegen, musste sie fast lachen: Es war der Geruch. Wegen seiner Verletzung hatte man Niro nicht baden können und er stank bestialisch nach Drachenmilch. Ihr machte das jetzt nichts mehr aus und sie kniete sich neben Niro auf den Boden. Er war fast so blass wie das weiße Laken, mit dem er zugedeckt war. Als er sie erkannte, lächelte er schwach. Doch dahinter konnte sie seine Angst sehen. Karins Verstand arbeitete wieder einwandfrei und sie begriff sofort, was los war: Man hatte für Niro als Medizin offenbar die Drachenmilch ausgewählt. Da Karin in der Lage war, Mara dazu zu bringen, Niro zu füttern, wollte man die außergewöhnliche Heilwirkung der Drachenmilch ausnutzen. Die Wirkung musste um ein Mehrfaches stärker sein, wenn man nicht nur einige Schlucke trank, sondern darin regelrecht badete und sie auch noch einatmete. Letzteres war das Schlimmste, es ließ sich allerdings kaum vermeiden, dass man etwas davon in die Nase bekam, wenn man von Mara gefüttert wurde. Karin suchte unter dem Tuch nach Niros Hand und ergriff sie tröstend. Er erwiderte ihren Händedruck, doch sein Griff war so schwach, dass es ihr angst wurde. Konnte er immer noch sterben? Sie zog das Tuch weg, aber Niros Verletzung war unter einem Verband versteckt. Er war vollständig eingewickelt. Nur seine Arme und das linke Bein waren zu sehen. Und selbst dort trug er einige kleinere Verbände. Der Drache hatte ihn wirklich übel zugerichtet.

»Du kannst es wohl gar nicht erwarten, mich von Mara foltern zu lassen?«, kommentierte Niro ihre Aktion. Seine Stimme war so leise, dass sie seine Worte kaum verstand. Sie erwiderte nichts und sah zu Rodan hinüber. Er nickte ihr zu.

»Hast du eine Ahnung, was du tun sollst?«, fragte er.

»Ich fürchte, ja. Muss das wirklich sein? Ihm geht es doch sowieso schon so schlecht.«

»Eben deswegen«, antwortete Rodan. »Wenn du bereit bist, können wir es gleich hinter uns bringen.«

Karin sah Niro an. *Er* sah nicht besonders bereit aus. Er starrte an die Decke und atmete deutlich schneller als noch vor einer Minute. Auch der Griff seiner Hand hatte sich verstärkt. Aber nicht sehr.

Vielleicht war es wirklich das Beste, die Sache sofort hinter sich zu bringen, dann musste Niro wenigstens nicht mehr länger darauf warten. Sie löste sich von ihm und begann, die Bänder an ihrem Hemd zu lösen. Sofort kamen zwei der Drachenreiter zu ihr herüber und halfen ihr. Während sie sich auszog, meldete sich Rodan noch einmal zu Wort.

»Mara ist sehr intelligent und da sie ein Junges zu versorgen hat, momentan auch sehr fürsorglich. Karin, sei nicht überrascht, wenn sie die Sache selbst in die Hand nimmt. Es muss nicht sein, aber wenn sie es tut, dann lass sie machen. Dich hat sie schließlich hervorragend versorgt.«

Karin nickte. Sie war bereit, alles zu tun – oder auch nicht zu tun, wenn es nur Niro half, wieder gesund zu werden.

Die Drachenreiter hatten Niro inzwischen ins Nest gelegt. Als Karin zu ihm ins Nest stieg und sah, wie er gegen seine Panik ankämpfte, kam sie sich gemein vor. Wie konnte sie ihm das antun? Ihm stand die Hölle auf Erden bevor und sie sollte genau dafür sorgen. Sie fasste sich ein Herz und rief nach Mara. Je schneller sie es hinter sich brachten, desto weniger lange musste Niro leiden.

Sofort kam Mara herüber und begrüßte Karin erfreut. Natürlich versuchte sie wieder, ihr *Kind* abzuschlecken, ließ sich aber bald davon abbringen. Karin kraulte sie kurz hinter den Ohrstacheln und dann wandte Mara ihre Aufmerksamkeit Niro zu. Karin wusste sofort, dass Mara erkannt hatte, was sie von ihr wollte und machte nicht einmal den Versuch, sich hinzulegen, um Mara auf diese Weise dazu zu bringen, ihre Milch fließen zu lassen. Stattdessen setzte sie sich einfach auf den Nestrand.

»Lass Niro doch nicht so lange warten«, tadelte Rodan sie daraufhin. Er hatte offenbar nicht erkannt, dass Mara die Lage schon begriffen hatte. Allerdings stand Rodan hinter der Wand und sah Mara deshalb wohl nicht richtig.

Sie erwiderte nichts und sah ruhig zu, wie Mara Niro vorsichtig beschnupperte. Dann tat diese das, worauf alle gewartet hatten.

Niro war zu schwach, um sich zu wehren, immerhin fand er die Kraft, sich auf die Seite zu drehen. Mara drehte ihn zurück auf den Rücken und ließ eine Zehe auf ihm liegen. Als sie ihn hinterher losließ, krümmte er sich wieder auf die Seite, dann rührte er sich nicht mehr. Als zwei Drachenreiter mit der Trage zum Nest kamen, um Niro, der offensichtlich bewusstlos war, wieder abzuholen, verwehrte Mara ihnen den Weg. Auch Karin erlaubte sie nicht, Niro zu berühren. Sie legte sich neben ihm ins Nest und nahm ihn unter den Flügel. Karin kraulte Mara noch einmal hinter den Ohrstacheln, ehe sie sich zurückzog.

»Pass gut auf ihn auf, mein Täubchen«, sagte sie, bevor sie durch eines der Löcher schlüpfte.

»Hast du gerade *mein Täubchen* zu deinem Drachen gesagt?«, fragte Rodan ungläubig.

Karin sah auf und blickte in eine Gruppe grinsender Gesichter.

»Wieso hast du vorhin nicht versucht, dich unter Mara zu legen?«, fragte Rodan wieder mit ernsthafter Miene. »Man könnte glauben, dass du gewusst hast, dass es nicht nötig war.«

»Das war es auch nicht. Habt ihr nicht gesehen, wie sie Niro angesehen hat? Es war doch eindeutig, dass sie sich um ihn kümmern wollte.«

»So? War es das?« Rodan war verblüfft. »Also für mich war das nicht zu sehen.«

Er sah in die Runde. Auch die anderen Drachenreiter schüttelten den Kopf.

»Ich glaube«, sagte Rodan nachdenklich, »wir sollten noch einmal mit Kelim reden. Und uns genau sagen lassen, was es mit seinem Gerede vom *Drachenkind* auf sich hat. Wir sind mit den Drachen groß geworden; du bist erst seit einigen Tagen mit Mara zusammen – und siehst mehr, als wir alle zusammen!«

Wie gerufen, kam plötzlich Kelim in den Raum. Er war etwas außer Atem und sah sich suchend um.

»Wo ist Niro?«, fragte er.

»Mara hat sich seiner angenommen«, antwortete Karin. »Sie kümmert sich genauso um ihn, wie sie es mit mir gemacht hat.«

»Was? Noch ein Drachenkind?« Kelim tat erstaunt, aber es wirkte nicht sehr überzeugend. Jeder sah, dass er genau das erwartet hatte und das wusste auch Kelim, andernfalls hätte er sich der Lüge schuldig gemacht. Und das war etwas, das Karin mit Sicherheit nicht von ihm erwartete.

»Genau!«, nickte Rodan. »Ein Drachenkind. Genau darüber müssen wir reden!«

Er nahm Kelim, der unverschämt zufrieden aussah, am Arm und verließ mit ihm den Raum.

Karin stemmte die Hände in die Hüften »Also ...«, begann sie.

Jemand tippte sie auf die Schulter.

»Bevor du dich weiter aufregst: Wenn es für dich von Belang ist, was die beiden bereden, erfährst du es sicher. Außerdem glaube ich, ein schönes, warmes Bad würde dir jetzt nicht schaden. Komm, ich begleite dich!«

Er nahm ihre Hand und zog sie zum Ausgang, der zur Badegrotte führte. Mit der anderen Hand griff er sich Karins Kleider. In dem Augenblick, als er das tat, wurde Karin wieder bewusst, dass sie außer einem knappen Unterhöschen nichts anhatte. Sie griff nach ihren Sachen, doch der Drachenreiter zog seine Hand weg.

»Nach dem Bad! Oder möchtest du für die nächsten Tage nach Drachenspucke riechen?«

Sie kannte nicht einmal seinen Namen. Und doch führte er sie so selbstverständlich durch die Tunnel, als täte er das jeden Tag. Karin hingegen fühlte sich äußerst unwohl. Sie hatte nichts an und ließ sich so von einem fremden Mann durch halbdunkle Tunnel führen ...

»Du hast noch gar nicht nach Sora gefragt«, begann der Drachenreiter eine Unterhaltung.

Sora! Vor lauter Sorge um Niro hatte sie gar nicht bemerkt, dass diese gefehlt hatte. Was war los mit ihr? Karin konnte sich nicht vorstellen, dass Sora freiwillig von Niros Seite wich. Warum war sie dann nicht da gewesen?

»Was ist mit Sora?«, fragte sie den namenlosen Drachenreiter.

»Sie schläft.«

»Sie schläft?«, fragte Karin ungläubig.

»Wir haben ihr etwas gegeben und sie zu den Tröstern gebracht. Freiwillig hätte sie Niro nie allein gelassen. Mit etwas Glück triffst du sie nach dem Bad noch.«

Sie waren bei der Badegrotte angekommen.

»Findest du von hier allein zur offenen Halle?«

Karin schüttelte den Kopf. »Ich weiß nicht mal, was die *offene Halle* ist!«

Der Drachenreiter lachte. »Du warst doch schon oft genug dort.«

»Was?« Sie sah ihn überrascht an, doch dann dämmerte es ihr. »Ach so! So nennt ihr das Fußballstadion.«

Jetzt sah der Drachenreiter sie verblüfft an. Karin erklärte ihm, was ein Fußballstadion war und er lachte amüsiert.

»Findest du jetzt den Weg dorthin?«

Sie schüttelte abermals den Kopf.

»Kennst du denn die Wegzeichen noch nicht?«, fragte er weiter.

»Welche Wegzeichen?«

Der Drachenreiter seufzte. »Du weißt aber auch überhaupt nichts.«

Während er ihr erklärte, was es mit den Wegzeichen auf sich hatte, kam Karin wieder in den Sinn, was Rimo über sie gesagt hatte. »Aber du weißt doch wirklich nichts. Du bist so unwissend wie ein Schaf«. Wie recht er doch hatte! Nur der Vergleich mit einem Schaf gefiel ihr nicht besonders.

Der Drachenreiter zog den Stöpsel aus der Leitung, und während die Wanne volllief, erklärte er ihr genau, wohin sie nach dem Bad gehen sollte. Dann gab er ihr ihre Kleider und verabschiedete sich. Karin wusch sich Maras Spucke mit viel Seife ab und beeilte sich dann, in ihre Kleider zu kommen. Zum einen war sie neugierig darauf, was sie in der offenen Halle erwartete, zum anderen war sie inzwischen nicht mehr die Einzige in der Badegrotte. Und die neuen Badegäste waren allesamt Männer, die sich völlig ungeniert auszuziehen begannen, ohne auf Karin zu achten.

Noch mit feuchten Haaren machte sie sich auf den Weg. Bei der ersten Abzweigung blieb sie stehen und studierte eingehend die Wand zwischen den beiden Tunneln. Tatsächlich gab es dort jede Menge verschiedene, farbige Zeichen, die in den Fels eingeritzt waren. Warum hatte ihr das bisher noch niemand erklärt? Oder war das Absicht gewesen, damit sie nicht einfach auf eigene Faust losziehen konnte? Zur offenen Halle ging es *rechts vom grünen Punkt* und sich bei jeder Abzweigung *rechts vom grünen Punkt* haltend, hatte sie die offene Halle bald erreicht. Langsam ging sie den weißen Mosaikweg entlang und hielt auf der rechten Seite Ausschau nach dem angegebenen Haus: Ein großes, weißes

Steinhaus, auf dem sich ein Drachenrelief befand, das mit blauen Mosaiksteinen verziert war.

Sie brauchte nicht lange zu suchen. Es war ein prachtvolles Gebäude, das einem sofort ins Auge stach. Der große, blaue Drache, der in die Hauswand eingemeißelt war, sah so echt aus, dass es schien, als ob er sich jeden Augenblick ganz aus der Wand herausarbeiten würde, um davonzufliegen. Die große Holztür war mit aufwendigen Schnitzereien verziert. Sie war nur angelehnt. Der Drachenreiter hatte gesagt, sie solle einfach hineingehen. Sie zögerte und betrachtete zuerst die kunstvollen Schnitzereien, bevor sie sich ein Herz fasste und die Tür vorsichtig aufmachte. Sie fand sich in einer prächtigen Eingangshalle wieder. Auf der rechten Seite standen mehrere gepolsterte Stühle an der Wand, links standen die Stühle um einen kleinen Tisch herum. Die Wände hinter den Stühlen waren von der Decke bis zum Boden bemalt. Das linke Gemälde zeigte zwei kämpfende, blaue Drachen, die mit Klauen und Zähnen aufeinander losgingen. Aus dem Maul des einen stieg eine kleine Rauchwolke und aus dem Wald, über dem die Drachen flogen, stiegen an mehreren Stellen lodernde Flammen und Rauchfahnen empor. Der eine Flügel des linken Drachen war angesengt und aus dem Hals des rechten lief das Blut in Strömen aus einer tiefen Wunde. Es wirkte so echt, dass Karin erwartete, dass das Blut jeden Augenblick die Wand hinunter und auf den Boden der Halle laufen müsste. Sie meinte förmlich, das Gebrüll der kämpfenden Drachen zu hören, wartete darauf, dass der eine Drache, der den anderen am Flügel gepackt hatte, zubiss und das Geräusch brechender Knochen zu hören war.

Das Gemälde auf der anderen Seite zeigte ein Drachennest, das sich auf einem einsamen Felsen im Meer befand. Darin lagen zwei weiße Eier und ein blaues Drachenweibchen befand sich gerade im Anflug auf das Nest. Um den Felsen herum tobte das Meer und man sah, wie der Wind die Gischt von den Schaumkronen riss. Auch dieses Gemälde wirkte so realistisch, dass Karin glaubte, das Salz des Meeres zu schmecken und zu spüren, wie der Wind ihre Haare zauste.

Die nicht bemalten Wände und der Fußboden waren reinweiß, während die dunkle, hölzerne Kassettendecke mit geschnitzten Mustern verziert war.

In der Mitte der Eingangshalle stand ein marmorner Brunnen, ganz ähnlich dem, der im Zentrum der offenen Halle stand. Er war ebenfalls achteckig und ein prächtiger, goldener Drache spie unentwegt Wasser. Die Drachenskulpturen auf den Säulen fehlten jedoch. Und natürlich war er viel kleiner.

Ein Weg aus blauen Mosaiksteinen, eingefasst von einem goldenen Band, führte von der Tür gerade auf den Brunnen zu, teilte sich dann, umrundete den Brunnen, um sich danach wieder zu einem Weg zu vereinen und geradewegs in einen Gang hineinzuführen, der am gegenüberliegenden Ende der Eingangshalle seinen Anfang nahm. Zuvor zweigten zwei etwas schmalere Wege nach rechts und links ab und führten dicht an der Hinterwand entlang zu den sich dort befindlichen Türen; je zwei auf jeder Seite. Im Vergleich zu der übrigen Ausstattung waren die Türen schlicht gearbeitet, wenngleich auch sie mit einigen Schnitzereien verziert waren. Über den Türen waren kleine Holztäfelchen angebracht, die mit goldenen Buchstaben in schönster Hochschrift beschrieben waren. Karin trat näher heran und versuchte, die Buchstaben zu entziffern. Es schien bei allen Türen das gleiche Wort zu sein. Der erste Buchstabe war ein *T*. Der dritte wohl ein *o*. Aber der zweite? Gerade, als Karin meinte ein *r* zu erkennen, öffnete sich die Tür daneben und Sora kam heraus. Karin zuckte erschrocken zusammen und Sora lachte.

»Hab ich dich erschreckt?«

»Ein bisschen«, gab Karin zu, während sie Sora musterte. Sora sah deutlich besser aus als das letzte Mal. Die Augenringe waren verschwunden, ihre Haare ordentlich gekämmt und das Beste war, dass sie offenbar wieder in der Lage war zu lachen. Ehe Karin dazu kam, etwas dazu zu sagen, redete Sora schon weiter.

»Keno hat mir schon erzählt, dass Mara Niro angenommen hat. Jetzt wird alles gut. Ich hoffe nur, dass Niro hinterher wieder richtig laufen kann. Das ist das Einzige, was noch nicht sicher ist. – Du kannst gleich hier rein gehen, Keno wartet schon auf dich. Er hat mir erzählt, dass Rodan und Kelim es für hilfreich halten, dich zu den Tröstern zu schicken. Sie finden, dass du in letzter Zeit deutlich zu viel Aufregendes durchmachen musstest. Das finde ich auch. Und du hast Glück: Keno ist der Beste! Genieße es! Mich haben sie auch hergebracht und ich bin froh, dass sie es getan haben. Und ich durfte auch zu Keno. Mir geht es jedenfalls jetzt viel besser und die Verspannung in meiner Schulter ist auch weg.«

Sora trat zur Seite, um Karin vorbeizulassen. Zögernd ging diese auf die Tür zu.

»Na los!«, ermunterte Sora sie und schob sie durch die Tür. Ehe Karin noch etwas sagen konnte, hatte Sora die Tür hinter ihr zugemacht.

Sie sah sich um. In der Mitte des kleinen Raumes stand eine breite, gepolsterte Liege, daneben ein kleines Tischchen mit allerlei Dingen darauf. Der Raum selbst war in warmen Erdfarben gehalten. Eine schwache indirekte Beleuchtung vermittelte eine heimelige Atmosphäre und es lag ein süßer, betörender Duft in der Luft. An der hinteren Wand stand ein kleiner Brunnen mit einer sich auf dem Wasser stetig drehenden, orangefarbigen Kugel und Karin machte ihn bald als Quelle des Geruchs ausfindig. Links von ihr gab es einen schmalen Durchgang und sie hörte, wie sich in dem Raum dahinter jemand offenbar die Hände wusch. Kurz danach kam ein junger Mann aus dem Raum und als Karin ihn erkannte, hätte sie sich am liebsten umgedreht und wäre davongelaufen. Doch genau das schien er schon erwartet zu haben, denn er griff rasch nach ihrer Hand und zog sie ein Stückchen näher zu sich heran.

»Sei gegrüßt, Karin! Schön, dass du da bist.« Es war derselbe junge Mann, der sie schon einmal bei Kelim besucht hatte.

Er schob sie ein bisschen in Richtung auf die Liege zu und ging dann selbst zur Tür.

»Äh«, stotterte sie, »ich glaube, ich gehe lieber wieder. Das … das ist wohl doch keine so gute Idee gewesen.« Sie machte Anstalten, zur Tür hinauszugehen.

»Oh, nein! So kann ich dich nicht wieder gehen lassen«, sagte Keno, sperrte die Tür ab und ließ den Schlüssel in seiner Hosentasche verschwinden. »Kelim und Rodan haben mich beauftragt, dir zu helfen. Ich wäre ein schlechter Tröster, wenn ich das nicht könnte. Es gibt vieles, was ich für dich tun kann. Wenn du nicht willst, dass ich dich anfasse, dann reden wir erst mal ein wenig.«

Er verwickelte sie geschickt in ein Gespräch, fragte sie nach Mara und Niro und einiges andere und ehe sie sich versah, saß sie neben Keno auf der Liege, da es im Sitzen bequemer wäre. Wie beiläufig berührte er sie dabei am Arm und strich ihr eine Haarsträhne aus dem Gesicht. Als sie von ihrer Sorge um Niro erzählte, legte er ihr tröstend die Hand auf die Schulter, um sie dann nicht mehr wegzunehmen, sondern tastend darüber zu fahren.

»Du bist ganz verspannt. Hier schau!«

Er nahm auch die andere Hand zu Hilfe und fuhr über ihre Schultern, dabei drückte er die Finger gegen die Muskulatur. Es tat weh.

»Alles ganz hart. Eine Massage täte dir gut.«

Er fing an ihre Schultern erst sanft, dann kräftiger zu massieren, und fuhr fort, sie über alles Mögliche auszufragen. Nach kurzer Zeit meinte er, es wäre besser, wenn sie sich hinlegen würde, so könnte er besser arbeiten. Und schon lag Karin bäuchlings auf der Liege, während Keno nun nicht nur ihre Schultern, sondern auch ihren Rücken in die Massage mit einbezog. Keno ließ das Gespräch nicht abbrechen und als er eher beiläufig erklärte, dass ihre Kleidung hinderlich sei, ließ sie sich dazu überreden, Hemd und Unterziehhemd auszuziehen. Und da sie auf dem Bauch lag, hatte sie auch nichts dagegen, dass Keno die Bänder an ihrem BH löste. Als Nächstes massierte er ihre Arme und Hände und nahm sich dann ihre Füße vor, um sich langsam zu den Waden vorzuarbeiten. Natürlich war die Hose im Weg und Karin, die von der wohltuenden Massage und Kenos beruhigend klingender Stimme schon ganz eingelullt war, hatte nichts mehr dagegen, als Keno ihr diese auszog.

Er arbeitete sich mehrmals über ihre gesamte Rückseite und bald wurde dabei aus der kräftigen Massage ein sanftes Streicheln. Schließlich stellte er fest, dass sie noch sehr verkrampft in den Beinen sei, und bat sie, sich umzudrehen und Karin tat auch dies. Während er ihre Beine bearbeitete, sie beugte und dehnte, redete er weiter und lenkte sie mit Fragen geschickt ab. Und dann meinte er, sie sei immer noch zu sehr angespannt und dass das Pulver helfen würde. Ehe sie dazu kam zu widersprechen, hatte er ihr auch schon etwas davon in die Nase gestreut. Sofort spürte sie die benebelnde Wirkung, und ihr Widerstand brach völlig zusammen.

»So ist es schon viel besser«, meinte Keno und drehte sie auf den Bauch. Noch einmal bedachte er ihre Rückseite mit einer leichten Massage, aber bald beschränkte er sich auf ein sanftes

Streicheln. Dabei sprach er immer weniger und leiser und sie gab sich seinen sanften Berührungen hin. Schließlich drehte er sie wieder auf den Rücken und obwohl sie wusste, was kommen würde, ließ sie es geschehen. Keno streute ihr zum zweiten Mal etwas von dem seltsamen Pulver in die Nase.

»Es tut dir gut. Lass es zu«, sagte er dabei, dann sagte er nichts mehr und konzentrierte sich ganz auf ihren Körper. Er ließ sich Zeit, streichelte sie lange und griff auch noch einmal zu seinem Pulver, bevor er sie schließlich mit intensiveren Berührungen in Erregung versetzte und zu einem fulminanten Höhepunkt brachte, der sie heftig aufstöhnen ließ. Danach streichelte er sie noch einige Zeit weiter, bevor er sie gut zudeckte. Zum Abschied hauchte er ihr wieder einen sanften Kuss auf die Lippen.

»Schlaf jetzt«, sagte er und löschte das Licht, bevor er den Raum verließ.

Er hatte es wieder getan! Obwohl sie es nicht gewollt hatte. Wie geschickt er sie eingewickelt hatte, bis sie alles über sich ergehen hatte lassen. Sie hatte nicht den Eindruck gehabt, dass er sie zu irgendetwas gezwungen hatte, aber irgendwie hatte er sie dazu gebracht, alles das zuzulassen, was sie eigentlich *nicht* hatte zulassen wollen. Und es war angenehm gewesen. Seine Berührungen waren Balsam für Sinne und Seele. Karin fühlte sich herrlich entspannt und hätte durchaus nichts dagegen gehabt, wenn sie Keno noch länger gestreichelt hätte. Sora hatte recht, er war wirklich gut. – Aber Keno war auch gefährlich, wenn er einen so einwickeln konnte …

Mit diesen Gedanken schlief sie ein und sie schlief ruhig und entspannt, wie schon lange nicht mehr.

Sie wachte erst auf, als Keno hereinkam und das Licht anmachte. Verwirrt setzte sie sich auf. Doch dann fiel ihr wieder ein, was geschehen war und wo sie sich befand.

»Guten Morgen, Karin!«, begrüßte Keno sie und stellte das Tablett, das er trug, auf das Tischchen neben der Liege. Er trat hinter die Liege und verstellte das Kopfteil, bis es nahezu senkrecht stand.

»Bitte sehr, jetzt kannst du dich anlehnen.«

Er reichte ihr das Tablett.

»Guten Appetit!«

Sie nahm es und stellte es auf ihren Beinen ab.

»Danke«, sagte sie und dann sah sie ihm fest in die Augen. »Das war ziemlich gemein, wie du mich …«

»Ich weiß«, unterbrach Keno sie. »Aber es hat dir doch gutgetan! Oder hast du nicht gut geschlafen danach?«

»Doch, schon, aber …«

»Na also! Was sträubst du dich eigentlich immer so dagegen, dir helfen zu lassen? Kelim hat mich schon darauf vorbereitet, dass du schwierig bist, aber so schwierig …«

»So – *schwierig* nennst du das.«

»Na ja, alle anderen rennen mir fast das Haus ein und du versuchst davonzulaufen! Jetzt iss dein Frühstück, ich glaube, du hast heute ein volles Programm.«

»So?«

»Ja, als erstes sollst du zur Schule kommen. Das Weitere ergibt sich dann schon.«

»Und Niro?«

»Das eilt nicht. Er liegt im Nest und bettelt jeden an, ihn endlich da rauszuholen.« Keno lachte. »Mara hat sich seiner gründlich angenommen. Sie hat ihn ordentlich eingewickelt; sie hat ihm nicht mal die Arme freigelassen.«

Karin dachte an den ekeligen, klebrigen Spucke-Tang-Wickel, den ihr Mara verpasst hatte und presste die Lippen aufeinander. Niro könnte auch ein wenig Trost gebrauchen. Sie wäre am liebsten sofort zu ihm gelaufen.

»He, alles halb so schlimm«, beruhigte Keno sie. »Besser kann es gar nicht laufen. Mag sein, dass das Niro nicht besonders gefällt, aber gegen einen Tangwickel können selbst Batayas oder Kelims Heilkünste nicht ankommen. Er bekommt die beste Medizin, die es gibt. Und das Dank deiner Hilfe. Und jetzt iss endlich dein Frühstück! Die Schulstunde wird wegen dir nicht extra verschoben.«

Sie betrachtete ihr Frühstück: Tee, eine dicke Scheibe Brot mit Honig und ein Schüsselchen mit Brei. Es sah lecker aus und sie griff nach dem Brot.

Keno ging zur Tür, drehte sich dann aber noch einmal um.

»Deine Sachen sind nebenan. Da kannst du dich auch frisch machen. Wenn du fertig bist, kannst du in der Eingangshalle warten. Du wirst abgeholt.«

5 Alltag mit Überraschungen

Doch nicht Karin musste in der Eingangshalle warten, sondern ein vielleicht zehnjähriges Mädchen trat bereits ungeduldig von einem Bein auf das andere, bis Karin endlich in der Eingangshalle erschien. Sofort lief es ihr entgegen.

»Komm! Der Unterricht fängt gleich an; ich möchte nicht zu spät kommen.«

»Ich beeile mich ja schon«, sagte Karin lachend und lief mit dem Mädchen mit. Die Schule war in einer von mehreren, unterschiedlich großen, aneinandergereihten Höhlen untergebracht. Da die Höhlen zur Meerseite hin mehrere größere Öffnungen besaßen, war es so hell, dass kein künstliches Licht nötig war und die Sonnenstrahlen zauberten ein Muster aus hellen Lichtflecken auf den Höhlenboden und die Wände. Es gab kein extra Schulgebäude, die Schulbänke waren einfach in Gruppen angeordnet, nur durch eine Bretterwand voneinander getrennt. Als Tafel dienten die Höhlenwände, die man glatt poliert und geschwärzt hatte. Die anderen Kinder ihrer Klasse schienen alle schon da zu sein und starrten sie neugierig an. Aber dann war es gar nicht so schlimm, wie Karin befürchtet hatte. Sowohl die Kinder, als auch die Lehrerin und der Lehrer, die tatsächlich zu zweit in einer Klasse unterrichteten, waren sehr nett und am Ende des Unterrichts war sie durchaus in der Lage, die ersten Buchstaben nicht nur gleich zu erkennen, sondern sie auch fehlerfrei schreiben zu können. Überdies erfuhr sie auch noch einiges über das Jagdverhalten der Drachen. Denn während sie und die jüngeren Kinder der Klasse Buchstaben geübt hatten, hatten die älteren, wie das Mädchen, das sie abgeholt hatte, etwas über dieses Thema zu hören bekommen.

Danach durfte sie immer noch nicht zu Niro. Sie wurde eine Höhle weitergeschickt. Dort gab es ein Trainingsgelände und einen kleinen Hindernisparcours, so ähnlich wie in einem Kletterpark, aber bodennah. In der nächsten, um vieles größeren Höhle, gab es einen riesigen Parcours, der stellenweise in schwindelerregender Höhe verlief. Karin vermisste die Seilsicherung, die sonst zu einem Kletterpark gehörte. Dafür gab es weiche Matten und unter den höheren Abschnitten Auffangnetze. Ein lebensgroßer, hölzerner Drache schlug sie in ihren Bann. Auf ihm turnten einige Drachenreiter herum; unter ihnen sogar ältere Kinder. Auch auf dem Trainingsgelände und im Parcours wurde fleißig geübt. Es gab eine Reihe von Trampolinen, die alle besetzt waren und sogar kleine Kinder beherrschten dabei schon mühelos einen Salto.

»Ah, da bist du ja«, riss sie eine Stimme aus ihren Betrachtungen. Sie drehte sich um. Ein Drachenreiter in den besten Jahren stand vor ihr. Aber er stützte sich auf einen Stock und sein Gesicht war von einer langen Narbe entstellt, die von der rechten Schläfe bis zum Kinn reichte.

»Ich heiße Kastor«, stellte er sich vor. »Ich soll dich ein wenig trainieren. Komm mit!«

Er führte sie zu einer langen, strohbedeckten Hütte an der Seite der Höhle. Er öffnete eine Tür und betrat mit ihr einen kleinen Übungsraum mit verschiedenen Trainingsgeräten.

»Jetzt wollen wir mal sehen, was du kannst. Aber zuvor möchte ich mir noch einmal deine Verletzung ansehen. Kelim hat zwar gesagt, es sei ausreichend verheilt, trotzdem möchte ich das lieber selbst noch einmal ansehen. Zieh bitte das Hemd, die Stiefel und deine Hose aus.«

Karin gehorchte. Kastor untersuchte nicht nur ihre Verletzung, sondern unterzog ihren Körper einer eingehenden Musterung. Dann musste sie ihm etwas vorturnen. Er ließ sie auch Liegestütze und Klimmzüge machen – sie schaffte keinen einzigen – und testete ihre Beweglichkeit; damit schien er wenigstens einigermaßen zufrieden zu sein. Zum Schluss scheuchte er sie über den kleinen Parcours, aber Karin scheiterte kläglich und landete mehrmals unfreiwillig auf den Matten.

»Hm.« Kastor stützte sich mit beiden Händen auf seinen Stock. »Da ist einiges nachzuholen. Du wirst mindestens einmal am Tag üben müssen. Besser zweimal. Ich werde deine Übungen aufteilen müssen, sonst wird es dir zu viel.« Er nickte. »Ja, einmal wirst du deine Beweglichkeit und Geschicklichkeit üben, das andere Mal

Kraft und Ausdauer. Damit fangen wir am besten gleich an. Mal sehen, wie lange es dauert, bis du außer Atem gerätst.«

Er rief einen jungen Drachenreiter zu sich, der das Pech hatte, sich gerade in der Nähe aufzuhalten, und trug ihm auf, mit Karin ein paar Runden zu laufen, und zwar solange, bis ihr die Puste ausginge. Und er sollte nicht zu schnell laufen, sonst würde sie sofort schlapp machen …

Wenig später keuchte Karin missmutig neben dem Drachenreiter her und fragte sich, wieso ihre Auffassung von *nicht so schnell laufen* sich so gar nicht mit der des Drachenreiters in Einklang bringen ließ. Sie bat ihn jetzt schon zum dritten Mal, langsamer zu laufen. Aber wie schon zuvor wurde er nach kurzer Zeit wieder schneller. Und das wahrscheinlich nicht absichtlich; er war es einfach gewohnt, schneller zu laufen. Doch das Schlimmste war, dass es ihn überhaupt nicht anzustrengen schien. Sein Atem ging ruhig wie bei einem Spaziergang, während sie keuchte wie eine Dampflokomotive. Schließlich gab sie auf und blieb, die Hände auf die Oberschenkel gestützt und nach Atem ringend, stehen.

»Gibst du schon auf?«, fragte der Drachenreiter belustigt. »Wir haben doch gerade erst angefangen.«

Karin gab keine Antwort. Er gab ihr einen freundschaftlichen Klaps auf den Rücken.

»Komm, ich begleite dich zurück.«

Bis sie die Hütte erreicht hatten, hatte sich Karin wieder einigermaßen erholt und Kastor quälte sie noch eine ganze Stunde mit anstrengenden Übungen.

»Das reicht fürs Erste«, sagte er endlich und reichte ihr eine Tasse heißen Tee. »Hier, trink das! Sonst hast du morgen den Drachenbiss.«

»Kann ich jetzt zu Niro gehen?«, fragte sie, als sie die Tasse nahm. Vorsichtig probierte sie einen Schluck. Der Tee schmeckte seltsam und prickelte am Gaumen.

Kastor schüttelte den Kopf. »Nein. Bataya hat nach dir verlangt.«

»Bataya?«

Was wollte die denn von ihr? Sie war doch wieder gesund. Oder war es wegen Niro? Wahrscheinlich war es das. Kastor beschrieb ihr das Wegzeichen und nachdem sie ihren Tee getrunken hatte, machte sie sich auf den Weg zum Gemeindehaus in der offenen Halle.

Es war nicht wegen Niro. Kelim und ein paar andere vom Rat der Weisen hatten allerlei merkwürdige Dinge über Drachenkinder in den alten Schriften gefunden und Bataya und er wollten das überprüfen. Karin saß mit den beiden an einem der langen Tische im Gemeindesaal und hörte sich an, was Kelim aus den alten Schriften vortrug. Sie spielte dabei gedankenverloren mit einer der Kerzen, die auf dem Tisch standen und fuhr mit dem Finger immer wieder durch die Flamme. Jemand *mit Drachenblut in den Adern,* wie es in den alten Schriften statt *Drachenkind* stand – Sorim war der Erste gewesen, der diesen Begriff verwendet hatte – sollte für sein weiteres Leben gefeit sein gegen die *meisten Krankheiten und Gifte,* würde von allen Drachen als *einer der ihren* betrachtet, würde die Drachen *verstehen lernen* und sei *gefeit gegen die Hitze des Feuers.* Und das sollte sogar für Drachenfeuer gelten. Belustigt fuhr Karin fort, ihren Finger durch die Flamme zu ziehen. Gefeit gegen Drachenfeuer. So ein Unsinn! Ihr Finger wurde immer langsamer und sie erwartete, dass es ihr bald zu heiß werden würde, doch dann verharrte er direkt über der Flamme und sie spürte immer noch nichts. Sie beobachtete, wie sich eine Rußschicht über ihren Finger legte und sich die Flamme um ihn herum teilte, aber sie spürte nichts. Kelim verstummte, als er es bemerkte und auch Bataya starrte auf Karins Finger, als hätte sie noch nie dergleichen gesehen. Mit heiserer Stimme sagte Kelim: »Es ist wahr! Sorim war doch nicht verrückt!«

Verwundert zog Karin ihren Finger zurück. Sie fuhr mit der anderen Hand darüber und wischte die Rußschicht ab. Der Finger fühlte sich wärmer an als der Rest ihrer Hand, aber nicht heiß. Bataya griff sich Karins Hand.

»Es ist nichts zu sehen«, sagte sie aufgeregt. »Keine Blase; der Finger ist nicht einmal gerötet!«

»Nur schwarz«, meinte Karin, befreite ihre Hand aus Batayas Griff und wischte sich den restlichen Ruß an ihrer Hose ab. Dann streckte sie zögernd ihre rechte Hand Richtung Kerze aus. Kelim und Bataya beobachteten sie gespannt. Sie schob die Hand weiter vor, bis sie sich direkt über der Flamme befand. Nichts geschah. Nur ihre Handfläche färbte sich schwarz vom Ruß.

»Ich träume das gerade, oder?«, fragte Karin, als sie die Hand zurückzog und mit den Fingern der anderen Hand den Ruß in ihrer Handfläche verwischte.

»Dann müssten wir alle träumen«, sagte Kelim trocken. Er warf einen Blick auf Bataya.

Die nickte, sichtlich um Beherrschung bemüht. »Ich werde das andere überprüfen. Und ich werde mit den Giften anfangen. Komm mit, Karin!« Ihre Stimme klang ganz zittrig vor Aufregung.

»Willst du mich jetzt vergiften, um zu sehen, ob ich sterbe oder nicht?«, fragte Karin befremdet.

Bataya lachte. »Was denkst du denn von mir? Es ist so ähnlich wie bei dem Test, den ich mit dir schon gemacht habe. Ich gebe dir jeweils nur eine winzige Menge; das wird dich nicht umbringen. Aber ich sehe doch, ob es wirkt. Und wenn du nicht reagierst, kann ich dir auch mehr davon geben. Ich kann allerdings immer nur ein Gift auf einmal testen.«

Sie nahm Karin bei der Hand und führte sie nach nebenan ins Heilhaus. Kelim begleitete sie. Es stellte sich heraus, dass sie nicht gegen alles gefeit war, was als giftig galt. Aber es war auf jeden Fall eine deutlich höhere Dosis nötig, um eine Reaktion hervorzurufen.

Einzig das Gift der roten Spinne fiel aus der Rolle: Erst geschah gar nichts, aber als Bataya ihr die dritte Dosis mit einem schmerzhaften Nadelstich in den Arm verabreichte, breitete sich das rote Netz so rasch über ihren Arm bis zu den Fingern aus, dass Bataya erschrocken aufschrie. Karin durchlief eine kurze Welle der Übelkeit, dann fühlte sie ein heftiges Brennen in ihrem Arm. Zum Glück hielt die Giftwirkung nicht so lange an, wie Bataya befürchtete und bald war der Schmerz verschwunden. Das rote Muster erwies sich als hartnäckiger. Als sie zum Mittagessen wieder in den Gemeindesaal hinübergingen, war es zwar etwas verblasst, jedoch immer noch deutlich zu sehen, was ihr nicht wenige entsetzte Blicke der anderen Essensgäste eintrug.

»Es tut mir leid, Karin. Wir hätten die rote Spinne besser an einer anderen Stelle testen sollen«, meinte Bataya daraufhin kleinlaut, die sah, wie unwohl sich Karin unter den Blicken der anderen fühlte.

Nach dem Essen durfte sie endlich zur Falle. Kelim fand schnell einen Drachenreiter, der sich bereit erklärte, Karin hinzubringen. Entweder gab es für diesen Weg keine Wegzeichen oder Kelim wollte nicht, dass sie den Weg kannte. Sie vermutete Letzteres.

Er hatte jedenfalls nicht besonders glücklich ausgesehen, als er erfuhr, dass sie über die Wegzeichen Bescheid wusste.

Vor der Falle wurde sie von Sora empfangen, die ihr half, ihre Schutzausrüstung, die immer noch in dem Raum hinter den Schlupflöchern gelegen hatte, anzulegen. Eigentlich sollte Karin mit Sora zusammen gleich Mara den Sattel auflegen, aber Sora fing allein damit an, so dass Karin endlich Niro einen kurzen Besuch abstatten konnte. Sie stieg auf den Nestrand und musste sich als allererstes zusammennehmen, um nicht laut zu lachen. Mara hatte Niro tatsächlich komplett mit Tang umwickelt, er sah aus wie eine ägyptische Mumie; allerdings in Rot-Grün. Als er sie bemerkte, wandte er den Kopf und als sie seinen gequälten Gesichtsausdruck sah, verging ihr sofort jeglicher Drang zu lachen. Es mochte lustig aussehen, aber angenehm war es ganz bestimmt nicht. Niro konnte sich so gut wie gar nicht bewegen, geschweige denn aus dem Nest entkommen. Er konnte nur daliegen und darauf warten, dass Mara zu ihm kam, um ihn zu füttern … Das war die pure Hölle. Sie kletterte zu ihm ins Nest und es nahm sie kein bisschen wunder, dass er sie gleich darum bat, ihm das grüne Zeug abzumachen und ihn aus dem Nest zu holen. Sie selbst war so verzweifelt gewesen, dass sie die schwindelerregende Kletterpartie über eine wackelige Planke gewagt hatte, obwohl unter ihr das Meer getobt hatte.

Sie schüttelte den Kopf und strich Niro eine Haarsträhne aus dem Gesicht.

»Das darf ich nicht. Und – na ja, es soll doch so sein, weil es dir hilft. Ich …«

Aber eigentlich gab es nichts zu erklären. Niro wusste natürlich auch, dass ihn hier niemand rausholen würde. Sie hätte ihn gerne getröstet, ihr fiel jedoch nichts ein, was sie ihm hätte sagen können. Sie konnte ihm nicht einmal die Hand halten, denn die war mit eingewickelt. So strich sie ihm noch einmal über seine mit Drachenmilch verklebten Haare, dann machte sie sich schweren Herzens auf den Weg zum anderen Nest, dorthin, wo Sora und Mara auf sie warteten.

Sie half Sora, Mara fertig zu satteln und dann hatte sie eine weitere Flugstunde. Dieses Mal mit deutlich besserem Erfolg als bei ihrem ersten Flug. Sora war sehr überrascht von Karins plötzlichem Fortschritt und als Karin erklärte, sie würde einfach sehen, ob Mara ihren Befehl verstanden hatte oder sie doch noch ein bisschen energischer sein musste, schüttelte Sora den Kopf.

»Das hat Rodan auch gesagt: Dass du gesehen hast, was Mara vorhatte. Ich habe das nicht glauben wollen. Aber es stimmt tatsächlich! Was ist mit dir geschehen, Karin?«

»Sagen wir es mal mit Kelims Worten: Ich bin ein Drachenkind geworden. Und ehrlich gesagt, mir macht das ganz schön Angst.«

Sie erzählte Sora von der Sache mit der Kerze und dem, was Kelim in den alten Schriften gefunden hatte, worauf Sora einen völlig undefinierbaren Gesichtsausdruck bekam.

»Niro!«, rief sie dann. »Er …«

Karin nickte. »Ja, daran habe ich auch schon gedacht. Ihm wird es genauso ergehen, wenn wir ihn nicht aus dem Nest holen.«

Sie schwiegen beide. Und beide dachten dasselbe: Holten sie Niro aus dem Nest, würde er womöglich nie wieder richtig gesund, blieb er, würde er sich verändern.

Schließlich sagte Sora: »Ich will, dass Niro wieder ganz gesund wird. Wenn er nachher die Drachen versteht, ist das wohl eher zu seinem Vorteil. Dann hat er wenigstens eine wirkliche Chance, den Sonnendrachen zu beherrschen.«

»Ich hoffe nur, dass die Sache keinen Haken hat.«

Plötzlich lachte Sora lauthals auf. »Weil du es sagst: Es hat schon einen Haken. Ich habe das bis eben nur nicht so ernst genommen und geglaubt, das liegt an etwas anderem. Aber je länger ich darüber nachdenke – nein, Irrtum ausgeschlossen, du hast schließlich ausgiebig gebadet: Du riechst wie ein junger Drache.«

»Wie bitte?«

»Du riechst wie ein junger Drache.«

»Na hör mal!«

»Nein, echt. Aber nicht ganz so stark. Einem Drachenreiter fällt das im ersten Augenblick gar nicht auf, wir sind den Geruch der Drachen schließlich gewöhnt. Aber für Nicht-Drachenreiter riechst du sicherlich ziemlich streng.«

Karin schnupperte unter ihrer Achsel. »Ich kann keinen besonderen Geruch feststellen.«

Sora lachte.

»Man riecht sich doch nicht selbst!«, meinte sie dann.

»Kelim hat auch nichts gesagt«, stellte Karin fest. »Und – und Keno auch nicht«, fügte sie hinzu, worauf Sora wieder zu lachen anfing.

»Natürlich nicht! Keno ist Drachenreiter und Kelim hat dauernd mit uns und den Drachen zu tun. Nun sei nicht so geknickt! Mich stört das nicht im Geringsten. Und die anderen auch nicht.«

Die anderen auch nicht. So richtig getröstet fühlte sich Karin dadurch nicht. Und dann musste sie plötzlich an Zuhause denken. Da gab es keine Drachenreiter. Da würde ihr Geruch auffallen.

Zum Glück erschien plötzlich ein unbekannter Drachenreiter und bat sie und Sora, in den Kräutergarten zu kommen, und das lenkte Karin von ihren Gedanken ab.

Sie rätselte, was sie dort sollten, aber auch Sora hatte keine Idee.

Keine Geringeren als Rodan und Kelim erwarteten sie im Kräutergarten, neben einer kleinen, alten, weißhaarigen Frau mit vielen Falten im Gesicht und einer Warze auf der Nase, die Karin bei sich sofort als Kräuterhexe betitelte. Die Kräuterhexe hielt einen kleinen Blumentopf in einer Hand, mit der anderen ergriff sie Karins Hand und drückte sie erstaunlich kräftig.

»Willkommen, mein Kind, willkommen! Ich bin Nelda. Ich wache über unsere Kräuter. Kelim und Rodan behaupten, du könntest uns bei einem unserer Probleme sehr helfen«, kam sie gleich zur Sache und hielt Karin den Blumentopf vor die Nase, ohne ihre Hand loszulassen.

»Was siehst du?«, fragte sie.

Karin besah sich die Pflanze in dem Topf. Sie sah ein bisschen welk aus, ansonsten schien sie in Ordnung zu sein.

»Sie bräuchte wahrscheinlich ein bisschen Wasser, aber sonst sieht die Pflanze ganz gut aus«, antwortete sie daher.

Nelda zog überrascht die Luft ein und ließ endlich Karins Hand los. Sie trat einen Schritt zurück und betrachtete Karin wie ein Wesen von einem anderen Stern. Auch Sora blieb vor Überraschung der Mund offen stehen.

»Du kannst sie sehen?«, fragte diese schließlich fassungslos. Sie warf einen fragenden Blick zu Kelim hinüber, doch der schüttelte den Kopf.

»Nein, das war schon vorher so! Ist dir nie aufgefallen, dass sie uns immer sofort angesehen hat?«

»Nein«, antwortete Sora und sah wieder Karin an.

»Wie – wie siehst sie denn aus?«, wollte sie schließlich wissen.

Karin gab zuerst keine Antwort. Alle sahen sie an wie das achte Weltwunder, weil sie die Pflanze im Topf sehen konnte … Hieß das im Umkehrschluss, dass die anderen diese *nicht* sehen konnten? Sie schüttelte den Kopf. Das konnte nicht sein. Die Pflanze schien nichts Besonderes zu sein, sie sah aus wie eine olivgrüne Taubnessel und das sagte sie schließlich auch Sora.

Nelda nickte. »Das ist korrekt«, sagte sie, und zu Rodan gewandt: »Ich habe es nicht glauben können, aber sie kann sie tatsächlich sehen.«

»Warum sollte ich sie nicht sehen können?«

»Weil das Denkmeinnicht ist«, erklärte Rodan. »Man kann es nur sehen, wenn es starker Wind bewegt oder es nass ist. Wir haben es in der Falle verwendet, damit uns Mara und der Sonnendrache nicht bemerken: Reibt man sich damit ein, wird man für andere unsichtbar, solange man still steht und ruhig ist. Und auch der Körpergeruch wird nicht mehr wahrgenommen.«

Karin riss den Mund auf. Deshalb hatten die Drachen die Drachenreiter nicht bemerkt! Nur – wie funktionierte das? Rodan schmunzelte über ihre Fassungslosigkeit und Kelim ließ sie gar nicht erst dazu kommen, ihre Frage zu stellen, und erklärte ihr gleich, wie die Pflanze wirkte.

»Der Geruch und der Anblick der Pflanze bringen das Gehirn durcheinander, so dass man sie weder bewusst sehen noch riechen kann. Und dieses *Nichts* wird dann durch ein Bild der Umgebung ersetzt, so dass das gesehene Bild wieder vollständig erscheint.«

Karin war verblüfft über diesen raffinierten Trick, aber Kelim fuhr fort zu erklären.

»Und das funktioniert auch noch, wenn man etwas mit der zerriebenen Pflanze bestreicht; es genügt das Pflanzenpulver in Wasser aufzulösen oder in eine Creme zu mischen, man muss nur darauf achten, keine Lücken zu lassen beim Auftragen. Geräusche und Bewegung verhindern diese Ausblendung teilweise oder ganz und machen die Pflanze oder den damit eingeriebenen Menschen wieder sichtbar, beziehungsweise riechbar.«

Neugierig schnupperte Karin an der Pflanze. Sie roch ganz schwach nach Minze.

Sie drehte sich wieder zu Rodan und Kelim um. »Aber wieso kann *ich* sie dann sehen – und riechen?«

»Das ist eine gute Frage. Aber du stammst nicht von unserer Welt, vielleicht liegt es daran; schließlich hast du auch Batayas Schmerzmittel nicht vertragen.«

Karin nickte. So musste es sein. Ihr fiel ein, dass Nelda von einem Problem gesprochen hatte und sie erkundigte sich danach.

»Oh, ja!«, antwortete Nelda. »Und wie du uns helfen kannst! Es ist unglaublich schwierig, Denkmeinnicht zu kultivieren, da man es ja nicht sieht. Wir müssen es ständig anblasen oder besprühen, um zu sehen, ob es gut wächst. Und jetzt, da wir ziemlich viel verbraucht haben, ist uns noch eine ganze Kultur eingegangen.«

»Ich soll mich also um die Pflanzen kümmern?«

»Ja, das auch. Allerdings bräuchten wir jetzt gleich welches, da es sehr langsam wächst. Rodan möchte, dass du mit Sora ins Gebirge fliegst und wildes Denkmeinnicht erntest – und vielleicht ein paar Pflanzen mitbringst.«

Rodan nickte, doch Sora war erstaunt.

»Da sind wir doch mindestens drei Tage unterwegs.«

»Ich weiß« bestätigte Rodan. »Aber wir brauchen unbedingt welches. Und ohne Karin kann es sein, dass wir wochenlang in der Gegend herumstolpern, ohne etwas zu finden.«

»Du versäumst nichts, Sora«, meinte Kelim. »Für Niro kannst du sowieso nichts tun; der goldene Drache wartet, bis Niro wieder gesund ist; Mara ist ausreichend beschäftigt und Mahur täte es gut, mal wieder raus zu kommen. Nur Karin versäumt ihren Unterricht, aber so wie ich sie kenne, ist sie sicher froh, mich eine Weile loszuwerden.« Das stimmte und Karin senkte verlegen den Kopf.

Kelim schmunzelte. »Dafür brauchst du dich nicht zu schämen, ich bin ja manchmal auch nicht besonders nett zu dir.«

Die Offenheit von Kelim beeindruckte Karin und sie beschloss, sich Mühe zu geben, ihn ein bisschen mehr zu mögen und etwas weniger schlecht über ihn zu denken.

»Ich glaube, es ist genug gesagt«, meldete sich Rodan zu Wort. »Ab zum Baden, ihr Zwei! Und dann wird geschlafen! Der nächste Tag beginnt früh für euch.«

Karin glaubte nicht, dass sie so früh am Abend gleich einschlafen würde; die Aussicht auf den kommenden Ausflug, nur mit

Mahur und Sora, hatte sie wieder hellwach werden lassen. Daran würde auch das Bad nicht viel ändern. Doch wieder einmal hatte sie Kelim unterschätzt. Er wusste wohl genau, wie sie sich fühlte und als sie nach dem Bad zu ihm kam, gab er ihr einen Tee, auf den sie in kurzer Zeit so schläfrig wurde, dass sie es gerade noch bis ins Bett schaffte, bevor sie einschlief.

Es war noch dunkel, als Kelim sie am anderen Morgen weckte. Er schickte sie noch ohne Frühstück zur Falle. Als sie dort ankam, war sie immer noch nicht ganz wach und gähnte herzhaft. Sora war schon da und schien deutlich wacher zu sein als sie. Gemeinsam stiegen sie ins Nest, um sich von Niro zu verabschieden. Zum Glück war er wach, aber er machte ein ziemlich unglückliches Gesicht, als er erfuhr, dass sie für ein paar Tage unterwegs sein würden. Sora gab ihm zum Abschied einen Kuss auf die Stirn, dann überließen sie Niro widerstrebend seinem Schicksal. Schweigend machten sie sich auf den Weg zu Mahurs Höhle. Karin war noch nie dort gewesen und war sehr gespannt darauf, wie eine normale Drachenhöhle aussah.

Sie war fast etwas enttäuscht, als sie endlich da waren. Es war eine ganz normale Höhle, die etwa so breit war, dass Mahur die Flügel strecken konnte, und mit etwas Stroh gepolstert. Der Ausgang zum Meer war so eng, dass Mahur nicht hindurch fliegen konnte, er musste draußen an der Kante landen und zu Fuß hereinkommen, beim Starten galt dasselbe, nur in anderer Richtung.

Während sie Mahur sattelten und ihr übriges Gepäck zusammensuchten, um es am Sattel festzumachen, ging die Sonne auf und stieg langsam über das Meer. Es versprach ein herrlicher, wolkenloser Tag zu werden und Sora war guter Dinge. Endlich waren sie fertig und sie machten sich auf den Weg zum Gemeindehaus, um zu frühstücken. Rodan war auch dort und wünschte ihnen noch viel Erfolg.

Wenig spektakulär stiegen die beiden etwas später auf Mahur und dann ließ Sora diesen einfach losfliegen. Niemand war da, um sie zu verabschieden, und sie starteten einsam in einen wolkenlosen Himmel.

Statt Richtung Meer flog Mahur solange entlang der Steilküste, bis er hoch genug war, um über sie hinwegzufliegen, dann lenkte

Sora ihn nach Norden, direkt auf das riesige Gebirge zu, das am Ende des Drachenplateaus seinen Anfang nahm. Es schien nicht weit zu sein, doch das Plateau war viel weitläufiger, als es den Anschein hatte und es dauerte seine Zeit, bis sie über die ersten niedrigen Gipfel hinwegglitten. Bald flogen sie über eine weitläufige Hochebene, bis sie endlich das Himmelsgebirge erreicht hatten und die Berge stetig an Höhe zunahmen. Immer weiter drangen sie in das Gebirge ein und bald umrundete Mahur die Berge, statt über sie hinweg zu fliegen. Immer kurviger wurde ihr Flug und sie kamen dementsprechend immer langsamer voran. Aber Karin sah ein, dass es keine gute Idee gewesen wäre, über die Gipfel zu fliegen: Dort oben war es viel zu kalt und außerdem gab es so hoch oben kaum noch Luft zum Atmen. Gegen Mittag rasteten sie auf einem kleinen Felsplateau und genossen die herrliche Aussicht in das Tal vor ihnen. Während Sora über einem kleinen Feuer Suppe kochte, machte sich Mahur plötzlich davon. Karin erschrak, doch Sora beruhigte sie.

»Das macht er immer. Meistens geht er auf die Jagd, er will schließlich auch ein Mittagessen. Wieso hast du das nicht gesehen, wenn du jetzt sehen kannst, was Drachen vorhaben?«

Karin setzte ein verschmitztes Grinsen auf. »Ganz einfach: Weil ich nicht hingesehen habe. Außerdem kann ich doch nicht sehen, ob er wiederkommen wird.«

»Nun, *ich* weiß es«, feixte Sora.

Und dann löffelten sie ihre Suppe. Als sie fertig waren, erschien auch Mahur wieder. Er puhlte dauernd mit seinen Krallen zwischen den Zähnen herum, bis sich Sora seiner erbarmte und den Fellfetzen, der sich darin verklemmt hatte, herausholte.

»Wieso musst du auch immer etwas fressen, was so lange Haare hat?«, tadelte sie ihn dabei. Aber sie kraulte ihn anschließend liebevoll hinter den Ohrstacheln und Mahur grunzte behaglich. Dann setzten sie ihre Reise fort. Als die Sonne langsam hinter den riesenhaften Gipfeln verschwand und die Täler schon in tiefem Schatten lagen, machten sie sich auf die Suche nach einem Lagerplatz für die Nacht. Sie fanden eine steile Felswand, an der es mehrere Vorsprünge und einige kleinere Höhlen gab. Die Höhlen waren alle zu klein für Mahur, doch ein Felsvorsprung war groß genug, dass Mahur landen konnte und die Felswand dahinter war leicht überhängend, so dass sie gut geschützt waren. Sie legten sich nahe an den Felsen und wickelten sich gut in die dicken Decken ein, die Sora extra mitgenommen hatte, da die Nächte in den Bergen oft empfindlich kalt wurden. Mahur legte sich vor sie und bald waren er und Sora eingeschlafen. Karin fand nicht so schnell in den Schlaf; die Luft war erfüllt von seltsamen Geräuschen, die unbekannte Lebewesen von sich gaben und dann begann Mahur auch noch, leise vor sich hin zu schnarchen. Obwohl es nicht sehr laut war, störte es sie doch empfindlich beim Einschlafen. Endlich bewegte sich Mahur ein wenig im Schlaf und das Schnarchen hörte auf. Bald darauf war auch Karin eingeschlafen. Und sie schlief noch, als Sora schon längst auf den Beinen war. Schließlich stieß Sora sie unsanft in die Seite.

»He, du Schlafmaus – aufstehen!«

Karin drehte sich unwillig auf die andere Seite und zog die Decke über den Kopf. Aber genau die zog Sora jetzt mit einem Ruck fort. »Lass mich«, murmelte Karin schlaftrunken.

»Nein, das tu ich nicht! Und wenn du jetzt nicht aufstehst, hole ich Mahur, damit er dich abschleckt.«

Das wirkte und Karin setzte sich auf. Sie warf einen ängstlichen Blick Richtung Mahur, was Sora zum Lachen brachte.

»Meinst du, Mahur würde sich dazu herablassen, dich abzuschlecken? Das macht nur eine Drachenmutter und Mara habe ich leider nicht zur Hand.«

Karin streckte sich und gähnte erst einmal herzhaft.

»Wie hast du bei diesem Krach heute Nacht nur schlafen können?«

»Was für einen Krach? Ich habe nichts gehört.«

»Erst hat es überall gezirpt, gepiepst und was weiß ich noch alles und dann hat unser herzallerliebster Mahur zu schnarchen angefangen.«

»Echt? Mahur schnarcht? Das ist mir noch nie aufgefallen.«

»Aber mir.« Karin schnupperte. »Hast du schon Tee gemacht?«

Sora nickte. »Und schon getrunken. Wenn du dich nicht bald aufraffst, ist er wieder kalt.«

Also raffte sich Karin auf und nachdem sie mit einer Tasse Tee die letzten Reste ihrer Schläfrigkeit vertrieben hatte, war sie bereit für ihre Aufgabe.

Sie verbrachten den ganzen Vormittag damit, die grünen Berghänge nach Denkmeinnicht abzusuchen. Teilweise von Mahurs Rücken, aber oft auch zu Fuß. Sie untersuchten Blumenwiesen, flechtenbewachsene Felsspalten, steile Hänge und sumpfige Graswiesen, fanden allerdings nur einmal eine kleine Gruppe von vielleicht zehn Pflanzen. Das war viel zu wenig. In der Mittagspause – Mahur war auch dieses Mal allein losgeflogen – waren sie daher nicht gerade in Hochstimmung und sprachen kaum etwas. Mahur ließ auch noch auf sich warten, was nicht dazu beitrug, ihre Laune zu heben.

Sie wechselten das Suchgebiet und flogen über einige niedrigere Plateaus hinweg. Gerade als Sora in Richtung eines vielversprechenden, sanft ansteigenden, grünen Berghangs abdrehte, entdeckte Karin auf der anderen Seite, nicht weit von ihnen, ein größeres Felsplateau, das vollständig grün bewachsen war. Olivgrün. Sora hätte es eigentlich sehen müssen, aber sie fuhr fort, Mahur Richtung Berghang zu lenken.

»He!«, rief Karin. »Willst du dir nicht das Plateau da vorne links ansehen?«

»Wozu? Da ist doch nur blanker Fels, da wächst überhaupt nichts!«

»Sieh es dir trotzdem an«, verlangte Karin und unterdrückte den Drang zu lachen. Sora flog tiefer gehend auf das Plateau zu. Plötzlich stieß sie einen überraschten Ruf aus.

»Es ist weg! Eben war da noch blanker Fels, jetzt sehe ich nur noch den Himmel.«

Jetzt konnte Karin ihr Lachen nicht mehr zurückhalten. »Klar! Du hast ja jetzt auch den Himmel als Hintergrund, nicht mehr den Fels.«

Sora war im Denken nicht die Langsamste und stieß einen lauten Jubelschrei aus, der von den Felswänden widerhallte. »Dann ist das ganze Plateau damit bewachsen?«

»Fast.«

»Los, Mahur, lass uns landen. Wir sind da!«, rief Sora und wenige Minuten später stand sie auf dem Plateau und fuhr mit der Hand durch die Pflanzen, die sie zwar spürte, aber nicht sehen konnte. Nur bei Mahurs Landeanflug hatte sie diese kurz sehen können: Mahur hatte mächtig Wind gemacht und seine

Luftverwirbelungen hatten die Pflanzen in aufeinanderfolgenden Wellen gebogen und Sora hatte das faszinierende Schauspiel der sichtbar werdenden Wellen beobachten können.

»Hej! Sind das viele!«, hatte sie begeistert gerufen.

Ihre Begeisterung legte sich schnell. Das Ernten der Pflanzen war harte Arbeit. Wobei der Löwenanteil der Arbeit an Karin hängen blieb. Sie schnitt die Pflanzen mit einer Sichel nicht zu dicht über dem Boden ab – damit sie wieder nachwachsen konnten – und schichtete sie zu kleinen Häufchen auf – in regelmäßigen Abständen, damit Sora diese auch fand. Sora verstaute die Pflanzen in den mitgebrachten Säcken, die sie dann an Mahur befestigte. Sie waren fast den ganzen Nachmittag damit beschäftigt. Endlich waren alle Säcke gefüllt. Aber sie sollten auch noch lebendige Pflanzen mitbringen und Sora holte aus Mahurs Satteltaschen etliche kleinere Säcke und eine kleine Schaufel hervor.

Karin stöhnte. »Ich kann nicht mehr. Das sind ja mindestens … viel zu viele Säcke!«

Sora lachte.

»Stimmt!«, gab sie zu. »Aber das schaffen wir auch noch.«

Also machte sich Karin daran, einige Pflanzen vorsichtig auszugraben und mit einer Handvoll Erde in das Säckchen zu setzen, das ihr Sora hinstellte. Zu ihrem Leidwesen fanden leicht zehn Pflanzen Platz in dem Säckchen und sie schuftete, bis es dunkel wurde. Es waren immer noch ein paar Säckchen übrig, aber im Dunkeln konnte auch Karin die Pflanzen nicht mehr sehen und sie gaben auf. Sie übernachteten gleich auf dem Plateau. Dieses Mal schlief auch Karin sofort ein und keines der Geräusche der Nacht konnte sie wecken.

Früh am nächsten Morgen quälten sie sich aus ihren Decken und vollendeten nach einem kargen Frühstück ihr Werk. Endlich war das letzte Säckchen gefüllt und verstaut. Mahur schien wenig begeistert. Überall hatte ihm Sora ihre Beute festgebunden; am Rücken entlang bis zum Schwanzansatz, seitlich und über dem dritten Sitzplatz am Sattel und sogar an Bauch und Beinen.

»Na ja«, meinte Karin, »wenn er stürzt, fällt er wenigstens weich.«

Sora und Karin sahen sich an, dann prusteten sie los. Mahur schnaubte unwillig und sie beeilten sich, ihn zum Trost ein bisschen zu kraulen.

Dann flogen sie los, geradewegs nach Hause. Sie machten nur eine kurze Mittagsrast und verwehrten Mahur seinen Jagdausflug – das war viel zu riskant für die kostbare Ladung. Mahur flog schnell und sie schafften es gerade bis zum Sonnenuntergang in die große Halle. Sie wurden begeistert empfangen und viele Hände kümmerten sich sogleich um ihre wertvolle Fracht.

»Mahur hat heute nicht gejagt«, erklärte Sora und sofort machten sich ein paar Drachenreiter auf den Weg, um ihm etwas zu fressen zu holen. Obwohl Karin müde war, musste sie mit in den Kräutergarten und helfen, die Pflanzen einzupflanzen. Einige Zeit später kam auch Sora, um mitzuhelfen. Sie war inzwischen bei Niro gewesen und strahlte über das ganze Gesicht, als sie Karin Bericht erstattete.

»Stell dir vor, Mara hat Niro heute gebadet! Das heißt, dass seine Wunden schon so gut verheilt sind, dass ihm Wasser nicht mehr schadet. Sie hat ihn hinterher allerdings wieder eingewickelt und Niro ist stocksauer deswegen. Aber du hättest ihn schimpfen hören sollen – das klang ziemlich gesund! Noch ein, zwei Tage und er ist in der Lage, sich selbstständig aus Maras Wickel zu befreien.«

Karin grinste, sie konnte sich lebhaft vorstellen, wie Niro eingewickelt im Nest lag und dabei schimpfte wie ein Rohrspatz.

»Weißt du, wann er wieder raus darf?«

»Nein. Er soll ja noch gefüttert werden.«

»Apropos füttern: Ist noch nichts passiert? Ich meine, wie bei mir? Du weißt schon …«

»Nein. Vielleicht kriegen wir ihn ja rechtzeitig da raus.«

Es war Sora anzusehen, dass sie selbst nicht daran glaubte. Eigentlich hätte es schon am Vortag so weit sein müssen, wenn es bei Niro genauso laufen würde wie bei Karin. Schweigend reichte Sora Karin einen neuen, halb mit Erde gefüllten Blumentopf und diese holte eine weitere Pflanze aus dem Säckchen und setzte sie vorsichtig in den Topf, bevor sie noch etwas Erde darüber gab. Nelda nahm den fertigen Topf in Empfang und stellte ihn in ein Regal. So ging es noch eine ganze Weile. Schließlich waren alle Blumentöpfe gefüllt, und Karin musste helfen, die restlichen Pflanzen in ein großes Beet zu pflanzen, und zwar peinlich genau in exakt demselben Abstand und in schnurgeraden Reihen. Als endlich alle

Pflanzen ihren Platz gefunden hatten, war es schon längst nach Mitternacht und Karin wankte mehr, statt zu gehen, als sie sich auf den Weg zu Kelim machte. Dort gab es ein Bett für sie. Ein Bett zum Schlafen – wie herrlich. Doch vor Kelims Tür zögerte sie. Er schlief bestimmt schon. Er würde sicher nicht begeistert sein, wenn sie ihn weckte. Vorsichtig öffnete sie die Tür und schlich leise hinein. Eine kleine, grün leuchtende Lampe an der Wand gab gerade genug Licht, um sich zu orientieren, und Karin schlich auf Zehenspitzen zu ihrem Abteil. Als sie den Vorhang vorsichtig zur Seite schob, setzte sich Kelim in seinem Bett auf.

»Was schleichst du dich so herein?«, fuhr er sie an.

Sie zuckte erschrocken zusammen.

»Ich – ich wollte dich nicht wecken«, stammelte sie.

»Schon gut«, beschwichtigte Kelim, »du hast mich erschreckt. Es ist schön von dir, dass du auf mich Rücksicht nehmen wolltest. Aber mach das nicht noch einmal! Das nächste Mal klopfst du an! Egal wie spät es ist.«

»Ist gut. Ich wollte dich nicht erschrecken.«

»Ich weiß. Ich bin dir auch nicht böse deswegen. Aber jetzt sieh zu, dass du ins Bett kommst. Wegen dir geht morgen die Sonne bestimmt nicht später auf!« Er legte sich wieder hin und drehte sich auf die Seite. Karin zog erst den Vorhang von innen zu, dann entledigte sie sich ihrer Kleider. Allein hatte sie einige Mühe, den Brustpanzer abzulegen und es dauerte, bis sie sich endlich bis auf die Unterwäsche ausgezogen hatte. Sie ließ ihre Sachen einfach auf dem Boden liegen und kroch mit letzter Kraft in ihr Bett.

Natürlich war sie nicht ausgeschlafen, als Kelim sie am nächsten Morgen weckte und er musste zu härteren Bandagen greifen, um sie aus dem Bett zu bekommen. Erst die Drohung, ihr ein Glas kaltes Wasser ins Gesicht zu schütten, trieb sie aus dem Bett. Er tadelte sie noch wegen ihrer Unordnung und drohte ihr mit Strafe, wenn sie noch einmal ihre Kleider einfach auf den Boden werfen würde, und das trug nicht wesentlich dazu bei, ihre Laune zu bessern; sie hatte einen ziemlichen Muskelkater in Armen und Beinen und mehrere Blasen an den Händen vom Halten der Sichel. Als sie dann auch noch erfuhr, dass sie gleich zu ihrem Unterricht gehen sollte, und danach zu Kastor, um zu üben, näherte sich ihre Laune dem absoluten Nullpunkt.

Sie versuchte noch, Einwände zu machen, aber Kelim sagte nur: »Es wird dich nicht umbringen. Heute Abend folgt wieder eine neue Nacht zum Schlafen.«

Immerhin stellte er ihr ein vollständig gemachtes Frühstück auf den Tisch und half ihr beim Anlegen ihrer Schutzausrüstung, wobei sich Karin fragte, weswegen sie in der Schule und beim Turnen einen Brustpanzer tragen sollte.

Etwas später saß sie auf ihrem Platz in der Klasse und kämpfte dagegen an einzuschlafen. Es gelang ihr nur teilweise und die Kinder kicherten, als sie mitten beim Buchstabenschreiben kurz einnickte, und dabei einen langen Strich auf ihre Schiefertafel malte. Endlich war die Schulstunde vorüber, doch jetzt musste sie zu Kastor und sich richtig anstrengen. Mit ihrer Schutzausrüstung war es noch anstrengender und der Brustpanzer eher hinderlich als nützlich. Kastor bestand darauf, dass sie ihn anbehielt, um sich daran zu gewöhnen, sich mit ihm zu bewegen, schließlich musste sie ihn bei den Drachen ebenfalls tragen. Sie würde nur deswegen trainieren, um sich in der Umgebung der Drachen sicher und gewandt bewegen zu können. Solange sie in Bewegung war, spürte sie ihre Müdigkeit nicht, als sie im Gemeindesaal beim Essen saß, wäre sie allerdings beinahe wieder eingeschlafen. Und am Nachmittag stand Drachenreiten auf dem Programm.

Sie freute sich zwar darauf – auch weil sie dann Niro besuchen konnte, fühlte sich jedoch viel zu müde dafür, um einen Ritt auf Mara durchstehen zu können.

Aber es gab keine Gnade für sie und eine dicke Überraschung: Sie sollte nicht Mara reiten, sondern einen völlig fremden, blauen Drachen. Wenigstens durfte sie vorher Niro einen kurzen Besuch abstatten und der versuchte ihr klarzumachen, dass er inzwischen wieder gesund genug war, auch ohne Drachenmilch und Tangwickel wieder ganz auf die Beine zu kommen. Karin war schon bereit, ihm zuzustimmen, als ihr etwas einfiel.

»Hat dich der goldene Drache besucht?«

Niro nickte. »Mehrmals. Er schnuppert an mir und sieht mich dann minutenlang an, ehe er wieder verschwindet. Ich kann mir keinen Reim darauf machen.«

»Hmm«, meinte Karin langsam, »ich fürchte, ich schon. Möchtest du den goldenen Drachen immer noch reiten? Ich meine, wenn du wieder gesund bist?«

»Oh, ja!«, erwiderte Niro im Brustton der Überzeugung. »Und wie ich das will! Das kann ich doch nicht auf mir sitzen lassen, dass ein Drache mich nicht anerkennt. Und du redest schon wie Kelim.«

»Wieso?«

»Er ist außer dir der Einzige, der den Drachen nicht Sonnendrachen nennt.«

»Ach so.« Karin lachte, aber es stimmte, außer Kelim verwendete niemand den Begriff *goldener Drache. Sonnendrache* hörte sich viel besser an und da sie nicht vorhatte, wie Kelim zu reden, beschloss sie, sich von seiner Ausdrucksweise nicht länger beeinflussen zu lassen, aber sie konzentrierte sich schnell wieder auf das, was ihr im Kopf herum ging. »Dann – weißt du …«, druckste sie herum. »Du musst dem Drachen beweisen, dass du wieder dazu in der Lage bist, ihn zu reiten. So wie ich es musste. Was macht dich denn wieder gesund?«

»Wie meinst du das?«, fragte Niro unsicher.

»Na ja«, meinte Karin und sah etwas verlegen zu Boden. »Also …« Sie sah Niro wieder an. »Hat man dir eigentlich erzählt, was ich tun musste, damit dich der Drache freigibt?«

Niro schüttelte den Kopf. »Rodan hat nur gesagt, dass du für mich ein großes Opfer gebracht hättest; er wollte mir allerdings nicht sagen, was es war. Übrigens: Danke dafür – was es auch war.«

Karin lächelte. »Hauptsache, wir haben dich zurück.« Wieder mit ernster Miene begann sie es zu erklären. »Der Drache hat darauf gewartet, dass *ich* endlich stark genug dafür werde, um Verantwortung für einen Drachen übernehmen zu können und ich ihm Befehle erteilen kann. Also musste ich etwas tun, das mich stark werden ließ: Ich musste mich von Mara füttern lassen! – Und das freiwillig, damit er gesehen hat, dass ich bereit bin, Hilfe anzunehmen, die mich stärkt. Erst danach war ich den Augen des gol… – des Sonnendrachen stark genug. Was meinst du, warum er mich vorher dauernd ins Nest gesetzt hatte? Er hat nur darauf gewartet, dass ich vernünftig genug bin, um mich mit Drachenmilch aufpäppeln zu lassen.«

Niro war wie geplättet und sagte eine Weile gar nichts, dann nickte er. »Deshalb hast du so furchtbar gerochen, als ihr mich abgeholt habt. Aber das ist nicht das, was du mir eigentlich sagen wolltest. Und mich beschleicht allmählich das Gefühl, dass ich gar nicht hören will, was du mir jetzt sagen wirst.«

»Ja, aber irgendwann muss es dir jemand sagen. Also, um es kurz zu machen: Ich glaube, der Drache erwartet dasselbe von dir. Dass du dich freiwillig von Mara aufpäppeln lässt, und das so lange, bis du in seinen Augen wieder stark genug bist, das Kommando zu übernehmen. Tust du es nicht, wird er dir niemals gehorchen. Und uns womöglich auch nicht, wenn wir dir weiterhin Vertrauen schenken, obwohl du in seinen Augen nicht stark genug dafür bist. So, jetzt weißt du es. Willst du jetzt immer noch den Sonnendrachen reiten?«

Niro gab solange keine Antwort, bis Karin glaubte, sie würde keine mehr bekommen. Sie wollte gerade gehen, da sagte er doch noch etwas. Es klang wenig zuversichtlich. »Dann werde ich ihn wohl nie reiten können; ich kann mich nicht einfach unter Mara legen und den Mund aufmachen. Niemals. Du müsstest mich schon festbinden – und das zählt dann natürlich nicht.« Er wandte den Kopf ab, wohl weil Karin seine Tränen nicht sehen sollte; sie sah es trotzdem. Doch dieses Mal hatte sie einen Trost für Niro.

»Doch«, sagte sie. »Du wirst es können, wenn es soweit ist. Ich konnte es auch. Meinst du, ich bin stärker als du? Beobachte, was passiert, wenn dich Mara das nächste Mal gefüttert haben wird – das wirst du jedenfalls nicht verhindern können – und du wirst sehen, es wird anders. Und wenn es soweit ist, wirst du durchhalten. Ganz sicher! Na ja, es wird dir dann auch dasselbe widerfahren wie mir, aber darüber möchte ich jetzt nicht reden. Jedenfalls wirst du den Drachen reiten können, wenn du willst – vorausgesetzt, du wirst überhaupt jemals wieder so gesund, dass du einen Drachen reiten kannst.«

Karin schluckte schwer. Das war überhaupt noch nicht sicher. Sterben musste Niro nicht mehr, doch wie es ihm hinterher gehen würde, wusste niemand. Und sich jetzt schon über den goldenen Drachen Gedanken zu machen – war schlichtweg Unfug.

»Ich muss gehen, ich werde erwartet«, sagte sie, verlegen darüber, dieses Thema überhaupt angesprochen zu haben.

»Erst machst du mich neugierig, dann sagst du, du willst nicht darüber reden und haust einfach ab«, beschwerte sich Niro, aber er grinste dabei. Dann sah er sie ernst an. »Komm bitte bald wieder. Ich hab es gern, wenn du bei mir bist. Dich in meiner Nähe zu wissen, tut mir gut. Da kann ich sogar eine Weile vergessen, wie es ist, von Mara gefüttert zu werden. Wenn du es nicht gerade erwähnst.«

»Ich komme wieder, sobald ich darf«, versprach Karin, dann ging sie. *Ihr* tat es gut, zu wissen, dass Niro sie in seiner Nähe haben wollte.

Ein fix und fertig gesattelter, großer, blauer Drache und ein älterer Drachenreiter, der sich als Ron vorstellte, erwarteten sie in der großen Halle.

»Du hast dich wohl überhaupt nicht von Niro losreißen können, weil du so spät kommst?«, neckte er sie und Karin konnte nicht verhindern, dass sie rot wurde, was Ron mit Lachen quittierte – worauf sie noch stärker anlief. Er klopfte ihr auf die Schulter.

»Schon gut, Kleine! Ich war auch mal jung. Und Niro ist wirklich ein prächtiger Junge! Es ist keine Schande, wenn du ihn gerne hast. Und ich glaube …« Er zwinkerte ihr zu, »… du gefällst ihm auch. – Aber jetzt rauf auf den Drachen! Ich gebe dir drei Versuche. Wehe du bist dann nicht oben!«

Sie brauchte genau drei Versuche, doch dann saß sie oben.

»Sehr gut!«, lobte Ron und feixte dabei wie ein Schuljunge. »Und jetzt steigst du wieder ab und begrüßt Furo erst einmal! Oder glaubst du, ein Drache lässt sich von jedem x-beliebigem reiten?«

Karin seufzte und kletterte wieder herunter. Sie ging nach vorn, um sich beschnuppern zu lassen, und hoffte, bei der Probe der Standfestigkeit nicht das Gleichgewicht zu verlieren. Sie bestand die Probe und durfte jetzt zum zweiten Mal aufsteigen. Sie schaffte es wieder erst beim dritten Mal und es war knapp. Ron grinste, als er sich hinter sie setzte. Überflüssig zu erwähnen, dass er mühelos mit nur einem Versuch oben ankam …

Karin kam auch mit dem fremden Drachen ganz gut zurecht; sie hatte nur Mühe, die Riemen und die verschiedenen Befehle nicht durcheinander zu bringen. Es bedurfte außerdem mehr Kraft als bei Mara, um den blauen Drachen zu steuern und bald schmerzten ihr Arme und Finger empfindlich. Doch auch dieser Flug ging zu Ende und sie konnte nach dem Besuch der Badegrotte zu Kelim nach Hause gehen.

Es war noch früh am Abend und Kelim wollte sie eigentlich noch Schreiben und Lesen üben lassen, aber nachdem er sie kurz angesehen hatte, sollte sie nur noch einen Becher Milch trinken, ehe sie schlafen durfte.

Das Vormittagsprogramm am nächsten Tag lief wie gewohnt ab: erst Frühstück, dann Schule und anschließend Training bei Kastor bis Mittag. Der Nachmittag jedoch verlief in mehrfacher Hinsicht anders als erwartet. Erst musste sie im Kräutergarten nach den Pflanzen sehen und eben fertig damit, wurde sie eilig zu Niro in die Falle gerufen.

Als sie etwas außer Puste beim Nest ankam, musste sie feststellen, dass es leer war. Von Niro keine Spur. Erschrocken blickte sie zu den beiden Drachenreitern, die bei den Löchern standen. Doch die beruhigten sie: Mara habe Niro nur zum Baden mitgenommen. Sie deuteten auf den Nestrand.

Dort lag ein Haufen frischen Tangs.

»Sie will ihn hinterher wieder einpacken. Du kannst uns helfen, das zu verhindern. Bataya muss sich seine Verletzungen ansehen; wir müssen ihn aus dem Nest bekommen.«

Karin konnte sich nicht vorstellen, wie sie Mara daran hindern sollte. Sie schüttelte den Kopf. »Das klappt nie! Wir können ihn nur hinterher wegbringen.«

»Schon«, sagte der eine, »aber sie will ihn sicher wieder vollkommen einwickeln – und das kannst du verhindern.«

Er erklärte ihr genau, wie sie Mara ablenken sollte, so dass Niro einen Arm und die Beine freibekommen konnte und reichte ihr noch ein kleines Körbchen mit grünen Jagdfischen.

»Und denk daran: Niro muss allein aus dem Nest klettern können. Wenn wir ihn ihr einfach wegnehmen, wird Mara es verhindern wollen – oder sucht alle Höhlen und Gänge nach ihm ab, wenn es ihr nicht gelingt. Und einem Drachen in den engen Tunneln zu begegnen ist nicht lustig – außerdem kann sie stecken bleiben!«

Nicht lange danach kam Mara mit Niro zurück. Karin beeilte sich, zu Niro zu gelangen, und kroch geradewegs zwischen Maras Vorderbeinen ins Nest. Eile tat Not, da Mara den frischen Tang schon in Reichweite bereitlegte, aber Karin konnte nicht anders, als Niro erst einmal anzustarren. Mara hatte den alten Tang entfernt und das Meerwasser hatte die klebrige Spucke komplett abgewaschen. Es war das erste Mal, dass Karin seine Bisswunde sehen konnte. Obwohl diese teilweise schon gut verheilt war, erschrak sie zutiefst. Etwas Ähnliches hatte sie nur einmal in einer Zeitschrift gesehen, in dem es um Opfer von weißen Haien gegangen war. Der Bogen, in dem sich die Drachenzähne in Niros Körper gebohrt hatten, reichte von der rechten Schulter mitten über die Brust hinab zum rechten Bein und lief dort längs über den Oberschenkel, bevor er knapp über dem Knie den Rand des Beines erreichte und damit endete. An der Form des Bogens war zu sehen, dass der Drache Niro nicht einmal ganz in sein Maul genommen hatte, sondern nur mit dem vorderen, rechten Drittel zugebissen hatte, sozusagen nur ein bisschen geknabbert hatte. Aber das war mehr als genug. Am Schlimmsten sahen die Wunden am Oberschenkel aus, doch auch am Bauch, da wo der Schutzpanzer aufhörte, sah es übel aus. Und dabei waren das nur die Zahnabdrücke auf Niros Vorderseite. Den Gegenbiss auf seiner Rückseite konnte sie gar nicht sehen, da Niro darauf lag.

Sie überlegte, wie der Drache Niro in seinen Rachen bekommen hatte, denn sein Kopf war nicht darin gelandet – sonst würde er jetzt nicht hier im Nest liegen und es gäbe auch nichts mehr, worüber sie nachzudenken hätte. Der Drache musste ihn von unten her gepackt haben, und das stimmte auch; Niro war auf dem Rücken gelegen, die Beine dem Drachen zugewandt, als dieser sich auf ihn gestürzt hatte. Mit seinem Biss hatte er den Brustpanzer so mühelos geknackt wie eine dünne Nussschale. Karin schauderte. Aber dort wo der Brustpanzer gewesen war, waren die Wunden weniger tief. Wenn Niro den Panzer nicht getragen hätte, hätte er diesen Biss wohl kaum überlebt. Wenn der kleine Drache nicht geschrien hätte, auch nicht; dann hätte der Drache nicht innegehalten und – egal ob mit oder ohne Panzer – wenn er voll zugebissen hätte, wäre von Niro nicht mehr viel übrig geblieben.

Karin riss sich zusammen und sagte Niro, was von ihm erwartet wurde. Er nickte stumm und ließ es mit zusammengebissenen Zähnen über sich ergehen, dass Mara ihm intensiv die Wunden sauber schleckte. Karin bewunderte dabei, wie geschickt Mara ihre Zunge gebrauchte: Mit den feinen Spitzen ihrer gespaltenen Zunge konnte sie auch in die schmalen Wunden, die ein spitzer Zahn hinterlässt, vordringen, etwas, was Niro heftige Schmerzen bereitete, aber eine blitzsaubere Wunde hinterließ. Wollte sie großflächig lecken, legte sie die beiden Spitzen so exakt aneinander, dass man nicht einmal ahnte, dass die Zunge überhaupt gespalten war, und schleckte in einer breiten Bahn über Niros Körper. Dann würgte Mara den ekeligen, zähen Schleim hervor und verteilte ihn sorgfältig auf den Verletzungen. Tapfer ließ Niro auch das über sich ergehen. Und als sich Mara das erste Stück Tang angelte, wehrte er sich ebenso wenig. Sie wollte ihn tatsächlich ganz einwickeln und Niro hätte nicht die geringste Chance gehabt, etwas dagegen zu unternehmen. Doch jetzt griff Karin ein. Erst hielt sie Mara einen Fisch unter die Nase, was diese sehr irritierte, und Niro nutzte die Gelegenheit und zog vorsichtig seinen linken Arm aus dem noch spärlichen Tangwickel. Natürlich wollte Mara den Fisch nicht, aber als sie Niro weiter einwickelte, ließ sie seinen Arm da, wo er war. Als sie sich bis zu den Beinen hinabgearbeitet hatte, begann Karin, sie hinter den Ohrstacheln zu kraulen und es gelang ihr, Mara so abzulenken, dass Niro das gesunde Bein zur Seite nehmen konnte und nur sein rechtes Bein eingewickelt wurde. Ablenkung gelungen. Allerdings hatte Niro auch mit freiem Arm und freien Beinen keine Chance, als Mara ihn jetzt fütterte. Sie klemmte ihn einfach zwischen ihre Füße und das war es dann. Und damit Karin nicht eingreifen konnte, schob sie diese ein Stück beiseite und ließ die Flügel herab, so dass niemand etwas sehen, geschweige denn in Niros Nähe gelangen konnte.

Erst danach legte sie ihre Flügel wieder an den Körper. Niro hielt die freie Hand an den Bauch gepresst und drehte sich stöhnend auf die Seite. Aber nicht lange, dann beruhigte sich sein Magen und er setzte sich auf. Es konnte nicht mehr lange dauern, bis es ihm überhaupt nichts mehr ausmachte. Er wischte sich mit der Hand die Drachenmilch aus dem Gesicht. Dann sah er zu

Karin hinüber und die gab den Blick an die beiden Drachenreiter weiter. Diese nickten.

»Jetzt Niro! Hoch mit dir!«, ermunterte Karin ihn.

Und Niro rappelte sich mühsam auf. Karin begann Mara hinter den Ohrstacheln zu kraulen, als diese Niro nervös beschnupperte.

»He, meine Gute! Lass ihn! Er schafft das. Niro ist fit genug für einen kleinen Ausflug.«

Als ob Mara verstanden hätte, griff sie nicht ein, als Niro mühsam über den Nestrand kroch und schließlich hinter den Löchern verschwand.

»Er kommt bestimmt wieder zurück«, tröstete sie Mara, als diese leise fauchte, um Niro zurückzurufen. Da Karin entspannt blieb, beruhigte sie sich schließlich und wechselte ins andere Nest. Karin beeilte sich, in den Nebenraum zu kommen, wo Niro gerade mit dem Schlauch abgeduscht wurde.

»Nicht schon wieder!«, beschwerte sich der, aber einer der Drachenreiter meinte nur, ob er wolle, dass Bataya in Ohnmacht falle, während sie gerade in seinen Verletzungen herumbohre.

Daraufhin sagte er nichts mehr und hielt sich am Arm des anderen Drachenreiters fest, um das Gleichgewicht nicht zu verlieren. Danach brachten die beiden Niro auf einer Trage weg.

Zu ihrer Enttäuschung durfte Karin ihn nicht begleiten, sondern sollte mit Sora auf Mara fliegen. Sie setzte sich auf eine Bank und wartete. Aber Sora kam nicht. Sollte sie allein anfangen, Mara zu satteln? Endlich erschien Sora, völlig außer Atem.

»Komm mit, Karin!«, rief sie und drehte sich schon wieder um, um zurückzulaufen.

Karin sprang auf und beeilte sich, Sora einzuholen.

»Was ist los?«, fragte sie keuchend, als sie es endlich geschafft hatte. »Ist etwas mit Niro?«

Sora schüttelte den Kopf, gab aber keine Antwort.

6 Bel Kani

Beide waren völlig außer Atem, als sie in der großen Halle ankamen. Dort standen drei große Drachen, die vor Kurzem zurückgekommen sein mussten. Sie ließen müde die Köpfe hängen und atmeten schwer. Mehrere Drachenreiter waren gerade damit beschäftigt, irgendetwas, das in einer Decke lag, vorsichtig von einem der Drachen herunterzuholen. Als sie dabei die Decke etwas heftiger bewegten, schrie das, was sich in der Decke befand, vor Schmerz auf. Vorsichtig setzten sie die Decke auf dem Boden ab. Jetzt konnte Karin sehen, was sich darin befand.

Es war ein Mädchen. Sein rechtes Bein war total zertrümmert und Karin konnte einen herausragenden Knochensplitter sehen. Ihr wurde ganz übel bei diesem Anblick und sie sah schnell zur Seite. Dann ging sie ein Stück Richtung Ausgang, um ein wenig frische Luft zu tanken, während Sora deutlich härter im Nehmen war und half, das Mädchen auf eine Trage zu legen.

»Lass mich los, du gemeiner Kerl!«, rief plötzlich eine helle Kinderstimme.

Karin drehte sich um. Von einem der anderen Drachen hatte man gerade einen kleinen Jungen heruntergehoben, der im Griff eines Drachenreiters heftig zappelte.

»Beruhige dich doch! Wir wollen dir nur helfen«, versuchte der Drachenreiter ihn zu besänftigen.

Er hatte wenig Erfolg.

»Ihr seid schuld! Ihr wart es doch!«, rief der Junge und begann zu weinen. »Ich will nach Hause!«

Der Drachenreiter setzte den Jungen auf dem Boden ab und ging vor ihm in die Hocke.

»Jetzt hör mal zu!«, sagte er. »Wir haben dir schon gesagt, dass wir nichts damit zu tun haben. Also hör auf mit dem Geschrei und tu, was wir dir sagen!«

Das war offensichtlich nicht der richtige Tonfall, um den Jungen zu beruhigen. Er heulte nur noch lauter.

»Nein!«, rief er trotzig und riss sich los. Er rannte genau auf Karin zu. Erst wollte sie ihn aufhalten, doch dann hatte sie eine andere Idee. Sie trat beiseite und als er an ihr vorbeilief, griff sie nach seiner Hand.

»Komm, wir hauen zusammen ab«, sagte sie und lief mit ihm mit. Die Drachenreiter sahen ihr verwundert nach, doch sie verfolgten sie nicht.

Der Junge war so verdutzt, dass er langsamer wurde, aber Karin zog ihn mit. Sie liefen bis ans Ende der Höhle – bis zur äußersten Kante. Weit unter ihnen brachen sich die Wellen an den Felsen.

»Hmm«, meinte Karin. »Hier gehts nicht weiter. Was machen wir jetzt? Sollen wir springen?«

Der Junge schüttelte den Kopf.

»Ich bin ganz außer Atem, setzen wir uns doch hin und ruhen uns kurz aus«, schlug sie als Nächstes vor. Sie führte den Jungen zu einem Felsblock und setzte sich. »Ich heiße übrigens Karin. Sagst du mir deinen Namen auch?«

»Bel Kani.«

»Wie alt bist du eigentlich, Bel Kani?«, fragte sie weiter.

»Sechzehn Sommer, aber bald werde ich siebzehn.«

Sie schmunzelte. Wie alle Kinder konnte er es gar nicht erwarten, endlich groß zu sein, und musste natürlich betonen, dass er *bald* siebzehn sein würde. Etwas, das sie nicht glauben konnte. Der kleine Kerl war beim besten Willen nicht älter als zehn Jahre, eher acht. Aber sie ging nicht darauf ein.

Zwei Drachenreiter näherten sich langsam. Der Junge klammerte sich an Karins Arm.

»Sie wollen mich wieder einfangen. Sie sind böse!« Er ließ Karin los und rückte ein Stückchen von ihr ab. »Du bist eine von ihnen! Du bist auch böse!«

Karin warf einen giftigen Blick Richtung Drachenreiter und sie zogen sich ein Stück zurück.

»Na hör mal«, sagte sie zu dem Jungen. »Du kennst mich doch gar nicht. Woher willst du wissen, dass ich böse bin?«

Der Junge sagte nichts.

»Ich bin übrigens noch nicht lange bei den Drachenreitern und kenne sie selbst noch gar nicht so richtig. Aber sie sind bestimmt nicht böse.«

»Nicht?«

»Nein. Sie haben mir das Leben gerettet und mir ein neues Zuhause gegeben.«

»Haben sie dich auch gezwungen, auf so einen Monsterdrachen zu steigen?«

»Fürchtest du dich vor den Drachen?«

Der Junge nickte. »Sie haben unser Dorf verbrannt.«

»Was?«, rief Karin entsetzt. Sie sah sich nach den Drachenreitern um und die schüttelten den Kopf.

»Vielleicht irrst du dich. Weißt du was? Wir gehen jetzt zurück, und dann erzählst du mir in Ruhe, was passiert ist. Vielleicht bekommen wir im Gemeindehaus einen heißen Tee und etwas zum Essen.« Sie stand auf und hielt dem Jungen ihre Hand hin. »Komm!«

»Nein! Ich will zu meiner Schwester!«

»Das Mädchen ist deine Schwester?«

Der Junge nickte und dann begann er wieder zu weinen. Karin nahm ihn in die Arme und wiegte ihn sanft hin und her, bis er sich beruhigt hatte. Was war da draußen passiert? Aber das konnte sie jetzt unmöglich fragen.

»Ich weiß nicht, ob du gleich zu deiner Schwester darfst«, überlegte sie laut. »Aber sie haben sie sicher zu Bataya gebracht. Das Heilhaus ist direkt neben dem Gemeindehaus. Und dann frage ich Bataya gleich, ob du deine Schwester besuchen darfst. Einverstanden?«

Der Junge zögerte. »Ist Bataya eine Heilerin?«

Karin nickte.

»Gut, ich komme mit.«

Er ergriff Karins ausgestreckte Hand und ließ sich von ihr zum Gemeindehaus führen. Die beiden Drachenreiter folgten in einigem Abstand.

Der Junge durfte nicht zu seiner Schwester, da Bataya niemanden um sich herum haben wollte, den sie nicht gerade brauchte. Karin versprach, bei ihm zu bleiben, bis er zu seiner Schwester dürfe und nahm ihn mit in den Ratssaal, wo sich inzwischen eine Vielzahl von Menschen eingefunden hatte, die den Bericht der

Zurückgekommenen hören wollten. Der Junge klammerte sich ängstlich an Karins Hand, als er die vielen Drachenreiter sah und rückte dann seinen Stuhl ganz dicht neben ihren, als sie in der Arena neben Sora Platz nahmen. Kelim war auch da und Karin wunderte sich, warum er nicht Bataya unterstützte, aber natürlich waren er und Bataya nicht die einzigen Heilkundigen unter den Drachenreitern.

Rodan eröffnete die Besprechung und dann begannen die sechs Heimkehrer abwechselnd zu berichten.

Es war schrecklich. In dem Dorf hatte offenbar außer den beiden Kindern niemand überlebt. Sie hatten nur Tote gefunden. Einige regelrecht in Stücke gerissen, andere scheinbar unverletzt. Das einzige steinerne Gebäude im Zentrum des Dorfes war nach allen Richtungen auseinandergesprengt gewesen und teilweise verkohlt; die Zelte ringsum zerrissen, als ob sie von vielen Splittern getroffen worden wären. Es waren auch überall kleinere Splitter herumgelegen, aber nachdem sie das Mädchen gefunden hatten, hatten die Drachenreiter ihre Spurensuche aufgegeben und waren so schnell wie möglich zurückgeflogen, um vielleicht sein Leben retten zu können. Ihre Gesichter verrieten, dass sie diesbezüglich nur wenig Hoffnung hatten.

Karin brachte den Jungen dazu, zu erzählen, was er beobachtet hatte. Er war zum Zeitpunkt des Unglücks unterwegs gewesen, um Grillen zu fangen, und hatte erst bemerkt, dass etwas nicht stimmte, als er einen lauten Knall gehört hatte. Er war auf einen Felsen geklettert und hatte zum Dorf hinübergesehen. Sein weiterer Bericht war jedoch etwas verwirrend: Er sprach dauernd von einem orangefarbigen Feuer, das sich aus dem Haus aus über das Dorf ausgebreitet hatte und von einem Gewitter, das *tausend Blitze* auf das Dorf geworfen hätte. Und dass die Drachen mit ihrem Feuer das Haus angezündet hätten und die Drachenreiter gemeine Mörder seien. Rodan kniete sich vor den Jungen hin und brachte ihn dazu, das Feuer näher zu beschreiben. Es sei hell gewesen und habe das Haus von innen heraus *aufgefressen*; nur Drachenfeuer sei so mächtig. Rodan kratzte sich nachdenklich am Kopf.

»Vielleicht ein Feuerspeier?«, mutmaßte er. Doch gleich verwarf er seine Idee wieder: »In der Wüste gibt es keine Feuerspeier, es ist dort zu heiß für sie.«

»Rodan, verehrter Rat, kann es ein wilder Drache gewesen sein?«, fragte jemand aus dem Publikum.

»Nein, er hätte die Leute gefressen. Ich habe leider keine Idee.«

Als der Junge weiter darauf beharrte, Drachenfeuer gesehen zu haben, hatte Karin eine Eingebung. Nervös stand sie auf. Es war wieder eine offizielle Veranstaltung und sie musste sich an die *gute Sitte* halten.

»Verehrter Rat!«, begann sie und alles starrte sie an, zumindest kam es ihr so vor. Sie fuhr sich mit der Zunge über die Lippen. »Hat Drachenfeuer immer dieselbe Farbe wie das von Mara und Mahur?«

Rodan sah sie verblüfft an. »Natürlich!«, rief er aus. »Das ist der Beweis, dass der Junge kein Drachenfeuer gesehen haben kann!«

»Außerdem, großer Rat«, mischte sich Kelim ein, »kommt Drachenfeuer normalerweise vom Himmel, nicht von innerhalb eines Hauses!«

»Du sprichst wahr«, bestätigte Rodan. »Ihr habt beide gut aufgepasst, meinen Dank dafür!«

Er besprach sich kurz mit den anderen Ratsmitgliedern und schlug dann vor, dem Jungen ein echtes Drachenfeuer zu zeigen.

Kaum zehn Minuten später standen sie oben auf dem Plateau und warteten auf den bestellten Drachen. Der Junge ließ Karins Hand dabei nicht los. Bald kam ein kleiner, blauer Drache angeflogen und stieß einen kurzen Feuerstoß in den Himmel, der sich wegen der blau-weißen Farbe kaum gegen das helle Himmelsblau abhob, dann flog er tiefer und setzte mit einem längeren Feuerstrahl den Holzhaufen, den sie eilig aufgeschichtet hatten, in Brand. Beide Male gab es keine einzige gelbe oder orangefarbene Flamme zu sehen. Erst als der Holzstoß brannte, erschienen die typischen gelb-orangen Feuerzungen. Auch flog der Holzhaufen nicht auseinander, sondern brannte an Ort und Stelle nieder.

Karin kniete sich vor den Jungen hin, der das Ganze mit großen Augen beobachtet hatte.

»Glaubst du uns jetzt, dass das kein Drachenfeuer war, das dein Dorf zerstört hat?«

»Ja.« Der Junge nickte. »Euer Drachenfeuer ist viel, viel größer und hat überhaupt keine richtige Farbe.«

Rodan war erleichtert, dass der Junge die Drachen nun nicht mehr als die Schuldigen ansah.

»Gut! Dann war es auch ganz sicher kein Feuerspeier. Sein Feuer sieht genauso aus, wie das der Drachen.«

»Aber was war es dann?«, fragte der Junge.

Doch keiner wusste eine Antwort. Sie gingen wieder hinunter in den Ratssaal und der Drachenrat beschloss, unverzüglich einen weiteren Suchtrupp loszuschicken, um genau das herauszufinden. Kelim äußerte den Verdacht, dass auch Gar etwas damit zu tun haben könnte, da es sich bei den Blitzen des Jungen durchaus um Lichtpfeile hätte handeln können und wies darauf hin, dass das Tor, durch das Karin herübergekommen war, nicht weit entfernt davon gewesen sein müsste. Auch wenn die Erkundungsflüge bisher keinerlei Hinweise auf ein Tor in dieser Gegend ergeben hatten. Also sollte auch Sora mitfliegen, da sie den genauen Standort von Karins Tor kannte.

Dann kam Bataya in den Ratssaal. Alle sahen sie an, doch sie schüttelte nur langsam den Kopf. Niemand sagte etwas, als sie zu dem Jungen ging und ihn bei der Hand nahm.

»Bel Nira?«, fragte er leise. Aber seine Augen verrieten, dass er die Antwort bereits kannte. Bataya schüttelte erneut den Kopf, sie hatte Tränen in den Augen. Stumm folgte ihr der Junge nach draußen.

Später saß Karin neben dem Bett von Niro und berichtete ihm von dem Dorf.

Er nickte und meinte:

»Sie haben also noch kein Tor gefunden. Weißt du, das ist wie bei einem Gewitter: Man weiß, dass der Blitz irgendwo einschlägt, aber nicht wann und nicht wo.«

»Du meinst: Einen Weg zurück in meine Welt zu finden, ist so wahrscheinlich, wie vom Blitz getroffen zu werden?«

»So könnte man sagen«, stimmte Niro zu und lachte, presste dabei jedoch eine Hand auf den Bauch.

»Was habt ihr jetzt mit dem Jungen vor?«, wechselte er das Thema.

»Keine Ahnung«. Karin zuckte mit den Schultern. »Vorerst schläft er. Bataya hat ihm etwas gegeben.«

»Mir könnte sie ruhig auch wieder etwas geben. Ich hatte zwar etwas, während sie die Verklebungen in meinem Bauch gelöst hat, da, wo der Zahn durchgegangen ist, aber jetzt fängt es an, höllisch wehzutun.«

»Soll ich Bataya holen?«

»Weswegen willst du mich holen?«

Karin drehte sich um. Bataya stand direkt hinter ihr mit einem kleinen Körbchen in der Hand.

»Niro hat Schmerzen.«

»Das war zu erwarten. Deshalb bin ich auch gekommen. Du kannst beruhigt gehen, er wird bald tief und fest schlafen.«

Als Karin zögerte, fing Niro zu grinsen an.

»Ja, geh lieber! Wer weiß, was du sonst mit mir anstellst, wenn ich erst eingeschlafen bin.«

»Oh, du!«

Erneut musste Niro lachen, aber er hörte sofort wieder auf damit und verzog das Gesicht. Jetzt grinste Karin.

»Das ist die gerechte Strafe für deine Unterstellungen«, sagte sie und wandte sich zum Gehen. Niro griff nach ihr und bekam ihre Hand zu fassen.

»Du kannst ruhig bleiben, wenn du willst«, sagte er.

»Und dir beim Schlafen zuschauen?«

»Auch das.«

»So interessant ist das nun auch wieder nicht! Außerdem bekomme ich dann Schwierigkeiten mit Kelim: Ich soll jetzt gleich zu ihm gehen. Süße Träume!«

Sie befreite ihre Hand aus Niros Griff und machte sich auf den Weg. Niro kam nicht mehr dazu, etwas zu erwidern, denn Bataya schob ihm gerade einen Löffel mit dem Schlafmittel in den Mund.

Kelim hatte noch eine Neuigkeit in Bezug auf das Dorf für Karin. Das Mädchen hatte noch etwas von einem hellen Licht erzählt, das sich nach dem Knall über das Dorf ausgebreitet hätte, bevor aus dem zerstörten Haus unzählige Lichtblitze gekommen wären, und jeder, der davon getroffen worden war, sei auf der Stelle zusammengebrochen.

Danach hatten sie ihm ein starkes Schlafmittel gegeben und als letztes, bevor es eingeschlafen war, hatte es noch etwas von fremden Männern gemurmelt. Es war leider nicht herauszufinden, ob damit die Drachenreiter oder andere Männer gemeint waren. Und das war das Letzte gewesen, was es in seinem kurzen Leben gesagt hatte. Wie jeder wusste, war es nicht wieder aufgewacht.

Karin kämpfte gegen ihre Tränen. Wer oder was war so grausam, ein ganzes Dorf auszurotten? Als sie an den Jungen dachte, verlor sie ihren Kampf und die Tränen begannen doch noch zu fließen.

»Weine dich ruhig aus, das hilft.«

»Der arme Junge«, brachte sie heraus.

»Ja«, stimmte Kelim ihr traurig zu.

Dann schwiegen beide.

»Geht es dir jetzt besser?«, fragte er, nachdem sich Karin die Tränen getrocknet hatte.

Sie nickte.

»Gut. Du hast heute nämlich noch Einiges zu erledigen, dabei solltest du ganz bei dir sein und nicht an Dinge denken, die du nicht ändern kannst – auch wenn es schwerfällt.«

Er schickte sie in die Sattelkammer zu einer theoretischen Reitstunde; die echte war ja ausgefallen. Danach sollte sie unverzüglich nach Hause kommen. Karin kam es immer noch komisch vor, wenn Kelim von seiner Wohnung als von ihrem Zuhause sprach, obwohl es natürlich stimmte, denn ein anderes *Zuhause* gab es nicht für sie.

Den Weg zur Sattelkammer kannte sie nicht, doch der Drachenreiter, der sie hinbrachte, war auch der, der sie unterrichtete. Er ließ sie solange auf dem hölzernen Drachen mit dem Fluggeschirr üben, bis sie sich nicht mehr konzentrieren konnte und anfing, Fehler zu machen. Dann ließ er sie noch einmal das Satteln und Absatteln üben und nach dieser Denkpause versuchte er, ihr beizubringen das Geschirr selbstständig anzulegen, aber dafür reichte eine Unterrichtsstunde bei Weitem nicht aus. Immerhin konnte sie die blauen und die grünen Riemen richtig platzieren, als er sie nach Hause schickte.

Also ging sie *nach Hause* zu Kelim. Da es noch früh am Abend war, fand dieser endlich die Gelegenheit, sie mit der Hochschrift und der *Gemeinschaftsordnung der Drachenreiter* zu konfrontieren. Während sie Buchstaben in der Hochschrift zu Papier brachte, las Kelim ihr einzelne Abschnitte aus dem Buch vor. So erfuhr Karin einige wichtige, andere Grundregeln der Drachenreiter neben der Sache mit der Lüge: Ein Drachenreiter durfte niemanden töten, sollte im Gegensatz zu den Drachen Mitleid empfinden und Gnade walten lassen – jedoch nicht, wenn es die Verfehlungen der Drachenreiter gegen ihre Regeln betraf – und ein Drachenreiter musste verlässlich sein und seine Zusagen stets einhalten; man musste sich auf das Wort eines Drachenreiters verlassen können. Dieser Abschnitt ähnelte dem über die Lüge und eine Zusage, von der man im Voraus wusste, dass man sie nicht einhalten würde können, war einer Lüge gleichzusetzen. Karin fragte sich, wieso das nicht gleich bei dem Abschnitt über die Lüge stand, sie konnte wenig Unterschiede finden zwischen einem nicht eingehaltenen Wort und einer Lüge.

Aber dann ging auch dieser Abend zu Ende und sie durfte schlafen gehen. Wie immer in den letzten Tagen, war sie so müde, dass sie einschlief, kaum dass sie lag.

7 Die Drachenwoche und andere Herausforderungen

Beim gemeinsamen Frühstück fragte sie Kelim, ob sie sich noch von Sora verabschieden könnte, aber er verneinte. Als er Karins enttäuschtes Gesicht sah, lachte er.

»Sie sind schon bei Sonnenaufgang abgeflogen. Ich hielt es für besser, dich ausschlafen zu lassen.« Er überlegte. »Wie lange ist es jetzt her, dass dich Mara das letzte Mal gefüttert hat? Sieben Tage? Jedenfalls lange genug. Ich besorge dir nachher etwas zum Zähne putzen. Jetzt gehst du erst einmal in den Unterricht!«

Auf dem Weg zur Schule machte sich Karin bewusst, dass sie sich bisher noch kein einziges Mal die Zähne geputzt hatte. Wie denn auch? In Kelims Bad gab es keine Zahnputzsachen. Sie hatte sich nicht weiter darum gekümmert. Es gab so viele andere aufregende Dinge um sie herum. Aber jetzt fragte sie sich, wie sich denn Kelim seine Zähne putzte, wenn er nicht mal eine Zahnbürste besaß. Und was hatte Zähneputzen mit Maras Fütterung zu tun? Als sie bei der Schule ankam, vergaß sie das Ganze und übte konzentriert ihre Buchstaben. Es klappte schon ganz gut und es würde nicht mehr lange dauern, bis sie die *Gemeinschaftsordnung der Drachenreiter* selbstständig lesen konnte.

Danach quälte Kastor sie wieder unbarmherzig, bis er sie endlich in die Mittagspause entließ.

Nach dem Mittagessen im Gemeindesaal ging sie hinüber ins Heilhaus, um Niro zu besuchen. Aber der war nicht da. Da auch sonst niemand da war, den sie nach Niro hätte fragen können, machte sie sich etwas verfrüht auf den Weg zur großen Halle, um sich dort mit Ron und seinem großen, blauen Drachen zu treffen. Da entdeckte sie Niro, der, sich verstohlen umsehend, in einem schmalen, wenig genutzten Tunnel verschwand. Er war Bataya einfach davongelaufen! Was hatte er vor? Karin sah sich um, die offene Halle war wie ausgestorben, es war niemand zu sehen. Kurz entschlossen folgte sie Niro. Er konnte nur langsam gehen und stützte sich immer wieder an der Wand ab, um sein verletztes Bein zu entlasten. Oft blieb er stehen, lauschte und sah sich um. Karin hielt Abstand. Was tat er da? Er gehörte ins Bett.

Nach einiger Zeit mündete der Tunnel in einen größeren und den kannte Karin: Es war der Weg zur Falle! Niro wollte zu den Drachen! Im ersten Schreck blieb ihr fast das Herz stehen, doch dann überlegte sie: Von Mara ging keine Gefahr aus; sie würde Niro schlimmstenfalls füttern – etwas, das ihm eher guttäte. Und der goldene Drache würde Niro auch nichts tun, solange Niro nicht versuchen würde, ihn herumzukommandieren. War Niro vernünftig genug, es nicht zu versuchen? Bis vor Kurzem hätte sie diese Frage mit einem eindeutigen »Ja« beantwortet, aber die Tatsache, dass er hier heimlich durch die Tunnel schlich, ließ Karin zweifeln. Da fiel ihr ein, dass auch sie nicht hier sein durfte. Sie hatte niemandem Bescheid gesagt, geschweige denn um Erlaubnis gefragt. Kelim würde sauer sein und sie bestimmt bestrafen. Es war allerdings niemand in der Nähe, um das Versäumte nachzuholen. Würde sie umkehren, um Bescheid zu sagen, wäre Niro längst in der Falle, wenn sie oder jemand anderes zurückkämen. Und sollte der goldene Drache tatsächlich in der Falle sein, wäre es dann vielleicht zu spät. Sie entschied sich für Niro und folgte ihm bis zur Falle. Auch hier war keine Menschenseele und niemand sah, wie Niro erst kurz durch eines der Löcher spähte und dann hindurchschlüpfte. Karin warf ebenfalls einen Blick in die Falle. Sie erstarrte. Der goldene Drache lag vor dem anderen Nest und bewachte den kleinen Drachen, der dort friedlich schlief. Von Mara keine Spur. Unbeirrt setzte Niro seinen Weg fort und steuerte geradewegs auf den Drachen zu. Dieser stand auf und kam Niro entgegen. Er wirkte nicht besonders friedlich. Karin sah, dass er sich durch Niros direkte Annäherung bedrängt fühlte. Zum Glück blieb Niro stehen und er beruhigte sich. In Schnupperreichweite hielt er an und besah sich Niro.

»Na, du«, begrüßte der ihn. »Sieh mich nur an! Das ist dein Werk. Aber warte nur, ich krieg dich schon klein!«

Der Drache begann, Niro zu beschnuppern, und Niro fuhr ihm sachte über die kleinen, dornenlosen Schuppen neben den Nasenlöchern.

»Du brauchst mich gar nicht erst anzustoßen«, sagte er weiter. »Mit dem Bein kann ich bestimmt nicht standhalten.«

Er streckte die Hand, um ihn hinter den Ohrstacheln zu kraulen. Der Ausdruck in den Augen des Drachen änderte sich. Karin erschrak. Das sollte Niro lieber nicht versuchen. Aber der Drache wurde nicht aggressiv, sondern zog einfach den Kopf ein Stück zurück. Er behandelte Niro nicht gleichwertig, sondern nachsichtig wie den kleinen Drachen.

»Ja«, meinte Niro resigniert, »ich bin nicht einmal stark genug, dich herauszufordern.«

Er drehte sich um, um zu gehen, aber da öffnete der Drache sein Maul und packte Niro mit den Zähnen. Vorsichtig, wie eine Krokodilmutter ihre frischgeschlüpften Jungen, trug er ihn zum Nest und setzte ihn darin ab. Niro seufzte. Er wartete gerade lange genug, bis der goldene Drache wieder seinen Platz vor dem anderen Nest eingenommen hatte, bevor er sich daran machte herauszuklettern. Dieser warf ihm einen missbilligenden Blick zu, griff jedoch nicht ein. Karin zog sich eilig zurück, sie wollte nicht, dass Niro sie sah. Nachdem Niro in Sicherheit hinter der Wand war, machte sie sich auf den Rückweg; er würde allein klarkommen. Sie überlegte, ob sie das Ganze für sich behalten sollte. Dann verwarf sie diese Idee wieder. Wenn herauskam, dass Niro weg gewesen war – oder es vielleicht selbst sagte, würde sich Kelim fragen, was sie in der Zwischenzeit getan hatte, da sie ja weder im Heilhaus, noch in der großen Halle gewesen war – und sie danach fragen. Dann blieb nur, entweder zu lügen oder die Wahrheit zu sagen. Und lügen durfte und wollte sie nicht. Außerdem hatte sich Kelim darauf verlassen, dass sie erst ins Heilhaus und dann zu Ron ging. Wenn sie es nicht noch schlimmer machen wollte, sollte sie es ihm so schnell wie möglich erzählen. Aber was passierte mit Niro? Irgendwie war sie davon überzeugt, dass er es nicht verheimlichen würde und er ganz genau wusste, was er sich mit seinem Besuch beim goldenen Drachen einhandelte. Und feige war er bestimmt nicht. Sie machte bei einem Lichtschacht halt. Sie hatte noch etwas Zeit bis zu ihrem Termin mit Ron. Sie überlegte, ob es vielleicht besser wäre, vorher noch zu beichten, und beeilte sich dann, zur offenen Halle und zum Gemeindehaus zu gelangen. Den erstbesten Drachenreiter, der ihr begegnete, fragte sie sofort nach Kelim und Rodan, aber er konnte ihr nicht weiterhelfen. Auch alle weiteren Begegnungen verliefen erfolglos. Dann wurde es Zeit für Ron und seinen Drachen und sie verschob ihre Beichte auf später. Zu spät kommen wollte sie nicht auch noch.

Wie schon beim ersten Flug mit Furo taten Karin die Hände bald weh, da er deutlich schwerer zu beeinflussen war als Mara. Außerdem hatte der Drache keine Lust auf sinnlose Flugmanöver. Sie sagte es Ron und der lachte, nachdem er einen eingehenden Blick auf seinen Drachen geworfen hatte.

»Weil du es sagst: Du hast recht. Ich weiß auch, was er jetzt lieber täte. Und ich glaube, den Gefallen können wir ihm tun. Schnall dich an!«

»Bitte?«

»Du sollst dich anschnallen!«, wiederholte Ron, während er schon die Riemen um seine eigenen Beine festzog.

Ihr blieb nichts anderes übrig, als seinem Beispiel zu folgen.

»Was soll das denn?«, bemängelte Ron und steckte zwei Finger unter Karins linken Riemen. Er öffnete die Schnalle und zog den Gurt um zwei Löcher enger. Daraufhin zog Karin ihren rechten Riemen ebenfalls nach, aber Ron kontrollierte auch diesen, ehe er nickte.

»Und jetzt runter zum Wasser und lass ihn da drüben, wo der Fischschwarm ist, ein paar Kreise ziehen!«

Sie hatte keine Ahnung, was Ron damit bezweckte, doch sie lenkte Furo nach unten und dieser gehorchte ihr jetzt willig. Wie gewünscht zog der Drache seine Kreise jetzt dicht über dem Wasser und peitschte dabei mit dem Schwanz auf die Oberfläche. Jetzt konnte Karin sehen, dass sich die Fische in die Mitte des Kreises flüchteten, aber sie tauchten merkwürdigerweise nicht ab. Ron beobachtete angestrengt das Wasser und auch Furo schien nach etwas Bestimmtem Ausschau zu halten. Dann schien Furo etwas zu sehen und fast im selben Augenblick rief Ron: »Jetzt hoch mit ihm!«

Sie brauchte sich gar nicht anzustrengen, Furo reagierte sofort, kaum dass sie die Finger an ihn legte, und schraubte sich in Windeseile ein Stück nach oben.

»Auf der Stelle bleiben!«, rief Ron und Karin mühte sich ab, den richtigen Befehl dazu zu geben. Furo war guten Willens und flatterte auf der Stelle, obwohl sie sich nicht so sicher war, alles richtig gemacht zu haben. Jetzt konnte sie etwas Dunkles sehen, das sich von unten den zusammengetriebenen Fischen näherte. Als es seinen Rachen aufriss, rief Ron: »Jetzt!«

Er sagte nicht, was sie tun sollte, das lag auf der Hand. Sie gab dem Drachen das Zeichen zum Sturzflug und er stürzte sich augenblicklich brüllend in die Tiefe.

»Lass ihn machen!«, schrie Ron gegen den Drachen an und sie ließ die Riemen los. Sie schrie auf, als Furo Kopf voran ins Wasser tauchte und nach dem dunklen Etwas schnappte. Zum Glück schwamm es so hoch, dass er nicht ganz untertauchte und seinen Fall mit den Flügeln abbremste. Dennoch spritzte das Wasser in alle Richtungen und Karin wurde klatschnass und obendrein heftig durchgeschüttelt, als der Drache sich krümmte und wand, um seine Beute sicher in den Griff seiner Klauen zu bekommen.

»Jetzt wieder raus und zu den flachen Felsen da drüben!«, befahl Ron. Karin griff eilig nach den Riemen und lenkte Furo in die angegebene Richtung. Er gehorchte willig. Über den Felsen angekommen ließ er seine Beute fallen und falls sie bis dahin noch gelebt haben sollte, war das nach dem Aufprall auf dem Felsen sicherlich nicht mehr der Fall. Jetzt wollte er landen, aber Ron befahl Karin, mit ihm weiter aufzusteigen und große Kreise zu fliegen. Furo wollte nicht und sie musste all ihre Kraft aufbieten, ehe sie ihn dazu brachte, höher zu steigen – und auch oben zu bleiben. Als ihre Hände zu zittern begannen und sie glaubte, den Druck nicht länger halten zu können, rief Ron: »Jetzt! Jetzt kannst du ihn landen lassen!«

Erleichtert löste sie ihre Finger und gab vergleichsweise zaghaft das Kommando zum Landen. Erwartungsgemäß reagierte Furo sofort, landete neben seiner Beute und machte sich darüber her. Karin ließ ihn gewähren.

Ron sparte nicht mit Lob und meinte zum Schluss, dass sie jetzt ihre Beinriemen wieder lösen könnte. Sie stiegen ab und setzten sich ein wenig abseits, während Furo genüsslich seine Beute verschlang. Als er fertig war, kraulten sie ihn ein bisschen hinter den Ohrstacheln und dann musste Karin erneut aufsteigen. Sie war von dem Sturzflug noch etwas wackelig auf den Beinen, aber zu ihrem eigenen Erstaunen schaffte sie es gleich beim ersten Versuch. Sie stieß einen Jubelschrei aus, was Ron zum Lachen brachte.

»Na siehst du«, sagte er. »Das wird schon noch.«

Dann ging es zurück und Furo machte genau das, was Karin von ihm wollte.

Rundum zufrieden machte sie sich nach dem Besuch der Badegrotte auf den Weg zu Kelim, bis ihr wieder einfiel, dass sie noch etwas zu beichten hatte. Vor seiner Wohnung zögerte sie deshalb, bevor sie anklopfte. Doch er war nicht zu Hause. Auf dem Tisch lag die Schiefertafel. »Komm ins Gemeindehaus« stand darauf. Sonst nichts. Also machte sie sich auf den Weg zur offenen Halle.

Im Gemeindehaus wurde sie von Kelim und Rodan erwartet.

»Du wolltest uns sprechen?«, begrüßte Rodan Karin.

»Äh, ja. Aber einer allein hätte auch gereicht«, antwortete sie verlegen.

»Darf ich annehmen, dass es wegen Niro ist?«, fragte Kelim.

Sie nickte. Wusste Kelim schon davon? Hatte Niro sie am Ende gesehen und es erzählt?

»Nun, wir hören«, ermunterte Rodan sie.

Obwohl sie sich mehr vor einer Bestrafung durch Kelim fürchtete, als vor Rodan, hätte sie es lieber nur Kelim erzählt, als allen beiden. Doch sie konnte Rodan schlecht wegschicken; sie selbst hatte schließlich nach ihm gefragt. Also berichtete sie ihnen den Vorfall.

Leicht verwirrt machte sie sich etwas später auf den Weg zu Kelims Wohnung. Sie hatte damit gerechnet, wegen Ungehorsam gescholten oder bestraft zu werden, stattdessen hatten sie ihr vorgehalten, dass sie sich um ihre Verantwortung anderen gegenüber gedrückt hätte, weil sie Niro nicht angesprochen hatte und sich von ihm nicht hatte sagen lassen, was er vorgehabt hatte, da Drachenreiter keine Geheimnisse aus ihren Vorhaben machen sollten. Niro hatte also durchaus nicht richtig gehandelt. Aber wie hatte Rodan gesagt? »Was ein richtiger Drachenreiter ist, kann nicht von den Drachen lassen.« Das konnte Karin verstehen; sie freute sich jedes Mal wieder darauf, Mara – oder auch irgendeinen anderen Drachen – zu reiten. Auch wenn es dafür eigentlich keinen Grund gab.

In der Wohnung angekommen, machte sie sich daran, für sich und Kelim etwas zum Abendessen herzurichten, so wie er es ihr aufgetragen hatte. Seine Küche und Vorräte waren beschränkt, so dass sie weder Mühe hatte sich zurechtzufinden, noch lange überlegen musste, was es zu essen geben sollte. Außer Brot, Käse und Butter, die sie in einer kleinen Nische im Fels fand, gab es nichts Essbares – von verschiedenen Getreideflocken einmal abgesehen. Als sie sich vorbeugte, um den Käse herauszuholen, war ihr, als hörte sie ein leises Rauschen. Sie steckte den Kopf ganz in die Nische und tatsächlich war hinter der Rückwand der Nische das Geräusch von laufendem Wasser zu hören. Die Wand selbst fühlte sich erstaunlich kühl an. Karin klopfte mit den Fingern an die Wand. Es klang hohl. Die Nische war also so etwas wie ein Kühlschrank mit Wasserkühlung! Deshalb achtete Kelim also darauf, dass der Vorhang davor immer ordentlich zugezogen war. Wieder einmal war sie beeindruckt von der raffinierten Technik der Drachenreiter – und das alles ohne Strom. Die treibende Kraft war hier das Wasser; sogar die Uhren, wie sie im Gemeindehaus und in der Schule hingen, wurden mit Wasser betrieben. Das hatte sie erst gestern in der Schule erfahren, während sie ihre Buchstaben geübt hatte.

Sie war schon eine Weile fertig mit Aufdecken, als Kelim hereinkam. Endlich konnte sie sich ihr Käsebrot schmecken lassen. Beim Drachenreiten verbrauchte man jede Menge Kalorien und sie hatte ordentlich Hunger. Als sie das zweite Mal abbiss, klopfte es ungestüm an der Tür. Noch ehe Kelim sein »Tür ist auf« zu Ende gesagt hatte, wurde sie auch schon aufgerissen.

Den Drachenreiter, der hereinstürmte, hatte Karin schon einmal gesehen. Ihr fiel leider nicht ein, wo.

»Ron verlangt nach dir, Karin«, sagte er.

»Jetzt?«, fragte sie. Der Mann nickte und wechselte einen kurzen Blick mit Kelim. Der zögerte kurz, gab dann aber seine Zustimmung. Karin musste wohl oder übel ihr halbgegessenes Brot liegenlassen. Im Aufstehen biss sie schnell noch einmal ab, dann nahm der Drachenreiter sie auch schon an der Hand und zog sie mit sich. Er führte sie durch ihr völlig unbekannte Tunnel und Höhlen und lief dabei so schnell, dass sie Mühe hatte zu folgen. Er brachte sie zu einer großen Drachenhöhle und dort war die Hölle los.

In der Mitte der Höhle lag ein großer, blauer Drache am Boden und eine größer werdende Gruppe Drachenreiter bemühte sich, ihn zu bändigen. Karin versuchte zu begreifen, was hier los war. Überall in der Höhle war Blut. Der Drache schien schwer verletzt zu sein. Er hatte die Flügel nicht angelegt, sondern ließ sie halb geöffnet herabhängen. Am Hals und an einigen anderen Stellen fehlten ihm die Schuppen und an einigen dieser Stellen hatte er blutende Wunden. Am Schlimmsten sahen seine Flügel aus: Die Flughäute waren an mehreren Stellen durchlöchert und eingerissen und am linken, ihr zugewandten Flügel, schien sogar eine der Knochenstreben gebrochen zu sein. Mehrere Drachenreiter versuchten immer wieder, den Flügel zu spreizen, um den Zugang an seine Seite zu ermöglichen, was ihnen nicht gelang, denn der Drache zog den Flügel jedes Mal wieder ein Stück zurück.

Den rechten Flügel konnte sie nicht sehen, aber auch dort waren einige Drachenreiter zugange. Einigen Mutigen war es gelungen, eine dicke Kette um den Hals des Drachen zu legen, und sie versuchten, diese jetzt rechts und links von seinem Kopf an starken Stangen, die sie in irgendwelche Spalten am Boden gesteckt hatten, zu befestigen, damit er seinen Kopf nicht mehr heben konnte. Karin bewunderte ihren Mut. Obwohl der Drache die Männer immer wieder grob beiseite stieß und sogar nach ihnen schnappte, kamen sie sofort wieder zurück und versuchten ihr Glück aufs Neue. Andere hatten kleine, silbrig schimmernde Dolche in den Händen und es sah aus, als würden sie dem Drachen damit unter die Schuppen fahren. Was sie auch immer taten, es schien ihm wehzutun, denn er zuckte jedes Mal zusammen und stieß die Drachenreiter beiseite.

Ein Stöhnen ließ Karin herumfahren. Hinter ihr saß ein Drachenreiter an die Wand gelehnt. Er war blutverschmiert und hielt sich den linken Arm. Es brauchte keine medizinischen Kenntnisse, um zu sehen, dass der Arm mehrfach gebrochen war. Der Mann schien am Ende seiner Kraft zu sein und war kaum mehr fähig, aufrecht zu sitzen. Aus einem Impuls heraus wandte sie sich zu ihm hin, um ihm zu helfen, aber er beugte sich vor und wehrte ab.

»Lass mich! Findet die Stelle!« Er deutete auf einen blutverkrusteten, fast beindicken Ast, der neben ihm am Boden lag. Er war an beiden Enden abgebrochen. Das dünnere Ende war vollständig mit Blut bedeckt, als hätte es jemand darin eingetaucht.

Der Mann ließ sich an die Wand zurücksinken.

»Irgendwo an der linken Seite«, sagte er noch mit schwacher Stimme, dann schloss er die Augen und beschränkte sich darauf, seinen verletzten Arm zu stützen.

»Ihr solltet mir doch Karin holen!«, rief eine energische Stimme. Karin kannte die Stimme. Sie gehörte zu Ron. Sie entdeckte ihn zwischen den Drachenreitern, die versuchten, den Kopf des Drachen zu Boden zu zwingen.

»Hier!«, rief ihr Begleiter.

Ron winkte sie zu sich und ihr Begleiter führte sie gefährlich nahe an den Drachenkopf heran. Er legte ihr die Hände an die Hüften, bereit, sie jederzeit aus der Gefahrenzone zurückreißen zu können.

In diesem Augenblick brüllte der Drache schmerzgepeinigt auf und warf den Kopf ruckartig nach oben. Sofort zog ihr Beschützer sie ein Stück zurück. Die eine Kette, die die Drachenreiter schon an der Stange befestigt hatten, gab nach und riss. Die Enden peitschten durch die Luft. Sie hatten Glück, niemand wurde getroffen. Der Drache kam vorne auf die Beine und schüttelte die Männer an seinen Flügeln ab wie lästige Fliegen. Einige wurden mehrere Meter weit geschleudert und Schmerzensschreie ertönten. Die anderen zogen sich eilig zurück. Als der Drache wieder zu Boden ging und den Kopf sinken ließ, versuchten es die Drachenreiter erneut, und da inzwischen noch weitere Helfer dazugekommen waren, hatten sie es bald geschafft, den Drachenkopf mit zwei Ketten zu fixieren. Einen gesunden Drachen hätte das zwar nicht lange aufgehalten, aber der blaue Drache schien, wie sein verletzter Reiter an der Wand, am Ende seiner Kräfte zu sein.

Die Hände an ihren Hüften schoben sie wieder nach vorne, bis sie direkt vor dem Drachenkopf stand, bereit, sie sofort zurückzureißen, sollte der Drache einen weiteren Befreiungsversuch starten. Im Moment sah es nicht danach aus; er hatte die Augen halb geschlossen und atmete schwer.

»Er hat Schmerzen«, meinte Karin.

Ron nickte. »Genau! Und deswegen bist du hier – Drachenkind! Du kannst besser sehen als wir, was ein Drache fühlt. Und wir suchen eine Stelle an seiner Seite, an der es ihm besonders wehtut. Wir sehen nicht, wie stark seine Schmerzen sind, nur dass er leidet. Hilf uns, die Stelle zu finden! Sonst müssen wir ihm jede einzelne Schuppe öffnen und darunter sehen – und vielleicht dauert das zu lange. Außerdem verletzen wir ihn dabei. Und es ist schmerzhaft.« Er sah Karin an und schien zu überlegen, wie er ihr die Sachlage noch genauer erklären konnte. Er brauchte nicht lange, dann fuhr er fort.

»Er ist im Kampf in die Bäume gefallen und hat sich einen Ast genau unter eine Schuppe gestoßen. Er hat den Ast abgebrochen, als er ihn herausziehen wollte, und die Schuppe darüber geschlossen. Wenn wir den Ast nicht entfernen, stirbt er daran, weil er innerlich verblutet. Er kann die Blutung erst stoppen, wenn der Ast draußen ist! Dann braucht er unsere Hilfe nicht mehr und kann die Verletzung allein heilen. Deine Aufgabe ist es, mir zu sagen, was du siehst. Erzähle uns alles, was der Drache fühlt und besonders wann und wo es ihm wehtut!«

Karin nickte und trat einen Schritt zurück. Der Drache hatte die Augen immer noch halb geschlossen, aber es entging ihm nicht die kleinste Bewegung der Drachenreiter um ihn herum. Als diese sich ihm jetzt abermals näherten, begannen seine Schuppen um seine Nasenlöcher leicht zu beben. Nur ganz wenig, man konnte es fast nicht sehen. Und Ron, der den Drachen zwar aufmerksam musterte, sah es wohl nicht oder er maß dieser Tatsache keine Bedeutung bei.

»Er hat Angst«, sagte Karin leise, ohne den Blick von dem Drachen zu lösen. Sie war sich ganz sicher, auch den Grund dafür zu kennen – auch wenn es dafür keine sichtbaren Zeichen gab.

»Er hat Angst, weil er zu schwach ist, sich zu wehren. Er hat Angst, die Kontrolle zu verlieren. Er will sich niemandem auf Gedeih und Verderben ausliefern. Er wehrt sich, weil er schwächer ist als wir. Wäre er stärker, würde er aus Vernunft still halten.«

Laut sagte sie: »Hört auf damit! Lasst ihn in Ruhe!«

Als Ron nickte, zogen sich die Drachenreiter ein Stück zurück.

»Was jetzt?«, fragte er.

Karin ging zu dem Drachen hin und strich sanft über die Schuppen um seine Nasenlöcher. Ihr Beschützer folgte ihr, die Hände griffbereit an ihren Hüften. Der Drache schnupperte an ihr und öffnete die Augen. Er störte sich – wie erwartet – nicht an ihrem Geruch, da sie ja jetzt selbst wie ein kleiner Drache roch. Sie redete sanft auf ihn ein und streckte dann ihre Hand, um ihn hinter den Ohrstacheln zu kraulen. Er beruhigte sich, blieb jedoch misstrauisch. Sie sagte es Ron. Und musterte den Drachen dabei weiter. Es war eindeutig, dass er Schmerzen hatte, aber Ron hatte gesagt alles, also sagte sie alles, was sie sah.

»Er hat bei jedem Atemzug Schmerzen, besonders beim Einatmen. Dazwischen ist es besser. Und ...« Karin betrachtete den Drachen noch einmal genau. Nein, es war klar zu sehen. »Und er rechnet damit zu sterben. Er möchte in Ruhe gelassen werden.«

»Das werden wir ihn mit Sicherheit nicht«, sagte Ron grimmig. Er drehte sich um und rief: »Den Hammer!«

Das hätte er sich sparen können. Ein Drachenreiter stand bereits mit dem gewünschten Gegenstand neben ihm.

»Ich höre dich auch, wenn du nicht so laut schreist.« Er grinste, als er Ron den Hammer gab. »Wir haben schließlich alle gehört, was Karin gesagt hat.«

Karin machte ein verdutztes Gesicht und Ron lachte. Sie wunderte sich darüber. An der Wand saßen inzwischen mehrere verletzte Drachenreiter – um die sich allerdings niemand kümmerte – der Drache war lebensbedrohlich verletzt und gefährlich und Ron konnte über sie lachen. Er tätschelte sie an der Schulter, hörte dann aber schnell auf zu lachen.

»Wenn er beim Atmen Schmerzen hat, muss die Verletzung weit oben an der Seite sein. Und wenn wir auf die verletzte Stelle klopfen, muss man das an seinem Atmen erkennen – besonders du, aber das würden auch wir erkennen. Du hast uns schon jetzt sehr geholfen, doch mach bitte weiter.«

Er drehte sich um und ging, die Hand leicht auf den Drachen aufgelegt, an dessen Hals entlang. Bei der Brust angekommen, begann er mit dem Hammer gegen die Seite des Drachen zu schlagen. Er teilte kräftige Hiebe aus und Karin befürchtete schon, dass der Drache wütend würde, aber gemessen an seiner Größe waren Rons Hiebe wohl nicht mehr als ein kleiner Klaps für ihn. Er regte sich auch in keinster Weise auf, sondern wandte nur neugierig den Kopf. Ron warf Karin einen fragenden Blick zu und sie beeilte sich, ihn zu beruhigen. Sie behielt den Kopf aufmerksam im Blick, während sie gleichzeitig Ron dabei zusah, wie er den Drachen abklopfte. Er ging streng systematisch vor und arbeitete sich Bahn um Bahn von unten nach oben vor. Als er die untere Hälfte fertig beklopft hatte, ohne dass der Drache eine Reaktion gezeigt hätte, wurde die Sache schwieriger. Zum einen störte jetzt der Flügel und zum anderen reichte Ron nicht weit genug in die Höhe, um die oberen Partien abzuklopfen. Obwohl niemand etwas sagte, brachte einer der Drachenreiter einen längeren Stiel, an dem sie den Hammer festbanden und einige andere begannen, den Flügel zu strecken, um Ron den Zugang zu ermöglichen. Aber das gefiel dem Drachen nicht. Karin stieß einen Warnruf aus und Ron und die anderen konnten sich gerade noch rechtzeitig in Sicherheit bringen, bevor der Drache sie mit einer heftigen Bewegung des Flügels wegschleudern konnte.

»So geht das nicht«, sagte Ron.

Zu mehr kam er nicht, denn schon waren zwei Drachenreiter rechts und links an den Drachenkopf herangetreten. Jeder von ihnen hatte einen dieser silbrig glänzenden Dolche in der Hand. Die Hände an ihren Hüften zogen Karin ein Stück zurück und Ron rief: »Wir werden ihn jetzt zwingen still zu halten, Karin. Halt auf alle Fälle Abstand! Und erzähle uns weiter, was du siehst. Wir müssen die Stelle finden!«

Ohne Vorwarnung stießen die beiden ihre Dolche dem Drachen knapp hinter den Ohrstacheln in die Ohren. Der Drache brüllte auf und wollte den Kopf hochreißen, aber die Männer drückten ihre Dolche nur ein wenig nach unten und er hielt still. Todesangst stand in seinen Augen. Karin sagte es laut, obwohl das für die Drachenreiter bestimmt keine Neuigkeit war. Als diese jetzt erneut am Flügel zogen, wehrte sich der Drache nicht mehr. Ron konnte ungehindert fortfahren, ihn abzuklopfen. Nichts geschah. Karin glaubte schon, versagt zu haben und die Reaktion des Drachen übersehen zu haben, als sie endlich meinte, ein leichtes Zucken um seine Nase bemerkt zu haben. Beim nächsten Schlag, weiter Richtung Schwanz, reagierte er nicht mehr.

»Halt!«, rief sie. »Noch mal zurück!«

Ron gehorchte, und da war es wieder, ganz schwach nur, aber deutlich erkennbar.

»Höher!«, befahl sie als nächstes.

Ron bearbeitete die darüber liegende Schuppenreihe. Als er über der Stelle angelangt war, an der Karin glaubte, etwas bemerkt zu haben, stöhnte der Drache leise auf und versuchte, den Kopf zu heben, obwohl er die Dolche in den Ohren hatte. Doch er gab gleich wieder nach.

Karin brauchte nichts mehr zu sagen. Ron klopfte die Schuppen reihum ab und bald war geklärt, welche Schuppe es war. Ron wiegte erst bedenklich den Kopf, dann nickte er auffordernd. Und jetzt erlebte Karin zum ersten Mal, wie perfekt die Drachenreiter zusammenarbeiteten. Jeder wusste genau, was er zu tun hatte. Sie handelten wie ein einziger Organismus und es wurde so gut wie nicht gesprochen. So gleichzeitig, wie die Finger einer Hand zupackten, fasste eine Gruppe Drachenreiter den Flügel und legte breite Lederbänder um die Knochenstreben. Dabei stießen sie rücksichtslos durch die Flügelhaut. Gleichzeitig banden andere den rechten Flügel zusammen, damit ihn der Drache nicht mehr benutzen konnte. Dieser brüllte auf und als er den Rachen aufriss, steckten ihm zwei Drachenreiter einen dicken Schlauch tief in den Hals und ließen durch ihn eine Flüssigkeit aus einer hochgehaltenen Wanne hineinlaufen. Er hörte auf zu brüllen und biss den Schlauch auseinander. Die beiden traten wenig beeindruckt einen Schritt zurück, steckten einen neuen Schlauch auf den Auslass ihrer Wanne und warteten auf eine weitere Gelegenheit. Der Drache spuckte das Schlauchstück aus und hütete sich, den Rachen noch einmal aufzureißen. Inzwischen hatte man ein Gerüst neben ihn geschoben. Ron hatte man einen Ledergurt um die Taille gelegt, der an dem Seilzug befestigt war, mit dem sonst der Sattel hochgehoben wurde und er zog sich gerade Lederhandschuhe mit langen Stulpen über. Kaum fertig, kletterte er auf das Gerüst. Kurz darauf folgte ein ebenso gesicherter Drachenreiter, der sich einen zusammengerollten, breiten Lederriemen über die Schulter geworfen hatte. Diejenigen, die mit dem Flügel beschäftigt waren, hatten ihn inzwischen mit langen Bändern, ebenfalls mit Hilfe eines Seilzuges, ganz gestreckt, so dass Ron jetzt freien Zugang an die Seite des Drachen hatte. Etliche Drachenreiter liefen scheinbar ziellos umher, wie bei einem wimmelnden Ameisenhaufen, doch das täuschte. Schließlich schallten mehrere »bereit«-Rufe durch den

Raum und das geschäftige Herumlaufen fand ein Ende. Am Seilzug standen mehrere Drachenreiter, um Ron und seinen Helfer schnell vom Drachen wegholen zu können. Weitere hielten das Ende des kräftigen Riemens, das Rons Helfer mit auf das Gerüst genommen hatte. Und noch etliche andere standen bereit, um gegebenenfalls einzugreifen.

Inzwischen zeigte das, was sie dem Drachen eingegeben hatten, Wirkung und der Drache legte den Kopf vollständig auf dem Boden ab. Sofort sprangen die beiden Drachenreiter herbei, die neben seinem Kopf wohl genau darauf gewartet hatten. Sie hatten ebenfalls Dolche und schoben sie dem Drachen zwischen den Zähnen hindurch an den Oberkiefer. Dieser grollte unwillig und öffnete dabei sein Maul einen Spalt. Sofort steckten sie ihre Hände mit den Dolchen mutig ganz in das Maul und richteten die Spitzen gegen den Gaumen. Erschrocken brüllte der Drache auf und riss dabei den Rachen weit auf. Darauf hatten die beiden mit der Wanne gewartet, steckten dem Drachen zum zweiten Mal den Schlauch in den Schlund und flößten ihm den Rest der Flüssigkeit aus der Wanne ein. Danach zogen sie den Schlauch zurück und auch die Dolche wurden wieder aus seinem Maul genommen. Der Drache schloss es und blieb ruhig liegen. Langsam fielen ihm die Augen zu. Inzwischen hatte auch der Drachenreiter neben Ron Handschuhe angezogen. In der linken Hand hielt er eine breite Lederschlinge, die mit metallenen Haken besetzt war, in der rechten einen Dolch. Er sah abwartend zu Karin herüber. Ron trug nur seine Handschuhe und sah ebenfalls zu ihr herüber. Karin beobachtete weiter den Drachen, der langsam einschlief.

»Jetzt!«, sagte sie schließlich. »Er schläft.«

Die beiden Männer drehten sich zu dem Drachen und hoben die Schuppe an, dabei fuhr Rons Helfer mit dem Dolch einfach darunter und Blut quoll hervor, als hätte er sie nicht nur angehoben, sondern abgeschnitten. Sie packten die Schuppe und stellten sie auf. Ein kurzer Blutschwall ergoss sich über die Seite des Drachen. Dieser zuckte leicht mit den Augenlidern, blieb jedoch still liegen. Dann griff Ron mit der rechten Hand in die Öffnung. Die Hand verschwand fast bis zum Ellenbogen in dem Drachen. Er machte ein angestrengtes Gesicht.

»Ich hab ihn«, sagte er schließlich und begann zu ziehen.

Der Drache grollte leise und bewegte den Kopf leicht hin und her, ließ die Augen aber geschlossen.

Mehrere Blicke richteten sich auf Karin.

»Keine Gefahr«, beruhigte sie. »Er schläft immer noch.«

Ron schaffte es nicht, den Ast herauszuziehen. Er zog die Hand zurück und schnüffelte an ihr. Danach machte er ein besorgtes Gesicht.

»Gas«, sagte er.

Jetzt war er nicht mehr der Einzige, der besorgt dreinblickte. Karin verstand überhaupt nichts. Ron erklärte es ihr, während sich zwei Drachenreiter vor den Drachenkopf platzierten.

»Der Ast hat seine Gasdrüsen verletzt. Wenn der Drache jetzt Feuer speit, ist es aus mit ihm – und mit uns auch. Was auch passiert, er darf auf keinen Fall Feuer speien!«

Karin schluckte. Aber der Drache schlief doch. Sie sah noch einmal genau hin. Seine Augenlider begannen stärker zu zucken; er würde bald aufwachen.

»Beeilt euch!«, rief sie deshalb. »Er schläft nicht mehr so tief wie eben noch!«

Ron nickte, während er zusammen mit seinem Helfer den hakenbesetzten Lederriemen in die Öffnung unter der Schuppe schob, und über den Ast streifte. Er zog die Schlinge fest und die Drachenreiter am Boden spannten den Riemen. Ron griff wieder mit der Hand zu und dann rief er:

»Bei drei! Eins …«

Die Helfer am Boden machten sich bereit und hielten den Riemen gut gespannt.

»… zwei … drei!«

Sie zogen mit aller Macht und der Ast glitt unter der Schuppe hervor. Mit blubbernden Gasblasen durchsetztes Blut kam hinterher. Zeitgleich riss der Drache die Augen auf und brüllte markerschütternd.

»Achtung!«, schrie Karin, doch das hätte sie sich sparen können. Jeder sah, dass der Drache wach war. Er bäumte sich auf und zerrte an seinen Ketten, ungeachtet der Dolche in seinen Ohren, aus denen jetzt mehr Blut hervorquoll. Er zerrte auch an den Riemen an seinem Flügel und bald riss der erste. Ron und sein Helfer machten keine Anstalten, sich in Sicherheit zu bringen, im

Gegenteil, zwei weitere Drachenreiter kletterten auf das Gerüst und reichten den beiden eine große Blase, die ein bisschen wie ein Dudelsack aussah und mit einer roten Flüssigkeit gefüllt war. Eilig kletterten sie danach wieder hinunter. Ron steckte das Rohr, das aus der Blase ragte, in die Öffnung und mit vereinten Kräften drückten sie die Flüssigkeit aus der Blase heraus. Dann zogen sie das Rohr zurück und ließen die Schuppe los. Die Schuppe legte sich an und nichts verriet mehr, dass sich an dieser Stelle eine lebensbedrohliche Verletzung befand. Der Geruch, der sich jetzt in der Halle ausbreitete, sagte Karin unmissverständlich, was in der Blase gewesen war und sie grinste, aber nicht lange. Der Drache hatte aufgehört zu brüllen und zerrte, zum Glück noch immer leicht benommen, jetzt kräftiger an seinen Fesseln. Doch das würde sich gleich ändern. Karin bekam eine Gänsehaut, als sie erkannte, was er vorhatte.

»Feuer!«, schrie sie panisch. »Er speit Feuer!«

Kaum hatte sie ihre Warnung hinausgeschrien, ließ der Drache den typischen Laut hören. Aber ihre Warnung war rechtzeitig gekommen. Bevor er sein Maul aufreißen konnte, stießen ihm die beiden Drachenreiter vor ihm ihre Fäuste in die Nasenlöcher, so dass er keine Luft mehr durch die Nase bekam. Sichtlich erschrocken zuckte er zurück und der seltsame Laut ertönte zur Erleichterung aller zum zweiten Mal. Er öffnete den Rachen und Karin fürchtete schon das Schlimmste für die beiden Männer vor seiner Nase, aber er versuchte lediglich, Luft zu bekommen. Noch einmal bäumte er sich auf und die erste Kette an seinem Hals riss und schnellte gefährlich nahe an Karin vorbei. Sogleich zog sie ihr Beschützer bis zum Rand der Höhle zurück und hielt sie fest, als fürchte er, sie könne ihm davonlaufen. Jetzt rissen die Riemen am Flügel einer nach dem anderen und der Drache zog ihn in einer schnellen Bewegung eng an seinen Körper. Das Gerüst zerbrach unter dem Aufprall des Flügels, doch Ron und sein Helfer baumelten schon hoch über dem Drachen an ihren Sicherungsleinen und waren außer Gefahr. Eine weitere Kette riss und die beiden Drachenreiter, die dem Drachen die Dolche in die Ohren gesteckt hatten, gaben ihn frei und brachten sich in Sicherheit. Dann war es vorbei. Der Drache sank völlig ermattet wieder zu Boden und blieb dort bewegungslos liegen. Die

Wirkung des Schlafmittels bekam erneut die Oberhand und er schloss die Augen und begann einzudösen.

Kaum hatte Ron wieder festen Boden unter den Füßen, als er zu Karin herüberkam und ihr die wieder handschuhlose Hand auf die Schulter legte.

»Gut gemacht, Drachenkind«, sagte er. »Den Rest schaffen wir auch ohne dich. Wir müssen ihm nur noch die Flügel zusammenflicken. Das machen wir oft genug.«

Er drehte sich zu dem Drachen um. Die ersten Drachenreiter waren bereits dabei, sich seine Flügel anzusehen.

»Wenn er morgen früh noch lebt, wird er wieder gesund. Ich denke, er hat gute Aussichten.«

Ein Stöhnen hinter ihr erinnerte Karin an die Verletzten an der Wand und sie drehte sich um. Jetzt, da der Drache versorgt war, fanden die Drachenreiter Zeit, sich um diese zu kümmern. Zwei von ihnen waren gerade dabei, den Drachenreiter mit dem gebrochenen Arm auf eine Trage zu legen. Bevor sie ihn fortbrachten, wandte dieser sich noch einmal an Karin.

»Danke, dass du meinem Drachen geholfen hast«, sagte er schwach, dann wurde er nach draußen gebracht.

»Ich bringe sie wieder nach Hause«, sagte die Stimme ihres Beschützers hinter Karin. Ron nickte.

Karin folgte dem Drachenreiter durch das Labyrinth der Gänge und plötzlich fiel ihr ein, wo sie ihn schon einmal gesehen hatte: Von seinem Drachen hatten sie das verletzte Mädchen heruntergeholt. Er war bei dem letzten Erkundungsflug dabei gewesen. Ihr kam ein furchtbarer Verdacht und sie blieb stehen. Mit mulmigem Gefühl in der Bauchgegend fragte sie ihren Begleiter – er hieß Kenno, fiel ihr wieder ein; zumindest hatte sie das so verstanden, als ihn die anderen angesprochen hatten – nach dem Grund für den verletzten Drachen.

Der Vorfall hatte sich tatsächlich auf dem Erkundungsflug ereignet, an dem auch Sora teilnahm. Zu Karins Erleichterung war niemand sonst von dem wilden Drachen angegriffen worden und außer dem blauen Drachen und seinem Reiter waren alle anderen unverletzt geblieben. Während sie etwas langsamer weiter gingen, erzählte Kenno ihr, dass sie an der Küste entlang bis zu den Soldatenklippen geflogen waren, um nach Spuren von Schiffsanlandungen zu suchen, als sich plötzlich ein großes, blaues Drachenweibchen aus den tief hängenden Wolken auf sie gestürzt hatte und Radon – so hieß der verletzte Drache – in den Flügel gebissen und so mit den Füßen traktiert hatte, dass er nur noch mit einer Rolle ausweichen hatte können. Da sie sehr tief geflogen waren, hatte sich dabei sein rechter Flügel in den Bäumen verfangen – und das obwohl es in dieser Gegend, außer an dieser einzigen Stelle, nirgends sonst Bäume gab – und er war daraufhin mitten in die Bäume gefallen. Er, als Mitreiter, hatte Glück gehabt und war unverletzt in einem Baumwipfel gelandet. Dafür hatte Radon eine gehörige Portion Pech gehabt, denn dass sich ein Drache an einem harmlosen Baum aufspießt, sei ihm bisher noch nicht untergekommen. Und auch seinen Reiter hatte es böse erwischt, wie Karin ja bereits wusste. Der wilde Drache war danach wieder in den Wolken verschwunden. Die anderen hatten mit nunmehr nur noch zwei Drachen den Erkundungsflug fortgesetzt, während er Radon und seinen Reiter zurückgebracht hatte. Und hier war dem Drachen dann der Ast abgebrochen, als er versucht hatte, ihn herauszuziehen.

Fast genau mit dem Ende von Kennos Bericht waren sie bei Kelims Wohnung angelangt. Kenno verabschiedete sich und Karin klopfte an die Tür.

»Tür ist auf!«, schallte es von drinnen heraus.

Als sie eintrat, warf sie als erstes einen Blick hinüber zum Tisch. Kelim hatte ihn abgeräumt und sie stellte enttäuscht fest, dass auch ihr angebissenes Brot verschwunden war. Kelim folgte ihrem Blick.

»Es ist schon spät«, sagte er. »Du kannst dann gleich schlafen gehen. Aber vorher muss ich dir noch etwas mitteilen. Setz dich!«

Er wies zum Tisch und stand von seinem Bett auf, auf dem er es sich mit einem dicken Buch bequem gemacht hatte.

»Morgen beginnt deine Drachenwoche«, begann er, sobald Karin saß.

So erfuhr sie, dass es neben der Gemeinschaftsordnung auch noch andere Richtlinien für die Drachenreiter gab. Eine besonders wichtige Sache waren die *Acht Säulen der Weisheit*, wie sie auch der achteckige Brunnen in der offenen Halle versinnbildlichte. Um Weisheit zu erlangen, sollte man sich die acht Säulen zur Aufgabe machen: Ehrlichkeit, Verlässlichkeit und Treue;

Bescheidenheit; Fleiß, Geduld und Beharrlichkeit; Neugier; Anteilnahme und Mitleid; Geschicklichkeit; Besonnenheit und wohlüberlegtes Handeln und zuletzt Einsicht und Erkenntnis durch Erfahrung.

Bei der Drachenwoche stand jeder Tag unter dem Motto einer der Säulen, wobei die Aufgaben, die sie dabei zu bewältigen hatte, auch dazu dienten, ihr möglichst viele Einblicke in den Alltag der Drachenreiter zu ermöglichen. Etwas, was Kelim in ihrem Fall für besonders wichtig hielt. Da diese Aufgaben neben ihren sonstigen Pflichten erledigt werden mussten, stand Karin eine äußerst anstrengende Woche bevor, die, gemäß den acht Säulen, auch acht Tage lang war. Die Drachenwoche war eine Voraussetzung für die Drachenprüfung und wenn Karin je allein über sich und Mara bestimmen wollte, war es unerlässlich, die Prüfung abzulegen.

Mit diesen nicht allzu berauschenden Neuigkeiten versorgt, durfte sich Karin endlich hinter ihren Vorhang zurückziehen. Zu ihrer Freude lag ihr angebissenes Käsebrot auf dem Tischchen und sie machte sich hungrig darüber her, bevor sie sich auszog und in ihr Bett schlüpfte.

Der erste Tag ihrer Drachenwoche begann mit einer Katastrophe. Schlimmer hätte es gar nicht kommen können. Sie hatte zwar damit gerechnet, dass die Aufgaben, die sie zu bewältigen haben würde, nicht einfach sein würden, mit der Sache, mit der sie sich jetzt konfrontiert sah, hatte sie jedoch wirklich nicht gerechnet. Und das, wo sie langsam angefangen hatte, sich hier zu Hause zu fühlen. Und es hatte mit der Drachenwoche überhaupt nichts zu tun. Der Morgen hatte ganz normal mit einem gemeinsamen Frühstück mit Kelim begonnen. Danach war sie ins Badezimmer gegangen, um sich frisch zu machen. Kelim hatte ihr noch hinterhergerufen: »Die links sind für dich!«

Da hatte sie sich noch nichts dabei gedacht.

Doch als sie sich jetzt die Haare kämmte, fiel ihr Blick auf das Abstellbrett über dem Waschbecken. Statt einem standen dort gleich zwei Kästchen mit diesen kleinen, schwarzen Käfern. »Die links sind für dich« hatte Kelim gesagt. Karin legte die Bürste beiseite und griff nach dem linken Kästchen. Vier schlanke, schwarze Käfer krabbelten darin herum. Ihr kam ein Verdacht, aber das war so abwegig, dass sie ihn gleich wieder in die tiefsten Tiefen ihres Bewusstseins versenkte. Sie hatte einfach keine Ahnung, was sie mit diesen Käfern anfangen sollte. Sie nahm das Kästchen mit hinüber zu Kelim.

»Was soll ich damit?«

Der sah sie über alle Maßen erstaunt an.

»Du weißt nicht, was du damit machen sollst?«

Sie schüttelte den Kopf, doch die kleine Stimme im Inneren ihres Kopfes sagte ihr, dass sie es doch wusste. Aber das konnte einfach nicht wahr sein!

»Wie – wie putzt ihr euch dann die Zähne?«, fragte Kelim verblüfft.

»Mit einer Zahnbürste natürlich«, antwortete sie äußerlich ruhig, während sich die kleine Stimme in ihrem Inneren zum Gebrüll eines Löwen steigerte.

»Mit einer Bürste? Wie unpraktisch! Wie willst du denn damit zwischen die Zähne kommen? So ein Unsinn! Nimm die Käfer, die können das viel besser!«

Karin rührte sich nicht.

»Was ist? Setz dich gemütlich hin und lass die Käfer für dich arbeiten! Na los!«

Sie blieb wie versteinert stehen. »Niemals!«, brachte sie hervor. Keine zehn Pferde würden sie dazu bringen, sich diese ekelhaften Käfer in den Mund zu stecken und sie darin herumkrabbeln zu lassen! Sie schüttelte sich angewidert.

Kelim sah sie überrascht an. Dann veränderte sich sein Blick und Karin wusste, was sie erwartete. Wenn sie auch keine zehn Pferde dazu zwingen konnten, Kelim würde es können. Sie stellte das Kästchen auf den Tisch und wich zurück.

»Nein!«, sagte sie und schüttelte dabei den Kopf. »Niemals!«

»Du wirst dich daran gewöhnen«, sagte er nur und griff nach dem Kästchen. Panik ergriff sie. Sie lief zur Tür, riss sie auf und flüchtete nach draußen.

»Bleib hier!«, rief er ihr nach, aber sie rannte davon, so schnell sie ihre Beine trugen.

»Karin, komm zurück!«, versuchte er es noch einmal, doch sie blieb nicht stehen, bog ziellos in irgendwelche Tunnel ein und lief einfach weiter, bis sie nicht mehr konnte. Heftig atmend lehnte sie sich an eine Wand und ließ sich dann daran herunterrutschen.

In dem Maße, wie sich ihr Atem beruhigte, kehrte auch ihr Denkvermögen zurück. Es war dumm von ihr gewesen, einfach davonzulaufen. Sie konnte nirgendwohin. Sie würde sich höchstens in den Tunneln verirren und am Ende noch verhungern und verdursten – wenn sie die Drachenreiter nicht vorher fanden. Aber das würden sie wahrscheinlich. Und sie würden sie zu Kelim zurückbringen ... Nein, die einzige Möglichkeit war, Kelim davon zu überzeugen, ihr eine Zahnbürste statt der Käfer zu geben.

Sie stand auf und sah sich um. Wo war sie überhaupt? Langsam ging sie den Gang zurück, durch den sie gekommen war. Sie erinnerte sich vage, zweimal links abgebogen zu sein, und folgte an der Abzweigung dementsprechend dem rechten Gang. Es schien richtig zu sein. Kurz darauf hörte sie Schritte hinter sich und wenig später näherten sich zwei Drachenreiter. Als diese Karin entdeckten, verlangsamten sie ihr Tempo und folgten ihr. Karin ging einfach weiter. Bei der nächsten Gabelung nahm sie erneut den rechten Gang und dann landete sie wieder in bekanntem Gebiet und sie schritt kräftiger aus. Als sie Kelims Haustür schon sehen konnte, wurde sie erneut langsamer. Was, wenn er sich nicht davon abbringen ließ, dass sie die Käfer verwenden sollte? Sie spürte, wie ihre Hände feucht wurden. Einen Moment überlegte sie kehrtzumachen, dann fielen ihr die beiden Drachenreiter wieder ein. Diese hatten sie inzwischen fast eingeholt. Nein, mit Kelim zu reden und es ihm zu erklären, war die einzige Möglichkeit.

Sie hob die Hand, um zu klopfen, ließ sie jedoch wieder sinken. Und wenn er sich nicht erweichen ließ ... Sie holte tief Luft und startete einen zweiten Versuch, um abermals innezuhalten.

»Soll ich dir helfen?«, fragte eine Stimme hinter ihr. Es klang nicht so, als wurde sie verspottet, sondern nach echter Hilfsbereitschaft.

Sie drehte sich um.

»Wenn du es nicht fertig bringst, kann ich für dich anklopfen«, erbot sich einer der beiden. »Es scheint dir jedenfalls schwerzufallen und ewig kannst du nicht hier stehenbleiben.« Er trat näher, um sein Angebot in die Tat umzusetzen.

Karin drehte sich wieder zur Tür. Sich beim Anklopfen helfen lassen! Das fehlte gerade noch. Sie hob ein drittes Mal die Hand, da wurde die Tür auch so geöffnet; Kelim musste den Drachenreiter gehört haben.

Er musterte sie kurz und befahl sie dann mit einer knappen Kopfbewegung hinein. Sie schlüpfte mit einem mulmigen Gefühl im Bauch an ihm vorbei. Ihr Blick fiel automatisch auf den Tisch. Das Kästchen stand nach wie vor darauf. Unwillkürlich beschleunigte sich ihre Atmung und ihr Herz fing an, schneller zu schlagen. Kelim war hinausgegangen und hatte die Tür hinter sich zu gezogen. Sie hörte ihn etwas sagen und dann lachten die beiden Drachenreiter. Karin senkte den Kopf und biss sich auf die Lippen. Sie lachten über sie! Dann kam Kelim mit einem der beiden herein. Der Drachenreiter grinste noch immer. Als er sie sah, bemühte er sich um eine ernsthafte Miene, aber es wollte ihm nicht so recht gelingen.

Kelim grinste nicht. Überhaupt nicht. Er hatte den Mund zu einer schmalen Spalte zusammengekniffen und sie wagte es kaum, ihn anzusehen.

»Darauf werden wir noch zurückkommen! Du bist zu spät!«, sagte er, ohne weiter auf die Sache einzugehen.

Karin wusste nicht, ob sie jetzt erleichtert sein sollte oder nicht.

Er holte ihre Schutzausrüstung und die beiden Männer halfen ihr, diese anzulegen.

Kelim öffnete die Tür. »Jetzt geh!«

Ehe sie fragen konnte, wohin, hatte sie einer der Drachenreiter schon an der Hand genommen und zog sie hinaus. Er spurtete los und ihr blieb nichts anderes übrig, als mitzulaufen.

Er brachte sie zur Schule, wo sie helfen musste, den Unterricht vorzubereiten. Der Drachenreiter erklärte den Lehrern kurz, warum sie zu spät kam und ungläubiges Gelächter schlug ihr entgegen. Es war wie ein Hieb in den Magen. Die Lehrerin nutzte die Gelegenheit und erklärte im Unterricht die richtige Handhabung der Putzkäfer. Sie hatte sich auch welche bringen lassen und etliche Kinder ließen sich vor versammelter Klasse die Zähne putzen. Aber Karin weigerte sich, einen Käfer auch nur in die Hand zu nehmen, und natürlich wollten dann die Kinder wissen, wieso. Danach verbreitete sich die Nachricht über ihre Ablehnung gegenüber den Käfern wie ein Lauffeuer. Und überall begegneten ihr ungläubig dreinblickende, grinsende Gesichter. Und obwohl niemand über sie lachte, sondern nur über die Tatsache an sich, dass sich jemand vor so kleinen Tieren fürchten konnte, wäre sie am liebsten im Erdboden versunken. Viele versuchten auch sie aufzumuntern und sagten Sachen wie: »Du wirst dich daran gewöhnen« oder »Die sind ganz harmlos« zu ihr. Das machte die Sache jedoch eher noch schlimmer. Obendrein musste sie neben ihrem üblichen Tagespensum jede Menge andere Dinge erledigen, da sie ja ihre *Drachenwoche* hatte, und als sie spät am Abend endlich nach Hause durfte, war sie heilfroh, den Tag überstanden zu haben. Und obwohl sie nichts lieber wollte, als endlich ins Bett, überlegte sie dennoch, in eine ganz andere Richtung zu gehen, die sie möglichst weit weg von Kelim und seinen Käfern führen würde. Oder noch weiter. Das erste Mal seit Längerem wünschte sie sich, wieder in ihre eigene Welt zurückkehren zu können.

Doch sie war nicht allein. Kelim hatte Begleitschutz für sie bestellt. So führten sie ihre Schritte unausweichlich zu seiner Wohnung … Aber sie würde sich die Käfer nicht in den Mund stecken!

Statt des erhofften Abendessens stand auf dem Tisch immer noch das Kästchen. Sie schluckte.

»Kann ich nicht einfach eine Zahnbürste bekommen?«

Ihre Stimme klang viel zu zaghaft. Gerade hatte sie sich noch überlegt, dass Kelim gar nicht in der Lage war, sie dazu zu zwingen, mit geöffnetem Mund still zu halten. Wie sollte er das anstellen, wenn sie sich weigerte? Aber jetzt, da sie vor ihm stand, fehlte ihr der Mut für ein energisches »Nein«.

Kelim schüttelte den Kopf. »Jetzt iss erst mal was, dann werden wir sehen.« Er holte eine Schüssel mit Brei aus der Küche und stellte sie auf den Tisch. Karin hatte plötzlich keinen Hunger mehr. Doch so wie Kelim sie ansah, hätte er sie wahrscheinlich zwangsweise gefüttert, wenn sie sich geweigert hätte. Sie nahm ein paar Löffel, dann gewann ihr Hunger wieder die Oberhand und sie aß den Rest mit Appetit. Am liebsten hätte sie die Schüssel noch ausgeschleckt, aber das traute sie sich dann doch nicht.

Kelim brachte die Schüssel weg und setzte sich dann zu ihr an den Tisch. Er sah sie kurz an, dann nahm er den Deckel von dem Kästchen. Karin versteifte sich, doch Kelim beruhigte sie.

»Wir fangen ganz langsam an. Du brauchst sie jetzt nicht in den Mund zu nehmen. Ich will nur, dass du sie dir einmal genau ansiehst.« Er nahm einen der Käfer heraus.

»Das ist ein Knabberkäfer.« Er holte einen zweiten Käfer.

»Und das ein Saugkäfer. Siehst du den Unterschied?«

Er setzte die beiden auf den Tisch, wo sie unschlüssig an Ort und Stelle blieben. Gegen ihren Willen neugierig, betrachtete Karin die Käfer. Der eine hatte kurze Zangen als Mundwerkzeuge, der andere einen längeren, biegsamen Saugrüssel. Vorsichtig stupste sie einen der Käfer an. Er befühlte ihre Fingerspitze mit seinen kurzen Antennen und krabbelte dann hinauf. Schnell schüttelte sie ihn ab. Auf einmal fühlte sie sich wie in Watte gepackt und es fiel ihr schwer, die Hand wieder vom Tisch zu nehmen. Es war viel zu anstrengend, sie zurückzuziehen. Sie ließ sie liegen. Der Käfer kletterte erneut auf ihren Finger. Karin wollte ihn abschütteln, ihre Hand blieb indes, wo sie war. Kelim beugte sich vor, ergriff sie unterm Kinn und hob ihren Kopf, um ihr in die Augen zu sehen. Er nickte.

»Ich glaube, wir können weitermachen«, sagte er und setzte die Käfer in das Kästchen zurück.

»Was hast du mit mir gemacht?«, nuschelte sie benommen. Er hatte ihr etwas in den Brei gemischt! Sie konnte sich fast nicht mehr bewegen. Sie hatte alles Mögliche erwartet, jedoch, dass er ihr etwas ins Essen mischte, um sie auf diese Art außer Gefecht zu setzen, hätte sie nicht erwartet.

Kelim gab keine Antwort. Er zog sie hoch und setzte sie auf den anderen Stuhl. Den mit Armlehnen.

»Nein«, murmelte sie. Aber Kelim machte ungerührt weiter und band ihre Handgelenke an die Armlehnen. Nicht, dass es nötig gewesen wäre, sie konnte nicht einmal mehr die Finger bewegen. Von wegen, er konnte sie nicht dazu zwingen, still zu halten! Sie hatte ihn wieder einmal unterschätzt. Er öffnete ihr den Mund, legte ihr ein Holzstäbchen zwischen die Zähne und fixierte es mit einem Band um ihren Kopf.

»Ich hätte die Käfer gerne zurück«, sagte er dabei.

Obwohl er direkt neben ihr stand, hatte sie das Gefühl, dass die Stimme von weit weg an ihr Ohr drang.

»Fürs Erste reicht einer«, sagte die Stimme und dann spürte sie etwas an ihrer Lippe, kurz danach kitzelte sie etwas an der Zunge und der Käfer begann sein Werk. Sie spürte nur ab und zu ein leichtes Kitzeln, wenn der Käfer seinen Platz wechselte, sonst merkte sie wenig. Nach kurzer Zeit lichtete sich der Nebel, der sie gefangen hielt und wenn sie sich anstrengte, konnte sie sich wieder ein wenig bewegen, aber da Kelim ihre Hände gefesselt hatte, nützte das wenig.

»Ich denke, das reicht«, meinte er schließlich. »Bewege jetzt deine Zunge und den Unterkiefer hin und her, dann kommt er wieder heraus.«

Karin gehorchte liebend gern. Und tatsächlich krabbelte der Käfer aus ihrem Mund auf Kelims bereitgehaltene Hand. Er setzte ihn zurück in das Kästchen und legte den Deckel darüber, dann nahm er ihr das Holzstäbchen aus dem Mund und löste ihre Armfesseln.

Kaum dass sie frei war, taumelte sie ins Bad und spülte sich den Mund aus, um den widerlichen Geschmack fortzuspülen. Doch das stimmte überhaupt nicht. Sie hatte überhaupt keinen besonderen Geschmack im Mund, das hatte sie sich nur eingebildet. Kelim hatte den Türvorhang beiseitegeschoben und beobachtete sie nachdenklich. Er sagte jedoch nichts dazu. Als sie fertig war, schickte er sie ins Bett, ohne die Käfer auch nur zu erwähnen. Und gab ihr gleich die erste Aufgabe für den nächsten Tag mit: »Morgen bist du dran mit Wecken. Pünktlich zum Sonnenaufgang möchte ich ein fertiges Frühstück auf dem Tisch haben. Ich verlasse mich auf dich!«

Sie war immer noch ein wenig benommen und es dauerte, bis sie die Tragweite von seinen Worten begriff. Eigentlich hatte sie vorgehabt, ihm mit deutlichen Worten zu sagen, was sie von seinen Methoden, ihr die Käfer aufzuzwingen, hielt, aber am Ende war alles, was sie sagte: »Und wie soll ich ohne Wecker rechtzeitig wach werden?« Sie brachte es einfach nicht fertig, ihm die Stirn zu bieten! Er brauchte sie nur einmal anzusehen und jeder Gedanke an Widerstand schmolz dahin wie Schnee in der Sonne.

»Das spürst du doch. Und wenn nicht, lass dir etwas einfallen«, entgegnete Kelim. Für ihn war das Thema erledigt. Er schloss den Vorhang zu ihrem Abteil und machte es sich wieder in seinem Bett gemütlich.

Erst die Käfer und dann das! Kelim hatte gesagt, er würde sich auf sie verlassen. Das bedeutete, er würde sie bestrafen, wenn sie ihn nicht rechtzeitig wecken würde. Aber wie sollte sie das anstellen? Doch sie war zu müde, um sich etwas einfallen zu lassen. Während sie darüber grübelte, schlief sie ein.

Als sie hochschreckte, war es stockdunkel um sie herum. Wie spät mochte es sein? Bestimmt noch nicht Morgen. Sie legte sich langsam zurück. Sie hatte sicher noch ein wenig Zeit. Sie schlummerte wieder ein, nur um kurze Zeit später erneut hochzuschrecken. Es war immer noch dunkel. Aber wie lange noch? Sie hatte keine Ahnung. Es konnte Mitternacht sein oder schon früh am Morgen. Wenn sie jetzt wieder einschlief, würde sie vielleicht zu spät aufwachen. Warum gab es bei Kelim keine Uhr, bei der man auch in der Nacht sehen konnte, wie spät es war? Sie wagte nicht mehr, sich hinzulegen. Als sie sogar im Sitzen beinahe einnickte, stand sie auf und schlich sich zum Lichtschacht. Nicht der geringste Lichtstrahl kam durch ihn herein. Leise stellte sie einen Stuhl davor und wartete so auf den Morgen. Endlich fiel ein wenig Licht durch den Schacht und sie stand auf, um das Frühstück fertigzumachen. Als sie die Teekanne auf den Tisch stellte, rührte sich Kelim. Er warf einen verschlafenen Blick zum Lichtschacht.

»Du bist etwas früh, die Sonne geht frühestens in einem halben Uhrumlauf auf.«

Er setzte sich auf und fing an, sich anzuziehen. Dann kam er zum Tisch herüber, warf einen Blick auf Karins Werk und griff zufrieden nach der Kanne, aber als er die dunklen Ringe unter ihren Augen entdeckte, stutzte er.

»Wie lange hast du geschlafen?«

»Ich weiß nicht. Nicht viel jedenfalls. Ich wusste nicht, wie spät es war, und dann habe ich darauf gewartet, dass es hell wurde.«

»Du warst die ganze Nacht wach?«

»Ich weiß nicht, wie spät es war, als ich aufgewacht bin, aber es hat noch sehr lange gedauert, bis das erste Licht gekommen ist.«

Kelim goss sich nachdenklich seinen Tee ein. »Dein Zeitgefühl scheint mir nicht besonders gut zu sein. Wir lassen das besser mit dem Wecken. Du siehst jedenfalls nicht besonders ausgeruht aus.« Er sah sie an. »Wieso hast du es auf dich genommen, wach zu bleiben?«, fragte er unerwartet.

Karin hatte das Gefühl, dass er eine besondere Antwort auf diese Frage erwartete; dass das eine Art Testfrage war. Eine ehrliche Antwort war wohl das Beste – und das erwartete Kelim sowieso.

»Du hast gesagt, du verlässt dich auf mich. Wenn ich wieder eingeschlafen wäre, hätte ich vielleicht verschlafen. Erstens wollte ich dich nicht enttäuschen und – na ja, bestraft werden wollte ich auch nicht.«

Kelim nickte zufrieden. »Es ist gut zu wissen, dass man sich tatsächlich auf dich verlassen kann. Allerdings wird das heute ein harter Tag werden für dich.«

Er eröffnete ihr, dass heute für sie vorrangig Aufgaben anstanden, die Fleiß, Beharrlichkeit und ihre Geschicklichkeit auf die Probe stellten. Dann half er ihr beim Anziehen und schickte sie los. Zu ihrer Erleichterung erwähnte er die Käfer mit keinem Wort. Aber sie wusste, dass er es nicht bei diesem einen Mal belassen würde.

Als sie nach der Schule die Hütte von Kastor ansteuerte, entdeckte sie zu ihrer Freude Niro, wie er gerade das Gebäude verließ. Er ließ sich erschöpft auf eine Bank fallen, die davor stand. Seine Hände zitterten und seine Haare waren schweißnass. Als er sie sah, huschte ein Lächeln über sein Gesicht. Schnell setzte er sich gerade hin, aber das Zittern konnte er nicht so einfach abstellen.

»Hallo Niro«, begrüßte sie ihn und ging zu ihm hinüber. »Was machst du denn hier?«

Er grinste. Wenn er grinsen konnte, konnte es ihm nicht allzu schlecht gehen. »Das gleiche wie du: Trainieren.«

»Ist das nicht zu früh?«

»Überhaupt nicht. Sonst verhärten die Narben und man hat später Probleme. Außerdem ist das ein ganz besonderes Training. Ich selbst muss dabei gar nicht so viel machen.«

»Dafür siehst du aber ziemlich fertig aus.«

»Sieht man mir das so an? Aber es stimmt: Ich bin ziemlich geschafft. Ich muss zwar nicht sehr viel machen, aber es tut weh und Kastor zieht sein Programm gnadenlos durch.«

Karin nickte. *Gnadenlos* – das passte. Egal, ob sie müde war oder völlig erschöpft, Kastor hatte sie immer erst gehen lassen, wenn sie ihr vollständiges Programm abgearbeitet hatte. Und das würde heute nicht anders sein, obwohl sie vor lauter Müdigkeit die Augen kaum offen halten konnte.

»Ehrlich, ich hätte nicht gedacht, dass du überhaupt schon aufstehen darfst. Du hast dich nicht etwa heimlich von Mara füttern lassen?«

Statt zu lachen, ließ Niro den Kopf hängen.

»Nein«, sagte er nur.

Karin setzte sich neben ihn und nahm seine Hand. Hätte sie ihn doch nicht daran erinnert! Er hatte trotz seiner Erschöpfung so fröhlich ausgesehen.

»Es tut mir leid«, meinte sie nach einer Weile. »Ich wollte dir nicht die Laune verderben.«

Niro nahm ihre Hände und sah sie an, als hätte er Angst zu vergessen, wie sie aussah, wenn er den Blick von ihr abwandte. »Das kannst du doch gar nicht«, erwiderte er. »Außerdem muss ich mich früher oder später entscheiden.«

»Das hast du doch längst. Ich habe dich gesehen, als du zu den Drachen geschlichen bist.«

»Ich weiß. Rodan hat es mir gesagt. Er war voll des Lobes, dass du es nicht für dich behalten hast.«

»Hast du Ärger bekommen?«

»Nein. Es hatte mir doch niemand verboten. Gut, Bataya war nicht gerade begeistert und jetzt darf ich allein nirgendwo mehr hingehen, sonst überredet sie Rodan, mir seinen Drachen hinterher zu hetzen.«

Karin erinnerte sich, wie brav alle gegangen waren, als Bataya diese hinausgeworfen hatte, nachdem sie auf das Schmerzmittel allergisch reagiert hatte.

»Das sieht ihr ähnlich«, stimmte sie Niro zu. Dann musterte sie ihn genauer. Dafür, dass der goldene Drache ihn halb tot gebissen hatte, hatte er sich erstaunlich schnell erholt und obwohl er erschöpft war, hatte er eine gesunde Gesichtsfarbe. Dabei war es doch erst wenige Tage her. Und wie blass er gewesen war! Sie entdeckte hinten an seiner verletzten Schulter einen dunklen Fleck auf seinem Hemd. Sie befreite eine Hand aus Niros Griff und berührte die Stelle. Der Fleck wurde größer.

»Du blutest!«, rief sie erschrocken und zog die Hand weg.

Niro fing ihre Hand wieder ein. »Das macht nichts. Im Gegenteil. So heilt es besser und die Narbe wird kleiner.«

Dann saßen sie wieder nebeneinander, ohne etwas zu sagen.

»Kastor wartet auf mich«, sagte Karin endlich. Sie rührte sich jedoch nicht und Niro fuhr fort, ihre Hände zu halten.

»Bataya hat mir erzählt, dass du dir die Zähne nicht putzen lassen willst, weil du dich vor den Käfern fürchtest. Stimmt das?«

Karin nickte. Jetzt war sie es, die den Kopf hängen ließ.

»Da zähmst du einen wilden Drachen und trinkst freiwillig Drachenmilch – und dann läufst du vor winzigen Käfern davon.« Niro grinste und schüttelte den Kopf. »Das soll einer verstehen!«

»Die sind eklig. Ich will keine Käfer in meinem Mund haben.«

»Das wird Kelim bestimmt nicht akzeptieren.«

»Tut er auch nicht. Er hat mir etwas ins Essen gemischt. Und als ich dann wehrlos war, hat er mir einfach einen Käfer in den Mund gesteckt.«

»Das war gemein«, stellte Niro fest und schob dann noch ein neugieriges »Und? Findest du die Käfer immer noch ekelig?« nach. Besonderes Mitleid schien er nicht für sie zu haben. Sie seufzte.

»Nicht mehr so sehr«, gab sie zu. »Aber ich will trotzdem eine Zahnbürste. Die krabbelt wenigstens nicht in meinem Mund herum.«

Niro lachte. »Das stimmt wohl!«

»He, ihr zwei!«, rief eine Stimme und Karin zuckte schuldbewusst zusammen. Kastor schlenderte langsam zu ihnen herüber. Sie wollte aufstehen, doch Niro ließ sie nicht los.

»Ich sehe euch jetzt schon ein paar Minuten zu. Ihr habt euch lange genug ausgeruht. Ab mit dir, Niro! Bataya wartet auf dich.«

»Bataya ist nicht da«, frohlockte Niro.

»Dann eben Kers oder Kelim oder irgendein anderer Heiler«, meinte Kastor wenig beeindruckt. Als er weitersprach, begann er zu grinsen. »Jetzt gehört Karin mir.«

Karin seufzte erneut und Niro musste sie ziehen lassen.

Kastor verlor keine Zeit und führte sie gleich zum großen Parcours. »Mal sehen wie du mit der dritten und der sechsten Säule zurechtkommst: Beharrlichkeit und Geschicklichkeit. Du kannst gehen, sobald du es bis ins Ziel geschafft hast – oder wenn ich es dir sage. Fällst du, musst du wieder von vorne beginnen. Also los! Und keine Pausen!«

Fassungslos drehte sie sich zu ihm um. Sie sollte über den großen Parcours? Sie schaffte mit Hängen und Würgen gerade mal den Kleinen. Skeptisch sah sie nach oben. An den höchsten Stellen verlief der Parcours knapp unter der Decke der Höhle und das waren vielleicht zwanzig Meter bis nach unten. Oder noch mehr. Und da oben ungesichert frei hängende, bewegliche Hindernisse zu bewältigen war etwas anderes, als das einen halben

Meter über dem Boden zu versuchen. Gut, wenn man fiel, landete man in einem großen Netz, aber trotzdem …

Als Karin zum soundsovielten Mal unsanft im Netz landete, ließ sie sich noch einmal Kastors Worte über ihre Aufgabe durch den Kopf gehen: Beharrlichkeit und Geschicklichkeit. Letzteres war wohl eher nicht der Fall. Und was ihre Beharrlichkeit betraf, war sie sich nicht sicher, ob sie noch einmal die Kraft dazu aufbringen würde, es erneut zu versuchen. Lust dazu hatte sie schon längst nicht mehr. Doch wenn sie aufhörte, würde sie bestraft und sie war sich sicher, dass Kastor keine Probleme damit hatte, sich etwas richtig Fieses als Strafe für sie auszudenken. Das Ziel würde sie jedenfalls so schnell nicht erreichen – falls sie überhaupt jemals in der Lage dazu sein würde, den Parcours zu bewältigen. Sie rieb sich den Arm, den sie sich oben an der Stange angestoßen hatte, bevor sie das Gleichgewicht verloren hatte, und machte sich auf den Weg zum Startpunkt. Mittag war schon längst vorbei, aber sie war zu müde, um hungrig zu sein. Und zu müde, um es noch einmal zu versuchen, trotzdem steuerte sie auf den Startpunkt zu. Dabei beobachtete sie andere Drachenreiter, wie sie den Parcours scheinbar mühelos meisterten und mit traumwandlerischer Sicherheit über die Stellen hinwegturnten, an denen sie regelmäßig scheiterte. Das war frustrierend, aber es stachelte sie auch an. Wenn die Drachenreiter das konnten, musste sie es doch auch lernen können. Seufzend begann sie wieder hinaufzuklettern. Sie kam nicht sehr weit. Um genau zu sein, viel weniger weit, als bei ihrem letzten Sturz und der war schon früher passiert, als bei dem Versuch zuvor. Sie konnte einfach nicht mehr. Mühsam rollte sie sich vom Netz herunter und fiel erst einmal auf die Knie, bevor sie auf die Beine kam.

»Es reicht für heute, Karin!«

Sie drehte sich um. Kastor stand hinter ihr. Er reichte ihr einen Becher. »Hier, trink! Du weißt schon.«

Mit einem Nicken nahm sie den Becher mit dem prickelnden Tee. Insgeheim hoffte sie, dass er nicht nur gegen den Drachenbiss, sondern auch gegen Müdigkeit helfen würde. Leider wurde ihre Hoffnung nicht erfüllt und Ron war ziemlich ungehalten, als sie vor lauter Müdigkeit Furo wiederholt falsche Befehle gab, bis der Drache keine Lust mehr hatte zu gehorchen.

»Du musst das Fliegen im Schlaf beherrschen!«, fuhr er sie an. »So etwas kannst du dir nicht erlauben! Egal wie müde du bist, das darf nicht passieren! Wehe, du machst noch einmal so einen Unsinn!«

Er steuerte Furo nach Hause und entließ eine kleinlaute Karin in die Sattelkammer, wo sie noch gefühlt eine halbe Ewigkeit Sättel polieren musste, ehe sie nach Hause durfte.

Sie war so müde, dass es ihr fast egal war, dass Kelim das Kästchen mit den Käfern auf den Tisch stellte. Sie war auch zu müde, um etwas essen zu wollen. Kelim hatte ein Einsehen und reichte ihr nur eine Tasse Tee. Karin sah an seinem Gesichtsausdruck, dass es nicht bloß Tee war, was in der Tasse war, aber sie war zu müde, um etwas dagegen zu unternehmen. Sie trank den Tee einfach. Wenn sie danach nicht mehr mitbekam, was um sie herum passierte, war das nur umso besser. Bald setzte die Wirkung ein und Kelim band ihre Hände wieder an die Armlehnen des Stuhls, legte ihr das Stäbchen zwischen die Zähne und holte einen Käfer aus dem Kästchen. Doch Karin, die sich zwar kaum noch bewegen konnte, bekam diesmal alles mit; kein Nebel senkte sich auf ihr Bewusstsein herab. Kelim ging ganz behutsam vor und ließ auch dieses Mal nur einen Käfer in ihren Mund krabbeln. Sie versuchte, den Kopf zur Seite zu nehmen, aber Kelim fasste sie am Kinn und hielt sie fest. Als sie das leichte Kitzeln in ihrem Mund spürte, fiel ihr ein, wie sie tags zuvor den Käfer wieder losgeworden war, und fing an, Unterkiefer und Zunge hin und her zu bewegen. Der Käfer krabbelte aus ihrem Mund zurück auf Kelims Hand.

»Er ist noch nicht fertig«, sagte dieser und ließ den Käfer ein zweites Mal hineinkrabbeln.

Erneut wollte sie ihn verscheuchen, aber damit war Kelim nicht einverstanden. Er packte sie an den Haaren und bog ihren Kopf zurück.

»Wenn du jetzt nicht still hältst, fällt er dir in den Hals«, erklärte er.

Das wollte sie bestimmt nicht und gab auf. Und dann war es gar nicht so schlimm. Das leichte Kitzeln war auszuhalten. Der Käfer spazierte auch nicht lustig in ihrem Mund herum, sondern krabbelte nur an ihren Zähnen entlang. Als er alle Zähne inspiziert hatte, verließ er sogar freiwillig ihren Mund und krabbelte auf Kelims hingehaltene Hand. Der verstaute den Käfer in seinem Kästchen, band sie jedoch nicht los.

»Wirst du jetzt wieder in den Waschraum rennen?«, fragte er, aber er wartete ihre Antwort nicht ab, sondern fragte weiter, während er ihr das Holzstäbchen aus dem Mund nahm. »Was schmeckst du denn?«

»Nichts«, musste sie zugeben.

»Und warum hast du dir dann gestern den Mund ausgewaschen?«

Sie gab keine Antwort.

»Ich höre!«

»Weil – weil es sich so angefühlt hat, als ob es scheußlich schmeckt«, antwortete sie schließlich und fügte hinzu: »Es ist schließlich ein – ein lebendiges Tier ...«

»Schon gut«, meinte Kelim. »Also halten wir fest: Kein Geschmack. Kannst du dem zustimmen?«

Wenn sie ehrlich war, musste sie das und sie nickte. Aber warum band Kelim sie nicht los? Was hatte er noch vor mit ihr?

»Und wie hat es sich angefühlt? Schleimig? Glitschig? – Eklig?«, fragte er weiter.

Sie schüttelte den Kopf. »Nein«, sagte sie kleinlaut. »Es hat nur etwas gekitzelt. – Aber es ist ein lebendiger Käfer!«

Kelim schmunzelte. »Ein toter Käfer würde dir auch wenig nützen. Also halten wir weiter fest: Es fühlt sich nicht eklig an, es kitzelt nur etwas. Lohnt es sich also wegen etwas, das lediglich ein bisschen kitzelt, in Panik zu verfallen?«

»Nein«, gab sie zu. »Aber es ist und bleibt ein lebendiger Käfer. Wenn es ein gebratener Käfer wäre ... Und ich habe meine Zähne schon immer mit einer Zahnbürste geputzt.«

Wieder wanderten Kelims Mundwinkel amüsiert nach oben. »Untersteh dich, unsere fleißigen Käfer einfach zu essen.«

»Willst du mich nicht langsam wieder losbinden?«, versuchte sie abzulenken, aber er ging nicht darauf ein. Er nahm einen anderen Käfer aus dem Kästchen.

»Das ist jetzt ein Saugkäfer. Und der macht deine Zähne erst richtig schön. Der Knabberkäfer ist eher was für die großen Brocken. Meinst du, dass du satt genug bist, ihn zu verschonen? Oder ...«

Er griff nach dem Holzstäbchen und hielt es ihr vors Gesicht.

Es war noch nicht vorbei!

»Morgen?«, versuchte sie, Kelim zu überreden, aber der schüttelte den Kopf. Sie holte tief Luft.

»Okay, ich – ich probiers.«

Kelim legte das Holzstäbchen wieder zurück.

»Gut. Ich bin bei dir, du brauchst keine Angst zu haben. Sollte sich der Käfer nicht benehmen, kannst du ihn einfach rausscheuchen – du weißt, wie das geht. Aber wehe, du beißt zu!«

Karin klammerte sich an die Armlehnen, als Kelim die Hand mit dem Käfer vor ihr Gesicht hob. Langsam öffnete sie den Mund ein wenig.

»Ein bisschen weiter auf und locker bleiben.«

Der ersten Aufforderung kam sie zögerlich nach, aber die zweite konnte sie nicht befolgen. Sie klammerte sich weiter mit aller Macht an die Armlehnen, als der Käfer von Kelims Hand in ihren Mund überwechselte. Der Käfer war ziemlich lange beschäftigt und einmal spürte sie ein unangenehmes Brennen. Als sie daraufhin versuchte, ihn loszuwerden, legte ihr Kelim beschwichtigend die Hand auf die Wange.

»Noch nicht! Lass ihn weitermachen.«

Endlich krabbelte er wieder zurück auf Kelims bereitgehaltene Hand und sie atmete erleichtert auf. Kelim begutachtete ihre Zähne, bevor er sie endlich losband. Sofort verschwand sie im Bad – nicht um sich den Mund auszuspülen, sondern um sich ihre Zähne anzusehen. Da, wo der Käfer gearbeitet hatte, waren die Zähne blitzblank und glänzten. Alles hatte er nicht geschafft, es gab zu viel nachzuholen. Sie entdeckte eine entzündete Stelle am Zahnfleisch. Deshalb hatte es geschmerzt, als ihr ungeliebter Besucher dort zugange gewesen war.

»Und?«, fragte Kelim, der ihr gefolgt war. »Hat er sauber gearbeitet?«

Karin drehte sich um. »Er ist nicht fertig geworden.«

»Er war auch allein. Normalerweise hat er einen Partner. Wie fühlst du dich jetzt?«

»Müde!«

Kelim schmunzelte. »Du weißt, dass ich das nicht gemeint habe.«

»Ich bin so müde, dass mir alles andere egal ist.«

Daraufhin schickte er sie ins Bett.

Den nächsten Tag verbrachte sie mit Ausnahme eines kurzen Schulbesuchs, des Trainings bei Kastor und einem einstündigen Drachenritt auf Furo – dieses Mal mit mehr Erfolg als am Vortag – im Heilhaus bei Bataya und bei Kers, die ebenfalls Heilerin und viel umgänglicher als Bataya war. Sie war groß und spindeldürr – das genaue Gegenteil von Bataya, aber auch sie hatte kurze Haare, wenn auch etwas längere als Bataya, und trug ebenfalls Sandalen an ihren Füßen. Hier, im Heilhaus, sollte Karin sich in Anteilnahme und Mitleid üben – die fünfte Säule der Weisheit. Neben Niro und dem Reiter des verletzten, blauen Drachen traf sie zu ihrer Freude auf den Jungen aus dem zerstörten Dorf. Sie hatte ihn seit dem Tag seiner Ankunft nicht mehr gesehen und sich gefragt, was aus ihm geworden war. Rimo hatte sich seiner angenommen und der Junge half ihm bei seiner Arbeit. Als Letzterer Karin entdeckte, lief er freudestrahlend auf sie zu und sie empfing ihn mit geöffneten Armen.

»Hallo, Bel Kani! Wie geht es dir denn?«

»Ich warte darauf, dass eure Drachen aus meinem Dorf zurückkommen.«

»Ich auch! Und wie ich darauf warte!«

Bel Kani blieb die ganze Zeit bei Karin und half ihr bei ihrer Arbeit. Rimo hatte nichts dagegen. Er schien sich eher darüber zu freuen, wieder allein arbeiten zu können. So hatte sie allerdings keine Gelegenheit, sich in Ruhe mit Niro zu unterhalten. Der Junge redete mit keinem Wort von seinem Dorf oder seiner Schwester und Karin begann sich deswegen Sorgen um ihn zu machen. Sie sagte es Bataya und die teilte ihre Sorgen.

»Er redet überhaupt nicht davon. Und frage ich ihn direkt, läuft er einfach weg oder gibt keine Antwort. Das ist nicht gut. Versuch du es einmal! Zu dir hat er mehr Vertrauen als zu mir.«

Also versuchte es Karin und tatsächlich gelang es ihr, den Jungen zum Sprechen zu bewegen. Allerdings sagte er nur wenig. Vielmehr begann er herzzerreißend zu schluchzen und beklagte, dass er jetzt ganz allein sei. Er klammerte sich dabei haltsuchend an Karin und diese hätte am liebsten mitgeweint. Als er sich beruhigt hatte, reichte ihm Bataya einen Becher Tee und danach wurde der Junge merkwürdig still.

»Hast du ihm was in den Tee getan?«, fragte Karin leise und Bataya nickte.

Gemeinsam brachten sie ihn zu seinem Bett, das in einer Ecke des großen Saales stand und das Bataya mit Vorhängen großzügig vom Rest des Raumes abgetrennt hatte. Sie hatte auch einen kleinen Tisch hineingestellt, auf dem bunte Kreidestifte und eine Schiefertafel lagen, aber der Junge hatte die Sachen nicht angerührt.

»Schlaf gut, Bel Kani«, sagte Karin, als sie ihn sorgfältig zudeckte.

»Bleibst du bei mir?«, murmelte er hoffnungsvoll.

»Ich kann nicht, ich muss Bataya helfen«, erklärte sie und strich ihm eine Haarsträhne aus der Stirn, »aber ich bin ganz in der Nähe! Und wo ich auch bin, ich denke an dich.«

Das schien ihn etwas zu beruhigen. Sie stand schweren Herzens auf und ließ ihn allein. Hoffentlich schlief er bald ein. Vielleicht konnte sie später noch einmal nach ihm schauen. Doch Bataya hielt sie auf Trab. Sie hatte weder Zeit nach dem Jungen zu sehen, noch um den Reiter von Radon über den Erkundungsflug auszufragen, und erst recht nicht, um ein wenig mit Niro zu plaudern. Als es Zeit fürs Abendessen wurde, brachte man einen schwer verletzten Drachenreiter ins Heilhaus und Karin konnte ihr Essen vergessen.

Zwei Drachen waren in Streit geraten und der eine Drache hatte dabei vergessen, dass er gerade einen Reiter trug. Erst hatte der andere Drache diesen mit den Krallen erwischt, dann war er abgeworfen und gegen eine Wand geschleudert worden. Es dauerte bis tief in die Nacht, ehe der Drachenreiter versorgt war und Karin endlich nach Hause gehen konnte.

Kelim war nicht da. Auf dem Tisch fand sie neben einem Käsebrot, einer Kanne mit immerhin noch lauwarmem Tee und dem ungeliebten Käferkästchen die Schiefertafel. Sie hob sie auf und las die Nachricht. Der erste Teil war in der sogenannten Mittelschrift verfasst, die sie gut lesen konnte.

Lass es dir schmecken! Geh danach gleich schlafen!

Darunter, in schönster Hochschrift für wichtige Nachrichten:

Sei mutig, nimm wenigstens einen Käfer von jeder Sorte! Ich frage dich morgen.

Karin hatte noch immer Mühe, die Buchstaben zu erkennen und es dauerte etwas länger, ehe sie die Nachricht verstanden hatte. Ganz zum Schluss stand ein einziges Wort, das sie beim besten Willen nicht entziffern konnte, aber es war wohl nur Kelims Unterschrift.

Ich frage dich morgen. Das hieß nichts anderes, als dass sie gar keine andere Wahl hatte.

Das erste war einfach und das Dasein des Käsebrotes fand ein schnelles Ende. Doch sollte sie wirklich die Käfer nehmen? Sie konnte einfach so ins Bett gehen. Aber was würde Kelim sagen? Sie konnte behaupten, dass sie es getan hatte. Nur, wenn Kelim ihre Zähne kontrollierte, würde ihr Schwindel sofort auffliegen – und so wie die Drachenreiter zu einer Lüge standen, war das alles andere als eine gute Idee. Und es nicht zu tun und es zuzugeben? Schon besser, aber Kelim würde trotzdem ungehalten sein und sie in irgendeiner Weise für ihre Feigheit bestrafen. Er hatte ihr nicht ohne Grund die *Regeln der Strafe* an ihrem ersten Abend bei ihm zu lesen gegeben. Da war sie sich sicher.

Trotz der bleiernen Müdigkeit, die sie auf einmal überfiel, öffnete sie das Kästchen und angelte wahllos einen Käfer heraus, um ihn sich einmal genau anzusehen; was man kannte, konnte einem nicht so leicht Angst machen. Es war ein Knabberkäfer. Er krabbelte neugierig auf ihrer Hand herum und es sah richtig putzig aus, wie er sie mit seinen Fühlern abtastete. An einer Fingerspitze entdeckte er ein loses Hautfitzelchen und machte sich darüber her. Dann ging er wieder auf die Suche. Karin hob die Hand vors Gesicht, um den Käfer aus der Nähe zu betrachten, aber jetzt krabbelte er zielstrebig in Richtung ihres Mundes und streckte am Ende der Hand die Fühler weit in den leeren Raum dazwischen. Karin zögerte und führte dann ihre Hand ganz langsam näher an ihren Mund heran. Der Käfer zappelte ungeduldig hin und her und streckte sich weit über den Rand ihrer Hand, so dass er Gefahr lief, herunterzufallen. Irgendwie tat ihr der Käfer leid, wie er so hilflos versuchte, zu ihrem Mund zu gelangen; sie kam sich wie eine Tierquälerin vor. Und schließlich hatte sie die beiden Male vorher auch schadlos überlebt. Sie gab sich einen Ruck und hielt sich die Hand an den Mund. Unbewusst klammerte sie sich mit der anderen an die Armlehne ihres Stuhles und begann schneller zu atmen. Schon war der Käfer am Ziel seiner Träume. Sie gab sich Mühe, still zu halten, und konzentrierte sich auf ihre Atmung, um nicht doch noch in Panik auszubrechen. Es gelang und nach einigen tiefen Atemzügen hatte sie sich so weit unter Kontrolle, dass sie den Käfer seine Arbeit tun lassen konnte. Sie war von sich selbst überrascht. Noch gestern hätte sie es nicht für möglich gehalten, dass sie es je freiwillig zulassen würde, dass ein lebendiger Käfer in ihrem Mund herumkrabbelte. Sie wartete nicht, bis er von selbst aus ihrem Mund hervorkam, sondern scheuchte ihn bald mit Bewegungen von Zunge und Unterkiefer hinaus. Das musste reichen! Schnell setzte sie ihn zurück in sein Kästchen und wischte sich den Mund an ihrem Ärmel ab. Jetzt konnte sie ruhigen Gewissens ins Bett gehen. Als sie es sich in ihrem Bett gemütlich gemacht hatte, fiel ihr wieder ein, dass Kelim von einem Käfer *je Sorte* geschrieben hatte. Wenn sie schon einen Käfer ertragen hatte, würde sie auch einen weiteren aushalten. Sie setzte sich noch einmal an den Tisch und angelte sich einen Saugkäfer aus dem Kästchen. Sie ließ diesen ebenfalls zuerst auf ihrer Hand herumkrabbeln. Er strebte, wie der erste, sofort in Richtung ihres Mundes. Wie beim vorangegangenen Versuch brauchte sie den Halt der Stuhllehne, um es fertigzubringen, den Käfer nicht sofort wieder auszuspucken. Und auch dieses Mal fand der Käfer ausreichend Zeit, sein Werk zumindest teilweise zu verrichten, bevor sie ihn wieder hinauskomplimentierte.

Zufrieden mit sich legte sie sich ein zweites Mal in ihr Bett. Wenn sie das zu Hause erzählen würde, würde ihr das keiner glauben. Zu Hause … Karin schluckte. Würde sie je zurückkehren? Sie hatte die Hoffnung schon fast aufgegeben. Allerdings war Sora auf dem Erkundungsflug mit dabei. Und sie würden noch einmal zu der Stelle fliegen, an der sich Karins Tor geöffnet hatte. Karin konnte es gar nicht erwarten, bis sie zurückkamen. Jetzt waren sie schon vier Tage unterwegs. Vielleicht kamen sie morgen zurück. Und das war ihr letzter Gedanke, bevor sie einschlief.

Sie träumte davon, dass Mara Niro fütterte. Als sie sich neben ihn legte, um ihm zu helfen, lag an seiner Stelle plötzlich Sora im Nest. Sie war mit dicken Tauen umwickelt, so wie vorher Niro mit Tang. »*Nein!*«, schrie Sora und wandte sich wie ein Wurm.

Dann floss die Milch und Karin konnte nichts mehr sehen. Soras Hand tauchte aus dem roten Wasserfall auf und griff nach ihrer Schulter. Karin schreckte auf.

Sie lag nicht im Nest, sondern in ihrem Bett. Die Hand war immer noch an ihrer Schulter. Aber es war nicht Soras Hand: Kelims Hand war es, die dort lag und sie sanft schüttelte.

»Aufwachen, Karin«, sagte er. »Es ist heller Morgen. Höchste Zeit aufzustehen.«

Natürlich fragte er sie beim Frühstück, wie angekündigt, nach den Käfern und sie konnte ehrlich berichten, dass sie es über sich gebracht hatte, sich die Käfer in den Mund zu stecken.

»Das freut mich«, sagte er zufrieden. »Und es überrascht mich ein wenig. Ich hätte nicht gedacht, dass du deine Abneigung gegenüber den Käfern so schnell überwindest.«

»Mich hat es selber überrascht – und es war nicht einfach. Ich – ich weiß nicht, ob ich es heute noch einmal fertigbringe.«

»Bestimmt«, beruhigte Kelim sie und stand auf. Und dann lächelte er verschmitzt. »Jedenfalls, wenn du vorher dein Käsebrot isst.«

Karin sah ihn überrascht an. Aber er kehrte ihr schnell den Rücken zu und brachte seine leer gegessene Schüssel in die Küche. Sollte das heißen, dass er das Käsebrot präpariert hatte? Sie war danach sehr müde geworden und alles war ihr etwas weniger wichtig erschienen, doch sie war schon hundemüde gewesen, bevor sie etwas gegessen hatte. Sie konnte sich nicht sicher sein, aber so wie sie Kelim kannte, war das durchaus möglich. Sie wollte ihn danach fragen, als er aus der Küche zurückkam, doch er erklärte das Thema für beendet und erläuterte ihr die Aufgaben des heutigen Tages. Er war Säule Nummer zwei gewidmet: Bescheidenheit. Das hieß, als bewunderte Drachenreiterin sollte sie sich nicht zu schade für niedere und unangenehme Arbeiten sein.

Demzufolge verbrachte sie einen Teil des Tages damit, bei der Wartung der Wasserleitungen zu helfen, und kroch durch endlose, enge und schmutzige Schächte, um die Leitungen zu kontrollieren und schadhafte Stellen auszubessern. Einen anderen Teil des Tages musste sie bei der Müllsortierung helfen und danach stand sie bis zu den Knien im Dreck, als sie half, den gärenden und nicht gerade nach Veilchen duftenden Misthaufen umzusetzen, wobei sie den seilzugbetriebenen, großen Mistgreifer bedienen musste. Der Mist stank nicht nur, im Mistraum herrschte auch eine fast unerträgliche Schwüle. So fand sie es gar nicht so schlimm, dass sie wie die anderen, die hier Arbeitsdienst hatten, ihre Kleider ablegen musste, damit diese nicht verdorben wurden. Und als ob das noch nicht genug wäre, musste sie hinterher noch helfen, einen schon länger liegenden Dunghaufen nach oben zum Plateau zu befördern, wo er als Dünger dienen sollte. Dazu musste der Dung von Hand in Wannen geschaufelt werden, die anschließend in ein Förderband eingehakt wurden und so nach oben transportiert wurden. Das war eine elende Plackerei und als endlich das erlösende »das reicht für heute« erklang, erklärte Karin das spontan zu ihrem Lieblingssatz.

Als sie nach einem ausgiebigen Bad nach Hause wankte, war sie sich sicher, den schlimmsten Tag ihrer Drachenwoche hinter sich gebracht zu haben. Und Sora war immer noch nicht zurück. Als sie endlich bei Kelims Wohnung ankam, hatte sie kaum mehr die Kraft, die Hand zum Klopfen zu heben. Nachdem sie die wohltuend heiße Suppe gelöffelt hatte, die ihr Kelim auf den Tisch gestellt hatte, war sie so müde, dass es ihr nicht einmal etwas ausmachte, dass Kelim ihr zwei Käfer gleichzeitig in den Mund krabbeln ließ.

Als sie am nächsten Morgen aufwachte, wusste sie nicht einmal mehr, wie sie ins Bett gekommen war. Sie wäre gerne noch länger im Bett geblieben, aber Kelim trieb sie zur Eile.

»Ich habe dich schon viel zu lange schlafen lassen«, sagte er. »Wenn du dich jetzt nicht beeilst, kommst du zu spät.«

Seufzend stand Karin auf. Ihr tat alles weh von der gestrigen Plackerei und sie brauchte länger als sonst, um sich anzuziehen. Während sie ihr Frühstück hinunterschlang, erklärte Kelim ihr die heutigen Aufgaben, die zum Glück mehr Köpfchen als Muskelkraft erfordern würden. Als er eine kurze Pause einlegte, nutzte sie die Gelegenheit, um nach Sora und dem Erkundungstrupp zu fragen.

Kelim zuckte nur mit den Schultern, sagte, er habe keine Ahnung und fuhr mit seinen Erklärungen fort.

Doch weder an diesem, noch am nächsten Tag kam Sora von dem Erkundungsflug zurück und Karin begann, sich Sorgen zu machen. Was, wenn der wilde Drache wieder angegriffen hatte? Kelim teilte ihre Sorge nicht; es käme öfters vor, dass ein Erkundungsflug länger dauere, als geplant und sie solle lieber schlafen, als sich unnütze Gedanken über Dinge zu machen, die sie sowieso nicht ändern könne.

Der Ratschlag mochte gut gemeint sein, aber Karin konnte trotzdem nicht schlafen. Obwohl sie hundemüde war, wollte der Schlaf nicht kommen. Ihre Gedanken kreisten unablässig um Sora und ihr kamen tausend Dinge in den Sinn, die ihr zugestoßen sein könnten. Und dann gab es noch Bel Kani, um den sie sich Sorgen machte. Sie hatte ihn die letzten Tage nicht wiedergesehen und sie hätte ihn gern getröstet. Auch Niro hatte sie nicht mehr getroffen, obwohl auch er bei Kastor trainieren musste. Sie hätte nichts dagegen, sich mit ihm ein wenig zu unterhalten, wollte sehen, wie es um seine Verletzungen stand oder einfach nur in seiner Nähe sein. Sie musste sich eingestehen, dass sie ihn vermisste – mehr als sie gedacht hätte. So wie sie auch Mara vermisste. Doch Kelim hatte ihr eröffnet, dass sie erst nach Abschluss ihrer Drachenwoche wieder mit Mara arbeiten durfte.

Das waren noch zwei volle Tage! Danach war sie wahrscheinlich so geschafft, dass sie ohne Maras Hilfe nicht mehr in den Sattel kam. Sie hatte sich heute schon hinreichend blamiert, weil sie es nicht mehr ohne Rons Hilfe auf Furo hinauf geschafft hatte … Sie zweifelte, ob sie noch so lange durchhalten würde, bis ihre Drachenwoche vorüber war. Mittlerweile gab es keine Stelle mehr an ihrem Körper, die ihr nicht wehtat. Sie bewegte versuchsweise ihre linke Hand. Da, wo sie gestern der Aal gebissen hatte, den sie aus der Reuse hatte holen sollen, stach es wie tausend Nadelstiche. Eine Woche sollte es wehtun, aber vielleicht hatte sie Glück als Drachenkind und es waren ein paar Tage weniger …

Endlich schlief sie ein, doch sie träumte erneut von Sora, die mit dicken Tauen gefesselt, hilflos im Nest lag und von Mara gefüttert wurde. Eine Hand zog einen roten Vorhang vor Sora und nahm ihr die Sicht. Dann hörte sie eine Stimme. »*Drei. Es werden drei sein! Drei. Es werden drei sein!*«, wiederholte die Stimme wie ein Mantra. Die Stimme wurde immer lauter, bis Karin mit klopfendem Herzen hochschreckte.

Nachdem sie sich etwas beruhigt hatte, stand sie leise auf und holte sich einen Becher Wasser. Das tat gut und die restliche Nacht schlief sie gut und traumlos.

Viel zu früh weckte Kelim sie am nächsten Morgen. Die Sonne war noch nicht einmal aufgegangen, als Karin verschlafen und missmutig die dunklen Gänge und Treppen Richtung Fischbucht entlang tappte. Sie sollte wieder bei den Aalreusen helfen. Ihre linke Hand schmerzte immer noch und bei ihrem Talent würde sie sich bestimmt einen weiteren Biss holen. Und so war es dann auch. Der dritte Aal, den sie aus der Reuse holte, entwand sich ihrem Griff und biss zu – wieder in die linke Hand. Sie fluchte leise und lutschte an ihrer Hand, wodurch es auch nicht besser wurde. Aber sie hatte eine Idee. Als sie den Aal fallen hatte lassen, hatte sie ihn dabei in eine Rotation gebracht und jetzt lag der Aal benommen im Wasser, ohne seine Freiheit zu nutzen. Mühelos konnte sie ihn aus dem Wasser fischen und in ihren Sammelkorb verfrachten. Sie hielt die nächste Reuse an ihrer Befestigungsleine hoch und gab der Reuse einen Stoß, dass sie sich schnell um die eigene Achse drehte. Erst danach holte sie den gefangenen Aal heraus. Und tatsächlich, er lag schlaff in ihrer Hand und wehrte sich kein bisschen. Mit dieser Methode vermied sie nicht nur schmerzhafte Aalbisse, sondern war auch um vieles schneller, da die Aale nicht mehr versuchten, ihrer zupackenden Hand zu entkommen, sondern sich widerstandslos greifen ließen. Sie grinste. Wie hatte Kelim gesagt? Die Säule Nummer acht wurde durch Erfahrung und Einsicht erbaut. Jetzt hatte sie Erfahrung im Aaleeinfangen gesammelt. Wahrscheinlich war das so gewollt. Sie hatte lauter scheinbar einfache Aufgaben zu erledigen, die die Drachenreiter sämtlich besser bewerkstelligten als sie – und das heute schon zum zweiten Mal. Wie zum Beispiel Färbermuscheln sammeln; sie hatte das erste Mal fast keine gefunden, während ihre Begleiter ihre Sammelbeutel im Nu gefüllt hatten. Man brauchte eben Erfahrung, um die richtigen Stellen zu finden. Mal sehen, ob sie heute mehr Glück hatte.

Sie hatte. In ihrem Sammelbeutel waren viel mehr Muscheln als das letzte Mal. Allerdings war ihre Ausbeute noch immer bescheiden im Vergleich zu dem Ergebnis ihrer Mitsammler.

Doch das störte Karin dieses Mal nicht. Irgendwann würde sie es genauso gut können. Eben, wenn sie genug Erfahrung gesammelt haben würde.

Heute schien der Tag der Wiederholungen zu sein, denn als sie nach der Schule zu Kastor ging, führte sie dieser zu ihrem Entsetzen wieder zum großen Parcours.

»Was meinst du, wie weit du es heute schaffst?«

»Auf keinen Fall weiter als bis zu den Trapezen«, antwortete sie missmutig.

Kastor war erstaunt. »Wieso? Das ist doch gar nicht so schwierig.«

»Nicht mit dieser Hand.« Sie zeigte ihm ihre Aalbisse.

Kastor warf einen flüchtigen Blick darauf. »Na und? Deiner Hand schadet es nicht, wenn du sie gebrauchst. Und von den Schmerzen solltest du dich nicht beeindrucken lassen. Und jetzt los!«

Er drehte sich um und ging.

Fassungslos starrte Karin ihm nach. Das konnte doch nicht sein Ernst sein! Ihre Hand tat schon weh, wenn sie diese nur bewegte. Kastor drehte sich noch einmal um.

»Hast du nicht gehört?«, rief er, als er sah, dass sich Karin nicht von der Stelle gerührt hatte. »Rauf mit dir! Aber sofort!« Und dann fügte er noch hinzu: »Ich sehe dir zu.«

Karin seufzte und machte sich mit zusammengebissenen Zähnen an den Aufstieg. Ihre Hand machte ihr arg zu schaffen und sie brauchte drei Versuche, um es das erste Mal bis zu den Trapezen zu schaffen. Sie musste sich wie ein Gibbon von einem Trapez zum anderen hangeln – mit je einer Hand. Das konnte heute überhaupt nicht funktionieren. Vorsichtig schielte sie nach unten. Kastor saß auf einer Bank vor der Hütte und unterhielt sich mit ein paar Kindern – aber er hatte den Blick auf sie gerichtet. Sie hatte keine Wahl. Wie erwartet, erwies sich der Schmerz als zu stark und sie ließ los.

Nach zwei weiteren schmerzhaften Versuchen hatte sie keine Lust mehr. Sie sah sich kurz um, und als sie sich unbeobachtet fühlte, sprang sie einfach hinunter. Sie konnte den ersten Teil des Parcours auch so trainieren. Doch als sie sich vom Netz herunterrollte, kam ihr schon Kastor entgegen. »Komm mit!«

Sie folgte ihm mit einem mulmigen Gefühl in der Bauchgegend. Das Gefühl trügte sie nicht. Er führte sie zu den kleineren

Klettergerüsten und dort zu einem Sprossenbogen, wie man ihn auch auf Spielplätzen fand und an denen sich die Kinder immer begeistert entlang hangelten. Dieser war etwas höher und die Sprossenabstände deutlich größer. Kastor deutete darauf.

»Bis du es geschafft hast!«

Karin schüttelte den Kopf. Nie würde sie das schaffen. Sie konnte mit ihrer linken Hand nicht zupacken; das tat einfach zu weh.

»Doch!«, sagte Kastor. »Du weißt, dass deine Hand keinen Schaden nimmt, wenn du sie gebrauchst. Du musst nur den Schmerz überwinden.« Er legte ihr die Hand auf die Schulter. »Karin, das ist kein Spiel! Du arbeitest mit Drachen! Da musst du jeder Herausforderung gewachsen sein. Du musst lernen, unter jeden Umständen deine Aufgaben zu erledigen. Egal, ob du müde bist oder Schmerzen hast. Drachen sind keine Schafe! Was meinst du, was ein Drache mit dir macht, wenn du wegen so einer Kleinigkeit loslässt? – Bis du es geschafft hast! – Und wenn es bis morgen früh dauert!«

Er setzte sich auf eine Bank in der Nähe. Karin hatte keine Wahl. Sie wusste, dass es nicht ging, und so war es auch. Ein ums andere Mal ließ sie die Sprosse los. Aber Kastor ließ sie nicht aufhören. In ihrer Verzweiflung probierte sie alles Mögliche, aber weder die Füße zu Hilfe zu nehmen, noch sich in die Armbeuge zu hängen, brachte den gewünschten Erfolg.

Kastor war längst woanders hingegangen, doch es war immer irgendjemand in ihrer Nähe, der sie beobachtete, sie konnte also nicht einfach aufhören. Schließlich war ihr auch das egal und sie setzte sich einfach auf den Boden, um sich wenigstens ein wenig auszuruhen. Und dann blieb sie sitzen. Einige Zeit später kam Kastor zurück und setzte sich wieder auf die Bank. Er beachtete sie kaum, sondern widmete seine Aufmerksamkeit den Kindern, die weiter hinten bei der Sandgrube Saltos übten. Endlich kam er zu ihr herüber.

»Meinst du nicht, dass du dich lange genug ausgeruht hast?«

»Das spielt keine Rolle«, antwortete sie matt. »Ich schaff das nicht.«

»Soso. Wir werden sehen. Solange du hier rumsitzt, kommst du jedenfalls nicht auf der anderen Seite an.«

»Bitte!«, flehte sie. »Lass mich aufhören!«

»Kommt nicht in Frage!« Er schien zu überlegen. »Vielleicht kann ich dir ein wenig Unterstützung besorgen. Aber probiers erst so noch einmal. Hoch mit dir!«

Karin warf Kastor einen giftigen Blick zu, aber der grinste nur.

»Na, ein bisschen Energie ist ja noch da. Die solltest du besser nicht an mich verschwenden, sondern für deine Aufgabe nutzen.« Er drehte sich um und ging.

Mit einer ordentlichen Portion Wut im Bauch kam sie auf die Beine. Doch die Wut auf Kastor hatte auch etwas Gutes: Als sie nach den Sprossen griff, schaffte sie dieses Mal zwei Griffe mit der linken Hand, ehe sie bei der nächsten Sprosse losließ. So weit war sie bis jetzt noch nie gekommen. Doch als ihre Wut nachließ, wurde der erste Griff wieder zum Letzten und sie gab auf. Sie wollte sich gerade hinsetzen, als sie Niro entdeckte, der geradewegs auf sie zusteuerte. Er schien Schmerzen zu haben, denn er hielt den Blick auf den Boden gerichtet und humpelte stark. Als er näher kam, sah sie, dass sein Hemd dunkle Schweißflecken hatte, auch seine Haare waren nass; er musste gerade sein Training hinter sich gebracht haben. Niro hob den Kopf und sah Karin an. Die vergangene Anstrengung stand ihm ins Gesicht geschrieben. Das hinderte ihn aber nicht daran, ein breites Grinsen aufzusetzen.

»Na? Schaffst du jetzt nicht mal mehr die Kinderstrecke?«

»Wenn …« setzte sie an. *Wenn du solche Schmerzen hättest, würdest du das auch nicht schaffen,* hatte sie sagen wollen. Aber Niro *hatte* Schmerzen und wahrscheinlich noch viel schlimmere als sie.

»Nein«, sagte sie stattdessen. »Ich kann mich mit der linken Hand nicht halten.«

»Lass mal sehen!«, verlangte Niro und kam näher. Sie hielt ihm ihre linke Hand hin, doch es berührte sie unangenehm, dass Niro sich um ihren winzigen Aalbiss kümmerte, während er mit den Folgen eines Drachenbisses zu kämpfen hatte.

»So schlimm ist das nicht«, sagte er. »Du musst nur die Stange nicht loslassen.«

»Haha! Sehr witzig!«

»Nein, ich meine das ernst«, bekräftigte Niro. »Du musst den Schmerz von deiner Bewegung trennen.«

»Und wie soll das gehen? Ich will nicht loslassen, das passiert einfach.«

»Mal sehen.« Er nahm ihre Hand und legte sie vorsichtig um eine Sprosse des Bogens. »Tut das weh?«

»Fast nicht«, antwortete sie.

»Gut. Dann streck dich mal und mach das mit der ersten hohen Stange.«

Karin stellte sich auf das erhöhte Startbrett und legte ihre Finger um die erste, gerade noch erreichbare Sprosse des Bogens.

»Und jetzt hängst du dich langsam dran – aber nicht fester zupacken.«

»Na also, geht doch«, meinte Niro, als sie mit ihrem ganzen Gewicht daran hing.

Karin ließ los.

»Schon. Aber einfach rumhängen und von Stange zu Stange schwingen, ist nicht dasselbe.«

»Richtig, aber das wirst du auch schaffen. Wenn du langsam zugreifst, hast du Zeit, dich an den Schmerz zu gewöhnen und dann kannst du auch schwingen.«

Er ließ sie wieder mit links greifen und als ihr ganzes Gewicht an der Hand hing, sollte sie versuchen, mit der rechten die nächste Sprosse zu greifen. Ihr Arm war zu kurz und sie musste hin und her schwingen, um die nächste Sprosse zu erreichen, aber es gelang ihr. Doch als sie versuchte, mit links die dritte Sprosse zu greifen, gab ihre Hand wie befürchtet nach, als sie die rechte löste.

»Das geht zu schnell! Du darfst immer nur eine Stange nach der anderen nehmen«, riet Niro.

Wieder startete Karin mit links. Dieses Mal holte sie ihre linke Hand nur nach, ohne weiter nach vorne zu greifen. Als sie die zweite Sprosse sicher in der linken Hand hielt, löste sie vorsichtig die rechte und griff mit dieser nach der dritten. Sie schaffte es. Die Schmerzen in der linken Hand wurden von Sprosse zu Sprosse stärker; immerhin schaffte sie drei weitere, ehe sie aufgeben musste.

»Von wegen, du kannst dich mit der linken Hand nicht halten! Also los! Noch ein Versuch! Und wenn du es dieses Mal nicht schaffst, werfe ich dich eigenhändig ins Aalbecken«, drohte Niro.

Karin lachte. »Das glaube ich jetzt aber nicht.«

»Willst du es darauf ankommen lassen?«, fragte Niro und grinste dabei so unverschämt, dass sie sich nicht mehr sicher war, ob er es nicht doch tun würde. Etwas irritiert griff sie nach der ersten Sprosse. Sie atmete ein paar Mal tief durch, dann startete sie. Sie konzentrierte sich so auf ihre Hände, dass sie gar nicht merkte, dass sie inzwischen einige Zuschauer hatte.

Einer davon war Sora.

Die ersten drei Sprossen brachte sie gut hinter sich, aber es wurde von Mal zu Mal schwieriger und die Pausen dazwischen immer länger.

»Na los! Das schaffst du!«, ermunterte Niro sie. »Nur noch zwei Stangen!«

Karin löste die rechte Hand und schwang sich zur nächsten Sprosse. Der Schmerz war unerträglich, doch bevor sie loslassen musste, hatte die rechte Hand ihr Ziel erreicht. Schweratmend hing sie da. Sie hatte kaum noch Kraft in der rechten Hand und spürte, wie die Finger langsam abrutschten.

»Nein!«, rief sie verzweifelt und griff wieder mit der Linken zu. Sie stöhnte vor Schmerz, aber sie ließ nicht los. Allerdings konnte sie ihrer linken Hand unmöglich ihr ganzes Gewicht zumuten. Sie hing an der Stange wie ein Mehlsack und wartete darauf, dass die Schmerzen wenigstens ein bisschen nachließen.

»Na los!«, feuerte Niro sie an. »Du hast dich freiwillig von Mara füttern lassen, da wirst du doch wegen ein bisschen Schmerzen nicht aufgeben.«

Eine Sprosse noch! Eine einzige Sprosse. Sie atmete ein paar Mal tief ein und löste dann langsam den Griff ihrer rechten Hand. Der Schmerz raubte ihr den Atem. Aber sie wollte nicht loslassen. Sie suchte nach etwas, was ihr Halt gab, etwas, was ihr die Kraft gab, nicht loszulassen. Sie dachte an den goldenen Drachen und stellte sich vor, er würde sie beobachten. Wenn sie fiel, würde er gnadenlos über sie herfallen … Und sie dachte an Mara. Immer wenn sie ihr in die Augen blickte, fühlte sie sich von Energie durchströmt. Sie dachte nicht mehr an ihre Hand, sie hatte nur noch die beiden Drachen vor Augen. Langsam löste sie die rechte Hand ganz und streckte sich nach der letzten Sprosse. Ihre linke Hand tobte und ihr brach am ganzen Körper der Schweiß aus, aber sie ließ nicht los. Als sie zu schwingen begann, wurde ihr übel – doch dann hatte sie es geschafft. Sie fiel auf die Knie und rang nach Atem. Als sie aufblickte, entdeckte sie mit Entsetzen, dass sie nicht allein waren.

Niro klopfte ihr auf die Schulter. »Gut gemacht!«, lobte er und half ihr auf die Beine.

»Habt ihr mir alle zugeschaut?«, fragte sie fassungslos.

»Natürlich«, meinte Kastor und grinste so unverschämt wie sonst nur Niro. »Das war eine unterhaltsame Abwechslung zu den sonstigen Darbietungen.«

Alle lachten und erst jetzt entdeckte Karin Sora.

»Sora!«, rief sie erfreut. »Seit wann bist du denn zurück?«

»Noch nicht sehr lange. Wir sind eigentlich auf dem Weg zum Gemeindehaus, um zu berichten. Da hat mir ein kleiner Drache ins Ohr geflüstert, dass du hier bist und wir haben einen Umweg eingelegt.«

»Und?«, fragte Karin.

Sora lachte. »Das erfährst du noch früh genug. Aber ganz kurz, extra für dich: Kein Tor, keine Ahnung, was im Dorf los war, aber wir haben Verwandte von dem Jungen gefunden, die ihn aufnehmen werden. Reicht das fürs Erste?«

Karin nickte. »Ja. Danke!«

Kein Tor … Nun ja, damit hatte sie ja schon gerechnet. Wenigstens hatte Bel Kani noch Verwandte. Sie warf einen Blick auf Sora. Sie sah gesund und munter aus. Ebenso ihre Mitreiter. Die Reise war wohl wirklich ohne weitere Zwischenfälle verlaufen.

Sora erkundigte sich noch kurz nach Niros Fortschritten, dann zog sie mit dem Erkundungstrupp wieder ab.

»Komm!«, sagte Niro und nahm Karin bei der Hand. »Gehen wir zum Gemeindesaal, etwas essen.«

Kastor nickte. »Ihr könnt gehen. Das reicht für heute.«

Nachdem sie eine Weile gegangen waren, blieb Karin plötzlich stehen. »Ich habe eigentlich überhaupt keinen Hunger. Ich bin viel zu geschafft, um etwas zu essen.«

»Mir geht es genauso«, meinte Niro. »Weißt du was? Gehen wir doch einfach ein Bad nehmen, so verschwitzt wie wir sind.«

»Darf ich das denn?«, fragte Karin unsicher.

»Natürlich. Du bist ja nicht allein. Außerdem können wir ja Bescheid sagen, wenn uns jemand begegnet.«

Schon zog er sie in die andere Richtung davon. Dafür, dass er einen Drachenbiss hinter sich hatte, hatte er erstaunlich viel Kraft und Karin hätte gar nicht irgendwo anders hingehen können, so fest hielt er ihre Hand. Es waren viele Drachenreiter unterwegs, die meisten in die entgegengesetzte Richtung, und ihr Abstecher zur Badegrotte war bald kein Geheimnis mehr.

»Hättest du mich wirklich ins Aalbecken geworfen?«, wollte Karin nach einiger Zeit wissen.

»Gute Frage«, antwortete Niro nachdenklich. »Eigentlich hätte ich es tun müssen, aber ich weiß nicht, ob ich es gekonnt hätte. Ich hätte das nicht sagen dürfen.« Er seufzte. »Rodan hat recht, wenn er sagt, ich wäre eigentlich noch nicht reif genug für die Prüfung.«

So hatte Karin das nicht gesehen, aber sie sagte nichts. Schweigend legten sie den restlichen Weg zur Badegrotte zurück.

Niro half ihr beim Ausziehen der Schutzausrüstung und als er anfing, auch die Bänder ihrer übrigen Kleidung zu lösen, fühlte sie sich auf einmal unwohl; sie würden gleich beide nichts mehr anhaben. Niro schien sich nichts dabei zu denken. Als es dann soweit war, konnte Karin gar nicht anders, sie musste einfach Niros Verletzungen anschauen. Es sah viel besser aus als beim letzten Mal; man mochte gar nicht glauben, dass es erst vor Kurzem passiert war. Niro störte ihr neugieriger Blick nicht, als er jedoch seinerseits ihre blauen Flecken musterte, die sie zum größten Teil ihren Ausrutschern am großen Parcours zu verdanken hatte, drehte sie sich verlegen zur Seite und beeilte sich, in eine Wanne zu steigen.

Das Wasser war angenehm warm und das gleichförmige Plätschern des Wasserfalles tat ein Übriges und in wenigen Minuten war sie eingeschlafen.

»Aufwachen, Karin!« Niro rüttelte sie an der Schulter. »Deine Drachenwoche ist noch nicht vorbei.«

Sie blinzelte verschlafen, dann schreckte sie hoch.

»Wie lange habe ich geschlafen?«, fragte sie erschrocken.

»Nur ein paar Minuten«, beruhigte Niro sie. Aber er war schon wieder angezogen.

Eilig kletterte sie aus der Wanne. Niro reichte ihr ein Handtuch. »Tut deine Hand jetzt noch weh?«, fragte er und ließ dabei seine Augen über ihren Körper wandern.

Sie schüttelte den Kopf und bückte sich verlegen nach ihren Sachen. Dann gab sie Niro das Handtuch zurück, damit er etwas zu tun hatte, und weniger Gelegenheiten bekam sie anzusehen.

Erst als sie sich fertig angezogen hatte, legte sich ihre Befangenheit. Niro half ihr, die Schutzausrüstung wieder anzulegen.

»Schade, dass ich keine habe«, sagte er.

»Du brauchst sie doch sowieso nicht«, erwiderte Karin. »Du darfst doch noch gar nicht zu den Drachen.«

»Stimmt, aber so komme ich mir irgendwie unvollständig vor. Alle anderen laufen schließlich auch damit herum.«

Das konnte Karin verstehen. Sie nickte. »Lange kann es sowieso nicht mehr dauern, bis du zu den Drachen darfst. Ich hätte nicht gedacht, dass du so schnell wieder auf die Beine kommst.«

»Daran bist nur du schuld!«, beschwerte sich Niro mit gespielt vorwurfsvoller Miene. »Ohne dich wäre ich nie in Maras Nest gelandet.«

»Stimmt!«, gab sie zu. »Aber wenn ich dich jetzt so ansehe, bin ich ganz froh, dass du dort gelandet bist.«

»Ja, jetzt, wo ich das alles hinter mir habe, sehe ich das auch so. Aber es ist ungerecht, dass du viel weniger oft gefüttert worden bist als ich.«

»Und seltsam«, fügte sie hinzu. »Weil …«

»Ja«, unterbrach er sie, »… ich bin immer noch kein Drachenkind. Ich weiß nicht, ob ich mich darüber freuen soll oder ob das eher schlecht ist. Und jetzt sollten wir uns beeilen. Kers und Kelim warten auf mich und du darfst gleich zu Ron und seinem Drachen gehen.«

Schweigend machten sie sich auf den Weg. Bei der Abzweigung zur großen Halle trennten sich ihre Wege und als sich Karin noch einmal umdrehte, sah sie, dass Niro stehen geblieben war und ihr nachsah. Sie winkte ihm noch einmal, dann machte der Weg eine Biegung und sie war allein. Und genauso fühlte sie sich auch. Am liebsten wäre sie umgedreht und mit Niro gegangen, obwohl sie etwas so Vergnügliches wie ein Ritt auf einem Drachen erwartete. Aber das ging natürlich nicht.

Ihr Magen begann zu knurren und sie überlegte, dass es wohl doch keine so gute Idee gewesen war, auf das Mittagessen zu verzichten.

Ron, der natürlich darüber Bescheid wusste, was sie statt zu essen gemacht hatte, konnte es nicht lassen, sie deswegen aufzuziehen.

»Meinst du, Furo gehorcht dir besser, wenn du dich extra für ihn zurechtmachst?«, fragte er grinsend.

Karin merkte, dass sie rot wurde. Sie gab keine Antwort und fing an aufzusteigen. Ihre Hand machte ihr wieder zu schaffen und sie fürchtete schon, Ron um Hilfe bitten zu müssen, als sie sich jedoch Zeit ließ und den Riemen am Sattel ganz langsam in die Hand nahm, schaffte sie es allein.

»Gut gemacht!«, lobte Ron. »Vielleicht solltest du dir öfter Rat von Niro holen.«

Über das Klettergerüst wusste er also auch schon Bescheid. Karin seufzte. Aber dann hatte sie ihre Flugstunde und vergaß das Ganze. Es gab nichts, was auch nur annähernd an den Ritt auf einem Drachen heranreichte. Und da sie beim Drachenreiten ihre Finger weitgehend gestreckt lassen konnte, hatte sie auch kaum Schmerzen in der linken Hand, so dass sie es aus vollen Zügen genießen konnte.

Nachdem sie den Sattel verstaut hatten und sich Furo davongemacht hatte und Karin sich schon Hoffnung auf einen frühen Feierabend und ein schönes Abendessen machte – ihr Magen beschwerte sich inzwischen lautstark darüber, dass er kein Mittagessen bekommen hatte – eröffnete Ron ihr, dass die letzte Nacht der Drachenwoche immer für die Nachtwache vorgesehen war. Es gab Vieles, das man auch in der Nacht nicht aus den Augen lassen durfte und Karin erhielt als Drachenkind die ehrenvolle Aufgabe, ein Drachennest zu bewachen und die beiden Eier darin notfalls mit ihrem Leben zu verteidigen, sollte ein blaues Männchen versuchen, sie zu zerstören, da es nicht seine waren. Die Mutter war am Nachmittag losgeflogen, wahrscheinlich um im Roten Mond Seeschlangen zu jagen, die nur bei vollem Roten Mond an die Meeresoberfläche stiegen. Sie wurde nicht vor morgen Früh zurückerwartet. Mit gemischten Gefühlen folgte Karin Ron durch das Labyrinth der Tunnel und Gänge. Es war ein langer Weg und sie hatte ausreichend Zeit, über ihre Aufgabe nachzudenken. Einerseits fühlte sie sich geehrt, dass die Drachenreiter ihr etwas so Wertvolles wie Dracheneier anvertrauten, andererseits war sie bloß ein Mensch. Wie sollte sie ein mordlustiges Drachenmännchen davon abhalten können, die Eier zu zerstören? Mit ihrem Leben, hatte Ron gesagt, sollte sie die Eier notfalls verteidigen … Karin schluckte. Drachenkind hin oder her, sie fühlte sich auf einmal nicht mehr wohl in ihrer Haut. Außerdem hatte sie Hunger. Und das nicht zu knapp. Sie fragte Ron, ob sie vorher nicht eine Kleinigkeit essen könne, aber er meinte, dass es nicht gut sei, vor einer Nachtwache etwas zu essen, da es die Gefahr einzuschlafen deutlich erhöhe. Also auch kein Abendessen. Wenn das so weiterging, würde sie bald aus der Hose rutschen.

Was hatte Ron noch gesagt? Das Drachenweibchen würde im Roten Mond Seeschlangen jagen? War der *Rote Mond* einfach nur der Vollmond? Sie kam nicht mehr dazu danach zu fragen; sie hatten ihr Ziel erreicht. Vor ihnen öffnete sich der Tunnel in eine große, relativ niedrige Drachenhöhle. Der goldene Drache hätte aufpassen müssen, sich nicht den Kopf an der Decke zu stoßen.

Sie waren nicht allein. Zwei Drachenreiter waren dabei, die Höhle mit viel Wasser aus einem Schlauch zu säubern. Ron nickte ihnen kurz zu und führte Karin dann in einen gemütlichen Nebenraum. In der Ecke stand ein Tisch und Ron machte es sich auf der Bank dahinter bequem.

»Wir haben noch ein wenig Zeit, bis die beiden fertig sind«, sagte er. »Komm, setz dich! Es wird Zeit, dir den Umgang mit deinem wichtigsten Handwerkszeug beizubringen. Das ist eine gute Gelegenheit.«

Er wartete, bis sie sich gesetzt hatte, dann überkreuzte er die Unterarme und fingerte im Ellbogenbereich an seinen Armmanschetten herum. Plötzlich hielt er zwei lange, silbrig glänzende Metallstäbe in den Händen. Sie mussten in den Manschetten verborgen gewesen sein.

Unwillkürlich tastete sie nach ihren eigenen Armmanschetten. Tatsächlich, auf der Außenseite des Unterarms waren sie verdickt. Karin hatte bisher geglaubt, dass sie an dieser Seite lediglich verstärkt waren, in dieser Verdickung war jedoch Platz genug für diese sonderbaren, kaum fingerdicken Stäbe.

Ron lachte. »Wenn du glaubst, dass du auch welche findest, irrst du dich. Die Spitzen sind das Kostbarste, was ein Drachenreiter besitzt. Die bekommst du nicht ohne Weiteres. *Du* kannst sie dir sowieso nicht leisten. Wir sparen von klein an darauf. Aber mach dir deswegen keine Gedanken; wir finden einen Weg.

Zuvor musst du ohnehin den ersten Treueeid leisten, sonst darfst du sie nicht benutzen.«

Karin hatte noch nie etwas Derartiges gesehen. Es waren beileibe keine einfachen Metallstäbe. Ron legte einen der Stäbe auf dem Tisch ab und sie sah, dass er sich stetig verjüngte und in einer nadelfeinen Spitze auslief; *Spitzen* hatte Ron sie genannt. Nun, spitz waren sie! Eigentlich handelte es sich um einen lang gezogenen Kegel. Aber das war nur, was sie sah. Fasziniert beobachtete sie, was Ron jetzt mit dieser *Spitze* anstellte. Genau in der Mitte hatte sie einen feinen, kaum sichtbaren Spalt. Ron hielt sie an der dünnen, unteren Hälfte und machte irgendetwas am oberen Ende, dann schob er den oberen Teil nach oben. Eine filigrane, messerscharfe, zweischneidige Klinge kam zum Vorschein. Das hochgeschobene Stück bestand aus vier Teilen. Die beiden größeren, zwischen denen die Klinge verborgen war, legten sich aneinander und bildeten den Griff, während die zwei kleineren Teile zur Seite aufklappten, bis sie senkrecht zu den Schneiden standen und die greifende Hand vor diesen abschirmten. Jetzt erkannte Karin die silbernen Dolche wieder, die die Drachenreiter in den Händen gehalten hatten, als sie den verletzten Drachen bearbeitet hatten.

Sie war so verblüfft, dass sie den Mund aufriss.

Ron lachte. »Du kannst den Mund ruhig wieder zu machen: Das ist nichts zum Essen!«

Verlegen kam sie seiner Aufforderung nach.

Doch das war noch nicht alles: Ron nahm jetzt den unteren Teil des Kegels, der den Rest der Klinge bedeckte. Was genau er damit machte, konnte sie nicht erkennen, aber plötzlich ließ er sich abziehen und Ron steckte ihn auf einen der querstehenden Teile des Griffs. Die untere Hälfte der Klinge entsprach mitnichten dem, was Karin erwartet hatte: Sie war nicht etwa die Fortsetzung des oberen Teils, vielmehr war sie V-förmig gebogen und lief, ebenso wie der untere Teil des Kegels, in eine nadelfeine Spitze aus. Die beiden Klingenteile gingen nahtlos ineinander über. Der ganze Dolch – oder besser die ganze Spitze – war ein filigranes, zerbrechlich aussehendes Gebilde und Karin zuckte zusammen und sah es im Geiste schon in tausend Stücke zerbrechen, als Ron es jetzt in die Tischplatte hieb. Aber das passierte nicht. Die V-förmige Klinge war erstaunlich leicht in die schwere Tischplatte eingedrungen und steckte dort mehrere Zentimeter tief fest. Welches Material war so widerstandsfähig, das auszuhalten?

»Du kannst sie ruhig in die Hand nehmen«, ermunterte Ron Karin, als sie das silberne Metall vorsichtig mit der Fingerspitze berührte. Er nahm die andere Spitze, klappte den Griff auf und stieß auch sie in die hölzerne Tischplatte. Allerdings, ohne vorher den unteren Teil der Klinge freizulegen. Auch das kegelförmige Ende bohrte sich in die Tischplatte, nur nicht so weit wie das V-förmige.

Karin griff nach der ersten Spitze. Sie ließ sich mühelos aus dem Holz ziehen. Sie wollte die untere Hülle vom Griff lösen. Es ging nicht. Sie nahm die andere Spitze und mühte sich, den unteren Teil freizulegen, aber auch das gelang ihr nicht. Zuletzt versuchte sie, den Griff wieder zusammenzuklappen und über die Klinge zu schieben, was zu ihrem Verdruss ebenfalls nicht funktionierte. Ron sah ihr schmunzelnd zu.

»Wie das geht, sagt man dir, wenn du Eigene bekommst«, erklärte er.

Sie legte die Spitze etwas enttäuscht auf den Tisch zurück. »Und zu was ist sie gut, außer sie einem Drachen in die Ohren zu rammen?«

Ron lachte herzhaft. »Das kommt eher selten vor«, sagte er, noch immer schmunzelnd. »Hauptsächlich dienen die Spitzen dazu, einen Drachen zu putzen, seine Schuppen zu heben und Drachendornen zu entfernen. Außerdem … was schaust du mich so an?«

»Wieso sollte ich einem Drachen seine Dornen abschneiden?«, fragte Karin entsetzt, was Ron abermals zum Lachen brachte.

»Du hast mich vollkommen falsch verstanden! Es passiert oft, dass sich jemand einen Drachendorn einspießt. Das gilt für Menschen ebenso wie für Drachen. Meist bricht der Dorn dabei ab und steckt fest. Und mit den Spitzen kann man einen eingespießten Dorn fast immer herausholen.«

»Ach so!« Jetzt musste Karin ebenfalls lachen.

»Außerdem«, fuhr er fort, »kann man damit hervorragend Lederriemen zuschneiden, spalten oder Löcher hineinbohren.

Du solltest dir angewöhnen, immer ein paar Riemen im Gepäck zu haben. Oft genug reißt ein Riemen am Sattel und wenn du unterwegs bist und keinen Ersatz bei dir hast, wirst du feststellen, dass es nahezu unmöglich ist, auf einem ungesattelten Drachen zu sitzen, ohne sich eine Handvoll Dornen in die Kehrseite und die Beine zu rammen. Das solltest du dir ersparen! Und …«

Er griff sich eine Spitze und machte etwas an ihrem Griff. Dann schüttelte er sie kurz und aus dem hohlen Griff fielen zwei kleine Bündel auf den Tisch.

»… das Flickzeug solltest du auch regelmäßig kontrollieren. Es gibt ungefähr tausend Gelegenheiten, bei denen du es brauchst.«

Karin betrachtete die kleinen Bündel näher. Eines enthielt verschiedene Nadeln. Das andere enthielt etliche, unterschiedlich dicke Fäden. Einige davon sogar aus Leder.

»Und in der anderen Spitze?«, fragte sie.

Er nickte und öffnete auch hier den Griff. Heraus fielen zwei seltsame, raue Stäbchen und ein Tütchen mit einem bräunlichen Pulver. Er sah sie erwartungsvoll an, aber sie hatte keine Idee dazu.

»Nun?«, fragte er.

»Keine Ahnung!«

»Gar keine?«

Sie schüttelte den Kopf.

»Na, ich denke, du warst schon mit Sora unterwegs?«, hakte er nach, was ihr auch keine Erleuchtung brachte.

»Zum Feuer machen«, löste er das Rätsel auf. Er zeigte ihr, wie sie die Stäbchen aneinander reiben musste, dass es kräftige Funken gab. »Und eine kleine Prise von dem Pulver musst du vorher auf dein erstes Brennmaterial geben, damit es anbrennt. Dafür nimmst du am besten trockenes Moos oder Gras und ganz feine Ästchen – oder je nachdem auch trockenen Dung und in den Feuerbergen auch zerriebene und gestückelte Rotpilze. Das ist zwar etwas umständlich und dauert seine Zeit, bis du ein schönes Feuer hast, aber komm ja nicht auf die Idee, deinen Drachen um Feuer zu bitten! Das ist bei Alltagsdingen verboten!«

Er reichte ihr die Stäbchen und Karin rieb sie so aneinander, wie er es vorgeführt hatte. Er nickte zufrieden, als ein paar kräftige Funken entstanden.

»Und noch etwas«, sagte er, während er die Stäbchen wieder an sich nahm. »Kelim hat mir gesagt, dass ich dir das besonders ans Herz legen soll: Die Spitzen sehen zwar aus wie kleine Dolche, aber es sind keine Waffen! Du weißt, dass ein Drachenreiter keine Waffen tragen darf, außer dem Jagdbogen?«

»Nein, das hat mir bis jetzt noch niemand gesagt.«

»Jetzt weißt du es. Und das heißt, dass du die Spitzen niemals und unter keinen Umständen als Waffen verwenden darfst!«

»Unter keinen Umständen?«

»Unter keinen! Sie werden dir niemals dazu dienen, dein Leben oder das eines anderen zu verteidigen und du wirst niemandem damit drohen, ihn verletzten oder gar Schlimmeres! Hast du das verstanden?«

Es klang sehr wichtig, so wie es Ron vortrug. Ähnlich wichtig, wie das Verbot zu lügen. Bei der Lüge ging es ums Vertrauen. Und hier?

»Ja. Aber warum?«

»Dafür haben wir die Drachen. Drachen kämpfen. Und Drachen töten. Deswegen dürfen *wir* es nicht. Das steht in der Gemeinschaftsordnung: Da Drachen kein Mitleid zeigen, sollen wir genau gegensätzlich handeln, um den Drachen ein Vorbild zu sein. Sonst würden unsere Drachen erbarmungslos über alles herfallen, was sich in ihrer Nähe befindet – auch über unschuldige Dörfer, wie es manchmal wilde Drachen tun.«

Während Karin diese Neuigkeit verdaute, packte er die Bündel wieder in die Griffe, klappte dann die Griffe mit wenigen Handgriffen ein und nur einige Augenblicke später waren die Spitzen in seinen Armmanschetten verschwunden.

Wie funktionierte das nur? Und wieso konnte man so etwas Filigranes einfach in eine massive Holzplatte rammen, ohne dass es zerbrach?

»Hast du noch eine Frage dazu?«, erkundigte sich Ron.

»Nein, tausende.«

Ron lachte. »Erst mal eine.«

Eine … Sie fragte das Erstbeste, das ihr einfiel.

»Aus welchem Material sind die Spitzen?«

»Aus Armatin.«

»Was ist das?«

Wieder lachte er. »Ich fürchte, wir sitzen morgen früh noch hier, wenn du zu jeder Antwort eine weitere Frage stellst! Aber bitte: Das ist ein sehr seltenes Metall aus den Feuerbergen. Genau gesagt, bestehen die Spitzen hauptsächlich aus einer Silber-Armatin Legierung und noch ein paar weiteren Metallen, aber ich muss zugeben, genaueres weiß ich auch nicht. Da müsstest du schon unsere Spitzenschmiede fragen und ich glaube nicht, dass sie dir das Geheimnis der genauen Zusammensetzung verraten. Für eine Frage ist wohl noch Zeit, bevor die beiden aufgeräumt haben.«

Jetzt bemerkte sie, dass das Geräusch des aus dem Schlauch spritzenden Wassers aufgehört hatte. Sie überlegte kurz, dann fragte sie:

»Wenn ich keine Waffen tragen darf und nicht kämpfen darf, darf ich mich dann überhaupt verteidigen?«

»Natürlich«, beruhigte er sie. »Wenn du angegriffen wirst, darfst du dich mit allem verteidigen, was du findest – nur nicht mit den Spitzen und nur solange, bis du außer Gefahr bist. Und angreifen darfst du auch, allerdings nur mit dem Jagdbogen oder deinem Drachen. Und nur aus zwei Gründen. Und die möchte ich jetzt von dir hören.«

Sie kannte die Drachenreiter inzwischen gut genug, um nicht lange überlegen zu müssen.

»Um die Drachen oder die Gemeinschaft zu schützen.«

Ron nickte sichtlich zufrieden mit ihrer Antwort.

»Es sieht so aus, als würden wir bald einen neuen Drachenreiter bekommen. So und jetzt noch kurz zu deiner Nachtwache.«

Er erklärte ihr in wenigen Sätzen, worauf es ankam und begleitete sie noch zum Nest.

Dann war sie allein in einer riesigen Drachenhöhle und musste sich vor ungebetenem Drachenbesuch in Acht nehmen. Das erinnerte sie stark an ihre erste Nacht in der Falle. Nur dass sie dort angekettet gewesen war. Sie setzte sich, den Eingang zur Höhle im Blick, auf den Nestrand und wartete. Obwohl sie hundemüde war, kam sie nicht in Gefahr einzuschlafen; sie war viel zu aufgeregt dafür. Außerdem hatte sie Hunger, das hielt sie zusätzlich wach. Sie hätte sich gerne die Eier angesehen, doch es war zu dunkel dazu. Außerdem hatte Ron gesagt, dass sie die Eier auf keinen Fall berühren durfte, sonst würde das die Mutter riechen und im schlimmsten Fall versuchen, die Eier woanders hinzubringen. So saß sie einfach da und wartete. Nach ein paar Stunden begann ein schwaches, rötliches Licht den Höhleneingang zu erhellen und sie stieg vom Nest und ging nach vorne bis zum Rand der Höhle.

Am Himmel hing ein kleiner, voller Mond, aber er leuchtete nicht fahlgelb, sondern rot. Gleich daneben hing die schmale Sichel eines gelben Mondes, so wie Karin es kannte.

Lange stand sie da und starrte in den Himmel. Der rote Mond machte ihr unmissverständlich klar, dass sie nicht zu Hause war, dass sie in einer völlig fremden Welt gefangen war. Nicht einmal etwas so Groteskes wie ein Drache hatte ihr dieses Gefühl der Fremde so vermitteln können, wie dieser kleine, rote Mond da oben am Himmel. Es war nicht ihre Welt. Es war eine völlig andere Welt. Und sie war allein. Sie schluckte und hatte plötzlich einen dicken Kloß im Hals. Sie würde sich hier niemals zu Hause fühlen! Dann dachte sie an Niro. In seiner Nähe fühlte sie sich geborgen. Und an Sora, die eine richtig gute Freundin war. Und natürlich an Mara. Auch Mara war fremd. Aber Karin war – ja, sie konnte es ruhig sagen – sie war ihr verfallen. Seit ihre Drachenwoche begonnen hatte, hatte sie ihren Drachen nicht mehr gesehen und sie zählte ungeduldig die Stunden, bis sie das endlich wieder durfte. Und dann würde es auch egal sein, wenn am Himmel ein roter Mond hing. Langsam ging sie zurück zum Nest und kletterte auf den Rand.

Allmählich legte sich ihre Aufregung und auch der Hunger verlor seine Macht über sie. Ihre Müdigkeit war nahe daran, sie in die Knie zu zwingen und als ihr tatsächlich für einen Augenblick die Augen zufielen, beschloss sie, ein bisschen herumzugehen. Vorübergehend half das auch, aber bald wurde ihr das Herumlaufen zu anstrengend und sie setzte sich wieder auf das Nest. Als sie zum zweiten Mal fast einnickte, fragte sie sich verzweifelt, wie sie den Rest der Nacht überstehen sollte.

Der rote Mond war weitergezogen und das rötliche Licht wurde schwächer. Plötzlich hörte sie ein scharrendes Geräusch vom Eingang her. Sofort war sie wieder hellwach. Im schwachen

Mondlicht entdeckte sie eine kleine Gestalt, die vorsichtig in die Höhle kroch. Ein Drache war es nicht; die Gestalt war flach und reichte Karin kaum bis zu den Knien. Aber was war es dann? Mit klopfendem Herzen ging sie näher heran. Schließlich erkannte sie die Umrisse einer Krabbe. Im ersten Augenblick war sie erleichtert, dann sah sie die riesigen Scheren. Das war eine Monsterkrabbe! Konnte die Krabbe den Eiern gefährlich werden? Wahrscheinlich nicht.

Aber ihr.

Eine der Scheren schnappte mit einem unangenehmen Laut zu und Karin sah sich nach etwas um, womit sie sich verteidigen konnte. Sie lief zum Nest und bewaffnete sich mit einem großen, stabilen Stock, den sie aus dem Nest zog. Und das war auch nötig! Die Krabbe war ihr gefolgt und versuchte, sie mit ihren Scheren zu packen. Stattdessen erwischte sie den Stock, den sie glatt durchschnitt. Karin stieß mit dem verbliebenen Rest des Stockes nach der Monsterkrabbe, um sie auf diese Weise auf Abstand zu halten.

»Hau ab, du Mistvieh!«, brüllte sie und die Krabbe zuckte zusammen und hielt einen Augenblick still. Sie fuhr fort, die Krabbe anzubrüllen und bei jedem Wort zuckte diese zusammen und verharrte, so dass Karin sie mit dem Stock jedes Mal ein Stück zurückschieben konnte, ehe sie wieder nach vorne drängte. Ermutigt durch diesen Erfolg hörte sie nicht auf, die Krabbe anzuschreien, und drängte sie so langsam zurück zum Ausgang. Plötzlich drehte sich diese um und machte sich davon. Karin folgte ihr und sah, wie sie hastig die Felswand hinunterkletterte. Etwas zu hastig: Sie verlor den Halt und plumpste mit einem lauten Platsch ins Meer. Erleichtert atmete Karin auf.

Langsam ging sie zum Nest zurück und setzte sich. Draußen begann es allmählich hell zu werden und sie atmete auf. Das Schlimmste hatte sie wohl hinter sich. Doch kaum hatte sie den Gedanken zu Ende gedacht, als sie ein Flattern hörte und ein Drache im Eingangsbereich der Höhle landete. Kam die Mutter zurück? Der Drache war nicht sehr groß. Das passte zu der Beschreibung, die sie von Ron bekommen hatte. Sie stand auf und ging dem Drachen langsam entgegen. Doch irgendetwas stimmte nicht. Der Drache sah sich viel zu vorsichtig um und schnupperte unablässig. Inzwischen war es so hell, dass sie seine Umrisse gegen den Höhleneingang gut erkennen konnte. Er hatte ziemlich raue Schuppen. Auch sein Kopf war mit kräftigen Dornen ausgestattet. Es war ein Männchen! Karin schluckte. Und es schien blau zu sein. Sie spürte, wie ihr der Schweiß ausbrach. Jetzt durfte sie keinen Fehler machen.

»He du!«, rief sie. »Komm mal her!«

Das machte der Drache auch. Er beschnupperte sie und knurrte dabei ärgerlich. Es passte ihm überhaupt nicht, dass jemand in der Höhle war. Karin wappnete sich gegen den unvermeidlichen Stoß. Als der Drache sie dann anstieß, bekam sie seinen Ärger zu spüren: Sie wurde mehrere Meter weit weggestoßen. Aber sie schaffte es, auf den Füßen zu bleiben. Erleichtert begann sie, den Drachen wegen des heftigen Stoßes zu beschimpfen und belegte ihn mit etlichen, nicht gerade schmeichelhaften Bezeichnungen.

Überrascht von ihrer heftigen Reaktion, wich er ein Stück zurück, bevor er abermals zum Nest strebte.

Sie stellte sich ihm in den Weg.

»Hier hast du nichts verloren!«, bellte sie ihm entgegen und drückte gegen eines seiner Vorderbeine. Sie stemmte sich mit aller Macht dagegen. Erst glaubte sie, dass er sie gar nicht beachten würde, aber dann setzte er das Bein ein Stück zurück. Erleichtert stemmte sie sich jetzt gegen das andere Bein.

»Zurück mit dir!«, befahl sie ruhig, aber bestimmt und er wich langsam zurück. Als sie ihn bis zum Höhleneingang zurückgedrängt hatte, ließ sie in ihren Bemühungen nach und lobte ihn.

»So ist es brav«, sagte sie und als er den Kopf senkte, kraulte sie ihn ein wenig hinter den Ohrstacheln. »Und jetzt flieg los. Ab in den Sonnenaufgang, das macht dir bestimmt Spaß!«

Und der Drache drehte sich um und flog davon.

Karin setzte sich an Ort und Stelle erst einmal hin. Sie zitterte am ganzen Körper vor Anspannung und wohl auch vor Erschöpfung und Müdigkeit – und ein bisschen auch vor Freude über ihren Erfolg. Sie hatte es geschafft! Sie hatte den Drachen von sich überzeugt – dieser Teil war wohl kein besonderes Kunststück; sie war schließlich ein Drachenkind – und er hatte ihr gehorcht, obwohl ihr Wille so gar nicht dem seinen entsprochen hatte. Langsam stand sie auf und ging zum Nest zurück. Im Licht der aufgehenden Sonne glänzten die beiden Eier wie Perlmuttperlen und sie hätte sie gerne angefasst, um zu spüren, wie sie sich anfühlten. Leider war das verboten. Kaum hatte sie sich hingesetzt, flatterte es erneut und ein etwas größerer, blauer Drache landete in der Höhle. Sie fuhr erschrocken hoch, dieses Mal war es allerdings die Mutter. Eilig strebte sie zum Nest. Erst knurrte sie Karin böse an, doch als sie sah, dass ihre Eier unversehrt waren, schnupperte sie nur einmal kurz an ihr und stupste sie ein klein wenig an, dann setzte sie sich sofort auf ihre Eier und steckte den Kopf unter einen Flügel. Kurze Zeit später war sie eingeschlafen. Karin stand daneben und fühlte sich übergangen. Sie stemmte die Hände in die Hüften. Da hatte sie alles gegeben, um die Eier zu verteidigen, und dann ignorierte die Drachenmutter sie einfach. Beleidigt drehte sie dem Nest den Rücken zu und schlüpfte aus der Höhle. Im Nebenraum empfing sie kein geringerer als Rodan.

Er hatte Mühe, sein Lachen zu unterdrücken.

»Was hast du denn erwartet?«, fragte er. »Dass dir der Drache dankbar vor die Füße fällt?«

Er wartete ihre Antwort nicht ab und wandte sich zum Ausgang. »Komm mit«, sagte er.

Ihr blieb nichts anderes übrig, als ihm zu folgen.

Er führte sie in die große Halle.

Sie waren nicht die einzigen dort. Ron und Kelim waren ebenfalls in der Halle und redeten auf Niro ein.

Rodan erklärte ihr kurz, dass sie beschlossen hatten, ihr eine andere Aufgabe als üblich für ihren letzten Tag zu geben, da sie zu wenig von den Gefahren ihrer Welt wüsste. Und dass sie diese Aufgabe zusammen mit Niro erledigen sollte, da dieser beweisen wollte, dass er so weit wiederhergestellt war, um es mit dem Sonnendrachen aufzunehmen.

Karin sah Niro überrascht an. Er war doch noch lange nicht wieder gesund. Doch er war vollständig angezogen. Allerdings sah es nicht sehr gut aus: Niros frühere Sachen hatte der goldene Drache ruiniert und das, was er jetzt trug, war bis auf das Hemd alles andere als neu: Der Brustpanzer war zerkratzt und fleckig und der Hose sah man an, dass sie schon mehrmals geflickt worden war. Auch die Stiefel waren alt und abgewetzt. Karin schämte sich fast in ihrer nahezu nagelneuen Ausrüstung, die Sora ihr überlassen hatte, aber Niro schien sich nichts daraus zu machen. Rodan und Kelim wünschten ihnen noch viel Glück, bevor sie die große Halle verließen. Ron winkte Karin zu sich.

»Verlass dich im Zweifelsfall auf Niros Erfahrung und tu, was er sagt«, sagte er, dann ging auch er.

Bis auf einen einzelnen Drachen, der dösend in einer Ecke lag, waren sie jetzt allein in der großen Halle. Niro nahm Karin an der Hand und ging mit ihr zu dem Drachen hinüber. Jetzt erkannte sie Mahur und sie kraulten ihn zur Begrüßung ein wenig hinter den Ohrstacheln.

»Und jetzt?«, fragte sie.

Niro grinste. »Jetzt wird erst einmal gefrühstückt.« Er zog aus seinen Hosentaschen zwei Päckchen hervor, die zwei köstliche Honigbrote enthielten. »Schau nicht so überrascht. Nachdem ich dich gestern um dein Mittagessen gebracht habe, ist es doch das Mindeste, dir wenigstens einen kleinen Imbiss zukommen zu lassen.«

Karin lachte und nahm eines der Brote. »Danke! Ist das denn vorgesehen?«

»Nicht, dass ich wüsste. Aber verboten ist es auch nicht.«

Sie setzten sich auf den Boden und ließen es sich schmecken. Danach machten sie sich an die Arbeit und sattelten Mahur.

»Du steuerst«, sagte Niro, als sie oben saßen.

»Wohin?«

»Das sage ich dir schon.«

Sie flogen weit aufs Meer hinaus, bis sie zu einer Gruppe flacher, schwarzer Felsen kamen, ähnlich denen, die Mara für ihre Flugübungen benutzt hatte. Jetzt endlich erfuhr Karin, was ihre Aufgabe war: Sie sollten eine blaue Seeschlange einfangen und lebendig nach Hause bringen. Als sie erfuhr, welche Rolle Niro dabei spielte, wurde sie blass: Er musste den Köder spielen und die Seeschlange aus dem Wasser locken, dann musste Karin sie mit dem Netz einfangen. Genauer gesagt, musste Mahur das Netz über die Schlange werfen. *Sie* musste Mahur dazu bringen, das Netz im richtigen Augenblick loszulassen. Verpasste sie den Moment, würde die Seeschlange zubeißen …

»Du kannst das«, beruhigte Niro sie. »Vertrau auf deine Fähigkeiten und auf das, was du diese Woche von Ron gelernt hast.«

Ohne weitere Worte stieg Niro auf den Sattel und sprang hinter Mahur ins Wasser. Nervös ließ Karin den Drachen dicht über dem Wasser um Niro kreisen. Dieser deutete nach oben. Widerwillig ließ sie Mahur aufsteigen. Sie beugte sich zur Seite, um zu kontrollieren, ob er das Netz richtig zwischen seinen Füßen hielt, aber sie konnte nichts sehen. Sie versuchte, sich damit zu beruhigen, dass Mahur ein erfahrener Drache war, der schon unzählige Male mit dem Netz unterwegs gewesen sein musste. Jetzt öffnete Niro den kleinen Beutel mit dem Sirup, dem die Seeschlangen angeblich nicht widerstehen konnten und eine rötliche Flüssigkeit verbreitete sich im Wasser und wurde von der Abwärtsströmung am Rand der Felsen in die Tiefe gezogen. Niro schwamm dicht an den Felsen heran, bereit schnell herauszuklettern, und fing an, mit der flachen Hand aufs Wasser zu klatschen. Angestrengt starrte Karin ins Wasser. Sie durfte nicht zu tief fliegen, sonst würde die Schlange sie bemerken und nicht weit genug aus dem Wasser kommen. Aber je höher sie flog, desto länger würde es dauern, bis sie bei Niro war …

Da! Ein dunkler Schatten stieg von unten herauf. Sie ließ Mahur wie vereinbart kurz aufbrüllen und Niro kletterte halb aus dem Wasser, schlug dabei aber weiterhin mit der Hand auf die Wasseroberfläche. Jetzt hatte ihn die Seeschlange entdeckt! Pfeilschnell schoss sie heran. Sie war riesig und fast so dick wie ein Baum. Niro musste sie längst gesehen haben, er kletterte jedoch nicht aus dem Wasser. Dann tauchte die Schlange neben ihm auf und riss ihr Maul auf. Niro holte aus und schlug ihr mit der flachen Hand aufs Auge. Die Schlange zuckte zurück und stieß einen seltsamen hohen Ton aus, ehe sie sich wütend aufbäumte und nach Niro schnappte. Der war inzwischen aus dem Wasser geklettert und wich der Schlange, die ihm mit hocherhobenem Kopf an Land folgte, geschickt aus. *Jetzt!*, dachte Karin, aber Niro gab das vereinbarte Zeichen nicht. Mahur flatterte, so wie sie es befahl, auf der Stelle, bereit, sich in die Tiefe zu stürzen, doch Niro gab das Zeichen immer noch nicht. Die Kiefer der Schlange schnappten immer wieder gefährlich nahe neben ihm zu und er hatte immer mehr Mühe, rechtzeitig auszuweichen. Die Folgen der Bissverletzung machten ihm nicht wenig zu schaffen, trotzdem gab er ihr noch immer kein Zeichen. Erneut gab die Schlange diesen unangenehmen, hohen Ton von sich und gleich darauf ertönte ein Zweiter. Karin erstarrte: Eine weitere Schlange kroch aus dem Wasser und auf Niro zu. Die zweite Schlange war fast noch größer als die erste. Wenn er ihr jetzt nicht das Zeichen gab, würde sie ohne seine Zustimmung eingreifen müssen. Ihre Hände begannen zu zittern. Endlich, als die zweite Schlange ihn schon fast erreicht hatte, hob Niro die Hand und Karin ließ Mahur hinunterstürzen. Im letzten Augenblick, bevor die Schlangen zubissen, warf er das Netz über sie und stieg wieder nach oben. Das Netz zog sich zu und die Schlangen baumelten einige Meter unter seinem Bauch, sicher verwahrt im Netz. Aber wo war Niro? Wenn er sich nicht flach auf den Boden geworfen hatte oder Mahur zu tief geflogen war, war er jetzt auch im Netz gefangen – zusammen mit zwei wütenden Seeschlangen. Angestrengt sah Karin nach unten. Niro stand wartend auf dem Felsen, die Arme weit zur Seite gestreckt. Sie atmete erleichtert auf und ließ Mahur Kurs auf Niro nehmen. Dieser hob die Arme. Während der Drache den Kopf nach unten streckte und seinen Rachen aufriss, kam ihr der Gedanke, dass das für Niro der wohl weitaus schwierigere Teil der Prüfung war. Den Schlangen hatte er fast mühelos Paroli geboten, aber still zu halten, wenn Mahur ihn sich mit den Zähnen schnappte und das, nachdem ihn der goldene Drache mit einem ähnlichen Biss beinahe umgebracht hatte, war eine besondere Herausforderung. Der Schrei, den Niro ausstieß, als der Drache zuschnappte, bestätigte ihre Vermutung. Nichtsdestotrotz ließ Mahur ihn wohlbehalten in den Sattel gleiten und sie gab unendlich erleichtert den Befehl zum Rückflug.

Als sie mit ihrer Beute in der großen Halle landeten, wurden sie begeistert empfangen. Karin und Niro fanden kaum Zeit, Mahur ein wenig zu kraulen, dann wurden sie schon in einen kleinen Nebenraum gebracht, wo sie Ron, Rodan und Kelim berichten mussten. Um Mahur und ihren Fang kümmerten sich andere.

Niro grinste, als Karin von ihrer Angst, zu spät einzugreifen, berichtete.

Ron legte ihr die Hand auf die Schulter.

»Ich habe dir doch gesagt, du sollst dich auf Niros Erfahrung verlassen. Und da du das ja auch so gemacht hast, ist alles in Ordnung.«

Nur Rodan war nicht zufrieden: »Ihr hattet den Auftrag, *eine* Schlange einzufangen«, sagte er. »Niro, es war leichtsinnig von dir, so lange zu warten. Du bist noch nicht völlig wiederhergestellt. Musst du denn immer bis an die Grenze gehen? Du bist aus dem Alter raus, in dem man meint, sich ständig beweisen zu müssen! Niemand hält dich für schwach, wenn du ein bisschen vorsichtiger bist, solange du nicht vollständig genesen bist.«

»Doch!«, widersprach Niro. »Der Sonnendrache. Und ich will ihm endlich zeigen, dass ich mit ihm fertig werde!«

Ron lächelte nachsichtig. »Lass es gut sein, Rodan. Wir waren auch mal jung. Geduld ist keine Eigenschaft der Jugend.«

»Nein«, seufzte Rodan, »das ist sie nicht. Und ein paar von meinen grauen Haaren habe ich genau diesem Umstand zu verdanken.«

Ron lachte, aber Kelim blieb ernst.

»Ob jung oder nicht, wir sollten uns langsam auf den Weg machen, Kastor die Ehre zu erweisen, sonst geht der Tag zu Ende, ohne dass wir zum Ende gekommen sind«, wechselte er das Thema.

Rodan nickte und stand auf. »Komm, Karin, jetzt musst du noch einmal alles geben!« Er warf einen Seitenblick auf Niro. »Mal sehen, wer besser ist.«

Niro grinste siegessicher zu Karin herüber und sie wünschte sich, sie wüsste, was ihr bevorstand. Doch bisher hatte es ihr niemand gesagt und sie konnte nur ratlos mit den Schultern zucken.

Nachdem sie ihr übliches Programm bei Kastor mehr schlecht als recht hinter sich gebracht hatte, musste sie zu ihrer Überraschung gegen Niro am großen Parcours antreten. Niro durfte nur dann wieder mit den Drachen arbeiten, wenn er sie schlug. Da sie inzwischen eine Menge gelernt hatte und Niro sein rechtes Bein und seinen rechten Arm nicht voll belasten konnte, war der Ausgang dieses Wettlaufs durchaus ungewiss. Sie durfte sich vorher noch einen halben Uhrumlauf ausruhen, um sich wenigstens ein bisschen zu erholen, dann ging es los. Aber sie hatte keine Chance. Trotz seines Handicaps bewegte Niro sich deutlich schneller und sicherer durch den Parcours und am Ende der vereinbarten Zeit hatte er es zwar nicht ganz bis zum Ziel geschafft, doch es hatte nicht mehr viel gefehlt. Sie hatte nicht einmal die Hälfte der Strecke bewältigen können. Also durfte Niro wieder zu den Drachen.

Mittags war sie dann zu müde zum Essen. Sie schob ihre Suppe zur Seite und beobachtete träge Sora und Niro, die neben ihr am Tisch saßen und ihre Suppe mit Appetit löffelten, dann schloss sie die Augen. Bevor sie vollends einnickte, nahm Niro sie an der Hand und sie schreckte hoch.

»Karin, ich brauche dich«, sagte er leise und nahm auch Soras Hand. »Und dich auch, Sora. Ohne euch schaffe ich es nicht. Bitte, lasst mich jetzt nicht im Stich und kommt mit!«

»Ich muss packen«, widersprach Sora.

»Das kannst du später auch noch.«

»Und ich werde dir wenig nützen, wenn ich schlafe«, murmelte Karin.

Niro lachte. »Das werde ich zu verhindern wissen. Aber ich garantiere dir, dass du auch ohne mein Zutun nicht einschlafen wirst.« Er stand auf und zog sie hoch. »Beeilt euch! Es dauert ein bisschen und ich möchte nicht, dass Karin zu spät zu Ron kommt. Die Mittagspause ist nicht lang.«

Er führte sie eilig durch die Gänge und bald war ersichtlich, wohin sein Weg führte: zur Falle.

Mara war da – und der goldene Drache ebenfalls. Er umgarnte Mara und stieß sie immer wieder an, allerdings schob Mara ihn jedes Mal grob zur Seite.

»Sie will immer noch nicht«, wunderte sich Sora.

»Vielleicht liegt es am Füttern?«, mutmaßte Karin. »Ich – und vor allem Niro haben da sicher Einiges durcheinandergebracht.«

»Kann sein«, meinte Sora. Dann sah sie Niro in die Augen. »Und du bist ganz sicher, dass …«

»Ja«, unterbrach er sie. »Ich bin mir sicher, dass ich es will! Aber ich brauche euch, sonst schaffe ich es nicht. Bleibt bei mir, ich brauche etwas, woran ich mich festhalten kann.«

»Ich glaube nicht …«, begann Sora, doch er ließ sie abermals nicht ausreden.

»Ich habe das nicht wörtlich gemeint. Es genügt, wenn ich dich sehen kann. Karin möchte ich allerdings ganz bei mir behalten. Wenn ich ihre Hand halten kann, werde ich es schaffen.«

Karin merkte, wie sie rot anlief, und sah schnell zur Seite.

»Sag mal«, sagte sie und sah sich um. »Weiß außer uns jemand, dass wir hier sind? Wir sind ganz allein.«

Niro grinste. »Ja und nein. Rodan weiß, dass ich es heute noch wagen will, nachdem ich meine Vorgaben erfüllt habe. Aber niemand weiß, dass wir schon jetzt hier sind. Ich will keine Zuschauer, ihr zwei seid genug. Und jetzt schnell, bevor ich zu denken anfange und das bisschen Mut, das ich mühsam zusammengekratzt habe, wieder verliere.«

Er begann sich auszuziehen und Karin folgte etwas zögerlich seinem Beispiel. Niro wollte sich wirklich füttern lassen! Sie hoffte, dass es genügen würde, seine Hand zu halten.

Es genügte. Es war zwar knapp und Niro packte sie so fest an der Hand, dass er ihr fast das Handgelenk brach, doch er hielt durch. Als es vorbei war, stieß Sora einen lauten Jubelschrei aus.

Inzwischen hatten die anderen gemerkt, dass Niro verschwunden war. Wohin, war nicht schwer zu erraten, und ein Drachenreiter nach dem anderen steckte seinen Kopf durch die Schlupflöcher, um sich das Schauspiel anzusehen.

Niro setzte sich auf und ließ Karins Hand los. Er wischte sich die Drachenmilch aus dem Gesicht und sah Karin an. Sein Blick sprach Bände und sie wusste Bescheid: Nun war es doch noch passiert; Niro war wie sie zum Drachenkind geworden! Er schleckte sich die Drachenmilch von den Fingern, als hätte er Honig daran und sagte dann: »Marmelade schmeckt besser.«

Karin prustete los. Ein forderndes Fauchen ließ sie verstummen. Der goldene Drache war zum Nest herüber gekommen und forderte von Niro, sich testen zu lassen. Niro stand auf.

»Moment noch, Junge!«, sagte er im Befehlston und deutete auf den Drachen. »Warte hier, ich bin gleich zurück!«

Er nahm Karin wieder an der Hand und schlüpfte mit ihr aus der Höhle. Der goldene Drache knurrte unwillig, durch die Löcher konnte er ihnen allerdings nicht folgen. Niros Blick fand Keno in der Menge.

»Wo?«

Keno deutete zu einem der Ausgänge. »Gleich links.«

Karin lachte, als sie in der angegebenen Richtung zwei gefüllte Badewannen entdeckte.

»Schnell!«, mahnte Niro und sprang in eine der Wannen.

Nach einer Blitzwäsche zogen sie sich an und mit der Hilfe einiger Drachenreiter dauerte es nur wenige Minuten, bis sie zusammen mit Sora wieder in die Falle schlüpfen konnten.

Karin und Niro bestanden die Probe der Standfestigkeit mühelos, etwas das Niro als selbstverständlich, Karin aber als großen Erfolg ansah, doch bei Sora geschah etwas Seltsames: Nachdem der Drache an Sora geschnuppert hatte, schüttelte er unwillig den Kopf und schob sie dann zum Nest, ohne sie anzustoßen. Keiner konnte sich das erklären. Sora war weder verletzt oder schwach, noch hatte sie sich mit einem *Versager* eingelassen – der Drache hätte sie akzeptieren müssen. Ratlos nahm Sora den ihr zugewiesenen Platz auf dem Nestrand ein und beobachtete von dort aus das weitere Geschehen.

Nachdem Niro und Karin den Drachen mit Fischen gefüttert hatten, drängten sie ihn unter den Seilzug und Niro legte ihm den Sattel auf. Dabei behielt er den kleinen Drachen genau im Auge. Der lag friedlich im Nest und schlief – keine Gefahr. Der goldene Drache hielt still, als hätte er diese Prozedur schon hundert Mal über sich ergehen lassen. Er hatte es inzwischen auch schon oft bei den anderen Drachen beobachtet.

Und dann flog der Drache mit Niro auf dem Rücken davon. Niro winkte noch einmal siegessicher zurück, doch Karin sah ihm mit gemischten Gefühlen hinterher. War Niro wirklich schon wieder kräftig genug, um sich im Sattel zu halten, wenn der Drache waghalsige Manöver flog? Und das, ohne sich mit den Händen festzuhalten, so wie es beim ersten Flug verlangt wurde?

Ron störte Karin in ihren Überlegungen, als er sie zu sich rief, um sie zu ihrer Flugstunde auf Furo abzuholen. Sie wandte ein, dass sie zu müde wäre, um einen Drachen zu lenken, aber Ron nahm sie einfach bei der Hand und zog sie mit sich.

»Wir werden sehen«, sagte er nur.

Furo erwartete sie flugbereit gesattelt in der großen Halle.

»Rauf mit dir!«, befahl Ron in einem Tonfall, der keine Weigerung zuließ.

Karin seufzte und versuchte es. Als sie auch beim dritten Versuch nicht oben ankam, wurde Ron ungeduldig.

»Jetzt reiß dich zusammen!«, fuhr er sie an.

Aber das half auch nicht. Beim nächsten Versuch verstauchte sie sich auch noch den linken Fuß, als sie abrutschte. Es war nicht schlimm, doch aus eigenem Antrieb würde sie jetzt nicht mehr aufsteigen können.

»Dann musst du dir eben helfen lassen«, meinte Ron, nachdem er sich ihren Knöchel angesehen hatte. »Stell dich gerade hin und streck die Arme zur Seite. Und wenn ich sage *jetzt!*, dann nimmst du sie nach oben. Los!«

Karin gehorchte. Ron sagte irgendetwas zu Furo und der kam mit aufgerissenem Rachen auf sie zu. Ihr wurde mulmig in der Magengegend, als sie die vielen scharfen Zähne darin sah. Furos Rachen war viel größer als ihr Brustpanzer, wenn auch nur ein Zahn daneben ging …

»Jetzt!«

Sie nahm ihren Mut zusammen und hob die Arme, schon spürte sie den Druck von Furos Zähnen auf ihrem Panzer. Sie konnte kaum noch atmen, aber wenige Augenblicke später saß sie wohlbehalten im Sattel. Ron kletterte hinterher und legte ihr den Taillengurt an.

»Das ist besser so. Wenn du einschläfst, fällst du mir sonst noch runter.«

Karin sagte nichts. Sie hielt beides für möglich.

Ron wollte mit ihr einen Höhenflug machen und solange Furo aufstieg, fiel es ihr nicht schwer, wach zu bleiben. Die Luft wurde immer kälter und auch das Atmen fiel mit zunehmender Höhe schwerer. Bald zitterte Karin vor Kälte. Ron ließ sie in der dünnen Luft schwierige Flugmanöver üben. Furo konnte hier oben lange nicht so gut fliegen und sie musste ihre Kommandos sehr genau und überlegt geben, um ihn nicht in Schwierigkeiten zu bringen. Endlich durfte sie Furo wieder nach unten lenken und der gehorchte freudig. Mit zunehmender Wärme kehrte auch ihre Schläfrigkeit zurück und als sie an der Steilküste entlang zurückflogen, nickte sie ein.

Sie träumte von Mara. Mara versuchte immer wieder, etwas einzufangen und in ihr Nest zu bugsieren, aber ein ums andere Mal entschlüpfte ihr ihre Beute. Dann sah sie, was versuchte davonzulaufen: Es war Sora. Sora flüchtete sich zu Karin.

»Hilf mir!«, flehte sie.

»Aber du bist noch kein Drachenkind«, hörte Karin sich sagen.

Mara schnappte sich Sora mit den Zähnen und zog sie von Karin weg. Sora klammerte sich an Karins Arm. Es tat weh.

»Au!«, rief Karin. Erneut zwickte sie etwas in den Arm.

Sie öffnete die Augen und betrachtete verwirrt die Hand auf ihrem Arm. Das war nicht Soras Hand.

»Willst du nicht langsam wieder aufwachen?«

Ron. Natürlich. Ron saß hinter ihr auf Furo und sie flogen an der Steilküste entlang.

»Wenn du jetzt nicht aufpasst, verpassen wir die große Halle«, fügte er hinzu.

Karin versuchte, sich zu orientieren, doch Furo hatte sowieso genug für heute und als sie sich der Höhle näherten, spürte sie, dass er landen wollte, und ließ ihn einfach machen.

Nachdem sie abgestiegen waren und Furo den Sattel abgenommen hatten, nahm Ron Karin zur Seite.

»Du hast etwas geträumt. Ich möchte, dass du mir sagst, was es war.«

Wozu wollte Ron das wissen? Aber sie war so müde, dass sie nicht nachfragte, sondern es ihm einfach erzählte.

»Hast du so etwas schon öfter geträumt?«, fragte er.

Sie nickte und erzählte ihm ihre Träume, in denen Sora von Mara gefüttert worden war.

»Es werden drei sein«, wiederholte Ron nachdenklich. Dann legte er ihr eine Hand auf die Schulter.

»Du musst mir etwas versprechen: Wenn du wieder einen Traum dieser Art hast, erzählst du das bitte sofort mir – oder Rodan – oder auch Kelim; nur behalte es nicht für dich!«

Karin sah ihn an. Es waren doch nur Träume. Wieso sollte sie ihre Träume erzählen? »Wenn du willst«, sagte sie schließlich.

Ron nickte. »Es könnte wichtig sein. Auch wenn du das jetzt nicht verstehst. Aber vielleicht irre ich mich ja, und es ist doch nur Zufall.«

»Was ist Zufall?«

»Deine Träume. Lass es jetzt gut sein! Vergiss nur nicht, es zu erzählen, wenn du wieder träumst! Und jetzt ab mit dir zum Baden und dann nach Hause!«

Das ließ sich Karin nicht zweimal sagen und sie schlich müde zur Badegrotte. Unterwegs kreisten ihre Gedanken um Ron und sein seltsames Interesse an ihren Träumen, aber sie konnte keinen Sinn darin finden. Und wie war es Niro ergangen? Der goldene Drache musste inzwischen längst zurückgekommen sein.

In der Badegrotte mühte sie sich mit den Bindebändern ihrer Ausrüstung ab. Aber wie meist war sie nicht allein und zwei unbekannte Drachenreiterinnen kamen ihr zu Hilfe und schrubbten sie auch kräftig ab, um die letzten Reste der Drachenmilch zu entfernen. Und hinterher halfen sie ihr beim Binden der Bänder, was das Ankleiden erheblich beschleunigte. Karin weigerte sich allerdings, ihre Schutzausrüstung anzuziehen, im Bett würde sie diese bestimmt nicht brauchen.

Kelim war nicht zu Hause und so gab es auch niemanden, der sie tadeln konnte, weil sie weder etwas zu Abend aß, noch sich die Zähne putzen ließ. Sie brachte es gerade noch fertig, sich auszuziehen, bevor sie aufs Bett und in einen tiefen Schlaf fiel.

8 Verhängnisvolle Neugier

Der nächste Morgen begann wie ein gewöhnlicher Tag und als Kelim Karin weckte, stieg ihr der Duft von heißem Tee und süßem Brei in die Nase. Es konnte zwar nicht die Rede davon sein, dass sie ausgeschlafen war, aber sie fühlte sich um vieles besser als tags zuvor.

Noch bevor sie richtig wach war, fragte sie als Erstes nach Niro.

»Er ist gut zurückgekommen«, antwortete Kelim schmunzelnd. »Die hohe Ratsversammlung fängt gleich an, da wirst du alles Weitere erfahren.«

Karin machte sich hungrig über das Frühstück her. Jetzt, da sie gut geschlafen hatte, hatte sie auch wieder Appetit und sie musste sich zurückhalten, damit Kelim auch noch etwas abbekam. Hinterher stellte dieser das Kästchen mit den ungeliebten Käfern auf den Tisch und während sie sich an die Armlehnen klammerte, um dem Drang, die Käfer auszuspucken oder zuzubeißen, zu widerstehen, erklärte er ihr, was sie im Ratssaal erwartete. Und es gab einiges, was sie sich gut merken sollte. Das lenkte sie von den Käfern ab, da sie sich auf das Gesagte konzentrieren musste und alle Käfer konnten nach getaner Arbeit unversehrt ihren Mund wieder verlassen.

Der Ratssaal war zu klein für den Andrang, der dort herrschte. Die Zuschauer saßen und standen dicht gedrängt und füllten auch einen Teil der Arena. Nur in deren Mitte war ein kleiner Raum freigeblieben, in dem einige Stühle standen. Hinter und neben dem langen Tisch saßen nicht nur die elf Ratsmitglieder, sondern auch die Mitglieder des Rates der Weisen. Kelim bahnte sich den Weg durch eine schmale Gasse zu den Stühlen in der Arena. Dort saßen schon Niro und Sora neben vier weiteren Drachenreitern, die Karin bekannt vorkamen. Als sie Kenno erkannte, fiel ihr ein, dass sie jeweils bei einem der Erkundungsflüge dabei gewesen waren. Auch Ron war auf dem Weg zu den Stühlen. Hinter ihm drängte sich Bataya mit Bel Kani an der Hand durch die Menge. Als alle ihren Platz gefunden hatten, erhob sich Rodan und hob die Hände. Sofort wurde es still im Raum.

»Drachenreiter!«, begann er. »Wir haben heute die hohe Ratsversammlung einberufen, um gemeinsam das Ende von Karins Drachenwoche zu feiern und sie als Anwärter auf die Drachenflugerlaubnis in unsere Gemeinschaft aufzunehmen. Des Weiteren kann ich euch mitteilen, dass Niro gestern den ersten Drachenflug auf dem Sonnendrachen erfolgreich hinter sich gebracht hat, nachdem dieser ihn anerkannt hatte. Dazu musste er sich vorher noch einen großen Schluck Drachenmilch genehmigen …«

Gelächter unterbrach Rodan. Er hob beschwichtigend die Hände und es kehrte rasch wieder Ruhe ein.

»… und dabei«, fuhr er ungerührt fort, »ist mit ihm dasselbe geschehen wie mit Karin: Auch Niro ist jetzt ein Drachenkind.«

War es vorher schon ruhig gewesen, so wurde es jetzt mucksmäuschenstill im Saal und alles starrte zu Niro herüber.

»In diesem Zusammenhang habe ich eine Bitte an euch«, sagte Rodan in die Stille hinein. »Wenn einer von euch – und bitte sagt jetzt nichts dazu – in letzter Zeit Träume gehabt hat, die damit in irgendeinem Zusammenhang stehen oder statt Niro Karin oder Sora – oder irgendjemand anderen betreffen, soll er später bitte zu mir kommen.«

Ein leises Murmeln erhob sich im Saal und Rodan mahnte zur Ruhe, ehe er mit seiner Rede fortfuhr.

»Da sich der Sonnendrache nun reiten lässt, wird es Zeit, ihm einen Namen zu geben. Am besten erledigen wir das gleich im Anschluss an diese Versammlung. Und dann müssen wir uns auch noch von Bel Kani verabschieden, der heute zurück in die rote Wüste fliegen wird. Außerdem gibt es noch eine weitere Verhandlung, aber dazu später mehr.

Und jetzt lasst uns als Erstes Karins Woche besprechen. Ihre Lehrer und Beobachter haben das Wort!« Rodan setzte sich wieder hin.

Der Reihe nach ergriffen Kastor, Ron und Kelim das Wort, um über Karins Erfolge oder Misserfolge zu berichten. Und auch einige weitere Drachenreiter hatten etwas über sie zu erzählen.

So erfuhr Karin, dass sie während ihrer Nachtwache überhaupt nicht auf sich allein gestellt gewesen war und zwei Drachenreiter schon auf dem Weg gewesen waren, um ihr gegen die Krabbe beizustehen, als sie entdeckt hatte, dass diese geräuschempfindlich war. Daraufhin hatten die Männer sich wieder zurückgezogen, ohne dass sie es bemerkt hatte.

Endlich war es vorbei und Karin atmete auf. Es war nicht besonders angenehm, wenn die eigenen Erfolge – und besonders die Misserfolge – so offen vor einem großen Publikum ausgebreitet wurden.

Rodan erhob sich von seinem Stuhl. »Gibt es irgendwelche Einwände gegen die Aufnahme von Karin in unsere Gemeinschaft?«

Zwei Drachenreiter aus dem Publikum meldeten sich zu Wort.

»Verehrter Rat, können wir Karin wirklich vertrauen?«, fragte der erste. »Sie kommt aus einer Welt, in der die Lüge etwas Alltägliches ist. Was, wenn sie unser Vertrauen missbraucht?«

»Ja, das hat auch den Hohen Rat beschäftigt, aber inzwischen haben ein paar von uns Karin näher kennengelernt und sind von ihren guten Absichten überzeugt. Natürlich können wir nicht sicher sein, doch kannst *du* sicher sein, dass du niemals lügen wirst?«

»Nein, das kann niemand, verehrter Rat.«

Rodan nickte erneut und wandte sich an Karin. »Karin, was sagst du dazu?«

»Ich?« Unsicher stand sie auf. Jetzt sollte sie wieder öffentlich und vor allen Leuten Rede und Antwort stehen. Sie leckte sich nervös die Lippen und überlegte fieberhaft, was sie antworten sollte. Schließlich holte sie tief Luft und beschloss, einfach darauf loszureden.

»Verehrter Rat«, begann sie, »es ist richtig, dass in meiner Welt kleinere Lügen an der Tagesordnung sind. Da das hier nicht vorkommt, ist es mir bisher erstaunlich leicht gelungen, nicht mehr zu lügen. Und ich will es auch nicht mehr! Es ist viel schöner, wenn ich dem, was gesagt wird, einfach glauben darf.«

Sie setzte sich wieder mit der Gewissheit, dass sich jeder andere besser ausgedrückt haben würde. Bei ihrem letzten Satz hatten sogar etliche Zuhörer gelacht und sie merkte, dass sie wieder einmal rot anlief.

»Nun, Karin«, meinte Rodan, der sich nicht anmerken ließ, was er von ihrer Antwort hielt, »meinst du, dass du es schaffen wirst, nicht zu lügen?«

»Ich hoffe es«, antwortete sie und vergaß beinahe wieder die offizielle Anrede. Schnell fügte sie ein »verehrter Rat« hinzu.

Rodan wandte sich zu dem Drachenreiter, der den Einwand vorgebracht hatte.

»Ich denke, das sollte uns genügen. Was sagst du dazu?«

Der Drachenreiter nickte. »Ja, verehrter Rat, mehr können wir in diesem Fall wohl nicht erwarten.«

Er setzte sich wieder auf seinen Platz und der andere Drachenreiter brachte seinen Einwand vor.

»Verehrter Rat, Entscheidungen werden von der Erfahrung beeinflusst, Karins Erfahrungen beruhen jedoch allesamt auf ihrem Leben in einer anderen Welt. Führt das nicht zwangsläufig zu falschen Entscheidungen?«

»Ja, das ist richtig und Karin kann ihr früheres Leben nicht einfach vergessen. Es wird immer – auch unbewusst – ihre Entscheidungen beeinflussen. Aus diesem Grund haben wir eine Reihe von Einschränkungen für sie vorgesehen und sie wird für lange Zeit keine eigenmächtigen Entscheidungen treffen und ist jedem von uns, der eigene Entscheidungsfreiheit genießt, zum Gehorsam verpflichtet.« Er richtete den Blick auf Karin. »Das haben wir dir aber bereits erklärt!«

Sie nickte. Kelim hatte es ihr gesagt. Doch so deutlich, wie es jetzt Rodan formuliert hatte, hatte auch er es nicht gesagt. Und es gefiel ihr nicht besonders, auch wenn die Drachenreiter damit wohl recht hatten.

Rodan wandte sich wieder dem Drachenreiter zu. »Außerdem – und das gilt für beide Einwände – hat Karin bereits die Befragung durch Hyrda hinter sich gebracht und diese hat sie den Drachen anvertraut, hat sie in die Obhut eines wilden Drachen befohlen. Das sollte uns – ungeachtet unserer Überlegungen – Grund genug sein, keine Zweifel an Karin zu haben. Gibt es noch weitere Einwände?«

Niemand meldete sich.

»Dann ist es jetzt die Entscheidung von Karin, ob sie sich uns anschließen und den Eid leisten möchte. In der Zwischenzeit können wir die Einzelheiten für den Flug in die Wüste besprechen. Wer will, kann sich solange die Beine vertreten; Reisevorbereitungen erfreuen sich normalerweise nicht eines großen Interesses der Öffentlichkeit.«

Gelächter erhob sich und nicht wenige Zuhörer erhoben sich von ihren Plätzen und drängten zum Ausgang. Karin war verwirrt. Kelim hatte gesagt, nach der Besprechung ihrer Drachenwoche müsste sie ihren Eid öffentlich leisten und jetzt verließen alle den Saal. Ein Drachenreiter kam auf sie zu.

»Komm mit, Karin!«

»Wohin?«

»Hat dir das Kelim nicht gesagt?«

Sie schüttelte den Kopf.

»Du bekommst jetzt einen halben Uhrumlauf Bedenkzeit.«

»Das brauche ich nicht!«

»Gut, so! Es ist allerdings *gute Sitte,* die Zeit abzuwarten und noch einmal genau darüber nachzudenken. Also komm!«

Er führte sie aus dem Saal und durch eine schmale Tür, die sie bisher noch nicht bemerkt hatte. Am Fuße einer steilen Treppe gab es einen engen, spärlich beleuchteten Gang, an dessen rechter Seite mehrere Türen waren. Der Drachenreiter öffnete eine der Türen und schob Karin hindurch. Der Raum dahinter war nicht viel größer als eine Toilette. Am Boden lag eine zusammengefaltete Decke, sonst war er leer. Die Tür fiel hinter ihr ins Schloss und sie hörte, wie ein Riegel davor geschoben wurde. Licht gab es keines und Karin tastete im Dunkeln nach der Decke. Sie setzte sich darauf und wartete auf das Ende ihrer Bedenkzeit. Nach ein paar Minuten konnte sie wieder etwas sehen; die Tür schloss nicht ganz und ein paar kümmerliche Lichtstrahlen fanden den Weg durch den Spalt. An der Decke über ihr entdeckte sie außerdem einen kleinen Fleck mit Leuchtbakterien oder Leuchtpilzen.

Sie sollte noch einmal genau darüber nachdenken. Also gut. Wollte sie sich wirklich den Drachenreitern anschließen? Was wäre denn die Alternative? Ohne Mara hier rumsitzen und darauf hoffen, dass irgendjemand irgendwann vielleicht ein Tor zu ihrer Welt finden würde? Nein, das wollte sie nicht! Sie wollte mit Mara fliegen! Und sie wollte da sein, wo Niro war … Und das war ein Problem. Was, wenn ein Tor gefunden würde? Mara und

Niro gab es nur hier … Zur Zeit gab es allerdings kein Tor, also half es wenig, sich darüber Gedanken zu machen.

So richtig Lust auf einen öffentlichen Eid hatte sie allerdings nicht. Vielleicht auch deshalb, weil Kelim gesagt hatte, dass das eine schmerzhafte Angelegenheit sei. Sie konnte sich allerdings nicht vorstellen, wie das gemeint gewesen war.

Ob die halbe Stunde bald um war? Vielleicht sollte sie besser sagen: Ob die Stunde bald halb gelaufen war? Manche Ausdrucksweisen der Drachenreiter unterschieden sich doch deutlich von denen, die sie gebrauchte, und brachten sie immer wieder zum Schmunzeln.

Endlich hörte sie Schritte und sie wurde abgeholt.

Als sie den Ratssaal betrat, schloss sie geblendet die Augen; der Saal war im Gegensatz zu ihrem vorigen Aufenthaltsort gut beleuchtet. Als sie sich an das helle Licht gewöhnt hatte, stellte sie fest, dass er genauso überfüllt war wie vor ihrer Bedenkzeit und ihr Herzschlag beschleunigte sich. Aber eigentlich war es einerlei, ob es zwei oder zweihundert Augenpaare waren, die sie beobachteten, es war auf jeden Fall unangenehm.

Es wurde augenblicklich still im Saal, als sie hereinkam. Der Drachenreiter führte sie in die Mitte der Arena.

»Deine Antwort!«, forderte die Stimme von Rodan.

Karin sah ihn an und nickte dann. »Ja. – Ja, ich möchte gern ein richtiger Drachenreiter werden. – Verehrter Rat.«

Wieder hätte sie beinahe die Anrede vergessen. Das fing ja gut an!

Rodan schmunzelte und er war nicht der einzige, wie sie mit einem kurzen Blick ins Publikum feststellte.

»Sehr schön«, meinte er. »Besonders, da du ein *richtiger* Drachenreiter werden willst – nicht etwa ein falscher.«

Aus dem Schmunzeln wurde Gelächter und das gesamte Publikum amüsierte sich prächtig über ihre Ausdrucksweise. Karin spürte, wie ihr das Blut in die Wangen stieg und sah schnell zu Boden. Rodan hob die Hände und es kehrte sofort wieder Ruhe ein. Wieder ernsthaft, forderte er sie auf, sich vor den kleinen Schemel, der in der Mitte der Arena stand, hinzuknien und ihre linke Hand darauf zu legen. Sie tat es etwas verwundert, da Kelim ihr davon nichts gesagt hatte. Er hatte ihr allerdings auch nicht von der Bedenkzeit erzählt. Dafür hatte er gesorgt, dass sie den Text fehlerfrei beherrschte und ihn ihr x-mal vorgesagt.

Rodan erhob sich und kam hinter dem Tisch hervor. Er zog eine seiner beiden Spitzen heraus und klappte sie auf. Er zog auch die Hülle vom unteren Teil und steckte sie an den Griff, dann ließ er sich auf ein Knie nieder, so dass er auf Augenhöhe mit ihr war. Die Hand mit der Spitze legte er auf das aufgestellte Bein ab. Kelim stellte sich links hinter sie und legte ihr die Hand auf die Schulter.

»Bist du bereit?«, fragte Rodan.

Karin nickte, ohne zu wissen, wofür sie bereit sein sollte. Rodan legte kurz seine Hand auf die ihre.

»Halt still«, sagte er leise.

Dann tauchte er die Spitze in ein kleines Gefäß, das ihm ein Drachenreiter hinhielt. Als er sie wieder herauszog, war sie mit einer schwarzen Flüssigkeit überzogen. Als er die Spitze auf ihren Handrücken aufstellte, dämmerte Karin, was ihr bevorstand und sie verkrampfte sich unwillkürlich. Kelims Hand verstärkte den Druck auf ihre Schulter und er flüsterte: »Nicht bewegen.«

Jetzt fiel Karin das seltsame schwarze V ein, das Sora an beiden Händen trug, auch Niro hatte es an der linken Hand, und wenn sie genau überlegte, musste sie zugeben, dass ihr das auch bei anderen Drachenreitern aufgefallen war. Sie schluckte. Und dann stieß Rodan die Spitze in ihre Hand, so kraftvoll, dass sie mühelos durch ihre Hand glitt und im Schemel stecken blieb. Ein kurzer Schmerzlaut entschlüpfte ihr und beinahe hätte sie ihre Hand weggezogen. Natürlich hätte die Spitze das verhindert, da sie ihre Hand am Schemel fixierte.

»Jetzt leiste deinen Eid!«, verlangte Rodan wieder für alle vernehmlich.

Karin brauchte ein paar Atemzüge, ehe sie sich so weit unter Kontrolle hatte, dass sie wieder sprechen konnte. Das hatte Kelim also mit der *schmerzhaften Angelegenheit* gemeint! Sie leckte sich die Lippen und begann: »Ich schwöre, der Gemeinschaft zu dienen mit allem, was ich bin und für sie mein Leben zu geben, sollte es nötig sein.

Ich schwöre, den Drachen zu dienen, mit allem, was ich bin, sie zu schützen, ihre Gaben zu würdigen und nur zum Wohle der Gemeinschaft und Hilfsbedürftiger einzusetzen und mein Leben für sie zu geben, sollte es nötig sein. Der Große Drache und Hyrda seien meine Zeugen.«

Als sie geendet hatte, zog Rodan die Spitze wieder aus ihrer Hand. »Sei willkommen in der Gemeinschaft der Drachenreiter, Karin, und trage das Zeichen in deiner Hand zur Erinnerung an deinen Eid.«

Ein vielstimmiges, leises, doch gewichtig klingendes »Sei uns willkommen«, kam von der Zuschauermenge.

Rodan erhob sich und ging zurück auf seinen Platz hinter dem Tisch. Dabei wischte er die schwarze Farbe von seiner Spitze.

Kelim half Karin aufzustehen und führte sie auf ihren Platz zurück. Sie besah sich ihre schmerzende Hand. Aus der Verletzung quoll mit schwarzer Farbe vermischtes Blut und drohte auf den Boden zu tropfen. Sie wollte es wegwischen. Kelim hinderte sie daran.

»Lass das!«, sagte er und griff nach seiner Tasche, die an der Stuhllehne hing. Es war Verbandszeug darin und Karin ließ sich wortlos die Hand verbinden. Als er damit fertig war, wollte Rodan wissen, ob sie noch in der Lage dazu sei, seinen Worten zu folgen. Sie bejahte. So ganz sicher war sie sich allerdings nicht. Ihre Hand begann immer stärker zu pochen und sie hielt sie hoch, wobei sie ihren Arm mit der anderen Hand stützte.

»Gut«, meinte Rodan, »dann beenden wir als erstes die hohe Ratsversammlung und eröffnen die kleine. Wir müssen nur noch eine Sache in Bezug auf Bel Kani klären, dann verhandeln wir im Fall der kleinen Sara. Ich bin mir sicher, dass das für den größeren Teil von euch nicht besonders interessant ist.«

Der Saal begann sich zu leeren und am Ende blieben nur wenige Zuschauer übrig. Auch ein Teil der Ratsmitglieder und fast der gesamte Rat der Weisen hatten den Saal verlassen.

Rodan ergriff erneut das Wort.

»Bel Kani fürchtet sich vor unseren Drachen. Er weigert sich, auch nur aufzusteigen. Der Junge hat so viel durchgemacht, dass es mir nicht recht ist, wenn wir ihn dazu zwingen müssen.«

Karin sah sich um. Aber sie konnte Bel Kani und Bataya nirgends entdecken.

»Allerdings hat er zu Karin Vertrauen gefasst und als wir ihn gefragt haben, ob er mit ihr zusammen vielleicht auf Mara steigen würde, wurde er unsicher und er hat gefragt, ob dann auch kein anderer als Karin dabei wäre. Als wir ihm das in Aussicht gestellt haben, hat er gesagt *vielleicht*. Karin, würdest du ihm Mara zeigen und ihn mit in den Sattel nehmen?«

»Gerne«, antwortete sie. »Wenn es hilft, noch mal so gerne! – ääh, verehrter Rat.«

Rodan lachte. »Du magst den kleinen Kerl, nicht?«

Karin nickte.

»Da ist noch eine Sache: Bel Kani hat uns nun doch etwas von dem Dorf erzählt. Insbesondere das, was seine Schwester ihm noch erzählen konnte. Und er hat gesagt, seine Schwester hat von fremden Männern geredet und einer davon hätte honiggelbe Haare gehabt – so wie du, Karin.« Er sah sie an. »Traust du dir zu, mit Mara und Bel Kani den Flug zu begleiten?«

»Ich?« Karin riss die Augen auf. »Ich denke, ich darf nicht allein fliegen.«

»Ja, das ist richtig. Das soll auch eine Ausnahme sein. Und du musst versprechen, genau das zu tun, was dir deine Begleiter sagen: Kenno und Sora auf Mahur und Aldo und Reno auf Xara.« Er wies mit der Hand auf die Stuhlreihe, wo die genannten Drachenreiter Platz genommen hatten.

»Und sollte tatsächlich Gar dahinterstecken, könnte es auch ein Tor geben und da Gar offensichtlich irrtümlich in deine Welt eingedrungen ist – sonst wäre er nicht so schnell wieder verschwunden – gibt es vielleicht noch ein Tor in deine Welt und der Mann mit den honiggelben Haaren könnte von dieser sein; deine Haarfarbe ist hier jedenfalls unbekannt. Deshalb sollst du dir das Dorf ansehen. Wer weiß, vielleicht findest du dort etwas, was du kennst. So richtig wohl ist uns dabei nicht, aber wenn wenigstens Bel Kani freiwillig seine Heimreise antritt, wäre das gut. Auf dem Rückflug wirst du dann nicht mehr allein im Sattel sitzen. – Hast du dazu noch irgendwelche Fragen?«

»Ich glaube nicht«, antwortete Karin, der das alles ein bisschen zu schnell ging und dachte gerade noch daran, die Anrede hinzuzufügen: » – verehrter Rat.«

»Gut. Sora und deine anderen Reisebegleiter kümmern sich um dein Gepäck, sonst müssen wir den Start auf Morgen verschieben. Solltest du doch noch eine Frage haben, kannst du sie jederzeit auch später noch stellen. – Das war es für euch. Jetzt ist Sara dran.«

Sie standen auf. Als Karin mit den anderen den Saal verlassen wollte, hielt Kelim sie zurück.

»Ich möchte, dass du dir die Verhandlung von Sara anhörst. Ich denke, das wird sehr lehrreich für dich sein. Zumindest, wenn es so abläuft, wie ich denke.«

Also setzte sie sich zusammen mit Kelim auf die Zuschauertribüne. »Und was ist mit dem Sonnendrachen?«, fragte Karin, der plötzlich wieder einfiel, dass Niro ihm jetzt seinen Namen geben sollte. Sie wäre auch gerne dabei gewesen.

»Keine Angst! Rodan möchte auch dabei sein und so lange dauert das hier sicher nicht.«

Als Sara hereingeführt wurde, erkannte Karin das kleine Mädchen wieder, das ihr auf dem Weg zu Maras Nest begegnet war. Sie hatte an der Schulter geblutet, war aber tapfer mit den anderen Kindern mitgelaufen. Jetzt wirkte sie nicht besonders tapfer und ihre Augen waren gerötet, als ob sie geweint hätte. Sie setzte sich auf ihren Platz und begann an ihren Nägeln herumzukauen.

Sobald alle saßen, erhob sich Rodan.

»Drachenreiter!«, begann er. »Wir sind hier versammelt, um im Fall Sara zu verhandeln. Der Ankläger möge sprechen!«

Karin war fassungslos. Sara war doch noch ein Kind! Und wohl noch jünger als Bel Kani. Wie konnte man über so ein kleines Kind Gericht halten? Empört drehte sie sich zu Kelim.

»Ihr könnt doch nicht …« Weiter kam sie nicht.

»Sei still und hör zu!«, fuhr Kelim ihr ungehalten dazwischen.

Also hielt sie den Mund und hörte zu, was Sara vorgeworfen wurde. Doch sie rutschte dabei unbehaglich auf ihrem Platz herum.

Sara hatte die anderen Kinder dazu gebracht, die Falle zu verlassen und zur Fischbucht zu laufen, um sich dort einen gelben Aal anzusehen, den sie dort am Vortag gefangen hatte. Gelbe Aale waren selten und natürlich wollten ihn die anderen Kinder sehen. Statt zu warten, war Sara dann allein zum kleinen Drachen gegangen und hatte ihm den Sattel aufgelegt, damit der Drache *sie* als zukünftige Reiterin akzeptieren würde und keines der anderen Kinder.

»Nun, Sara, ist das richtig?«, fragte Rodan, als der Ankläger seinen Bericht beendet hatte. Sara nickte unter Tränen.

»Kannst du uns erklären, wieso du das gemacht hast?«, fragte er weiter.

Sara war kaum zu verstehen, weil sie so sehr weinte und Rodan wies sie zurecht, mit dem Hinweis, dass ein Drachenreiter immer die Kontrolle über sich haben sollte.

Das wirkte, und sie riss sich zusammen.

»Weil das mein Drache ist!«, sagte sie trotzig. »Ich will ihn reiten! Ich kann das am besten und ich habe ihn am liebsten von allen! Und er mag mich auch! Ich brauche einen Drachen!«

Rodan musste ein Schmunzeln unterdrücken. Und er räusperte sich zweimal, bevor er weitersprach.

»Es mag sein, dass du für den kleinen Drachen gut geeignet bist, aber auch du musst dich an die Regeln halten: Ihr betreut ihn alle gemeinsam und er wird zu gegebener Zeit seinen Reiter auswählen. Das solltest du wissen!«

Sara senkte schuldbewusst den Kopf.

»Weißt du auch, was unsere Gemeinschaftsordnung vorsieht, wenn du gegen die Regeln verstößt?«

Sie nickte und fing wieder an zu weinen.

Rodan wandte sich an Saras Begleiter, die neben ihr saßen. Es waren wohl ihre Eltern, denn die Frau sah dem Mädchen recht ähnlich. »Was würdet ihr als angemessene Strafe ansehen?«

Die Frau erhob sich. »Großer Rat, ich würde es als angemessen erachten, Sara für fünf Tage den Umgang mit dem kleinen Drachen zu verbieten.«

»Weitere Vorschläge?«

Jetzt erhob sich der Mann. »Großer Rat, ich schließe mich dem Vorschlag meiner Frau weitgehend an, halte es jedoch für wirkungsvoller, noch ein paar drachenlose Tage mehr hinzuzufügen.«

Rodan lächelte und blickte dann zu Sara hinüber. »Nun fragen wir mal Sara, was sie für angemessen hält. Jeder Tag ohne Drachen ist für sie eine schlimme Sache.«

Er stand auf und ging zu Saras Platz, um sich in Augenhöhe vor sie hinzuknien. Er legte eine Hand auf ihr Bein.

»Sara, weißt du, was eine angemessene Strafe für dein Verhalten ist?«

Diese schluchzte wieder stärker und hatte Mühe zu sprechen. Aber was das kleine Mädchen dann sagte, verblüffte Karin über alle Maßen. Sie hätte gedacht, dass Sara versuchen würde, die Strafe herunterzuhandeln, doch genau das Gegenteil war der

Fall: »Wenn – man etwas, das man – unbedingt haben will – durch Unrecht zu erreichen versucht, dann – dann soll man es – überhaupt nicht bekommen!« Sara schluchzte herzerweichend und verbarg ihr Gesicht zwischen den Händen. »Jetzt werde ich ihn nie reiten! Dabei weiß ich schon einen schönen Namen für ihn!«

Rodan tätschelte ihr Bein. »Das siehst du genau richtig. Du sprichst wie ein richtiger Drachenreiter!«, lobte er das Mädchen. Nicht ohne bei dem Wort *richtiger* einen Seitenblick auf Karin zu werfen. Er schien das lustig zu finden, obwohl Sara wie ein Häufchen Elend vor ihm saß. Karin fragte sich, ob die hohe Meinung, die sie von Rodan hatte, gerechtfertigt war.

Er stand auf und ging zu seinem Platz zurück.

»Sara hat die Lage richtig eingeschätzt und laut unseren Regeln muss sie ab jetzt auf den Drachen verzichten«, sagte er in ernstem Tonfall. »Auch wenn das den Eltern schwerer fällt zu akzeptieren als ihrer Tochter.«

Die Eltern senkten schuldbewusst die Köpfe. Kelim beugte sich zu Karin.

»Verstehst du jetzt, wieso man Eltern nicht zutraut, eine Strafe für ihre Kinder zu bestimmen und es das Kapitel *Die Pflicht der Strafe* gibt? Aber pass auf, ich denke, es gibt gleich eine Überraschung!«

Kelim irrte sich nicht.

»Aber wir wollen erst die anderen Kinder anhören, was sie dazu sagen«, sagte Rodan und nickte dem Türsteher zu. Der öffnete die Tür und eine Gruppe sich neugierig umsehender Kinder kam herein. Rodan ließ sie zu sich kommen.

»Kinder, könnt ihr bestätigen, dass Sara euch absichtlich von dem kleinen Drachen weggelockt hat, um mit ihm allein zu sein?«

Die Kinder nickten, sahen sich jedoch immer wieder nach Sara um, die nach wie vor wie ein Häufchen Elend auf ihrem Stuhl saß.

»Findet ihr das schlimm?«

Zwei Kinder schüttelten spontan den Kopf, die anderen tuschelten miteinander, ehe der größte Junge für sie antwortete.

»Nicht sehr, verehrter Rat. Wir wollten alle lieber den Aal sehen, als bei dem kleinen Drachen sein. Wenn Sara nun mal so gerne bei ihm ist, ist das nicht so schlimm. Sie wird ihn sowieso bekommen; sie kann mit ihm am besten umgehen.«

»Ist das so?«, fragte Rodan.

Die Kinder nickten.

»Findet ihr nicht, dass Sara einen Fehler begangen hat?«

»Doch, natürlich«, antwortete wieder der Junge.

»Und sollten Fehler nicht bestraft werden?«

»Doch, schon«, antwortete der Junge unsicher und sah sich erneut nach Sara um.

»Nach unseren Regeln darf Sara den kleinen Drachen nicht mehr reiten.«

Die Kinder sahen betreten zu Boden und Rodans Augen blitzten schalkhaft, als hätte er beim Angeln gerade einen guten Fang gemacht, ohne dass es ein anderer bemerkt hatte.

»Tut euch Sara jetzt leid?«, fragte er, bemüht unbeteiligt zu wirken.

Die Kinder nickten und der Junge sagte:

»Ja. Das hat sie nicht verdient. Sie ist die Beste und Fleißigste von uns. Wir haben alle schon damit gerechnet, dass der Drache sie auswählen wird und wir nur Mitreiter sein werden.«

»M-hm. Und was steht in der Gemeinschaftsordnung über Mitleid?«

Ein paar der jüngeren Kinder sahen sich fragend an, aber der große Junge strahlte.

»Wir können Sara verzeihen, dann muss sie nicht bestraft werden!«

»Dürfen wir das?«, fragte ein kleiner Junge.

»Natürlich!«, antwortete Rodan. »So steht es geschrieben: Wenn ihr, als Betroffene, Mitleid habt und verzeiht, dann kann die Strafe aufgehoben werden.« Er warf einen Blick auf die Eltern. »Jedoch nicht, wenn Unbeteiligte, insbesondere Verwandte, Mitleid haben.«

Die Eltern wirkten sichtlich verlegen. Die Kinder achteten nicht auf diesen Einschub von Rodan.

»Au, ja!«, rief der Kleine und alle lachten.

»Wollt ihr, dass die Strafe von Sara abgemildert oder aufgehoben wird?«

»Aufgehoben!«, rief der Kleine strahlend. »Sie hat gesagt, ich darf später jederzeit bei ihr mitreiten und mir würde der Name, den sie für den Drachen ausgesucht hat, bestimmt gefallen. Sie soll den Drachen haben, wenn er sie auswählt!«

Rodan hatte Mühe, sein Lachen zu unterdrücken und das Ganze in angemessen ernstem Tonfall hinter sich zu bringen, aber am Ende durfte Sara den Saal ohne jede Strafe verlassen und sie fiel den anderen Kindern dankbar um den Hals.

»Nun«, meinte Kelim, »man soll ja nicht wetten, aber ich wette mit dir, dass Sara dergleichen nie wieder tun wird – auch ganz ohne Strafe.«

Karin nickte gedankenverloren.

»Sieht so aus«, sagte sie nur. Und wenn die Kinder ihr nicht verziehen hätten?

Kelim schien zu wissen, was in ihr vorging, denn als Nächstes sagte er: »Sicher war das allerdings nicht. Es ist keine Selbstverständlichkeit, eine Strafe auf diese Weise erlassen zu bekommen. Es hätte für Sara auch ganz anders ausgehen können, wenn sie sich nicht schon einen sicheren Platz beim Drachen erarbeitet gehabt hätte oder nicht mit den anderen Kindern zusammengearbeitet hätte – und jetzt komm! Rodan ist auch schon auf dem Weg zur Falle. Ich dachte, du wolltest dabei sein, wenn der goldene Drache seinen Namen bekommt?«

Und ob sie das wollte!

Sie waren nicht die einzigen, die sich in der Falle um den goldenen Drachen scharten. Karin wunderte sich, dass er so ruhig blieb in Anbetracht der großen Menschenmenge, die ihn umgab, aber er benahm sich so, als ob er mit Niro allein wäre. Dieser hatte ihm inzwischen schon den Sattel aufgelegt und war dabei, die Gurte festzuziehen. Plötzlich drängte sich Sora durch die Menge in ihre Richtung.

»Karin!«, rief sie, als sie nahe genug war. »Komm mit nach vorne. Du musst auch etwas tun.«

Kelim legte Karin eine Hand auf die Schulter und schob sie vorwärts. »Geh schon!«

Sie folgte Sora, bis sie vor dem goldenen Drachen standen.

Rodan war auch dort und reichte Karin ein Körbchen, das mit einem Tuch zugedeckt war.

»Du weißt, was du damit tun sollst?«

Sie nickte. »Das ist der Fisch für Niro, oder?«

Rodan grinste. »Eigentlich ist er für den Drachen, aber …«

Weiter kam er nicht, da Sora so zu lachen anfing, dass erst Karin und dann alle Umstehenden mit einfielen. Nur Rodan schaffte es, einigermaßen ernst zu bleiben. Er schüttelte den Kopf.

»Sora, du bist unmöglich! Wie machst du das eigentlich? Wenn du zu lachen anfängst, steckt das alle in deiner Nähe an. Könntest du dich nicht ein bisschen beherrschen? Du bist schließlich kein Kind mehr!«

»Tut mir leid, Onkel Rodan! Das war so unerwartet.«

»Schon gut. Ich bin es ja gewohnt. Allerdings hatte ich gehofft, dass du ernsthafter wirst, wenn du älter bist. Leider hat sich diese Hoffnung nicht erfüllt. Also Karin: Du gibst das Körbchen Niro und Niro gibt den Fisch dem Drachen.«

»So habe ich das auch gemeint«

»Dann ist ja alles bestens.«

Niro war fertig und kam zu ihnen herüber. Rodan zog sich ein paar Schritte zurück.

Sora nahm ihren Bruder bei der Hand und stellte sich mit ihm vor dem Drachen auf, genau, wie sie es mit Karin gemacht hatte.

»Drache!«, sagte sie feierlich. »Hier bringe ich dir Niro, deinen Reiter. Er wird von nun an für dich sorgen und sein Leben dem deinen widmen, solange er bei uns ist. Sei gut zu ihm und trage ihn sicher durch alle Gefahren!«

Niro trat vor und gab dem Drachen den Kuss. Karin fragte sich, wieso der Drache diese Zeremonie so bereitwillig mitmachte, obwohl es ihm vorher niemand beigebracht hatte. Auch Mara hatte sich verhalten, als hätte sie das Ganze vorher eingeübt. Das war jedoch nicht der Fall. Sora hatte gesagt, Drachen würden die menschliche Sprache nicht verstehen. Und doch machten sie bei dieser Zeremonie mit, als verstünden sie jedes einzelne Wort.

Dann war wieder Sora an der Reihe.

»Drache! Niro hat einen Namen für dich ausgewählt. Nimm ihn an, als Zeichen eurer Verbundenheit!«

Erneut trat Niro vor. »Der Name, den ich für dich ausgewählt habe, lautet: GLANDOR!«

Glandor. Karin fand, dass das ein schöner Name für den goldenen Drachen war und beobachtete gespannt, was der Drache jetzt tun würde. Bei ihr hatte er den Kuss erwidert und dabei war etwas Seltsames mit ihr passiert. Während sie Glandor nicht aus den Augen ließ, fiel ihr ein, dass sie das noch niemandem erzählt hatte. Und tatsächlich beugte der goldene Drache seinen Kopf und berührte Niro an der Stirn. Sie beobachtete Niro genau. Auch er begann zu lächeln und wirkte auf einmal ganz abwesend. Er schien sie nicht einmal wahrzunehmen, als sie ihm das Körbchen in die Hand drückte. Wie unbeteiligt nahm er das Tuch weg und er wirkte ganz entrückt, als er sich den Fisch griff und Glandor vor die Nase hielt. Und wie Mara nahm dieser den Fisch äußerst behutsam aus Niros Hand und schluckte ihn langsam, als wäre es eine besondere Köstlichkeit. An Niros überraschtem Gesichtsausdruck erkannte sie, dass sein seltsamer Zustand zu Ende war und er wieder klar im Kopf war. Auch er sah sich um, um zu prüfen, ob es jemand gemerkt hatte. Doch alle jubelten dem Drachen zu und niemand beachtete Niro. Es schien auch dieses Mal niemandem außer Karin aufgefallen zu sein. Ihre Blicke trafen sich und Karin nickte unauffällig.

»Das war bei mir auch so«, sagte sie so leise, dass es außer Niro möglichst niemand verstand.

Niro nickte ebenfalls. »Wir reden später«, gab er leise zurück.

Und dann passierte etwas vollkommen Unerwartetes.

Glandor, der eben noch erwartungsvoll und neugierig seinen eben ernannten Reiter gemustert hatte, hob plötzlich den Kopf majestätisch in die Höhe und stellte wie ein imponierender Schwan die Flügel ein klein wenig ab. Er schien auf einmal um einiges größer zu sein. Die Drachenreiter erstarrten und es wurde schlagartig mucksmäuschenstill im Raum. Plötzlich dröhnte eine laute Stimme in Karins Kopf, so dass sie sich automatisch die Ohren zuhielt, obwohl in der Falle kein einziger Laut zu hören war. Einige Drachenreiter machten das gleiche; sie war also nicht die Einzige, die diese Stimme wahrnahm.

»Ihr seid zwei«, hörte sie die machtvolle Stimme in ihrem Kopf sagen. »Gebt mir das Dritte, sonst werde ich es mir holen!«

Dann war es vorbei. Der goldene Drache legte seine Flügel wieder an und nahm den Kopf herunter. Er sah sich etwas verwirrt um, dann blickte er wie zuvor erwartungsvoll auf Niro. Er wartete darauf, dass dieser endlich aufstieg.

»Der Große Drache!«, rief irgendjemand ehrfürchtig und der Ruf wurde von den anderen aufgenommen. »Der Große Drache hat zu uns gesprochen!« »Er hat uns eine Botschaft gesandt!«

»Was meint er damit?«, fragte irgendjemand und dann sahen alle zu Rodan hinüber, als wüsste er als einziger eine Antwort auf diese Frage, und es wurde still.

Rodan rieb sich nachdenklich das Kinn und sagte erst einmal nichts. Dann wandte er sich an Karin.

»Du hast es auch gehört?«

Sie nickte stumm. Der Große Drache war mit Hyrda zusammen der Schöpfer dieser Welt; das hatte sie hier in der Schule gelernt. Wenn dem so war, dann hatte eben ein Gott der Drachenreiter zu ihnen gesprochen. Sie hatte die Geschichte von Hyrda und dem Großen Drachen, die zusammen die Welt gestaltet und unter sich aufgeteilt hatten, einfach für eine schöne Geschichte gehalten, wie zum Beispiel die ganzen Geschichten um die griechischen Götter. Doch sie hatte die Stimme deutlich gehört! Gab es in dieser Welt wirklich Götter zum Anfassen? Hyrda zumindest war ein reales Wesen. Sie hielt es allerdings nicht für einen Gott oder eine Göttin. Auch wenn es ihr unheimlich war und sie es nirgendwohin einordnen konnte. Und der goldene Drache war einfach nur ein Drache, auch wenn er für einige Augenblicke etwas anderes gewesen zu sein schien. Etwas hatte sich seiner bemächtigt und es waren nicht Glandors Gedanken gewesen, die sie da gehört hatte. Da war sie sich sicher. Er hatte hinterher auch für einen Augenblick verwirrt gewirkt, als wüsste er nicht, was zuvor passiert war. Aber was auch immer geschehen war, es war etwas ganz und gar Außergewöhnliches, wie sie an der Reaktion der Drachenreiter sehen konnte.

Rodan war fertig mit Nachdenken.

»Drachenreiter!«, sagte er laut. »Wir alle haben die Botschaft des Großen Drachen durch Glandor vernommen. Und ich bin mir fast sicher, es betrifft unsere Drachenkinder: Das sind zwei. Und es soll wohl noch ein Drittes geben. Wir werden das später in Ruhe besprechen. Jetzt lasst Niro zu seinem ersten Flug starten! Seinen ersten Flug mit dem Sonnendrachen, bei dem *er* bestimmt, wohin es geht! Wünschen wir ihm viel Erfolg!«

Und zu Niro sagte er: »Nun steig schon auf, ehe es sich der Große Drache anders überlegt und noch einmal zurückkommt! *Der* lässt sich nämlich garantiert nicht reiten! Und vergiss nicht: Keine schwierigen Flugmanöver bei den ersten Flügen!«

»Keine Angst, ich weiß, was ich verlangen darf und was nicht – das habt ihr mir so oft gesagt, dass ich es vorwärts und rückwärts aufsagen könnte.«

»Dann ist es ja gut«

Niro kletterte auf den Drachen und gab ihm den Befehl loszufliegen. Er grinste wie ein Honigkuchenpferd, als Glandor willig gehorchte und mit kraftvollen Flügelschlägen aus der Falle flog.

Was musste das für ein Gefühl sein, solch einen riesigen Drachen zu befehligen und dazu einen, der einen fast totgebissen hatte – und der göttliche Botschaften übermittelte! Karin lief ein Stück Richtung Ausgang, um den beiden nachzusehen, doch sie waren bald außer Sichtweite und sie ging zu den anderen zurück.

Ein paar Drachenreiter sprachen mit Sora und Karin hörte diese sagen: »Ich werde kein Drachenkind! Ich bin völlig gesund! Egal, was ihr träumt, das ist Unsinn! Das muss etwas anderes bedeuten.«

Bis sie bei Sora angekommen war, war das Gespräch beendet und Sora besprach mit ihr noch ein paar Einzelheiten ihres bevorstehenden Fluges, ohne noch einmal auf dieses Thema einzugehen. Aber Karin dachte an ihre Träume, in denen Sora von Mara gefüttert worden war. Waren es wirklich nur sinnlose Träume, in denen sie ihre Erlebnisse verarbeitete? Oder waren sie doch eine Botschaft? Wenn andere Drachenreiter tatsächlich ähnliche Träume hatten, konnte das kein Zufall mehr sein! Sie riss sich zusammen und verdrängte die Gedanken an Träume und Botschaften. Sie musste sich auf das konzentrieren, was Sora ihr sagte; es war wichtig.

Jetzt sollte eigentlich Mara gesattelt werden, doch sie mussten sich noch etwas gedulden, bis diese von ihrem Jagdausflug zurückkam. Außerdem sollte sie vorher ihren kleinen Drachen füttern, da sie voraussichtlich mehrere Tage unterwegs sein würden. Dieser fraß zwar schon begeistert grüne Jagdfische, brauchte jedoch noch in regelmäßigen Abständen seine Milch.

Endlich stand Mara fertig gesattelt und bepackt in der Falle. Da die Sonne schon hoch am Himmel stand, aßen sie erst noch etwas zu Mittag, bevor sie aufbrachen. Zu Karins Bedauern war Niro bis dahin immer noch nicht zurück und sie konnte sich weder von ihm verabschieden, noch mit ihm darüber reden, was bei der Namensgebung mit ihnen passiert war.

Rodan brachte ihr Bel Kani, der sehr ängstlich wirkte, aber als er sah, wie vertrauensvoll sich Mara Karins Befehlen anvertraute und wie selbstverständlich Karin Mara nahe kam und sie berührte, fasste er Mut und ließ sich – Karin fest an der Hand haltend – beschnuppern. Mit einer Hand hielt Bel Kani dabei ein kleines Stoffbündel an sich gedrückt, das er auch beim Aufsteigen nicht hergeben wollte.

»Was hast du da eigentlich?«, fragte Karin.

»Die Sachen von Bel Nira«, sagte er und drückte das Bündel noch fester an sich, als fürchte er, Karin könnte versuchen, es ihm wegzunehmen. Karin sagte nichts darauf. Sie wusste, dass sie auch die Asche seiner Schwester mitnahmen, um sie neben ihren Eltern zu beerdigen. Das war der weniger angenehme Teil ihrer Reise.

Am Ende saß Bel Kani mit dem Bündel in der Hand hinter Karin im Sattel. Sie hatte ihn angegurtet, aber als sie Mara aus der Falle fliegen ließ, klammerte er sich mit dem anderen Arm an ihr fest. Sie ließ Mara ein paar ruhige Runden drehen und bald spürte sie, wie Bel Kanis Angst schwand und er allmählich seinen Griff lockerte.

»Ich fliege!«, rief er »Ich fliege wirklich auf einem Drachen!«

Karin musste lachen.

»Du bist doch schon einmal geflogen«, sagte sie dann.

»Vielleicht, aber daran kann ich mich nicht mehr erinnern. Ich bin irgendwie eingeschlafen und erst hier wieder aufgewacht.«

So hatten sie ihn also das erste Mal auf einen Drachen bekommen: Sie hatten ihm ein Schlafmittel gegeben. Das hätten sie wieder tun können, doch es war besser, wenn Bel Kani seine Heimreise bewusst erleben konnte; so würde er auch die Drachenreiter in guter Erinnerung behalten. Und sie bekam die Gelegenheit, allein mit Mara zu fliegen.

Von rechts näherten sich Mahur und Xara mit ihren Reitern und Karin lenkte Mara zu ihnen. Sie flogen in einer geordneten Formation mit Mahur an der Spitze, flankiert von Mara und Xara.

Karin genoss den Flug aus vollen Zügen. Es schien ihr eine Ewigkeit her zu sein, seit sie das letzte Mal auf ihrem Drachen gesessen war. Und Furo war lange nicht so leicht zu lenken wie Mara. Wohl einer der Gründe, warum Karin auf ihm das Drachenreiten lernen hatte sollen.

Es war ein angenehmer *blau mit weißen Wölkchen-Tag* und sie hätte mit Mara ewig so dahin fliegen können. Viel zu schnell hatten sie die Küste der roten Wüste erreicht. Jetzt hieß es aufpassen. Wenn sich Gar tatsächlich in der Wüste herumtrieb, musste er irgendwo an Land gegangen sein. Der Seeweg war für ihn die einzige Möglichkeit zur Wüste zu gelangen. Sie gingen tiefer und suchten die Küste in langsamem Zickzackflug nach Spuren ab. Doch sie fanden nichts. Und wenn er überhaupt nicht mit Schiffen gekommen war? Vielleicht gab es auch Tore, die innerhalb dieser Welt von Ort zu Ort führten? Sie beschloss, Sora danach zu fragen – wenn Bel Kani nicht gerade in der Nähe war. Sie wollte ihm nicht unnötig Angst machen. Schließlich gaben sie auf und machten sich auf den Weg zu Bel Kanis Dorf.

Es dämmerte schon, als sie es erreichten und sie schlugen in der Nähe, bei ein paar Felsen, ihr Nachtlager auf. Karin hätte zu gerne noch einen Rundgang durch das Dorf gemacht, aber sie sah ein, dass es schon zu dunkel dafür war. Und der Gedanke, im Dunkeln vielleicht über eine Leiche zu stolpern, machte es ihr leichter, bis zum nächsten Morgen zu warten.

Sie saßen gemütlich um ein kleines Feuer herum und Bel Kani legte sich mit seiner Decke ganz dicht zu Karin; kurze Zeit später rückte er wieder ein Stück von ihr ab. Erst musste sie darüber lachen, doch dann wurde sie sich bewusst, dass sie kein normaler Mensch mehr war und diesen Geruch – *»Du riechst wie ein junger Drache«* – wohl nie wieder loswerden würde. So konnte sie doch nicht nach Hause zurückkehren! Vielleicht war es besser, sie würden nie ein Tor finden, dann bräuchte sie sich nicht zu entscheiden. Aber was war mit ihrer Mutter? Sie musste doch erfahren, was geschehen war! Ihre Augen füllten sich mit Tränen. Warum gab es für dieses Problem keine einfache Lösung? Sie könnte doch zum Beispiel ihrer Mutter einfach einen Brief schreiben. Nur, es gab keinen Postboten, der in der Lage dazu war, diesen dann zu ihrer Mutter zu bringen …

»Wer übernimmt die erste Nachtwache?«

Karin schreckte hoch. Oh, nein, nicht schon wieder eine Nacht ohne Schlaf! Aldo lachte, als er ihr entsetztes Gesicht sah.

»Du doch nicht! Erstens schläfst du uns garantiert ein und zweitens hätte ich keine ruhige Minute, wenn ich dir unsere

Sicherheit anvertrauen müsste: Du hast doch überhaupt keine Ahnung, was hier alles passieren kann.«

Sie atmete erleichtert auf und war das erste Mal froh, von etwas keine Ahnung zu haben. Sora kam zu ihr herüber und warf einen Blick auf den Jungen.

»Er ist schon eingeschlafen«, flüsterte sie. »Du solltest besser auch schlafen. Du hast einiges nachzuholen.«

Dem konnte Karin nicht widersprechen. Sie legte sich hin und schloss die Augen. Eine Weile lauschte sie noch der leisen Unterhaltung ihrer Begleiter, war aber bald eingeschlafen und sie schlief tief und fest, bis Sora sie am nächsten Morgen wachrüttelte.

»Aufstehen! Heute Abend beginnt eine neue Nacht, da kannst du weiterschlafen.«

»Tierquäler!«, murmelte Karin verschlafen.

Bel Kani, der schon längst auf den Beinen war, lachte herzhaft und hüpfte übermütig durch das Lager.

»Karin ist ein Ti-ier! Karin ist ein Ti-ier!«, rief er dabei.

Alle lachten. Karin hatte ihn noch nie so fröhlich erlebt. Es tat gut zu sehen, dass er wieder lachen konnte. Doch jetzt wollten sie ins Dorf. Bel Kani wurde auch schnell wieder ernst und hielt sich an Karins Hand fest, als sie hinübergingen. Die Drachen blieben gemütlich im Lager liegen.

Der Wind hatte schon einige Spuren verweht, man konnte jedoch noch immer die vielen Trümmer und Splitter sehen, die überall verstreut herumlagen. Leichen gab es zum Glück nicht mehr. Stattdessen eine lange Gräberreihe. Sora und die anderen hatten bei ihrem letzten Besuch hier die Toten begraben. Aldo und Reno hoben in der noch lockeren Erde eine kleine Grube aus und Sora stellte die Kiste mit Bel Niras Asche hinein. Bel Kani legte unter Tränen das Bündel mit ihren Sachen dazu, dann schaufelten sie die Grube wieder zu und legten eine kleine Steinscheibe darauf, auf der Bel Niras Name stand. Die anderen Gräber waren namenlos, da die Drachenreiter die Toten nicht gekannt hatten. So konnten sie Bel Kani auch nicht sagen, in welchem der Gräber seine Eltern lagen. Der Junge kauerte weinend vor den Gräbern und sie ließen ihn trauern. Karin ging langsam durch das

Dorf. Plötzlich stieg ihr ein unangenehmer Geruch in die Nase. Sie suchte die Quelle und stieß bald auf einen Schwarm Fliegen, der sich auf einer zerfetzten Zeltplane breitgemacht hatte. Vorsichtig hob sie die Plane an und drehte sich schnell zur Seite. Die Drachenreiter hatten eine Leiche übersehen! Sie nahm ihren Mut zusammen und richtete ihren Blick wieder auf die Leiche. Die Fliegenmaden hatten ihre Arbeit schon begonnen und ihr wurde übel bei dem, was sie sah. Sie riss sich zusammen und versuchte herauszufinden, woran die Frau gestorben war; dass es eine Frau war, konnte man leicht an den Haaren und an ihrer üppigen Oberweite erkennen. Zum Glück war die Zeltplane über die Frau gefallen, so dass die Fliegen sie nicht gleich gefunden hatten, sonst hätte sie die beiden Wunden nicht so leicht finden können. An der rechten Schulter und im Oberbauch hatte die Leiche zwei Verletzungen. Karin hob ein herumliegendes Holzstück auf und schob den Stoff des Kleides etwas beiseite, um herauszufinden, was die Frau dort verwundet hatte, aber sie konnte nichts finden. Inzwischen hatte Sora bemerkt, dass Karin etwas gefunden hatte, und kam herüber. Karin drehte sich um.

»Da ist nichts«, sagte sie. »Irgendetwas muss die Frau doch verletzt haben.«

Sora musterte schweigend die Leiche. »Das war bei vielen so. Sie hatten Wunden, ohne dass die Ursache erkennbar gewesen wäre.«

Karin dachte daran, dass Gar die verschossenen Pfeile wieder einsammeln hatte lassen. Konnte auch hier jemand hinterher aufgeräumt haben? Sie fragte Sora danach. Diese schüttelte den Kopf.

»Dann hätte es Spuren gegeben.«

Schweigend blickten sie auf die tote Frau hinab.

»Wir müssen sie begraben«, sagte Sora schließlich.

»Ja«, stimmte Karin zu. Sie ekelte sich vor der madenzerfressenen Leiche, aber wenn nun doch etwas in der Wunde war, zum Beispiel eine Kugel? Sie sah Sora an.

»Habt ihr – habt ihr bei den anderen die Verletzungen genau untersucht? Ich meine, ob ihr sicher seid, dass nicht doch irgendetwas darin war. Wenn nicht, dann …«

»Haben wir!«, unterbrach Sora Karins Rede. »Wir sind den Verletzungen bis auf den Grund gegangen. Es gab drei verschiedene: Schmale tiefe, ohne Ursache und unterschiedlich tiefe, unregelmäßige, wie von umherfliegenden Splittern, aber auch leer und etliche, in denen die dazugehörigen Splitter noch steckten.«

»Splitter können sich doch nicht einfach in Luft auflösen.«

»Vielleicht doch«, meinte Aldo, der mit Kenno und Reno inzwischen herübergekommen war. »Lichtglas löst sich auf, wenn es mit Luft in Berührung kommt.«

»Lichtglas?«

»Du kennst es«, meinte Sora. »Die Lichtpfeile sind zur Hälfte daraus gemacht. Sie sind außen beschichtet, so dass sie sich erst auflösen, wenn sie zerbrechen.«

»Aber das würde doch heißen ...«

»... dass jemand mit Lichtpfeilen auf die Leute im Dorf geschossen haben muss. So weit waren wir auch schon. Auch das, was die Kinder erzählt haben, legt das nahe. Aber da sind noch ein paar Kleinigkeiten, wie zum Beispiel, dass sich die hintere Hälfte der Pfeile nicht auflöst. Entweder hätte es Fußspuren geben müssen oder wir hätten die Pfeile finden müssen. Und wie erklärst du dir dann die Verletzungen, die definitiv nicht von einem Pfeil stammen können? Und dann war da noch der Geruch. Ob du es glaubst oder nicht, aber die meisten der Verletzungen, die nicht von einem Pfeil stammen konnten, rochen nach verbrannter Drachenmilch.«

»Das kann nicht sein!«

»Kann es auch nicht, aber trotzdem war es so. Der Geruch war nicht stark, aber immerhin haben es sogar wir als Drachenreiter gemerkt. Und ...«

»Äh, Entschuldigung, dass ich dich unterbreche, Sora, aber wie riecht verbrannte Drachenmilch eigentlich?«

»Schwächer und eben auch noch so, als wenn dir etwas im Topf angebrannt ist. Und dass ich weiter erzähle: Es lagen ja überall Splitter herum. Doch es gab auch viele Stellen, an denen der Boden so aussah, als müsste dort auch etwas liegen – eben ein Splitter oder etwas ähnliches – aber nichts war, außer – und jetzt halt dich fest – außer einem kleinen, schwarz-roten Fleck, der nach verbrannter Drachenmilch gerochen hat und auch genauso ausgesehen hat.«

»Wie kann das sein?«

Sora zuckte hilflos mit den Achseln. »Ich habe nicht die geringste Ahnung. Außerdem waren viele der Splitter aus *Metall*.

Die Wüstenbewohner besitzen außer ihren Messern so gut wie nichts aus Metall. Speerspitzen und Pfeilspitzen sind gelegentlich aus Eisen und vielleicht ein paar Töpfe – sonst nichts.«

»Das ist wirklich absurd und rätselhaft«, meinte Aldo. »Besonders, wenn wir das Ganze zusammenfassen: Ein unbekannter Angreifer taucht mitten im Dorf auf, sprengt das einzige Haus dort auseinander, dass die Trümmer und Splitter alle in der Nähe Stehenden umbringt, wobei es hell leuchtet und gleichzeitig schießt er Lichtpfeile in alle Richtungen – wenn man dem Bericht der Kinder Glauben schenkt – die sich entweder vollständig aufgelöst haben oder von den fremden Männern, die das Mädchen gesehen haben will, eingesammelt worden sind. Fußspuren, die das bestätigen würden, gibt es allerdings nicht, nur um das zerstörte Haus herum und in seinem Innern sind Fußspuren, aber die sind durch die Wucht der Auseinandersprengung weitgehend zerstört worden, danach gab es keine frischen Spuren. Und dann hat es wohl noch etwas anderes auseinandergesprengt, etwas, was sich danach vollkommen aufgelöst hat, und in dem oder auf dem sich Drachenmilch befunden hat. Und das alles ohne erkennbaren Grund.«

»War das alles gleichzeitig? Oder in welcher Reihenfolge ist das passiert?«, fragte Karin.

»Wieso?«

»Wegen der Fußspuren.«

»Gute Frage«, meinte Reno. »Ich glaube, dass das nacheinander passiert ist. Bel Kani hat gesagt, dass er einen Knall gehört hat, *danach* hat er erst zum Dorf hingesehen und hat von den Blitzen und dem orangefarbenen Feuer erzählt. In welcher Reihenfolge das passiert ist, hat er nicht gesagt.«

»Meinst du, ich kann es wagen, ihn danach zu fragen?«

»Warum nicht?«, meinte Sora. »Es ist nur gut, wenn er darüber spricht.«

Sie einigten sich darauf, dass Sora und Karin versuchen sollten, Bel Kani auszufragen, während die Männer es übernahmen, die Frau zu begraben.

Bel Kani war gerade dabei, das Grab seiner Schwester mit Steinen zu verzieren. Sora und Karin boten ihm ihre Hilfe an und während sie gemeinsam bunte Muster legten, fragte Karin nach den Vorfällen im Dorf. Bel Kani gab bereitwillig Auskunft. Demnach war das Haus schon zerstört, und das halbe Dach weg gewesen, als er einen ersten Blick auf das Dorf geworfen hatte. Danach hatte er das Gewitter mit den Blitzen gesehen und zuletzt war das Feuer aus dem Haus aufgestiegen und hatte das verbliebene Dach verbrannt. Dann war er von seinem Felsen geklettert und zum Dorf gerannt. Und als er dort angekommen war, war alles still gewesen, auch das Feuer war schon erloschen gewesen, als hätte es jemand ausgeblasen. Nur einige herumliegende Balken hätten noch ein wenig gebrannt. Als Karin fragte, ob er unterwegs etwas gehört hatte, nickte Bel Kani.

»Ja, das habe ich ganz vergessen gehabt: Es hat noch einmal laut gedonnert!«

»Danke, dass du uns das gesagt hat, vielleicht hilft uns das, herauszufinden, was hier passiert ist«, sagte Karin und betrachtete das Grab. »Es ist sehr schön geworden.«

»Meinst du?«, fragte Bel Kani.

»Ja, das meine ich. Warum habt ihr in eurem Dorf eigentlich nur ein einziges Haus aus Stein? Wer durfte denn da drin wohnen?«

Bel Kani lachte auf. »Es wohnt doch niemand in einem Steinhaus!«

»Nein? Wozu habt ihr es dann gebaut?«

»Na, für das Tor! Für das ewige Tor. Und jetzt ist es weg! Es war immer da. Solange sich die Ältesten erinnern konnten, war es an dieser Stelle. Irgendwann haben wir ein Haus darum gebaut. Es ist einfach verschwunden! – Wie alle anderen aus meinem Dorf.«

Bel Kani begann zu weinen und Karin nahm ihn in den Arm.

»Ein Tor?« Sora sah Karin überrascht an. Sie wandte sich an Bel Kani und fragte vorsichtig:

»Bist du dir sicher? Ein richtiges Tor zu einer fremden Welt?«

Bel Kani wischte sich die Tränen an seinem Ärmel ab und schüttelte den Kopf.

»Nein, nicht in eine andere Welt. Es war zu klein. Meine Eltern haben gesagt, dass es gar kein richtiges Tor sei, sondern nur ein Torkeim, der sich irgendwann zu einem Tor öffnen würde.«

»Ein Torkeim!«, wiederholte Sora. »Jetzt wird mir einiges klar.«

Karin konnte sich nicht viel unter einem Torkeim vorstellen, wenn es jedoch in dem Haus ein Tor gegeben hatte, dann waren die Vorfälle zumindest teilweise erklärbar – und womöglich steckte tatsächlich Gar dahinter.

Aufgeregt machten sie sich auf den Weg zu den Überresten des Hauses. Plötzlich blieb Karin stehen.

»Du, Sora. Ich würde mir das Ganze gerne von oben ansehen. Geht das?«

»Von oben? Warum nicht! Aber wieso?«

»Vielleicht sieht man dann besser, von wo aus das Ganze seinen Ausgang genommen hat.«

»Hmm. Gut. Einverstanden.«

Sie sagten Aldo und den anderen Bescheid, die solange auf Bel Kani aufpassen sollten, und liefen zu den Drachen. Kurze Zeit später kreiste Mahur über dem Dorf und Karin beugte sich angestrengt zur Seite, um etwas sehen zu können. Es war gar nicht so einfach, freie Sicht direkt nach unten zu bekommen, irgendein Körperteil von Mahur war immer im Weg.

»Hast du dich von deiner Drachenwoche wieder erholt?«, fragte Sora.

»Wieso?«, fragte Karin zurück.

»Deswegen!« Sora ließ Mahur steil aufsteigen, um ihn dann in engen waghalsigen Spiralen zum Dorf hinunterstürzen zu lassen. Er flog in Schräglage durch die Kurven und Karin hatte freie Sicht auf das Dorf. Allerdings nicht sehr lange; das Dorf kam rasend schnell näher und als Mahur seinen Flug knapp über dem Dorf abbremste, wirbelten seine Flügel eine Menge Staub auf.

»Hast du genug gesehen?«, fragte Sora und Karin bejahte. Und ob ihr etwas aufgefallen war!

»Und?«, fragte Aldo, als sie ins Dorf zurückkamen. »Hast du uns jetzt umsonst eingestaubt – oder hat Karin etwas gesehen?«

Sora lachte und sah dann erwartungsvoll zu Karin, die ungeduldig neben ihr stand. Karin nickte und erzählte aufgeregt, was sie gesehen hatte, während sie zu dem zerstörten Haus gingen.

»Zwei Auseinandersprengungen? Bist du dir sicher?«

Karin schmunzelte. *Auseinandersprengungen* – wieder ein schönes neues Wort der Drachenreiter.

»Ja«, sagte sie. »Am besten, ich zeichne es euch auf.«

Sie blieb stehen und zeichnete mit einem Stock einen Kreis auf die Erde.

»Das ist das Dorf.« Sie markierte den Mittelpunkt.

»Und das da das Haus. Und um das Haus nach außen verstreut liegen die Trümmer und Splitter.« Sie malte ein paar unterbrochene, radiäre Linien in ihre Zeichnung.

»Aber jetzt passt auf. In diesem Bereich …« Sie zeichnete zwei Linien, die ein großes Kuchenstück aus dem Kreis markierten.

»… liegen gar keine Trümmer oder Splitter, nur die seltsamen Stellen, an denen etwas liegen sollte, aber nichts ist! Irgendetwas hat also die echten Trümmer und Splitter aufgehalten, die unsichtbaren aber nicht! Etwas, das in der Mitte des Hauses gestanden hat. Und in der Mitte …«

»Das Tor!«, unterbrach Sora sie aufgeregt. »Da war das Tor! Und wenn es groß genug war, die Splitter abzufangen, dann war es geöffnet! Karin, du bist genial!«

»Aber was ist mit dem Tor passiert, und wieso gibt es unsichtbare Splitter, die nicht davon aufgehalten wurden?«

»Also«, überlegte Aldo. »Das Tor ist weg. Wahrscheinlich war es das schon, als die unsichtbaren Splitter – übrigens eine gute Bezeichnung – versprengt wurden. Das Problem ist nur, wie können irgendwelche Leute, die durch ein Tor gehen – und ich glaube, davon können wir ausgehen: Dass die Angreifer durch das Tor gekommen sind – etwas auseinandersprengen, *nachdem* sie schon durch das Tor verschwunden sind? Es hätte einer da bleiben müssen. Aber wir haben keinen Fremden unter den Toten gefunden und auch keine Spuren, die ein Lebendiger hinterlassen hätte.«

Sie sahen sich ratlos an. Kenno legte eine Hand auf Karins Schulter. »Du weißt gar nichts über die Tore?«

Karin schüttelte den Kopf.

»Dann ist es wohl an der Zeit, dich ein wenig aufzuklären: Tore kommen und gehen, wie es ihnen passt. Manche existieren nur wenige Minuten, andere bleiben über viele Sommer bestehen; meist als Torkeim, als kleine, flimmernde Säule, die sich jederzeit zu einem Tor öffnen kann. Manche kann man durch eine Berührung öffnen. Einige lassen sich mehrmals öffnen. Andere nur ein einziges Mal. Wieder andere reagieren nicht auf eine Berührung. Und irgendwann verschwinden sie einfach. Sie sind ziemlich unheimlich. Und niemand weiß genau, warum es sie überhaupt gibt, es heißt nur, sie sollen irgendwie dem Gleichgewicht zwischen den Welten dienen. Immerhin haben uns der Große Drache und Hyrda Regeln für den Umgang damit übermittelt.«

Karin sagte nichts dazu. Sie dachte daran, wie Glandor eine Botschaft des Großen Drachen übermittelt hatte. In was für eine seltsame Welt war sie da hineingeraten? Mit sprechenden Göttern und geheimnisvollen Toren. Wie eintönig und langweilig war ihr Leben doch bisher gewesen.

Plötzlich zog ein großer Schatten über sie hinweg und Karin duckte sich erschrocken.

»Das waren nur unsere Drachen«, beruhigte Sora sie. »Sie suchen sich jetzt ein leckeres Mittagessen.« Sie sahen den Drachen nach, die langsam Richtung Meer verschwanden.

»Gut, dass sie nicht nach Norden geflogen sind«, meinte Aldo.

»Wieso?«, wollte Karin wissen.

»Weil dort die Wüstenbewohner ihr Lager aufgeschlagen haben, die Bel Kani aufnehmen wollen. Und ein jagender Drache ist Grund genug, in Panik auszubrechen. Zumal wilde Drachen gelegentlich die Dörfer überfallen.«

»Ja«, bestätigte Sora. »Aus diesem Grund fliegen wir auch häufig über die Wüste: Um die wilden Drachen zu vertreiben und weiter nach Süden abzudrängen. Bei unserem letzten Flug hat das nicht funktioniert und die wilden Drachen haben stattdessen uns angegriffen. Dem Großen Drachen sei Dank, haben es Drache und Reiter überlebt. Weißt du übrigens, dass Radon schon wieder fliegt?«

»Echt? Das ist schön.«

»Schauen wir uns jetzt das Haus an?«, fragte Aldo ungeduldig. »Ich bekomme auch langsam Hunger und ich hätte das gerne noch vor dem Essen erledigt.«

Sie stiegen über die Reste der Mauer und sahen sich um. Alles war verkohlt, sogar die Steine waren geschwärzt.

»Das muss ein ziemlich heftiges Feuer gewesen sein«, meinte Karin. Auch im Inneren des Hauses lagen einige Splitter herum. Und einmal aufmerksam geworden, fiel ihnen sofort auf, dass die Splitter und die schlimmste Zerstörung nur im vorderen Teil des Hauses zu finden waren. Bel Kani hatte auch gesagt, dass das *halbe* Dach gefehlt hatte. Nach dem Verteilungsmuster der Splitter musste der Ursprung der Explosion – der Auseinandersprengung, verbesserte sich Karin, ein Schmunzeln unterdrückend, zwei Schritte vor dem Tor gewesen sein; vorausgesetzt, das Tor hatte sich in der Mitte des Raumes befunden. Karin bückte sich nach ein paar Splittern und drehte sie nachdenklich in der Hand. Sie waren tatsächlich aus Metall. Sie entdeckte ein größeres Stück Blech, das an den Überresten der Mauer lehnte und hob es auf. Es war verbogen und geschwärzt und etwa so groß wie ein normales Schreibblatt. Eine Seite war scharfkantig und unregelmäßig gezackt, als sei das Blech dort von einem größeren Stück abgerissen worden. Karin überkam ein mulmiges Gefühl. Sie drehte das Blech um. Obwohl es vom Feuer geschwärzt war, konnte man noch erkennen, dass es einmal dunkelgrün gewesen war. Das mulmige Gefühl verstärkte sich, als sie über die Farbreste strich. Ihr war, als hielte sie etwas Bekanntes in Händen. An einer Stelle war das Blech uneben, als wäre es geprägt. Beschriftet? Sie fuhr mit den Fingern über die Stelle, aber das Blech war zu sehr in Mitleidenschaft gezogen worden, um etwas zu erkennen. Zwei der Ränder waren geradlinig umgebogen. Das ließ Karin an einen Deckel denken; das Stück Metall sah aus wie ein Stück von einem Deckel einer größeren Kiste. Einer grünen Blechkiste. Dann stammte sie mit Sicherheit von jenseits des Tores. Eine Kiste würde auch die Metallsplitter erklären. Nein, doch nicht: Es gab viel zu viele davon, als dass sie alle von einer einzigen Blechkiste hätten stammen können. Auch die anderen konnten mit dem Blech nichts weiter anfangen und sie legte es wieder dahin zurück, wo sie es her hatte. Doch dann hob sie es noch einmal auf. Auf der ihr zugewandten Seite hatte es eine Delle, in der sich ein schwarz-roter Fleck befand, Karin schnüffelte daran. Es roch schwach nach Drachenmilch und angebrannt. Sie betrachtete den Fleck genauer, es sah aus, als wäre das schwarz-rote Zeug erst noch ein Stück heruntergelaufen, bevor es dann eingetrocknet war. Das Blech hatte also schon an der Wand gelehnt, als es von einem der unsichtbaren Splitter getroffen worden war. Aber diese Erkenntnis half ihnen auch nicht weiter. Anhand der Verteilung der Splitter konnten sie noch die ungefähre Breite des verschwundenen Tores ermitteln – etwa drei Meter – mehr gaben die Überreste nicht her.

Wenig zufrieden mit den Ergebnissen ihrer Suche verließen sie schließlich das Dorf, um im Lager etwas zu essen. Als sie fertig gegessen hatten, kamen auch die Drachen zurück. Offenbar satt und zufrieden. Nur Mahur pulte wieder mit den Klauen zwischen den Zähnen herum und Karin lachte, als sich Sora seufzend erhob, um ihm die Zähne zu putzen. Sie kam mit einem Stückchen gelben Fells zurück.

»Nun sieh sich das einer an: Mahur hat doch tatsächlich eine Felsenkatze gefressen!«, sagte sie und schwenkte das Fellstückchen hin und her. Aldo, Kenno und Reno lachten, aber Karin konnte daran nichts Komisches finden.

»Felsenkatzen haben ungefähr soo lange Haare«, erklärte Aldo grinsend und zeigte mit den Händen eine Spanne, die gut und gerne einen halben Meter lang war. »Mahur ist der einzige Drache, den ich kenne, der sich an so etwas Langhaariges wagt.«

Jetzt musste auch Karin lachen. Sie erinnerte sich an ihren Ausflug ins Himmelsgebirge.

»Und er scheint eine Vorliebe dafür zu haben«, sagte sie.

»Ja, leider«, gab Sora zurück. »Und ich muss ihm hinterher immer die Zähne putzen.« Worauf wieder alle lachten.

»Ihr seid aber lustig«, stellte Bel Kani fest.

»Stimmt«, meinte Aldo. »Es gibt da sogar einen Spruch: Wenn du Drachenreiter suchst, brauchst du nur dem Lachen zu folgen.«

Das gefiel Bel Kani und er grinste. »Das merk ich mir!«

»Tu das!«, sagte Aldo und stand auf. »Wir sollten langsam aufbrechen.«

Sie packten zusammen und stiegen wieder auf die Drachen. Sie flogen Richtung Norden und entdeckten bald das Lager der Wüstenbewohner. Um deren Vieh nicht zu erschrecken, landeten sie etwas entfernt und gingen zu Fuß weiter. Unterwegs erklärte Aldo Karin, dass diese nicht wie die Bewohner aus Bel Kanis Dorf Halbnomaden waren, die im Jahresverlauf nur zwischen wenigen Orten wechselten, sondern zu den Vollnomaden gehörten, die fast ununterbrochen umherzogen. Diese Nomadenstämme galten als sehr gefährlich bei den übrigen Wüstenbewohnern und da sie jetzt ohne Drachen unterwegs waren, mussten sie vorsichtig sein. Einen Wüstennomaden zu beleidigen konnte tödlich sein. Kurz bevor sie das Lager erreichten, ermahnte er sie noch, sich möglichst unauffällig zu verhalten, da unverheiratete Frauen ohne Schutz von Vater oder Brüdern als Freiwild galten, das jeder beliebige einfangen durfte – allerdings nur nachts und unbemerkt von den anderen.

»Unauffällig! Ich und unauffällig! – Mit meinen Haaren! Wie soll das denn gehen? Ich brauche bloß einmal durch die offene Halle gehen und alle drehen sich nach mir um«, beklagte sich Karin.

Aldo grinste, doch insgeheim machten sich alle Sorgen deswegen. Sie konnten nur hoffen, die Sache möglichst schnell hinter sich zu bringen und vor Einbruch der Nacht zu ihren Drachen zurückzukehren, so wie es geplant war.

Aldo versuchte, Karin zu beruhigen. »Ich glaube nicht, dass du Angst haben brauchst, wenn du dich entsprechend verhältst: Sieh niemanden direkt an, sprich mit niemanden, es sei denn, wir Männer fordern dich dazu auf und bleib möglichst hinter uns. Wir Drachenreiter sind schließlich auch gefürchtet.«

Sie hatten das Lager erreicht und Aldo führte ihre kleine Gruppe zwischen den bunten, mit Ornamenten reich verzierten Zelten, die Karin an Fleckerlteppiche denken ließ, hindurch zu einem großen, besonders prächtigen Zelt, vor dem einige alte Männer auf einem Teppich saßen. Teppich und Kleidung der Männer waren ebenso bunt wie die Zelte, so dass die Männer sich kaum von ihrem Hintergrund abhoben und wenn sie sich nicht bewegten, konnte man sie leicht übersehen. Einzig der mit feinen Ornamenten und glitzernden Steinen besetzte Griff eines kleinen Dolches, den die Männer mit einem einfarbig schwarzen Tuch um die Hüfte gebunden trugen, hob sich, wie auch das Tuch, etwas von den bunten Mustern ab. Die Männer hoben zur Begrüßung die linke Hand und luden sie ein, sich zu ihnen auf den Teppich zu setzen. Sora und Karin nahmen mit Bel Kani hinter Aldo und Reno Platz, Kenno wiederum hinter ihnen, um sie ein wenig von den Blicken ihrer Gastgeber abzuschirmen.

Es wurde ein langwieriges und schwieriges Gespräch, in dessen Verlauf sich immer mehr Nomaden zu ihnen gesellten und sie mussten die Vorgänge in Bel Kanis Dorf bis ins kleinste Detail immer wieder vortragen. Bis sie endlich Bel Kani übergeben konnten, war die Sonne bereits am Untergehen.

Hatte Karin bis jetzt nur Männer gesehen, kam nun aus einem der Zelte eine Frau heraus, die ebenso bunte Kleider trug wie die Männer – Bel Kanis Tante – und nahm den Jungen mit sich. Er winkte Karin noch einmal zu, bevor er im Zelt verschwand. Karin hatte das Gefühl, mit ihm etwas Gutes verloren zu haben, und eine seltsame Leere erfüllte sie. Sie spürte die neugierigen Blicke ihrer Gastgeber und hoffte, dass sie das Nomadenlager bald verlassen konnten.

Die Nomaden bestanden jedoch darauf, dass sie eine Nacht bei ihnen blieben. Das gefiel keinem von ihnen, doch sie konnten deren Gastfreundschaft nicht ablehnen. Aldo versuchte es trotzdem, mit dem Hinweis, dass er die beiden Frauen wieder mitnehmen wollte, aber ihre Gesprächspartner schlugen seine Bedenken in den Wind und sagten, sie würden es als Beleidigung ansehen, wenn sie ihre Einladung nicht annähmen und ihre Bräuche nicht respektierten. Sie hatten keine Wahl. Würden sie gehen, bestand die Gefahr, die Drachen nicht mehr lebend zu erreichen.

Sie wurden reichlich bewirtet und Karin, die die letzten Tage nicht eben viel gegessen hatte, langte kräftig zu, was den Nomadenfrauen zu gefallen schien, denn sie brachten ihr immer wieder etwas Neues zum Probieren. Es wurde getanzt und gesungen und jetzt kamen auch die übrigen Frauen und Kinder aus den Zelten und machten mit. Erst spät in der Nacht zogen sich die ersten zurück und endlich konnten auch sie sich in ein bereitgestelltes Zelt zur Ruhe begeben.

Von Ruhe konnte allerdings nicht die Rede sein. Kaum hatten sie den Eingang verschlossen, legte Sora los.

»Habt ihr gesehen, wie sie Karin angestarrt haben?«

»Oh, ja!« Aldo machte ein sorgenvolles Gesicht. »Und ich Idiot habe sie regelrecht dazu aufgefordert, zuzuschlagen, als ich versucht habe, die Einladung abzulehnen.«

Sie beratschlagten ihr weiteres Vorgehen, doch sie hatten nicht viele Möglichkeiten. Kenno machte einen kleinen Rundgang durch das Lager, aber wie erwartet, wurde es gut bewacht, so dass sie sich unmöglich davonschleichen konnten. Aldo machte sich nun ernsthaft Sorgen um ihre Lage. Drei unbewaffnete Männer waren für eine Horde Wüstennomaden auf Brautsuche – die immer mit mindestens einem oder sogar mehreren Dolchen oder Messern bewaffnet herumliefen – kein echtes Hindernis. Schließlich beschlossen sie, jeweils zu zweit Wache zu halten. Falls sie überfallen würden, erklärte Aldo Karin, wäre ihre einzige Chance so schnell wie möglich das Zelt zu verlassen und mit möglichst viel Lärm auf sich aufmerksam zu machen: Eine Entführung musste unbemerkt vonstattengehen, sonst musste die Frau zurückgegeben werden. Und sollte es den Nomaden trotzdem gelingen, eine Frau zu entführen, konnten sie nach dem Recht der Nomaden, die gestohlene Frau auf die gleiche Weise zurückholen, aber nur solange, bis die Trauung vollzogen war und die fand genau drei Tage später statt. Danach war sie Eigentum des Nomadenstammes und sie dann zurückzuholen bedeutete eine Kriegserklärung. Karin konnte sich für diese frauenfeindliche Regelung nicht erwärmen und drohte ihrem potenziellen Entführer alles Mögliche an, doch Aldo schüttelte den Kopf.

»Glaub mir, Karin, du hättest keine Chance. Wir würden dich natürlich trotzdem befreien. Wenn es sein muss, auch mit den Drachen. Es ist allerdings keine gute Sache, sich die Wüstennomaden zu Feinden zu machen.« Er seufzte. »Das wird eine lange Nacht.«

Es begann schon zu dämmern, als es tatsächlich geschah: Sie waren zu sechst und so leise, dass Sora und Aldo, die mit der Nachtwache gerade an der Reihe waren, diese erst bemerkten, als sie schon fast im Zelt waren. Sie hatten keine Zeit mehr, nach draußen zu laufen oder mit Lärm auf sich aufmerksam zu machen, die Angreifer warfen ihnen und den anderen sofort Decken über die Köpfe, so dass ihre Schreie kaum zu hören waren. Sie wehrten sich nach Kräften, aber da sie unbewaffnet waren, hatten sie keine Chance. Als Karin das Messer an ihrem Hals spürte, hörte sie auf, Widerstand zu leisten. Den anderen erging es nicht besser. Natürlich war es Karin, die sie sich ausgesucht hatten. Sie fesselten ihr die Hände auf den Rücken und zogen sie zum Zeltausgang. Plötzlich richtete sich Sora auf.

»Moment! Wartet noch«, rief sie durch ihre Decke. »Es kann sie sowieso nur einer von euch bekommen, ihr solltet das lieber gleich ausmachen. Lasst doch Karin wählen: Jeder darf ihr einen Kuss geben und sie sucht sich einen von denen aus, die sie dann noch wollen. Ich verspreche euch, dass sie ihm dann freiwillig folgen wird.«

Karin wäre Sora am liebsten um den Hals gefallen für diese Idee. Sie unterdrückte ein Grinsen und hielt still. Hoffentlich gingen sie darauf ein! Sie waren tatsächlich einverstanden und nahmen ihr die Decke vom Kopf. Grinsend zog sie der erste in seine

Arme und drückte ihr einen stürmischen Kuss auf die Lippen. Sie erwiderte ihn ausgiebig und vergaß auch nicht kräftig auszuatmen. Wie erwartet, schreckte der Mann angewidert zurück.

»Großer Schatten, was ist das denn!«, stieß er aus und wischte sich den Mund ab.

»Mein Drachenatem«, entgegnete Karin ruhig. »Was hast du denn erwartet? Ich bin eine Drachenreiterin und Drachenkind. Wer ist der nächste?«

Doch plötzlich hatte niemand mehr Lust, sie zu küssen. Einer schielte kurz nach Sora, doch dann überlegte er es sich anders und so plötzlich, wie sie aufgetaucht waren, waren die Männer auch wieder verschwunden.

Nach einem Augenblick der Stille brachen sie in Gelächter aus.

»*Mein Drachenatem*«, wiederholte Sora und lachte noch stärker, während sie Karin losband.

Aldo wurde als erster wieder ernst. »Und was hätten wir gemacht, wenn sie sich Sora ausgesucht hätten?«

Karin blieb das Lachen in der Kehle stecken. Da hätte der Trick nicht funktioniert; Sora war kein Drachenkind und roch deshalb nicht nach Drache.

»Wir hätten sie ohne die Hilfe unserer Drachen wohl kaum zurückbekommen«, fuhr Aldo fort. »Und ihr wisst, was das bedeutet.«

»Ja«, sagte Sora ernst, während sie die zurückgelassenen Decken auf einen Haufen legte, »dann hätten wir jetzt einen Feind mehr.«

Doch sie wurde gleich wieder fröhlich. »Aber so war es nicht! Und von jetzt an dürften alle Drachenreiterinnen sicher sein – sie wissen doch nicht, was ein Drachenkind ist.«

»Es sei denn, Bel Kani verrät ihnen, dass nur ich so rieche«, wandte Karin ein.

»Das ist sogar wahrscheinlich«, meinte Aldo. »Aber sicher noch nicht heute Morgen. Ich glaube, wir können uns alle noch ein wenig ausruhen.«

Er gähnte und legte sich zurück. Die anderen folgten seinem Beispiel und bald waren sie eingeschlafen. Es war nur ein kurzer Schlaf bis zum Sonnenaufgang, aber besser als gar keiner. Obwohl sie unausgeschlafen waren, genossen sie das Frühstück, das man ihnen servierte, in bester Laune und Karin konnte Bel Kani sogar noch einmal in die Arme schließen, bevor sie aufbrachen. Sie wusste, dass sie den Jungen vermissen würde, und ging still neben den anderen her. Dann dachte sie daran, wie viel Glück sie gehabt hatten. Wären die Männer nicht auf Soras Vorschlag eingegangen oder wäre ihnen ihr Geruch egal gewesen, läge sie jetzt wahrscheinlich gefesselt in einem der bunten Zelte und würde so auf den Tag ihrer Hochzeit warten. Und wie schnell man hier in eine gefährliche Lage geraten konnte! Das alles war nur passiert, weil die Unterredung länger als geplant gedauert hatte. Wären sie eine Stunde früher zum Schluss gekommen, hätten sie einfach gehen können, ohne übernachten zu müssen.

Ihre Begleiter schienen die Nacht längst abgehakt zu haben und unterhielten sich angeregt. Sora schwärmte von dem leckeren Frühstück, das sie bekommen hatten – gerade so, als hätten sie eine ganz normale Nacht hinter sich.

Aldo, der an der Spitze ging, drehte sich zu den anderen um.

»Ich weiß nicht, ob ihr es alle mitbekommen habt, die Wüstennomaden drücken sich manchmal etwas umständlich aus, aber sie glauben, Soldaten von Gar in der Nähe der alten Wüstenfestung gesehen zu haben. Die sollten wir uns mal ansehen.«

Endlich eine Spur, der sie folgen konnten!

Als sie die Drachen erreichten, mussten sie feststellen, dass Xara und Mahur verletzt waren. Sie mussten sich gestritten haben. Mahur hatte nur einen harmlosen, blutigen Kratzer an der Nase, doch Xaras Verletzung an der Zehe war tiefer und musste behandelt werden. So kam es, dass Sora und Karin auf Mahur und Mara allein losflogen, um sich die Wüstenfestung anzusehen, während sich die Männer um Xaras Zehe kümmerten.

Sora kannte den Weg und flog voraus. Bald kam eine Gruppe niederer, abgerundeter, dunkelroter Felsen in Sicht, an deren Flanken sich die mächtigen, roten Mauern der Wüstenfestung anschmiegten. Ein ehemals prächtiger Prunkbau erhob sich in der Mitte der Befestigungsanlage. Die weiße Farbe, mit der er gestrichen worden war, war größtenteils abgeblättert und darunter kam das rote Mauerwerk zum Vorschein. Die große, gläserne Kuppel, die in der Mitte des Daches aufragte, war jedoch noch intakt. Sie bestand aus einem Mosaik verschiedenfarbiger Gläser, die im Licht der Wüstensonne wie Edelsteine glitzerten.

Mehrere breite Wege durchbrachen die ringförmige äußere Mauer und führten direkt zu dem prachtvollen Gebäude. Die Wege wurden von dicken, leicht nach innen geneigten und mindestens drei Stockwerke hohen Mauern gesäumt. Auch diese Mauern wiesen bereits erste Spuren des Verfalls auf und heruntergefallene Mauersteine lagen auf den Wegen.

Aus einigen der kleinen Häuschen, die sich um den Prachtbau herum drängten, stieg Rauch. Die Wüstennomaden hatten recht: Die Wüstenfestung war nicht verlassen!

»Geh nicht zu nah ran! Und halte die Augen offen!«, rief Sora ihr zu, bevor sie sich daran machten, die Festung zu überfliegen. »Einmal hin und wieder zurück«, ergänzte sie, dann lenkte sie Mahur ein Stück von Mara weg, um die Festung an einer anderen Stelle zu überfliegen.

Karin steuerte Mara in einem leichten Bogen über die Festung. Mara flog langsam und sie beugte sich weit zur Seite, um möglichst viel erkennen zu können. Sie konnte niemanden entdecken, wohl aber Spuren im Sand. In einem der breiten Wege waren nahe dem Prunkbau etliche Kisten aufgestapelt worden und als sie genauer hinsah, entdeckte sie neben einem Stapel Holzkisten zwei weitere Kisten. Grüne Kisten. Und sie waren auch nicht aus Holz. Wieder überkam sie dieses seltsame Gefühl, als hätte sie so etwas schon einmal gesehen. Vor allem der Farbton, ein dunkles Olivgrün, berührte sie unangenehm. Gar durfte diese Kisten nicht haben. Das war falsch! Sie konnte nicht sagen wieso, aber sie war sich ihrer Sache sicher. Und sie war sich sicher, dass diese Kisten die Lösung für alle ihre Fragen bargen, sie musste unbedingt wissen, was darin war. Auf dem Rückflug ließ sie Mara etwas tiefer fliegen, um besser sehen zu können. Als sie bemerkte, dass die Kisten unbewacht mitten auf dem Weg standen, dachte sie nicht mehr an das, was ihr Sora gesagt hatte. Diese Gelegenheit konnte sie sich nicht entgehen lassen.

»Los. Mara! Schnapp dir eine von den grünen Kisten!«, rief sie und ließ Mara in den Sturzflug übergehen. Sie hörte Sora etwas rufen, doch sie achtete nicht darauf. Mara bremste ihren Flug und schoss mit halb angelegten Flügeln in den Weg hinein. Gerade als sie ihre Füße nach den Kisten streckte, spannten sich plötzlich überall Seile zwischen den Mauern auf und Mara blieb mit ihrem linken Flügel darin hängen. Sie wurde abrupt abgestoppt, als der Flügel heftig nach hinten gerissen wurde, und Karin kopfüber aus dem Sattel geschleudert. Das letzte, was sie sah, war, wie sich Mara mit grotesk verdrehten Flügeln überschlug, dann prallte sie mit dem Rücken voran gegen eine Wand.

Als sie wieder zu sich kam, hatte sie fürchterliche Kopfschmerzen und konnte kaum atmen. Es dauerte lange, bis sie in der Lage dazu war, einen Gedanken zu Ende zu denken. Der erste bewusste Gedanke war, dass sie auf irgendetwas Hartem lag. Der Zweite, dass sie nicht allein war; sie hörte Stimmen. Sie versuchte, die Augen zu öffnen, und sah über sich verschwommen eine gewölbte Decke aus roten Steinen. Wo war sie? Und woher kamen diese Kopfschmerzen? Sie stöhnte und legte die Hände über die Augen. Wieder hörte sie eine Stimme und dann lachte jemand. Als sie die Hände von den Augen nahm, stellte sie fest, dass sich zwischen ihren Handgelenken ein Strick spannte. Sie war gefesselt! Allerdings sehr nachlässig; das war keine Fessel, das war eine Beleidigung! Der Abstand zwischen ihren Händen war gut zwei Hand breit und die Enden des Strickes waren nur einmal um ihre Handgelenke geschlungen und mit zwei lockeren Knoten festgezogen. Sie hätte die Knoten mühelos lösen können – wenn sie allein gewesen wäre. Sie drehte den Kopf, um zu sehen, woher die Stimmen kamen.

Sie sah zwei Männer. Der eine lehnte lässig im Türrahmen des kleinen Raumes, in dem sie sich befand und redete auf den anderen ein, der an der gegenüberliegenden Wand auf einer schmalen Pritsche saß. Er war damit beschäftigt, sich mit einem Messer den Dreck unter den Nägeln herauszupulen. Sie trugen die gleiche Uniform, wie sie auch die Soldaten von Gar getragen hatten, als sie in ihre Welt eingedrungen waren. Schlagartig setzte Karins Erinnerungsvermögen wieder ein. Mara! Sie hatte Mara in eine Falle gesteuert! Sie stöhnte auf. Sie sah die verdrehten Flügel von Mara vor sich und wie sie sich überschlagen hatte. Und dass sie dabei an der Decke gehangen hatte und der Himmel unter ihr gewesen war. War Mara tot? Nein, das durfte nicht sein! Sie versuchte, sich aufzusetzen, aber ihr Kopf dröhnte und vor ihren

Augen begannen schwarze Flecken zu tanzen. Außerdem fiel es ihr zunehmend schwerer zu atmen und sie rang nach Luft. Wieso konnte sie nicht richtig atmen? Sie gab auf und sank wieder zurück.

Als die Männer bemerkten, dass sie wach war, unterbrachen sie ihr Gespräch und sahen zu ihr herüber. Der eine hörte auf, den Dreck unter seinen Nägeln hervorzukratzen, und ließ sein Messer in seinem rechten Stiefel verschwinden, bevor er aufstand und langsam zu ihr herüberkam.

»Sieh an«, sagte er. »Unsere kleine Drachenreiterin ist doch tatsächlich noch einmal aufgewacht.«

Er beugte sich über sie und fasste sie am Kinn. Mit der anderen Hand fuhr er dicht an ihren Augen vorbei. Karin blinzelte.

»Du kannst sogar etwas sehen«, stellte er fest. »Dann wollen wir dich mal zu Gar bringen. Er wird seine helle Freude an dir haben. Hoch mit dir!«

Er packte sie an den Armen und zog sie hoch. Sofort wurde ihr schwindlig und die schwarzen Flecken tanzten wild vor ihren Augen. Als er sie auf die Beine stellte, gaben diese unter ihr nach. Er fing sie kurz vor dem Boden auf.

»Schon wieder müde?«, spottete er.

Der zweite Mann kam ihm zu Hilfe und sie griffen ihr unter die Arme und stellten sie wieder auf die Füße. Sie hatten sie fest im Griff, so dass sie nicht noch einmal zusammenbrechen konnte, als die beiden sie nun aus dem Raum führten. Zu dem Schwindel gesellte sich jetzt auch noch Übelkeit und als die Männer sie eine lange Steintreppe hinaufzerrten, musste sie sich übergeben. Sie ließen sie los und sie ging zu Boden und spuckte das Frühstück, das sie bei den Nomaden bekommen hatte, auf die Treppenstufen. Die tanzenden, schwarzen Flecken verdichteten sich zu einer schwarzen Wand und sie bekam kaum noch Luft. Völlig orientierungslos kauerte sie auf den Treppenstufen. Die Männer warteten, bis sie wieder ruhiger atmen konnte, dann bückten sie sich nach ihr und zogen sie erneut auf die Beine.

»Komm, du wirst erwartet!«, sagte einer der beiden und mit einem hämischen Grinsen im Gesicht fügte er hinzu: »Aufwischen kannst du hinterher.«

Sie zerrten sie die restliche Treppe hinauf und führten sie zu einer großen Tür, vor der zwei Wachposten standen. Der eine verschwand durch ebendiese Tür und sie warteten. Das gab ihr Zeit, sich ein wenig zu erholen. Allmählich wurden die schwarzen Flecken weniger und auch das Schwindelgefühl ließ nach. Sogar ihr Atem beruhigte sich langsam und sie war in der Lage, selbstständig stehenzubleiben. Die Männer lockerten ihren Griff, ließen sie jedoch nicht los.

Der Wachposten kam zurück und ihre Bewacher führten sie durch die Tür in eine große Halle. Große, reichhaltig mit bunten Ornamenten verzierte Säulen, die sie an die ähnlich gemusterten Zelte der Nomaden erinnerten, stützten die bunte Glaskuppel, die über ihnen thronte. Auch die Wände waren mit Reliefs und Gemälden verziert und obwohl der Putz schon teilweise abgefallen war und nicht wenige der Kunstwerke beschädigt waren, konnte man noch den Glanz vergangener Tage spüren. Besonders das Licht, das durch die farbige Glaskuppel hereinfiel, gab dem Raum eine besondere Atmosphäre, so dass man, ähnlich wie in einer reichhaltig verzierten Barockkirche, ganz von selbst in andächtiges Schweigen verfiel.

Karin hatte keine Augen für diese Pracht. Sie brauchte ihre ganze Kraft, um sich auf den Beinen zu halten. Mit ihrem eingeschränkten Sehvermögen registrierte sie lediglich, dass sie zwischen zwei langen Tischreihen entlanggeführt wurde, bis sie vor einer erhöhten Bühne Halt machten.

Auf und neben dieser Bühne stand eine Gruppe bewaffneter Soldaten, die sich lautstark miteinander unterhielten. Weiter hinten an der Wand standen ein paar prunkvoll verzierte Stühle und auf einem davon saß Gar.

Sie erkannte ihn sofort. Er trug die gleiche Uniform mit den roten Verzierungen, wie er sie auch getragen hatte, als er in ihre Welt eingedrungen war. Als er sie sah, stand er auf und kam die drei Stufen, die den restlichen Raum mit der Bühne verbanden, herunter. Und dann stand sie vor ihm. Vor dem Mann, der ihre Freunde umbringen hatte lassen, der auch sie fast umgebracht hatte und der ganz bestimmt auch für den Tod der unschuldigen Dorfbewohner verantwortlich war.

Er war fast einen Kopf größer als sie, hatte ebenso schwarze, knapp fingerlange Haare wie die meisten Drachenreiter, aber braune Augen, mit denen er sie jetzt neugierig musterte. Sie schätzte ihn auf etwa vierzig Jahre und man sah ihm an, dass er es gewohnt war, Befehle zu geben. Zu ihrem Verdruss musste sie zugeben, dass er richtig gut aussah; es passte so gar nicht zu dem Bild des fiesen Verbrechers, das sie sich ausgemalt hatte. Wenn sie nicht gewusst hätte, vor wem sie da stand, hätte sie auf die bekannte Vertrauensfrage: »Würden sie von diesem Mann einen Gebrauchtwagen kaufen?« bedenkenlos mit »Ja!« geantwortet.

Gar bedachte sie mit einem, für die Situation völlig unpassenden, freundlichen Lächeln und sie spürte, wie die Wut in ihr hochstieg. Wie konnte er sie so unschuldig anlächeln, als würde er eine gute Freundin begrüßen, wo sie doch seine Gefangene war und obendrein auch noch verletzt? Und obwohl er doch ihre Freunde umgebracht hatte? Sie wäre am liebsten auf ihn losgegangen, aber sie hatte genug damit zu tun, auf den Beinen zu bleiben.

»Sieh mal an, wen wir da haben: Eine Drachenreiterin!«, begann Gar, ohne dabei aufzuhören zu lächeln. »Und was für eine! Wirklich außergewöhnlich.« Gar fuhr ihr mit den Fingern durch die Haare, um dann fester zuzugreifen. Er zog sie zu sich her, bis ihr Gesicht dicht vor seinem war. Mit dem Rücken der anderen Hand strich er ihr sanft über die Wange.

»Wirklich schade um dich. Leider wirst du wohl nicht mehr lange genug leben, dass ich etwas von dir habe.« Er ließ sie los. »Es nimmt mich wunder, dass du überhaupt noch einmal aufgewacht bist, jetzt muss ich wohl doch noch nachhelfen.« Er ging um sie herum und musterte sie gründlich. »Für einen Drachenreiter bist du ziemlich zierlich gebaut«, stellte er fest. »Umso mehr nimmt es mich wunder, dass du noch am Leben bist.« Er hatte seine Runde beendet und baute sich wieder vor ihr auf. »Ich habe nie geglaubt, dass Drachenreiter intelligent sind, aber für so dumm, in so eine Falle zu fliegen, hätte ich euch doch nicht gehalten. Umso besser für mich! Jetzt habe ich endlich den Beweis, dass ihr alles andere als harmlos seid, dass ihr euch nicht um Gesetze schert und Überfälle auf Unschuldige unternehmt. Wunderbar! Ich habe schon lange auf so eine Gelegenheit gewartet.«

Karin wurde eiskalt bei diesen Worten. Was hatte sie getan? Sie hatte doch nur helfen wollen, einen Beweis gegen Gar zu finden, und nun hatte sie stattdessen ihm in die Hände gespielt!

»Ich habe jede Menge Zeugen für deinen heimtückischen Überfall; ich brauche dich nicht mehr. Es macht nichts, wenn du stirbst – und das wirst du mit Sicherheit. Notfalls kann ich ein wenig nachhelfen.« Er grinste und fasste sie am Kinn.

»In der Zwischenzeit kannst du mich gerne ein wenig unterhalten.« Wieder ließ er ihre Haare durch seine Finger gleiten.

»Es wäre schade um dich, wenn ich dich einfach so gehen lassen würde.«

Er beugte sich vor, als wollte er ihr einen Kuss geben.

Das war zu viel! Reflexartig riss sie das Knie hoch – und landete einen Volltreffer. Mit einem Stöhnen ging Gar in die Knie. Bevor die beiden Soldaten, die sie hielten, reagieren und fester zupacken konnten, ließ sie sich rückwärts fallen und riss dabei ein Bein hoch. Einer der beiden ließ sie sogar ganz los, der andere wurde von ihrem Gewicht nach unten gezogen und wieder landete sie einen Volltreffer: Ihr Stiefel traf ihn mitten ins Gesicht. Er ließ sie los und brach neben ihr zusammen. Der andere bückte sich nach ihr, um sie erneut zu greifen, aber obwohl die schwarzen Flecken vor ihren Augen wieder heftig zu tanzen begannen und sie kaum noch etwas sehen konnte, schaffte sie es, das Bein, das sie gerade noch nach oben gerissen hatte, seitlich neben einem Bein des Mannes zu platzieren und als sie jetzt die Beine scherte, zog sie ihm sein Bein unter dem Körper weg und er fiel über sie. Er rappelte sich schnell auf und packte sie von hinten, doch sie erwischte seinen Stiefel – seinen rechten – und es gelang ihr, auf ihr selbst unerklärliche Weise, das Messer, das darin steckte, herauszuziehen. Und als er sie hochzog, stach sie damit ziellos nach hinten – und landete den dritten Treffer. Der Mann schrie auf und ließ sie los. Als sie sich mühsam aufrappelte, sah sie, dass das Messer in seinem Oberschenkel steckte. Und sie sah, dass der andere, den sie mit dem Stiefel getroffen hatte, bereits wieder versuchte, aufzustehen. Er hielt eine Hand an den blutenden Mund gepresst, aber sein Blick verriet ihr, dass sie besser nicht mehr in seiner Nähe sein sollte, sobald er auf den Beinen war. Endlich kam sie selbst auf die Beine und versuchte zu flüchten, hatte jedoch Mühe, das Gleichgewicht zu halten, und taumelte von einer Seite auf die andere.

»Erschießt sie!«, hörte sie jemanden schreien. Sie konnte nicht sagen, ob es Gar oder jemand anderes gewesen war, der diesen Befehl gab, aber als sie die Stimme hörte, blieb sie stehen und drehte sich um. Sie konnte gerade noch das Aufblitzen der Lichtpfeile sehen, dann wurde sie von einem Schwarm Pfeile getroffen. Bis auf zwei landeten alle auf ihrem Brustpanzer. Der hielt den Pfeilen stand und sie zersprangen und verspritzten das Gift wirkungslos in die Umgebung. Doch die Wucht der Pfeile riss sie von den Beinen und sie fiel rücklings auf den harten Boden. Sofort explodierte der Schmerz in ihrem Kopf, sie war kurz davor, das Bewusstsein zu verlieren.

Zwei der Pfeile hatten sie nicht an der Brust getroffen. Entweder waren einige von Gars Elitesoldaten weniger gute Schützen oder intelligenter als die Übrigen: Der eine Pfeil steckte in ihrem linken Oberschenkel, der andere hatte sich durch ihren linken Oberarm gebohrt. Hier hatte sie keinen Schutzpanzer und das Gift konnte ungehindert zur Wirkung kommen. Noch während sie fiel, spürte sie, wie der Pfeil in ihrem Arm zerbrach und sich das Gift dort ausbreitete. Ein brennender Schmerz wanderte durch ihren Arm und sie war nicht mehr in der Lage, ihn zu bewegen. Sie stöhnte auf und tastet mit dem gesunden Arm nach dem Pfeil in ihrem Bein. Wenn sie schon sterben musste, dann sollte es wenigstens schnell genug gehen, dass Gar keine Gelegenheit mehr dazu hatte, sich mit ihr zu vergnügen. Sie packte den Pfeil und zog ihn mit einem Ruck heraus. Die Pfeilspitze widersetzte sich der Bewegung und zerbrach. Sie spürte erneut, wie sich das Gift in ihrem Körper ausbreitete und stöhnte abermals auf. Sie konnte sich nicht mehr bewegen, aber sie verlor immer noch nicht das Bewusstsein. Als sie ihren Blick nach oben richtete, sah sie etwas Seltsames: Jemand stand an die Kuppel gelehnt auf dem Dach und beobachtete sie. War das ein Engel, der sie abholen sollte? Sie lächelte. Gleich würde es vorbei sein. Doch immer noch bekam sie vage mit, was um sie herum vorging. Jemand kam zu ihr und beugte sich über sie. War das der Engel? Doch als der Engel zu sprechen anfing, erkannte sie, dass es keiner war.

»Werft sie in den Graben! Die ist erledigt!«

Es war die nicht gerade sanft klingende Stimme von Gar. Und der war wahrhaftig kein Engel! Kurz darauf wurde sie an den Händen gepackt und davongeschleift. Noch immer verlor sie das Bewusstsein nicht; im Gegenteil. Sie bekam wieder mehr davon mit, was um sie herum geschah. Und als man sie eine lange Treppe hinaufschleifte, spürte sie schmerzhaft jede einzelne Treppenstufe, sodass die schwarzen Flecken wie wild vor ihren Augen tanzten.

Aber sie konnte den Arm wieder bewegen und als die beiden Männer, die sie so unsanft die Treppe hinaufzogen, oben angekommen waren, konnte sie zuletzt auch das Bein wieder bewegen. Ein Luftzug streifte über ihren Körper und sie wusste, dass sie das Gebäude verlassen hatten. Sie blinzelte in die Sonne und sah links neben sich die gläserne Kuppel aufragen. Rechts von ihr gab es ein niedriges Geländer. Sie befanden sich auf dem Dach des Gebäudes! Und sie sah noch etwas: Mitten auf der Kuppel saß zusammengekauert und völlig bewegungslos ein großer, grüner Drache. Die beiden Männer bemerkten ihn nicht. Sie hatten ihre Hände losgelassen und einer beugte sich über das Geländer und sah nach unten. Karin starrte den Drachen an. Nur sie allein konnte ihn sehen! Der Engel hatte sich in einen Drachen verwandelt. Er kam ihr bekannt vor. Es war Mahur. Die Männer ergriffen sie an Händen und Füßen und hoben sie an. Als sie begannen, sie hin und her zu schwenken, um sie mit Schwung über das Geländer zu werfen, lief plötzlich eine Gestalt über die Kuppel. Es war Sora! Oder etwas, das so aussah wie diese. Auf einmal wusste Karin, dass sie unbedingt zu Mahur wollte. Er sollte sie zu Rudi und ihren anderen toten Freunden bringen. Ohne Vorwarnung versuchte sie, sich aus dem Griff der Männer zu befreien. Das traf diese völlig überraschend und sie ließen sie los. Der harte Aufprall auf dem Boden brachte die schwarzen Flecken vor ihren Augen zum Tanzen und sie blieb erst einmal liegen.

»Die ist überhaupt noch nicht tot!«, rief einer der beiden entsetzt.

»Aber bald!«, erklärte der andere bestimmt und griff erneut nach Karins Handgelenken. Sie sah noch einmal zur Kuppel hinüber. Sora – oder was auch immer das war – hatte den Mahur-Engel inzwischen erreicht und machte sich daran, auf ihn aufzusteigen.

»Warte auf mich«, murmelte Karin. Die Männer hatten sie inzwischen zum zweiten Mal hochgehoben und schwangen sie wieder hin und her. Doch plötzlich erstarrte der eine mitten in der Bewegung.

»Hyrdas Schatten soll mich holen!«, rief er aus. »Ein Drache!«

Karin sah, wie Mahur die Flügel ausbreitete und startete. Ohne sie!

»Nein!«, rief sie und versuchte wieder, sich aus dem Griff der Männer zu befreien. Als Mahur auf sie zuflog, ließen die Männer sie abermals los.

»Spring!«, rief plötzlich Sora, als der Drache über sie hinwegrauschte, dass die Männer in Deckung gingen.

Und Karin überlegte nicht lange. Sie rappelte sich unbeholfen auf und versuchte, auf das Geländer zu klettern. Die Männer hatten sich von dem ersten Schreck erholt und griffen nach ihr.

»Spring!«, rief Sora ein weiteres Mal, während sie mit Mahur erneut von oben auf sie zustürzte. Wieder ließen die Männer Karin los und gingen in Deckung. Karin schaffte es irgendwie auf das Geländer und sprang. »Ich komme, Mahur«, murmelte sie noch, dann stürzte sie unaufhaltsam zur Erde. Sie streckte die Arme und Beine weit von sich, um möglichst langsam zu fallen, so wie Niro es ihr vorgeführt hatte. Nur, dass das mit den Armen nicht so funktionierte, da sie immer noch gefesselt war. Sie fiel viel schneller als geplant. Gleich würde sie in dem Graben landen, ganz so, wie es Gar für sie vorgesehen hatte …

Im letzten Augenblick gelang es Mahur, sie einzuholen und mit den Klauen aus der Luft zu fischen. Staub wirbelte auf und seine Flügel berührten den Boden, als er seinen Sturzflug abfing. Sein Griff war fest und Karin, die sowieso kaum Luft bekommen hatte, konnte gar nicht mehr atmen. Die schwarzen Flecken vor ihren Augen verdichteten sich und endlich verlor sie das Bewusstsein.

Als sie wieder zu sich kam, hing sie immer noch in den Klauen von Mahur. Er hatte sie inzwischen mit zwei Füßen gefasst: Die Zehen des einen umfassten ihre Beine, die des anderen, Arme und Oberkörper. Er hielt sie locker genug, dass sie ausreichend Luft bekam. Unter ihr flog das Meer rasend schnell vorbei und sie hörte den angestrengten Atem von Mahur. Lange konnte er dieses schnelle Tempo sicher nicht mehr durchhalten. Während sie den Blick auf das Wasser unter ihr gerichtet hielt, kam sie langsam zu dem Schluss, dass sie wohl doch nicht tot war. Tote spürten keine Schmerzen. Ihr tat jeder Atemzug weh, von den Kopfschmerzen ganz zu schweigen. Doch woher kam Mahur, wenn er gar kein Engel war? Dann veränderte sich das Meer unter ihr; die Wellen bekamen kleine Schaumkronen und der Drache verlangsamte seinen Flug. Schließlich landete er in einer großen Höhle und gab sie frei. Sie hörte Stimmen, die sich zusammen mit Mahur entfernten. Bald näherten sich eilige Schritte und Karin versuchte, auf die Beine zu kommen. Zu ihrer eigenen Überraschung schaffte sie es tatsächlich, obwohl die schwarzen Flecken wieder vor ihren Augen erschienen. Sie stand vor Sora und Niro. Sora funkelte sie wütend an.

»Du, du …« Doch statt weiter etwas zu sagen, holte sie aus und verpasste ihr eine kräftige Ohrfeige. Karin verlor das Gleichgewicht und landete erneut auf dem Boden, von dem sie sich gerade so mühsam hochgerappelt hatte. Jetzt sah sie nicht nur tanzende, schwarze Flecken vor ihren Augen, jetzt sah sie alles auch noch doppelt.

»Wenn du nicht gebraucht würdest …«, stieß Sora hervor, als sie mit Niro zusammen Karin wieder auf die Beine stellte. Karin brachte keinen Ton heraus. Soras Feindseligkeit traf sie fast härter, als der Schlag, den diese ihr verpasst hatte. Nur, sie hatte wohl Mara umgebracht und Sora hatte noch gesagt, sie solle nicht so nah rangehen. Sie hatte es verdient, geschlagen zu werden.

Die beiden zogen sie eilig mit sich, aber Karins Beine machten nicht mit und so nahmen sie ihren geschwächten Körper auf die Arme und trugen sie. Karin versuchte erst gar nicht, herauszufinden, wohin die beiden sie brachten. Kurz darauf hörte sie Lärm und ein Drache brüllte markerschütternd. Sie hob den Kopf. Diesen Schrei kannte sie. War das Mara? Nein, das war unmöglich. Schon öffnete sich vor ihnen eine große, dunkle Höhle und sie erkannte, dass sie sich in der Falle befanden. Eine größere Zahl Drachenreiter kämpfte darin mit einem Drachen. Der Drache war Mara. Mara lebte! Eine Welle der Erleichterung durchflutete Karin. Aber etwas war ganz und gar nicht in Ordnung. Mara versuchte ständig, die Falle zu verlassen. Die großen Steintore waren bis auf einen Spalt, der ein wenig Licht hereinließ, zugeschoben und Mara steckte immer wieder den Kopf in den Spalt und brüllte lautstark. Jedes Mal, wenn die Drachenreiter versuchten, sich ihr zu nähern, fuhr sie zurück und stieß sie weg. Sie wollte sich nicht helfen lassen! Doch sie war verletzt: Ihr linker Flügel war mehrfach gebrochen und schleifte nutzlos über den Boden. Und ihre Schnauzenspitze war voll Blut, bei jedem Atemzug versprühte sie einen feinen, roten Nebel.

»Mara!«, brachte Karin heraus. Aber Mara bemerkte sie nicht.

»Sie sucht dich«, erklärte Sora. »Sie will unbedingt zurück, um dich zu holen! Dabei kann sie weder fliegen, noch riechen mit all dem Blut in der Nase. Sie lässt sich nicht einmal helfen.«

Sie brachten sie näher zu Maras Kopf und stellten sie auf die Füße.

»Mara!«, sagte Karin wieder und dieses Mal hörte es Mara. Sie hielt inne und drehte den Kopf. Dann stieß sie einen seltsam wimmernden Laut aus, wie ihn Karin bisher noch nie bei einem Drachen gehört hatte und versuchte, Karin abzulecken.

Niro drückte mit aller Macht gegen den Drachenkopf, um sie daran zu hindern. »Das kannst du später auch noch erledigen!«

Sora sah Karin an. »Sorg dafür, dass sie still hält! Das ist das Mindeste, was du tun kannst!«

Sie griff nach einer ihrer Spitzen und zerschnitt das Seil, mit dem Karins Handgelenke noch immer zusammengebunden waren.

»Wie denn?«, brachte Karin heraus. Sie konnte sich ja selbst kaum auf den Beinen halten, wie sollte sie da Mara helfen?

»So«, sagte Niro und nahm Karins linken Arm. Als Mara kurz das Maul öffnete, schob er ihn schnell von der Seite hinein und legte ihre Finger vorne, dort wo ihr Kopf noch nicht so breit war, um die Zähne auf der anderen Seite.

»Halt dich an den Zähnen fest! Jetzt muss sie still halten, wenn sie dich nicht verletzen will.«

Und Mara hielt still. Karin unternahm einen schwachen Versuch, Mara mit der anderen Hand zu kraulen, aber es war zu anstrengend, den Arm zu heben, außerdem stand sie zu weit vorne am Drachenkopf. Sie wusste nicht, wie lange sie neben Maras Kopf stand, mit ihrem Arm in deren Rachen. Sie merkte, wie sie begann abzudriften und immer weniger von dem mitbekam, was um sie herum geschah. Ab und zu hörte sie einige Rufe und einmal zuckte Mara vor Schmerz zusammen. Dabei verletzte sie Karin und Blut begann in Maras Rachen zu tropfen.

Wieder stieß Mara diesen wimmernden Laut aus, hielt jedoch weiterhin still.

»Du kannst sie loslassen!«

Karin blieb stehen. Was sollte sie loslassen? Jemand löste ihre Finger von Maras Zähnen und nahm ihren Arm aus dem Rachen. Sie bemerkte, dass er jetzt rot war. Rot vom Blut, das aus ihrem Handgelenk strömte, wo Maras Zahn sie verletzt hatte. Rot war eine schöne Farbe.

Hände fassten ihre Schultern und schoben sie fort.

»Geh!«, hörte sie jemanden sagen.

Sie machte ein paar Schritte in Richtung auf die Schlupflöcher zu, doch dann fand sie sich auf dem Boden wieder. Niemand beachtete sie. Sie lag einfach da und lauschte den leiser werdenden Stimmen um sie herum, bis sie überhaupt nichts mehr wahrnahm.

9 Schuldgefühle und das verlorene Vertrauen

Als sie wieder erwachte, lag sie in einem Bett und war sorgfältig zugedeckt. Sie war so schwach, dass sie nicht einmal die Arme heben konnte. Lediglich den Kopf konnte sie zur Seite drehen, um sich umzusehen. Überall Vorhänge. Sie musste im Heilhaus bei Bataya sein. Das Atmen schmerzte immer noch etwas und als sie den Kopf drehte, meldeten sich auch die Kopfschmerzen zurück. Sie beschränkte sich darauf, liegenzubleiben und die Decke anzustarren. Bald hörte sie Schritte und Bataya kam in ihr Abteil. Diese sagte kein Wort, zählte Tropfen auf einen Löffel und schob ihn ihr dann in den Mund. Karin wollte nach Mara fragen, aber so schnell, wie sie gekommen war, war Bataya auch schon wieder verschwunden. Ihr blieb nur die Decke. Bald war sie wieder eingeschlafen.

Als sie das nächste Mal aufwachte, war es nicht viel anders: Nach kurzer Zeit kam Bataya und flößte ihr irgendetwas ein, um gleich darauf wieder zu verschwinden. Dieses Spiel wiederholte sich mehrmals. Wenn es auch nicht immer Bataya war; einige Male kam Kers und einmal sogar Rimo. Meist war Karin nicht einmal richtig wach und nie gelang es ihr, nach Mara zu fragen.

In ihrer nächsten Wachphase änderte sich das. Sie lag schon länger wach, bevor sie ihren Besuch bekam, und dann erschienen Bataya und Kelim gemeinsam und brachten ein größeres Körbchen mit. Kelim setzte sich vor ihr Bett und musterte sie schweigend. Karin nutzte die Gelegenheit, um sich endlich nach Mara zu erkundigen.

»Wie geht es Mara?«, fragte sie mit schwacher Stimme.

Kelim öffnete verblüfft den Mund und sah dann zu Bataya hinüber, die seinen Blick erwiderte.

»Sie hat nach ihrem Drachen gefragt!«, stellte sie aufgeregt fest. »Sie kann sich erinnern!«

Kelim nickte. »Ich habe es auch gehört«, sagte er, dann sah er Karin wieder an und ein erleichtertes Lächeln breitete sich über sein Gesicht aus.

»Du willst wissen, wie es Mara geht? Willst du nicht lieber erst wissen, wie es um dich steht?«

Karin brachte andeutungsweise ein Kopfschütteln zustande.

Bataya lachte auf. »Das ist doch typisch! Das Einzige, was Drachenreiter im Kopf haben, sind ihre Drachen!« Sie schüttelte den Kopf. »Wenn du willst, dass sie aufhören von ihren Drachen zu reden, musst du sie erst beerdigen. Und dann kehren sie wahrscheinlich als Geist wieder, wenn du ihnen vorher keine Antwort auf eine Frage zu ihren Drachen gegeben hast.«

Kelim lachte. »Ich glaube, da kannst du recht haben!«

Er legte eine Hand beruhigend auf Karins Schulter. »Mara wird wieder gesund werden. Ihre Nase ist schon wieder in Ordnung und ihr Flügel wird auch bald geheilt sein.«

Erleichtert schloss Karin die Augen. Wenn nur Mara gesund würde, dann war alles gut. Obwohl … sie öffnete die Augen wieder.

»Gar …«, setzte sie an, aber Kelim legte ihr einen Finger auf die Lippen.

»Scht. Keine Fragen mehr. Du brauchst Ruhe.«

Bataya stellte das Kopfteil von Karins Bett etwas höher und Kelim begann, sie zu füttern. Sie wollte nichts, doch er gab nicht eher Ruhe, bis die Schüssel mit Brühe leer war. Danach hielt er ihr Tafeln mit weißen Punkten vor das Gesicht und sie sollte jeweils sagen, wie viele es waren. Offenbar zufrieden mit ihren Antworten, griff er nach dem Löffel und Bataya zählte die Tropfen ab. Gehorsam schluckte Karin. Sie wusste, dass die Tropfen sie bald wieder einschlafen lassen würden und so war es auch.

Auch beim nächsten Mal musste sie sich erst füttern lassen, ehe sie untersucht wurde. Dieses Mal sollte sie Hände und Füße in einer bestimmten Reihenfolge bewegen. Aber als sie von Gar berichten wollte, legte Kelim ihr wieder den Finger an die Lippen.

»Still! Das kann alles warten.«

Beim dritten Mal prüfte Kelim ihr Erinnerungsvermögen und fragte sie unter anderem nach ihrem Namen und ihrem Alter. Als sie daraufhin antwortete: »Zwanzig«, runzelte Kelim die Stirn.

»Bist du dir sicher?«, fragte er zurück.

»Natürlich«, antwortete Karin leise. »Ich bin gerade erst zwanzig Jahre alt geworden – kurz vor unserem Ausflug in die Berge. Da wo dann … dann das Tor war.«

Kelim lachte. »Zwanzig Jahre! Ach so.«

Karin verstand nicht, was daran so komisch war, aber sie sagte nichts. Eigentlich hatte sie sich noch nach Mara erkundigen wollen, von Gar erzählen und endlich auch fragen wollen, was mit ihr passiert war und wieso es ihr so schlecht ging, doch das bisschen Fragen beantworten hatte sie so ermüdet, als hätte sie einen mehrstündigen Vortrag gehalten und sie verschob es auf später.

Kelim griff nach dem Fläschchen mit den Tropfen. »Deine Erinnerung an frühere Dinge scheint nicht gelitten zu haben. Ich denke, dass du dich soweit erholt hast, dass wir beim nächsten Mal ein paar Dinge besprechen können.« Er zählte die Tropfen auf den Löffel und gab sie ihr.

Karin wachte auf, als der Vorhang geräuschvoll aufgezogen wurde. Sie erkannte die Stimmen von Kelim und Bataya, war jedoch noch zu benommen, um etwas anderes zu tun, als zuzuhören.

»… gesagt, es war ein Fehler, ihr zu vertrauen und ihr sogar einen Drachen anzuvertrauen«, hörte sie Kelim sagen.

»Und wenn ihr Sora verzeiht?«, fragte Bataya, während sie etwas auf dem Tischchen abstellte.

»Das wird ihr nicht viel helfen. Außerdem bin ich mir gar nicht so sicher, dass das Sora auch will: Sie ist maßlos enttäuscht von ihr, weil sie nicht getan hat, was sie ihr gesagt hat. Sie hat ihr vertraut. Und nun das. Schlimmer hätte es gar nicht kommen können.«

»Sag das nicht«, widersprach Bataya. »Mara und sie haben es immerhin überlebt. Und außerdem hat Mara …«

»Das spielt hierbei aber keine Rolle«, unterbrach Kelim sie, »auch wenn es uns möglicherweise helfen kann.«

»Ich finde nicht, dass das gerecht ist, sie ist nun mal anders.«

Kelim seufzte und nahm Karins Decke weg. Sie spürte die kühle Luft auf ihrer nackten Haut.

»Trotzdem: Es gibt nicht mehr viele, die ihr vertrauen. Auf dieser Basis kann sie kein Drachenreiter bleiben. Rodan wird sie …«

»Hör auf! Wer hat sie denn losgeschickt?«

»Ja, auch der ganze Erkundungstrupp macht sich Vorwürfe, weil sie Karin allein fliegen haben lassen, obwohl der Junge nicht mehr bei ihnen war. Aber das ändert nichts an der Tatsache, dass Karin eigenmächtig gehandelt hat. Und jetzt Schluss damit, du hast gesagt, sie wird bald aufwachen. Wir sollten fertig sein, bevor sie wach ist, sonst hat sie zu starke Schmerzen.«

Sie drehten Karin auf die Vorderseite und entfernten den Verband, den sie um den Kopf trug. Karin erschien es unmöglich, auch nur den kleinen Finger zu bewegen, und ließ es einfach geschehen.

»Was ist mit *dir*?«, fragte Bataya dabei. »Du kennst sie am besten von uns allen. Vertraust du ihr noch?«

Kelim seufzte. »Ich habe mir solche Mühe gegeben, ihr beizubringen, was es für unsere Gemeinschaft bedeutet, einander zu vertrauen und dass sie zu wenig weiß, um eigene Entscheidungen zu treffen. Es ist mir nicht gelungen. Aber ich vertraue ihr trotzdem, wenn auch nicht bei allem: Mit vielen Situationen ist sie überfordert. Sie überdenkt immer die Dinge und entscheidet sich dann – obwohl sie in vielen Situationen gar nicht genug weiß, um etwas entscheiden zu können. Ihr erschien es in diesem Moment wohl als das einzig Richtige, näher an die Kisten zu fliegen. Ich denke, dass das, was Sora gesagt hatte, für sie keine Bedeutung mehr hatte, da sich ihrer Meinung nach die Situation mit der Entdeckung der Kisten geändert hatte und eine neue Handlungsweise erforderte. Sicher war das falsch, doch das konnte sie nicht wissen, und an meine Mahnung, sich im Zweifelsfall nicht auf ihre Erfahrungen, sondern auf unsere zu verlassen, hat sie in der Aufregung des Augenblicks natürlich nicht gedacht. Sie hat in bester Absicht gehandelt. Das ist jedenfalls meine Meinung – und ich glaube, man kann ihr trotz dieses Fehlers noch immer vertrauen. Man darf sie allerdings nicht vor derartige Entscheidungen stellen, das überfordert sie!« Er seufzte wieder. »Aber mit dieser einen Entscheidung hat sie alles zerstört.«

Bataya hatte die letzten Lagen des Verbandes abgewickelt und entfernt die darunter liegende, harte Schale, dann befühlte sie vorsichtig Karins Hinterkopf.

»Es ist unglaublich. Man spürt es kaum noch. Wenn ich es nicht selbst gesehen hätte, würde ich es nicht glauben. Fühl selbst!«

Die Hände wanderten unter Karins Kinn, um den Kopf zu stützen, während jetzt Kelims Hände über ihren Hinterkopf glitten.

»Ja, jeder andere wäre gestorben. Mara hat ihr bereits das zweite Mal das Leben gerettet.«

»Mara?«

»Natürlich. Wer hat Karin denn zu einem Drachenkind gemacht?«

Bataya erwiderte nichts darauf.

Während sie einen neuen Verband bekam, erwachten in Karin langsam die Lebensgeister. Als sie wieder auf den Rücken gedreht wurde, öffnete sie die Augen. Bataya entging es nicht.

»Sie ist bereits am Aufwachen. Beeilen wir uns lieber!«

Sie wechselten auch die Verbände an Bein und Arm und bedachten ihre Verletzungen mit einer schmerzhaften Massage. Karin versuchte, wenigstens den Arm wegzuziehen, doch Bataya griff einfach fester zu und beendete ihre Bemühungen ungerührt. Kelim machte es mit ihrem Bein nicht anders.

Bataya legte den Arm zurück und als auch Kelim fertig war, deckte sie Karin sorgfältig zu.

»Kers braucht mich unten. Wir können sie nicht allein lassen, wenn sie wach ist«, meinte Bataya, »sonst versucht sie noch, aufzustehen. Nur, du hast auch keine Zeit hier herumzusitzen!«

»Mach dir keine Sorgen, sie wird liegen bleiben«, beruhigte Kelim sie und Bataya verschwand hinter dem Vorhang.

Kelim zog den Stuhl näher an das Bett und setzte sich. Er nahm ihre Hand in die seinen und begann wieder zu reden. Er schien mehr zu sich selbst zu sprechen, als zu Karin und hielt den Blick auf ihre Hand gerichtet. Karin konnte nicht viel anderes tun, als liegen zu bleiben, also hörte sie ihm einfach zu.

»Weißt du«, begann er, »wie viel Mühe es mich gekostet hat, mich um dich zu kümmern?« Er seufzte. »Es war mir von Anfang an bewusst, dass es nicht einfach sein würde, dich in unsere Gemeinschaft aufzunehmen – weder für dich, noch für mich. Auch wenn du mit Mara eine Verbindung aufgebaut hast, die ihresgleichen sucht. Aber was du getan hast, macht es vielen unmöglich, dir weiterhin zu vertrauen. Und mich macht es traurig. Ich hatte gehofft, ich könnte dir beibringen, zu verstehen, wie wichtig es ist, sich auf andere zu verlassen und unsere Entscheidungen nicht infrage zu stellen, aber es ist mir offensichtlich nicht gelungen.«

Er ließ ihre Hand los und holte etwas aus dem Korb, der auf dem Tischchen neben dem Bett stand. Dann legte er ihr zwei Lederarmbänder mit langen Riemen daran um die Handgelenke und band diese mit den Riemen am Bett fest.

»Du wirst eine Weile allein sein. Ich kann nicht hierbleiben, ich habe zu tun.« Er stand auf und ging.

Er hatte gesagt, er vertraue ihr noch immer. Trotzdem hatte er sie ans Bett gefesselt, statt ihr zu sagen, sie solle liegen bleiben und darauf zu vertrauen, dass sie es tat. Karin fühlte sich elend. *Es gibt nicht mehr viele, die ihr vertrauen.* Sora gehörte wohl auch nicht mehr dazu. Dabei mochte sie Sora und vertraute ihr auch voll und ganz. Wenn sie doch nur auf sie gehört hätte! Sie spürte, wie ihr Tränen in die Augen stiegen. Sie wollte nicht weinen wie ein kleines Kind, aber die Lage war hoffnungslos: Statt einen Beweis gegen Gar in den Händen zu haben, hatte nun dieser etwas gegen sie in der Hand. Die Drachenreiter hatten ihr Vertrauen in sie verloren und Mara war verletzt. Und was war mit Niro? Er hatte sie noch kein einziges Mal besucht, seit sie hier lag; sie hatte immer nur Bataya, Kers oder Kelim zu Gesicht bekommen. Ach ja, Rimo war auch hier gewesen, aber nicht Niro …

Als Rodan etwas später den Vorhang zu ihrem Abteil beiseiteschob, war ihr Gesicht noch feucht von den Tränen.

Er musterte sie kurz und setzte sich dann zu ihr. Seine Miene verriet nicht, ob er besorgt um sie war, oder enttäuscht oder vielleicht doch wütend.

»Kannst du mich verstehen?«, fragte er in geschäftsmäßigem Tonfall, der genauso wenig verriet wie seine Miene.

»Ja.«

»Gut. Sora hat gesehen, dass Gar mit dir gesprochen hat. Ich möchte wissen, was er gesagt hat. Versuche, dich an jedes einzelne Wort zu erinnern!«

Karin schloss die Augen, um sich den genauen Wortlaut von Gars Worten wieder ins Gedächtnis zu rufen. Sie bemühte sich, nichts auszulassen, obwohl es ihr schwerfiel, die schrecklichen Dinge, die Gar gesagt hatte, zu wiederholen.

Rodans Miene verfinsterte sich zusehends, während sie sprach. Schließlich war sie fertig.

»Dann ist es noch viel schlimmer, als wir befürchtet haben«, sagte er nur. Er stand auf und ging, ohne sich noch einmal nach ihr umzusehen.

Später kam Bataya mit einer Schüssel Eiergerstenbrei. Karin nutzte die Gelegenheit, um sich nach Mara und ihren eigenen Verletzungen zu erkundigen, aber Bataya vertröstete sie auf später, nahm den Löffel und fütterte sie. Danach band sie ihr die Hände los, führte sie zu Ablass- und Waschraum und sorgte dafür, dass sie wieder sauber und ordentlich aussah, bevor sie die inzwischen völlig Erschöpfte zum Bett brachte und ihr in die paar mitgebrachten Sachen half: Ein Höschen und ein kurzärmeliges, ziemlich knappes Nachthemd, alles aus dem dünnen, seidigen Stoff der Unterziehsachen. Zum Schluss setzte sie Karin vorsichtig eine weich gepolsterte Lederkappe über ihren Kopfverband, von der diese wenig begeistert war, nur, bei Bataya war jeder Widerspruch zwecklos und sie fügte sich. Endlich durfte sie sich wieder hinlegen. Dann ging Bataya – nicht ohne ihr vorher die Hände, wie zuvor, ans Bett zu fesseln und ohne ihre Fragen beantwortet zu haben. Karin war zu erschöpft, um sich lange darüber aufzuregen. Bald war sie eingeschlafen, auch ohne das Schlafmittel bekommen zu haben.

Sie wusste nicht, wie lange sie geschlafen hatte, als Kelim sie weckte.

»Rodan erwartet dich zu einer Anhörung. Du musst aufstehen!«

Er band ihre Hände los, aber er ließ die Armbänder an Ort und Stelle und wickelte die Riemen um ihre Handgelenke. Vorsichtig setzte sich Karin auf. Ihr Blick fiel auf ihre spärliche Kleidung. Sie sah sich suchend in ihrem Abteil um, doch Kelim hatte ihr nichts zum Überziehen mitgebracht.

»So, wie ich bin?«, fragte sie unsicher.

»Natürlich. Wie denn sonst?«

»Ich habe doch fast nichts an!«

»Das ist genug. Im Ratssaal ist es warm. Ich kann ja noch eine Decke mitnehmen, falls du doch frierst.«

Man hatte sie wieder einmal falsch verstanden! Es ging ihr nicht ums Frieren, sondern ums Gesehen werden. Sie konnte sich einfach nicht daran gewöhnen, dass es den Drachenreitern offenbar egal war, wie viel sie anhatte. Und sie verstanden nicht, dass es ihr unangenehm war, wenn sie nicht anständig angezogen war …

Die Decke mitzunehmen, erwies sich als gute Idee. Wie angekündigt, war es zwar warm im Ratssaal, sie fröstelte dennoch. Kelim führte sie in der Arena zu dem einzigen Stuhl, der Armlehnen hatte. Er legte die Decke darauf und nachdem sie sich gesetzt hatte, wickelte er sie sorgfältig darin ein. Die Decke war nicht nur warm, sie schützte auch vor neugierigen Blicken. Und es waren nicht wenige, die Karin unverhohlen anstarrten. Doch die Blicke waren alles andere als freundlich und sie senkte den Kopf, um ihnen nicht standhalten zu müssen.

Rodan, der sich mit ein paar Frauen unterhalten hatte, ging zu seinem Platz und ließ den Blick über die Anwesenden wandern, die in kleinen Gruppen herumstanden oder saßen. Die munteren Gespräche verstummten eines nach dem anderen und eilig suchte sich jeder irgendeinen Sitzplatz. Nachdem Ruhe eingekehrt war, hob er die Arme.

»Wir sind zusammengekommen, um die Anklagepunkte von Karin noch einmal durchzusprechen und auf ihre Vollständigkeit und Richtigkeit hin zu überprüfen. Ron hat alle Argumente gesammelt. Er möge sprechen!«

Ron erhob sich und Karin musste sich anhören, wie enttäuscht sie alle waren, weil sie das Vertrauen, das man ihr entgegengebracht hatte, nicht erwidert hatte und sie, trotz eindeutiger Anweisungen von Sora, eigenmächtig gehandelt hatte. Als er ihr jedoch vorwarf, die Gemeinschaft verraten zu haben und ihr Vertrauen für ihre eigenen Interessen und ihren persönlichen Rachefeldzug gegenüber Gar missbraucht zu haben, konnte sie sich nicht mehr zurückhalten.

»Das ist nicht wahr!«, rief sie und befreite ihre Hände aus der Decke. »Ich wollte …« Weiter kam sie nicht.

»Du bist nicht an der Reihe!«, wies Rodan sie scharf zurecht.

»Aber …«

»Du sollst still sein!«

Karin presste die Lippen aufeinander und zog die Decke wieder enger um sich.

Ron fuhr mit seiner Rede fort. Er betonte noch einmal den Vertrauensbruch, den ihre eigenmächtige Entscheidung bedingt hatte, aber als er darüber sprach, dass ihr das Wohl der Gemeinschaft und das der Drachen offenbar wenig bedeute, weil sie die Entscheidungen der Gemeinschaft für wenig beachtenswert hielt, gingen ihr erneut die Pferde durch und sie unterbrach Ron.

»Das ist gelogen! Ich wollte doch nur …«

»RUHE!« Rodans Stimme klang, als würde er gleich explodieren. Im ersten Augenblick war Karin wie vor den Kopf geschlagen, dann dämmerte ihr, weswegen er so aufgebracht war: Sie hatte Ron gerade als Lügner bezeichnet. Und einen Drachenreiter einen Lügner zu nennen, war mehr als nur eine Kleinigkeit. Als Rodan dann fortfuhr, bestätigte er dies:

»Du wirst uns nicht der Lüge bezichtigen! Du wirst dir anhören, was Ron zu sagen hat. *Danach* werden die Argumente besprochen. Aber du kannst dich wohl in keiner Lage zurückhalten und musst immer von dir aus gehen! Es täte dir gut, anderen zuzuhören, darüber nachzudenken und Dinge anzunehmen, *ohne* gleich deine Ansichten kundzutun und sie mit einzubringen – und andere zu beschuldigen. Ich glaube, es täte dir gut, wenn du eine Weile deine Ansichten *nicht* überall verbreiten würdest.« Er nickte. »Ja, vielleicht lernst du dann, die Meinung anderer zu respektieren und deine hintenan zu stellen. Kelim! Geh und nimm ihr die Stimme, wir warten so lange!«

Kelim stand auf und nahm Karin am Arm.

»Komm!«, sagte er und seufzte einmal tief auf. Karin befreite sich aus ihrer Decke und ließ sich mit klopfendem Herzen von Kelim nach nebenan ins Heilhaus führen. Er ließ sie sich gleich unten im Eingangsbereich auf einen Stuhl setzen und durchsuchte die Schränke an der Wand. Schließlich hatte er gefunden, was er gesucht hatte und kam mit einem kleinen Fläschchen in der Hand zu ihr herüber.

»Du hast offenbar gar nichts gelernt«, sagte er dabei. »Weißt du überhaupt, was du da eben gesagt hast?«

Der enttäuschte Blick, den Kelim ihr dabei zuwarf, tat weh und Karin sah zu Boden.

»Es – es tut mir leid, das habe ich doch nicht so gemeint, das war nur nicht das richtige Wort. Natürlich glaube ich nicht, dass Ron lügt! Nur, das, was er gesagt hat, stimmt einfach nicht! Ihr bedeutet mir sehr viel. Ihr seid doch alles, was ich habe und ich verdanke euch mein Leben – und Mara. Ich würde alles für euch tun! Ich wollte das doch nicht! Ich hätte Mara doch nicht da runter fliegen lassen, wenn ich gewusst hätte, dass das eine Falle war! Ich habe euch doch nur …«

»… helfen wollen? – Ich weiß. Deshalb war es trotzdem falsch.«

Kelim nahm etwas, das wie ein Strohhalm aussah und eine kleine Röhre aus dem Körbchen, das auf dem Tisch neben Karins Stuhl stand. Als er die Röhre schüttelte, begann sie an einem Ende zu leuchten. Dann tunkte er die Spitze des Halms in das Fläschchen.

»Mach den Mund auf!« Karin gehorchte und Kelim leuchtete ihr mit der kleinen Röhre in den Mund. Dann nahm er den Halm und pikte sie einmal direkt neben dem Kehlkopf in den Hals. Es brannte wie Feuer und sie zuckte zurück. Wieder tauchte Kelim den Halm in das Fläschchen.

»Noch mal!«, forderte Kelim.

Sie hielt den Mund geschlossen.

»Mach den Mund auf!«, wiederholte Kelim.

Ein Blick in seine Augen verriet ihr, dass er Mittel und Wege finden würde, seinen Willen durchzusetzen und sie gab nach und öffnete langsam den Mund. Erneut spürte sie einen schmerzhaften Stich. Dieses Mal auf der anderen Seite. Sie fasste sich an den brennenden Hals und wollte Kelim fragen, was er mit ihr gemacht hatte, aber alles, was über ihre Lippen kam, war ein heiseres Krächzen.

»Versuch nicht zu sprechen: Du kannst es nicht. Aber keine Angst, in ein paar Tagen ist es wieder vorbei. Doch sei gewarnt: Wenn du in der Zwischenzeit versuchst zu sprechen, kann es sein, dass du deine Stimme für immer verlierst! Und jetzt komm!«

Er nahm sie am Arm und brachte sie zurück in den Ratssaal. Ron beendete seine Rede und dann durfte Kelim an Karins statt die Argumente, die für sie sprachen, vortragen. Zu ihrer Erleichterung legte Kelim die Gründe für ihr Handeln sehr überzeugend dar und der Vorwurf der Absicht und der, dass ihr die Gemeinschaft egal sei, wurden gestrichen. Zuletzt verkündete Rodan, was sie zu erwarten hatte. Er erklärte, dass sie nicht Drachenreiterin bleiben könne, wenn ihr niemand mehr vertraue. Um dies zu untermauern, ließ er alle aus dem Publikum aufstehen, die einen eigenen Drachen hatten. Auch Sora und Niro erhoben sich. Karin hatte sie vorher gar nicht bemerkt.

»Ich möchte nun diejenigen bitten, sich wieder zu setzen, die sich sicher sind, dass sie Karin ihren Drachen *nicht* anvertrauen würden.«

Fast ein Drittel der Leute setzte sich daraufhin auf ihren Platz.

»Und nun bitte ich diejenigen, die sich ihrer Sache nicht ganz sicher sind, ob sie Karin für zuverlässig genug halten, einen Drachen zu reiten, sich zu setzen.«

Bis auf einige wenige, setzten sich alle auf ihren Platz. Auch Sora. Das gab Karin einen schmerzhaften Stich.

Rodan wandte sich an Karin. »Du hast unser Vertrauen verloren. Gegenseitiges Vertrauen ist die Grundlage unserer Gemeinschaft. So kannst du nicht bei uns bleiben, ich werde dich aus unserer Gemeinschaft ausschließen müssen und du wirst nie wieder einen Drachen reiten!«

Der letzte Satz von Rodan bohrte sich wie ein Pfeil in Karins Verstand. Wie gelähmt verfolgte sie die Diskussion darüber, was ihre Tat für mögliche Folgen für die Gemeinschaft und für die Drachen haben könnte. Die meisten waren der Ansicht, dass Gar sie vor dem Weltenfriedensrat öffentlich anklagen würde und ihnen unerfüllbare Auflagen auferlegt werden würden oder ihnen die Drachenhaltung verboten würde, was sogar bedeuten konnte, dass Gar und einige andere versuchen würden, ihre Drachen zu töten, wenn sie ihm nicht mit schlagkräftigen Argumenten Paroli bieten könnten. Doch daran mangelte es. Niemand hatte eine wirklich gute Idee. Auch Kelim nicht. Ohne konkreten Beweis gegen Gar, sah es schlecht für sie aus und Rodan und Kelim bezweifelten, dass der Pfeil allein ausreichen würde. Schließlich erhob sich Rodan.

»Wir sollten warten, bis der Rat der Weisen seine Beratungen abgeschlossen hat, bevor wir weiter darüber reden.« Er wandte sich an Karin. »Du wirst uns für die Lösung dieses Problems keine Hilfe bieten können. Du kannst gehen!«

Karin erhob sich und wankte aus dem Saal. Niemand beachtete sie. Sie hatten sie ausgestoßen! Sie durchquerte die offene Halle und steuerte wahllos einen der vielen Tunnel an. Sie hatte alles verloren, was sie sich hier neu aufgebaut hatte: Sora vertraute ihr nicht mehr, Niro war sie egal und Kelim maßlos enttäuscht von ihr. Und sie hatte Mara verloren. Und mindestens genauso schlimm war, dass Gar es wegen ihrer Dummheit vielleicht gelingen konnte, die Gemeinschaft der Drachenreiter zu zerstören und ihnen die Drachen wegzunehmen – nicht, dass sie glaubte, dass sie sich diese wegnehmen lassen würden, was hieß, dass es wahrscheinlich einen Krieg geben würde. Und sie allein war schuld daran! Es war ihr Fehler gewesen, nicht der der Drachenreiter. Wieso war sich Rodan so sicher, dass Gar die gesamte Gemeinschaft anklagen würde und nicht nur sie?

Sie stolperte ziellos durch die Gänge, bis sie in einer großen, leeren Drachenhöhle landete. Sie hörte das Meer rauschen und ging vor bis ans Ende. Und wenn sie einfach weiterging? Sie trat noch einen Schritt vor. Jetzt stand sie direkt am Abgrund. Unter ihr schlug das Meer wütend an die Felsen. Der nächste Schritt würde ins Leere führen. Dann wäre sie endlich dort, wo sie eigentlich hingehörte: Bei ihren Freunden. Dann bräuchte sie nie mehr das Gesicht von Rudi sehen, müsste es nicht mehr ertragen, als einzige übrig geblieben zu sein. Müsste nicht mit der Schuld leben, den Drachenreitern Unheil gebracht zu haben. Sie rückte noch ein Stück vor. Es war so einfach; nur ein einziger Schritt und sie würde erlöst. Langsam verlagerte sie ihr Gewicht auf ein Bein, da wurde sie plötzlich von zwei starken Armen umfasst und zurückgezogen. Erschrocken schrie sie auf, doch es war ein lautloser Schrei; sie hatte keine Stimme, um zu schreien.

»Das könnte dir so passen!« Die Stimme klang seltsam gepresst und Karin brauchte eine Zeit lang, bis sie erkannte, zu wem sie gehörte: Es war die Stimme von Niro! Er zerrte sie mehrere Meter zurück in die Höhle, bevor er sie umdrehte und an sich drückte. Sie konnte das Zittern seiner Hände spüren, trotzdem hielt er sie so fest, dass sie Mühe hatte, Luft zu bekommen. Sie versuchte, sich zu befreien, aber Niro gab sie nicht frei. Schließlich gab sie auf.

Niro war ihr nachgegangen, sie war ihm doch nicht egal! Und war er nicht stehen geblieben, als sich sogar Sora gesetzt hatte? Er war der Einzige, der noch zu ihr hielt! Sie konnte nicht anders und fing an zu schluchzen. Niro hielt sie fest in den Armen, während sie lautlos vor sich hin weinte und seinen Brustpanzer mit ihren Tränen tränkte. Lange standen sie so. Schließlich versiegten die Tränen und als Niro seinen Griff ein wenig lockerte, hob sie den Kopf. Auch Niros Augen waren feucht.

»Mach das nie wieder!«, brachte er heraus und zog sie wieder enger an sich.

Bevor er das tat, war Karin, als hätte sie eine Bewegung hinter ihm gesehen und sie versuchte, über seine Schulter zu schauen. Tatsächlich, Niro war nicht allein: Sora stand hinter ihm.

»Sora!«, formten ihre Lippen und als Niro merkte, dass sie Sora bemerkt hatte, drehte er sich ein wenig, damit sie diese sehen konnte.

Soras Augen glänzten, ihren Gesichtsausdruck konnte sie jedoch nicht einordnen. Sie schien wütend zu sein, aber gleichzeitig auch traurig – oder schuldbewusst? Sora trat einen Schritt näher.

»Karin«, begann sie, »es tut mir leid! Es tut mir leid, dass ich dich geschlagen habe! Es – ich war so wütend, weil du nicht auf mich gehört hattest und – und die Sache mit Mara ...« Sora verstummte und suchte nach Worten, die ihr nicht einfallen wollten.

Karin schüttelte den Kopf. Sie wollte Sora sagen, dass ihr das nicht leidzutun bräuchte, dass sie es verdient hatte; sie war schließlich schuld an Maras Unfall. Nur, sie hatte keine Stimme. Sora schien zu ahnen, was in ihr vorging.

»Sag nicht, dass es mir nicht leidzutun braucht!«, sagte sie. »Ich hätte wissen müssen, dass du mehr als eine einfache Gehirnerschütterung gehabt hast; ich habe schließlich gesehen, wie du gegen die Wand geflogen bist. Ich dachte, du bist tot! Aber dann bist du munter herumgelaufen und hast Gar und zwei seiner Elitesoldaten fertiggemacht – das macht man normalerweise nicht, wenn man einen zertrümmerten Schädel hat.« Sora senkte den Kopf. »Ich hätte dich umbringen können damit – und das wäre allein meine Schuld gewesen.«

Karin wollte Sora trösten, wollte ihr wenigstens die Hand auf die Schulter legen, wenn sie schon nicht sprechen konnte, aber Niro gab sie immer noch nicht frei. Im Gegenteil, als er spürte, dass sie ihre Hand befreien wollte, drückte er sie wieder fester an sich. Karin ergab sich seiner Umklammerung und schloss die Augen. Ihr kam in den Sinn, was Sora gerade gesagt hatte: ... *wenn man einen zertrümmerten Schädel hat.* Wenn sie darüber nachdachte, wie sie sich gefühlt hatte und wie Kelim und Bataya sie behandelt hatten, war es wohl die Wahrheit. Bataya hatte ihr nichts gesagt. Sie schauderte bei dem Gedanken, wie es Gar, der offenbar gewusst hatte, wie es um sie stand, genossen hatte, ihr ihren bevorstehenden Tod zu verkünden. Zuvor hatte er sie einfach liegen lassen; wenn sie nicht wieder aufgewacht wäre, wäre es ihm auch egal gewesen. So hatte er die Gelegenheit genutzt, ihr ihre aussichtslose Situation unter die Nase zu reiben, und hatte sich an ihrer Hilflosigkeit geweidet – ihrer scheinbaren Hilflosigkeit. Wenn auch sonst alles schief gelaufen war, dieser eine Punkt ging an sie und er würde sich noch lange an diese Schmach erinnern, dass sie ihm – obwohl gefesselt und schwer verletzt – das Knie zwischen die Beine gerammt und ihn damit außer Gefecht gesetzt hatte.

Ihre Kopfschmerzen waren zurückgekehrt und sie war völlig erschöpft. Sie konnte sich nicht mehr wehren, egal, was Niro mit ihr vorhaben würde. Doch das wusste er offensichtlich selbst nicht.

»Was machen wir jetzt?«, fragte er ratlos.

Sora antwortete nicht gleich.

»Wahrscheinlich«, sagte sie schließlich, »ist es das Beste, wir machen es nach *guter Sitte*.«

Niro deutete ein Nicken an und umfasste Karins Unterarme. Ganz behutsam legte er sie ihr auf den Rücken. Sora trat hinzu und löste die Riemen, die Kelim um ihre Handgelenke gewickelt hatte. Als Karin merkte, dass Sora dabei war, ihr die Hände zu fesseln, versuchte sie noch einmal, sich aus Niros Griff zu befreien.

»Bleib ruhig! Dir passiert nichts!«, beruhigte dieser Karin, aber er hielt sie weiterhin fest. Die Riemen waren lang genug, dass Sora ihr ihre Handgelenke auf dem Rücken festbinden konnte. Sora erledigte das sehr sorgfältig. Als sie fertig war, saßen die Riemen so eng, dass Karin ihre Arme nicht mehr bewegen konnte, aber nicht so eng, dass sie einschnitten.

Niro gab ihre Arme frei und hielt sie dann eine Armlänge von sich. Er wischte ihr mit der Hand die Tränen aus dem Gesicht.

»Versprich mir, dass du das nie wieder versuchst!«, sagte er.

»Niro!«, mischte sich Sora ein. »Das ist jetzt wohl kaum der richtige Moment für Versprechungen! Bringen wir sie lieber zurück! Hier ist es viel zu kalt; sie hat fast nichts an.«

»Du hast recht. Lauf du schon mal vor und sag den anderen, dass wir sie gefunden haben. Ich komme mit Karin nach.«

»Schaffst du das allein?«

»Ich fürchte ja; sie ist doch nur noch Haut und Knochen.« Er nahm Karin auf die Arme und Sora drehte sich um und lief davon. Niro hielt Karin eng an sich gedrückt, während er langsam den langen Weg zurück zum Heilhaus ging. Unterwegs schwiegen sie beide. Karin konnte nichts sagen und Niro schien tief in Gedanken versunken.

Bataya war in heller Aufregung, als sie im Heilhaus ankamen.

»Kindchen! Wie konntest du einfach davonlaufen! Als Rodan gesagt hat *Geh!*, hat er gemeint, dass du hierher zu mir gehen sollst! Du darfst doch noch gar nicht so lange auf sein!«

Niro setzte Karin auf einem Stuhl ab und kurz darauf hörten sie eilige Schritte und der Reihe nach erschienen Rodan mit Sora, Kelim, Kers und noch ein paar andere.

»Ist das wahr?«, fragte Kelim Sora.

»Ja.«

Rodan schüttelte den Kopf. »Wenn ich geahnt hätte, dass du dir das so zu Herzen nimmst, hätte ich dich nicht allein fortgeschickt. Kelim hat wohl recht mit seiner Meinung, dass du eigentlich das Gegenteil von dem, was du erreicht hast, angestrebt hast. Ich glaube fast, es war doch keine so gute Idee, dir die Stimme zu nehmen. Damit habe ich dir die Möglichkeit genommen, für dich zu sprechen. Das täte dir jetzt vielleicht gut. Aber das lässt sich nicht mehr ändern. In drei Tagen kannst du wieder reden. So lange ist das nicht. Und du erhältst deine Gelegenheit, dich zu erklären – nur alles zu seiner Zeit, nicht, wenn es dir gerade passt!«

Karin verstand nur zu gut, was Rodan meinte. Aber sie hatte Ungerechtigkeiten noch nie ertragen können. Egal ob ihr gegenüber oder ob andere betroffen waren. Und nicht nur einmal hatte sie sich dabei erhebliche Schwierigkeiten eingehandelt, weil sie den Mund nicht hatte halten können. Allerdings hatte es noch nie so gravierende Folgen gehabt wie hier. Und gar nichts mehr sagen zu können war schlichtweg grausam.

Rodan hatte noch mehr zu sagen.

»Aber das ist jetzt nicht das Thema. Sora sagt, dass du dabei warst, ins Meer zu springen. Nach *guter Sitte* müssen wir jetzt dafür Sorge tragen, dass du keine Gelegenheit für einen weiteren derartigen Versuch erhältst. Ich denke, vorerst genügt es, dafür zu sorgen, dass du das Bett nicht verlässt. Wenn es dir wieder besser geht, können wir dich immer noch im sicheren Raum unterbringen, sollte es dann noch nötig sein.«

Kelim nickte und nach einem letzten Blick auf Karin drehte sich Rodan um und ging.

Kelim wandte sich an die anderen Drachenreiter, die mit Rodan gekommen waren.

»Wir brauchen euch nicht. Momentan sind wir genug, um auf Karin aufzupassen. Aber danke, dass ihr gleich gekommen seid!«

Einer der Männer hob kurz die Hand zum Gruß, bevor sie das Heilhaus verließen.

»Bringen wir sie nach oben«, empfahl Kelim und Niro nahm Karin noch einmal auf die Arme.

»In den sicheren Raum!«, empörte sich Bataya unterwegs. »Das ist doch das Letzte! Karin ist viel zu krank dafür!«

Kelim schmunzelte. »Bataya! Rodan hat doch gesagt, dass wir sie *nicht* in den sicheren Raum bringen sollen!«

»Trotzdem! Er hat es ihr in Aussicht gestellt.«

»Und das mit Recht! Du kennst die Regeln der *guten Sitte.*«

»Hmm. Nur für Karin ist der Raum nicht sicher. Außerdem glaube ich nicht, dass es gut für sie wäre, wenn wir sie auch noch einsperren.«

»Das ist eine andere Sache. Momentan ist das allerdings nicht aktuell, weil wir sie hierbehalten.«

Karin fragte sich, was es mit dem *sicheren Raum* auf sich hatte, aber da sie nicht danach fragen konnte und es ihr niemand aus eigenem Antrieb erklärte, würde sie es wohl erst erfahren, wenn man sie dorthin brachte. Sie hatte jedoch das Gefühl, dass es besser war, es lieber nicht herauszufinden, als es auf diese Weise zu erfahren.

Kelim zog den Vorhang zu Karins Abteil auf und Niro setzte sie auf dem Bett ab. Bataya gab ihr das Schlafmittel und Kelim fesselte sie mit den Riemen wieder ans Bett. Noch während er das tat, begann das Mittel zu wirken.

Die nächsten drei Tage wurde sie streng bewacht. Aber sie musste nicht die ganze Zeit im Bett liegen. Im Gegenteil, Bataya bestand darauf, dass sie so oft wie möglich aufstand, um wieder in Form zu kommen. Ein Stockwerk tiefer gab es einen Trainingsraum. Er war mit weichen Matten und mit Stangen an den Wänden zum Festhalten ausgestattet. Außerdem gab es jede Menge Übungsgeräte wie Bälle, Balancebretter, Gewichte oder Gummiseile. Bataya ließ Karin so lange alle möglichen Übungen machen, bis sie vor Erschöpfung zitterte, wobei sie keine Rücksicht auf ihre Pfeilverletzungen nahm. Im Gegenteil: Neben allgemeinen Übungen für Beweglichkeit, Gleichgewicht und Muskelaufbau, gab es für sie noch ein extra *Wundheilungsprogramm*, das aus schmerzhaften Massagen und unangenehmen Dehn- und Streckübungen bestand. Zwei Mal am Tag musste Karin diese Tortur über sich ergehen lassen. Und sie durfte sich erst wieder hinlegen, wenn sie alle Übungen, die ihr Bataya aufgab, hinter sich gebracht hatte. Und die ganze Zeit, während sie nicht im Bett war, waren immer mindestens vier Aufpasser in ihrer Nähe. Karin fand das maßlos übertrieben; sie hätte es momentan wahrscheinlich nicht einmal mit Rimo aufgenommen. Sobald sie im Bett lag, band man sie wieder fest. Ohne Stimme konnte sie sich nicht beschweren, aber es war ihr einerlei. Sie konnte sich einfach nicht vorstellen, wie sie hier leben sollte, wenn sie nicht mehr zu Mara durfte. Sie hätte auch zu gerne gewusst, wie es Mara mit gebrochenem Flügel geschafft hatte, bis hierher zu kommen, und wie schlimm ihre beider Verletzungen waren. Kelim hatte lediglich gesagt, dass Mara wieder gesund werden würde, ohne nähere Einzelheiten zu erwähnen. Sie zweifelte allerdings nicht daran, dass sie selbst sich einen Schädelbruch zugezogen hatte. Das erklärte allerdings nicht, wieso sie anfangs kaum Luft bekommen hatte. Da sie nicht sprechen konnte, konnte sie nicht danach fragen und von selbst erzählte es ihr Bataya nicht. Sie wusste auch nicht, wie lange das Unglück her war, da man ihr ein Schlafmittel gegeben hatte. Es konnten Tage, aber auch Wochen sein, die in ihrem Gedächtnis fehlten.

Der einzige Lichtblick war Niro. Er besuchte sie, so oft er konnte, doch da er sich neben Glandor mit Sora zusammen auch noch um Mara kümmerte, hatte er nicht viel Zeit übrig. Aber solange er da war, ging es ihr besser und von ihm ließ sie sich auch füttern. Bataya nützte das natürlich aus und beeilte sich, etwas Essbares aufzutreiben, sobald Niro auftauchte. Batayas einzige Sorge war, Karin wieder gesund zu pflegen. Ihr schien es völlig egal zu sein, was die anderen von dieser hielten. Doch das tröstete Karin nicht wirklich.

10 Die Probe der Ergebenheit

Und dann kam der Tag der Ratsversammlung, an dem das Urteil über Karin gefällt werden sollte. Karin hätte sich gewünscht, wenigstens dabei anständige Kleider anzuhaben anstelle des knappen Nachthemdes. Aber Kelim brachte sie – zusammen mit drei anderen Drachenreitern; es mussten offenbar immer vier Leute sein, die sie bewachten – so wie sie war in den Ratssaal. Auch die Armbänder wurde sie nicht los, Kelim ließ sie an Ort und Stelle und wickelte die Riemen in bewährter Manier einfach wieder um diese herum. Nur wenige Stunden vorher hatte sie ihre Stimme zurückgewonnen und ihre ersten, noch etwas heiser klingenden Worte sagen können; sie würde sich also selbst verteidigen können.

Wie bei ihrem Treueeid war der Saal völlig überfüllt, und ihr Herz begann heftig zu schlagen, als sie zu ihrem Stuhl in der Arena geführt wurde. Kelim wickelte sie wieder in die Decke und Karin zog sie so hoch wie möglich, um sich ein wenig vor den vielen Blicken zu schützen. Sie entdeckte einen kleinen Tisch, der an der Seite der Arena stand. Er war leer, bis auf eine einsame Sanduhr in seiner Mitte. Unter dem Tisch stand eine verschlossene Kiste. Auch der Tisch der Ratsmitglieder war nicht leer. Vor Rodan stand ein kleiner Korb. Sein Inhalt war in Tücher gewickelt, so dass sie nicht sehen konnte, was darin war. Das war etwas Neues und sie fragte sich, wofür das gut sein sollte.

Rodan erhob sich.

»Drachenreiter! Wir sind hier versammelt, um im Fall Karin zu verhandeln. Der Ankläger möge sprechen!«

Dieses Mal war es nicht Ron, der die Anklagepunkte vortrug. Karin kannte den Mann nicht einmal. Von den vielen Punkten, die Ron zusammengetragen hatte, waren nur noch der Vertrauensbruch, Ungehorsam und eigenmächtiges Handeln als gravierende

Verstöße übrig geblieben. Des Weiteren, als weniger gravierende Verfehlungen, wurden ihr noch Selbstüberschätzung, Ungeduld und Leichtsinn vorgeworfen.

Danach erhielt sie die Gelegenheit, ihr Verhalten zu begründen, aber nach wenigen Worten versagte ihr, zur Überraschung aller, die Stimme.

»Du hast zwischenzeitlich versucht zu sprechen!«, tadelte Rodan.

Karin schüttelte den Kopf und Bataya meldete sich zu Wort.

»Großer Rat! Das hat sie nicht. Auch nicht im Schlaf – ich bin mir ganz sicher!«

Das brachte Karin ihre Stimme auch nicht zurück und so kam es, dass es erneut Kelim in die Hand nehmen musste, sie zu verteidigen. Er hielt dabei Blickkontakt zu ihr, um sicher zu gehen, dass das, was er sagte, auch mit ihrer Meinung übereinstimmte. Er machte seine Sache gut und Karin wunderte sich wieder einmal, wie gut Kelim über sie und ihre Gefühle Bescheid wusste, und als Rodan fragte, ob sie dem Gesagten voll und ganz zustimmen könne, nickte sie.

»Fehlt noch etwas Wichtiges?«, fragte Rodan.

Karin überlegte, aber ihr fielen keine weiteren Argumente ein. Kelim hatte sogar ihre Sorge wegen der ominösen Kiste erwähnt, obwohl er doch eigentlich nicht wissen konnte, dass sie darin etwas sah, das vielleicht aus ihrer Welt stammen könnte. Er konnte lediglich auf das zurückgreifen, was in dem zerstörten Haus in Bel Kanis Dorf vorgefallen war. Und da hatte er auch nur das erfahren, was Sora und die anderen erzählt hatten. Trotzdem war er zu dem Schluss gekommen, dass es die Kiste gewesen war, die für sie so wichtig gewesen sein musste, dass es sie alles andere vergessen hatte lassen. Und er hatte sogar Sachen vorgetragen, auf die sie selbst nicht gekommen wäre. Wie zum Beispiel, dass sie sich stets Mühe gegeben hatte, die ihr gestellten Aufgaben zu erledigen, oder dass sie es auf sich genommen hatte, fast eine ganze Nacht wach zu bleiben, um ihn am nächsten Morgen zur richtigen Zeit wecken zu können. Kelim hatte sie besser verteidigt, als sie es gekonnt hätte.

Sie schüttelte den Kopf.

Rodan nickte. »Gut.« Er erhob sich. »Nach *guter Sitte* werden wir jetzt einen halben Uhrumlauf über den Fall beraten.«

Der Saal leerte sich und mit Ausnahme von Kelim und vier Türstehern, blieb niemand zurück. Kelim saß schweigend auf seinem Platz und warf gelegentlich einen Blick zu der Kiste unter dem Tisch. Es schien ihm nicht zu gefallen, dass sie dort stand. Ab und zu drangen Geräusche aus dieser; ein Kratzen und Scharren und einmal ein Laut, der wie das Piepsen einer Maus klang. Karin fragte sich, was in aller Welt in dieser Kiste war und wozu sie dort stand.

Die halbe Stunde wollte nicht zu Ende gehen. Immer wieder sah Karin auf die Uhr an der gegenüberliegenden Wand, doch der Zeiger schien sich heimlich rückwärts zu bewegen, wenn sie gerade nicht hinsah. Endlich war die Zeit um und das Publikum drängte erneut in den Saal.

Als die Ratsmitglieder den Saal betraten, trat augenblicklich Stille ein und Rodan hätte sich sparen können, die Arme zu heben, als er mit seiner Rede begann. Karin verfolgte sie mit klopfendem Herz.

»Wir respektieren deine Gründe, die dich zu dieser Tat verleitet haben, aber du hattest die unmissverständliche Anweisung erhalten, genau zu tun, was von dir verlangt wird. Unabhängig davon, wie du dazu stehst. Wir wissen, dass es eine Eigenart von dir ist, schnell eine Entscheidung zu treffen und dann sofort danach zu handeln, obwohl du viel zu wenig weißt, um es ohne Rücksprache zu tun. Als Beispiel seien genannt: Du hast beschlossen, Niro zu Mara ins Nest zu bringen; Sora konnte nur zustimmen oder auch nicht. Du hast beschlossen, dich um Bel Kani zu kümmern und bist ihm nachgelaufen – ohne dich mit anderen zu besprechen und ohne Erfahrung in diesen Dingen. Da es dir vorher niemand verboten hatte und du noch nicht lange bei uns warst, haben wir deinem Verhalten keine Bedeutung beigemessen, zumal du – wie auch in diesem Fall – nur helfen wolltest.«

Rodan trank einen kleinen Schluck aus dem Becher, der vor ihm auf dem Tisch stand und Karin begann, Hoffnung zu schöpfen, doch nicht verstoßen zu werden. Als Rodan fortfuhr, zerplatzte ihre Hoffnung wie eine Seifenblase:

»Aber dieses Mal hast du in einer völlig unbekannten Situation und gegen die ausdrückliche Anweisung von Sora gehandelt, während wir auf dich vertraut haben und geglaubt haben, du befolgst unsere Anweisungen im Vertrauen auf uns. Unser Vertrauen war nicht gerechtfertigt und du vertraust uns nicht genug, um nicht deine Einschätzung der Lage über unsere zu setzen. Das ist für die Gemeinschaft nicht erträglich. Ohne Vertrauen keine Gemeinschaft. Und da du inzwischen den ersten Treueeid geleistet hast, trägst du auch die Verantwortung für deine Taten. Deshalb wirst du hiermit aus der Gemeinschaft der Drachenreiter ausgestoßen.«

Rodan holte tief Luft, ehe er fortfuhr.

»Normalerweise bedeutet das, dass wir dich zu einer Grenze unseres Reiches bringen würden und du unser Gebiet verlassen müsstest. In deinem Fall ist dies jedoch nicht möglich, da du allein nicht überleben würdest. Ich würde dir keine Woche geben. Dich zu verbannen, wäre folglich der Todesstrafe gleichzusetzen. Das ist bei uns nicht vorgesehen. Wir werden dich also hierbehalten. Du kannst auch bei uns bleiben, ohne deinen Lebensunterhalt mit den Drachen zu verdienen. Wir werden dafür sorgen, dass du weder verhungern noch erfrieren musst und du kannst dich unter uns frei bewegen – solange du den Drachen fern bleibst. Ansonsten hast du keinerlei Rechte. Hast du das verstanden?«

Karin starrte Rodan an, ohne ihn wirklich zu sehen. Sie spürte, wie ihr die Kälte die Beine hochkroch. Sie konnte hierbleiben? Wozu?

»Hast du mich verstanden?«, wiederholte Rodan.

Ja, sie hatte ihn verstanden. Sie wollten nicht, dass sie starb. Stattdessen sollte sie hier leben, ohne je zu Mara gehen zu können, eine Gefangene ohne Gefängnis. Ohne Chance darauf, ihren Fehler je wieder gut machen zu können …

»Karin?« Sie nickte langsam. Sie hatte das Gefühl, keine Luft mehr zu bekommen.

»Gut«, meinte Rodan. »Du wirst dich daran gewöhnen.«

Nur klang es nicht so, als würde er das glauben. Und sie sah an seinen Augen, dass ihm bei der Sache nicht wohl war. Er blickte kurz auf den Tisch vor sich, dann sah er Karin wieder an.

»Nun gibt es noch einen Punkt: Unsere Gemeinschaftsordnung schreibt vor, dass ein Drachenreiter, der das Vertrauen der Gemeinschaft verloren hat, die Gelegenheit bekommen muss, seine Treue zu beweisen. Sollte ihm dies gelingen, darf er nicht verstoßen werden und sobald es ihm gelingt, das Vertrauen *Aller* zurückzugewinnen, wird er alle seine Rechte zurückerhalten. Also muss ich auch dir diese Gelegenheit bieten.«

Karin sah auf. Das Vertrauen zurückzugewinnen? Ihre Treue beweisen? Auf einmal konnte sie wieder atmen.

»Dazu musst du die *Probe der Ergebenheit* bestehen.« Rodan seufzte, als er ihren hoffnungsvollen Blick sah. »Ich rate dir dringend davon ab. Wenn du die Probe nicht bestehst, müssen wir dich ausschließen *und* verbannen – das wäre dein sicherer Tod.«

Als wäre seine Kehle ganz ausgetrocknet, nahm Rodan einen weiteren Schluck aus dem Becher.

»Ich werde dir jetzt ein paar Fragen stellen. Überlege gut, bevor du antwortest! Bist du bereit, für unsere Gemeinschaft ein Opfer zu bringen?«

War sie das? Sie würde alles tun, wenn sie ihren Fehler wieder gut machen könnte! Sie nickte.

»Bist du bereit, für unsere Gemeinschaft Schmerzen zu ertragen?« Wieder nickte sie. Aber was sollten diese Fragen?

»Bist du bereit, für unsere Gemeinschaft deine Füße zu riskieren?«

Ihre Füße riskieren? Wie meinte er das? Sie runzelte die Stirn und Rodan erklärte es:

»Im schlimmsten Fall ist es möglich, dass du deine Füße hinterher nicht mehr gebrauchen kannst.«

Nicht mehr laufen können? Die Falten auf ihrer Stirn vertieften sich. Konnte sie dann Mara noch reiten?

Kelim schaltete sich ein und beantwortete ihre unausgesprochene Frage: »Du würdest dann nur noch einen einzigen Drachen reiten können: Mara. Die anderen würden dich nicht mehr akzeptieren. Aber lass die Finger von der Probe! Ein Leben ohne Drachen ist allemal besser als gar keines!«

Mara würde genügen. Sie nickte zum dritten Mal.

Rodan seufzte und erklärte ihr den Ablauf der Probe: Sie müsste ihre Füße solange in die Kiste stellen, bis der Sand durch die Uhr gelaufen wäre. In der Kiste war ein Steinbeißer. Rodan ließ den Deckel abnehmen und die Kiste vor sie hinstellen. Karin sah ein graues, etwa rattengroßes Tier mit großen Kulleraugen und einer rüsselförmig verlängerten Schnauze. Das Tier sah richtig knuddelig aus und in ihr regte sich ganz spontan der Wunsch, es auf den Schoß zu nehmen und es zu streicheln. Bis das Tier seinen kleinen Mund an der Rüsselspitze öffnete und sie das Haifischgebiss darin sah.

»So, nun weißt du, was die Probe der Ergebenheit ist. Der Ordnung halber muss ich dich noch fragen, ob du dich der Probe stellen willst, doch ich denke, du siehst ein, dass das für dich nicht in Frage kommt; es sind schon viele Drachenreiter daran gescheitert – nein, das ist nicht richtig; es waren nur wenige, die sich je dieser Herausforderung gestellt haben, aber von diesen sind die meisten gescheitert. Und für dich würde das den sicheren Tod bedeuten. Also: Karin, willst du …«

Weiter kam er nicht; Karin nickte bereits.

»Karin!«, rief Rodan sichtlich erschrocken. »Überlege dir, was du tust! Du wirst sterben, wenn du versagst! Du hast diese Entscheidung nur ein einziges Mal! Du kannst sie nicht rückgängig machen.«

Er machte eine kurze Pause.

»Allerdings kannst du diese Probe auch nicht später nachholen«, meinte er dann. »Du hast nur jetzt die Gelegenheit dazu.«

Wieder machte er eine kurze Pause.

»Ich gebe dir fünf Minuten. Überlege es dir gut und nimm Abstand davon!«

Karin sah sich um und blickte in die erschrockenen Gesichter von Kelim, Sora und Niro. Bataya, die auch im Publikum saß, starrte sie mit ungläubig aufgerissenem Mund an.

Aber was riskierte sie denn schon? Was hatte sie ohne Mara hier noch verloren, wenn ihr niemand vertraute und sie statt zu helfen nur noch zuschauen musste, wie Gar gegen die Drachenreiter vorging? Und Niro würde bei den Drachen sein, weit weg von ihr. Das war grausame Folter. Dann war es das kleinere Übel, irgendwo in der Wildnis zu verhungern oder anderweitig umzukommen und wenn sie die Probe bestand …

Die fünf Minuten wollten kein Ende nehmen. Nur gut, dass sie nicht – nach *guter Sitte* – eine halbe Stunde Zeit zum Überlegen bekommen hatte. Endlich erhob sich Rodan und wiederholte seine Frage.

»Karin, willst du dich der Probe der Ergebenheit stellen?«

Es war mucksmäuschenstill im Raum. Alles schien den Atem anzuhalten.

Karin streckte sich in ihrem Stuhl – und nickte. Aufgeregtes Murmeln erhob sich im Saal und Rodan kniff die Lippen zusammen. Dann hob er die Hände und das Murmeln verstummte.

»Ich muss deine Entscheidung akzeptieren. Die Probe kann allerdings nur stattfinden, wenn du wenigstens drei Leute aus dem Volk der Drachenreiter findest, die dir voll und ganz vertrauen. Ich werde dir die Namen aller, die du kennst, vortragen und du wählst aus. Doch gib acht: Wenn es eine ausgewählte Person ablehnt, dir ihr Vertrauen zu schenken, kann die Probe nicht stattfinden. Fangen wir mit mir an.«

Vertraute ihr Rodan? Sicher. Aber voll und ganz? Karin schüttelte den Kopf.

Rodan fuhr fort, Namen zu nennen und am Ende blieben genau drei übrig, bei denen sie genickt hatte: Niro, Sora und Kelim. Bei Niro war sie sich ihrer Sache sicher, bei den anderen hatte sie leichte Zweifel. Bei Bataya hatte sie noch überlegt, ebenfalls zu nicken, da deren einziges Ziel war, alle gesund zu pflegen, egal was der oder diejenige vorher getan hatte, nur, es mit jemandem gut meinen, war etwas anderes, als jemandem zu vertrauen, und deshalb hatte sie am Ende doch den Kopf geschüttelt.

»Nun?«, fragte Rodan in die Runde.

Kelim erhob sich. »Ich bin bereit!«

Auch Sora erhob sich und sagte mit belegter Stimme, aber ohne zu zögern: »Ich bin bereit!«

Ausgerechnet Niro zögerte. Er sah eine Weile zu Boden und Karin befürchtete, er würde ablehnen. Aber damit würde er lügen; sie war sich sicher, dass er ihr vertraute. Wenn er es ablehnte, dann nur, um zu verhindern, dass sie in Gefahr geriet, ihr Leben zu verlieren. Würde er seine Prinzipien verraten, um sie zu retten? Hoffentlich nicht. Schließlich gab sich Niro einen Ruck und stand auf. Ungewohnt leise gab auch er seine Zustimmung. Karin atmete erleichtert auf. Ihre Erleichterung währte nur kurz:

Rodan bat um drei Freiwillige und erstaunlich zögerlich fanden sich schließlich drei Drachenreiter vor Rodans Platz ein. Er griff in den Korb, der vor ihm stand und wickelte den Inhalt aus den Tüchern. Neben einigen Lederriemen kamen drei Dolche zum Vorschein. Normale Dolche, die wenig mit den kunstvoll gearbeiteten Spitzen gemein hatten. Er händigte sie den drei Freiwilligen aus, dann deutete er an die Wand schräg hinter sich. »Dort.«

Kelim, Sora und Niro gingen zur Wand hinüber und Karin musste zu ihrem Entsetzen mit ansehen, wie Rodan ihnen mit den Riemen aus dem Körbchen die Hände hinter dem Rücken zusammenband, sie vor die Wand gestellt wurden und die drei Freiwilligen ihnen die Spitzen der Dolche an den Hals drückten. Rodan wandte sich an Karin.

»Sie bürgen für dich. Im Falle deines Versagens werden sie dafür bestraft werden, ihr Vertrauen leichtfertig zu vergeben.«

Karin klammerte sich an die Stuhllehnen und schüttelte entsetzt den Kopf. Rodan konnte sie doch nicht einfach umbringen lassen, weil sie ihr vertrauten!

Über Rodans Gesicht huschte die Andeutung eines Lächelns.

»Nein, Karin, es ist nicht so, wie du jetzt denkst; niemand wird sterben! Doch sie werden um einen Besuch im Heilhaus nicht herumkommen. Es wird nur eine Narbe am Hals geben, die sie daran erinnern soll, sich künftig zu überlegen, wem sie ihr Vertrauen schenken. Das ist nicht weiter schlimm. Viel schlimmer ist, dass sie jetzt still stehen müssen, während sie dir bei deiner Probe zusehen müssen.«

Er seufzte wieder. »Bereitet sie vor!«

Man nahm ihr die Decke weg und malte ihr in einem genau abgemessenen Abstand zum Fußboden, zwei leuchtend rote Ringe um die Waden. Rodan erklärte ihr, dass, sollte sie ihre Füße so hochheben, dass die Markierungen oberhalb des Kistenrandes zu sehen waren, die Probe als nicht bestanden galt. Wenn sie versuchte, den Steinbeißer abzuschütteln, zu treten oder gar auf ihn zu steigen, galt die Probe ebenfalls als nicht bestanden. Als Nächstes bestrich man ihre Füße mit einer sirupartigen Substanz. Schließlich stellten sie die Kiste mit dem Steinbeißer zwischen ihre Beine. Ein Drachenreiter hielt dem Tierchen einen kleinen Apfel vor die Nase, um zu testen, wie hungrig er war und der Steinbeißer fiel augenblicklich darüber her. Daraufhin bekam er den ganzen Apfel und noch einen halben.

»Es wäre nicht in Ordnung, dich einem ausgehungerten Tier auszusetzen«, erklärte Rodan, während Karin mit wachsendem

Entsetzen beobachtete, wie der Steinbeißer sich regelrecht in den Apfel hineinfräste. Ihr brach der Schweiß aus und sie begann zu zweifeln, ob sie die richtige Entscheidung getroffen hatte. Wie sollte sie das aushalten? Und was würde hinterher von ihren Füßen übrig bleiben? Schweizer Käse? Ihre Hände begannen zu zittern. Sie machte den Fehler aufzusehen und blickte damit automatisch auf die Wand, an der Kelim, Sora und Niro standen. Ihre erschrockenen, bleichen Gesichter, schrien ihr regelrecht zu: »Du schaffst das nicht!« Schnell sah sie in eine andere Richtung.

Rodan beugte sich zu ihr hinunter und legte ihr die Hand auf ein Bein.

»Karin!«, sagte er leise, aber eindringlich. »Hör mir zu! Du hast nur dann eine Aussicht auf Erfolg, wenn du es schaffst, an etwas zu denken, an dem du dich festhalten kannst. Ich denke da an das Klettergerüst, als dich der Aalbiss so gequält hat. Kastor hat mir berichtet, dass du ins Leere geschaut hast, als ob du ganz woanders seist, bevor du dich an die letzte Sprosse gewagt hast. Und dann hast du es zu Ende gebracht. An was hast du dabei gedacht? Vielleicht hilft es dir auch hier. Lass dir Zeit! Und wenn du soweit bist, fang einfach an; um die Sanduhr werde ich mich kümmern. Kümmer du dich darum, die Füße nicht herauszunehmen, bis ich es dir sage.« Er seufzte, bevor er noch ein »Viel Glück!« hinzufügte.

Er richtete sich auf und ging zu dem Tisch mit der Sanduhr hinüber. Ein anderer Drachenreiter kauerte sich Karin gegenüber vor die Kiste und behielt deren Rand im Auge. Bei einer anderen Gelegenheit hätte sie es lustig gefunden, wie er so vor der Kiste, auf allen Vieren, am Boden kauerte und angestrengt den Kistenrand anvisierte. Aber er entschied im Zweifel über ihr Leben und daran war nichts Lustiges.

Sie versuchte, sich zu konzentrieren, konnte jedoch nicht aufhören, den Steinbeißer in der Kiste zu beobachten. Die Apfelstücke waren inzwischen verschwunden und er schnüffelte herum, als suche er nach weiteren fressbaren Dingen. Sie würde es nie schaffen, wenn sie weiterhin in die Kiste starrte. Sie riss sich los und suchte nach etwas anderem, das sie anstarren konnte. Ihr Blick wanderte zur Sanduhr, was sie nur noch nervöser machte. Sie wagte es nicht, noch einmal zur Wand zu sehen, an der Kelim,

Sora und Niro standen. Schließlich blieb ihr Blick an der Wanduhr hängen, deren Zeiger ungerührt ihre Runden zogen. Das war gut. Sie atmete ein paar Mal tief ein und aus und langsam hörten ihre Hände zu zittern auf.

Mara und Glandor. An die beiden hatte sie gedacht, als sie an dem Klettergerüst gehangen hatte. Sie probierte es. Zuerst versuchte sie sich vorzustellen, dass Glandor sie beobachtete, aber das war nicht sehr hilfreich; er würde nur darauf warten, dass sie einen Fehler machte, das machte sie eher nervöser. Lieber Mara. Ihre Mara. Mara, die ihr so viel bedeutete und die ihr Kraft gab; sie konnte regelrecht die Energie spüren, die sie jedes Mal wieder aufs Neue durchströmte, wenn sie in deren Augen sah. Es funktionierte auch, ohne dass Mara hier war. Mit dem Gedanken an ihren Drachen beruhigte sich ihr Herzschlag langsam. Sie atmete noch zwei Mal tief durch, dann hob sie ihre Füße und stellte sie in die Kiste.

»Mara!«, formten ihre Lippen dabei fast unhörbar. »Ich lass dich nicht im Stich! Bald …«

Es war totenstill im Raum. Niemand wagte, auch nur einen Finger zu bewegen. Nur Rodan drehte rasch die Sanduhr um und der Sand begann zu rieseln.

Zuerst geschah überhaupt nichts. Der Steinbeißer hatte sich erschrocken in eine Ecke seiner Kiste zurückgezogen, als sie ihre Füße so plötzlich in seine Kiste gestellt hatte. Vorsichtig wagte er sich hervor, und fing an, ihre Füße zu beschnuppern.

Und dann biss er zu.

Karin schrie auf, doch es kam nur ein heiseres Krächzen über ihre Lippen; ihre Stimme versagte noch immer den Dienst. Ihre Füße zuckten zurück und die rote Markierung kam dem Kistenrand gefährlich nahe.

»Oh, Gott! Mara hilf mir!«, flehte Karin tonlos, bevor sie entschlossen die Füße wieder auf den Boden drückte. Sie verwandte alle Kraft darauf, ihre Füße in den Boden zu stemmen und sie dort zu lassen, als der Steinbeißer sich erneut über diese hermachte. Doch ihre Kräfte reichten nicht, ihre Füße begannen immer stärker zu zucken, bald würde sie diese hochreißen. Verzweifelt warf sie den Kopf in den Nacken. Der Gedanke an Mara reichte nicht! Sie konnte nicht mehr länger widerstehen. Doch dann änderte sich das Bild von Mara, das sie vor ihrem geistigen Auge aufgebaut hatte. Stattdessen erschien das grimmige Gesicht von Glandor vor ihr. Doch es war nicht Glandor. Es war der Große Drache und sein Blick bannte sie auf der Stelle. Sie war unfähig, sich zu bewegen. Sie spannte ihre Muskeln an und die Hände umklammerten die Armlehnen ihres Stuhles so stark, dass diese zu knirschen anfingen; ihre Beinmuskeln begannen zu zittern, so fest drückte sie die Füße in den Boden. Sie spannte jeden einzelnen Muskel in ihrem Körper, aber sie rührte sich keinen Millimeter. Dann vernahm sie eine leise Stimme in ihrem Kopf: *»Mein Drachenkind, bald werdet ihr drei sein!«*

Der Schmerz kroch wie flüssiges Feuer durch ihre Füße und arbeitete sich langsam die Beine hoch.

Karin rührte sich nicht.

Zentimeter für Zentimeter kroch der Schmerz höher und nahm ihr schließlich den Atem. Wie eine Statue saß sie da, die Muskeln bis zum Äußersten gespannt, unfähig, auch nur einen Atemzug zu nehmen. Das Bild von Glandor wurde undeutlich. Doch sie konnte sich noch immer nicht bewegen.

Plötzlich löste sich das Gesicht von Glandor auf und sie sah nur noch die Uhr.

»Zeit ist um!« Karin hörte die Worte, aber sie verstand nicht, was sie bedeuteten. Sie blieb weiterhin reglos auf dem Stuhl sitzen, die Hände um die Armlehnen gekrampft und den Blick auf die Uhr gerichtet.

»Die Zeit ist um!« Wieder diese Worte, die keinen Sinn ergaben. Karin spürte, wie sie an den Beinen gepackt wurde. Jemand versuchte, ihre Füße aus der Kiste zu heben. Sie stemmte sich dagegen; sie durfte die Füße nicht heben! Weitere Hände griffen zu und sie konnte nicht länger dagegen ankämpfen. Andere Hände lösten mit Gewalt ihre Finger von den Armlehnen und sie wurde hochgehoben und dann auf den Boden gelegt. Ihre verkrampften Muskeln entspannten sich langsam und als sie wieder in der Lage war zu atmen, japste sie halb erstickt nach Luft.

Hände packten sie an den Schultern und schüttelten sie.

»Karin! Komm zu dir! Es ist vorbei! Die Zeit ist um!«

Sie blinzelte. Vorbei? Sie erkannte Rodan, der neben ihr auf dem Boden kniete. Er schüttelte sie erneut.

»Karin? Hörst du mich? Es ist vorbei!«

»Vorbei?«, brachte sie heraus. »Ich habe es nicht geschafft?« Ihre Stimme war nur ein heiseres Flüstern.

»Oh, doch!«, antwortete Rodan. »Du hast die Probe bestanden!«

Bestanden? Langsam löste sich auch die restliche Anspannung aus ihren Muskeln. Sie würde Mara wiedersehen! Dieser Gedanke ließ ein Lächeln in ihrem Gesicht entstehen, doch der unglaubliche Schmerz, der, von den Füßen ausgehend, durch ihren ganzen Körper zog, vertrieb es augenblicklich wieder und als sie unvorsichtigerweise die Füße bewegte, stöhnte sie gequält auf.

Man legte sie auf die Decke und trug sie darin ins Heilhaus hinüber. Noch auf dem Weg dorthin verabreichte ihr Bataya irgendetwas mit einem Löffel. Es wirkte schnell und die Schmerzen begannen nachzulassen. Noch ehe Karin auf ihrem Bett abgelegt wurde, bekam sie nichts mehr mit.

Es folgten drei wenig angenehme Tage. Der Speichel des Steinbeißers war giftig und verursachte ein heftiges Fieber. Karin erinnerte sich nur an wenig, was während dieser Zeit geschehen war. Am ersten Tag, mit noch schwachem Fieber, hatte sie heftige Schmerzen in den Füßen gehabt und Bataya deshalb dafür gesorgt, dass sie die meiste Zeit schlief. Sie konnte sich jedoch an Besucher erinnern. Einmal an Rodan, der gefragt hatte, an was sie während der Probe gedacht hatte; sie hatte ihm von der Erscheinung des Großen Drachen berichtet – mit wieder einwandfrei funktionierender Stimme. Und an Kelim und Niro. Daran, was sie geredet hatten, konnte sie sich nicht mehr erinnern, nur, dass Kelim ihr etwas geben wollte, den Löffel dann jedoch völlig überraschend Niro in den Mund geschoben hatte, indem er dessen Kopf an den Haaren gepackt und nach hinten gezogen hatte, so dass dieser unwillkürlich den Mund aufgemacht hatte. Niro war ziemlich wütend gewesen, aber schon wenige Augenblicke später war er am Boden gelegen. Vielleicht hatte sie das auch nur geträumt? Denn wieso sollte Kelim so etwas machen? Danach hatte das Fieber das Regiment übernommen und es gab nur noch wirre Geschichten von Drachen, Bel Kanis Dorf, Lichtpfeilen und Feuer in ihrer Erinnerung. Nur einmal hatte sie eine klare Erinnerung daran, dass Bataya Eis auf ihre Beine gelegt hatte und wie fürchterlich kalt sich das angefühlt hatte.

Am Morgen des nächsten Tages war das Fieber weg. Die Füße schmerzten nur noch wenig und Karin aß die Suppe, die Rimo ihr brachte, mit Appetit. Etwas später erschienen Kelim und Bataya und wechselten ihre Verbände. Sie schienen zufrieden mit dem zu sein, was sie darunter vorfanden, sagten jedoch nichts dazu und gingen wieder, ohne mit ihr auch nur ein Wort zu sprechen. Etwas verstimmt darüber, setzte sich Karin auf und betrachtete ihre Füße. Sie waren beide bis über die Knöchel dick eingewickelt. Vorsichtig bewegte sie ihre Zehen. Es tat weh, aber nicht so stark wie erwartet. Sie schwang ihre Beine über den Bettrand und setzte die Füße vorsichtig auf den Boden. Langsam brachte sie etwas Gewicht darauf, was ebenfalls schmerzte. Und je mehr Gewicht auf ihren Füßen lastete, desto schlimmer wurden die Schmerzen. Karin überlegte, sich wieder hinzulegen, zumal sie sich sehr schwach fühlte.

Bataya nahm ihr die Entscheidung ab. Sie zog den Vorhang zur Seite und rauschte schwungvoll in Karins Abteil, gefolgt von Kelim. Bataya hatte eine kleine Schüssel in der Hand, Kelim etwas, das wie ein Buch aussah, doch da er hinter Bataya ging, konnte sie es nicht richtig sehen.

»Heute sollst du noch nicht aufstehen!«, mahnte Bataya, stellte schnell die Schüssel auf das Tischchen, griff sich Karins Beine und legte sie energisch auf das Bett zurück.

»Ich habe dir etwas mitgebracht«, sagte Kelim und legte das Buch – es war tatsächlich ein Buch – neben die Schüssel auf das Tischchen. »Kapitel sieben. Bis heute Abend! Wenn du eher fertig bist, fängst du das nächste an!« Schon war er wieder auf dem Weg Richtung Vorhang.

Karin kannte das Buch nur zu gut; es war *Die Gemeinschaftsordnung der Drachenreiter …*

Wenn er sie nun wieder unterrichtete, war sie wohl wirklich nicht aus der Gemeinschaft ausgeschlossen. Und sie würde Mara wieder reiten dürfen. Oder Furo. Allerdings …

»Kelim …«, begann Karin.

Kelim blieb stehen und drehte sich um.

»Ja?«

»Werde ich … werde ich wieder laufen können?«

»Ja«, antwortete er knapp und verschwand. Aber dieses eine Wort genügte, um in Karin ein Glücksgefühl auszulösen.

Bataya war redseliger. »Du hast Glück gehabt. Es sind sogar noch alle Zehen dran. Morgen darfst du schon aufstehen. Du wirst wahrscheinlich noch nicht sehr weit kommen; es dürfte noch ziemlich schmerzen. Und es wird wohl auch wieder zu bluten anfangen. Du brauchst dir aber keine Sorgen zu machen, es wird dir nicht schaden. Du musst nur darauf achten, dass kein Schmutz in die Wunden kommt.«

Aber Karin hörte ihr gar nicht mehr zu. Sie würde wieder laufen können! Dann war alles gut. Und wenn es irgendetwas gab, was sie tun konnte, um ihren Fehler wieder gut zu machen, würde sie es auch tun können; sie durften sie nicht mehr ausschließen: Sie hatte die Probe bestanden.

11 Der Weg zurück in die Gemeinschaft

Bataya reichte ihr die Schüssel und stellt das Kopfteil ihres Bettes höher.

»Zuallererst wirst du ordentlich essen, bevor du irgendwelche Bücher liest!«, befahl sie energisch, bevor sie eilig aus dem Abteil rauschte; sie schien, wie auch Kelim, ziemlich in Eile zu sein.

Karin aß brav die Schüssel leer, dann griff sie sich das Buch. Sie kannte Kelim gut genug, um zu wissen, dass er nichts ohne Grund tat. Das war keine Fleißaufgabe für sie, um die Hochschrift lesen zu üben; es war wichtig. Kapitel sieben behandelte die *Einschränkungen und Pflichten Unmündiger*. Sie brauchte nicht zu fragen, wieso sie ausgerechnet dieses Kapitel lesen sollte und nahm den Kampf mit den widerspenstigen, verschnörkelten Buchstaben auf. Sie musste Buchstabe für Buchstabe aneinandersetzen und das dauerte, aber immerhin konnte sie den Text ohne Hilfe entziffern. Sie war so in ihre Lektüre vertieft, dass sie zuerst gar nicht merkte, dass sie Besuch bekommen hatte. Ein leises Hüsteln ließ sie aufschauen. Rodan, Kelim, Sora und Niro standen neben ihrem Bett. Niro trug einen Verband um den Hals. Wieso hatte Niro einen Verband? Ihr fiel die Probe der Ergebenheit ein, und dass er dabei an der Wand stehen hatte müssen, mit einem Dolch am Hals. Sollte er nicht nur dann bestraft werden, wenn sie versagt hätte? Karin warf einen verstohlenen Blick auf Sora und Kelim. Sora hatte ein kleines Pflaster an der Stelle, an der die Dolchspitze dagegen gedrückt worden war, nur Kelims Hals war unversehrt.

Niro setzte sein bekanntes Grinsen auf. »Man könnte fast meinen, dass du lesen kannst, wenn man dir so zuschaut.«

»Das hoffe ich doch sehr«, entgegnete Kelim trocken, ehe sich Karin eine passende Antwort überlegen konnte.

Rodan ergriff das Wort. »Wir möchten dir etwas zeigen. Wir können nichts damit anfangen. Wir wollten es dir eigentlich noch nicht sagen, um deine unselige Entscheidungsfreude nicht noch mehr zu fördern, aber in Anbetracht der Lage erscheint es mir als dringend, deine Meinung zu hören.« Er streckte seine Hand. »Niro, würdest du bitte …«

Niro nickte und ergriff Rodans Handgelenk.

Karin zögerte. Rodan war der gewählte Anführer der Drachenreiter und er wollte sie tragen? Das fühlte sich unpassend an, doch er meinte nur:

»Rauf mit dir, du sollst noch nicht laufen! Und schon gar nicht so weit.«

So nahm Karin auf den Armen von Rodan und Niro Platz und die beiden trugen sie aus dem Haus, gefolgt von Kelim und Sora.

Sie nahmen ihr völlig unbekannte Wege, die immer tiefer unter die Erde führten. Schließlich gelangten sie in einen breiten Gang, mit großen, manchmal zweiflügeligen Türen zu beiden Seiten. Kelim öffnete eine der großen Türen und sie betraten eine große Halle, in der allerlei seltsame Dinge gelagert waren. Unter anderem gab es einen großen Haufen Knochen – Karin vermutete auf Grund deren Größe, dass es sich dabei um Drachenknochen handelte – und an einer Wand waren verschiedene Waffen aufgehängt. Ihr Blick blieb an einem riesigen, mindestens drei Meter langen Speer hängen. Er war komplett aus Eisen und sein vorderes Ende bestand aus drei hintereinander angeordneten Spitzen, die mittlere war um neunzig Grad gedreht, so dass der Speer eine kreuzförmige Wunde verursachen würde. Karin schauderte bei diesem Anblick. Aber wer würde in der Lage sein, einen so riesenhaften Speer zu gebrauchen? Sie war sich sicher, dass sie Mühe hätte, ihn auch nur vom Boden aufzuheben. Daneben hingen einige Schwerter und Rüstungsteile aus Eisen oder aus eisenbeschlagenem Leder. Rodan bemerkte ihren Blick und sah sich veranlasst, etwas dazu zu sagen: »Das sind Überbleibsel vom Eisenvolk. Manche sagen auch *Verdammtes Volk* zu ihnen. Der große Speer ist ein Katapultspeer. Im großen Krieg hat er vielen unserer Drachen den Tod gebracht. Wir waren ahnungslos; bis dahin hatte es keine Waffen gegeben, die den Schuppenpanzer eines Drachen durchdringen konnten.« Er seufzte. »Aber das ist lange her und das Eisenvolk für immer verschwunden.«

Sie setzten Karin ab und als sie entdeckte, was man ihr zeigen wollte, war der Speer und das, was Rodan eben gesagt hatte, augenblicklich vergessen: An der rechten Wand stand eine Kiste. Eine grüne Metallkiste. Langsam ging sie darauf zu. Ihre Füße protestierten, doch sie achtete überhaupt nicht darauf. Die Kiste sah genau so aus, wie die, die sie mit Mara stibitzen hatte wollen.

»Wie … wie …«, stotterte sie.

»Mara hat sie mitgenommen«, erklärte Sora. »Sie hat sie sich mit den Zähnen geschnappt und als sie flügellahm und zerschunden aus der Wüstenfestung gehüpft ist, hat sie sie mitgenommen – gemäß dem letzten Befehl, den du ihr gegeben hattest.«

Karin ging vor der Kiste in die Knie. Mara hatte die Kiste mitgenommen! Mit zitternden Händen strich sie über das grüne Blech, in dem schwach Maras Zahnabdrücke zu sehen waren. Woher hatte Mara gewusst welche Kiste? Sie waren doch noch gar nicht in ihrer Reichweite gewesen, als die Seile den Weg versperrt hatten. Und das Kommando *Zugreifen* hätte für jede Kiste gelten können. Verstanden Drachen doch die menschliche Sprache? Sora hatte gesagt: Nein. Karin hatte das Gefühl, irgendetwas zu übersehen, etwas Entscheidendes. Aber so sehr sie sich auch anstrengte, ihr fiel nicht ein, was es war.

Sehr groß war die Kiste nicht. Als sie dort unten gestanden hatte, war sie ihr größer vorgekommen. Sie dachte an ihr altes Aquarium. Das war mit gerade mal achtzig Zentimetern sogar noch etwas länger als die Kiste. Diese war auch nicht so hoch, lediglich die Tiefe passte in etwa. Nur, Fische waren hier bestimmt nicht drin.

Vorne gab es ein Vorhängeschloss, doch es war verbogen. Karin griff danach und zog leicht daran. Es sprang augenblicklich auf; der Schließmechanismus funktionierte nicht mehr. Sie entfernte das Schloss und drehte es um. Und was sie dort sah, bestätigte grausam ihre vage Vermutung: Die Kiste stammte aus ihrer Welt! Auf der Rückseite des Schlosses war der Name des Herstellers eingraviert. Das Schloss am Kellerabteil ihrer Wohnung war vom selben Hersteller …

Karin brachte kein Wort heraus. Und tief in ihrem Inneren meldete sich wieder die kleine Stimme, die ihr sagte, dass sie so eine Kiste schon einmal gesehen hatte, und dass diese an diesem

Ort ganz bestimmt nichts zu suchen hatte. Sie legte das Schloss auf den Boden und legte die Hände an den Deckel, brachte es jedoch nicht über sich, den Deckel anzuheben, bis Rodan ungeduldig wurde und nachhalf.

Karin hatte oft genug ferngesehen, um zu wissen, was sie da sah: Die Kiste war randvoll mit Handgranaten. Ordentlich in Reihen gestapelt. Nur in der linken, hinteren Ecke fehlten ein paar.

»Weißt du, was das sein soll?«, fragte Rodan.

Sie gab keine Antwort. Sie konnte nur an eines denken: Gar besaß Waffen aus ihrer Welt. Das war völlig unmöglich! Aber die Kiste existierte und stand direkt vor ihr; sie konnte sie spüren. Es war lächerlich anzunehmen, dass Gar mit seinen Leuten durch das Tor marschiert war und sich einfach die Kisten geholt hatte. So etwas gab es nicht im Supermarkt. Wenn, dann vielleicht in irgendeiner Kaserne. Karin überlegte; sie waren von Garmisch-Partenkirchen aus zu ihrer Bergtour aufgebrochen. Sie wusste, dass es dort in der Nähe eine Kaserne gab. Dort waren die Gebirgsjäger stationiert. Das war etwas Besonderes und nur deswegen hatte sie sich das gemerkt. Aber sie hatte keine Ahnung, wo genau sich die Kaserne befand, so etwas interessierte sie eben nicht. Dennoch war sie sich sicher, dass sich Gar dort nicht die Kisten geholt haben konnte. Er hätte mit seinen Leuten bis ins Tal hinunter wandern müssen und egal, wo genau die Kaserne war, den Weg dorthin hätte er nicht gehen können, ohne bemerkt zu werden.

Rodan nahm eine Handgranate aus der Kiste, drehte sie in den Händen und begann an dem Ring herumzufummeln. Erschrocken griff Karin nach der Handgranate und nahm sie ihm schnell weg, als wäre er ein kleines Kind, das mit einem scharfen Messer gespielt hatte. Er sah sie verblüfft an.

»Vorsicht!«, rief sie. Endlich hatte sie ihre Stimme wieder gefunden und sie versuchte, zu erklären, was eine Handgranate war und wie sie funktionierte. Dabei wusste sie selbst nicht genau, wie man damit umging; so etwas lernte man schließlich nicht in der Schule. Sie wusste nur, dass es eine Sicherung gab, die man entfernen konnte, und dann hatte man ein paar Sekunden Zeit, bevor sie losging – so hatte das in den Filmen, die sie gesehen hatte, immer funktioniert. Wie viele Sekunden, wusste sie nicht. Und ob das in Wirklichkeit ebenso war, auch nicht.

Sora wollte wissen, ob die Zerstörung in Bel Kanis Dorf von so einer Handgranate herrühren konnte.

Karin schüttelte den Kopf. »Von einer einzelnen bestimmt nicht«, sagte sie. Aber was wäre, wenn gleich eine ganze Kiste hochgegangen wäre? Sie dachte an das Stück Blech. Doch genau genommen hatte sie keine Ahnung. Auch keine, welche Sprengkraft eine einzelne Handgranate hatte.

Kelim schlug vor, es auszuprobieren. Rodan wollte es gleich an einer freien Stelle in der Lagerhalle tun, als er aber Karins entsetztes Gesicht sah, änderte er seinen Vorschlag sehr schnell und meinte, sie könnten auch hinauf auf das Plateau gehen, dahin, wo sie Bel Kani das Drachenfeuer vorgeführt hatten. Er reichte Sora eine der Handgranaten, dann machten sie sich auf den langen Weg nach oben. Jeder war in seine eigenen Gedanken versunken und sie brachten den Weg bis zur offenen Halle schweigend hinter sich. Dort brach Kelim das Schweigen, indem er vorschlug, das Ganze auf den nächsten Tag zu verschieben; erstens wäre Karin müde und zweitens sollte man auch den anderen die Gelegenheit geben, sich diesen Versuch anzusehen. Nach kurzem Überlegen stimmte Rodan zu und sie brachten Karin zurück in ihr Bett.

Nur, Karin war nicht müde. Sie war hellwach. Sie konnte sich einfach nicht von dem Gedanken lösen, dass Gar Waffen aus ihrer Welt besaß. Das konnte einfach nicht sein! Selbst wenn es ihm gelungen wäre, bis zu der Kaserne zu gelangen, was hätte er mit Speeren und Pfeilen schon gegen ihre modernen Waffen wie Maschinengewehre und Handgranaten ausrichten können? Und woher hätte er denn wissen sollen, wo es und dass es so etwas gab? Vielleicht existierte noch eine andere Welt, in der es grüne Kisten mit Handgranaten gab? Aber sie wusste, dass es nicht so war. Die Kiste stammte von ihrer Welt. Punkt. Ende. Keine weitere Diskussion.

Wie war es Gar dann gelungen, an diese Kisten zu gelangen? Karin fand keine Ruhe. Endlich kam sie zu dem Schluss, dass ihm jemand geholfen haben musste. Jemand aus ihrer Welt; anders war es überhaupt nicht denkbar. Sie schauderte. Wer würde denn so etwas tun? Dann kam Bataya und brachte ihr etwas zu essen. Das riss sie aus ihren Gedanken. Dieses Mal war Bataya nicht in Eile und sie blieb so lange neben ihrem Bett sitzen, bis sie aufgegessen und den ebenfalls mitgebrachten Becher Tee leer getrunken hatte. Karin nutzte die Gelegenheit, um nach ihren Verletzungen zu fragen.

»Du hast keine Ahnung, nicht?«

»Nein. Ich würde außerdem gerne wissen, wie es Mara geschafft hat, hierher zu kommen. Ihr Flügel war doch gebrochen.«

»Also, das musst du jemand anderen fragen. Aber was mit dir los war, kann ich dir sagen: Als sie dich zu mir gebracht haben, warst du mehr tot als lebendig. Du hast kaum noch geatmet und ich hatte dich schon aufgegeben. Wir haben dann doch weiter gemacht. Zum Glück!«

»War es wirklich so schlimm?«

Bataya nickte. »Du hast dir bei deinem Sturz den Schädelknochen gebrochen. Es sah übel aus: Es war nicht einfach ein Bruch, dein Hinterkopf bestand nur noch aus einzelnen Knochenstücken. Ich verstehe bis jetzt nicht, wie du das überleben konntest. Und auch noch völlig folgenlos! Das ist eigentlich unmöglich! Und wieso du zwischendurch wieder aufgewacht bist und herumlaufen konntest, kann ich auch nicht verstehen.«

Karin tastete unwillkürlich nach ihrem Kopf. Ihre Finger stießen auf die ungeliebte Lederkappe und sie ließ die Hände wieder sinken.

»So wie es aussieht«, redete Bataya weiter, »hat dein Verstand keinen Schaden genommen. Wenn mir das einer erzählt hätte, hätte ich es nicht geglaubt – und wenn es ein Drachenreiter gewesen wäre! Aber ich sehe dich vor mir und so muss ich es glauben. Dass die Knochen so schnell geheilt sind, liegt wohl an der vielen Drachenmilch und daran, dass du ein Drachenkind bist: Drachen erholen sich ähnlich schnell und bei Niros Drachenbiss ging es auch viel schneller als erwartet. Das war im Übrigen nicht deine einzige Verletzung.« Bataya tippte auf Karins Brustkorb. »Du hattest noch ein paar gebrochene Rippen und eine Lungenprellung und als Folge dessen hat sich Wasser darin gesammelt, so dass du Schwierigkeiten hattest, Atem zu holen. Und zu allem Überfluss hat dich Mara auch noch verletzt, so dass du auch noch eine Menge Blut verloren hast.«

Sie überlegte kurz. »Ach ja«, fuhr sie dann fort, »die Wunden, die die beiden Pfeile verursacht haben, muss ich auch noch dazu zählen. Alles in allem genug, um dich sicher umzubringen. Aber der Große Drache hat seine Flügel über dich gebreitet und dir dein Leben zurückgegeben. Am fünften Tag konnten wir dich schon aufwachen lassen! Und das Erste, was du gesagt hast, war: *Wie geht es Mara?* – Ich konnte es nicht fassen!«

Karin lächelte; daran konnte sie sich erinnern.

»Und drei Tage später warst du schon im Ratssaal!«, fuhr Bataya fort. »Und bist davongelaufen!« Sie schüttelte den Kopf über diese Unvernunft. »Und – lass mich mal rechnen …« Sie nahm ihre Finger zur Hilfe. »… nur weitere vier Tage später, hast du dich mit dem Steinbeißer angelegt! – Ich glaube, dein Verstand hat doch gelitten; wie kann man nur so unvernünftig sein!«

»Dir mag es unvernünftig erscheinen«, erklärte Karin. »Aber ich habe doch vorher schon meine Freunde und alles andere verloren und jetzt habe ich Unglück über die gebracht, die mir das Leben gerettet haben. Wie soll ich da tatenlos daneben stehen können? Und wieder alles verlieren: ein neues Zuhause, Freunde und – Mara. Ohne sie – ist da nichts mehr, wofür es sich lohnt zu leben. Das verstehst du vielleicht nicht, du hast keinen Drachen.«

»Der Große Drache bewahre mich davor!« Bataya sah Karin so entsetzt an, dass diese lachen musste.

»Schön, dass du wieder lachen kannst! Genug jetzt von Vergangenem! Sieh zu, dass du wieder gesund wirst!«

Sie stellte Schüssel und Becher beiseite und fand noch die Zeit, Karin zu helfen, den Weg zu Ablass- und Waschraum zu bewältigen. Hinterher fühlte sich Karin auf einmal seltsam schläfrig und ihr kam der Gedanke, dass Bataya wohl ein wenig nachgeholfen hatte. Sie wollte nachfragen, doch Bataya war schon wieder am Gehen und sie schon zu schläfrig, um diese zurückzurufen. Sie schloss die Augen und ergab sich ihrer Müdigkeit.

Sie erwachte früh am nächsten Morgen und probierte als erstes, wie gut sie laufen konnte. Die ersten Schritte gingen ganz gut, dann fingen die Schmerzen wieder an. Sie kämpfte sich bis zum Waschraum, aber weiter würde sie ohne Hilfe nicht kommen. Glücklich am Bett zurück, musste sie sich erst einmal ausruhen, und dann kamen auch schon Bataya und Kelim. Sie brachten ihr Frühstück und wechselten ihre Verbände. Zu Karins Leidwesen bestand Bataya weiterhin darauf, dass sie den ledernen Kopfschutz aufbehielt. Wenigstens wurde sie die Verbände an Arm und Bein los und nach einem Blick auf die Verletzungen, stellte Karin erleichtert fest, dass es wohl keine großen Narben geben würde. Entweder verstanden Kelim und Bataya ihr Handwerk ausgezeichnet oder sie hatte es Maras Fütterung zu verdanken. Oder beidem.

»Das wird noch besser werden«, meinte Kelim. »Aber nur, wenn du dein Übungsprogramm gewissenhaft abarbeitest.«

Das Übungsprogramm. Karin seufzte. Bataya war genauso gnadenlos wie Kastor und sobald sie hier rauskam, würde sie wieder zu ihm gehen müssen. Keine Chance, sich davor zu drücken.

Nachdem Bataya hinter dem Vorhang verschwunden war, eröffnete Kelim ihr, dass ihre Anwesenheit bei dem Versuch, die Handgranate *auseinanderzusprengen*, nicht nötig wäre und sie stattdessen im Buch weiterlesen solle.

Karin protestierte heftig, immerhin war es etwas aus ihrer Welt und obendrein gefährlich. Aber Kelim ließ keinen ihrer Einwände gelten. Sora hatte schließlich die Zerstörung im Dorf gesehen und würde bestimmt nicht zu nahe stehen bleiben. Außerdem wüsste sie doch auch nicht genau darüber Bescheid. Und dann gab es eine längere Unterhaltung, weil Kelim wissen wollte, woher sie überhaupt so viel über die Handgranaten wusste, wenn sie vorher noch nie eine in der Hand gehalten hatte.

Sie versuchte, ihm zu erklären, was ein Film war und wie Fernsehen funktionierte, und das war gar nicht so einfach. Trotzdem hatte es Kelim bald begriffen. Er saß eine Weile schweigend auf dem Stuhl, auf dem er sich während Karins Erklärung niedergelassen hatte, dann sagte er:

»Erzähle niemandem diese Dinge von deiner Welt. Und keine Einwände! Am besten, du erzählst uns überhaupt nichts mehr von deiner Welt. Durch dieses Tor in deine Welt sind wir in großer Gefahr; in größerer als wir gedacht haben.« Sein Blick wanderte zu dem Tischchen neben ihrem Bett. »Ich bringe dir hinterher ein anderes Buch. Es heißt *Die Bewahrung der Welt.* Dann verstehst du vielleicht, was ich meine.«

Er legte eine kurze Pause ein, während der er einmal tief Luft holte.

»Es gibt nämlich noch einen ganz anderen Grund, warum wir so wenig Wert auf deine Ansicht der Dinge legen und dir stattdessen unsere Art zu denken beizubringen versuchen. Hauptsächlich ist es natürlich für die Gemeinschaft nötig, dass jeder weiß, was zu tun ist und man sich blind aufeinander verlassen kann und niemand eigenmächtig handelt, der dazu nicht in der Lage ist. Aber eben nicht nur. Bisher gab es keinen erkennbaren Grund, dich damit zu belasten, du hast dich gut eingefügt und du hast nichts verändert, nur ergänzt, was gefehlt hatte.«

Wieder machte er eine kleine Pause.

»Aber jetzt haben sich die Dinge geändert und du bist nicht das Einzige, was in unsere Welt herübergekommen ist. Und dein Wissen kann uns zwar helfen, ist aber auch eine große Gefahr.« Er stand auf und schob den Stuhl an seinen Platz zurück. »Du bleibst im Bett, bis ich wiederkomme. Und ich verlasse mich auf dich! Hast du das verstanden?«

Karin blieb nichts anderes übrig, als einzuwilligen. Wenigstens verzichtete Kelim darauf, sie ans Bett zu binden, wenn sie auch immer noch die Armbänder trug.

»Ja, ich bleibe liegen. Und du kannst dich auch darauf verlassen. Aber ich finde es nicht in Ordnung.«

»Aber ich. Und vielleicht sollte ich es noch einmal betonen: Dass du die Probe bestanden hast, heißt nicht, dass du automatisch das Vertrauen aller Drachenreiter zurückbekommen hast. Das musst du dir erst verdienen. Viele, die noch zweifeln, werden in nächster Zeit ein Auge auf dich haben.« Sein Blick fiel auf das Buch. »Gib dir Mühe mit deiner Lektüre!«

Karin sah zu dem Tischchen hinüber, auf dem noch immer *Die Gemeinschaftsordnung der Drachenreiter* lag. Sie war gestern nicht allzu weit gekommen, weil die Kiste dazwischen gekommen war.

Kelim griff bereits nach dem Vorhang, um zu gehen, doch dann drehte er sich noch einmal um. »Ich lasse dir berichten.« Er deutete auf das Buch und schob noch ein: »Ich frage dich danach«, hinterher. Dann verschwand er und Karin nahm sich gehorsam das Buch. Sie versuchte vergeblich, sich auf die Buchstaben zu konzentrieren, sie schaffte es nicht, die Gedanken an Gar und die Kiste aus ihrem Kopf zu vertreiben. Endlich stellte sie sich die Forderung, dass sie solche katastrophalen Fehler, wie mit der

Kiste, künftig nur dann vermeiden konnte, wenn sie genug über diese Welt wusste. Dasselbe galt auch, um helfen zu können, ihren Fehler wieder gut zu machen. Und dafür gab es nur einen Weg: Lernen, lernen, lernen … Das half. Sie stürzte sich in ihre Lektüre und lernte. Das Kapitel über die *Einschränkungen und Pflichten Unmündiger* erwies sich allerdings als wenig hilfreich, ihr einen Weg zu zeigen, was sie tun könnte, um zu helfen, es listete hauptsächlich Dinge auf, die sie *nicht* tun durfte. Sie durfte zum Beispiel nirgendwo hingehen, ohne dass ein Drachenreiter, der Entscheidungsfreiheit besaß, davon wusste und zugestimmt hatte. Und das galt auch für Niro, da er die Drachenprüfung noch nicht abgelegt hatte. Im Gegensatz zu ihr wusste er jedoch, was er sich erlauben konnte, und verzichtete darauf, nachzufragen; er sorgte nur dafür, dass es jemand, der frei entscheiden konnte, mitbekam, was er tat. Meistens jedenfalls. Sie dachte an Niros heimlichen Ausflug zu Glandor; er hielt sich offenbar nicht immer an die Regeln. Karin vermutete, dass das auch der Grund dafür war, dass er die Drachenprüfung noch nicht ablegen hatte dürfen. Aber egal, alles, was half zu verstehen, wie die Gemeinschaft funktionierte, war wichtig und sie vertiefte sich wieder in das Buch.

Einige Zeit später kamen Sora, Niro – und Keno in ihr Abteil. Das machte Karin nervös. Was wollte Keno von ihr? Er hielt sich im Hintergrund, während Sora von dem Versuch, die Handgranate zu zünden, berichtete. Sie sagte, dass, wenn man die Sicherung entfernt hatte, genügend Zeit blieb, sich in Sicherheit zu bringen, und dass es zwar sehr beeindruckend sei, aber nicht ausreichte, um ein Haus zu zerstören. Die Splitter wären etwa zwanzig große Schritte weit geflogen. Dann trat Sora hinter Niro zurück und der befahl ungewohnt energisch:

»Leg das Buch weg!«

Das war es aber schon wieder mit energisch. Nachdem Karin das Buch auf den Tisch gelegt hatte, klang seine Stimme stattdessen recht zaghaft.

»Ich möchte, dass du mir einen Gefallen tust. Ich möchte, dass du das hier trägst!«

Er hielt ihr ein silbriges, rundes Medaillon vor die Nase. Es hing an einer Lederschnur und sah nach gar nichts Besonderem aus. Nur auf der Rückseite war Niros Name eingraviert.

»Was ist das?«

Niro druckste ein wenig herum und Karins Blick fiel wieder auf seinen Halsverband.

»Und was hast du da am Hals?«

Bevor Niro antworten konnte, mischte sich Sora ein: »Das hat er dir zu verdanken! Du hast uns schließlich für die Probe ausgewählt.«

»Rodan hat gesagt, euch passiert nur etwas, wenn ich nicht bestehe!«, verteidigte sich Karin.

»Schon, aber hast du eigentlich schon mal daran gedacht, was das für diejenigen, die um dein Leben gekämpft haben und es schließlich geschafft haben, es zu retten, bedeutet, zusehen zu müssen, wie du es leichtfertig aufs Spiel setzt? Bleib du da mal ruhig stehen!«

Karin senkte beschämt den Kopf; daran hatte sie überhaupt nicht gedacht. Aber was hieß »um dein Leben gekämpft?« Sie war doch bei Bataya im Heilhaus gewesen. Allenfalls Kelim und Kers waren da noch dabei gewesen.

»Wie meinst du das? Wann habt ihr um mein Leben gekämpft?«

Es war Niro, der antwortete: »Im Heilhaus. Du warst eigentlich schon tot. Du hast immer wieder zu atmen aufgehört. Es hat sich so angefühlt, als ob jeder Atemzug, den du getan hast, dein letzter gewesen wäre.«

Sora mischte sich erneut ein. »Niro hat die ganze Nacht neben deinem Bett gesessen und hat jedes Mal das ganze Heilhaus zusammengebrüllt, wenn du länger als zwei Minuten nicht mehr geatmet hast. Meist hast du von selbst wieder Luft geholt, ein paar Mal hatte Bataya allerdings heftig zu tun, um dich wieder zum Atmen zu bringen.«

Karin sah Sora erschrocken an. »Ist das wahr?«

»Nein, das war nur ein Scherz!«, erwiderte Sora säuerlich. »Niro war völlig fertig nach dieser Nacht. Und du hast nichts Besseres zu tun, als ins Meer zu springen und dich einem Steinbeißer zum Fraß vorzuwerfen!«

Karin stiegen die Tränen in die Augen. Niro hatte eine ganze Nacht neben ihr gesessen und um ihr Leben gezittert und sie hatte geglaubt, sie sei ihm egal, weil er sie nicht besucht hatte. Wie hatte sie das nur denken können? Und er hatte es nicht ertragen können, ihr bei der Probe zuzusehen, und hatte sich verletzt. Das war ihre Schuld!

Aber Sora war noch nicht fertig. »Niro hat es noch nicht einmal gemerkt! Und dann hat sich dieser Dickschädel auch noch geweigert, sich behandeln zu lassen, weil er bei dir bleiben wollte! Gut, dass Kelim so etwas nicht akzeptiert und die Sache, ohne groß Aufhebens darum zu machen, in die Hand genommen hat.«

Dann hatte sie sich das nicht eingebildet und Kelim hatte Niro wirklich gegen seinen Willen etwas eingeflößt. Aber – hätte es nicht genügt, wenn es Kelim Niro *befohlen* hätte? – Niro hatte seine Drachenprüfung schließlich auch noch nicht abgelegt. Sie fragte Sora.

»Sicher«, bestätigte Sora ihre Vermutung. »Aber Niro war so in Sorge um dich, dass es Kelim nicht riskieren wollte, dass Niro eine Verfehlung begeht, wie es noch vor einiger Zeit öfter mal vorgekommen ist. Er war früher, als unser Vater verunglückt war, oft genug uneinsichtig und hat deswegen unter anderem so manche Nacht auf der Nadel verbracht.«

»Ist ja gut«, meinte Niro, dem dieser Teil der Geschichte sichtlich peinlich war. »Deswegen sind wir aber nicht hier. Darum geht es.« Er hielt das Medaillon in die Höhe.

»Also«, begann er, »das bin sozusagen ich. In dem Medaillon ist alles, was mich ausmacht. Wenn du es annimmst, darfst du es nie wieder abnehmen und du darfst es nie öffnen! Willst du das für mich tun?«

Karin wollte schon nicken; für Niro würde sie alles tun. Dann begann sie nachzudenken und fragte sich, wofür das gut sein konnte.

»Warum?«, fragte sie und im selben Augenblick hatte sie eine Idee. »Ist das so etwas wie ein Heiratsantrag?«, fragte sie unsicher.

Sora lachte auf. »Oh, nein!«, sagte sie. »Niro hat die Drachenprüfung noch nicht abgelegt, vorher darf ein Drachenreiter nicht heiraten. Ich dürfte schon, ich habe die Prüfung schon hinter mir.«

Karin grinste. »Ich weiß nicht, ob ich einen Heiratsantrag von dir annehmen würde.«

Sora lachte herzhaft – und steckte wieder alle an.

Als sie sich ausgelacht hatten, erklärte Niro Karin, dass es für sie ganz andere Folgen haben würde, verriet jedoch nicht welche.

»Vertraust du mir so, dass du auch einwilligst, ohne zu wissen, was es für Folgen hat?«

Karin zögerte und sie merkte, dass Niro unruhig wurde. Schließlich nickte sie.

»Ja, ich vertraue dir und wenn du willst, dass ich es trage, werde ich es tun – egal was es für Folgen hat.«

Niro atmete erleichtert auf und machte sich daran, ihr das Medaillon umzuhängen. Das dauerte seine Zeit, da es nicht, wie es auf den ersten Blick den Anschein hatte, an einem einfachen Lederriemen hing, sondern dieser in seinem Inneren einen Kern aus Metalldrähten hatte. Niro teilte die Enden des Riemens mit einer seiner Spitzen in feine Fäden und verflocht sie mithilfe einer dünnen Nadel so geschickt ineinander, dass man Mühe hatte, die Nahtstelle zu erkennen. Jetzt konnte Karin das Medaillon nicht mehr abnehmen. Sie legte ihre Hand darauf.

»Verrätst du mir irgendwann, was es bedeutet?«

»Ja, und zwar jetzt gleich!«, forderte Sora. »Niro meinte, dass du eher ja sagen würdest, wenn du nicht weißt, was es für dich bedeutet. Und er hat wohl recht behalten; du hast nicht sehr lange überlegt.« Sie warf einen strengen Blick Richtung Niro und der nickte.

»Das stimmt«, gab er zu. »Aber das Medaillon ist der einzige Weg, um dich beschützen zu können: Jetzt gehörst du mir und niemand darf dich mir wegnehmen. Rodan kann dich nie mehr in die Verbannung schicken ohne meine Einwilligung. Gut, er kann dir alle anderen Rechte entziehen, doch du kannst bei mir bleiben und ich kann für dich sorgen.«

»Ich *gehöre* dir?«, wiederholte Karin langsam.

»Ja. Ich habe mir schon gedacht, dass dir das nicht gefallen wird, aber es ist der einzige Weg – noch mal halte ich so etwas wie die Probe der Ergebenheit nicht aus!«

Karin schwieg.

»Du kannst es nicht mehr ändern«, sagte Sora. »Keno und ich sind Zeugen deiner Einwilligung. Aber ich denke nicht, dass Niro das jemals ausnutzen wird.«

»Bestimmt nicht!«, bekräftigte Niro. »Es hat sich nichts geändert zwischen uns. Und jetzt mach Kelim keine Schande und lies weiter in deinem Buch. – Er wird sowieso über mich herfallen wie ein hungriger Drache, wenn er das erfährt.«

»Rodan auch«, meinte Sora. Und direkt an Karin gewandt, fügte sie schmunzelnd hinzu: »Wenn du gleich jemanden laut schreien hörst, ist das wahrscheinlich Rodan; zu dem gehen wir jetzt, um Niros Recht auf dich eintragen zu lassen, mit Keno und mir als Zeugen.«

Sie gingen.

Karin wusste nicht so recht, was sie von dieser Sache halten sollte. Dass sich Niro um sie sorgte, war eine Sache, aber dass er sie gleich so vereinnahmte und sie zu seinem Eigentum gemacht hatte, gefiel ihr nicht besonders. Sie nahm wieder das Buch und versuchte, weiter zu lesen, doch sie konnte sich nicht mehr konzentrieren und legte immer wieder die Hand auf das Medaillon, um sich zu vergewissern, dass sie nicht geträumt hatte.

Wenig später kam Kelim vorbei und entdeckte natürlich sofort das Medaillon. Er kniff die Lippen zusammen, drehte sich um und verschwand, ohne ein Wort zu sagen.

Etwas später erschien er ein zweites Mal, legte ihr eine dicke Mappe auf den Tisch und meinte, sie könne zum Mittagessen nach nebenan in den Gemeindesaal gehen und später, wenn sie mit Kapitel sieben fertig sei, sich dieses Buch ansehen. Über das Medaillon verlor er kein Wort. Und schon war sie wieder allein.

Es war bereits spät am Abend, als sie sich endlich die Mappe vornehmen konnte. Nach einem recht mühsamen Gang zum Gemeindesaal hatte Bataya ausgiebig ihre Verletzungen bearbeitet, so dass Karin danach eine längere Pause benötigt hatte, bevor sie erneut dazu in der Lage gewesen war, weiterzulesen. Und zuerst hatte sie das Kapitel sieben zu Ende lesen müssen.

Das *Buch* war eine Sammlung loser Blätter, die mit Schnüren zusammengebunden waren. Es mussten immer wieder neue Blätter eingefügt worden sein, da ihr einige schon sehr alt erschienen, andere jedoch noch nagelneu. Auf dem obersten, schon recht vergilbten Blatt stand in besonders ausgearbeiteter und damit für Karin fast unleserlicher Hochschrift: *Die Bewahrung der Welt.* Ein kleiner Zettel lag darauf und dessen Text konnte Karin mühelos lesen:

Lies die markierten Seiten.

Zwischen einigen Blättern steckten Lesezeichen und Karin blätterte bis zum ersten und las die Überschrift dieser Seite:

Überlieferte Worte des Großen Drachen und der Hyrda

Und darunter:

Worte zu den Toren

Augenblicklich vergaß Karin alles um sich herum und begann zu lesen. Es waren immer nur wenige Sätze und dahinter stand jeweils, woher sie stammten. Zum Beispiel *Botschaft von Hyrda bei Befragung* oder *Botschaft vom Großen Drachen mittels gleichlautender Träume.* Besonders Letzteres beunruhigte Karin. Sie dachte an ihre Träume von Sora. In letzter Zeit hatte sie allerdings keine derartigen Träume mehr gehabt. Bald fand sie die Stellen, die Kelim gemeint haben musste, und die vom Umgang mit den Toren handelten. Es waren zehn Botschaften, die dort nacheinander aufgelistet waren:

Der wahre Zweck der Tore wird dem Menschen verborgen bleiben. Sie dienen allein den Wächtern über das Gleichgewicht der Welten. Euch helfen sie, die Ordnung eurer Welt zu bewahren und es sei euch erlaubt, sie zu nutzen.
(Botschaft von Hyrda bei Befragung)

Seid vorsichtig, denn das Unheil liegt in den Toren nächst dem Heil, das sie bringen können.
(Botschaft von Hyrda bei Befragung)

Ein Tor in die eigene Welt bringt Unheil.
(Botschaft von Hyrda bei Befragung)

Geht ihr durch die Tore, um zu sehen, so wird es euch zur Ehre gereichen.
(Botschaft von Hyrda bei Befragung)

Geht ihr durch die Tore, um zu lernen, so gebt acht, dass ihr eure Ordnung dadurch nicht gefährdet und nicht zu Fremden werdet.
(Botschaft von Hyrda bei Befragung)

Geht ihr durch die Tore, um fehlende Dinge zu erlangen, so gebt acht, dass sie nur ergänzen, nicht verändern, sonst gefährdet ihr die Ordnung eurer Welt und beschwört große Gefahr für sie.
(Botschaft von Hyrda bei Befragung)

Geht ihr durch die Tore, um Neues zu erlangen und in eure Welt einzubringen, so gebt acht, dass es nur ergänzt, aber nicht verändert, sonst gefährdet ihr die Ordnung eurer Welt und beschwört große Gefahr für sie.
(Botschaft von Hyrda bei Befragung)

Geht ihr durch die Tore, um dort Schaden an Dingen und Leben zu bringen, so wird die Ordnung beider Welten gestört und kann langandauernden Schaden an eurer Welt hervorrufen.
(Botschaft von Hyrda bei Befragung)

Geht ihr durch die Tore, um Dinge oder Leben zu stehlen, so wird die Ordnung beider Welten gestört und kann langandauernden Schaden an eurer Welt hervorrufen.
(Botschaft von Hyrda bei Befragung)

Geht ihr durch die Tore, um Dinge oder Leben, egal welcher Seite, zu retten, so gereicht es euch zur Ehre, aber es besteht Gefahr, die Ordnung beider Welten zu stören, wenn ihr sie dabei verändert.
(Botschaft von Hyrda bei Befragung)

Bis auf die erste, die die Nutzung der Tore ausdrücklich erlaubte und die vierte, mahnten alle anderen vor den Gefahren, die durch die Tore entstehen konnten. Karin ging sie noch einmal einzeln durch und versuchte, den Sinn dieser Botschaften zu begreifen. Die zweite Botschaft war allgemein gehalten, aber was bedeutete die Dritte? Sie warnte vor einem *Tor in die eigene Welt.* Was war ein Tor in die eigene Welt? Alle Tore führten doch von einer anderen in diese, die *eigene Welt.* Plötzlich fiel ihr wieder ein, was ihr durch den Kopf gegangen war, als sie vergeblich nach dem Platz gesucht hatten, an dem Gar an Land gegangen sein musste: Dass er vielleicht ein Tor benutzt haben könnte, das zwei Orte innerhalb dieser Welt miteinander verband. Wenn es so etwas gab, dann war das vielleicht gemeint. Aber konnte das Unheil bringen? Nun, wenn Gar so ein Tor benutzte, wohl schon. Doch irgendetwas sagte ihr, dass etwas anderes damit gemeint sein musste.

Nachdem sie die sechste und die siebte Botschaft noch einmal gelesen hatte, verstand sie, was Kelim damit gemeint hatte, als er gesagt hatte, sie hätte nichts verändert, nur ergänzt, was gefehlt hatte, die Warnung in den Botschaften, war schwer misszuverstehen: *Fehlendes* oder *Neues* aus der anderen Welt durfte nur ergänzen, nicht verändern, andernfalls wäre die *Ordnung der Welt* gefährdet und man beschwor eine *große Gefahr* herauf.

Kelim hatte also Angst, dass sie mit ihrem Wissen aus ihrer Welt diese Welt verändern könnte. Und glaubte man diesen Botschaften, würde das eine große Gefahr darstellen. Nur, wenn schon sie eine große Gefahr darstellte, was war dann mit Gar? Er hatte genau das getan, was in den nächsten beiden Botschaften stand: *... um Schaden an Dingen und Leben zu bringen* und *... um Dinge oder Leben zu stehlen* – Er hatte ihre Freunde umgebracht und diese unselige Kiste in seine Welt mitgenommen. Und als Folge dessen *... wird die Ordnung beider Welten gestört und kann langandauernden Schaden hervorrufen.* Der einzige Lichtblick in dieser unheilvollen Ankündigung war das Wort *kann.*

Nur, Sora und Niro hatten auch sie einfach mitgenommen. Hatten sie damit nicht ebenfalls *die Ordnung gestört*?

Die letzte Botschaft schien Sora und Niro weitgehend von Schuld zu befreien, denn darin hieß es: *... um Dinge oder Leben, egal welcher Seite, zu retten, so gereicht es euch zur Ehre.* Allerdings gab es auch hier die Warnung davor, damit etwas zu verändern.

Und dieser Gefahr trat Kelim nun entgegen, indem er zu verhindern versuchte, dass sie ihre Erfahrungen aus ihrer Welt in diese einbrachte. Aber konnte das wirklich so gefährlich sein? Diese Haltung verhinderte jeden Fortschritt. Oder auch nicht; bisher hatte sie noch nichts darüber gelesen, was den *Drachenreitern* verbot, etwas Neues zu erfinden und zu nutzen.

Sie hatte nicht vor, die Welt der Drachenreiter zu verändern; es war deren Welt, nicht ihre. Und wenn Kelim nicht wollte, dass sie von ihrer Welt erzählte, dann war es wohl besser so. Es würde nicht einfach sein, ihr Wissen für sich zu behalten, wenn es helfen konnte. Doch vielleicht war das gar nicht nötig: In den Botschaften wurde Neues ausdrücklich erlaubt; es durfte nur nicht verändern – ergänzen schon. Es war wohl Ansichtssache, ob eine Verbesserung durch etwas Neues als Veränderung oder als Ergänzung galt. Im Zweifelsfalle musste sie sich wohl nach der Meinung von Kelim richten.

Karin las alle Botschaften noch einmal, um sie sich genau einzuprägen. Dann blätterte sie weiter. Beim nächsten Lesezeichen fand sie eine Auflistung von mehr oder weniger deutlichen Prophezeiungen. Nur die erste war neu für sie. Sie war wohl auch älter, denn der Name Gabun sagte ihr überhaupt nichts:

Drei eurer Kinder, eines fremd, werden die Kinder der Drachen sein. Sie erhalten die Gabe, zu den Drachen zu sprechen. Sie sind eure Hoffnung auf Frieden.
(Prophezeiung des Großen Drachen durch Gabun)

eines fremd – sollte das sie sein? Die anderen Prophezeiungen kannte sie:

Traumbilder: Die Drachenreiterin Sora wird gegen ihren Willen von Mara gefüttert. Zusätzliche Traumbotschaft für die Drachenreiterin Karin: Ihr werdet drei sein (Botschaft des Großen Drachen mittels gleichlautender Träume vieler)

Traumbild: Karin spricht zur Drachenreiterin Sora, die um Hilfe bittet: Aber du bist noch kein Drachenkind!
(Traumbotschaft des Großen Drachen für die Drachenreiterin Karin)

Ihr seid zwei!
Gebt mir das Dritte, sonst werde ich es mir holen!
(Prophezeiung des Großen Drachen durch Glandor)

Mein Drachenkind! Bald werdet ihr drei sein.
(Direkte Prophezeiung durch den Großen Drachen für die Drachenreiterin Karin während ihrer Probe der Ergebenheit)

Sie jetzt so ordentlich hintereinander aufgeschrieben zu sehen, machte ihr bewusst, dass es nichts mehr mit Zufall zu tun hatte. Das Ganze ließ nur einen Schluss zu: Das dritte Drachenkind sollte Sora werden. Aber Sora war kerngesund. Mara würde sich nie dazu herablassen, Sora zu füttern – davon einmal abgesehen, dass diese sich niemals freiwillig unter Mara legen würde. Karin beschlich ein ganz sonderbares Gefühl. »*Sonst werde ich es mir holen …*«

Auf einmal hatte sie Angst um Sora. Sie war in Gefahr! Wusste Sora von diesen Prophezeiungen? Sie blätterte noch eine Weile in dem Buch herum, doch es war schon spät und sie konnte kaum noch die Augen offen halten. So hatte es keinen Sinn mehr. Sie legte das Buch auf das Tischchen und beschloss, am nächsten Morgen weiterzumachen.

»Guten Morgen, du Schlafmaus!«

Karin blinzelte verschlafen. Sora stand neben ihrem Bett.

»Es mag ja sein, dass es heute regnet, das ist allerdings noch lange kein Grund im Bett zu bleiben. Kelim lässt dir ausrichten, dass du sofort nach dem Frühstück zu Nelda in den Kräutergarten gehen sollst. Bataya gibt dir etwas für deine Füße. Ich muss gleich wieder weg, ich habe zu tun.« Sora drehte sich um und schlüpfte durch den Vorhang. Kurz steckte sie den Kopf noch einmal in Karins Abteil. »Schlaf bloß nicht wieder ein!«

Karin gähnte und räkelte sich erst einmal ausgiebig. Dabei entdeckte sie eine Schale mit Brei auf ihrem Tischchen. Das war wohl ihr Frühstück. Der verführerische Duft von Eiergerstenbrei stieg ihr in die Nase und sie nahm sich die Schale vor. Sie bekam jetzt immer Eiergerstenbrei, aber daran würde sie sich nie sattessen können. *Einen* Vorteil hatte es immerhin, krank zu sein …

Kaum, dass sie fertig gegessen hatte, erschien Bataya und zog ihr dünne, lederne Schuhe über ihre Verbände, die oberhalb der Knöchel wie ein Sack zusammengeschnürt wurden. Und ähnlich unförmig sahen sie auch aus. Zu Karins Freude hatte sie auch eine Hose dabei. Endlich war sie wieder einigermaßen vernünftig angezogen und lief nicht mehr wie das Sterntaler-Mädchen nur mit einem Hemd herum. Vorsichtig stand Karin auf. Die Füße taten immer noch weh, aber es war besser als am Tag zuvor. Sie konnte zwar nicht schnell gehen, schaffte den Weg zum Kräutergarten jedoch ohne fremde Hilfe.

Nelda war hocherfreut über ihr Kommen und führte sie gleich zu den Beeten mit dem Denkmeinnicht.

»Stell dir vor, uns sind schon wieder Pflanzen eingegangen, dabei hast du sie doch so schön eingepflanzt. Und es sind seltsamerweise die beiden vordersten Reihen betroffen. Normalerweise bekommen diese die beste Pflege. Vielleicht kannst du sehen, woran sie eingegangen sind. Ich kann nichts erkennen.«

Karin besah sich die leeren Reihen. Aber es lagen keine abgestorbenen Pflanzen herum. Sie sah jeweils nur das kurze Stück eines Stängels, der aus der Erde ragte. Es sah aus wie abgeschnitten.

»Wo habt ihr denn zuletzt geerntet?«, fragte sie.

Nelda deutete auf die Regale, in denen die Blumentöpfe standen. »Nur dort.«

Karin entdeckte viele abgeerntete Töpfe. Wofür hatte man so viel Denkmeinnicht gebraucht? Die Pflanzen waren sorgfältig eine Hand breit über dem Boden abgeschnitten worden, so dass sie wieder nachwachsen würden, und man konnte schon die ersten zaghaften Triebe sehen. Sie ging zurück zu dem Beet. Hier waren die Reste der Stängel unterschiedlich hoch, aber fast alle zu kurz, um neu austreiben zu können. Sie wandte sich an Nelda.

»Die Pflanzen sind nicht abgestorben; jemand hat sie abgeschnitten. Und zwar so dicht über dem Boden, dass sie nicht mehr nachwachsen können.« Karin deutete auf zwei einsame Pflanzen in den ansonsten leeren Reihen. »Und hier hat er zwei vergessen!«

»Bist du dir sicher?«

»Ja.« Sie besah sich die abgeschnittenen Stängel genauer. Die Schnittkanten waren meist schräg und in unterschiedlicher Höhe. Derjenige, der das getan hatte, war nicht sehr sorgfältig vorgegangen, so, als ob er in Eile gewesen wäre. Sie sagte es Nelda und die schüttelte den Kopf.

»Ich glaub es nicht! Wer zum Großen Drachen sollte denn heimlich Denkmeinnicht ernten? Und wozu?«

Kurze Zeit später erschien Rodan, um sich persönlich über diese Ungeheuerlichkeit zu informieren. Er machte ein sehr ernstes Gesicht und ordnete eine allgemeine Befragung an. Die anwesenden Drachenreiter schwärmten aus, um diese in die Wege zu leiten. Danach schickte er Karin zu Kastor; es würde Zeit, ihr Trainingsprogramm wieder aufzunehmen, wenn sie wieder ganz gesund werden und zu Mara gehen wolle. Also nahm Karin den Kampf gegen ihre inzwischen wieder stärker schmerzenden Füße auf und machte sich auf den Weg. Dabei fragte sie sich, wer wohl so viel Denkmeinnicht brauchen würde – und wozu. Man wurde nahezu unsichtbar, wenn man es benutzte. Sie mochte sich gar nicht ausdenken, was man dann alles anstellen konnte. Kein Wunder, dass Rodan so ernst dreingeblickt hatte.

Kastor ließ sie nur Übungen machen, bei denen sie nicht in Gefahr kam, sich den Kopf anzuschlagen, und bei denen sie ihre Füße nicht oder nur wenig gebrauchen musste, wie zum Beispiel im Liegen Oberkörper oder Beine anheben oder Liegestütze von den Knien aus. Weniger anstrengend war das leider auch nicht und sie brauchte hinterher wieder den prickelnden Tee, um vor Muskelkater verschont zu bleiben. Aber weit unangenehmer als die anstrengenden Übungen war, dass Kastor ihre Verletzungen an Arm und Bein bearbeitete – und das viel intensiver, als es Bataya getan hatte. Als sie alles hinter sich hatte, saß sie völlig erledigt auf der Bank vor der Hütte und fragte sich, wie sie den Weg zurück zum Heilhaus bewältigen sollte. Neben den Füßen taten ihr jetzt auch noch die Stellen weh, wo sie von den Pfeilen getroffen worden war. Die Wunde an ihrem Bein hatte sogar wieder zu bluten angefangen und Kastor hatte ihr einen Verband darüber machen müssen. Es fühlte sich an, als hätte sie eben erst der Pfeil getroffen. Und sie hatte geglaubt, es überstanden zu haben!

Sie beschloss, noch ein Weilchen sitzen zu bleiben. Gedankenverloren wanderte ihre Hand zu dem Medaillon. Kastor war sehr überrascht gewesen, als er es gesehen hatte. »Das hätte ich von dir nicht erwartet«, hatte er gesagt, war aber nicht weiter darauf eingegangen. Sie hatte das auch nicht von sich erwartet. Sie hatte freiwillig ihre Freiheit aufgegeben! Im Vertrauen darauf, dass Niro nichts tun würde, was ihr schaden würde. Wenn sie es gewusst hätte, hätte sie dann auch *ja* gesagt? Vielleicht. Vielleicht aber auch nicht.

Sie raffte sich auf und machte sich auf den mühsamen Weg zurück ins Heilhaus.

Nebenan im Gemeindehaus herrschte ein reges Kommen und Gehen; die Befragung war wohl in vollem Gange. Karin kümmerte sich nicht weiter darum, sie war froh, den Weg zurück geschafft zu haben und sich in ihrem Bett ausruhen zu können.

Es dämmerte schon, als sie Besuch von Rodan und Kelim bekam. Sie erwartete Neuigkeiten in Bezug auf die verschwundenen Pflanzen, doch Rodan hatte ganz andere Nachrichten für sie: »Gabun und Nuda sind heimgekehrt! *Jetzt*, nachdem deine Verhandlung schon stattgefunden hat. Ich möchte trotzdem, dass du dich einer Befragung durch Nuda unterziehst, das kann letzte Zweifel beseitigen – oder bestätigen. So oder so, es wird Klarheit geben über dich und deine Absichten. Wir werden es gleich erledigen, wenn morgen die Befragung der Drachenreiter abgeschlossen sein wird. Halte dich bereit! – Und ruh dich heute Nacht gut aus!« Er nickte Kelim zu und verschwand.

Karin runzelte die Stirn. Gabun? Wieso kam ihr dieser Name bekannt vor? Kelim zog den Stuhl zum Bett und setzte sich.

»Gabun ist unser weißer Drache«, begann er. »Und Nuda ein Drachenreiter mit besonderen Fähigkeiten. Er kann zum Beispiel als einziger unter uns, ebenso wie du, Denkmeinnicht sehen. Die anderen fühlen sich unwohl in seiner Nähe und so hat er beschlossen, allein zu leben, um der Gemeinschaft nicht zu schaden. Er hat Gabun mitgenommen, da der weiße Drache schwach ist und von den anderen oft bedrängt wird. Inzwischen ist er viel herumgekommen und kommt ein- bis zweimal während eines Sonnenkreises für ein paar Tage heim. Wir wissen nie, wann das sein wird und ob er überhaupt wiederkehrt. Das Leben außerhalb der Gemeinschaft ist gefährlich. Aber er hat es wieder einmal geschafft.«

Er wechselte abrupt das Thema.

»Du weißt, was das Medaillon für dich bedeutet?«

»Ja.«

»Hm. Wann hat es dir Niro gesagt? Vorher – oder hinterher?«

»Hinterher«, musste Karin zugeben.

»Das habe ich mir gedacht! Bereust du es?«

Karin überlegte. Sie war ein bisschen sauer auf Niro. Zugegebenermaßen nur ein bisschen. Er wollte sie beschützen und es war schön, dass es jemanden gab, der sie beschützen wollte. Sie war zwar nicht ganz glücklich mit dieser Sache, aber sie bereute es trotzdem nicht, Niro ihr Vertrauen geschenkt zu haben. Sie schüttelte den Kopf. »Nein, ich bereue es nicht. – Das heißt allerdings nicht, dass ich es gut finde.«

Kelim schmunzelte. »Dann musst du Niro sehr gern haben.«

Karin merkte, dass sie rot anlief und als sie es merkte, lief sie erst recht an.

Kelim überging es, aber Karin sah ihm an, dass es ihn doch berührte; es schien ihm zu gefallen.

»Du weißt, dass das nicht richtig war, was er getan hat – und wie er es getan hat?«

»Ja. Sora hat schon erwähnt, dass er Schwierigkeiten bekommen würde.«

»In der Tat. Es ist nur … ich versuche, dir beizubringen, wie du dich zu benehmen hast und statt dir ein Beispiel zu sein, verstößt Niro selbst gegen die *gute Sitte* und handelt außerhalb seiner Befugnisse.« Es klang nicht so, als wäre das wirklich ein Problem; er schien sich eher darüber zu amüsieren. »Wie zum Großen Drachen soll ich dir da das richtige Benehmen beibringen können?« Auch das klang nicht wirklich entrüstet. Karin wunderte sich ein bisschen darüber. Er legte doch sonst so viel Wert darauf, dass sie alles richtig machte. Und jetzt störte es ihn nicht, wenn sie Niro als Vorbild betrachtete? Ihr kam ein Gedanke und sie musste lachen.

»Ich habe bestimmt nicht vor, jemandem ein Medaillon aufzuschwatzen.«

»Das würde mich auch sehr wundern«, sagte Kelim schmunzelnd.

»Kelim …«

»Ja?«

»Nachdem ich nun weiß, was dieses Medaillon bedeutet, ist mir völlig klar, wie weit sich Niro da aus dem Fenster gelehnt hat. Und mir ist deswegen gar nicht wohl; Rodan wird ihn bestimmt bestrafen – oder irre ich mich da?«

»Nein, du irrst dich nicht. Aber ich bin mir sicher, dass sich Niro nicht aus einem Fenster gelehnt hat. Wieso sollte er das tun? Oder ist das wieder ein Spruch aus deiner Welt?«

Karin nickte schmunzelnd. »Das bedeutet, etwas Gefährliches zu tun: Man könnte ja aus dem Fenster fallen.«

»Aha. Du machst dir Sorgen deswegen?«

Sie nickte erneut.

»Ich glaube nicht, dass du dir deswegen Sorgen um Niro machen musst«, beruhigte Kelim sie. Er lächelte versonnen. »Wer hätte das gedacht! Unterschiedlicher könnt ihr zwei gar nicht sein und trotzdem …«

Er ließ den Satz unvollendet stehen und sprach ein ganz anderes Thema an.

»Bevor ich gehe und dich in Ruhe schlafen lasse, noch eine Frage: Hast du die vorgemerkten Stellen in *Die Bewahrung der Welt* gelesen?«

Abermals nickte Karin.

»Und verstehst du jetzt mein Problem?«

»Ja.«

Eine Sache gab es allerdings noch und sie setzte sich auf.

»Kelim …«, begann sie.

»Du meinst die Prophezeiungen?«, unterbrach dieser sie.

»Ja.« Woher wusste er, dass sie dazu und nicht vielleicht zu den Toren eine Frage hatte?

»Gib nicht so viel darauf. Manche bleiben hunderte von Sommern unerfüllt. Die Zeitangaben entsprechen nicht denen unseres Empfindens. Ich wollte dich nur fragen, ob diejenigen, die *du* empfangen hast, richtig wiedergegeben sind.«

Noch einmal nickte Karin.

Kelim war zufrieden.

»Dann ist es ja gut. Erhole dich gut heute Nacht!«

Nachdem Kelim gegangen war, fiel Karin ein, woher sie den Namen des weißen Drachen kannte: Die erste Prophezeiung war durch ihn mitgeteilt worden. Also konnte sie so alt auch wieder nicht sein. Oder doch? Sie hatte keine Ahnung, wie alt Drachen werden konnten und dass Gabun noch lebte, bedeutete nicht automatisch, dass die Prophezeiung erst vor Kurzem erfolgt war.

Es war am späten Vormittag, als sie in den Ratssaal gerufen wurde. Und wieder war er vollkommen überfüllt. Auch der gesamte Rat der Weisen schien anwesend zu sein.

Bei dem Tisch der Ratsmitglieder stand ein Drachenreiter. Seine Kleider machten einen ziemlich schäbigen Eindruck, aber obwohl er ihr den Rücken zukehrte, konnte sie die respekteinflößende Ausstrahlung spüren, die von ihm ausging. Er unterhielt sich angeregt mit Rodan, der den Blick gesenkt hielt, so als wage er es nicht, seinem Gegenüber in die Augen zu blicken. Auch die anderen schienen eher an ihm vorbei zu sehen, als ihn anzuschauen.

Sie durfte sich hinsetzen und Rodan sparte sich große Worte, sondern nickte nur mit dem Kopf zur Begrüßung. »Sie gehört dir, Nuda!«, meinte er zu dem Drachenreiter, der sich daraufhin umdrehte. Er hatte ein wettergegerbtes Gesicht und es fiel schwer, sein Alter zu schätzen, doch er musste deutlich jünger als Rodan sein, da er noch kein einziges graues Haar besaß. Aber etwas war ganz und gar außergewöhnlich an Nuda:

Er hatte gelbe Augen.

Karin fühlte sich an Glandor erinnert; es fiel schwer, dessen Blick standzuhalten. Hier war es schlimmer. Nudas Augen fingen sie regelrecht ein und sie starrte ihn an wie das Kaninchen die Schlange, unfähig sich abzuwenden. Nuda lächelte.

»Es ist einfach bei dir«, sagte er und kam näher.

Endlich schaffte Karin es, sich aus dem Bann zu lösen und den Blick abzuwenden.

»Nicht wegsehen«, bat Nuda, nahm ihr Kinn in beide Hände und hob ihren Kopf, bis sie ihm zwangsläufig wieder in die Augen sah.

Erneut geriet sie in den Bann seines Blickes und seine Augen so dicht vor ihrem eigenen Gesicht, hatte sie keine Chance mehr, sich daraus zu befreien. Die Zeit schien still zu stehen.

»So ist es gut«, meinte Nuda. »Und jetzt hör mir genau zu. Ich werde dir einige Fragen stellen und du wirst mir auf jede einzelne antworten. Ich sehe in deine Seele; du kannst nicht lügen! Und du kannst die Antwort nicht verweigern.«

Karin versuchte, sich aus dem Bann zu lösen, stattdessen versank sie immer tiefer in Nudas gelben Augen, bis sie nichts anderes mehr wahrnahm.

»Wie heißt du?«

»Karin«, antwortete sie automatisch, ohne es wirklich gewollt zu haben.

»Sehr schön«, meinte Nuda und fuhr fort, ihr Fragen zu stellen. Und er kam gleich zur Sache: »Würdest du für Mara dein Leben geben?«

Und Karin antwortete ohne zu zögern mit »Ja«. Das Gleiche galt für die Gemeinschaft und auch die Frage, ob sie Vertrauen gegenüber den Drachenreitern habe, beantwortete sie ohne zu zögern mit »Ja«. Er fragte sie nach ihren Erwartungen und Ängsten und sie gab preis, wie sehr sie sich wegen Gar und den Dingen, die aus ihrer Welt kamen, Sorgen um die Drachenreiter machte, und dass sie Angst um sie hatte, weil sie so vertrauensselig waren und deshalb in ihren Augen anfällig für Verrat. Wenn es nur einen aus ihren Reihen gäbe, der sie anlügen würde, würden sie ihm trotzdem vertrauen …

Nuda wollte auch wissen, wo sie sich denn sehe, aber darauf konnte sie keine Antwort geben; das wusste sie selbst nicht, sie fühlte sich weder hier zu Hause, noch würde sie ihr früheres Leben wieder führen können, wenn es einen Weg zurück gäbe. Nur wenn sie bei Mara war, fühlte sie sich geborgen und sie musste auch zugeben, dass es ähnlich war, wenn Niro in ihrer Nähe war. Nuda stellte ihr noch weitere Fragen und gab auch einige Fragen aus dem Publikum weiter. Eine davon war, ob Karin auch Einschränkungen akzeptieren würde, um die Gemeinschaft vor ihren Fehlentscheidungen zu schützen. Auch hier bejahte sie. Jemand wollte wissen, ob sie Niro als Mann an ihrer Seite haben wolle, doch Rodan verbot, die Frage weiterzugeben; das ginge nur sie und Niro etwas an.

Endlich war es vorbei und Nuda gab sie frei. Er sah sie weiterhin an. Doch dieser unmenschliche, vereinnahmende Ausdruck in seinem Blick war fort. Es war immer noch unangenehm, ihm in die Augen zu sehen, nur, jetzt konnte sie mühelos den Blick abwenden. Und das tat sie sofort.

Nuda lachte. »Dir geht es wie den anderen«, meinte er, tätschelte sie an der Schulter und ging wieder hinüber zum Tisch der Ratsmitglieder.

»Seid ihr zufrieden?«, erkundigte er sich.

Rodan blickte in die Runde und nickte dann. »Ich danke dir.«

»Keine Ursache; nur schade, dass sie mich so kennengelernt hat. Jetzt werde ich wohl nicht so schnell ihr Vertrauen gewinnen können.«

Rodan schmunzelte. »Täusch dich nicht! Du hast doch ihre Antworten gehört. Du bist Drachenreiter, wie wir, und wenn wir dir vertrauen, wird sie es auch.«

Er hatte ihre Antworten gehört. Alle hatten sie gehört. Nur, wieso konnte sie sich von Sekunde zu Sekunde weniger daran erinnern, was er sie gefragt hatte und was sie geantwortet hatte? Sie konnte nur noch ungefähr sagen, welche Themen Nuda angeschnitten hatte, den genauen Wortlaut hatte sie vergessen. Dasselbe galt auch für ihre Antworten. Die Worte selbst waren wie ausgelöscht. Diese Gedächtnislücke hinterließ ein ungutes Gefühl. Was alles hatte sie über sich preisgegeben? Sie sah sich um. Die Mienen der Zuschauer verrieten nichts.

»Du kannst gehen«, meinte Rodan. Als Karin zögerte, fügte er hinzu: »Wir reden später darüber.«

Langsam stand sie auf und ging zur Tür.

»Ach ja«, rief Rodan ihr hinterher. »Hinüber ins Heilhaus – nicht irgendwohin!«

Mehrere aus dem Publikum lachten, aber Karin wusste, worauf er anspielte und senkte beschämt den Kopf.

Kelim brachte ihr etwas zu essen, und erklärte ihr anstelle von Rodan, dass sie mit ihren Antworten viele Zweifler von ihren guten Absichten überzeugt hatte und sie auf Bewährung und mit Einschränkungen wieder in die Gemeinschaft aufgenommen sei. Das war eine wundervolle Nachricht! Karin wollte es genauer wissen und bedrängte Kelim so lange, bis er ihr sagte, dass sie eine Menge über ihre Gefühle, ihre Ängste und auch ihre Erwartungen in Bezug auf ihr Leben mit den Drachenreitern verraten hätte. Das war nicht sehr viel mehr, als das, an das sie sich erinnern konnte, aber Kelim war nicht dazu zu bewegen, Einzelheiten zu verraten.

»Es war nichts dabei, was du bereuen würdest, gesagt zu haben und jetzt Schluss damit!«, sagte er. »Sieh zu, dass du mit essen fertig wirst! Du brauchst nicht länger hierzubleiben. Ich hole dich ab, wenn Bataya mit dir fertig ist.«

Karin erkundigte sich noch nach der Befragung bezüglich des Denkmeinnichts, doch Kelim vertröstete sie auf später.

Während sie aß, fragte sie sich, ob sie auch aus der Gemeinschaft ausgeschlossen worden wäre, wenn Nuda schon vorher zurückgekommen wäre. Man hatte sie nicht ausgeschlossen, weil sie Mara fast umgebracht hatte, sondern weil die Drachenreiter das Vertrauen in sie verloren hatten. Hätten ihre Antworten auf seine Fragen genügt, um das zu verhindern? Vielleicht. Leider war Nuda erst nach ihrer Verhandlung heimgekehrt und sich im Nachhinein darüber Gedanken zu machen, half ihren Füßen auch nicht.

Sie hatte noch nicht fertig gegessen, als Bataya auch schon den Vorhang beiseiteschob. Sie untersuchte Karin gründlich und meinte am Ende zu Karins nicht geringer Enttäuschung:

»Deine Füße sollten eigentlich schneller heilen, so kannst du nicht zu den Drachen gehen. Außerdem bist du noch zu schwach dazu und auch wenn deine Knochen schon wieder zusammengewachsen sind, glaube ich nicht, dass dein Kopf mehr als einen leichten Stoß aushält: Du hast immer noch drachenfrei. Aber jetzt nimmst du erst einmal ein heißes Bad. Das tut dir gut – und so wie du riechst, ist es auch nötig.«

Drachenfrei. Das bedeutete, man durfte nicht einmal in die Nähe eines Drachen! Es gab mehrere Gründe *drachenfrei* zu haben, ein weiterer neben Schwäche und Krankheit war Alkohol, deshalb war den Drachenreitern Alkohol streng verboten. Sie verstand nur nicht weshalb. Dass man, wenn man betrunken war, sich lieber nicht in die Nähe eines Drachen begeben sollte, war einleuchtend, aber das Verbot, sich in Reichweite eines Drachen zu begeben, galt auch für minimale Mengen, oder wenn man nur in Berührung mit Alkohol gekommen war. Und Sora hatte sich einmal darüber beklagt, dass es ungerecht sei, dass Frauen viel öfter drachenfrei hatten als Männer; weswegen hatte sie allerdings nicht gesagt. Immerhin durfte Karin endlich die ungeliebte Lederkappe ablegen.

Nach dem Bad brachte Rimo ihre Kleider – ihre richtigen Kleider, nicht nur das kurze Nachthemd und die dreiviertellange Hose, die sie tragen durfte, wenn sie das Bett für länger verließ. Es tat gut, wieder vollständig angezogen zu sein, doch dann warf Karin einen Blick in den Spiegel, der im Waschraum an der Wand hing und das gute Gefühl verflüchtigte sich: Sie hatte stark an Gewicht verloren und ein blasses, hohlwangiges Gesicht blickte ihr aus dem Spiegel entgegen. Das war schon ein kleiner Schock, dann betrachtete Karin ihre Haare – oder vielmehr das, was von ihnen übrig geblieben war. Von vorne sah es noch einigermaßen normal aus, bis auf die Tatsache, dass ihr Pony viel zu lang war und ihr die Haare bis über die Augen hingen. Außerdem glänzten ihre Haare am Ansatz seltsam metallen. Aber wenn sie den Kopf etwas drehte, gab es nicht mehr viel zu sehen. Bataya hatte sämtliche Haare am Hinterkopf abgeschnitten, nur an den Seiten, im Nacken und in einem schmalen Bereich oben am Kopf hatte sie noch Haare, die in langen, dünnen Strähnen herabhingen; einige davon fielen über die kahle Stelle und das sah besonders schrecklich aus. Entsetzt starrte Karin in den Spiegel.

»So kann ich mich doch nirgendwo blicken lassen. Das sieht ja fürchterlich aus!«

»Soll ich sie dir ganz abschneiden?«, fragte Bataya, die sich mit ihrer Kurzhaarfrisur offensichtlich nichts aus langen Haaren machte, und kramte eine Schere aus einem der Körbchen auf der Ablage über dem Waschbecken.

»Ich weiß nicht«, sagte Karin unsicher. Sie wollte keine Kurzhaarfrisur, das hatte ihr nie gefallen.

Zum Glück kam in diesem Augenblick Kelim herein und nach einem kurzen Blick auf Karin wusste er sofort, wo ihr der Schuh drückte.

»Ich glaube, ich weiß, wie wir das machen«, sagte er und griff nach der Schere in Batayas Händen. »Setz dich!«

Etwas misstrauisch ließ sich Karin auf einem Stuhl nieder. Aber Kelim kürzte ihr nur die zu langen Haare über der Stirn und brachte die Strähnen auf gleiche Länge, dann kämmte er ihr die langen Haare gleichmäßig nach hinten und band sie über der kahlen Stelle zu ihrem gewohnten Pferdeschwanz zusammen. Der war zwar ziemlich mickrig, doch von der kahlen Stelle an ihrem Hinterkopf war nichts mehr zu sehen. Dafür war der metallische Glanz noch deutlicher zu erkennen und Karin fragte sich, womit Bataya ihr den Kopf eingerieben hatte, dass es eine Haarwäsche nicht entfernen konnte.

»Die anderen werden bald nachgewachsen sein«, tröstete Kelim Karin, während sie sich erleichtert im Spiegel betrachtete.

»Woher kannst du das so gut?«, wollte sie wissen.

»Meine Tochter hat auch lange Haare, das macht Übung. Sie ist inzwischen schon etliche Sommer außer Haus, aber ich kann es wohl immer noch«, antwortete Kelim schmunzelnd.

Kelim hatte eine Tochter? Karin hatte eher vermutet, dass Kelim ein alter Junggeselle war, der schon immer allein gelebt hatte.

Kelim seufzte und sah zu Boden. Als er weitersprach, klang seine Stimme bekümmert.

»Meine Frau ist ebenfalls an dem Fieber gestorben und so musste ich mich allein um die Haare meiner Tochter kümmern. Soras und Niros Mutter ist als eine der ersten daran gestorben. Und als dann ihr Vater verunglückt war, hatte ich gelegentlich drei Kinder, um die ich mich kümmern musste ...«

Er fuhr fort, auf den Boden zu starren, und seine Körperhaltung verriet, dass ihn dieser Verlust immer noch schmerzte. Doch er fing sich schnell wieder und als er den Kopf hob, war ihm nicht mehr anzusehen, dass ihn die vergangenen Ereignisse belasteten. Und als er Karin ansah, lächelte er sogar.

»Jetzt habe ich wieder eines, um das ich mich kümmern muss, und das nehme ich jetzt mit nach Hause.«

Das klang so, als ob er sie wirklich gerne hatte. Und Karin kam zu dem Schluss, dass es sich genau so verhielt: Kelim kümmerte sich nicht mehr nur um sie, weil es ihm Rodan aufgetragen hatte, sondern er hatte wohl wirklich so etwas wie väterliche Gefühle für sie entwickelt. Nur, dass sie kein kleines Kind mehr war, um das man sich kümmern musste. – Doch sie wurde nicht allein von Kelim wie ein Kind behandelt, dem man den rechten Weg zeigen musste, alle kommandierten sie herum. Und wenn sie darüber nachdachte, benahm sie sich tatsächlich wie ein Kind und tat brav, was man von ihr verlangte. Man hatte ihr auch deutlich zu verstehen gegeben, dass sie nicht in Eigenverantwortung handeln durfte. Besonders Kelim hatte seinen Teil dazu beigetragen, dass sie sich auch daran hielt, indem er sie auf die Nadel hatte bringen lassen. Und natürlich ihr verhängnisvoller Fehler, nicht auf Sora zu hören ... Sie seufzte leise, als sie daran dachte, was sie damit angerichtet hatte. Dann war es schon besser, zu tun, was man ihr sagte, als wieder einen solchen Fehler zu machen; schließlich meinten es die Drachenreiter nur gut mit ihr. Und außerdem war es praktisch: Wenn sie einfach nur tat, was man ihr sagte, konnte sie nichts falsch machen und sie musste sich nicht groß Gedanken darüber machen, ob es das Richtige war.

Bataya verband noch Karins Füße und steckte sie erneut in die dünnen Lederschuhe, dann verließ Karin mit Kelim das Heilhaus. Es fühlte sich seltsam an; es ging *nach Hause.* Sie konnte sich einfach nicht daran gewöhnen, dass Kelims Wohnung jetzt ihr Zuhause war. Schweigend folgte sie ihm durch die Tür. Ihr Bett stand noch genauso, wie sie es zuletzt vor ihrem Abflug in die Wüste verlassen hatte. Es kam ihr vor, als ob das schon vor langer Zeit gewesen war, nicht erst vor zwei Wochen.

»Und jetzt?«, fragte sie, als sie sich an den Tisch gesetzt hatte.

Auf dem Tisch türmten sich mehrere Bücherstapel und Kelim deutete darauf.

»Nachdem du nun unsere Schrift lesen kannst, wirst du es auch tun – dabei lernst du schneller, als wenn du zur Schule gehst. Du hast ausreichend Zeit dafür: Noch bist du zu schwach, um auch nur in die Nähe eines Drachen zu dürfen. Ich habe dir die wichtigsten Sachen ausgesucht.« Er deutete auf die *Gemeinschaftsordnung der Drachenreiter.* »Das wirst du auswendig lernen.«

Karin legte den Kopf zur Seite, um die Titel auf den Buchrücken der anderen Bücher zu lesen: *Verletzungen und Krankheiten der Drachen, Die Gaben der Drachen,* gleich sieben Bände *Drachenkunde* und zwei etwas dünnere Bücher, die mit *Riemenkunde* und *Die Spitzen* betitelt waren. Daneben lagen *Die Regeln der guten Sitte, Die Regeln der Strafe* und *Die acht Säulen der Weisheit und ihre Schatten.* Außerdem ein Buch mit dem etwas umständlichen Titel: *Die Verantwortung der Drachenreiter gegenüber der Gemeinschaft und eines jeden Einzelnen aus dem Volk der Drachenreiter.* Auf dem dritten Stapel lag oben *Die Entstehung der Welt.* Karin kannte das Buch schon aus der Schule; es enthielt die Geschichte von der Erschaffung der Welt durch Hyrda und den Großen Drachen bis zum sogenannten *großen Krieg.* Und es gab auch noch ein Buch mit dem seltsamen Titel *Die Angleichung.* Insgesamt eine ganze Menge, doch ein Buch, in dem es um die mysteriösen Tore ging, schien nicht dabei zu sein. Seit den rätselhaften Vorgängen in Bel Kanis Dorf war es jedoch genau das, was ihr am häufigsten im Kopf herum ging. Sie sah Kelim zweifelnd an.

»Das sind viele.«

»Ich weiß. Womit würdest du anfangen wollen?«

»Mit etwas, das mir sagt, wie ich meinen Fehler wieder gut machen kann und vor allem mit Büchern, die mir etwas über

Tore verraten können! – Ich will wissen, ob Tore auch Orte innerhalb dieser Welt verbinden können und so vielleicht Gar in das Dorf kommen konnte und wie man Tore überhaupt finden kann und – und ob es vielleicht doch noch ein Tor in meine Welt gibt und …«

»Es gibt wenig, was du tun kannst, du kannst das Geschehene nicht rückgängig machen. Gar hat das Recht, uns anzuklagen, wir dürfen mit unseren Drachen einen Mindestabstand zu bewohnten Siedlungen nicht unterschreiten. Wir können nur versuchen, weitere Beweise gegen Gar in der Wüste zu suchen, um unser Verhalten zu begründen.« Kelim seufzte. »Leider haben wir bis jetzt nichts gefunden. Im Übrigen sind Tore nicht so wichtig, du hast keinen Einfluss auf ihr Erscheinen und brauchst Glück, wenn du eines finden willst, aber ich sehe, dass es dich beschäftigt. Wenn du willst, kann ich dir gleich etwas dazu erzählen.«

Karin nickte und so erfuhr sie von Kelim, dass es tatsächlich Tore gab, die von einem Ort an einen anderen innerhalb dieser Welt führten. Seines Wissens ließen sie sich nicht willkürlich öffnen und ein Tor, das sich zufällig einmal auftat, konnte kaum sinnvoll genutzt werden. Außerdem ließ sich ein Tor – wenn es sich denn öffnen ließ – nur von dieser Welt aus öffnen, niemals von einer anderen. Alle Tore hatten ihren Ursprung in dieser Welt; sie war die *Welt der Tore.* Weswegen sie in älteren Schriften als *Torea* bezeichnet wurde. Heute würde sie niemand mehr so nennen, heute würde sie *Mera* genannt, so wie auch die große Halbinsel von Ela bezeichnet wurde und so viel wie *gute Erde* bedeutete. Er verschwieg allerdings nicht, dass das Gerücht umging, Gar habe einen Weg gefunden, ein einmal geöffnetes Tor solange beliebig zu öffnen, bis es verschwand. Und falls das so wäre, konnte das erklären, wieso sie so oft Spuren von Gar und seinen Soldaten in der Wüste gefunden hatten, obwohl eine Überfahrt mit dem Schiff auch bei günstigen Strömen gut eine Woche dauerte – und sie nie Schiffe gesehen hatten.

»Was macht er denn überhaupt in der Wüste, wenn sein Land auf der anderen Seite des Meeres liegt?«, wollte Karin wissen.

»Er sorgt für Ruhe unter den Nomadenstämmen. Seit nach dem großen Krieg das große Königreich zerfallen ist, gab es immer wieder kleinere Kriege zwischen den einzelnen Stämmen

und auch an der Grenze zu den Bergnomaden gab es öfters Zwischenfälle. Seit der Weltenfriedensrat eingerichtet worden ist, mischt sich dieser ein und entsendet Friedenstruppen, die die Parteien auseinanderhalten. Das wirkt und seither hat es keine größeren Streitigkeiten mehr gegeben. In den Wintermonden hat Gar außerdem Feuerspeier dabei, die die wilden Drachen auf Abstand halten. Du weißt, dass sie manchmal in der Wüste jagen?«

»Ja, Sora hat es mir erzählt. Und Radon ist doch auch in dieser Gegend angegriffen worden?«

»Richtig. Du siehst, es ist nicht ungewöhnlich, dass sich Gar in der Wüste herumtreibt. Allerdings nicht so oft, wie wir Spuren von ihm finden.«

Karin nickte nachdenklich. Spuren. Das ließ sie an das Stück Blech denken, das sie in dem zerstörten Haus gefunden hatte – und das letztendlich dazu geführt hatte, dass sie Mara in Gars Falle gesteuert hatte.

»Und was deinen Fehler betrifft«, fuhr Kelim fort, der genau zu wissen schien, was ihr gerade im Kopf herumging, »brauchst du nicht allein die Verantwortung dafür zu übernehmen. Du bist Drachenreiterin, zwar noch ohne bestandene Drachenprüfung, jedoch hast du deinen ersten Treueeid geleistet und deshalb übernehmen auch die Drachenreiter die Verantwortung für deine Tat. Umgekehrt gilt das Gleiche: Du trägst Verantwortung für die Taten der anderen Drachenreiter. Wir stehen füreinander ein. Allerdings getrennt nach Reitern und Nicht-Reitern – oder Gehern, wie ich und die anderen gerne genannt werden. Aber das weißt du. Was steht darüber in der Gemeinschaftsordnung? Ich höre!«

Ein Lächeln huschte über Karins Gesicht. Das stand im ersten Kapitel, das hatte sie schon in der Schule während ihrer Schreibübungen auswendig gelernt. Ohne zu zögern, legte sie los:

»Die, die die Drachen reiten und die es nicht tun, sollen ein Volk und eine Gemeinschaft bleiben. Ein jeder Teil trägt seine Verantwortung für sich. Jeder Drachenreiter trägt Verantwortung für das Wohlergehen aller, aber nur die Verantwortung für die Taten der Drachenreiter. Jeder Nicht-Drachenreiter trägt die Verantwortung für das Wohlergehen aller, aber nur die Verantwortung für die Taten der Nicht-Drachenreiter.«

»Sehr schön«, meinte Kelim. »Wenn du den Rest auch so gut beherrschen würdest, hättest du weniger Probleme.«

»Na ja«, wandte sie ein, »besonders hilfreich ist diese Formulierung nicht. Das ist viel zu allgemein gehalten.«

»Ich muss dir recht geben. Du kannst dies hier lesen, da erfährst du etwas mehr.« Er deutete auf das Buch mit dem auffällig umständlichen Titel: *Die Verantwortung der Drachenreiter gegenüber der Gemeinschaft und eines jeden Einzelnen aus dem Volk der Drachenreiter.*

Karin seufzte.

»Am besten, du nimmst dir immer einen Abschnitt aus der Gemeinschaftsordnung vor, dann liest du einen Abschnitt aus der Drachenkunde – fang mit dem ersten Band an – als Nächstes ist die *gute Sitte* dran und wenn du danach den Abschnitt aus der Gemeinschaftsordnung noch kannst, suchst du dir etwas Beliebiges aus. Wenn nicht, nimmst du ihn dir noch einmal vor. Ich denke, so kommst du am schnellsten voran. Was hältst du davon?«

Kelims Vorschlag klang vernünftig und wenn sie öfter das Thema wechselte, würde es auch nicht so schnell langweilig werden, und sie willigte ein.

Die nächsten Tage waren angefüllt mit teils schmerzhaftem Training bei Kastor, Mittagessen im Gemeindehaus mit anschließendem Besuch im Heilhaus bei Bataya oder Kers und – Lernen. Kelim und Kastor waren mit ihren Fortschritten zufrieden, nur, Karin fühlte sich einsam. Die meiste Zeit saß sie in Kelims Wohnung über ihren Büchern und lernte, und war sie unterwegs, begegnete ihr kaum jemand. Nur beim Mittagessen im Gemeindesaal traf sie auf andere. Allerdings waren diese meist mit essen beschäftigt und es herrschte eine düstere Stimmung. Sie vermisste das Lachen, das sonst allerorten im Gemeindesaal zu hören gewesen war. Das war ihre Schuld; die drohende Anklage durch Gar hing wie ein Schatten über den Drachenreitern und hatte ihnen das Lachen genommen. Auch Sora und Niro schienen wie vom Erdboden verschluckt.

Sie ertappte sich immer öfter, dass sie an Zuhause dachte, nicht an Kelims Wohnung, an ihr richtiges Zuhause in ihrer eigenen Welt, dort wo sie aufgewachsen war und wo sie hingehörte. Aber dieses Zuhause war in weite Ferne gerückt. Eine schier unüberwindliche Mauer stand zwischen ihr und ihrem Zuhause. Und es lag nicht nur daran, dass es kein Tor gab, das zurückführte; sie hatte sich so verändert, dass sie in ihrer vertrauten Welt eine Fremde sein würde. Erst war es Mara gewesen, die geholfen hatte, die Mauer aufzubauen. Und mit dem Tag, da sie ein Drachenkind geworden war, war die Mauer zu einem schier unüberwindbaren Hindernis geworden. Doch das war noch nicht alles. Jetzt, da ihr der Zugang zu Mara verboten war, konnte sie es spüren: Sie fühlte sich Mara in einer Art und Weise verbunden, die weit darüber hinausging, wie Niro zu Glandor stand, und der war auch ein Drachenkind. Sie konnte sich ein Leben ohne Mara einfach nicht mehr vorstellen! Und natürlich gab es da noch Niro. Sie wollte in seiner Nähe sein. Undenkbar, ihn zu verlassen, um in ihre Welt zurückzukehren. Außerdem gab es noch eine weitere Sache, die sie zurückhielt: ihre Schuld gegenüber den Drachenreitern. Sie konnte doch nicht gehen und sie Gar überlassen! Erst recht nicht, da er Waffen aus ihrer Welt besaß. Natürlich konnte sie dafür nichts, aber sie fühlte sich trotzdem dafür verantwortlich. Sie musste hierbleiben! – Und dennoch musste sie zurückkehren. Zumindest für kurze Zeit. Es gab dort zu viele unerledigte Dinge, zu vieles, was nicht aufgeklärt worden war, um Ruhe zu finden.

Doch es gab noch eine zweite Mauer. Und die stand zwischen ihr und den Drachenreitern. Dies war zum größten Teil ihre eigene Schuld. Sicher, das Fundament für die Mauer war, dass sie eine Fremde in dieser Welt war; das konnte man überwinden. Nicht jedoch die mächtige Mauer, die das verlorene Vertrauen entstehen hatte lassen. Dank des Steinbeißers und der Befragung durch Nuda war die Mauer wieder ein großes Stück abgetragen worden, aber ob sie je in der Lage war, das Vertrauen der Drachenreiter vollständig zu gewinnen und damit die Mauer gänzlich zu beseitigen, war fraglich. Sie musste diese mühsam, Stein für Stein abtragen und das würde dauern. Und solange auch nur ein Stein übrigblieb, konnte sie die große Drachenprüfung nicht ablegen und keine eigenen Entscheidungen treffen …

Ihre Einsamkeit hielt nicht lange vor. Und der Grund dafür war schlicht und ergreifend Hunger. Kelim bekam als Mitglied im

Rat der Weisen automatisch die Dinge, die er zum Leben benötigte; er musste nicht noch dafür arbeiten. Doch seit Karin das Heilhaus verlassen hatte, bekam sie nur noch mittags eine Mahlzeit im Gemeindesaal; für die restlichen Mahlzeiten musste sie selbst oder Kelim aufkommen, indem sie Gemeinschaftsarbeit verrichteten. Sie erfuhr dies allerdings nicht von Kelim, sondern von Bataya. Diese hatte sie bei ihrer üblichen Untersuchung eher beiläufig gefragt, was sie denn gefrühstückt hätte und Karin hatte wahrheitsgemäß geantwortet:

»Eine Tasse Tee und eine halbe Scheibe Brot.«

»Mehr nicht?«

»Es war nicht mehr da.«

»Butter? Käse?«

Karin hatte den Kopf geschüttelt.

Bataya hatte entsetzt reagiert.

»Das geht nicht! Du brauchst mehr! Wie sollst du denn gesund werden, wenn du hungerst? Ich rede mit Kelim!«

Dann war sie davongerauscht. Und als sie wieder zurückgekommen war, hatte sie Karin über die Gemeinschaftsarbeit aufgeklärt; wie jeder dazu beitragen musste, dass die Gemeinschaft funktionierte und wie die nötige Arbeit unter den Drachenreitern mittels eines Punktesystems aufgeteilt wurde, so dass alles Nötige erledigt wurde, und niemand bevorzugt oder benachteiligt wurde.

Karin hatte vor dem Unfall mit der Suche und der Pflege von Denkmeinnicht ihr Soll gut erfüllt. Jetzt waren ihre Punkte aufgebraucht, da Kelim neue Sachen für sie zum Anziehen besorgen hatte müssen – der *kühle Winter* hatte begonnen und es regnete häufig. Neben ihrer Schutzausrüstung lagen nun auch ein Regenumhang und ein warmer Fußsack für den Drachensattel. Kelim war zu beschäftigt, um zusätzlich Gemeinschaftsarbeit leisten zu können, und so würde sie selbst für ihr Essen sorgen müssen. Sie fand es nur merkwürdig, dass es Kelim ihr nicht gesagt hatte, aber für ihn schien das nebensächlich zu sein und wenn es weniger zu essen gab, war ihm das auch egal – wenn er nur seine Studien ungestört betreiben konnte. Karin hatte ihn noch keinen Tag erlebt, an dem er nicht über irgendwelchen Schriften gebrütet hatte.

Bataya hatte sie gleich als Mithilfe dabehalten – »Damit du heute Abend etwas Ordentliches zu essen bekommst!« – Und jetzt wurde sie von einem zum anderen herumgereicht, um sich ihr Essen zu verdienen. Solange sie nicht richtig laufen konnte, gab es allerdings nur wenige Möglichkeiten, sich die nötigen Punkte zu verdienen und Karin hoffte, bald wieder zu Mara zu dürfen und mit ihr ihr Punktekonto aufzustocken. Das würde sicherlich wesentlich mehr Spaß machen, als in der Gemeinschaftsküche Gemüse zu putzen oder Denkmeinnicht zu gießen, auch wenn sie so wenigstens eine Gelegenheit bekam, andere Menschen zu treffen. Ihre Hoffnung war nicht unbegründet; seit sie das Heilhaus verlassen hatte, erholte sie sich weit schneller als erwartet.

Eine Woche nach ihrer Heimkehr in Kelims Wohnung schickte Kastor sie das erste Mal über den großen Parcours. Bataya hatte befunden, dass ihre Schädelknochen soweit zusammengewachsen waren, dass sie einen Sturz ins Netz unbeschadet überstehen würde. Und wider Erwarten schaffte es Karin gleich beim ersten Mal bis zu den Trapezen, nur die Landung danach vermasselte sie. Und so war es auch bei den zwei nächsten Versuchen. Mit ihren lädierten Füßen war sie nicht in der Lage, auf dem wackeligen Brett zu landen, ohne das Gleichgewicht zu verlieren.

»Gut gemacht!«, ließ sich eine Stimme vernehmen, als sie sich nach ihrem letzten Sturz vom Netz rollte. »Die Babystrecke schaffst du schon ganz gut.«

Sie drehte sich um und stand Niro gegenüber.

»Niro! Wo hast du denn gesteckt?«, fragte sie überrascht und als er jetzt vor ihr stand, merkte sie erst, wie sehr sie ihn vermisst hatte – auch wenn er sich schon wieder über sie lustig machte und ihr unverschämt entgegen grinste.

Er hörte auf zu grinsen.

»Ich hatte zu tun«, antwortete er ausweichend.

Das hörte Sora, die gerade zu ihnen herüberkam. Sie lachte lauthals auf. »Sicher hattest du zu tun: Du musstest einiges nachholen. Außerdem hat dir Rodan extra Aufgaben gegeben, die dich weit weg von hier beschäftigt haben. Du kannst ihr ruhig sagen, wie Kelim und Rodan auf die Sache mit dem Medaillon reagiert haben.«

Karin sah Niro an. »Was hat Kelim denn mit dir gemacht?«

»Kelim? – Nichts.«

»Und Rodan?«

»Nichts Besonderes.« Niro hatte offenbar keine Lust, darüber zu reden.

Sora ließ das nicht gelten.

»Er hat ihn einsperren lassen«, verriet sie. »In die dunkle Zelle. Für drei Tage! Und ich musste die ganze Arbeit allein erledigen: Ich hatte es ja nicht verhindert.«

»Und Keno?«

»Keno hat es mir nicht verraten, aber er war auch einen halben Tag lang nicht aufzufinden.«

»Wieso habt ihr Niro überhaupt geholfen?«

»Wieso? Er ist mein Bruder! Und außerdem mögen wir dich – auch wenn du dauernd Ärger machst.«

Karin überging Soras letzte Bemerkung.

»Keno mag mich?«

»Er fühlt sich für dich verantwortlich. Außerdem versteht er sich gut mit Niro. Die beiden machen vieles gemeinsam.«

»So ist das also.«

»Ja«, meinte Niro. »Und nachdem du nun dank meiner lieben Schwester umfassend aufgeklärt bist, kannst du mit uns zusammen einen kleinen Barfuß-Trainingslauf machen.«

Karin stöhnte auf. »Keinen Lauf, bitte! Das mögen meine Füße überhaupt nicht. Dann gehen sie bloß wieder auf.«

»Das hat uns Kastor auch gesagt«, bestätigte Niro, »und er hat gesagt, dass wir dich trotzdem nicht eher gehen lassen dürfen, bis du zehn Fahnen eingesammelt hast.«

»Zehn? – Das schaffe ich momentan doch nicht einmal mit heilen Füßen.«

Sora zuckte mit den Schultern. »Das musst du aber.«

Karin seufzte. Kastor hatte noch nie nachgegeben. Skeptisch blickte sie auf ihre bloßen Füße. Noch waren die Wunden verschorft und trocken. Das würde wohl nicht mehr lange so bleiben. Sie sah hinüber zur Hütte und tatsächlich saß Kastor davor und beobachtete die Übenden. Er würde auch sie sehen.

Vielleicht hatte sie bei diesem Lauf die Gelegenheit, Sora zu fragen, wie Mara mit gebrochenem Flügel den Heimweg geschafft hatte? – Und wie sie es geschafft hatte, mit einem ausgewachsenen Drachen auf dem durchsichtigen Dach der Kuppel unbemerkt zu bleiben.

»Also gut«, sagte sie, »bringen wir es hinter uns!«

Sie liefen los und Karin stellte ihre Fragen.

»Hat dir das bisher noch niemand erzählt?«, fragte Sora überrascht. Karin schüttelte den Kopf.

Also erzählte Sora, wie sie Mara mit einem Holzbalken, den sie aus dem Haus aus Bel Kanis Dorf geholt hatten, den gebrochenen Flügel versteift hatten und sie dann mit Seilen – auch aus dem Dorf – und den Riemen von ihrem Sattel um Brust und Schwanzansatz unter Mahur und Xara gehängt und sie nach Hause gebracht hatten. Mara hatte mit ausgebreiteten Flügeln unter den beiden gehangen und mit dem rechten, gesunden Flügel hatte sie noch mithelfen können, so dass der Transport problemlos gelungen war.

»Wieso bist du dann noch einmal zurückgekommen?«, keuchte Karin, die sich wunderte, wie Sora bei dem hohen Tempo, das sie vorgab, so mühelos sprechen konnte. »Ich dachte, du hast geglaubt, ich sei tot?«

»Habe ich auch. Ich bin gekommen, um deine Leiche abzuholen. Wir lassen niemanden zurück. Ich hätte sogar mit Gar verhandelt, wenn es sein hätte müssen. Ich wollte mir erst einen Überblick verschaffen und bin mit Mahur auf dem Dach gelandet. – Und dann habe ich dich gesehen! Ich hab meinen Augen nicht getraut!«

»Und wie – hast du das – gemacht, dass dich niemand – gesehen hat?«, fragte Karin, mühsam nach Luft ringend. Sora lief einfach zu schnell für sie. Niro lief noch schneller und war inzwischen schon weit vor ihnen. Es sah nicht so aus, als würde er sich sonderlich anstrengen …

Sora lachte – und das, ohne aus ihrem Laufrhythmus zu kommen.

»Mit Denkmeinnicht«, antwortete sie. »Und wie du weißt, ist Mahur unschlagbar darin, senkrecht vom Himmel zu fallen und danach punktgenau und butterweich zu landen. Und nachdem er erst einmal gelandet war, war er für Gars Leute unsichtbar.«

Deswegen war so viel geerntet worden! Allerdings musste dann Mahur auch für Sora unsichtbar gewesen sein und sie hatte auf einen unsichtbaren Drachen aufsteigen müssen. Karin stellte sich das ziemlich schwierig vor. Aber eine Frage musste sie noch loswerden, trotz Atemnot.

»Wie lange – war ich bei Gar? – Ich weiß nicht – wie lange ich – bewusstlos war, ehe ich – aufgewacht bin.«

»Nur ein paar Stunden. Ich bin am frühen Nachmittag wieder gestartet und bin mit dir noch vor Sonnenuntergang hier angekommen.«

»Aber …«

»Mahur ist ein wunderbarer Drache! Er hat willig sein Letztes gegeben, um dich so schnell wie möglich zurückzubringen. Und das, obwohl er vorher schon bis an seine Grenzen geflogen war. Er war hinterher so fertig, dass er die nächsten zwei Tage seine Höhle nicht mehr verlassen hat und wir ihn füttern mussten. – Ich habe das gerne für ihn getan und ihn mit den leckersten Sachen gefüttert, die ich bekommen konnte. Ich glaube, er hat einen neuen Rekord aufgestellt: Einen Transportflug und danach noch zwei Schnellflüge zur Wüste an einem Tag ist meines Wissens noch nicht vorgekommen.«

Sie liefen schweigend weiter, bis Sora meinte: »Ich bin zu schnell für dich, du musst langsamer laufen, sonst schaffst du es nie! Kastor will meine Zeit auch messen, ich will deinetwegen nicht langsamer laufen.« Karin ließ sich zurückfallen.

Es war eine nicht enden wollende Quälerei und nachdem sie völlig außer Atem und mit höllischen Schmerzen in den Füßen endlich die siebte Runde beendet hatte, ging sie vor den Fahnen in die Knie und weigerte sich, wieder aufzustehen. Was bezweckte Kastor mit dieser Quälerei? Oder sollte das Teil ihrer Bewährungsprobe sein? Niro hatte damals auch gegen sie am großen Parcours antreten müssen.

»Komm schon! Reiß dich zusammen!«, rief Sora ihr zu, als sie, nur mäßig außer Puste, nach einer Fahne – ihrer neunten – griff und sich an die nächste Runde machte.

Und dann stand plötzlich Kastor vor ihr.

»Wenn du nicht augenblicklich aufstehst und weitermachst, sperre ich dich ins Laufrad.«

Das wirkte. Karin hatte das Laufrad schon gesehen. Sie fand es eine ziemlich fiese Sache. In *Die Regeln der Strafe* war es als eine mögliche Bestrafung bei Faulheit aufgeführt. Es drehte sich automatisch und wenn man nicht mitlief, erging es einem übel. Sie hatte allerdings noch nicht erlebt, dass es benutzt wurde. Aber Kastor hatte noch nie etwas gesagt, was er nicht auch einzuhalten gedachte.

Inzwischen hatte sich ihr Atem etwas beruhigt und sie stand auf, schnappte sich ihre Fahne und machte sich mit zusammengebissenen Zähnen an die nächste Runde. Niro war inzwischen fertig, ohne merklich erschöpft zu sein, und lief gemütlich neben ihr her. Er humpelte ein bisschen. Der Drachenbiss war doch nicht ganz folgenlos geblieben.

»Du schaffst das!«, ermunterte er sie.

Plötzlich stutzte er.

»Bleib, wo du bist! Und keinen Schritt weiter!«, rief er und lief davon. Karin sah ihm verständnislos hinterher, aber seine Anweisung war zu verlockend, um sie zu missachten. Kurze Zeit später kam er mit einem Drachenreiter als Verstärkung zurück und erst jetzt sah Karin, wieso Niro so seltsam reagiert hatte: Die Wunden an ihren Füßen waren nicht einfach nur aufgegangen, sie bluteten heftig und Karin stand in einer größer werdenden Pfütze ihres Blutes.

Sie brachten sie eilig zu Kastors Hütte und der fiel aus allen Wolken, als er Karins Füße sah.

»Das kann nicht sein!«, rief er aus, holte dann geschwind Verbandszeug und versuchte, die Blutung zu stillen. Er legte straffe Verbände an und ließ Karin unverzüglich ins Heilhaus bringen.

Kers reagierte ebenfalls überrascht und eilte davon, um sich mit den anderen Heilern zu besprechen.

Kurze Zeit später kam sie mit Bataya zurück.

»Ich versteh das auch nicht«, sagte diese. »Es hätte eigentlich gut sein müssen.«

Nachdem sie ihre Füße begutachtet hatten, beschlossen sie, die Wundkanäle noch einmal durchzuspülen und erklärten einer wenig begeisterten Karin, dass sie ihr dazu ein Schlafmittel geben müssten und sie mindestens bis nächsten Mittag hierbleiben musste.

Wenn das eine Bewährungsprobe gewesen war, um wieder zu den Drachen zu dürfen, war sie gründlich schiefgegangen, dachte Karin noch, dann begann das Schlafmittel zu wirken.

Als sie erwachte, waren ihre Füße dick eingewickelt und schmerzten bei der kleinsten Bewegung. Ans Aufstehen brauchte sie gar nicht zu denken. Sie seufzte. Mara war wieder in weite Ferne gerückt. Und das nur wegen dieses dämlichen Laufs! Warum hatte das Kastor von ihr verlangt? Es half nichts, darüber nachzugrübeln. Wenn sie wissen wollte, wieso Kastor das von ihr verlangt hatte, dann musste sie ihn schon fragen. Da nicht damit zu rechnen war, dass er sie hier besuchen würde, würde sie sich in Geduld üben müssen.

Ihr Blick fiel auf das Tischchen neben ihrem Bett. Es lagen ein paar Bücher darauf. Kelim hatte für Beschäftigung gesorgt. Eines war das Buch mit dem langen Titel: *Die Verantwortung der Drachenreiter gegenüber der Gemeinschaft und einem jeden Einzelnen aus dem Volk der Drachenreiter* und Karin hoffte, darin etwas zu finden, das ihr half, ihren Fehler wieder gutzumachen, da die Gemeinschaftsordnung in dieser Hinsicht sehr ungenau formuliert war. Es stand nur darin, dass ein Drachenreiter die Verantwortung für einen anderen Drachenreiter übernehmen musste, aber wieso sollte die ganze Gemeinschaft bestraft werden, wenn ein einzelner Mist gebaut hatte? *Sie* war es doch gewesen, die die Kiste haben hatte wollen; Gar konnte doch deswegen nicht alle Drachenreiter anklagen! Aber genau das erwartete Rodan und auch die anderen.

Doch zuerst machte sie sich über die Schüssel mit Eiergerstenbrei her, die neben den Büchern auf dem Tischchen stand; Bataya versorgte ihre Patienten gut.

Bis zum Abend hatte sie das Buch durchgearbeitet und in Karin reifte langsam ein Plan. Einiges war noch unklar; es war wohl besser, noch eine Nacht darüber zu schlafen, und sie legte das Buch zur Seite.

Am nächsten Morgen schmerzten ihre Füße kaum noch und sie konnte fast mühelos gehen. Kers, die sie untersuchte, bestand trotzdem darauf, dass sie bis Mittag im Bett blieb.

Kelim kam kurz zu Besuch und seine Antworten auf ihre Fragen bezüglich ihres Status innerhalb der Gemeinschaft beseitigten letzte Zweifel, und als er sie am Nachmittag abholte, bat sie ihn gleich um einen Termin bei Rodan. Kelim fragte nicht weshalb; er schien zu wissen, um was es ging. Kelim wusste immer Bescheid. Karin fragte sich langsam, ob er Gedanken lesen konnte oder andere übernatürliche Fähigkeiten besaß. Aber vielleicht war er einfach nur ein guter Beobachter. Die Drachenreiter hatten ihn sicher nicht grundlos zu ihrem Vertreter im Weltenfriedensrat bestimmt.

Rodan empfing sie gleich am nächsten Morgen und Karin beeilte sich, ihren Termin wahrzunehmen. Ihre Füße machten ihr kaum noch Schwierigkeiten und sie lief leichtfüßig die Treppe zu Rodans Arbeitszimmer im Gemeindehaus hinauf. Die Tür stand auf und sie trat vorsichtig ein.

Sie war noch nie dort gewesen und sah sich neugierig um. Es war ein einfacher, großer und heller Raum, dessen Wände weitgehend mit Bücherregalen zugestellt waren. Rodan saß neben dem großen Fenster hinter einem schlichten Schreibtisch und war in ein Blatt Papier vertieft. An einer freien Stelle an der Wand gegenüber dem Schreibtisch hing ein kleines Gemälde, das ein lachendes Mädchen auf einem riesigen Drachen zeigte und auf dem Tisch stand ein kleiner, bizarr geformter, roter Kristall. Ansonsten war der Raum schmucklos. Ohne aufzusehen, wies Rodan auf das kleine, blaue Ledersofa, das vor dem Tisch stand. Karin setzte sich und ließ ihren Blick über den Tisch schweifen. Rodan musste eine Menge zu tun haben, denn der Schreibtisch war fast zur Hälfte mit unterschiedlich hohen Papierstößen bedeckt.

Schließlich legte Rodan das Blatt zur Seite und musterte Karin.

»Möchtest du wissen, wieso dich Kastor einen Zehn-Fahnen-Lauf machen hat lassen?«

Daran hatte Karin gar nicht mehr gedacht. Das Problem mit der gegenseitigen Verantwortung hatte sie so beschäftigt, dass sie überhaupt nicht auf die Idee gekommen war, statt Kastor Rodan danach zu fragen. Und wenn sie genau überlegte, hätte sie natürlich auch Kelim fragen können; er hätte es vielleicht auch gewusst.

»Äh – ja, auch«, antwortete sie. »Aber …«

»Aber deswegen bist du nicht gekommen. Ich weiß. – Ich sage es dir trotzdem: Wir wollten wissen, wie weit du dich erholt hast und welchen Herausforderungen du gewachsen bist. Niemand hat damit gerechnet, dass deine Füße noch so empfindlich sind. Und jetzt erzähle, was du von mir willst!«

Karin brachte ihr Anliegen vor und Rodan hörte schweigend zu.

»Bist du dir sicher, dass du das tun willst?«, fragte er schließlich, als sie geendet hatte.

Karin nickte.

»Du weißt, dass wir nicht von dir verlangen können, dass du die Verantwortung auf dich nimmst?«

»Ich will es aber! Es kann nicht sein, dass ihr bestraft werdet, wenn ich einen Fehler gemacht habe. Auch wenn ihr es von mir nicht verlangen könnt, aber warum habt ihr es mir nicht einmal vorgeschlagen, obwohl es der Gemeinschaft doch helfen kann?«

»Kelim hat gesagt, dass das nicht nötig ist, weil du selbst darauf kommen würdest.«

Karin sah ihn verblüfft an. Deshalb hatte Kelim ihr das Buch auf den Tisch gelegt: Er hatte gewollt, dass sie von selbst darauf kam! Er war ihr immer einen Schritt voraus.

»Wir stehen immer füreinander ein«, sprach Rodan weiter. »Und es war nicht dein Fehler allein. Deshalb ist in erster Linie immer die Gemeinschaft betroffen.«

»Erstens müsst ihr das nicht, da ich nicht dazugehört habe – das habe ich doch erklärt, wie das gehandhabt werden kann: Als ich gegen Soras Anweisung gehandelt habe, habe ich nicht mehr als Drachenreiter gehandelt, weil das ein Drachenreiter nicht tut – und zweitens darf ich jede Schuld auf mich nehmen, wenn ich will – auch die von anderen. Ich habe mich schlau gemacht!«

»Sieht so aus«, meinte Rodan und betrachtete Karin nachdenklich. »Hast du dir Gedanken darüber gemacht, was für Folgen das für dich haben kann?«

»Ja. Ich schwöre, der Gemeinschaft zu dienen mit allem, was ich bin und für sie mein Leben zu geben, sollte es nötig sein – das habe ich nicht vergessen! Und ich stehe dazu!«

Rodan schwieg und fuhr fort, sie anzusehen. Schließlich nickte er.

»Gut. Vorher brauchst du übrigens neben meiner noch zwei weitere Einwilligungen.«

Zwei? Sicher, Kelim musste sein Einverständnis geben, aber wer noch? Karin sah Rodan verdutzt an.

»Hast du Niro vergessen?«, fragte er.

Niro! Ihm gehörte sie ja! Also musste auch er einwilligen. Und wenn er sich weigerte? Niro würde bestimmt nicht einverstanden sein! Sie krampfte die Hand um das Medaillon und hätte es am liebsten abgerissen.

»Er wird niemals damit einverstanden sein«, brachte sie heraus.

Rodan beruhigte sie. »Er hat versprochen, es nie auszunutzen. Wenn er zu seinem Wort steht, muss er einwilligen. Außerdem würde er gegen die Gemeinschaft handeln, wenn er sich weigern würde, da du uns damit sehr entlastest, und auch er hat den Treueeid geleistet: Die Gemeinschaft ist wichtiger als ein einzelnes Leben.«

Karin nickte erleichtert. Dann fiel ihr etwas ganz anderes ein und sie fragte Rodan nach dem Ergebnis der Befragung bezüglich des Denkmeinnichts. Das beschäftigte sie schon seit Tagen, doch Kelim hatte nur gesagt, dass die Befragung noch andauern würde.

»Wir sind noch nicht ganz fertig, aber ein Drachenreiter war es nicht.«

»Ist das sicher?«

Rodan nickte. »Natürlich. Alle haben ausgesagt, dass sie es nicht getan haben und leider auch, dass sie keinen Hinweis auf irgendjemanden haben.«

»Und du glaubst das?«

»Natürlich. Ein Drachenreiter lügt nicht.«

Rodan schien sich absolut sicher zu sein. Er vertraute den anderen voll und ganz. Aber was wäre, wenn doch einer gelogen hätte? Man konnte doch nie ganz sicher sein, dass es nicht doch einen Verräter in den eigenen Reihen gab. Dieses Vertrauen war eine riesige Schwachstelle und Karin wunderte sich, dass das bisher noch niemand ausgenutzt hatte. Ein Einziger, der sich nicht an die Regeln hielt, konnte mühelos die gesamte Gemeinschaft zerstören.

»Und – und wenn doch einer gelogen hat? Das kannst du doch gar nicht erkennen!«

Rodan schmunzelte. »Ähnliche Bedenken hast du schon gegenüber Nuda geäußert.«

Karin kam eine Idee. »War er bei der Befragung dabei?«

Rodan verneinte. »Das ist bei den Drachenreitern nicht nötig. Er übernimmt die Befragung der Geher. Es ist ein Geschenk des Großen Drachen, dass er gerade jetzt zurückgekommen ist.«

»Wieso?«

»Bei den Gehern kann ich mir im Gegensatz zu den Drachenreitern nicht absolut sicher sein, auch wenn es sehr unwahrscheinlich ist, dass jemand zum Verräter wird.«

Er betrachtete sie nachdenklich.

»Wie geht es deinen Füßen?«, fragte er unvermittelt.

»Besser. Seit heute spüre ich es kaum noch.«

»Das ist schön. Geh mal zur Tür und wieder zurück.«

Karin tat es.

Rodan nickte. »Du läufst fast wieder normal.«

Er überlegte eine Weile, dann fragte er, ob sie immer noch Zweifel am Ergebnis der Befragung habe und Karin bejahte.

»Ich glaube nicht, dass man alles glauben kann, nur weil jemand Drachenreiter ist. Ich könnte dich jetzt mühelos anlügen, wenn ich wollte.«

Rodan lachte herzhaft. »Das bezweifle ich nicht! Aber ich kann trotzdem sicher sein. Und damit du das ein für alle Mal verstehst, mache ich jetzt mit dir einen Test. Du bist ebenfalls Drachenreiterin, auch wenn du momentan nicht reiten darfst. Du hast sicher heute gefrühstückt?«

»Ja, natürlich, wieso fragst du?«

»Gut. Wenn ich dich jetzt frage, was du gegessen hast, dann verrätst du es mir nicht, sondern du sagst mir etwas Falsches.«

Karin starrte Rodan an. »Ich soll dich anlügen?«

»Ich bitte darum! – Also, was hast du heute Morgen gegessen?«

»Ich habe … ääh …« Es war gar nicht so leicht, sich auf Befehl eine Lüge auszudenken, doch dann antwortete sie:

»Ich habe einen Teller Suppe gegessen.«

Rodan grinste. »Nicht sehr glaubwürdig.« Aber er war zufrieden. »Und jetzt lauf und zieh dich an, ich erwarte dich in einem halben Uhrumlauf in Rammadors Höhle!«

»Was?«

»Du hast schon verstanden: Ich erwarte dich angemessen angezogen in Rammadors Höhle.«

»Du lässt mich zu den Drachen?« Karin konnte ihr Glück gar nicht fassen.

Rodan schmunzelte. »Freu dich nicht zu früh! Ich habe einiges vor mit dir.«

Aber Karin hörte ihm gar nicht mehr zu. Endlich! Endlich durfte sie wieder zu den Drachen! Im Laufschritt lief sie zu Kelims Wohnung, um sich ihre Schutzausrüstung anzuziehen. Zum Glück war Kelim zu Hause und er half ihr, die Bänder ausreichend fest zu schnüren. Kaum fertig, lief sie sofort los.

»Weißt du überhaupt, wo Rammador seine Höhle hat?«, rief Kelim ihr hinterher.

Etwas verlegen kehrte sie um und ließ sich von Kelim die Wegzeichen beschreiben, bevor sie ein zweites Mal loslief.

Sie war viel zu früh und Rodan, der fast gleichzeitig mit ihr eintraf, lachte herzhaft.

»Mit deinem Zeitgefühl scheint es nicht weit her zu sein«, neckte er sie und bugsierte sie in den Nebenraum der Drachenhöhle. »Warte hier, ich bin gleich zurück.«

Nach wenigen Minuten kam nicht nur Rodan zurück, auch etliche Drachenreiter sammelten sich in dem kleinen Raum. Rodan, der, wie einige andere auch, einen großen Bogen in den Händen hielt, sprach kurz mit ihnen und die meisten verließen daraufhin den Raum. Dann rief er Karin zu sich.

»Weißt du noch, was du mir vorhin geantwortet hast?«, fragte er sie.

»Ja. Einen Teller Suppe.«

»Gut. Du musst mir jetzt etwas versprechen. Wir gehen gleich in die Höhle und ich werde zu gegebener Zeit meine Frage wiederholen und ich will, dass du mir wieder diese Antwort gibst. Hast du das verstanden?«

»Schon, aber wieso?«

»Das wirst du schon noch erfahren. Versprichst du es?«

Karin nickte. »Ich verspreche es.«

»Dann musst du es als Drachenreiterin auch tun! Glaubst du, dass du dein Versprechen halten wirst?«

»Ja. Wieso sollte ich es nicht? Es ist doch nichts dabei, dasselbe noch einmal zu sagen.«

Rodan schmunzelte. »Und was, wenn du dein Versprechen brichst?«

Karin deutete auf Rodans Bogen. »Dann darfst du ruhig auf mich schießen; ich habe nicht vor, mein Versprechen zu brechen. – Auch wenn ich das Ganze etwas seltsam finde.«

Ein Drachenreiter, der in der Nähe stand, sog hörbar die Luft ein. Karin sah ihn irritiert an. Er nickte ihr anerkennend zu. »Mutig!« Jetzt war Karin völlig verwirrt. Rodan schien sich prächtig zu amüsieren. Aber er verriet nicht, weshalb.

»Achte nicht auf ihn«, sagte er nur. »Und jetzt komm, sonst müssen die anderen auf mich warten.«

Er führte sie hinüber in die Drachenhöhle.

Der Drache war nicht da. Nur ein paar Drachenreiter, die damit beschäftigt waren, den Sattel an den Seilzug zu hängen. Rodan stellte seinen Bogen an die Wand und ging bis zum Ende der Höhle. Er stieß einen lauten Pfiff aus und rief Rammadors Namen, dann kam er wieder zurück. Noch ehe er bei Karin angekommen war, rauschte es und ein riesiger, blauer Drache landete in der Höhle. Er war fast noch größer als Glandor. Der Drache schüttelte seinen Kopf und brüllte laut, dann kam er herüber und schnupperte an Rodan, der ihn hinter den Ohrstacheln kraulte. Rodan drehte sich um.

»Karin, komm her! – Und bring bitte meinen Bogen mit.«

Sie tat es. Rodan nahm den Bogen.

»Sieh ihm in die Augen und sage mir, welche Farben du siehst!«, befahl er weiter.

Karin hatte keine Ahnung, wozu das gut sein sollte, wagte jedoch nicht, danach zu fragen und betrachtete Rammadors Augen genauer. Es war nicht ganz einfach, einem Drachen direkt in die Augen zu sehen … Gerade, als sie Rodan antworten wollte, dass Rammador rote und grüne Flecken im Gelb seiner Augen hatte, stellte der seine Frage.

»Was hast du heute Morgen zum Frühstück gegessen?«

Überrascht sah sie ihn an, achtete jedoch darauf, auch Rammador im Blick zu behalten. Nachdem sie ihm so intensiv in die Augen gesehen hatte, würde es nicht gut sein, den Blick so plötzlich abzuwenden.

»Ich …«, weiter kam sie nicht. Irgendetwas ließ es nicht zu, dass sie weitersprach.

»Ich …«, wiederholte sie, aber ihre Kehle war wie zugeschnürt und sie brachte keinen weiteren Ton heraus. Sie wusste, was Rodan von ihr erwartete, nur, sie konnte es nicht sagen! Sie leckte sich die Lippen und startete einen neuen Versuch, doch sie brachte es nicht über sich. Sie stand einfach da, den Mund ein Stück weit geöffnet und gab keinen Laut von sich. Rodan schmunzelte, legte einen Pfeil in den Bogen, zog aus – und richtete die Spitze auf Karin.

»Hast du nicht gesagt, ich darf auf dich schießen, wenn du dein Versprechen nicht hältst?«, sagte er fröhlich.

Karin stand stumm vor ihm, den Blick starr auf die Pfeilspitze gerichtet.

Nach einer Weile begann die Pfeilspitze leicht zu zittern.

»Was glaubst du, wie lange ich den Bogen noch halten kann, bevor ich den Pfeil loslassen muss?«, fragte Rodan. »Ich warte noch immer auf deine Antwort!«

Sie leckte sich noch einmal über die Lippen und dann lösten sich endlich die Worte von ihren Lippen, es waren jedoch andere, als beabsichtigt.

»Tee und eine Scheibe Honigbrot.« Erschrocken sah sie Rodan an. Das war es nicht, was sie hatte sagen wollen! Das war, was sie wirklich zum Frühstück gehabt hatte! Ihr Herz klopfte heftig und sie erwartete halb, dass Rodan den Pfeil auf sie losließ, doch er ließ den Bogen sinken und nickte.

»Und schon haben wir ein gebrochenes Versprechen! Obwohl du Angst hattest. Verstehst du jetzt? Kein Drachenreiter, der jemals einen Drachen befehligt hat, kann im Angesicht eines Drachen lügen.«

Karin sagte nichts. Das Blut rauschte ihr in den Ohren und sie merkte, dass ihre Hände zu zittern angefangen hatten. Sie richtete ihren Blick auf Rammador, der ruhig neben ihnen stand und darauf wartete, dass die Drachenreiter mit dem Satteln fertig wurden, und ihr Herzschlag beruhigte sich langsam.

Rodan legte ihr eine Hand auf die Schulter.

»Das war nicht sehr nett von mir, dich in diese aussichtslose Lage zu bringen. Kannst du mir das verzeihen?«

Verzeihen? Karin fiel ein Stein vom Herzen. Jetzt wusste sie, dass die Gemeinschaft bei Weitem nicht so anfällig war, wie sie gedacht hatte – und das war eine sehr beruhigende Erkenntnis.

»Ja, sicher. Aber ich habe mein Versprechen gebrochen!«

Rodan tätschelte ihre Schulter. »Deswegen brauchst du nicht den Zorn des Großen Drachen zu fürchten. Du hattest gar keine

Wahl. Ich wusste das. Du nicht. Sonst hättest du es nicht versprochen. Und da du es nicht wusstest, trifft dich keine Schuld. Und jetzt komm! Wir wollen die anderen nicht warten lassen! Rammador ist fertig gesattelt.«

Nachdem er sich von seinem Drachen durch einen Stoß prüfen hatte lassen, hing er sich den Bogen über die Schulter und kletterte gewandt auf Rammadors Rücken. Karin war überrascht. Rodan war nicht mehr der Jüngste, aber er war so schnell und sicher auf den Drachen geklettert, wie sie es von einem Zwanzigjährigen erwartet hätte.

»Was ist?«, rief er Karin zu, als er sich in den Sattel setzte und seinen Bogen daran befestigte. »Hoch mit dir! Du reitest mit mir.«

»Ich soll …«

Rodan nickte und wiederholte seinen Befehl: »Hoch mit dir!«

Sie durfte mit! Sie beeilte sich, dem Befehl nachzukommen. Sie war immer noch ein wenig zittrig und gab lange nicht so eine gute Figur ab wie Rodan, aber immerhin schaffte sie es auf Anhieb.

Kaum, dass sie saß, ließ Rodan Rammador starten. Karin hatte noch nie auf so einem gewaltigen Drachen gesessen und ließ sich gefangen nehmen von den kraftvollen Bewegungen, die sie unter sich spürte. Es schien ihr eine Ewigkeit her zu sein, seit sie zuletzt auf einem Drachen geritten war. Wie hatte sie dieses Gefühl vermisst! Sie schloss die Augen und breitete die Arme aus. Wäre sie allein gewesen, hätte sie ihrer Freude mit einem lauten Jubelschrei zum Ausdruck gebracht, doch mit Rodan im Sattel wagte sie das nicht.

Sie waren nicht die einzigen, die unterwegs waren. Von den Seiten näherten sich je vier Drachen, alle mit zwei Reitern, von denen der jeweils hinten Sitzende einen Bogen in der Hand hatte. Karin achtete nicht weiter darauf. Sie genoss es einfach, wieder auf einem Drachen zu sitzen, und auch wenn sie hinten saß, ergriff sie ein Hochgefühl, wie sie es seit ihrem ersten Flug mit Mara nicht mehr verspürt hatte.

Rodan flog an der Spitze der Formation und verständigte sich mittels Handzeichen mit den anderen Reitern. Sie steuerten auf eine nahe der Küste gelegene Felsgruppe zu, stiegen, noch in einiger Entfernung dazu, steil nach oben und stießen einer nach dem anderen – Rammador als erster – in rasendem Sturzflug auf die Felsen herab.

Karins Hochgefühl schwand, als sie merkte, was Rodan da üben ließ: Sie übten anzugreifen! Sie rechneten in Bezug auf Gar offenbar mit dem Schlimmsten und er ließ sie den Angriff in Formation üben. Rodan flog jeweils an der Spitze und die anderen folgten in kurzen Abständen, wenn er Rammador im Sturzflug auf die Felsgruppe zu lenkte. Mit einer seitlichen Drehung flog der Drache dann daran vorbei, wobei Rodan ihn einen Feuerstoß über die Felsen streichen ließ. Die nachfolgenden Drachen taten genau das Gleiche, nur dass deren Mitreiter, im Gegensatz zu Karin, mit Pfeil und Bogen bewaffnet waren und versuchten, eine der hölzernen Zielscheiben, die auf den Felsen standen, zu treffen. Danach stiegen die Drachen erneut auf, wobei sich jeder von ihnen scheinbar zufällig und unerwartet um die eigene Achse drehte und in eine andere Richtung flog, um kein Ziel zu bieten.

Nach dem dritten Anflug ließen sie die Drachen landen, damit diese sich etwas ausruhen konnten. Feuerspeien war anstrengend. Sie stiegen ab und besprachen, was in Ordnung war und was noch verbessert werden sollte. Als Nächstes wollte Rodan den *ungeordneten Angriff* üben und sie stiegen erneut hoch in den Himmel, bis die Wolken sie verbargen. Dieses Mal kam jeder Drache aus einer anderen Richtung auf die Felsen zugestürzt und Karin erkannte, dass häufiges Üben nötig war, damit es keinen Zusammenstoß gab; die Drachen rauschten haarscharf aneinander vorbei. Auch hier gab es drei Versuche, bevor sie den Drachen eine Erholung gönnten.

Als sie danach wieder auf die Drachen stiegen, setzte sich Rodan auf den zweiten Platz und griff nach seinem Bogen.

»Jetzt bist du dran!«, sagte er zu Karin.

Karin starrte ihn ungläubig an. »Ich soll Rammador befehligen?«

Rodan nickte und sie setzte sich auf den vorderen Platz.

»Wir wollen doch mal sehen, was du als Drachenkind drauf hast! – Einmal Angriff in Formation, bitte! Du hast gesehen, wie das geht. Du führst.«

Karin war sprachlos. Sie sollte nicht nur reiten, sie sollte das Kommando übernehmen! – Und das mit dem *Königsdrachen*, wie Rammador auch genannt wurde, da er der stärkste Drache im *großen Drachenhort* war, wie ihr Ron während einem ihrer Flüge erzählt hatte; im großen Drachenhort gab es die größte Ansiedlung der Drachenreiter, diese hatte als einzige sogar einen eigenen Namen: Drachenstadt. Und sie war Sitz der Regierung des Drachenreiches. Dementsprechend lebte im großen Drachenhort auch die größte Drachengesellschaft der Drachenküste. Und Königsdrache einer so großen Schar zu sein, bedeutete, dass Rammador wahrhaftig herausragend war. Selbst Glandor hatte bisher noch nicht versucht, ihm seinen Rang streitig zu machen.

Es dauerte ein Weilchen, ehe Karin begriff, dass das ihre Bewährungsprobe war. Niro hatte sich ebenfalls beweisen müssen, ehe er wieder mit den Drachen arbeiten durfte: mit den Seeschlangen und am Parcours. Den Zehn-Fahnen-Lauf hatte sie zwar nicht zu Ende gebracht, doch wenn Rodan damit nicht zufrieden gewesen wäre, säße sie jetzt nicht hier. Aber das war keine Kleinigkeit; das war eine echte Herausforderung! Sie drehte sich zu Rodan um.

»Du hast nicht zufällig Handschuhe da?«

Rodan schüttelte den Kopf. »Auf das Fluggeschirr musst du auch verzichten.«

Karin sah zweifelnd auf die mächtigen Dornen vor ihr. Prüfend schob sie die Hand unter eine Schuppe und spürte den kräftigen Widerstand. – Und dass etwas fehlte. Etwas Entscheidendes. Etwas, das sie als so selbstverständlich hingenommen hatte, dass sie gar nicht bemerkt hatte, wie außergewöhnlich und seltsam das eigentlich war: Sie konnte die Gegenwart des Drachen nicht spüren! Es fiel ihr wie Schuppen von den Augen und sie sog heftig die Luft ein.

»Nein!«, stieß sie aus. »Das kann nicht sein!«

Eilig stieg sie vom Sattel und kletterte von dem Drachen. Rodan und die anderen beobachteten sie gespannt. Einer stieß seinen Mitreiter an und sagte leise: »Ich glaube, sie hat es endlich gemerkt!« Aber nicht leise genug, dass es Karin nicht verstanden hätte. Sie achtete nicht weiter darauf, lief zu Rammadors Kopf und sah ihm in die Augen. Rammador beschnupperte sie und stieß sie dann so kräftig an, dass sie von den Beinen gerissen wurde. Mit einer Rückwärtsrolle kam sie wieder auf die Füße. Sie hatte keine Angst davor, versagt zu haben; sie spürte, dass Rammador nur ihren Mut prüfte. Niemand hätte diesen Stoß parieren können. Sie lachte.

»Du Frechdachs, du! Aber so leicht wirst du mich nicht los!«, sagte sie dem riesigen Drachen unbekümmert ins Gesicht und stellte sich ein zweites Mal vor seine Nase.

»Und jetzt noch mal, aber anständig!«

Und Rammador stupste sie nur leicht; es war nicht schlimmer, als wenn sie ein mittelgroßer Hund angesprungen hätte.

»So ist es brav!«, sagte Karin und kraulte ihn hinter den Ohrstacheln. Und dabei geschah es. So wie es jedes Mal geschah, wenn ein Drache seine Einwilligung gab und jemanden als Reiter anerkannte. Wie hatte sie das bisher ignorieren können? Weil sie ein Drachenkind war und sowieso sah und spürte, was ein Drache wollte? Doch sie hatte Mara schon vorher geritten. Es lag an dieser ominösen Bindung, die Kelim ihr bescheinigt hatte und die sie diese Kontaktaufnahme als etwas Selbstverständliches hinnehmen ließ. Mara brauchte sie nur von Weitem anzusehen und die Verbindung war hergestellt. Und bei Furo? Nein, da hatte sie sich jedes Mal beschnuppern lassen müssen, bevor sie aufgestiegen war.

Rodan hatte sie stumm beobachtet, jetzt sagte er: »Es sieht so aus, als hättest du endlich gespürt, was passiert, bevor du auf einen Drachen steigst, um ihn zu reiten! Verstehst du jetzt, warum ein Drache so exakt deine Anweisungen befolgen kann, obwohl deine Hände nur seine Richtung beeinflussen können? Es hat lange gedauert bei dir! Hast du dich nie gefragt, woher Mara gewusst hat, welche Kiste sie greifen sollte?«

»Doch!«, gab Karin zurück. »Doch! Ich habe mich immer gewundert, wieso Drachen so perfekt gehorchen, wenn sie unsere Sprache nicht verstehen.«

Die Sprache – und die Gesten und der Druck mit den Händen. An etwas anderes hatte sie nie gedacht. Dabei lag es auf der Hand: Alle Drachenreiter blieben nach der Begrüßung auf Tuchfühlung oder wenigstens in Blickkontakt mit ihrem Drachen, denn solange man seine Augen sah oder ihn berührte, blieb diese Verbindung bestehen und der Drache konnte den Willen seines Reiters spüren.

Wie hatte sie nur so blind sein können, das nicht zu bemerken? Rammadors Anwesenheit war so deutlich zu spüren! Wie die von Mara und Furo. Und Mahur? Da waren es Sora und

Niro gewesen, die Befehle gegeben hatten, da hatte sie es nicht gespürt. Sie lehnte sich an Rammadors Hals und versuchte, ihre neue Erkenntnis zu verdauen. Insgesamt war das für einen Tag ziemlich viel: erst die Unfähigkeit, vor einem Drachen zu lügen und dann dies.

Rodan wurde ungeduldig. »Es wäre schön, wenn wir heute noch mit unseren Übungen fertig werden würden.«

Karin löste sich von Rammadors Hals und stieg auf. Als sie die Hand wieder unter die Schuppe schob, fühlte es sich ganz anders an, viel lebendiger, kraftvoller. Aber der Widerstand war nicht weniger geworden.

Sie drehte sich nach Rodan um. Der nickte.

»Wenn du soweit bist: Flieg los!«

Und Karin ließ Rammador starten. Sie musste dabei ihre ganze Kraft in den Druck ihrer Finger legen und bald begannen ihre Hände zu zittern. Wie schaffte es Rodan, seinen Drachen so mühelos zu befehligen? Sie hatte ihn unterschätzt. Trotz grauer Haare und Falten im Gesicht strotzte er vor Kraft und Energie, wie ein Mann in den besten Jahren. Sie dagegen musste all ihre Kraft aufbieten, um Rammador zu lenken, während er das Gleiche fast beiläufig erledigt hatte. Er machte jedenfalls keinen besonders erschöpften Eindruck, obwohl er eine Vielzahl schwieriger Flugmanöver hinter sich und seinen Drachen mehrmals zum Feuerspeien gebracht hatte. Sie wusste von Sora, dass das besonders schwer war. Karin war noch nicht weit genug ausgebildet, um es überhaupt versuchen zu dürfen.

Bevor sie den Angriff startete, meinte Rodan dann auch:

»Kein Feuer von dir!«

Dann lenkte Karin Rammador nach unten. Sie musste alles geben, um seinen Flug unter Kontrolle zu halten. Außerdem war es an ihr, zu entscheiden, wann sie ihn aus dem Sturzflug heraus über die Felsen lenken musste und wie hoch er dabei fliegen sollte. Auch wenn sie es vorher gesehen hatte, es selbst zu bestimmen war etwas ganz anderes. Als Rammador ziemlich tief seitlich an den Felsen vorbeirauschte, schoss Rodan seinen Pfeil ab, aber dieser ging fehl und sie hörte ein leises Fluchen von hinter ihr.

Als sie wieder landeten, war Karin schweißgebadet und ihre Arme schmerzten von den Fingerspitzen bis in den Nacken.

»Und?«, warf Rodan in die Menge.

»Du solltest dein Schießtraining nicht so vernachlässigen«, rief einer der Drachenreiter und alle lachten.

»Du sprichst wahr«, seufzte Rodan.

»Rammador war zu tief und zu schnell«, sagte ein anderer und Rodan nickte.

»Richtig!« Er legte Karin eine Hand auf die Schulter. »Was meinst du?«

»Er hat vollkommen recht«, meinte Karin matt. Sie hatte es also nicht richtig gemacht.

»Und wie hat sich Karin eurer Meinung nach geschlagen?«

»Besser als je zu erwarten war«, sagte ein Drachenreiter, dessen Stimme ihr bekannt vorkam, und sie sah zu ihm hinüber; sie erkannte Kenno, der anerkennend seinen Bogen in die Luft hob.

»Ein Hoch auf unser Drachenkind!«, rief ein anderer und die übrigen fielen mit ein.

Rodan tätschelte sie an der Schulter. »Du hast meine Erwartungen in deine Fähigkeiten bei Weitem übertroffen. Und jetzt bring uns nach Hause!«

Karin drehte sich um. Rodan nickte ihr aufmunternd zu.

»Das schaffst du auch noch. Na, los!«

Seufzend drehte sie sich wieder nach vorne und gab mit zusammengebissenen Zähnen das Kommando zum Start. Immerhin hatte sie ihre Bewährungsprobe bestanden – vorausgesetzt, sie würde es noch bis zu den Drachenhöhlen schaffen.

12 Der geheime Dracheneid

Zum Glück landete Rammador ganz von allein in seiner Höhle und verlangte Karin keine weiteren Kraftakte ab. Völlig erschöpft rutschte sie von dem Drachen herunter. Sie konnte ihre Arme kaum noch bewegen und ihre Finger spürte sie überhaupt nicht mehr. Zu allem Überfluss hatte sie sich beim Absteigen einen kleinen Dorn in den linken Handballen gespießt. Sie versuchte, diesen herauszuziehen, leider war er zu kurz abgebrochen, um ihn fassen zu können. Rodan griff nach einer seiner Spitzen und holte damit den Dorn geschickt aus ihrer Hand. Es war eine schmerzhafte Prozedur, aber Karin biss die Zähne zusammen und hielt still. Danach legte ihr Rodan den Dorn auf die Handfläche und schloss ihre Finger darum.

»Heb ihn auf! Das ist dein erster Dorn. Ich habe meinen ersten Dorn auch aufgehoben, das machen fast alle.« Mit einem Schmunzeln im Gesicht fügte er hinzu: »Man sagt, es bringt Glück. – Zumindest schadet es nicht, wenn man ihn aufbewahrt.« Er wandte sich an die umstehenden Drachenreiter. »Ich habe noch etwas zu erledigen. Kümmert ihr euch bitte solange um Karin? Sie kennt jetzt beide Geheimnisse unseres Volkes!«

Die Drachenreiter nickten und zwei von ihnen nahmen sie in die Mitte und führten sie fort. Ein Dritter ging vorneweg und ein weiterer folgte hinter ihr. Karin kam sich vor wie eine Gefangene. Und damit lag sie gar nicht so falsch. Denn nach einer Weile machten sie vor einer Tür halt und führten sie in den Raum dahinter. Es war ein leerer Raum, der von oben bis unten mit einem weichen, dunkelorangefarbenen Polster ausgekleidet war. Sogar die Decke hatte man nicht ausgespart. Entsetzt blieb Karin stehen.

»Du brauchst keine Angst zu haben«, sagte einer der Drachenreiter. »Dir geschieht nichts. Es ist *gute Sitte,* dich sicher unterzubringen, bis du den geheimen Dracheneid abgelegt hast.«

»Was ist das – der geheime Dracheneid?«, fragte Karin scheinbar ruhig, doch innerlich war sie einer Panik nahe. Der Raum sah aus wie eine Gummizelle, in der man im Irrenhaus die tobenden Verrückten einsperrte … War das der *sichere Raum,* von dem Rodan gesprochen hatte, nachdem sie beinahe ins Meer gesprungen war?

Der Drachenreiter grinste. »Wenn ich es dir sagen würde, wäre es nicht mehr geheim! Zieh deine Ausrüstung aus! Hier im sicheren Raum brauchst du sie bestimmt nicht.«

Er war es also.

Sie halfen ihr, die Bänder zu lösen und verlangten auch ihre Stiefel. Einer erbot sich, ihren Dorn zu Kelim zu bringen und sie gab auch diesen her. Dann wurde sie allein gelassen.

Sie hatten sie tatsächlich eingesperrt! Langsam sah sie sich um. In dem Raum gab es nichts; nicht einmal eine Toilette. Und nichts zu trinken. Der Ritt auf Rammador hatte sie eine Menge Schweiß vergießen lassen und sie hatte Durst; großen Durst.

Sie ging zur Tür und machte sich lautstark bemerkbar, aber sie bekam keine Antwort. Schließlich setzte sie sich auf den Boden, den Rücken an die weich gepolsterte Wand gelehnt und wartete. Etwas anderes blieb ihr sowieso nicht übrig.

Endlich glaubte sie, leise Schritte zu hören. Die dicke Tür dämpfte jedes Geräusch und sie war sich nicht sicher, doch dann wurde die Tür geöffnet und Rodan kam herein, gefolgt von Kelim und zwei weiteren Drachenreitern, die sich an der Tür postierten.

Karin kam auf die Beine und Rodan reichte ihr wortlos einen kleinen Becher mit warmem Tee. Dankbar nahm sie ihn entgegen und trank. Aber das war viel zu wenig, um ihren Durst zu löschen.

»Ist das alles?«, fragte sie.

Rodan schmunzelte und nickte. »Das genügt fürs Erste. Du bekommst später noch mehr davon.«

Kelim fügte trocken hinzu:

»Es ist praktisch, wenn du Durst hast, dann fragst du vorher nicht, was es ist.«

Sie sah Kelim erschrocken an, was Rodan zum Lachen brachte.

»Wir kommen bald wieder«, sagte er und ging zur Tür.

Ehe Karin noch eine einzige Frage stellen konnte, waren sie wieder verschwunden. Sie spürte bald, dass tatsächlich etwas in dem Tee gewesen war. Träge ließ sie sich die Wand herunterrutschen und starrte auf die Tür, deren Umrisse zu tanzen begannen. Dann fing die ganze Tür zu glühen an und sie hörte den Wind rauschen, der ihr um die Ohren blies. Es nützte auch nichts, dass sie sich vorsagte, dass das alles Einbildung war, bald war sie eingehüllt von den Trugbildern, die ihr ihre Sinne vorgaukelten. Etwas kroch über sie und als sie hinsah, waren es Schlangen. Hunderte von Schlangen krochen durch den Raum und über sie. Sie versuchte, sie abzuschütteln, doch die Schlangen verwandelten sich in Seile, die sie immer fester umschlangen, je mehr sie sich wehrte. Bevor sie vollständig in Panik geriet, löste sich der Spuk auf. Benommen blieb sie auf dem Boden liegen. Sie lag noch dort, als Rodan zurückkam. Sie sah alles verschwommen und erkannte ihn nur an seiner Stimme. Er redete auf sie ein, aber die Worte ergaben für sie keinen Sinn. Auch andere Stimmen sprachen zu ihr, dann war sie wieder allein. Schließlich schlief sie ein.

Ihr Durst weckte sie. Sie war immer noch eingesperrt; wenigstens war sie wieder Herr ihrer Sinne. Bald bekam sie erneut Besuch und Rodan hatte abermals einen kleinen Becher mit Tee dabei …

Sie schüttelte den Kopf.

»Ich will das nicht!«, sagte sie energisch.

»Das glaube ich gerne«, entgegnete Rodan. »Du hast ziemlich heftig darauf reagiert. Aber ich frage dich nicht!« Er hielt ihr den Becher hin. »Du bekommst hinterher etwas anderes zum Trinken – nach dem hier.«

Das war Erpressung! Sie sah ihn ungläubig an, aber Rodan verzog keine Miene und fuhr fort, ihr den Becher vor die Nase zu halten. Schließlich gab sie nach. Bevor sie ihr das Zeug mit Gewalt einflößten, trank sie lieber selbst. Danach reichte Rodan ihr noch einen Becher Wasser. Einen. Nicht mehr. Sie seufzte. Wenn es wenigstens ein großer Becher gewesen wäre …

Es war wie beim ersten Mal: Erst spielten ihre Sinne verrückt, dann erschien Rodan und einige andere und redeten auf sie ein. Und noch ein drittes Mal musste sie den Becher leeren. Nachdem es vorbei war, bekam sie endlich ausreichend zu trinken und etwas zu essen. Gleich danach wurde sie von wieder vier Drachenreitern in die große Halle geleitet.

Neben Rodan und drei sehr alten Männern – einer davon war Merdon – warteten Mara und Rammador auf sie. Karin wäre am liebsten sofort zu Mara gelaufen, ihre Bewacher hinderten sie jedoch daran. Rodan hatte seinerseits Einiges zu tun, um Mara davon abzuhalten, zu Karin zu laufen und sie abzuschlecken. Endlich hatte Mara genug geschnuppert und blieb ruhig neben ihm stehen. Jetzt musste Karin ihren Oberkörper frei machen und Rodan fesselte ihr die Hände noch auf den Rücken, dann ließen ihre vier Bewacher sie mit ihm und den drei Alten allein.

»Was soll das werden?«, fragte Karin, die sich so entblößt und obendrein noch gefesselt, äußerst unbehaglich fühlte.

»Du wirst jetzt den geheimen Dracheneid schwören«, antwortete ihr einer der Alten.

»Und was ist das?« Sie hatte die Frage an Rodan gerichtet, in der Annahme, dass er es war, der die Fäden in der Hand hielt, aber er sagte zu ihrer Überraschung:

»Das weiß ich auch nicht genau. Das wissen nur unsere Geheimnisträger.« Er wies in Richtung der Alten.

»Ich erkläre es dir«, sagte Merdon mit seiner heiser klingenden Stimme. »Die Droge, die du bekommen hast und von der du gleich noch einmal eine kleine Menge bekommst, verhindert, dass die Dinge, die du hörst oder sagst, in dein Bewusstsein vordringen. Sie werden dennoch unauslöschlich im Gedächtnis deines Unterbewusstseins gespeichert und beeinflussen deine Taten und Worte. Wenn du jetzt schwörst, niemals die Geheimnisse der Drachenreiter preiszugeben, wirst du das auch niemals tun können – ohne dass du weißt warum. Und wenn du schwörst, niemals ohne triftigen Grund mit anderen Reitern darüber zu reden und es dabei möglichst auch nicht beim Namen zu nennen, so wirst du auch das einhalten.«

Rodan nickte zustimmend. »Das ist auch der Grund, warum du beides selbst herausfinden musstest: Es konnte dir niemand direkt sagen. Ich habe es zwar etwas leichter als die anderen – für Ratsmitglieder wird das Schweigegebot etwas gelockert, aber auch ich musste warten, bis du es herausgefunden hattest, ehe ich es beim Namen nennen konnte. Praktischerweise hast du beides fast zeitgleich entdeckt, so dass du jetzt nur einmal schwören musst. Also, Merdon, fang an!«

Merdon nickte und nahm ein kleines Fläschchen und zwei schnapsglasgroße Becher aus dem Körbchen, das einer der anderen Alten in den Händen hielt. Rodan nahm die Becher und Merdon füllte jeweils einen winzigen Schluck hinein.

»Trink!«, sagte Rodan und hielt Karin einen der Becher an die Lippen. Gehorsam schluckte sie. Danach leerte er den anderen Becher und legte beide in das Körbchen zurück. Merdon hatte inzwischen eine seiner Spitzen herausgeholt. Er klappte sie auf und nahm den kegelförmigen Teil ab, dann tunkte er die V-förmige Spitze in ein anderes Fläschchen und Karin dachte, dass sie nun das schwarze Zeichen an der anderen Hand bekommen würde, aber als Merdon die Spitze aus dem Fläschchen nahm, war sie nicht schwarz, sondern rot. Er trat einen Schritt näher und setzte ihr die Spitze mitten auf das Brustbein.

»Sonst weißt du nicht, dass du den Eid abgelegt hast«, erklärte er noch, dann spürte Karin, wie die Droge zu wirken begann und ihre Wahrnehmung veränderte.

»Sieh deinem Drachen in die Augen und leiste deinen Eid!«, befahl Rodan mit einer seltsam vibrierenden Stimme und richtete seinerseits den Blick auf Rammador.

Karin gehorchte und sah in Maras Augen, doch sie wusste nicht, was sie sagen sollte. Beim letzten Eid hatte Kelim ihr den Text beigebracht. Im selben Augenblick jedoch, da Mara ihren Blick erwiderte, war ihr, als sei sie wiederum in dem sicheren Raum und sie hörte die Stimmen, die dort auf sie einredeten. Jetzt waren sie klar und deutlich zu verstehen. Und sie konnte sich an jedes einzelne Wort erinnern. Es waren die Worte, die sie sagen sollte!

Sie hob den Kopf ein Stück höher und begann.

»Ich schwöre, niemandem, der nicht Drachenreiter ist, das Geheimnis der Unmöglichkeit der Lüge im Angesicht eines Drachen zu verraten; niemals und unter keinen Umständen, auch wenn es mein Leben oder das anderer gefährdet oder fordert.

Ich schwöre, niemandem, der nicht Drachenreiter ist, das Geheimnis der Fähigkeit der Drachen, den Willen ihrer Reiter zu spüren, zu verraten; niemals und unter keinen Umständen, auch wenn es mein Leben oder das anderer gefährdet oder fordert.

Weiter schwöre ich, die Geheimnisse der Drachenreiter nicht grundlos gegenüber anderen Reitern zu erwähnen und wenn es denn erforderlich ist, Worte darüber zu verlieren, diese belanglos zu halten und die Dinge nicht unnötig beim Namen zu nennen.

Der Große Drache und Hyrda seien meine Zeugen.«

Als Karin geendet hatte, nickte Rodan.

»Du hast die rechten Worte gesprochen!«

Seine Stimme klang immer noch seltsam.

Merdon zog das nadelspitze Ende seiner Spitze zwei Mal ein Stück über ihr Brustbein. Mit Farbe vermischtes Blut quoll aus den Schnitten und lief ihr den Bauch hinunter. Sie spürte es kaum.

»Merdon, hilf mir, mich an Karins Eid zu erinnern und den Text zu verbergen«, bat Rodan und Merdon stellte sich dicht vor Rodan und sagte etwas zu ihm, was Karin nicht verstand und sich für ihre Ohren wie Glockenläuten anhörte. Rodan fuhr fort, seinem Drachen in die Augen zu blicken, bis ihm Merdon kichernd eine Hand über die Augen legte.

»Das reicht«, sagte er. In Karins Ohren klang es wie das Zwitschern eines Vogels.

»Wir sind fertig«, stellte Rodan danach fest; er wirkte leicht desorientiert und schien nicht zu wissen, wen er ansprechen sollte.

Karin beobachtete, wie seine Worte als kleine, blaue Wölkchen aus seinem Mund stiegen und langsam zur Decke schwebten.

Einer der anderen beiden Alten rief nach den Drachenreitern, die vor der großen Halle gewartet hatten, und je vier von ihnen führten sie und Rodan zurück zu dem gepolsterten Raum. Es gab noch einen weiteren Raum dieser Art und Rodan ließ sich in diesem einsperren, während Karin in ihren gebracht wurde. Sie nahmen ihr die Fesseln ab und verbanden die Schnittwunde, wobei sie den Verband, nur ihre Brüste aussparend, um ihren ganzen Oberkörper wickelten, als sei sie schwer verletzt und hätte nicht nur zwei harmlose Kratzer in der Haut. Anschließend legten die Männer sie auf den Boden. Benommen, wie sie war, blieb sie einfach liegen und schlief kurz danach ein.

Als sie wenig später wieder erwachte, lagen ihre Kleider, ordentlich zusammengelegt, neben ihr. Mit steifen Armen, jedoch klar im Kopf, griff sie danach und zog sich an. Sie hatte den geheimen Eid geleistet! Sie versuchte, sich an die Worte zu erinnern – ohne Erfolg. Der Verband um ihren Oberkörper sagte ihr, dass sie es wirklich getan hatte, aber sie konnte sich beim besten Willen nicht mehr daran erinnern, was sie geschworen hatte. Sie konnte nur hoffen, dass es nichts Schlechtes war.

Die Schnitte unter dem Verband brannten und ihre Arme schmerzten bis zu den Schultern vom Ritt auf Rammador. Momentan war sie nicht in der Lage, einen Drachen zu reiten. Sie hätte gerne etwas von diesem prickelnden Tee gehabt, damit sie es wenigstens am nächsten Tag wieder konnte, aber daran dachte offenbar niemand und die Tür blieb verschlossen. Sie konnte nur abwarten, bis man sie frei ließ.

Kurze Zeit später wurde die Tür geöffnet und Kelim holte sie nach Hause. Es war schon spät am Abend und er schickte sie gleich ins Bett. Als sie von ihren Armen berichtete, ging er noch einmal in die Küche und kam bald mit einer Tasse des speziellen Tees zurück. Karin hoffte, dass er auch jetzt noch helfen würde, aber Kelim hatte seine Zweifel, da der Ritt schon vor Stunden gewesen war.

Trotz der Tatsache, dass sie infolge der Drogenwirkung schon für längere Zeit geschlafen hatte, war Karin hundemüde und es dauerte nicht lange, da war sie eingeschlafen.

Sie träumte wieder von Sora. Sora saß auf einer Bank und schien auf etwas zu warten.

»Worauf wartest du?«, fragte Karin im Traum und Sora antwortete: »Auf den Großen Drachen. Er wird mich zu seinem Kind machen.« Aber Karin sah, dass Sora Angst hatte und sie mit großen Augen anstarrte. »Und du wirst nicht da sein!«, rief Sora. »Ich werde allein sein!« Sie stand auf und rannte davon. Karin stand da und sah zu, wie Sora in der Ferne verschwand. »Ich werde allein sein!«, hallte es immer wieder in ihren Ohren.

»Karin?«

»Sora?«, fragte Karin irritiert und blinzelte in das helle Morgenlicht. Kelim stand über sie gebeugt.

»Karin, wach auf! Du träumst!«

Langsam setzte sie sich auf. »Wie spät ist es?«

»Gerade richtig zum Aufstehen. Hast du von Sora geträumt?«

Karin nickte und erzählte ihren Traum.

»Hm«, meinte Kelim. »Du hattest lange keine derartigen Träume mehr. Die anderen auch nicht. Wenn du jetzt wieder anfängst zu träumen, heißt das, es ist nicht vorbei und es wird wohl doch bald etwas passieren. Zumal auch Niro gestern einen ähnlichen Traum hatte. Ich denke, ihr werdet nicht die Einzigen sein. Wie dem auch sei: Rodan möchte dich sprechen. Du wirst gleich nach dem Frühstück zu ihm gehen.«

Wenig später saß sie auf dem blauen Sofa vor Rodans Schreibtisch.

»Hast du dich von den gestrigen Anstrengungen erholt?«, erkundigte sich Rodan.

»Zum Teil«, antwortete sie. »Meine Arme tun mir immer noch weh und die Schnitte brennen ziemlich. Aber sonst geht es mir gut.«

Unwillkürlich wanderte ihr Blick zu ihren Füßen. Rodan entging es nicht.

»Geht es deinen Füßen auch gut?«

»Oh, ja! Ich kann wieder ganz normal laufen.«

»Das ist schön. Dann hast du dich endlich so weit erholt, um mit den Drachen arbeiten zu können. Das hast du schon gestern eindrucksvoll bewiesen und wenn du nun wieder gehen kannst, spricht nichts mehr dagegen.

Du wirst heute Nachmittag mit Ron fliegen – vorausgesetzt, er hat genug Vertrauen in dich zurückgewonnen, dass er dir Furo überlässt. Immerhin hast du dich der Probe gestellt und begleitest uns nach Elnamira. Und du hast Nuda gegenübergestanden. Das dürfte mehr als genug sein.«

»Ich darf …« Karins Augen strahlten. Sie musste sich beherrschen, um nicht laut jubelnd vom Sofa aufzuspringen. Rodan schmunzelte.

»Ja, du darfst! Aber nur, wenn dir genug Vertrauen entgegengebracht wird. Das tun inzwischen wieder sehr viele. Du weißt, dass du erst wieder uneingeschränkte Rechte bekommen kannst, wenn dir *alle* genug Vertrauen entgegenbringen?«

Sie nickte. Alle. Das war eine schier unüberwindliche Hürde. Es gab doch immer mindestens einen, der anderer Meinung war als der Rest einer Gruppe. Überall war das so. Warum sollte es hier anders sein? Vorerst war sie damit zufrieden, überhaupt zu den Drachen zu dürfen – wenn es auch nicht Mara war. Sie spürte, dass Rodan sie absichtlich von Mara fernhielt. Ebenso von Niro und Sora. Auch wenn sie sich keinen Grund dafür vorstellen konnte.

»Es gibt noch ein paar Punkte, die ich mit dir besprechen möchte«, fuhr Rodan fort. »Als Drachenkind hast du besondere Fähigkeiten, was den Umgang mit Drachen betrifft und kannst einen Drachen hervorragend lenken. Aber ich denke, gestern hast du gemerkt, wo deine Grenzen liegen.«

»Ja«, musste sie zugeben, »ich habe nicht die Kraft dazu, einen Drachen wie Rammador länger unter Kontrolle zu halten.«

»Genau das meine ich. So zierlich, wie du gebaut bist, ist es umso erstaunlicher, wie leicht du einen Drachen befehligen kannst. Als Drachenreiter musst du in der Lage sein, jeden Drachen zu reiten. Deswegen wirst du weiterhin mit dem Fluggeschirr arbeiten, auch wenn du für Mara wohl keines mehr benötigst. Du musst damit umgehen können, als sei es ein Teil von dir. Wenn du dann noch die Handschuhe benutzt, wirst du auch Rammador für längere Zeit steuern können. Ich erwarte nicht von dir, dass du einen mehrtägigen Erkundungsflug auf ihm meistern kannst, das wirst du nie schaffen; das würde sogar Sora einiges abverlangen und sie ist eine gut trainierte und eine hervorragende Drachenreiterin. Aber wenn du bei Kastor regelmäßig trainierst, solltest du so etwas, wie die gestrige Übung, ohne Probleme bewerkstelligen können.«

»Wieso seid ihr überhaupt auf die Idee gekommen, mir das Drachenreiten beizubringen, wenn ich eigentlich zu schwach dafür bin? – Und so anders als ihr? – Und ihr sowieso mehr Reiter als Drachen habt?«

»Kannst du dir das nicht denken?«

Karin schüttelte den Kopf.

»Keine Idee?«

»N… – vielleicht doch. Kelim redet dauernd von einer Bindung zwischen Mara und mir. Und irgendwie hat er recht. Irgendwas ist da.«

»Das stimmt, aber auch mir hat Kelim nicht gesagt, was er damit meint. Jeder, der dich beobachtet, wenn du bei Mara bist, kann allerdings sehen, dass zwischen euch etwas abläuft – nur du scheinst es nicht zu bemerken. Wir alle dachten zuerst, das liegt daran, dass du ein Drachenkind geworden bist, nur, das ist es nicht. Niro ist auch ein Drachenkind und bei ihm ist das nicht so. Kelim und der Rat der Weisen haben angeregt, dich vorübergehend von Mara fernzuhalten, damit du unbeeinflusst den normalen Umgang mit den Drachen erlernst und wir besser sehen können, worin diese Verbindung besteht, wenn wir den Unterschied zwischen deinem Umgang mit Mara und den mit anderen Drachen sehen können. Und je weniger du von anderen beeinflusst wirst, desto eher hoffen wir, etwas zu erkennen. Das gilt insbesondere für Niro und Sora, die einen nicht unerheblichen Einfluss auf dich haben. Du wirst sie in nächster Zeit nur sehen, wenn es unbedingt erforderlich ist. Ich wüsste nämlich auch gerne, was dich mit Mara verbindet. Kelim scheint schon seit Längerem eine Idee zu haben, aber er ist sich wohl noch nicht sicher genug, um es uns zu verraten.

Allerdings ist diese Verbindung nicht der Grund, weshalb wir dich zur Drachenreiterin ausbilden. Der Hauptgrund ist, dass Hyrda dich für würdig erachtet hat, von einem Drachen gerettet zu werden und du – entgegen aller Wahrscheinlichkeit – nicht gefressen, sondern adoptiert worden bist. Diese Beziehung zu unterbinden, wäre gegen Hyrda und den Willen eines Drachen zu handeln. Auch wenn du von deinen körperlichen Voraussetzungen eher ungeeignet bist, Drachen zu reiten. Dass du, wie Kelim es vermutet hatte, ein Drachenkind geworden bist, hebt diesen Nachteil weitgehend wieder auf. Und nur mit deiner Hilfe war es möglich, die wilden Drachen so schnell zu zähmen. Ohne dich hätten wir erheblich mehr Mühe gehabt und vielleicht hätte sich Glandor uns niemals angeschlossen.«

Karins Gedanken rasten. Kelim hatte angeregt, sie von Mara fernzuhalten! Obwohl er wusste, wie sehr sie sich nach ihr sehnte. Wieder einmal hatte er dafür gesorgt, dass etwas gegen ihren ausdrücklichen Willen geschah. Und es stimmte also: Sie wurde absichtlich von Mara und auch von Sora und Niro ferngehalten; ihr Gefühl hatte sie nicht getäuscht.

»Es gibt noch ein paar Punkte, die ich mit dir besprechen muss«, fuhr Rodan fort und Karin versuchte, ihren aufkeimenden Ärger auf Kelim zu vergessen.

»Wir werden bald nach Elnamira aufbrechen und da du uns begleiten wirst, solltest du dich mit den örtlichen Gegebenheiten dort vertraut machen. Ebenso sollten dir die Sitten der Völker, die sich dort versammeln, nicht fremd sein. Und du solltest auch über den Aufbau unseres Drachenreiches Bescheid wissen. Bisher hast du noch nicht einmal Drachenstadt ausreichend kennengelernt. Ich habe für dich eine Unterrichtsstunde organisiert: Ab sofort wirst du jeden Tag in der letzten Stunde vor Mittag in die Schule gehen und den jeweiligen Unterricht besuchen.«

Karin ließ Kopf und Schultern hängen. Noch mehr lernen! War denn dafür überhaupt noch Platz in ihrem Kopf?

Rodan lachte, als er ihre missmutige Miene sah.

»Ist es denn so schlimm in der Schule?«

»Nein, es ist nur, Kelim quält mich jetzt schon mit Bergen von Büchern, die ich durcharbeiten soll.«

»Das ist auch richtig so. Wenn du je in eigener Verantwortung einen Drachen reiten willst, musst du eine Menge wissen. Und du hast das Wissen für die Zeit deines ganzen Lebens nachzuholen. Ein zweites Mal darf so etwas wie in der Wüstenfestung jedenfalls nicht passieren!«

Er wechselte das Thema. »Kelim hat mir berichtet, dass du dich besonders für die Tore interessierst. Geht es darum, in deine Welt zurückzukehren?«

»Nein, eher darum, wie Gar etwas von meiner Welt in diese bringen konnte und was mit dem Tor in Bel Kanis Dorf passiert ist. Ich verstehe das einfach nicht!«

»Nun, da bist du nicht die Einzige. Hat dir Kelim auch dazu Bücher gegeben?«

»Ja. Mehrere. Ich hatte noch keine Gelegenheit auch nur eines anzusehen. Kelim findet Tore nicht besonders wichtig und will, dass ich die anderen Bücher zuerst durcharbeite.«

»Ich kann ihm nur recht geben. Wenn Generationen von Drachenreitern die vielen Rätsel um die Tore nicht lösen konnten, wird es dir sicherlich auch nicht gelingen. Das Thema ist von untergeordneter Bedeutung und auch wenn du alles darüber gelesen haben wirst, wird es dir nicht dabei helfen, deine Fragen zu beantworten oder dich ein Tor zurück in deine Welt finden zu lassen.

Belassen wir es dabei. Geh jetzt ins Heilhaus und lass dir deine Schnittwunden versorgen. Die rote Farbe ist sehr aggressiv und die Entzündung muss behandelt werden; ich denke nicht, dass du als Drachenkind verschont bleibst. Hinterher kannst du gleich zur Schule gehen. Du wirst erwartet.«

Rodan hatte recht. Um die Schnitte war die Haut geschwollen und gerötet. Kers trug dick eine grüne Salbe auf und wickelte Karin hinterher genau so gründlich ein wie zuvor. Sie beschwerte sich, aber Kers lachte nur.

»So kommst du wenigstens nicht so leicht ran und lässt die Wunden schön in Ruhe.«

In der Schule musste sie nicht, wie erwartet, am Unterricht einer Schulklasse teilnehmen, sondern während sie zusammen mit den beiden Lehrern das Unterrichtsmaterial für die nächste Klasse zusammenstellte, erzählten diese ihr etwas über den Aufbau des Drachenreiches. An der Wand hingen mehrere Karten der Drachenküste und nachdem sie mit Vorbereiten fertig waren, sollte Karin die erwähnten Örtlichkeiten dort suchen. Eine Karte zeigte die Zugänge vom Meer aus, eine andere die Küste von oben und die Dritte war eine dreidimensionale Darstellung des Höhlensystems. Es erinnerte Karin an die Darstellung eines Termitennestes, die in der Schule, die sie besucht hatte, im Biologiesaal hing und bei der man wie durch *Fenster* in die einzelnen Kammern sehen konnte. Die Karte hier war jedoch ungleich komplizierter und sie hatte erhebliche Schwierigkeiten, sich zu orientieren.

Das sogenannte Drachenlabyrinth – wie hätte es auch anders heißen können? – durchzog die gesamte Drachenküste. Es verband die einzelnen Drachenhorte miteinander, führte hinauf zum Hochplateau und zur grünen Ebene und mit etlichen Gängen sogar bis ins Himmelsgebirge. Es reichte vom Westende des Drachenreiches durchgehend bis zu seinem östlichen Ende und sogar noch ein Stück darüber hinaus. Es durchzog die Küste in mehreren Ebenen. Von der tiefsten Ebene, etwa auf Meereshöhe, gab es sogar einige Gänge, die tief unter das Meer führten. Die meisten Gänge waren natürlichen Ursprungs und etliche führten Wasser; kaltes wie auch warmes aus den heißen Quellen, die es an einigen Stellen im Himmelsgebirge gab. Fehlende Verbindungen hatte man auch von Hand in den Fels gemeißelt. Viele der

Gänge wurden nicht genutzt und waren zum Teil verschlossen worden. Die vielen Erweiterungen und Höhlen dienten vielfältigen Zwecken: Zum Wohnen – die oberflächennahen Gänge und Höhlen auch als Viehställe – als Vorratskammern und als Transportwege – auch als Wasserwege, wie Karin schon zu Beginn ihres Aufenthalts erfahren hatte, im Wurmboot von Kelim. Es gab ausgedehnte Pilzgärten im Dunklen, Gärten für Nutzpflanzen, wie den Kräutergarten, mit Lichteinfall, beziehungsweise über Lichtschächte beleuchtete Gärten und noch vieles mehr. Karin schwirrte der Kopf. Wie sollte sie sich das alles merken – und sich zurechtfinden? Die Lehrerin tröstete sie.

»Die Kinder brauchen mehrere Sommer, bevor sie sich im Labyrinth auskennen. Du musst dir nicht gleich alle Wege merken. Es reicht, dass du weißt, was es gibt. Der Rest ergibt sich mit der Zeit. Und jetzt ab mit dir zum Essen. Ich höre ja schon deinen Bauch knurren!«

Karin lachte, doch es stimmte: Ihr Magen verlangte hörbar nach Essen.

Mit gemischten Gefühlen machte sie sich nach dem Essen auf den Weg zu ihrer Flugstunde. Hunger hatte sie keinen mehr. Sie hatte eher etwas zu viel im Magen für eine anstrengende Flugstunde. Und auch ihre Arme schmerzten noch, der Tee hatte zwar etwas geholfen, jedoch nicht sehr. Kelim hatte recht behalten mit seiner Ansicht, dass sie ihn früher hätte trinken müssen. Aber das war es nicht, was sie beunruhigte. Das, was ihr Sorgen machte, war Ron. Wie stand er zu ihr nach der Sache mit Mara? Er hatte es immer sehr genau genommen und es nicht geduldet, dass Karin auch nur einen fingerbreit von dem abwich, was er von ihr verlangt hatte.

Ron musterte sie eingehend.

»Du bist dünn geworden. Hast du überhaupt schon wieder genug Kraft, um einen Drachen zu lenken?«

Wieso fragte er sie das? Er musste doch wissen, dass sie gestern Rammador geritten hatte! Und dass Rodan sie für fähig hielt, wieder zu reiten.

»Ich denke schon«, antwortete sie und während sie das sagte, begriff sie, dass Ron wissen wollte, wie sie sich selbst einschätzte, unabhängig vom Urteil anderer, und so fügte sie hinzu: »Vielleicht noch nicht so lange wie vorher und ganz so viel Kraft habe ich auch noch nicht wieder, aber für eine Stunde wird es reichen.«

»Gut. Fangen wir damit an.« Er reichte ihr ein Bündel Lederriemen. Es war das Fluggeschirr.

»Mal sehen, ob du es inzwischen allein anlegen kannst.«

Das konnte sie nicht, doch Ron war geduldig und ließ sie es mehrmals anlegen, bis alle Käppchen am richtigen Platz waren. Danach stieg er ab und stellte sich vor Furo.

»Du kennst das Kommando«, sagte er nur und breitete die Arme aus.

Karin beugte sich vor und steckte ihre Finger etwas nervös unter die entsprechenden Schuppen. Sie musste genau den richtigen Druck anwenden, sonst würde Furo entweder gar nichts tun oder statt Ron nur zu greifen, zubeißen. Ron hatte ihr gerade sein Leben anvertraut, da er nicht wie sie, mit Furo in Verbindung stand. Sie war es, die Furo Befehle übermitteln konnte. Deutlicher konnte er ihr überhaupt nicht zu verstehen geben, dass sie wieder dazugehörte und sie sein volles Vertrauen besaß. Sie konzentrierte sich und nutzte ihre Verbindung zu dem Drachen, um sicher zu gehen, dass er ihren Befehl verstand, bevor sie gegen die Schuppen drückte und rief:

»Greif ihn dir!«

Sie hielt die Luft an, als Furo den Hals streckte, und hoffte, alles richtig gemacht zu haben, aber noch bevor der Drache den Rachen aufriss, spürte sie, dass alles in Ordnung war und Furo vorhatte, genau das zu tun, was sie ihm befohlen hatte. Erleichtert atmete sie aus.

Als Ron glücklich im Sattel saß, drehte sich Karin nach ihm um. »Hast du denn gar keine Angst gehabt, dass ich es falsch mache?«

Ron lachte. »Nein. Ich kenne dich gut genug, um zu wissen, was du kannst und was nicht. Und du bist nicht mein erster Flugschüler. Außerdem hast du es schon einmal gemacht, als du mit Mahur die Seeschlangen eingefangen hast. Und ich kenne Furo; er tötet niemanden, der ihn mit ausgebreiteten Armen empfängt, schlimmstenfalls beißt er ein bisschen zu kräftig zu. Und jetzt bist du dran: Versuch, ohne meine Hilfe, in den Sattel zu kommen!«

Karin kletterte zweifelnd von Furo herunter. Ohne die Unterstützung durch ihre Hände hatte er bisher ihren gesprochenen Befehlen wenig Beachtung geschenkt.

Sie breitete die Arme aus und rief: »Greif zu!«

Folgsam nahm Furo sie in den Rachen und ließ sie über dem Sattel fallen.

Ron nickte, als sich Karin erleichtert zurechtsetzte.

»Gut. Und jetzt flieg los!«

Das ließ sie sich nicht zwei Mal sagen und obwohl Ron allerhand von ihr verlangte und sie schwierige Manöver fliegen ließ, genoss sie den Ritt aus vollen Zügen. Dass ihre Arme dabei schmerzten, störte sie überhaupt nicht, damit konnte sie sich hinterher befassen.

Als sie den Sattel aufräumten, fragte Karin, wann sie endlich lernen durfte, wie man einen Drachen zum Feuerspeien brachte.

»Noch lange nicht«, antwortete Ron zu ihrer Enttäuschung. »Da gibt es zuvor die kleine Drachenprüfung oder Flugprüfung, bei der du beweisen musst, dass du einen Drachen sicher kontrollieren kannst. Weißt du denn überhaupt schon, wie das Feuerspeien funktioniert?«

»Nein, so weit bin ich noch nicht. Ich habe gerade das Kapitel über die Schuppen gelesen. Und dass diese der Hitze des Drachenfeuers weitgehend widerstehen können, war das einzige über Drachenfeuer, was ich bisher gelesen habe.«

»Soso. Dann weißt du sicher schon, was Flugschuppen sind?«

»Das sind die länglichen Schuppen am Schwanz, die beim Fliegen abgestellt werden und wie eine Tragfläche wirken, weil dabei eine Haut aufgespannt wird.«

Ron nickte, sichtlich zufrieden mit ihrer Antwort.

»Gut. Dann ab nach Hause mit dir. Wir sehen uns Morgen um die gleiche Zeit.«

Zu Hause warteten die Bücher auf sie …

13 Die Reise nach Elnamira

Am nächsten Tag traf die Nachricht ein, dass der Weltenfriedensrat in einer Woche tagen würde. Das war ungewöhnlich kurzfristig und der hohe Drachenrat kam eilig zusammen, um endgültig zu entscheiden, wer alles mitfliegen sollte und wie man bei der zu erwartenden Verhandlung vorgehen wollte. Karins Vorschlag, sich einer Anklage durch Gar zu stellen, um die Gemeinschaft zu schützen, wurde erleichtert angenommen und der Hohe Rat erteilte ihr offiziell die Erlaubnis, die Reisegruppe zu begleiten. Ferner mussten Glandor und Mara mitgenommen werden, um sie ordnungsgemäß zu melden. Als Folge dessen waren auch Sora und Niro mit von der Partie. Das freute Karin, aber ihr war bewusst, dass sie wenig Gelegenheiten bekommen würde, mit ihnen zu reden; Rodan und Kelim wussten immer noch nicht, was das Besondere an ihrer Beziehung zu Mara war.

Es sollte schon am nächsten Tag losgehen und alle machten sich eifrig ans Packen. In der Schulstunde bekam Karin eine kurze Zusammenfassung über das Ebenenreich Ela und Elnamira, für mehr reichte die Zeit nicht mehr. Sie erfuhr nur, dass Elnamira am Ende der weit ins Meer reichenden Halbinsel Mera erbaut worden war, zwei große Häfen hatte und die größte Stadt dieser Welt war. Außerdem war sie *das* Handelszentrum und Händler von überall her besuchten Elnamira und viele lebten auch auf Dauer dort. Und natürlich war sie der Sitz der Regierung von Ela und des Weltenfriedensrates. Karin fand es etwas seltsam, dass die Halbinsel denselben Namen wie die gesamte Welt trug, doch wenn sie darüber nachdachte, dass *Mera* so viel wie *gute Erde* bedeutete, und laut Auskunft der Lehrer, man auf der Halbinsel den fruchtbarsten Boden dieser Welt fand, war es gar nicht so abwegig.

Über die vielen Völker, deren Vertretern sie dort begegnen würde, konnten ihr die Lehrer nichts mehr erzählen, aber Kelim versprach, ihr auf der Reise das Wichtigste beizubringen.

Die Sonne war schon am Untergehen, als Karin und Kelim überraschend zu Kastor in die Übungshalle gerufen wurden. Karin unterbrach nur widerwillig ihre Reisevorbereitungen; sie hatte ihr Übungsprogramm für diesen Tag schon erledigt und hatte keine Lust auf ein Extratraining. Doch es ging um etwas ganz anderes. Neben Kastor waren auch Rodan, Ron und Sora dort. Rodan ließ Sora noch einmal für alle erzählen, was sie beobachtet hatte, als Karin vor Gar geführt worden war. Niemand wollte so recht glauben, was Sora erzählte, auch für Karin klang es wie erfunden, als Sora noch einmal berichtete, wie sie, eher tot als lebendig, der Reihe nach Gar und zwei seiner Elitesoldaten außer Gefecht gesetzt hatte. Nur, dass es den Tatsachen entsprach, Karin konnte sich genau erinnern.

»Karin! Wie hast du das gemacht?«, wollte Rodan wissen. »Wenn ich nicht wüsste, dass Sora nicht lügt, würde ich das nicht glauben! Ich habe mir bisher keine Gedanken dazu gemacht, aber wenn das Geschehene vor Gar verhandelt wird, sollten wir wissen, was in der Wüstenfestung geschehen ist, sonst kann es dir zum Nachteil gereichen.«

»Ich kann es ja selber kaum glauben! Ich habe wohl ziemliches Glück gehabt.«

»Sicher«, entgegnete Kastor, »das erklärt jedoch nicht, wie du die Soldaten so mühelos fertiggemacht hast. Du hast nicht die Kraft, um es auch nur mit einem von Gars Soldaten aufnehmen zu können.« Er grinste breit. »Dass du Gar in den Anhang getreten hast, kann ich noch gut nachvollziehen!«

Alle lachten und Karin konnte die Genugtuung in ihren Gesichtern erkennen; Gar hatte keine Freunde unter den Drachenreitern.

»Du bist nicht nur schwächer als ein Mann, sondern du warst auch noch schwer verletzt. Also, wie hast du das gemacht?«, fragte Rodan nach.

»Nun ja«, meinte Karin, »Kraft ist dazu nicht unbedingt nötig.« Sie warf einen prüfenden Blick auf Kelim. »Ich weiß nicht, ob ich darüber reden soll: Das ist etwas aus meiner Welt.«

»Hm«, meinte Rodan. »Können wir danach noch eine Entscheidung treffen oder ist es ein unumkehrbares Wissen?«

»Ich denke schon«, antwortete Karin, ein Schmunzeln unterdrückend; sie verfügte über *unumkehrbares* Wissen ... »Es erfordert Übung, es zu wissen reicht allein nicht.«

Rodan warf einen Blick auf Kelim und als der nickte, gab er sein Okay.

»Also«, begann Karin, »es ist die Kunst, die Kraft und die Bewegung des Gegners zum eigenen Vorteil zu nutzen. Es gibt bei uns verschiedene Arten der waffenlosen Kampfkunst. Das Hauptziel ist, sich verteidigen zu können. Wer darin gut geübt ist, kann auch gegen einen bewaffneten Gegner bestehen. Ich habe ...«, Karin schluckte. Susi war auf der Bergtour dabei gewesen ... Sie sah zu Boden, als sie weitersprach. »... ich hatte eine Freundin, die beherrschte mehrere verschiedene Kampfsportarten. Sie hat manchmal mit mir trainiert.«

Karin dachte daran, wie viel Spaß sie dabei gehabt hatten. Sie hätte nie gedacht, dass sie das Geübte jemals einsetzen würde und noch viel weniger, dass sie damit auch tatsächlich Erfolg haben könnte. Und nun hatte es ihr wahrscheinlich das Leben gerettet – und Susi war tot.

Rodan gab sich erstaunt. »Ist eure Welt so gefährlich, dass ihr so etwas lernen müsst?«

Karin hob den Kopf und versuchte, die Gedanken an Susi daraus zu verbannen. »Äh – nein. Wir haben das nur zum Spaß gemacht und um fit zu bleiben. Natürlich ist es gut, sich im Notfall verteidigen zu können, aber daran haben wir gar nicht gedacht.«

Und Susi hatte es auch gar nichts genützt, fügte sie in Gedanken hinzu. Gegen die Pfeile von Gars Soldaten hatte sie keine Chance gehabt.

»Ihr lernt in eurer Welt, einfach nur so zum Spaß zu kämpfen? Und haltet euch damit fit?«, fragte Rodan ungläubig.

Ehe Karin antworten konnte, bemerkte Kelim:

»Bisher hast du dich gegen uns allerdings nicht sehr erfolgreich zur Wehr gesetzt. Ich erinnere mich daran, als wir dich gegen deinen Willen zur Falle gebracht haben oder als ich dich daran gehindert habe, zu versuchen, Niro von der Nadel zu holen. Wie passt das zusammen?«

Ja, wieso hatte sie da nicht versucht, die gelernten Tricks anzuwenden? Sie überlegte. Das erste Mal war sie so geschockt gewesen, dass sie überhaupt nicht daran gedacht hatte, sich zu wehren, bis es schon zu spät gewesen war. Und bei Kelim? Sie war gar nicht auf die Idee gekommen, sich auf diese Weise zu wehren; er hatte sie schließlich nicht angegriffen und außerdem hätte sie das Kelim gegenüber nicht gewagt.

Sie sagte es Rodan und der wollte ein paar Übungen sehen. Als sie nickte, versuchte Ron, sie festzuhalten, doch ihr gelang es zwei Mal, seinen Griff zu lösen, und einmal brachte sie ihn dabei sogar zu Fall. Aber als ihm Rodan zu Hilfe kam und sie zu zweit zupackten, musste sie aufgeben.

»Das ist wirklich beeindruckend«, meinte Rodan danach. »Das hätten wir dir nicht zugetraut. Ich werde dich wohl anders einstufen müssen und dir nach den Regeln der *guten Sitte* mehr als vier Drachenreiter zuteilen müssen, sollte für dich künftig sicheres Geleit nötig sein.«

Karin merkte, dass ihr die Röte ins Gesicht stieg. »Das ist doch Unsinn. Ich bin doch nicht gefährlich! Ich habe Ron doch nur überrascht.«

»Meinst du?« Rodan schmunzelte. »Ich glaube, deine Art, jemanden zu überraschen, ist gefährlich genug.«

Sora begann zu lachen und wie immer fielen die anderen mit ein.

»Du *bist* gefährlich, Karin«, bekräftigte Rodan, als wieder Ruhe eingekehrt war. »Keiner von uns beherrscht etwas Ähnliches. Unsere Waffen sind die Drachen. Sie kämpfen für uns. Nun wissen wir wenigstens, was in der Wüstenfestung geschehen ist, und dass das, was Sora gesehen hat, sich auch wirklich so abgespielt hat. Und jetzt macht euch wieder an die Arbeit! Wir werden morgen zeitig starten.«

Kelim wirkte sehr nachdenklich und sprach kein Wort, als er mit Karin zur Wohnung zurückging.

Aber Karin war neugierig. »War das jetzt richtig oder falsch, darüber zu reden?« Kelim blieb stehen und sah Karin an.

»Darüber zu reden ist in Ordnung. Was wir daraus machen, muss jedoch genau überlegt werden. Aber ich muss zugeben, es klingt verlockend, sich mit bloßen Händen zur Wehr setzen zu können, ohne dass viel Kraft dazu nötig ist.

Mich hat mehr beeindruckt, dass du dir so viele Gedanken darüber gemacht hast, ob du es überhaupt erwähnen sollst, bevor du es erzählt hast. Ich glaube, langsam wächst du in unsere Gemeinschaft hinein. Und jetzt komm! Es ist schon Abend, wir werden uns beeilen müssen, wenn wir heute noch zum Schlafen kommen wollen.«

Früh am nächsten Morgen machten sie sich auf den Weg zu den Drachen, um sie zu satteln und ihr Gepäck zu verstauen. Karin wusste, dass sie nur Mitreiterin sein würde, hatte allerdings gehofft, wenigstens auf Mara sitzen zu können. Doch Rodan hatte bestimmt, dass sie mit ihm reiten sollte, und so führte sie ihr Weg in Rammadors Höhle. Statt ihrer, würde sich Kelim auf Mara nach Elnamira bringen lassen. Die Drachenreiter hatten ihm eine Schutzausrüstung angelegt und so bot Kelim einen ungewohnten Anblick. Er schien sich allerdings nicht ganz wohl in der Kleidung eines Drachenreiters zu fühlen. Niro wurde von Ron begleitet und hatte besonderes Gepäck: Man hatte Glandor die grüne Kiste und den Lichtpfeil anvertraut.

Es dauerte seine Zeit, bis alles verstaut war und als sie starteten, stand die Sonne schon eine Handbreit über dem Horizont. Sie schimmerte blass wie der Mond durch den trüben Himmel und ihre spärlichen Strahlen reichten nicht, um die Luft zu erwärmen. Karin war froh um den Fußsack, den Kelim ihr besorgt hatte, und zog ihren Umhang enger um sich. Sie flogen nicht weit, sondern machten im nächsten Drachenhort halt. Er wurde der *blaue Hort* genannt, gemäß den drei großen Wasserfällen, die mit mächtigem Getöse über die Steilküste ins Meer stürzten.

Sie machten nicht lange Pause im blauen Hort. Man gab den Drachenreitern, die Karin noch nicht kannten, Gelegenheit, sie in Augenschein zu nehmen, und Karin sah sich vielen neugierigen Blicken ausgesetzt. Besonders die Kinder umringten sie neugierig und sie musste viele Fragen beantworten. Die meisten zu Mara, aber nicht wenige ihrer blonden Haare wegen. Die Kinder wollten gar nicht glauben, dass das ihre natürliche Haarfarbe war. Rodan traf sich inzwischen mit einer Gruppe Drachenreiter zu einer kurzen Besprechung und dann starteten sie auch schon wieder. Und als sie weiterflogen, war ihre Gruppe um einen Drachen gewachsen.

Auf ihrem Weg entlang der Drachenküste legten sie noch mehrere Zwischenstopps ein. Bei jedem Halt wurden Karin und die neuen Drachen vorgestellt, während Rodan und Kelim wichtige Dinge mit den dort ansässigen Drachenreitern besprachen. Karins Entscheidung, sich einer Anklage durch Gar zu stellen, wurde dabei einhellig begrüßt und brachte ihr viel von dem verlorenen Vertrauen zurück.

Je weiter sie nach Westen kamen, desto niedriger wurde die Steilküste und desto spärlicher die brauchbaren Drachenhöhlen. Sie übernachteten im vorletzten Drachenhort, dem *rauen Hort,* da hier die Küstenlinie sehr zerklüftet war und bizarr geformte Felsen ins Meer vordrangen. Der zugehörige Bereich war in die Länge gezogen und Karin schätzte, dass die Höhlen auf Dauer kaum mehr als zwanzig Drachen beherbergen konnten. Sie irrte sich nicht und dementsprechend bescheiden war auch die Ansiedlung. Es gab keine solch prachtvollen Gebäude wie in der offenen Halle, nur eine Handvoll schlichter Häuser und etliche Wohnhöhlen. Doch wie in jedem Hort gab es in der Mitte der größten, bewohnten Höhle einen Brunnen, der den Großen Drachen und die acht Säulen der Weisheit darstellte.

Man brachte sie ins Gemeindehaus, das insgesamt nicht größer war als der Gemeindesaal in der offenen Halle. Nach einem vergnüglichen Abendessen stellten sich nach und nach sämtliche Bewohner des rauen Horts ein und Karin lernte Kelims Tochter kennen, die hierher geheiratet hatte. Sie hatte ihre zwei Kinder dabei und eine Zeit lang vergaß Kelim seine Pflichten gegenüber der Gemeinschaft. Das Jüngere der beiden konnte gerade laufen und Karin sah zu, wie Kelim es auf den Schoß nahm und hingebungsvoll Fingerspiele mit ihm machte. Sie suchte sich einen anderen Platz, um ihn nicht zu stören. Er sah seine Familie sicher nicht oft und zu ihr kamen ununterbrochen Neugierige, um sie über ihr Verhältnis zu Mara, ihre Haare oder irgendetwas anderes zu befragen. Ein Junge brachte eine Kerze und stellte sie, ohne ein Wort zu sagen, vor Karin auf den Tisch. Er trat einen Schritt zurück und sah sie erwartungsvoll an. Als die in der Nähe Sitzenden das sahen, verstummten sie und richteten den Blick auf Karin. Das bemerkten wiederum die etwas weiter entfernt Sitzenden und sahen ebenso erwartungsvoll zu ihr herüber. Am Ende war es mucksmäuschenstill im Raum und alle sahen zu ihr hin.

Langsam streckte Karin ihre Hand nach der Kerze. Ob sie immer noch hitzefest war? Sie hatte es seit ihrem ersten Versuch nicht wieder probiert. Vorsichtig näherte sie sich der Flamme, aber sie spürte nur eine leichte Wärme. Auch als sie die Hand über die Flamme schob, spürte sie nicht mehr. Sie drehte die Hand über der Kerze, bis sie voller Ruß war, dann zog sie ihren Arm wieder zurück. Der Junge sagte immer noch nichts. Fast ehrfürchtig griff er nach der Kerze – und trug sie hinüber zu Niro. Wusste Niro überhaupt, dass ihm Feuer nichts mehr ausmachte? Ganz vorsichtig folgte er ihrem Beispiel und als seine Hand über der Flamme verweilte, erkannte sie an seinem verblüfften Gesichtsausdruck, dass er es bisher noch nicht versucht hatte. Als er die Hand wieder zurückzog, wich die erwartungsvolle Stille aufgeregtem Gerede und Karin und Niro mussten sich als Drachenkinder feiern lassen.

Karin war froh, als sie sich endlich zum Schlafen zurückziehen durfte. Es war nicht nur unangenehm, ständig im Mittelpunkt des Interesses zu stehen, es war auch anstrengend. Bevor sie einschlief, fiel ihr ein, was an diesem Ort anders war, als an den vorherigen: Hier gab es wesentlich mehr Leute, die keine Drachenreiter waren als anderswo.

Am nächsten Morgen fragte sie Kelim danach und während er ihr den Verband entfernte, um ihre Schnitte zu kontrollieren, erklärte er ihr, dass im westlichen Teil der Drachenküste sowohl der Boden, als auch das Klima besser für den Ackerbau wäre. Besonders die anspruchsvolle Eiergerste würde hier gut wachsen. Außerdem wären die Feuerberge nicht weit und von dort bezogen sie ihre Erze und einen Großteil des benötigten Bauholzes, was erklärte, wieso hier die meisten Handwerker und Bauern der Drachenküste zu finden waren.

»Die Entzündung ist fast abgeklungen«, meinte er, während er etwas von der grünlichen Salbe auf ihre Schnitte auftrug. »Ich denke wir können es so lassen. Als Drachenkind wirst du es wahrscheinlich bis Morgen vergessen haben.«

Karin ging in den Waschraum und streckte sich, um sich im Spiegel zu betrachten. Sie entdeckte lediglich zwei schwache, rötliche Linien in der Haut, die kaum auffielen.

Und dann flogen sie wieder. An diesem Tag war das Wetter besser und bis Mittag hatten sich die meisten Wolken aufgelöst.

Sie besuchten noch den westlichsten Drachenhort des Drachenreiches, der sich lang über die nicht mehr sehr imposante Steilküste hinzog und deshalb auch treffend der *lange Hort* genannt wurde.

Am frühen Nachmittag passierten sie mit inzwischen sechs Drachen und zwölf Reitern die westliche Grenze des Drachenreiches und gelangten in das Reich der Feuerberge. Sie folgten der Küstenlinie, bis aus der Steilküste ein flacher, steiniger Strand geworden war, dann flogen sie, einem Fluss folgend, ein Stück landeinwärts, bis sie eine kleine Hafenstadt erreichten. Sie landeten unweit der Hafenanlage auf einem freien Feld und Kelim und Rodan verließen mit vier weiteren Drachenreitern ihre Gruppe, um ihren Flug durch das Gebiet anzumelden und Neuigkeiten auszutauschen. Sie blieben über zwei Stunden weg und Karin und die anderen nutzten die Zeit, um die Drachen zu putzen. Sora lieh Karin eine ihrer Spitzen und zeigte ihr, wie sie damit unter den Rand der Schuppen fahren musste, um den Dreck, der sich gerne unter den Schuppenrändern sammelte, herauszukratzen. Die Drachen genossen es, geputzt zu werden, und standen bei der Prozedur still wie Statuen.

Karin, die noch ungeübt im Umgang mit den Spitzen war, brauchte etwas länger dazu und als Rodan mit Kelim zurückkam, war sie mit Rammador noch lange nicht fertig. Kurz entschlossen griff sich Rodan eine seiner eigenen Spitzen und half mit, bis alle Drachen fertig geputzt waren.

Danach setzten sie ihre Reise fort. Sie flogen jetzt über dem Festland und in größerer Höhe, folgten jedoch immer noch dem Verlauf der Küste. Karin genoss die Aussicht. Von hier oben hatte sie einen herrlichen Blick auf das Hinterland.

Sanfte Hügel mit grünen Tälern wechselten mit schroffen Bergketten, die von steilen Schluchten durchzogen waren. Es gab ausgedehnte Waldflächen, die sich wie dunkelgrüne Meere weiter landeinwärts bis zu den höheren Bergen erstreckten. Einige entfernte Gipfel waren in weiße oder graue Wolken gehüllt. Rodan erklärte ihr, dass das die aktiven Feuerberge seien, durch die Hyrda das Feuer der Erde in den Himmel spie. Einer dieser Berge spuckte gerade Lavabrocken durch die Luft und obwohl weit entfernt, war es doch ein grandioses Schauspiel. Karin glaubte, sogar das Donnern der Eruptionen zu hören. Doch dafür war der Berg eigentlich zu weit entfernt.

Als die Sonne vor ihnen den Horizont berührte, suchten sie sich einen geeigneten Platz zum Übernachten. Sie flogen ein Stückchen weiter ins Landesinnere und landeten neben einem Berg dicht vor einem überhängenden Felsvorsprung. Dort waren sie vor den Launen des Wetters geschützt. Die Drachen fanden allerdings nicht alle Platz darunter. Sie legten sich im Halbkreis darum herum. Während sie Feuer machten, zog der Himmel zu und ein kalter Wind kam auf. Karin holte sich ihren Umhang aus Rammadors Satteltaschen, die an der Felswand neben den anderen lagen. Dabei hörte sie, wie sich Rodan und Kelim unterhielten. Sie saßen neben einem der Feuer, die sie mit Wärme und heißer Suppe versorgten. Karin blieb stehen und hörte ihnen zu.

»Weißt du, im Nachhinein bin ich ganz froh, dass es so gekommen ist«, sagte Rodan. »Wenn ich mir Karin so ansehe, frage ich mich, was sie mit sich hätte anstellen sollen, wenn wir sie ausgeschlossen hätten: Ohne Drachen ist sie doch nur ein halber Mensch.«

»Ja«, antwortete Kelim, »und deswegen ist es nur logisch, dass sie sich der Probe gestellt hat. In ihren Augen hatte sie nichts zu verlieren, sie konnte nur gewinnen.«

Rodan legte ein Stück Holz nach.

»Ich wollte sie nicht ausschließen, aber ohne Vertrauen der Gemeinschaft geht es eben nicht.«

Kelim erwiderte nichts und Rodan fuhr in seiner Rede fort.

»Ich hätte nicht gedacht, dass sie auch nur die geringste Aussicht darauf hat, die Probe zu bestehen.«

»Sie hatte Hilfe«, schob Kelim ein.

Rodan nickte. »Und was für eine! In letzter Zeit geschehen seltsame Dinge. Mir ist nicht wohl dabei. Irgendetwas ist da im Gange, wenn sich der Große Drache dazu herablässt, höchstpersönlich einzugreifen.«

»Ich kann dir nur zustimmen.«

»Uns bleibt nur abzuwarten. Wenigstens werde ich Karin bald wieder voll in die Gemeinschaft aufnehmen können. Schon mit Bestehen der Probe haben viele Zweifler sich für sie entschieden und inzwischen haben fast alle wieder Vertrauen zu ihr gefasst.«

»Ja – *fast* alle. Es gibt immer noch Zweifler. Ich habe mich umgehört. Es gibt tatsächlich einige, die meinen, sie hat sich der Probe nur deswegen gestellt, um nicht bei uns bleiben zu müssen.«

»So ein Unsinn!«

»Und einige fürchten, sie wird die Verhandlung dazu nutzen, um uns für alles die Schuld in die Schuhe zu schieben.«

»Wo hast du das denn her?«

Kelim lachte. »Von den Kindern. Frag die Kinder, wenn du etwas über die Ängste und Beweggründe ihrer Eltern wissen willst! Sie sprechen aus, was ihre Eltern nicht wagen würden, in den Mund zu nehmen. Und was diese nicht einmal sich selbst eingestehen würden; und was dennoch an ihnen nagt.«

»Dann kennen sie Karin nicht! Sonst würden sie sehen, dass sie Unrecht haben.«

»Ja. Und genau da liegt das Problem: Sehr viele kennen sie tatsächlich nicht. Vor allem die Geher aus den anderen Drachenhorten zweifeln an ihr. Und laut unserer Gemeinschaftsordnung müssen auch diese ihr vertrauen, ehe du sie zur Drachenprüfung zulassen kannst. Es wird lange dauern, bis unser ganzes Volk sich entschieden hat, ihr zu vertrauen. Vielleicht etliche Sommer oder vielleicht nie. Allerdings gibt es da eine Sache, die ihr mehr helfen kann, als jetzt die Schuld auf sich zu nehmen, obwohl auch das recht deutlich für sie spricht.«

»Und was?«

»Den Großen Drachen. Er hat sich ihrer angenommen. Hätte er sie vor der Verbannung und damit vor dem Tod gerettet, wenn sie nicht vertrauenswürdig wäre?«

Rodan zuckte mit den Schultern. »Wer kann schon etwas über die Beweggründe des Großen Drachen sagen? Vielleicht hat er sie damit gar nicht gerettet. Ein menschliches Leben ist doch ein Nichts für ihn.«

»Und Hyrda? Sie hat uns den Weg zu Maras Nest gezeigt. Und wieso hat Mara Karin angenommen – gegen alle gültigen Regeln eines Drachen fremden Lebens gegenüber im eigenen Nest? Wer hat ihr da das Leben gerettet? Und da ist noch etwas: Mara hat Karin nicht nur das Leben gerettet, sie hat ihr ein neues geschenkt.«

»Wie meinst du das?«

»Sie hat Karin etwas von sich gegeben. Und ich meine jetzt nicht, dass Karin ein Drachenkind ist – das ist Niro inzwischen auch.«

»Was dann? Du hast schon öfter von einer Bindung zwischen den beiden gesprochen. Was meinst du damit?«

Kelim lächelte. »Sieh ihr zu, wenn sie schläft! – Wenn sie beide schlafen oder Mara daneben steht, und dann reden wir wieder.«

Karins Fuß stieß an einen Stein und das Geräusch ließ Rodan aufsehen. Auch Kelim drehte sich um.

»Komm her, Karin«, sagte er. »Setz dich zu uns ans Feuer.«

Er rückte ein wenig zur Seite und sie setzte sich auf den frei gewordenen Platz zwischen den beiden.

»Du fühlst dich kalt an«, sagte Kelim. »Frierst du?«

Karin nickte. Kelim rückte näher zu ihr und legte seinen Arm um ihre Schultern. Er zog sie zu sich heran und wickelte seine Decke eng um sie beide. Auch Rodan rückte näher und teilte seine Decke mit ihr. So eingepackt und an den warmen Körper von Kelim gelehnt, konnte ihr der kalte Wind nichts mehr anhaben. Sie streckte die Hände und ließ sie vom Feuer wärmen.

»Hast du uns zugehört?«, wollte Kelim wissen.

Wieder nickte Karin.

»Von Anfang an?«

»Womit habt ihr denn angefangen?«

»Damit, dass ich froh bin, dass du noch bei uns bist«, antwortete Rodan.

»Dann habe ich alles gehört. Seid ihr mir deswegen böse?«

»Warum sollten wir? Es schadet nichts, wenn du weißt, was andere von dir denken. Ich habe dich übrigens beobachtet: Du hast fast nichts gegessen. Du bist viel zu dünn! Kein Wunder, dass du frierst.«

»Ich hatte keinen Hunger.« Karin senkte den Kopf und betrachtete die züngelnden Flammen des Feuers.

Kelim musterte sie und sagte dann:

»Du hast Angst.«

Karin nickte nur.

Rodan legte ihr die Hand auf die Schulter.

»Ich hätte auch Angst an deiner Stelle. Deswegen musst du trotzdem etwas essen. Du bist ja nur noch die Hälfte von dem, was du vor dem Unglück warst.«

»Das ist doch egal!«

»Das ist nicht egal!«, widersprach Rodan. »Wie willst du denn einen Drachen reiten können, wenn du dich selbst kaum auf den Beinen halten kannst?«

»Werde ich denn wieder einen Drachen reiten?«

»Das weiß ich nicht, ich denke aber schon, schließlich ist dein Vergehen nur gering; das bloße Stehlen einer Kiste aus Neugierde kann keine schwerwiegende Strafe nach sich ziehen. Wir werden jedenfalls alles tun, damit es eine gerechte Verhandlung bleibt und keine willkürliche Bestrafung zulassen. Was am Ende herauskommt – ich weiß es nicht. Und ob du das Vertrauen aller gewinnen kannst, weiß ich auch nicht, aber da bin ich zuversichtlich.«

Sie saßen noch eine Weile am Feuer und lauschten den fröhlichen Unterhaltungen der anderen, dann holte Rodan noch eine warme Decke und sie legten sich zum Schlafen. Karin war bald eingeschlafen, doch Rodan hielt den Kopf in die Hand gestützt und beobachtete sie. Als sie zu träumen begann, blickte er hinüber zu Mara, die den Kopf unter den Überhang gesteckt hatte und ebenfalls schlief. Sein Blick wechselte mehrmals zwischen beiden, bevor auch er sich enger in die Decke wickelte und die Augen schloss.

Die Stimmen von Kelim und Rodan, die sich leise unterhielten, weckten sie am nächsten Morgen. Die Luft war kalt und sie ließ die Augen geschlossen und blieb ruhig liegen, um den Augenblick hinauszuzögern, an dem sie aufstehen und ihre kuschelige, warme Decke aufgeben musste. Kelim konnte sie jedoch nichts vormachen, er bemerkte sofort, dass sie wach war.

»Guten Morgen, Karin! Du hast lange geschlafen. Nachdem du jetzt aufgewacht bist, solltest du auch aufstehen, sonst gibt es keinen Tee mehr. Wir sind schon fast alle fertig mit Frühstück.«

Da öffnete Karin notgedrungen die Augen und schälte sich aus ihrer Decke. Sie ging hinüber zum Feuer, vor dem eine große Kanne mit Tee und ein Körbchen mit Brot standen, um sich ihren Anteil am Frühstück zu sichern, aber Kelim hatte recht, die Kanne war fast leer und es reichte gerade noch, um ihren Becher zu füllen. Mit Brot und Becher bewaffnet, kam sie zurück und wickelte sich wieder in die warme Decke. Während sie frühstückte, eröffneten Rodan und Kelim ihr, dass sie ein Experiment mit ihr vorhätten und sie eine Zeit lang allein bleiben müsste, während die anderen mit den Drachen jagen gingen. Sie würden wahrscheinlich bis zum nächsten Tag weg sein. Karin war wenig begeistert darüber, mutterseelenallein zurückgelassen zu werden. Und dann hörte sie auch noch Niro schimpfen.

»Nein! Ich sage nein! Das ist viel zu gefährlich!«

Eine andere Stimme hielt dagegen.

»Dann steh hier nicht so untätig herum, sondern sieh zu, dass du genug Holz beschaffst, damit das Schutzfeuer nicht ausgeht!«

Niro grummelte noch irgendetwas, dann verließ er das Lager; wahrscheinlich, um Holz zu suchen.

Rodan hatte noch eine weitere unangenehme Überraschung für Karin. »Es wird dir nicht gefallen, aber wir wollen ganz sicher gehen, dass du an Ort und Stelle bleibst, wenn wir nicht bei dir sind«, sagte er. Er kramte in seinen Hosentaschen und hielt plötzlich einen Lederriemen in der Hand.

Karin starrte darauf. »Das meinst du doch nicht ernst?«

»Doch!« Wie auf ein geheimes Kommando war sie plötzlich von drei Drachenreitern umringt. Ihr wurde mulmig zumute. Sie hatten tatsächlich vor, sie zu fesseln! Einer nahm ihr den leeren Becher aus der Hand und Rodan legte ihr den Riemen um das Handgelenk. Sie wehrte sich nicht, aber als sie am Ende sicher an Händen und Füßen gefesselt am Boden lag, klopfte ihr Herz heftig. Es beruhigte sie nicht besonders, als Rodan erklärte, dass sie die Umgebung nach gefährlichen Tieren, wie Spinnen oder Steinbeißern abgesucht hätten und sie mit einem Feuer gegen größere, wilde Tiere schützen würden. Und dann kam er endlich zum eigentlichen Grund dieser Aktion.

»Wenn Kelim recht hat, ist deine Bindung zu Mara dauerhaft und du kannst jederzeit mit ihr in Kontakt treten. Wenn das auch über größere Entfernungen funktioniert, müsstest du in der Lage sein, sie zu rufen. Wenn es dir gelingt, sie zu rufen, und sie dich mitnimmt, darfst du bei der Jagd dabei sein. Wenn nicht, dann sehen wir uns erst Morgen wieder.«

»Jetzt noch nicht!«, meinte Kelim. »Erst müssen wir weit genug entfernt sein. Und damit du lange genug wartest, darfst du noch ein wenig schlafen; das wolltest du doch sowieso.«

Es stimmte, sie hätte gerne noch ein wenig länger geschlafen, aber das als Rechtfertigung dafür zu benutzen, um ihr jetzt ein Schlafmittel zu geben …

Kelim zählte Tropfen aus einem Fläschchen auf einen Löffel und wollte ihn Karin in den Mund schieben, aber sie drehte schnell den Kopf zur Seite. Es war schon schlimm genug, gefesselt zu sein, das musste nicht auch noch sein! Rodan kniete sich neben Karin und hielt sie fest, so dass sie nicht mehr ausweichen konnte, als es Kelim zum zweiten Mal probierte. Zuerst hielt sie den Mund geschlossen, doch als Rodan fragte: »Soll ich dir die Nase zuhalten?«, gab sie nach.

»Du brauchst keine Angst zu haben, das Feuer wird dich schützen«, meinte er noch, als sie geschluckt hatte. Kelim brachte die Decke und das Letzte, was sie mitbekam, war, dass sie ihren Körper darin einwickelten.

Als sie wieder zu sich kam, war es still um sie herum. Nur das Knistern des Schutzfeuers, das in einem Halbkreis um sie herum brannte, war zu hören. Sie versuchte, sich aufzusetzen, aber man hatte sie mit langen Riemen sicher zwischen zwei Felsblöcke gebunden. Sie konnte sich nicht einmal vom Bauch auf den Rücken drehen. Und sie konnte nicht nach Mara rufen, man hatte sie auch noch geknebelt. War es schon unangenehm, gefesselt zu sein, ein dickes Tuch im Mund zu haben, das sich langsam mit Speichel vollsaugte, war noch um Vieles schlimmer. Sie versuchte probehalber, ihre Hände zu befreien, obwohl sie wusste, dass es nicht gehen würde. Die Riemen saßen erwartungsgemäß fest und sicher. Sie lag wieder still und wartete darauf, ganz wach zu werden.

Wie sollte sie nach Mara rufen, wenn sie keinen Ton von sich geben konnte? Sie überlegte. Das hätte sowieso keinen Sinn, Mara war sicher außer Hörweite. Sie konnte sie lediglich mit ihren Gedanken rufen. Wenn sie eine geistige Verbindung zu Mara hatte, müsste sie diese doch spüren können. Aber da war nichts. Ihr war auch bisher noch nichts aufgefallen. Und wenn diese Verbindung einseitig war? So wie ein Drache den Willen seines Reiters spüren konnte, dieser jedoch nicht den seines Drachen? – Es sei denn, man war ein Drachenkind, aber sie *sah* eher, was der Drache wollte, als dass sie es spürte. Konnte Mara ihre Gedanken empfangen, wenn sie im Geist nach ihr rief?

Sie musste es probieren, wenn sie nicht den ganzen, langen Tag hier liegen wollte. Sie konzentrierte sich auf Mara und rief sie in Gedanken zu sich, um sich abholen zu lassen.

Nichts geschah. Karin wusste nicht, wie weit Mara und die anderen weggeflogen waren, es mochte seine Zeit dauern, bis sie hier war. Die Minuten verstrichen, ohne dass Mara erschien. Karin wiederholte ihren geistigen Ruf in regelmäßigen Abständen. Aber mit der Zeit wurden die Abstände zwischen ihren Rufen länger.

Die Sonne begann sich schon wieder dem Horizont anzunähern und das Feuer war weitgehend abgebrannt, doch von Mara keine Spur. Karin wollte keine Nacht allein in der Wildnis verbringen. Schon gar nicht, wenn sie gefesselt war und kein Feuer mehr brannte. Noch einmal sandte sie ihren Ruf nach Mara.

Dann gab sie auf. Sie hatte keine Bindung zu Mara. Sie konnte sie nicht rufen!

Ein weiteres Mal versuchte sie, sich von ihren Fesseln zu befreien. Aber sie hatte keinen Erfolg. Nicht einmal den Knebel konnte sie ausspucken. Er war längst von Speichel durchtränkt und fühlte sich ekelhaft schleimig in ihrem Mund an. Ein Geräusch ließ sie zusammenzucken. Sie hob den Kopf und sah gerade noch, wie irgendetwas aus ihrem Gesichtsfeld huschte. Ihr Herz begann heftig zu schlagen. Nach einer Weile erschien das unbekannte Etwas erneut. Es war ein hasengroßes, braunes Tier, das tatsächlich wie ein solcher außerhalb des niedergebrannten Schutzfeuers entlanghoppelte. Karin beruhigte sich etwas. Ein Hase war nicht gefährlich. Außerdem befand es sich außerhalb des Schutzfeuers, auch wenn das inzwischen fast erloschen war. Aber es verschwand nicht und fuhr fort, an ihm entlang zu hoppeln. Und wie ein richtiger Hase sah es eigentlich auch nicht aus. Die Augen waren viel zu weit vorne in seinem Gesicht. Es sah eher wie ein kleines Raubtier in Hasengestalt aus. Und als es einmal seinen Mund öffnete, konnte Karin eine Reihe nadelspitzer Zähne entdecken.

Im ersten Reflex versuchte sie noch einmal, sich zu befreien, obwohl sie wusste, dass es ihr nicht gelingen würde. Endlich hoppelte das seltsame Tier davon und sie atmete erleichtert auf. Sie ließ den Kopf zu Boden sinken, um sich etwas auszuruhen. Nach einer Weile fielen ihr die Augen zu und sie wäre beinahe eingeschlafen. Sie schreckte hoch, als etwas dicht neben ihrem Kopf landete und blickte geradewegs in das Gesicht dieses seltsamen Hasentieres. Es war über die Reste des Schutzfeuers gesprungen und saß nun direkt vor ihr. Karin brach der Schweiß aus. Sie konnte überhaupt nichts tun! Wenn dieses seltsame Tier beschloss, sie bei lebendigem Leib aufzufressen, dann würde sie es nicht daran hindern können!

Wenn nur Mara gekommen wäre! Sie sandte einen letzten, stummen Hilferuf in den Himmel und beobachtete dann angespannt das seltsame Tier. Es hoppelte einmal um sie herum und schnupperte hin und wieder an ihr. Aber es tat ihr nichts. Noch nichts. Verzweifelt mühte sie sich, ihre Fesseln loszuwerden, nur, sie hatte genauso wenig Erfolg wie zuvor. Plötzlich sprang das Tier auf ihren Rücken und sie erstarrte. Doch es biss nicht zu. Stattdessen machte es sich dort bequem und legte sich hin. Karin wagte kaum zu atmen.

Auf einmal rauschte es und ein heftiger Wind fuhr über sie hinweg. Mara! Sie war doch gekommen! Das Hasentier schreckte hoch und suchte eilig das Weite. Dabei schlug es nach Hasenart abenteuerliche Haken. Mara beachtete das Tier nicht einmal. Sie war dicht neben Karin gelandet und beschnupperte sie von oben bis unten, bevor sie vorsichtig die Decke wegzog, in die Karin eingewickelt war.

Wenn Karin auf ihren Drachen aufsteigen wollte, musste sie vorher ihre Fesseln loswerden. Sie versuchte, es Mara gedanklich zu übermitteln, aber sie merkte, dass diese sie nicht verstand, und gab auf. Mara betrachtete Karin, als ob sie nachdenken würde, und kam schließlich von allein auf die Idee, die Fesseln zu lösen. Ganz sachte fuhr sie mit der Spitze einer ihrer messerscharfen Klauen zwischen die Riemen an Karins Händen und zerriss sie mit einem Ruck. Auf die gleiche Art wurde Karin auch ihre Fußfesseln los. Sie nutzte ihre Freiheit, um als erstes den widerlichen Knebel loszuwerden. Sie spuckte aus und wischte sich den Mund an ihrem Ärmel.

»Mara!«, rief sie aus, dann kraulte sie Mara, die genießerisch still hielt, dankbar und ausgiebig hinter den Ohrstacheln. Noch während sie das tat, rauschte es ein weiteres Mal und ein großer, blauer Drache landete neben ihnen. Es war Rammador mit Rodan und Kelim im Sattel. Rodan half Kelim beim Absteigen, dann kamen die beiden herüber.

»Nun«, meinte Kelim, »eine sehr enge Verbindung scheint es nicht zu sein, aber es reicht, um bei Gefahr Hilfe herbeizurufen. Mara hat erst auf dich reagiert, als du Angst hattest. Der Hasenbeißer ist im Übrigen völlig harmlos. Er frisst nur Käfer und andere Insekten.«

Er reichte Karin eine Wasserflasche, die sie dankbar entgegennahm; außer dem Becher mit Tee zum Frühstück hatte sie bisher noch nichts getrunken.

»Woher weißt du das?«, fragte sie, nachdem sie einige große Schlucke genommen hatte.

Kelim schmunzelte. »Du meinst jetzt nicht, dass ein Hasenbeißer Käfer frisst?«

»Nein! Du weißt, was ich meine.«

»Natürlich. Wir haben dich beobachtet. Wir waren mit Rammador die ganze Zeit auf dem Felsen da drüben auf der anderen Seite des Baches.« Kelim deutete auf die Hügel zu seiner Linken. »Oder hast du wirklich gedacht, wir lassen dich allein in der Wildnis zurück? Gefesselt und vollkommen hilflos?«

»Na ja. Ihr wart immerhin weg«, meinte Karin verlegen.

»Der Hasenbeißer hat dir einen ganz schönen Schrecken eingejagt«, stellte Rodan fest. »Du bist ganz verschwitzt und deine Hände zittern immer noch.«

»Ja«, meinte Karin nur. Und nach einer kurzen Pause fügte sie hinzu: »Ich dachte, er frisst mich auf – so wie der Steinbeißer.«

Kelim nickte. »Gut, dass du nicht wusstest, dass er harmlos ist, sonst wäre es dir nicht gelungen, deinen Drachen zu rufen.«

Karin atmete hörbar ein, bevor sie jedoch dazu kam, ihrer Empörung Gehör zu verschaffen, redete Rodan.

»Als Entschädigung darfst du jetzt auf Mara zu den anderen fliegen. Allein. Aber du bleibst an meiner Seite und machst keine Kunststückchen! Ist das bei dir angekommen?« Er machte ein strenges Gesicht.

Das nahm ihr den Wind aus den Segeln und statt sich zu beklagen, nickte sie und wandte sich freudestrahlend an Mara.

»Hast du gehört? Wir fliegen zusammen!«

Und Mara hob den Kopf, ließ den speziellen Laut ertönen und blies eine kleine Feuerkugel in den Himmel, als ob sie es wirklich verstanden hätte und sich genauso darüber freuen würde wie Karin.

Kelim duckte sich und Rodan trat grinsend einen Schritt zurück.

»Oho! Da ist jemand übermütig. Pass bloß auf, Karin, sonst macht sie mit dir noch eine Flugschau!«

»Das werde ich! Und sie wird brav neben Rammador herfliegen. – Sonst lässt du mich am Ende wieder irgendwo in der Wildnis zurück.«

Rodan lachte herzhaft und wandte sich an Kelim.

»Sie hat ja wirklich eine hohe Meinung von mir, wenn sie mir das zutraut!«

Jetzt musste auch Kelim lachen. Und Karin fiel mit ein. Ihr Lachen klang nach den angstvollen Minuten mit dem Hasenbeißer noch etwas gezwungen, doch so löste sich die letzte Anspannung und das war gut so, da sie gleich das Kommando über einen Drachen übernehmen würde. Sie gab Kelim die leere Flasche zurück und streckte und dehnte sich, um ihren Körper wieder beweglich zu machen nach der langen Zeit des Liegens und zog sich danach erst einmal in die Büsche zurück. Nachdem das erledigt war, wechselte sie einen Blick mit Mara, um sich deren Einverständnis zu holen, bevor sie aufstieg. Endlich durfte sie ihren Drachen reiten! Es schien ihr eine Ewigkeit her zu sein, seit sie das letzte Mal auf Mara gesessen hatte. Und wie beiläufig stellte diese ein Bein ab, damit sie mühelos hinaufgelangen konnte.

Rodan ging zu Rammador hinüber und Kelim folgte ihm. Kelim drehte sich noch einmal um. »Jetzt lassen wir dich einen ganzen Tag gefesselt in der Landschaft herumliegen und du fragst noch nicht einmal, ob wir mit dem, was wir dabei in Erfahrung gebracht haben, zufrieden sind. Vielleicht müssen wir das noch einmal machen.«

Karin erschrak. Noch einmal?

»Oh, nein – ohne mich!«, rief sie aus.

Kelim lachte.

»Ich glaube, ich kann dich beruhigen«, sagte Rodan, als er sich in den Sattel setzte. »Ich habe nicht vor, dich noch einmal zurückzulassen.«

Er half Kelim in den Sattel.

»Wie reden heute Abend noch einmal in Ruhe darüber«, sagte er noch, dann ließ er Rammador starten.

Karin beeilte sich, mit Mara den Anschluss nicht zu verlieren.

Zu ihrem Bedauern flogen sie nicht sehr weit und landeten auf einem freien Platz neben einem kleinen Bach. Während des Landeanfluges sah sie neben dem Bach drei große Tiere mit braunem Fell in einer Reihe nebeneinanderliegen. Es waren Bären. Die Tiere waren riesig und mindestens so groß wie die größten Grizzlybären. Es war nur ein Drache da und seine beiden Reiter waren damit beschäftigt, einem vierten Bären das Fell abzuziehen. Mara schnupperte gierig in ihre Richtung. Es war nicht zu übersehen, dass sie einen der Bären am liebsten in ihren Magen wandern lassen würde, aber sie widersetzte sich Karins Befehlen nicht und landete brav ein Stückchen abseits. Glandor und das große, grüne Männchen namens Karock aus dem blauen Hort fehlten ebenso wie das kleine blaue Weibchen mit dem komplizierten Namen, den sich Karin nicht merken konnte – sie überlegte Artekamantua? Oder doch Armekatantua? – und mit ihnen ihre Reiter. Auch Sora war nicht da.

Rammador zeigte ebenfalls reges Interesse an den toten Bären und schnupperte intensiv, blieb jedoch ebenfalls gehorsam an seinem Platz. Rodan ging mit Kelim und Karin zu den beiden Drachenreitern hinüber, die den Bären häuteten. Er begutachtete die Bären.

»Schöne Tiere. Aber es fehlen noch zwei!«, wandte er sich an die beiden.

»Das wird schon noch«, meinte einer von diesen. »Glandor mit Niro und Ron sind ein gutes Team und sie haben uns schon zwei Bären gebracht – und es sind noch zwei weitere Drachen unterwegs.«

Rodan nickte. »Das denke ich auch. Ich werde trotzdem noch losfliegen; jedes Fell mehr ist Gold wert und mich juckt es in den Fingern; es ist lange her, dass ich das letzte Mal Bären gejagt habe.«

Karin besah sich das Fell. Es sah weich und seidig aus und sie ging zu einem der Tiere und fuhr mit der Hand durch sein Fell. Es war weich wie das eines Angorakaninchens. Sie hatte noch nie ein Bärenfell angefasst, sie glaubte allerdings nicht, dass die Bären in ihrer Welt auch so ein weiches Fell hatten, dazu sah es viel zu grob aus.

»Fühlt sich warm an, nicht?«, meinte Rodan, der sie beobachtet hatte. »Hast du Lust, mich zu begleiten?«

Karin zögerte. Mithelfen, diese herrlichen Tiere umzubringen? Sie wollte schon ablehnen, da machte ihr Rodan ein Angebot, das sie unmöglich ausschlagen konnte.

»Auf Mara, damit ihr beide lernt, wie das geht, ohne das schöne Fell zu beschädigen. – Aber immer dicht an meiner Seite!«

Das war etwas anderes! Vielleicht war das die letzte Gelegenheit, Mara zu reiten. Sie dachte an die bevorstehende Verhandlung. Ob sie danach jemals wieder reiten würde, war völlig ungewiss. Sie schluckte. Sie würden bald in Elnamira ankommen und dann musste sie sich Gars Anklage stellen. Ihr war gar nicht wohl dabei. Was würde auf sie zukommen? Was würde er ihr alles vorwerfen und welche Art Strafe war ihr zugedacht? Rodan hatte zwar gesagt, dass ihre Schuld gering war und deshalb nur eine leichte Strafe angemessen war, doch ihr kamen die grausamen Strafen ihrer Welt aus vergangenen Tagen in den Sinn, wo einem Dieb schon mal eine Hand abgehackt worden war, nur weil er ein Stück Brot gestohlen hatte … Am liebsten hätte sie einen Rückzieher gemacht, aber dann würden, statt nur sie, alle Drachenreiter für ihren Fehler büßen müssen – und mit ihnen Mara und die anderen Drachen. Sie suchte Maras Augen, um sich von diesen Gedanken zu lösen und sich Maras gnadenlosem Blick zu stellen, half tatsächlich.

Sie nickte.

»Gut«, sagte Rodan. »Dann los! Es ist nicht mehr lange, bis die Sonne untergeht.«

Sie flogen eine Zeit lang über die dichten Wälder, dann entdeckte Karin etwas Braunes neben ein paar umgestürzten Bäumen. Sie schloss zu Rodan auf und zeigte in die entsprechende Richtung. Rodan sah sich um und hob dann die Hand, um zu signalisieren, dass er verstanden hatte. Karin ließ sich wieder zurückfallen und als Rodan mit Rammador auf den Bären hinabstürzte, lenkte sie Mara in eine Kreisbahn, um alles genau zu beobachten. Rammador hätte den Bären mühelos mit seinen Krallen packen können, flog jedoch nur dicht über ihn hinweg, ohne zuzugreifen.

Der Bär versuchte zu flüchten, aber der Drache war viel zu schnell und zu wendig. Immer wieder schnitt Rammador ihm den Weg ab und stieß dicht vor seiner Nase fast bis zur Erde herab. Endlich gab der Bär auf und stellte sich dem Drachen. Er erhob sich auf die Hinterbeine, riss sein Maul auf und brüllte laut auf. Darauf hatte Rodan gewartet. Als Rammador dieses Mal auf den Bären herabstieß, schnappte er mit den Zähnen nach dessen Kopf. Der Bär hatte keine Chance. Karin hörte das Knirschen der brechenden Knochen als Rammador zubiss. Danach ergriff er seine Beute vorsichtig mit den Klauen und erhob sich wieder in die Lüfte.

Schnell flogen sie ins Lager zurück. Rammador legte den Bären neben den anderen ab und dann landeten sie.

»Gut gemacht!«, meinte Rodan, als Karin abgestiegen war. »Du hast gut aufgepasst und dich einwandfrei benommen.«

Er kam nicht dazu, noch mehr zu sagen, denn im selben Augenblick kehrten die übrigen drei Drachen zurück und jeder trug einen Bären in den Klauen.

»Acht Bären!«, frohlockte Rodan. »Das sind gleich zwei für uns.«

Während sie beobachteten, wie die Drachen die Bären ablegten und landeten, erklärte Rodan, dass sie dafür, dass sie durch das Gebiet der Feuerberge fliegen durften, für jeden Drachen ein Bärenfell abliefern mussten. Seit dem großen Krieg hätten die Bären sich stark vermehrt, da es den Drachen nicht mehr erlaubt war, hier zu jagen, und seien eine Plage für die Viehherden geworden. Immer wieder fielen sie auch Menschen an.

»Wieso fliegen wir nicht einfach über das Meer? So machen wir doch einen großen Umweg. Und wir könnten uns die Jagd sparen.«

»Richtig. Aber seit dem großen Krieg sind uns unsere Flugwege über fremde Gebiete genau vorgeschrieben und über das Meer dürfen wir nicht nach Elnamira fliegen. Außerdem jagen die Drachen gerne und wir helfen den Leuten damit. Und wir erhalten die Gelegenheit, mit den Bewohnern weiter im Westen Geschäfte zu machen. Und jetzt an die Arbeit! Die Drachen haben Hunger und wir wollen fertig sein, bis es dunkel ist.«

Er griff sich eines der großen, breiten Messer, die bereit lagen, und machte sich daran, seinem Bären das Fell abzuziehen. Karin blieb unschlüssig stehen. Einem Bären das Fell abzuziehen, erforderte nicht nur Kraft, sondern war auch eine ziemlich blutige Angelegenheit. Die anderen Drachenreiter hatten nicht ohne

Grund ihre Hemden ausgezogen; ihre Arme waren bis zu den Schultern blutverschmiert.

»Karin!«

Sie drehte sich um. Kelim hatte gerufen.

»Du kannst mir helfen, Feuer zu machen und Tee zu kochen. Ich glaube, da bist du besser aufgehoben.«

Erleichtert lief sie zu ihm hinüber. Kelim reichte ihr die Feuerhölzchen und sie entfachte damit zum ersten Mal in ihrem Leben ein Feuer. Es gelang ihr auf Anhieb.

»Sehr schön«, meinte Kelim, während er Wasser in einen Topf goss. »Wir brauchen mindestens drei große Feuer. Dafür reicht das bisschen Holz nicht. Aber geh nicht außer Hörweite!«

Karin nickte und machte sich an die Arbeit. Als sie sich mit vollen Armen auf den Rückweg machte, traf sie auf Sora, die ihren Jagdbogen dabei hatte. An einer Stange, die sie über ihre Schulter gelegt hatte, hingen drei fette Kaninchen.

»Hej!«, rief sie, als sie Karin entdeckte. »Du bist hier! Dann hat dich Mara geholt! Dem Großen Drachen sei Dank, dass du die Nacht nicht allein verbringen musstest. Ich hätte kein Auge zugetan, auch wenn Rodan und Kelim Wache gehalten hätten.«

»Ja, ich bin hier«, antwortete Karin säuerlich. »Nachdem mich ein Hasenbeißer fast zu Tode erschreckt hatte, hat mich Mara erhört und ist gekommen.«

»Echt?«, fragte Sora ungläubig. »Ein Hasenbeißer? Der ist doch absolut harmlos!«

»Und weiß ich das? Bei uns gibt es so etwas jedenfalls nicht.«

»Stimmt«, gab Sora zu. »Wie nahe ist er dir denn gekommen?«

»Er hat sich auf meinen Rücken gesetzt! Und Rodan und Kelim haben seelenruhig zugesehen! Wenn ihr wollt, könnt ihr richtig gemein sein! Und da ist auch noch die Sache mit dem Knebel. Rodan und Kelim hätten es wohl nicht ertragen, mich um Hilfe schreien zu hören. Mara war doch sowieso außer Hörweite.«

»Jetzt beruhige dich erst mal. Das hat alles seinen Grund. Wir besprechen das am besten, wenn wir wieder alle beisammen sind«, meinte Sora. Sie hob die Stange in die Höhe. »Bei einem gemütlichen Essen lässt sich alles in Ruhe besprechen. Und wenn dich jemand grundlos gequält hat, bekommt er es mit Niro und mir zu tun – und er wird es bereuen.« Sora machte ein so grimmiges

Gesicht, dass sich Karins Ärger in Luft auflöste und sie lachen musste. Sora fiel mit ein.

»Ehrlich, Karin«, sagte sie dann, »ich glaube nicht, dass irgendetwas, was die beiden mit dir gemacht haben, ohne Grund geschehen ist. – Hilfst du mir mit den Kaninchen?«

Karin nickte. »Wenn du mir sagst, was ich tun soll, gerne. Vorher muss ich nur noch mehr Holz sammeln; das hier reicht nicht.«

»Gut.«

Sie gingen zusammen zum Lager zurück. Niro und Ron begutachteten gerade ihren letzten Bären und auch die anderen Drachenreiter eilten herbei. Karin konnte sich keinen Reim darauf machen. Als sie das Holz neben den Feuern ablud, löste Kelim das Rätsel.

»Ron und Niro haben einen Silberbären gefangen. Die sind sehr selten. Schau ihn dir ruhig an, das siehst du nicht alle Tage.«

Zusammen mit Sora ging Karin zu den Bären hinüber. Der Silberbär hatte ein helleres Fell und das Fell am Rücken glänzte tatsächlich wie pures Silber. Sie wollte probieren, ob sein Fell genauso weich war, wie das der anderen, aber jetzt entdeckte Niro sie.

»Bin ich froh, dass dir nichts passiert ist!«, sagte er und nahm sie in die Arme, bevor sie Gelegenheit dazu hatte, das Fell zu berühren.

»Na, na!«, beschwerte sich Rodan. »Traust du mir wohl nicht zu, dass ich auf sie aufpassen kann?«

»Trotzdem«, meinte Niro nur. Er hielt Karin eine Armlänge von sich.

»Du hast es tatsächlich geschafft, Mara zu rufen. Mann, was gäbe ich dafür, wenn ich Glandor so zu mir holen könnte!«

»Ja«, erwiderte Karin. »Du musst nur ein bisschen um dein Leben fürchten – schon ist er da.«

»Wie meinst du das?«, fragte Niro irritiert.

»Wir reden später«, beendete Ron das Gespräch. »Macht euch wieder an eure Arbeit!«

Karin machte sich auf, um noch mehr Holz zu sammeln, und half dann Sora und Kelim, die Kaninchen zuzubereiten. Das Fetteste steckten sie auf einen Spieß, um es zu grillen, die anderen zerteilten sie in mundgerechte Stücke und wickelten diese in große Blätter, um sie in die Glut zu legen. Während Karin den Spieß drehte, machten sich Sora und Kelim auf die Suche nach wildem Gemüse für die Suppe. Als sie zurückkamen, hatte das Wasser im Topf schon zu kochen begonnen und bald zog der appetitanregende Geruch nach gebratenem Fleisch und heißer Suppe durch das Lager.

»Fertig!«, schallte ein Ruf zu ihnen herüber. Die Drachen reckten erwartungsvoll die Köpfe, während die Männer diskutierend zu den Feuern herüberkamen.

»Rammador!«

»Ich tippe auf Glandor.«

»Ich auch. Ich denke, es ist an der Zeit, dass er zeigt, wer das Sagen hat«, meinte Ron.

»Von was redet ihr?«, wollte Karin wissen.

»Wir reden davon, welcher Drache sich als erster seinen Bären holen darf«, erklärte Rodan. »Was meinst du? Rammador oder Glandor? Ich muss mich als Rammadors Reiter natürlich auf seine Seite schlagen und sage, dass er sich seinen Rang nicht streitig machen lässt.«

Karin stand auf und betrachtete die Drachen. Sie zappelten unruhig hin und her. Nur Glandor lag gelassen auf seinem Platz, als ob ihn das Ganze nichts anginge. Sie wunderte sich, doch dann verstand sie, was das bedeutete. Ehe sie etwas sagen konnte, meldete sich Niro zu Wort.

»Ich sage: Glandor!«, meinte er, ohne zu ihm hinüber zu blicken. »Er ist schlauer und stärker, ihm steht der erste Bär zu.«

Karin grinste.

»Falsch!«, sagte sie. »Du hättest erst hinsehen sollen, bevor du deinen Tipp abgibst. Rammador bekommt den ersten Bären. Glandor wird warten, bis alle gewählt haben. Dann bekommt er statt einem Bären gleich drei!«

Die anderen sahen sie verblüfft an, dann schüttelte Ron den Kopf und Rodan sagte:

»Ein Königsdrache frisst immer zuerst – es sei denn, er möchte ein Weibchen für sich gewinnen.«

Niro machte ein nachdenkliches Gesicht. Er betrachtete Glandor eine Weile, dann sagte er:

»Sie hat recht; ich kann es auch sehen: Er wird warten.«

Jetzt sahen alle zu Glandor hinüber, aber Ron schüttelte den Kopf. »Für mich sieht das nicht so aus.«

»Für mich auch nicht«, sagte Rodan. »Kelim, fällt dir nichts dazu ein?«

Kelim zuckte mit den Schultern. »Ich bin kein Drachenreiter. Ich weiß nur, dass goldene Drachen intelligenter sind als die anderen.«

»Na dann los!«, meinte Rodan, rief laut und winkte die Drachen zu den Bärenkadavern.

Und wie Karin vorausgesagt hatte, ließen die anderen Drachen Rammador den Vortritt, bevor sie sich je nach Rang ihren Bären holten. Als sich der letzte Drache, das blaue Weibchen mit dem komplizierten Namen, seinen Bären geholt hatte und mit ihm davonflog, um ihn irgendwo anders in Ruhe zu fressen, erhob sich Glandor gemächlich, flog zu den Bären hinüber, suchte sich in aller Ruhe zwei davon aus und flog mit ihnen davon.

Rodan und Ron sahen sich an.

»Und wir haben immer gedacht, wir würden unsere Drachen gut kennen«, sagte Rodan.

Ron nickte. »Und jetzt erklärt mir meine Schülerin, was unsere Drachen denken.«

»Schluss jetzt!«, beendete Rodan die Diskussion. »Es ist so, wie es ist. Die Sonne geht unter. Beeilt euch mit den Fellen!«

Sie zerstreuten sich und bearbeiteten die Bärenfelle, säuberten sie, rieben sie mit Salz ein und rollten sie dann zu handhabbaren Bündeln zusammen. Als sie endlich damit fertig waren, war es dunkel geworden und die Kaninchen fertig. Sie setzten sich zum Essen um die Feuer und endlich sprachen sie über Karins Versuch, Mara zu rufen.

»Nun«, meinte Rodan, »jetzt wissen wir, dass Karin in der Lage ist, Kontakt zu Mara aufzunehmen, auch wenn diese außer Hör- und Sichtweite ist und sie ihr auch wortlos befehlen kann.«

Karin schüttelte den Kopf. »Das stimmt nicht! Sie versteht meine Befehle nicht.«

»Aber sie hat dich doch von deinen Fesseln befreit«, wandte Rodan ein.

»Aber nicht, weil ich es ihr befohlen habe; das war ihre eigene Idee. Natürlich habe ich versucht, es ihr zu sagen – oder besser gesagt, gedanklich zu übermitteln – doch sie hat nicht reagiert. Erst später hat sie mir geholfen – ohne, dass ich etwas getan hätte.«

»Wirklich?«, fragte Kelim verblüfft.

Karin nickte. »Ich bin mir ganz sicher!«

»Interessant! Dann ist diese Verbindung also völlig anders, als die, die sie mit dir eingeht, wenn sie dir erlaubt, sie zu reiten, denn da versteht sie, was du von ihr willst. Sie kommt also nur, wenn sie dich in Gefahr weiß, um mehr zu verstehen, ist die Verbindung zu schwach. Dann können wir dem Großen Drachen dankbar sein, dass er dir den Hasenbeißer geschickt hat.«

Karin warf Kelim einen giftigen Blick zu.

»Hat es Spaß gemacht zu beobachten, wenn jemand Todesangst hat? Und wenn wir schon mal dabei sind: Wer hatte die Idee, mich auch noch zu knebeln? Mara war außer Hörweite. Das war völlig unnötig!«

»Nicht ganz!«, widersprach Rodan. »Erstens solltest du Mara keine gesprochenen Befehle geben können, wenn sie bei dir ist, damit wir sehen, wie tief eure Verbindung ist – zu unserer Schande muss ich gestehen, dass wir uns dahingehend trotzdem geirrt haben – und zum Zweiten ist diese Gegend bewohnt; es hätte leicht eine Jagdgesellschaft in Rufweite kommen können. Das wollten wir auf alle Fälle vermeiden.«

»Aha.« Mehr sagte Karin nicht dazu. Durch ihren Kopf schossen zwar jede Menge unfreundliche Gedanken, aber es hatte wenig Sinn, sich mit den beiden zu streiten. Erstens war es nicht mehr rückgängig zu machen und zweitens wollte sie noch etwas wissen. Sie biss ein Stück von ihrem Kaninchenteil ab und kaute darauf herum, als müsste sie es erst noch totbeißen. Das half ein bisschen und allmählich beruhigte sie sich. Sie schluckte ab und stellte ihre Frage.

»Und wieso kann ich Mara jetzt rufen, wenn ich in Not bin?«

»Das liegt an Mara«, begann Kelim zu erklären und es wurde still ringsum; jeder wollte wissen, was es mit Karins Bindung zu Mara auf sich hatte.

»Du warst mehr tot als lebendig, als dich Sora und Niro in Maras Nest gelegt haben. Niro hat berichtet, dass du kaum noch geatmet hast. Wir hatten dich aufgegeben. Mahur ist nur der

Ordnung halber noch einmal zu Maras Nest zurückgeflogen. Du kannst dir vorstellen, wie überrascht Sora und Niro gewesen sind, als sie dich winkend im Nest stehen gesehen haben.« Er warf einen kurzen Blick zu den beiden hinüber, ehe er fortfuhr. »Und schon in der ersten Nacht in der Falle ist mir aufgefallen, dass du dich synchron zu Maras Bewegungen verhältst: Du hast im gleichen Rhythmus geatmet wie sie. Als du dann aufgewacht bist, war es vorbei. Und so ist es immer, wenn du mit ihr zusammen bist: Wenn du nicht direkt mit ihr redest oder nicht sehr konzentriert bist, beginnen eure Bewegungen synchron zu werden. Du siehst zur selben Zeit wie Mara in dieselbe Richtung, atmest stärker, wenn sie schnüffelt oder schnaubt, bewegst dich dann, wenn sie es tut. Und du teilst ihre Träume.«

Karin riss ungläubig den Mund auf. Sie kopierte Maras Bewegungen und teilte ihre Träume? Kelim schmunzelte über ihr Erstaunen. Wieder ernst, fuhr er fort mit seiner Erklärung.

»Im Klartext: Mara hat Macht über dich. Das ist ungeheuerlich und vielleicht auch gefährlich. Deswegen auch diese unschöne Methode herauszufinden, in wie weit *du* die Kontrolle über Mara hast. Aber zurück zur Ursache: Das Einzige, was dich retten konnte, war Drachenmilch, nur warst du nicht mehr in der Lage dazu zu schlucken. Und da hat Mara wohl Besitz von deinem Geist ergriffen, um dich zum Schlucken zu bringen. Da du in tiefer Bewusstlosigkeit warst, konntest du dich Maras Geist nicht widersetzen, als sie in deinen eingedrungen ist. Es gab keine Gegenseitigkeit, wie vor dem Aufsteigen auf einen Drachen. Und bei dieser Gelegenheit hat sie diese einzigartige Verbindung geschaffen. Sie hat die Kontrolle über deinen willenlosen Körper übernommen und dich zum Schlucken gebracht. Und solange du nicht über dich selbst regierst, zum Beispiel, wenn du schläfst oder deine Gedanken abschweifen, wirst du von ihrem Willen gesteuert.« Kelim unterbrach seine Rede kurz, um einen kleinen Schluck aus seiner Flasche zu nehmen. »Ich bin mittlerweile zu dem Schluss gekommen«, fuhr er fort, »dass es für dich nicht gefährlich ist, da du sofort die Kontrolle zurückerlangst, wenn du wach im Geist bist, und außerdem kopierst du nicht die vollständige Bewegung von Mara, sondern gibst sie nur ansatzweise wieder.« Er sah zu Rodan hinüber. »Meiner Meinung nach sollte man das Geschehen allerdings im Auge behalten, um rechtzeitig zu erkennen, wenn sich diese Beziehung verändert.«

»Nun, Karin, was sagst du dazu?«, fragte Rodan.

Karin starrte in die Flammen des Feuers vor ihr und sagte zuerst einmal gar nichts. Mara hatte Macht über sie und steuerte ihren Körper. Zumindest teilweise. Und sie hatte es nicht einmal bemerkt! Nun wusste sie, warum sie nicht gemerkt hatte, dass ein Drache vor dem Ritt eine geistige Verbindung mit seinem Reiter einging: Sie stand dauernd in Verbindung mit einem Drachen! Sie hob den Kopf.

»Fühle ich mich deshalb so zu ihr hingezogen?«

Rodan zuckte mit den Schultern. »Möglicherweise. Aber auch ich fühle mich unwohl, wenn ich Rammador längere Zeit nicht sehe. Das geht jedem Drachenreiter so. Und Niro muss jeden Tag einmal Glandor besuchen, sonst findet er keine Ruhe. Er ist allerdings – wie du – ein Drachenkind, und eure Bindung an die Drachen besonders stark, was heißt, dass deine spezielle Bindung an Mara vielleicht nichts damit zu tun hat. – Ich frage mich nur, ob du es merken würdest, wenn Mara in Gefahr gerät; wenn *sie* merkt, dass du in Gefahr bist, könnte das auch umgekehrt funktionieren.«

»Und wie oft gerät ein Drache in eine gefährliche Situation, die ihm Angst macht?«, wandte Sora ein.

Rodan lachte. »Du hast recht! Ich denke, wir werden wohl nie erfahren, ob Karin es spüren kann, aber das muss auch nicht sein.«

Kelim nickte dazu und erkundigte sich, ob Karin ihnen nun ihre Vorgehensweise nachsehen könne.

»Na ja«, antwortete sie, »dieser Tag war wirklich heftig, aber ja, ich trage es euch nicht nach. Nachdem das nun geklärt ist, darf ich jetzt Mara wieder reiten? Und wieder mehr mit Sora und Niro reden?«

Rodan lachte ein zweites Mal. »Natürlich darfst du das«, sagte er. »Wir haben das Rätsel um deine Verbindung zu Mara gelöst und genau das war der Grund für deine Einschränkungen.«

Sie diskutierten noch eine Weile, ob sie das Fell des Silberbären abgeben mussten oder für sich behalten konnten, dann wollte Niro noch einmal seine Feuerfestigkeit demonstrieren und steckte eine Hand in die Flammen. Als er jedoch in die Glut griff, zuckte er zurück und es entschlüpfte ihm ein Schmerzlaut.

Er lutschte an seinen Fingerspitzen und als er die Hand aus dem Mund nahm, konnte Karin die verbrannten, geröteten Stellen sehen, die er sich zugezogen hatte.

Verblüfft steckte sie ihrerseits vorsichtig ihre Hand in das Feuer. Nichts geschah. Langsam näherte sie sich der Glut, ohne dass sie etwas spürte. Erst als sie ihre Finger behutsam Richtung Glut streckte, begann sie die Hitze zu fühlen. Ganz kurz berührte sie ein rotglühendes Kohlestückchen. Es war heiß wie eine eingeschaltete Herdplatte! Sie schleckte sich wie Niro den Finger, um ihn zu kühlen, und betrachtete dann ihre Hand. Wie konnte es sein, dass ihr die Hitze des Feuers nichts ausmachte, aber sie sich die Finger an einem glühenden Kohlestück verbrannte? Sie richtete ihren Blick auf Kelim, so wie es auch die anderen taten, doch auch Kelim hatte keine Antwort auf diese Frage.

»Wenn ich in irgendeiner Weise verstehen könnte, wie das sein kann, würde ich es euch sagen«, meinte er und nach einer kurzen Pause fügte er hinzu: »Nehmen wir es, wie es ist, und ihr zwei werdet euch hüten müssen; alles was mit Feuer in Berührung kommt, wird früher oder später selbst heiß: *Feuerfest* ist für euch nicht dasselbe wie *hitzefest*!«

Niro nickte. »Das ist mir nicht entgangen!«

Sora lachte, aber sie nahm das Fläschchen mit Drachenmilch, das Niro um den Hals trug, und gab ein paar Tropfen auf seine verbrannten Finger und damit es nicht so sehr roch, wickelte sie ein paar Lagen Stoff darüber.

Karin hatte inzwischen ihre Mahlzeit beendet und dachte wieder einmal darüber nach, wieso sich ihre und diese Welt einerseits in vielen Dingen so ähnlich waren, sich andererseits in anderen Dingen so grundlegend unterschieden. Kaninchen zum Beispiel kannte sie auch; einen Hasenbeißer nicht. Sie fragte Kelim, ob es auch richtige Hasen gäbe und er bejahte. Es schien hier viel mehr Tierarten zu geben als in ihrer Welt. Sie grübelte noch eine Weile darüber, dann nahm Kelim sie zur Seite und löste sein Versprechen, das er den Lehrern gegeben hatte, ein, indem er Karin über die Sitten der verschiedenen Völker berichtete. Leuten vom Volk der Muscheltaucher durfte man zum Beispiel nicht direkt in die Augen sehen, wenn man nicht gerade einen Krieg mit ihnen anfangen wollte. Karin fand das Volk der Schneemenschen oder

Jediki, was so viel bedeutete wie *der gute Mensch im Schnee,* allerdings wesentlich interessanter. Laut Kelim hatten sie hellblaue Augen und weiße Haare und diese nicht nur am Kopf, sondern als Pelz am ganzen Körper inklusive dem Gesicht. Sie lebten abgelegen in den Bergen nordwestlich der Feuerberge bis hin zum Himmelsgebirge in den Regionen des ewigen Eises. *Jediki* klang *Yeti* gar nicht so unähnlich und in Karin keimte der Verdacht, dass es den legendären Yeti im Himalaya vielleicht tatsächlich gab. Wenn es *ein* Tor in ihre Welt gab, konnte es doch auch ein weiteres geben. Und vielleicht war der Yeti tatsächlich ein Jediki von dieser Welt. Inzwischen fand sie solcherlei Vorstellungen gar nicht mehr abwegig.

Die Jediki, erklärte Kelim weiter, kamen nur in den kühlen Zeiten eines Sonnenkreises zum Weltenfriedensrat, waren dort aber gerne gesehen, wegen ihrer klugen und überlegten Kommentare. Sie wären auch mit einigen wenigen anderen die einzigen gewesen, die gegen die Erhöhung der Drachenmilchquote gestimmt hatten und Bedenken gegen eine dauerhafte Präsenz von Gars Elitetruppen in der Wüste und in Elnamira geäußert hatten. Es verstand sich von selbst, dass Gar für die Jediki nicht besonders viel übrig hatte.

Während Kelims Ausführungen war es spät geworden und einige Drachenreiter hatten sich schon zum Schlafen gelegt. Er versprach Karin, am nächsten Tag die *gute Sitte* im Weltenfriedensrat und die passenden Anreden beizubringen, wozu auch Gars vollständiger Name gehörte und legte sich ebenfalls zum Schlafen.

Karin rückte ein Stück näher zum Feuer und wickelte sich eng in ihre Decke, obwohl sie müde war, konnte sie lange nicht einschlafen. Sie dachte daran, wie sich der Hasenbeißer auf ihren Rücken gelegt hatte, welche Angst sie dabei gehabt hatte und wie Kelim und Rodan sie dabei seelenruhig beobachtet hatten. Und sie dachte daran, dass Mara Macht über sie hatte. Besonders wenn sie schlief. Welche Träume von Mara würde sie miterleben? Bisher hatte sie sich an keine Träume erinnern können. Was träumte ein Drache überhaupt? Sie versuchte, Mara in der Dunkelheit auszumachen, doch die Feuer waren weitgehend heruntergebrannt und der Himmel hatte sich wieder zugezogen. Und dann dachte sie an Elnamira und was sie dort erwartete. Was würde

Gar ihr alles vorwerfen? Welche Strafe konnte er ihr gegenüber durchsetzen? Sie wälzte sich ruhelos hin und her. Endlich fiel sie in einen unruhigen Schlaf, zu dem Maras Träume keinen Zugang fanden, und jeder hatte seine eigenen Träume.

Am nächsten Morgen fühlte sich Karin wie zerschlagen, aber wie immer nahm niemand Rücksicht auf ihre Befindlichkeit und sie musste mit anpacken wie jeder andere auch. Nachdem Rodan ihr erlaubt hatte, mit Sora als Mitreiterin Mara zu befehligen, tat sie es gerne; Kelim wechselte zu Rodan auf Rammador über.

Niro hatte noch eine kleine Diskussion mit Ron, aber nachdem Kelim Niros Finger begutachtet hatte und meinte, wenn Niro Spaß daran hätte, Schmerzen zu haben, würde nichts dagegen sprechen, erlaubte es Ron, dass Niro Glandor steuerte.

Der Himmel blieb bedeckt, zu ihrem Glück regnete es wenigstens nicht. Nach kurzer Zeit landeten sie unweit einer kleinen Stadt, die sich um einen niedrigen Hügel herum erstreckte. Auf dem Hügel stand ein, durch dicke Mauern geschütztes, größeres, reich verziertes, weißes Gebäude und Kelim erklärte Karin, dass hier der König der Feuerberge residierte und dass sie sich durch die verhältnismäßig geringe Größe des Bauwerkes nicht darüber hinweg täuschen lassen sollte, dass er einer der mächtigsten Männer dieser Welt war. Karin war etwas erstaunt. Das Haus war zwar groß und aufwendig verziert, aber sie hätte es eher einem reichen, angesehenen normalen Bürger zugeordnet, als dass sie es für die Residenz eines Königs gehalten hätte. Rodan, Kelim und vier weitere Drachenreiter gingen, um dem König ihre Aufwartung zu machen und ihren Wegzoll zu begleichen. Danach wollten sie die überzähligen Felle in der Stadt verkaufen oder eintauschen. Sie blieben nicht lange und so kamen sie noch eine längere Strecke voran bis zur Mittagsrast. Während die Drachen selbstständig jagten, erzählte Rodan, wie Kelim es geschafft hatte, dass sie das Fell des Silberbären für sich behalten konnten, indem er gefragt hatte, ob es recht sei, die Felle der ersten sechs erbeuteten Bären herzugeben, bevor sie die Felle vorgezeigt hatten. Nachdem der König einverstanden gewesen war, durften sie das Fell für sich behalten, da der Silberbär der siebte erlegte Bär war. Diese Nachricht sorgte für gute Laune und als sich am

Nachmittag auch noch die Sonne blicken ließ, vergaß auch Karin für eine Weile, wieso sie nach Elnamira unterwegs war.

Sie übernachteten auf der Hoffnungsklippe. Diese bildete das Ende einer kleinen, grasbewachsenen Halbinsel und hieß deshalb so, weil das Meer davor von Untiefen wimmelte, die die Schifffahrt zu einem Abenteuer machte. Hatte man erst einmal die Hoffnungsklippe erreicht, wurde das Wasser sicherer und es war nicht mehr weit zum nächsten Hafen. Sora deutete nach Westen und als sich Karin anstrengte, konnte sie in der beginnenden Dämmerung das schwache Licht des Leuchtturmes sehen.

Ein Stückchen landeinwärts gab es einen länglichen, steilen Berg, der den Zugang zum Ende der Halbinsel bis auf zwei schmale Bereiche an den Seiten blockierte. Man konnte an einer Seite des Berges vorbeigehen, das letzte Stück der Halbinsel umrunden, und an der anderen Seite des Berges entlang, wieder ins Hinterland gelangen. Bis auf den Berg, der wie ein Fremdkörper aus der Ebene ragte, war die Oberfläche der Halbinsel völlig eben. Das Gras, das sie bedeckte, reichte bis zu ihrem äußersten Rand und wenn man daran entlang ging, musste man aufpassen, wohin man seine Füße setzte, um nicht unvermittelt ins Meer zu stürzen. Ein kleiner Bach floss durch einen der Zugänge bis zum Meer, wo er als Wasserfall die haushohe Wand hinunter ins Meer stürzte, nicht ohne sich vorher aufzuteilen und mit seinem Seitenarm einen kleinen, malerischen See zu speisen, bevor auch dieses Wasser in einem zweiten Wasserfall ins Meer stürzte.

Es war ein idyllischer Platz – bei schönem Wetter. Einen Schutz vor Regen und Wind, es sei denn, er kam von der Landseite, gab es nicht. Sie hatten Glück, obwohl sich die Sonne hinter dichter werdenden Wolken versteckte, sah es nicht nach Regen aus. Sie schlugen ihr Lager am Fuß des Berges, unweit des kleinen Baches auf und bald brannten die Feuer. Als Brennmaterial dienten trockene Dunghaufen, die verstreut herumlagen; Holz gab es nicht, es wuchsen keine Bäume, nur einige wenige, kleine Büsche. Das sonst meterhohe Gras war durch die Tiere, die die Dunghaufen hinterlassen hatten, bis auf Rasenhöhe heruntergefressen. An Dunghaufen und Trittspuren konnte Karin sehen, dass die Tiere, die hier offensichtlich regelmäßig weideten, nicht eben klein waren. Sie machte sich deswegen jedoch keine Gedanken. Solange ihre

Drachen hier lagerten, würden sich die Tiere hüten, zum Fressen hierher zu kommen.

Bei ihrer üblichen Kontrolle entdeckte Sora, dass ein Gurt an Maras Sattel eingerissen war und Karin wollte Mara den Sattel abnehmen, um den Gurt zu reparieren, aber Sora erklärte, dass Mara sich ohne Sattel wahrscheinlich einen anderen Platz zum Schlafen suchen würde und sie diese am nächsten Morgen womöglich suchen müssten. Das bedeutete, dass sie am nächsten Tag früher aufstehen mussten als üblich, um den Gurt vor ihrer Abreise zu reparieren.

Sie hatten noch ein wenig Zeit, bis die Suppe fertig sein würde und Niro nahm Karin an der Hand und sie gingen mit einigen anderen Drachenreitern zusammen zum See hinüber, in dessen kristallklarem Wasser sich eine Unmenge kleiner Fischchen tummelte. Niro warf einen kleinen Stein ins Wasser und sofort kamen alle Fischchen aus der näheren Umgebung angeschwommen und versuchten, den vermeintlichen Leckerbissen zu ergattern. Karin lachte und dann verbrachten sie ihre Zeit damit, die Fischchen von einem Ort zum anderen zu locken, und alle machten bei diesem Spiel mit und hatten ihren Spaß, bis irgendjemand sagte, dass es wohl an der Zeit sei, zum Lager zurückzukehren.

Als sie zum Feuer hinüber gingen, über dem die Suppe am Kochen war, meinte Kelim nur: »Ich frage lieber nicht, was ihr gemacht habt; man könnte meinen, ich bin mit einem Haufen Kinder unterwegs.«

Niro grinste nur, ohne etwas zu sagen, und Kelim begann ohne weitere Kommentare die Suppe auszuteilen.

Karin beschloss, früh schlafen zu gehen, da sie vergangene Nacht wenig geschlafen hatte und wegen Maras Sattel am nächsten Morgen zeitig aufstehen sollte. Zuvor musste sie sich allerdings anhören, was Kelim über den Weltenfriedensrat zu berichten hatte und hörte das erste Mal Gars vollständigen Namen, der auch seine Titel und die seiner Eltern enthielt. Es war übliche Praxis in Elnamira und auf Mera sich mit den Titeln seiner Eltern, aber auch von Geschwistern und anderen Verwandten zu schmücken, so dass Mitglieder angesehener Familien oft ellenlange Namen mit sich herumschleppten, und man durfte auf keinen Fall einen Titel vergessen, wenn man sich nicht den Zorn des Angesprochenen zuziehen wollte. Gar leitete als Baru – wie ein gewählter Führer in Mera genannt wurde – von Elnamira nicht nur die Geschicke der Stadt, er war auch Baru der gesamten Ebene Ela, das von den Drachenreitern auch als Ebenenreich bezeichnet wurde. Zusätzlich leitete er neben den allgemeinen Truppen von Elnamira und ganz Ela auch noch seine, von ihm ins Leben gerufene Eliteeinheit, die nur ihm persönlich unterstand und die er offiziell dem Weltenfriedensrat zur Verfügung stellte, um bei Streitigkeiten zwischen den einzelnen Völkern eingreifen zu können. Kelim bezweifelte jedoch, dass Gar seine Elitesoldaten nur zum Zweck der Friedensstiftung ausgebildet hatte, was der Überfall auf Karin und ihre Freunde auch bewies. Einmal gewählt, behielt ein Baru sein Amt praktisch ein Leben lang, nur wenn er grobe Fehler beging oder der Stadt oder dem Reich Schaden zufügte, konnte ein anderer gewählt werden.

Endlich beendete Kelim seinen Unterricht und Karin hüllte sich in ihre Decke und legte sich etwas abseits, um von den munteren Unterhaltungen der anderen nicht gestört zu werden. Bald gesellte sich auch Sora zu ihr und als Karin schon fast eingeschlafen war, kam auch Niro und legte sich mit seiner Decke dicht neben sie.

Am nächsten Morgen standen sie zeitig auf, um den Gurt zu reparieren und als sie gerade damit fertig waren und zusammen mit den Anderen Mara den Sattel wieder auflegen wollten, entdeckte jemand ein Schiff, das vom Hafen in Richtung freies Meer unterwegs war, und alle liefen zum Rand der Klippe, um die gefährliche Fahrt zu beobachten. Eines der größeren Segel des Schiffes war rot und Kelim erklärte Karin, dass es ein Schiff aus Gars persönlicher Flotte war. Er wechselte einen Blick mit Rodan.

»Was hat Gar zu dieser Zeit hier zu suchen?«, wollte Sora wissen.

»Das ist eine gute Frage«, meinte Rodan. »Eigentlich nichts. Seine Truppen sind in den Feuerbergen unerwünscht. Wir sollten uns in Elnamira danach erkundigen.«

Sie beobachteten, wie sich das Schiff im Zickzackkurs langsam Richtung offenes Meer voran arbeitete, bis Rodan zur Eile mahnte und sie sich auf den Weg zurück zu den Drachen machten. Sie waren noch nicht sehr weit gekommen, als sie einen lauten Knall hörten, kurz danach einen zweiten. Dann begann die Erde zu beben.

Karin dachte erst an einen Vulkanausbruch oder ein Erdbeben, doch dann entdeckte sie eine Staubwolke, die sich an der linken Seite des Berges erhob. An der Spitze der Wolke bewegte sich etwas. Es waren Tiere. Große, büffelähnliche Tiere. Der Größe der Staubwolke nach, musste es eine gewaltige Herde sein, die in vollem Lauf durch den schmalen Durchgang neben dem Berg brach. Die Tiere kamen direkt auf sie zu. Es waren wirklich Büffel, allerdings sehr große; deutlich größer als Karin die Büffel aus ihrer Welt in Erinnerung hatte.

»Lauft!«, schrie Rodan und rannte los, aber es war zu spät. Die dicht gedrängten Tiere stürmten in wildem Lauf auf sie zu und schnitten ihnen den Weg zu den Drachen ab. Ihnen blieb nur der Weg zurück zum Rand der Klippe, wenn sie nicht überrannt werden wollten. Karin sah sich über die Schulter um und erkannte mit Entsetzen, dass die Tiere rasch aufholten. Sie lief so schnell wie noch nie in ihrem Leben, doch dann war der Weg zu Ende und sie standen am Rand der Klippe, während die Herde unverändert auf sie zuhielt.

»Spring!«, schrie Niro, packte sie am Arm und riss sie mit sich. Auch die anderen wählten den Weg ins Nasse. Die vordersten Tiere bremsten ab, als sie erkannten, dass es nicht weiterging, und schwenkten ab. Aber die nachstürmenden Büffel drückten von hinten dagegen und nicht wenige der unglücklichen Tiere folgten ihnen ins Meer.

Die tosenden Wellen schlugen über Karin zusammen und Niro musste loslassen. Verzweifelt kämpfte Karin mit den Wellen, die sie hin und her warfen und immer wieder über ihr zusammenschlugen. Die Brandung drohte sie an den Felsen, die aus dem Wasser ragten, zu zerschmettern, und sie versuchte vergeblich, weiter ins Meer hinauszuschwimmen, die Wellen warfen sie immer wieder zurück. Sie konnte diesen Kampf nicht gewinnen, früher oder später würden die Wellen ihren Körper an den Felsen zerschmettern, wenn sie nicht vorher ertrank! Auch die anderen kämpften um ihr Leben. Zu allem Überfluss teilten sie sich das Wasser auch noch mit den panisch strampelnden Büffeln; ein Tritt oder ein Stoß mit den Hörnern von diesen Tieren würde genauso tödlich sein, wie gegen die scharfkantigen Felsen gedrückt zu werden. Die Lage war aussichtslos. Sie würde Mara nie wieder reiten. – Mara! – Vielleicht konnte sie ihren Drachen herbeirufen? Sie rief, so laut sie konnte, Maras Namen, dann drückte sie eine große Welle unter Wasser und sie konnte nicht mehr rufen. Doch das musste sie auch nicht. Gedanken brauchten keinen Atem und ihr nächster Ruf war ein lautloser. Als sie nach Luft schnappend wieder auftauchte, sah sie, wie Niro und Rodan von einer Welle gegen die Felsen gedrückt und dann in die Tiefe gerissen wurden. Auch die anderen wurden immer wieder unter Wasser gedrückt. Sie würden alle sterben! Sie wiederholte ihren stummen Hilfeschrei und nur wenige Augenblicke später spürte sie einen festen Griff um ihren Oberkörper und sie wurde aus dem Wasser gehoben und ein Stück weiter draußen im Meer auf einem flachen Felsen abgesetzt. Mara war gekommen! Hustend und Wasser spuckend rappelte sie sich auf und breitete die Arme aus. Sie musste die anderen retten!

»Mara, greif mich!«, rief sie, sobald sie wieder sprechen konnte, und Mara, die den Ernst der Lage begriffen hatte, gehorchte unverzüglich und schnappte sich Karin mit den Zähnen, als diese die Arme nach oben riss. Sie wandte den Kopf und ließ Karin dort fallen, wo normalerweise der Sattel lag. Nur, der Sattel war nicht dort: Er lag mit frisch repariertem Gurt im Lager neben dem Berg. Karin schrie auf, als sie in Maras Rückendornen fiel, die sich in ihre Kehrseite und Beine bohrten. Sie biss die Zähne zusammen und lenkte Mara zurück zum Meer, unfähig, ihre Beine zu bewegen. Wenigstens konnte sie auf diese Weise nicht so leicht herunterfallen. Eilig fischte sie einen nach dem anderen aus dem Meer und setzte alle auf eben diesem Felsen ab, auf dem Mara auch sie abgesetzt hatte. Dabei schrie sie jedes Mal vor Schmerz, wenn sich Mara unter ihr drehte und streckte, um die Drachenreiter sicher zu greifen, aber sie machte weiter. Ohne ihre Hilfe würden sie jämmerlich ertrinken.

Ron fehlte. Verzweifelt suchte sie das Meer ab, nur, sie konnte ihn nirgends entdecken. War er ertrunken? Sie erinnerte sich vage, dass er an der Spitze ihrer Gruppe gegangen war, bevor die Büffel gekommen waren. Hatte er es vielleicht überhaupt nicht zurück zum Meer geschafft, ehe ihn die Büffel eingeholt hatten? Sie ließ die anderen hustend und Wasser spuckend auf dem flachen Felsen zurück und flog hinauf. Die Drachen kreisten über dem Berg und Glandor landete gerade mit einem erbeuteten Büffel auf dessen Spitze. Karin beachtete die Drachen nicht weiter. Angestrengt suchte sie den Boden ab, aber von Ron keine Spur. Er war wohl doch ertrunken. Dieser Gedanke erzeugte eine seltsame Leere in ihrem Herzen und von plötzlichem Hass auf die Büffel erfüllt, sah sie der Herde nach, die nun auf den anderen Durchgang zuhielt. Da entdeckte sie etwas auf dem Rücken eines der Tiere. Sie flog der immer noch wild voranstürmenden Herde hinterher und tatsächlich, auf einem der vorderen Tiere kniete Ron und mühte sich verzweifelt, nicht abgeworfen zu werden. Ron lebte! Er hatte es irgendwie geschafft, aufzuspringen, bevor er niedergetrampelt worden wäre. Sein Reittier war eingekeilt zwischen den anderen ungestüm dahinjagenden Tieren und buckelte immer wieder, um Ron loszuwerden, und als Karin näher kam, gelang es ihm fast. Ron rutschte ab und sein Bein geriet zwischen die dicht an dicht laufenden Tiere. Er schaffte es, sein Bein wieder zu befreien und hochzuziehen. Lange würde er sich auf dem panisch dahinstürmenden Tier jedoch nicht mehr halten können. Und dann würde er von den Nachfolgenden unweigerlich zertrampelt werden …

»Beeil dich, Mara!«, rief Karin und lenkte ihren Drachen nach unten. Geschickt angelte Mara Ron vom Rücken des Büffels und Karin flog zum Lager, wo Mara Ron sanft absetzte. Er blieb an Ort und Stelle liegen, aber Karin kümmerte sich nicht um ihn. Eilig lenkte sie Mara zurück zum Meer, um auch die anderen zu holen. Sie standen allesamt vor Kälte zitternd auf der Klippe und warteten auf sie. Rodan blutete aus einer Wunde an der Stirn und sein Hemd war zerrissen, so wie bei den meisten anderen auch. Niro schien sich am Arm verletzt zu haben und Sora hatte Blut an der Hand, immerhin standen alle aufrecht. So wie es aussah, war niemand ernsthaft verletzt. Kelim schien als einziger unverletzt geblieben zu sein; zumindest war seine Kleidung intakt. Karin atmete auf und ließ ihren Drachen hinunterfliegen. Mara flog auf der Stelle, während sie mit den Vorderbeinen zugriff und Karin wurde bei diesem Flugmanöver erneut heftig durchgeschüttelt. Wieder schrie sie vor Schmerzen, weil sich Maras Dornen dabei noch tiefer in ihr Fleisch gruben, aber sie ließ Mara weitermachen. Diese ergriff immer zwei Drachenreiter auf einmal und so musste sie das Manöver nicht allzu oft wiederholen.

Ron schien ebenfalls nicht schwer verletzt zu sein, denn bis sie alle glücklich zum Lager zurückgebracht hatte, hatte er sich aufgerappelt und ihre Feuer wieder entfacht und jetzt half er ihr beim Absteigen. Aus eigener Kraft hätte sie es nicht mehr geschafft, sich von Maras Dornen zu lösen. Ron humpelte ein bisschen, kletterte jedoch mühelos zu ihr hoch und zog sie mit einem Ruck aus den Dornen. Erneut schrie sie vor Schmerz auf und fiel mehr von Mara, als dass sie herunterkletterte. Niro fing sie auf und legte sie nach Rons Anweisung neben einem der Feuer bäuchlings ins Gras. Sie zogen ihr die Stiefel und die Hose aus und Ron begutachtete die Verletzungen. Er deutete auf Mara.

»Drei Dornen sind abgebrochen«, sagte er und griff nach einer seiner Spitzen. »Halt sie gut fest!«

Ehe Karin richtig begriff, was Ron vorhatte, saß Niro schon auf ihrem Rücken und hielt ihre Hände fest.

»Nein«, flüsterte sie, aber Ron sagte nur noch: »Halt still!« Dann machte er sich daran, die abgebrochenen Dornen aus ihren Beinen zu holen. Der neuerliche Schmerz raubte ihr fast die Besinnung, bis es endlich vorbei war und Niro sie losließ.

»Bleib liegen, Kelim wird sich um dich kümmern!«

Karin hatte im Augenblick überhaupt nicht die Kraft, um etwas anderes zu tun, als liegen zu bleiben. Niro zog ihr die restlichen nassen Sachen aus und breitete eine warme Decke über ihren ausgekühlten Körper, dann wurde sie allein gelassen. Allmählich erholte sie sich etwas und sie hob den Kopf, um zu sehen, wie es den anderen ging. Sie hatten ihre nassen Sachen ausgezogen, dicht neben den Feuern über eine Leine gehängt und sich in ihre Decken gehüllt. Rodan hatte seine kunstvoll über die Schulter drapiert, so dass er ein bisschen wie ein römischer Senator mit Toga wirkte. Um den Kopf trug er einen Verband und Kelim war eifrig damit beschäftigt, auch die übrigen Drachenreiter zu verarzten. Danach kam er zu ihr herüber und musterte ihre Verletzungen. Rodan kam hinzu.

»So kann sie nicht reiten«, meinte er. »Wir können aber nicht hierbleiben.«

»Mach dir keine Sorgen«, beruhigte Kelim ihn. »Sie ist ein Drachenkind. Sie sitzt schneller wieder auf Mara, als du dich umdrehen kannst.«

Rodan lachte, dann kniete er sich neben Karin ins Gras.

»Weißt du, was du da eben getan hast?«

»Ja«, meinte Karin. Sie hatte ihre Verbindung zu Mara genutzt, um diese herbeizurufen, und nur deshalb waren sie noch am Leben. Wenn Rodan und Kelim sie nicht auf die Probe gestellt hätten, wäre sie nie auf die Idee gekommen, Mara um Hilfe zu rufen. Jetzt gab es wirklich keinen Grund mehr, ihnen deswegen noch böse zu sein. Sie wollte schon hinzufügen: »Ich habe uns allen das Leben gerettet«, da fiel ihr etwas anderes ein. Rodan hatte gesagt, dass sie Mara nur mit Erlaubnis reiten durfte; die hatte ihr in dieser Lage natürlich keiner geben können. Sie war gespannt, wie Rodan mit dieser Situation umging.

»Ich bin Mara ohne deine Erlaubnis geritten. Jetzt musst du mich bestrafen!«

Rodan lachte auf. »Beim Großen Drachen! Du hast uns allen gerade das Leben gerettet, bist dabei auf den Drachendornen geritten und das Erste woran du denkst, ist, dass du dafür bestraft wirst, weil ich es dir nicht vorher erlaubt habe?« Er schüttelte den Kopf. Doch dann überlegte er. »Du hast recht. Du hättest vorher jemanden um Erlaubnis fragen müssen. Und nach *guter Sitte* musst du bestraft werden. Aber soweit ich mich entsinne, warst du bei Saras Verhandlung dabei.«

Karin nickte.

»Nun, dann muss ich dir nicht groß und lang erklären, was das Wort *Verzeihung* bedeutet. Und du musst auch nicht darum bitten. Wir gewähren dir gerne Verzeihung. Es war schließlich das einzig Richtige, was du getan hast und du hast dein Vorhaben bravourös ausgeführt; du hast nicht eher aufgehört, bis alle in Sicherheit waren! Ich hätte nicht gedacht, dass du das fertigbringst, schließlich ist es nicht jedermanns Sache, einen ungesattelten Drachen zu reiten.«

»Ihr habt euch ja alle Mühe gegeben, mir beizubringen, Schmerzen zu ignorieren«, antwortete Karin, die sich mit Schaudern an das Klettergerüst erinnerte, über das Kastor sie gezwungen hatte, obwohl sie mit ihrer Hand vor Schmerzen kaum zupacken hatte können. Das hier war irgendwie einfacher gewesen, obwohl es stärkere Schmerzen gewesen waren, aber sie hatte sich schließlich mit den Beinen nicht so festklammern müssen, so wie sie es mit der Hand hatte tun müssen. Sie hatte auch nicht wirklich erwartet, dass Rodan sie bestrafen würde, es aus seinem eigenen Mund zu hören, tat jedoch gut. Endlich hatte sie einmal etwas richtig gemacht. Mit sich zufrieden, ließ sie den Kopf zur Erde sinken, um sich ein wenig auszuruhen. Dann fiel ihr etwas ein. Was hatte die Tiere so in Panik versetzt, dass sie blindlings Richtung Meer gelaufen waren? Sie erinnerte sich, kurz zuvor etwas gehört zu haben. Waren das … Sie versuchte, sich aufzusetzen.

Rodan drückte sie wieder auf den Boden.

»Du sollst liegen bleiben!«, forderte er vorwurfsvoll.

Daraufhin blieb sie zwar gehorsam liegen, aber sie packte Rodan am Arm.

»Die Tiere!«, rief sie. »Irgendetwas hat sie erschreckt!«

»Ja. Das sehe ich auch so. Ron ist gerade mit Glandor losgeflogen, um sich die Sache anzusehen.« Er wandte sich an Kelim. »Soll ich dir helfen?«

»Das bekomme ich auch allein hin. Kümmere du dich um die anderen. Ach ja: Halte Niro noch ein Weilchen auf Trab, sonst geht er mir hier nur im Weg um, wenn er Händchen halten spielt!«

Rodan lachte und entfernte sich.

»Das war gemein!«, beschwerte sich Karin.

»Findest du?«, grinste Kelim. »Wenn ihr zwei erst einmal zusammen seid, seid ihr wie die Kletten.«

Er träufelte ihr mit angewidert verzogenem Gesicht Drachenmilch in die Wunden und verband sie anschließend gründlich.

»Du bleibst hier liegen, bis du etwas anderes von mir hörst!«

»Ja ja«, gab Karin missmutig zurück, worauf Kelim lediglich sagte: »Ich verlasse mich auf dich«, und zu den Feuern hinüber ging. Warum nur mochte sie diesen Satz nicht, besonders wenn Kelim ihn gebrauchte? Sie beobachtete die anderen. Diese hatten sich inzwischen von dem Schrecken erholt und begannen, mit ihren Decken Unfug zu treiben, während sie darauf warteten, dass ihre Kleider trockneten. Das würde noch seine Zeit dauern, doch es war zu kalt, um in nassen Sachen zu reiten. Einzig Ron war trocken geblieben. Deswegen war auch er losgeflogen, um nach dem Rechten zu sehen.

Sie probierten alle möglichen Arten, sich die Decken umzuhängen und als Sora nicht aufpasste, riss Niro ihr grinsend die Decke vom Körper. Rasch griff Sora nach ihrer Decke und es entspann sich unter den anfeuernden Rufen der übrigen ein Tauziehen, in dessen Folge Niros Decke von seinen Schultern rutschte. Als er erfolglos versuchte, sie aufzufangen, entglitt ihm Soras Decke und Sora fiel rücklings in Rodans Arme. Alle lachten und Karin musste Kelim recht geben: Drachenreiter benahmen sich manchmal wirklich wie kleine Kinder. Wenigstens war Niros Verletzung am Arm nicht schlimm, sonst hätte er diesen Unfug nicht machen können, auch die anderen schienen nur oberflächliche Kratzer abbekommen zu haben, die sie nicht weiter beeinträchtigten.

Dann kehrte Ron zurück und das, was er zu berichten hatte, klang beunruhigend: Man hatte die Büffel absichtlich auf sie losgelassen! Er hatte jede Menge Fußspuren gefunden, die von Westen her hinter den Berg führten. Dort gab es einige kleinere Höhlen, in denen diejenigen, die die Spuren hinterlassen hatten, nach der Größe des Abfallhaufens zu urteilen, für einige Tage ihr Lager aufgeschlagen haben mussten. Die Asche der Feuer war noch warm gewesen, als sich Ron die Sache angesehen hatte; es mussten auch heute Morgen noch Feuer gebrannt haben. Des Weiteren führten Spuren zum Gipfel des Berges, von dem man alles genau im Auge behalten konnte und weiter ins Hinterland, bis hinter das aktuelle Weidegebiet der Büffel. Dort hatte er zwei Stellen gefunden, an denen es jeweils einen kleineren Krater mit in weitem Umkreis verstreuten Trümmern gegeben hatte, ähnlich wie in Bel Kanis Dorf. Von dort führten frische Spuren nach Osten und endeten an der Küste, als ob die Unbekannten von einem Schiff aufgenommen worden wären.

Das einzige Schiff, das in letzter Zeit hier vorbeigekommen war, war das Schiff von Gar gewesen, das sie beobachtet hatten …

»Das heißt«, meinte Karin, »dass diese Leute abgewartet haben, bis wir ohne Drachen vorne an der Klippe standen, bevor sie die Büffel auf uns gehetzt haben?« Ron nickte.

»Aber woher wussten sie, dass und wann wir hier aufkreuzen? Und sie konnten doch nicht darauf hoffen, dass wir uns weit genug von den Drachen entfernen würden, um uns mit dieser Methode angreifen zu können.«

»Wenn ich überlege: Doch!«, antwortete Kelim und rieb sich das Kinn. Er nickte. »Ja«, bekräftigte er. »Mit ein bisschen Nachdenken konnten sie beides wissen: Wir übernachten immer hier, wenn wir unterwegs nach Elnamira sind. Das ist kein Geheimnis. Und jeder, der weiß, wann der Weltenfriedensrat zusammenkommt, weiß auch, wann er uns hier finden kann. Und ein Schiff zu beobachten, das durch die Untiefen vor der Hoffnungsklippe manövriert, ist nicht nur für uns etwas Besonderes. Niemand, den ich kenne, würde sich das entgehen lassen. Wahrscheinlich ist es so abgelaufen: Das Schiff hat die Männer westlich der Hoffnungsklippe abgesetzt und hat dann, nachdem wir hier unsere Nacht verbracht hatten, Kurs aufs offene Meer genommen, wobei sie mit Sicherheit erwarten konnten, dass wir uns das Schauspiel ansehen würden. Vom Berg konnte man uns gut sehen, und als wir vorne standen, haben sie sich hinter die Büffel geschlichen und sie mit diesen seltsamen Auseinandersprengungen in Panik versetzt. Danach haben sie sich seelenruhig auf den Weg Richtung Osten gemacht, um sich an einer geeigneten Stelle wieder von dem Schiff aufnehmen zu lassen.«

Das klang plausibel. Aber wieso? Karin hatte gedacht, dass Gar die Drachenreiter anklagen wollte. Wieso versuchte er, sie dann vorher umzubringen, so dass es gar keine Verhandlung mehr geben konnte? Sie fragte Kelim danach.

»Oh, doch!«, antwortete der. »Die Verhandlung hätte auf alle Fälle stattgefunden. Nur, dass niemand da gewesen wäre, der unsere Position vertreten hätte können und dass wir in Abwesenheit verurteilt worden wären. Du kannst dir vorstellen, dass das für die Gemeinschaft gravierende Folgen gehabt hätte!«

Karin schauderte bei dem Gedanken. Was für ein raffinierter Plan! Sie durften Gar nicht unterschätzen, sonst ging die Sache schlecht für sie aus. Doch es gab Hoffnung: Sie hatten den Anschlag überlebt und würden zu Gars Verdruss pünktlich in Elnamira sein. Vorausgesetzt, ihre Kleider würden bald trocken sein. Da fielen Karin ihre Beine ein. *Sie* konnte nicht reiten! Hierbleiben konnte sie allerdings auch nicht; sie musste bei der Verhandlung dabei sein.

»Wie komme *ich* jetzt rechtzeitig nach Elnamira?«, fragte sie Kelim.

»Hiermit!«, antwortete der und schwenkte ein kleines Fläschchen hin und her.

Es war das Fläschchen mit dem Schlafmittel.

»Bitte, nicht schon wieder! Hast du nichts, das nur die Schmerzen nimmt, ohne mich gleich einschlafen zu lassen?«

»Schon. Aber das bekommst du nicht. Bataya hat es dir einmal gegeben, als du deinen üblen Drachenbiss hattest. Du bist beinahe daran gestorben. Leider ist es das einzige Mittel, bei dem man wach bleibt.«

Karin seufzte.

Niro kam zu ihnen herüber.

»Deine Sachen sind wieder trocken«, sagte er und hob die Arme, auf denen Karins Kleider lagen.

Sie halfen ihr beim Anziehen und Anlegen der Schutzausrüstung und als das erledigt war, fühlte sie sich gleich besser. Nicht, dass ihre Beine weniger geschmerzt hätten, aber ohne ihre Ausrüstung fühlte sie sich wie ein halber Mensch; schließlich durfte man ohne diese keinen Drachen reiten.

Auch die anderen zogen ihre Sachen wieder an, boten jedoch ein jämmerliches Bild: Außer Kelim und Karin gab es niemanden, dessen Sachen nicht irgendwo eingerissen waren. Rodan fummelte an seinem Ärmel herum.

»Das gibt Arbeit für heute Abend«, sagte er missmutig. »So können wir uns jedenfalls nicht vor dem Weltenfriedensrat blicken lassen.«

Kelim zuckte mit den Schultern. »Wir können es nicht ändern.«

Rodan nickte und schmunzelte dann. »Ich kann mich ja hinter dich stellen.«

Die Vorstellung, dass sich Rodan hinter Kelim oder überhaupt hinter jemandem verstecken würde, war absurd und Karin musste sich anstrengen, um nicht laut zu lachen, aber auch Sora hatte es gehört und diese machte sich nicht die Mühe, ihr Lachen zurückzuhalten.

»Du kannst dich auch hinter Karin stellen«, schlug sie dann vor, »ihre Sachen sind auch noch heil«, worauf Karin doch noch lachen musste; Rodan war um einiges größer als sie.

Als alles verstaut und die Feuer gelöscht waren, verabreichte Kelim Karin das Schlafmittel und die Drachenreiter halfen ihr, Rammador zu besteigen. Sie spürte noch, wie sie mit Gurten am Sattel und an Rodan festgebunden wurde, dann bekam sie nichts mehr mit.

Sie erwachte während der Mittagsrast. Sie setzte sich auf und bewegte vorsichtig ihre Beine. Es tat schon viel weniger weh. Sie aß die Suppe, die ihr Niro brachte und ging danach vorsichtig ein paar Schritte. Es schmerzte, allerdings nicht sehr und sie verzog sich hinter ein paar Büsche, um dort ihre Notdurft zu erledigen. In die Hocke zu gehen, war schwieriger, aber auch das brachte sie zuwege und sie machte sich Hoffnungen, wenigstens den Nachmittag mitzuerleben, doch Rodan schüttelte den Kopf.

»Das würde dich zu viel Kraft kosten und die Heilung verzögern, da du dann ganz automatisch die Muskeln anspannst. Morgen ist auch noch ein Tag zum Reiten. Wir werden wahrscheinlich erst am Morgen des übernächsten Tages in Elnamira ankommen.«

Karin seufzte und ging dann auf steifen Beinen erst einmal hinüber zu Mara. Sie hatte sich bisher noch nicht bei ihr bedankt oder sie gelobt. Nur, es war gar nicht so einfach, in ihre Nähe zu kommen: Mara wurde umlagert wie eine Bienenkönigin, denn dafür, dass sie ihnen das Leben gerettet hatte, wollte ihr jeder irgendetwas Gutes tun und die Drachenreiter wechselten sich ab, sie zu kraulen oder ihr die Schuppen zu putzen. Mara genoss die Zuwendungen mit geschlossenen Augen und grunzte ab und zu zufrieden, aber als Karin näher kam, schnupperte sie, öffnete die Augen und wandte sich ihr erfreut zu. Natürlich versuchte sie als erstes, Karin abzuschlecken, inzwischen hatte diese jedoch gelernt, wie sie diese heftige Liebkosung verhindern konnte und ein energisches »Nein!« und ein schnelles Kraulen um die Nase und hinter den Ohrstacheln genügte, um Mara davon abzubringen. Karin sparte nicht mit Lob und kraulte Mara solange an allen Stellen, an denen sie das besonders gerne hatte, bis Kelim sie zu sich rief.

»Wir sind startbereit. Hier!«

Er streckte ihr den Löffel mit dem Schlafmittel entgegen. Karin seufzte, dann schluckte sie. Sie kam gerade noch auf Rammador hinauf, dann setzte die Wirkung ein und der Rest des Tages entzog sich ihrer Wahrnehmung.

Das Erste, was sie bemerkte, als sie wieder zu sich kam, war ein seltsames Rauschen und ein Prasseln wie von einem Feuer. Sie öffnete die Augen, aber es brannte kein Feuer. Es war fast dunkel, nur ein schwaches, grüngelbes Schimmern, das von irgendwo neben ihr am Boden kam, ließ sie ihre Umgebung schemenhaft erkennen. Über ihr war eine Art Plane gebreitet, die an der Wand hinter ihr begann und schräg bis zum Boden verlief. Sie setzte sich auf und lehnte sich an die Wand, da erkannte sie, dass es gar keine Wand war. Es war etwas Lebendiges; es war die Seite von einem Drachen und die Plane war nichts anderes als ein Flügel, den der Drache schützend über sie und die anderen Drachenreiter gebreitet hatte. Sie war nämlich nicht allein in dieser kleinen Höhle. Kelim, Sora und Niro saßen, dicht aneinandergedrängt, neben ihr in dem engen Raum, den der Flügel begrenzte. Und das Rauschen und Prasseln rührte von dem heftigen Regen her, der auf sie niederging.

»Schön, dass du wach bist«, sagte Niro und reichte ihr einen Becher und ein Stück Brot, das mit irgendetwas Undefinierbarem belegt war. »Hier, für dich. Leider alles kalt. Bei dem Regen können wir kein Feuer machen. Hier gibt es keine Höhlen.«

Den Becher nahm Karin gerne, aber das Brot nahm sie nur, damit Niro nicht beleidigt war; sie hatte keinen Hunger und schon gar nicht, wenn sie dieses undefinierbare Zeug betrachtete, das auf dem Brot lag. Sie biss einmal ab und der fade Geschmack trug nicht dazu bei, in ihr Appetit zu erwecken. Sie hielt das Brot in der Hand, während sie sich erzählen ließ, dass sie den westlichsten Punkt ihrer Reise schon fast erreicht hatten und mit dem Abschwenken der Küstenlinie nach Süden bereits die Grenze zum Ebenenreich Ela passiert hatten. Am nächsten Tag würden sie der Küste erst einige Stunden Richtung Süden folgen und dann an der Nordküste der Halbinsel Mera entlang zurück nach Osten. Natürlich bemerkte Kelim, dass sie nichts aß.

»Ich gebe zu, dass roher Flussaal nicht besonders geschmackvoll ist, aber trotzdem wirst du dein Brot essen!«, sagte er streng.

Karin betrachtete das Brot. »Ich habe aber keinen Hunger.«

»Das macht nichts; du wirst es trotzdem essen. Morgen wirst du wieder reiten und da brauchst du alle deine Kräfte. Ich habe mir deine Verletzungen angesehen und durchmassiert. Du könntest auch jetzt schon bedenkenlos reiten, ohne dass es dir schadet. Jetzt kenne ich dich schon eine ganze Weile, aber es erstaunt mich doch immer noch, wie schnell deine Wunden heilen, wenn du gut versorgt wirst. Und jetzt iss, sonst darfst du Morgen nur mitreiten, nicht selbst steuern.«

Zögerlich biss Karin ab und schließlich war das Brot in ihrem Magen verschwunden. Kelim und Niro wünschten noch eine gute Nacht, dann schlüpften sie unter dem Flügel hinaus in den Regen, um zu Rammador beziehungsweise zu Glandor zu gehen; jeder sollte bei seinem Drachen übernachten. Das bedeutete, dass der Drache hinter Karin Mara sein musste. Sie betrachtete den Flügel. Es war der linke und sie konnte die lange Narbe sehen, die sich durch die Flughaut zog und sie an dieser Stelle versteifte und leicht zusammenzog. Mara würde nie wieder so gut fliegen können wie früher. Ein Grund mehr, sich der Anklage zu stellen und die Verantwortung für ihren Fehler zu übernehmen.

Sora gähnte. »Das Geräusch des Regens macht mich immer so schläfrig«, sagte sie. »Lass uns schlafen gehen!«

Sie wickelte sich in ihre Decke und nicht lange danach verrieten ihre gleichmäßigen Atemzüge, dass sie eingeschlafen war. Nur, Karin hatte den ganzen Tag geschlafen. Zwar war es kein natürlicher Schlaf gewesen, doch es hatte gereicht, um sie jetzt hellwach sein zu lassen. Sie blieb an Mara gelehnt sitzen und lauschte dem Regen. Als dieser etwas nachließ, stand sie auf und kroch unter dem Flügel hinaus ins Freie. Die Luft war kalt und sie legte die Arme um ihren Körper. Das Lager wirkte wie verlassen, die Drachenreiter waren gut verborgen unter den Drachenflügeln. Auch die meisten Drachen hatten den Kopf zur Erde gelegt und schliefen. Mara schien gerade zu träumen, denn ihre Augen rollten unruhig hin und her und ihre Nase zuckte. Karin hätte zu gerne gewusst, wovon sie träumte, doch momentan war sie zu wach, um Maras Träume zu teilen. Plötzlich berührte sie etwas an der Schulter und sie schrie erschrocken auf.

»Hej! Ich bin's doch nur«, sagte Niro beschwichtigend. »Wieso schläfst du nicht?«

»Das könnte ich dich auch fragen«, gab Karin zurück, nachdem sie sich von dem Schreck erholt hatte.

»Dann frag mich doch.«

»Warum schläfst du nicht?«

»Erst du«, sagte Niro mit einem Grinsen auf den Lippen. Karin ignorierte es.

»Ich hab schon den ganzen Tag geschlafen. Wovon sollte ich da müde werden? – Und jetzt du!«

»Ich habe wieder von Sora geträumt. Der Große Drache hat zu ihr gesagt: *Ich hole dich!* Und dann war Sora überall voller Blut – da bin ich aufgewacht.«

Karin sagte nichts, aber sie griff nach Niros Hand und drückte sie leicht. Niro erwiderte ihren Griff und so standen sie eine ganze Weile, ohne etwas zu sagen, den Blick auf Maras Gesicht gerichtet, das immer noch im Traum zuckte.

Endlich brach Niro das Schweigen.

»Der Regen wird wieder stärker, wir sollten uns unter die Drachenflügel legen.«

Karin nickte, doch keiner von beiden rührte sich. Plötzlich schnaubte Mara laut auf und endlich lösten sie sich voneinander und krochen unter die herabgelassenen Flügel ihrer Drachen. Und endlich konnte auch Karin einschlafen, aber auch sie begann bald zu träumen und sie wälzte sich unbehaglich hin und her. Und auch sie träumte von Sora und dem Großen Drachen, träumte, wie der Große Drache ankündigte, Sora zu holen, und wie diese dann schreiend davonlief. Sie hätte sich wohl kaum an den Traum erinnert, wenn Sora sie nicht an den Schultern gepackt und geschüttelt hätte.

»Karin! Was ist mit dir? Wach auf!«, rief sie.

Verwirrt setzte sich Karin auf. »Sora? Wieso bist du hier? Hat dich der Große Drache nicht erwischt?«

»Der Große Drache? Was redest du da? Du hast dich herumgewälzt und geschrien, dass mir fast das Blut in den Adern erstarrt wäre.«

»Wie? Ich – ich habe vom Großen Drachen geträumt; er hat dich gejagt und du warst es, die geschrien hat.«

»Nein, du! Ich bin von deinem Geschrei aufgewacht und habe gedacht, mit dir stimmt etwas nicht.«

»So? In meinem Traum warst es aber du, die geschrien hat.«

»Gut, dass es nur ein Traum war, du hast mich ganz schön erschreckt. Nachdem das geklärt ist, können wir ja weiterschlafen.«

Ohne weitere Worte drehte sich Sora auf die andere Seite und schloss die Augen. Nach einiger Zeit folgte Karin ihrem Beispiel, sie konnte jedoch nicht gleich einschlafen wie Sora, deren gleichmäßige Atemzüge verrieten, dass sie schon wieder tief und fest schlief.

Jetzt hatte sie auch vom Großen Drachen geträumt. Wieso ignorierte Sora diese Träume so hartnäckig? Glaubte sie nicht an diese Prophezeiungen oder wollte sie es einfach nicht wahrhaben? Die Träume wurden jedenfalls von Mal zu Mal bedrohlicher. Sie dachte daran, was Niro geträumt hatte: Sora voller Blut … Bedeutete das, dass der Große Drache Sora verletzen würde oder sie sogar umbringen würde? *Ich hole dich*, konnte auch ihren Tod ankündigen. Karin warf einen Blick auf Sora, die friedlich schlief, und strich ihr dann über die Haare.

»Ich hoffe, dir geschieht nichts Schlimmes«, sagte sie leise, dann zog sie die Decke enger um sich und wandte Sora den Rücken zu. Das leise Geräusch des Regens, der auf Maras Flügel fiel, schläferte sie schließlich ein und als sie die Augen wieder öffnete, war es heller Tag.

Die Wolken hatten sich verzogen und über dem Horizont erhob sich eine hellorangefarbene Sonne, welche die Nässe des nächtlichen Regens in Nebelschwaden verwandelte, die überall aus der Erde emporstiegen und wie Geister über dem Boden tanzten. Bis sie gefrühstückt hatten, hatte sich der Spuk aufgelöst und Karin packte ihre Decke zusammen und machte sich auf den Weg zu Rammador, da Kelim seine Decke bereits bei Mara untergebracht hatte und sie deshalb annahm, dass sie mit Rodan reiten sollte. Dieser unterhielt sich gerade mit Niro und als er sah, wohin sie ging, rief er sie zu sich.

»Hast du Lust, auf Glandor zu reiten?«, fragte er, als sie bei den beiden angekommen war.

»Ich?« Karin wäre nicht im Traum auf die Idee gekommen, dass Rodan sie auf den Sonnendrachen aufsteigen lassen würde. Glandor war mindestens genauso stark wie Rammador und bei Weitem nicht so gut ausgebildet, und da Niro seine Drachenprüfung noch nicht abgelegt hatte, durfte auch er nicht ohne einen erfahrenen Mitreiter aufsteigen. Wollte Rodan Glandor reiten? Das wäre sicher keine gute Idee, denn zwischen Rammador und Glandor gab es einige Spannungen und wenn Rodan Glandor bevorzugte …

»Ja, du. Zusammen mit Niro. Wir haben uns zusammengesetzt und euch eine Sondererlaubnis erteilt. – Mit der Auflage, im Flugverband auf Position zu bleiben.«

»Ich – ich …«, stammelte Karin.

Rodan schmunzelte. »Ich betrachte das als Zustimmung.«

Also verstaute Karin ihr Gepäck in Glandors Satteltaschen. Niro nahm sie bei der Hand und sie stellten sich gemeinsam vor dem Drachen auf, um sich prüfen zu lassen. Karin überstand trotz etwas steifer Beine den Stoß mühelos und machte sich an den Aufstieg. Glandor war überraschend leicht zu besteigen, da er sehr raue Schuppen hatte, und dann saß sie oben auf dem beeindruckendsten Drachen, den es gab, dessen Schuppen glänzten wie tausend kleine Sonnen und der deshalb auch Sonnendrache genannt wurde, und ihre Hände zitterten vor Aufregung. Niro kletterte hinterher und verscheuchte sie von ihrem Platz.

»Du sollst ihn reiten und dich nicht von ihm spazieren tragen lassen!«

Er reichte ihr Handschuhe und Karin wechselte stumm auf den vorderen Platz, sie war zu aufgeregt, um etwas sagen zu können.

»Keine Angst«, sagte Niro, als er sich hinter sie setzte, »ich bin auch noch da. Auf das Fluggeschirr musst du leider verzichten, ich habe es nicht dabei, aber du wirst sehen, dass Glandor auch so zu steuern ist.«

Nachdem sie die Handschuhe angezogen hatte, legte Karin vorsichtig eine Hand unter eine Schuppe und war überwältigt von der kraftvollen Energie, die sich gegen ihre Hand stemmte. Was für ein gewaltiges Tier! Sie wunderte sich, wieso Glandor Rammador seinen Rang noch nicht streitig gemacht hatte. Doch er schien das gar nicht zu wollen. Er schien lieber auf Rammadors Erfahrung mit den hiesigen Gegebenheiten zu vertrauen, statt seine Stärke beweisen zu wollen.

»Wir sind soweit!«, schallte Rodans Ruf zu ihr herüber. Auf sein Zeichen zum Start ließ sie Glandor losfliegen und obwohl sie viel Kraft in diesen Befehl legen musste, gehorchte er willig und ordnete sich brav hinter Rammador ein. Der Flug selbst kostete sie kaum Kraft, da sie die meiste Zeit gerade dahinflogen und nur selten die Richtung änderten. Und da Glandor hinter Rammador flog, ließ sie ihn diesem einfach hinterherfliegen und brauchte fast gar nichts zu tun, während sie reichlich Zeit hatte, die Aussicht zu genießen.

Niro rückte dicht zu ihr auf und legte seine Arme um ihre Taille, als müsse er sie festhalten und Karin genoss es, ihm so nahe zu sein.

Die Landschaft von Mera bot ein ganz anderes Bild als die der Feuerberge. Statt Berge gab es nur noch einige flache Hügel und die wenigen Wälder waren von hellerem Grün als die dichten Nadelwälder der Feuerberge. Bei näherem Hinsehen erkannte sie, dass es eine Vielzahl verschiedener Baumarten gab, die meisten davon waren Laubbäume. Noch drängten sich kleinere Gruppen der dunkleren Nadelbäume dazwischen, so dass die Wälder wie Fleckerlteppiche wirkten. Hauptsächlich jedoch war das Land von Gras bedeckt, über das große Herden grasfressender Tiere hinweg zogen. Je näher sie Elnamira kamen, desto öfter sahen sie auch ausgedehnte Felder, auf denen Ackerbau betrieben wurde. Trotzdem blieb das beherrschende Element dieser Landschaft das Gras. Wo keine Tiere weideten, die es kurz hielten, erreichte es eine stattliche Höhe und würde selbst einen kleineren Drachen verbergen. Es wurde von einem Netzwerk von Trampelpfaden durchzogen, die entweder von Tieren oder von den Menschen angelegt worden waren. Einmal sah Karin eine Herde großer, grauer Tiere, die sich in einer langen Reihe den Weg durch das hohe Gras bahnte, ein anderes Mal entdeckte sie eine kleine Karawane, deren Lasttiere so voll beladen waren, dass sie unmöglich erkennen konnte, um welche Tiere es sich dabei handelte.

Sie machten nur eine kurze Mittagsrast, während die Drachen im Meer jagten. Zu Karins Freude durfte sie auch danach Glandor wieder befehligen. Kurz bevor die einsetzende Dämmerung sie zwang, sich einen geeigneten Lagerplatz zu suchen, hatte sich die in eine schmale Landzunge auslaufende Halbinsel Mera so weit verjüngt, dass Karin das Meer auf der Südseite sehen konnte. Sie schlugen ihr Lager zwischen einem kleinen Wäldchen und einem kleinen Bach auf, der sich in wilden Schlangenlinien seinen Weg durch die Landschaft bahnte. Während sie sich aus ihren Vorräten ein karges Mahl bereiteten, zog der Himmel wieder zu. Beim Essen besprachen sie noch einmal, wie sie Gars Anklage am besten gegenübertreten konnten. Aber sie hatten ja auch noch den Pfeil und die Kiste samt Inhalt dabei und Karin wandte sich an Kelim.

»Und was ist mit unserer Anklage gegen Gar?«

»Das ist schwierig. Zum einen haben wir für viele Anklagepunkte nur eure Aussage als Beweis und zum anderen können wir nicht erklären, wie Gar es geschafft hat, in der fraglichen Zeit in der Wüste zu sein – per Schiff hätte er dies, in dem zur Verfügung stehenden Zeitfenster, jedenfalls nicht schaffen können. Du weißt, dass es uns nicht gelungen ist, die Existenz eines Tores von Elnamira in die Wüste zu beweisen?«

Karin nickte. Trotz regelmäßiger Suchflüge nach Bekanntwerden des Überfalls auf das Dorf hatten sie nichts gefunden; weder ihr Tor, noch irgendwelche Spuren, die beweisen konnten, dass ein Tor existieren musste. Sora hatte ihr zwar erzählt, dass sie bei einigen Flügen Spuren von Gars Soldaten gefunden hatten, diese waren leider zu kümmerlich gewesen, um sagen zu können, wann genau Gar dort gewesen war oder um auch nur die ungefähre Zahl seiner Soldaten festzustellen. Auch hatte man nie sagen können, von woher die Spuren gekommen waren und in welche Richtung sie weitergeführt hatten – das reichte nicht, um zu beweisen, dass Gar sich unerlaubt in der Wüste aufgehalten hatte. Und seinen Aufenthalt in der Wüstenfestung konnte er laut Kelim als legitim belegen; in der fraglichen Zeit war tatsächlich ein Schiff von Gars Flotte über das Meer gekommen. Ob Gar auch an Bord gewesen war, konnte man nicht wissen. Die Drachenreiter vermuteten jedoch, dass er schon vorher in der Wüste angekommen war und das Schiff *leer* unterwegs gewesen war. Aber beweisen konnten sie das natürlich nicht.

»Außerdem«, fuhr Kelim fort, »fehlt uns noch etwas Entscheidendes: Wir können nicht wirklich erklären, zu welchem Zweck Gar das Dorf überfallen hat und auf dich und deine Freunde schießen hat lassen. Wir wissen ja nicht einmal, *wie* das Dorf auseinandergesprengt wurde. – Wir haben stets beteuert, die Auflagen einzuhalten und wenn es jetzt Gar gelingt, uns als unzuverlässig hinzustellen, schadet das auch unserer Glaubwürdigkeit und unsere Anklage steht auf sehr wackeligen Beinen – mit nur einer Kiste und einem Pfeil als Beweise.«

»Aber ihr habt doch die Auflagen nicht gebrochen; ich war es doch, die zu dicht herangeflogen war. Ihr habt euch nichts vorzuwerfen; das müssen die anderen doch erkennen.«

»Sollte man meinen. Doch du kennst Gar nicht. Er kann sehr überzeugend sein. Zum Glück gibt es die Jediki. Ihre Kommentare werden in der Regel sehr ernst genommen und sie haben sich noch nie von Gar täuschen lassen. Und auch meine Stimme im Rat kann helfen, der Vernunft zu ihrem Recht zu verhelfen.«

Rodan schaltete sich ein. »Wir werden auf jeden Fall sehr vorsichtig damit sein müssen, wessen wir Gar beschuldigen, aber wir werden sehen, wie sich das Ganze morgen entwickelt und entsprechend verfahren. Und jetzt geht schlafen, damit ihr morgen auch ausgeruht seid.«

Doch zuvor klärte Kelim Karin noch einmal über die *gute Sitte,* wie sie während einer Zusammenkunft des Weltenfriedensrates galt, auf, bevor auch sie sich – vorsichtshalber unter Maras Flügel – zurückziehen konnte. Und das war gut so, denn noch vor Morgengrauen begann es zu nieseln und hörte den ganzen Tag über nicht mehr auf. Es war ungemütlich kalt. Karin zog den Umhang eng um sich und war froh, im Windschatten hinter Rodan sitzen zu dürfen, während sie unter den tief hängenden Wolken dahinflogen. Der feine Regen und die teilweise bis zum Boden reichenden Nebelschwaden schränkten die Sicht ein, und sie sah kaum etwas von der Landschaft unter ihr. Auch die südliche Küste, obwohl näher als am Vortag, war nicht mehr zu sehen. Wenige Stunden später erreichten sie Elnamira. Sie flogen über viele kleinere Vororte hinweg, ehe sie die mächtigen, weißen Mauern der Stadt passierten. Rodan steuerte einen fußballfeldgroßen, freien Platz an, der inmitten vieler schäbiger, kleiner Hütten lag, und sie ließen ihre Drachen landen. Von dem Platz war mit einem hohen, hölzernen Zaun ein mehrerer Meter breiter, leerer Streifen abgetrennt, der noch einmal umzäunt war. Kaum, dass sie gelandet waren, eilten schon die ersten Neugierigen herbei, um die Drachen zu sehen. Die meisten blieben in respektvollem Abstand noch weit vor der äußeren Umzäunung stehen, aber eine Gruppe Halbwüchsiger wagte sich mutig bis zum inneren Zaun vor. Mara und Glandor schnupperten intensiv in alle Richtungen, die anderen Drachen blieben gelassener; für sie waren Städte und viele Menschen nichts Ungewöhnliches. Als Mara neugierig ihren Kopf über den Zaun streckte, um die jungen Leute genauer in Augenschein zu nehmen, verließ diese der Mut und sie flüchteten eilig hinter die äußere Umzäunung, was die Drachenreiter mit Gelächter quittierten. Karin fand, dass das keine gute Methode war, um sich Freunde zu schaffen, aber sie musste zugeben, dass auch ihr das Lachen auf der Zunge gelegen hatte. Immer mehr Menschen scharten sich um den Platz und vor allem Glandor war Gegenstand ihrer Bewunderung. Obwohl Niro ihn sich am Morgen im Uferschlamm des Baches, neben dem sie gelagert hatten, wälzen hatte lassen – was ihm das Vergnügen beschert hatte, den Sattel putzen zu müssen – war der goldene Glanz von dessen Schuppen noch deutlich zu sehen.

Rodan half Kelim, die Schutzausrüstung abzulegen, dann rief er Karin zu sich.

»Wenn du willst, kannst du mitkommen und dir noch ein wenig die Stadt ansehen. Es ist noch genug Zeit; die Versammlung beginnt erst am Nachmittag. Aber bleib dicht bei deinen Begleitern und geh nirgendwohin, ohne vorher zu fragen! Fass nichts an, sieh niemandem ins Gesicht und lass vor allem deine Kapuze auf!«

»Gut, dass es regnet«, meinte Kelim, während er sein zerknittertes Hemd glattstrich, »So fällt das nicht auf.«

Karin nickte. Sie hatten ausgemacht, dass niemand Karin sehen sollte, bevor die Anklage gegen die Drachenreiter eröffnet wurde und sie deshalb Umhang und Kapuze nicht ablegen sollte.

Zwei Drachenreiter blieben zurück, um die Drachen zu bewachen, die anderen machten sich auf den Weg in die Stadt. Kelim, der als einziger die Schutzausrüstung abgelegt hatte, führte sie an. Allmählich ließen sie die schäbigen, kleinen Hütten mit ihren engen, vom Regen schlammigen Gassen hinter sich und gelangten in eine bessere Wohngegend. Hier waren die Wege breiter und teilweise gepflastert. Und es roch auch weitaus angenehmer als in den engen, dunklen Gassen, in denen überall Unrat herumgelegen war.

Bald gelangten sie in das Marktviertel, das aus etlichen rechteckigen, großen Plätzen bestand, die von prächtigen, mehrstöckigen Häusern begrenzt wurden. Die Marktstände standen in mehreren schnurgeraden Längsreihen und waren streng geordnet, wie die Plätze auch: Auf jedem wurden andere Waren angeboten. Trotz des schlechten Wetters waren sie beileibe nicht die

Einzigen, die den Markt bevölkerten, und Karin hielt sich dicht neben Kelim, um nicht abgedrängt zu werden. Sie fühlte sich unwohl zwischen all diesen fremden Menschen, die aus allen Teilen dieser Welt stammten. Die bunten Kleider der Wüstennomaden kannte sie bereits. Sie standen im Kontrast zu den bodenlangen, engen, einfarbigen Kleidern der Einheimischen, deren Frauen überdies ein kleines, im Nacken gebundenes Kopftuch in derselben Farbe trugen. Die Farbe schien beliebig zu sein, so dass es auch ohne die unterschiedlichen Trachten der einzelnen Volksgruppen ziemlich bunt herging in Elnamira. Die meisten Leute trugen über ihrer Kleidung irgendeine Art von Regenschutz, so dass man nicht immer gleich sehen konnte, woher der Betreffende stammte. Und immer wieder begegneten sie Soldaten von Gar, denen die Menge eilig Platz machte. Die Leute taten dies jedoch ganz beiläufig und ließen sich dabei nicht in ihren Gesprächen oder Verhandlungen stören, als sei es etwas ganz Alltägliches, dass Soldaten durch die Menge patrouillierten.

Ihre Gruppe teilte sich und Karin schloss sich mit Niro zusammen Kelim an, der einen Platz ansteuerte, auf dem unter anderem Kräuter und Gewürze angeboten wurden, während Rodan mit den übrigen Drachenreitern in eine andere Richtung verschwand. Es lag ein kräftiger, süßlicher Geruch über den Kräuter- und Gewürzständen, der durch das feuchte Wetter besonders zur Geltung kam, so dass Karin fast schwindlig davon wurde. Kelim drehte sich zu ihr und Niro um.

»Haltet euch von den Getränkeständen fern! Fast jedes Getränk dort enthält Alkohol, auch wenn es nicht danach aussieht!«

Karin nickte. Sie wusste bereits, dass den Drachenreitern Alkohol streng verboten war. Sie durften nicht einmal Medizin, in der Alkohol enthalten war, einnehmen, sonst drohte *drachenfrei*. Sie wusste allerdings nicht weshalb, nur jetzt war sicher nicht der richtige Zeitpunkt, um Kelim danach zu fragen.

Dieser steuerte einen bestimmten Stand an und während er mit dem Händler verhandelte, hatte Karin Zeit, sich umzusehen. Ihr fiel auf, dass ausschließlich Fußgänger in den Straßen unterwegs waren, obwohl die Wege breit genug für Fahrzeuge waren und sie auch die eine oder andere Wagenspur erkennen konnte. Sie fragte Niro danach und dieser erklärte ihr, dass die Märkte nur zwei Mal am Tag für jeweils eine Stunde für Fahrzeuge freigegeben wurden, um Unfälle zu vermeiden. Karin hielt das für eine kluge Regelung, ebenso wie die Anordnung der Stände nach Warengruppen; so musste man nicht lange suchen, wenn man etwas Bestimmtes brauchte.

Plötzlich gab es einige Unruhe, als eine Gruppe schwarz gekleideter Gestalten sich rücksichtslos ihren Weg durch die Menge bahnte. Die Leute wichen eilig zur Seite, so als wären die schwarzen Gestalten giftig und ein Kontakt mit ihnen tödlich. Die Gruppe kam direkt auf sie zu und auch sie machten Platz. Die Gestalten waren vermummt bis auf die Augen, so dass man nicht erkennen konnte, ob es sich um Männer oder Frauen handelte. So wie sie sich bewegten, vermutete Karin jedoch, dass es Männer waren, zumal jeder von ihnen zwei lange Dolche dabei hatte, die in einem breiten roten Stoffgürtel steckten. Karin fühlte sich an Ninja-Kämpfer erinnert, wobei das dicke Tuch um den Kopf nicht ganz in das Bild passte.

»Das waren Piraten«, erklärte Kelim. »Für die Zeit der Zusammenkunft des Weltenfriedensrates ist ihnen der Zutritt zu Elnamira gestattet. Sie gelten als sehr reizbar und man sollte ihnen tunlichst aus dem Weg gehen; es gibt immer wieder Zwischenfälle mit Verletzten und es war schon mehrmals davon die Rede, sie aus dem Friedensrat auszuschließen, aber man hat es dann doch nie gemacht.«

Dank der geordneten Stände hatte Kelim bald alles besorgt, was er benötigte und Niro verschwand noch in einem großen, gelben Haus, um Drachenschuppen einzutauschen. Als er wieder heraus kam, wirkte er sichtlich zufrieden und Kelim führte sie noch hinunter zum Meer, um ihnen den Nordhafen von Elnamira zu zeigen. Wegen der Zusammenkunft des Weltenfriedensrates lagen dort viele verschiedene Schiffe vor Anker, darunter gleich mehrere Schiffe von Gar, mit dem typischen roten Segel. Ein Schiff stach Karin besonders ins Auge: Es war ein großer, schlanker Dreimaster mit grünen Segeln und bei Weitem das größte Schiff, das hier vor Anker lag. Niro, der ihren bewundernden Blick bemerkte, erklärte, dass das ein Schiff aus dem Inselreich sei, und wer Schiffe liebe, müsse einmal in seinem Leben dorthin reisen, denn es gäbe in der ganzen Welt kein Schiff, das dort nicht zu finden sei. So schiffsverrückt war Karin auch wieder nicht, ihr genügte es, die Schiffe in diesem Hafen zu bewundern. Was ihr am Hafen weniger gefiel, war die Tatsache, dass die Luft intensiv nach Fisch roch, der an einer langen Reihe von Ständen entlang des gesamten Hafens zum Verkauf angeboten wurde. Es war schon fast Mittag und der meiste Fisch schon verkauft, sie war dennoch beeindruckt von der Vielzahl der verschiedenen Fischarten, die zum Verkauf angeboten wurden. Die Mehrzahl der Fische sah ganz gewöhnlich aus und hätte auch aus ihrer Welt stammen können, aber es waren doch einige Exemplare dabei, die völlig anders aussahen. So gab es einen ziemlich dicken, kräftig lila gefärbten Fisch, der wie ein aufgeblasener Diskus aussah und eine Art Krake, der in allen Farben des Regenbogens schillerte – und lebendig verkauft wurde; die Tiere krochen unruhig in ihrer Kiste herum und versuchten immer wieder herauszuklettern, was ein Junge mithilfe eines langen Stocks verhinderte. Der Junge schien eigens zu diesem Zweck neben der Kiste zu stehen.

Kelim erklärte noch, dass es im Süden von Elnamira einen zweiten Hafen gab, aber sie hatten nicht genug Zeit, um sich noch mehr anzusehen, und so machten sie sich auf den Rückweg.

Karin war froh, als sie wieder bei den Drachen ankamen. Sie war es nicht mehr gewohnt, unter so vielen Menschen zu sein und überdies war fast alles, was sie hier gesehen hatte, neu für sie.

14 Die Verhandlung

Sie aßen noch eine Kleinigkeit, doch Karin brachte fast nichts hinunter, die Gewissheit, dass sie nunmehr nur noch wenige Minuten von der Anklage durch Gar trennten, nahm ihr jeden Appetit. Rodan versuchte noch, die geflickte Stelle an seinem Hemd unter einer Falte zu verbergen, was jedoch nicht gelang. Er seufzte und musterte die anderen, deren Kleidung ebenfalls teilweise deutlich sichtbare Flickstellen aufwies; einzig Kelim war mit heilen Sachen davongekommen. Karin Sachen hatten zwar den scharfen Felsen im Meer standgehalten, aber Maras Dornen hatten einige kleinere Löcher in ihrer Hose hinterlassen. Im Gegensatz zu den langen Rissen, die manch anderer hinnehmen hatte müssen, fiel das allerdings kaum auf. Und dann machten sie sich auf den Weg zu dem Gebäude, in dem der Weltenfriedensrat zusammenkam. Es stand mitten in der Stadt und war riesig. Es war aus großen, weißen Steinblöcken erbaut worden und sein Vordach wurde durch eine Reihe von Säulen gestützt, ähnlich wie Karin es von griechischen Tempeln her kannte, nur dass jede Säule eine andere Farbe hatte. Die äußeren Säulen bestanden aus schwarzem Stein, die nächsten aus dunkelgrauem und so weiter, bis hin zu den beiden Säulen, die den Eingang begrenzten, diese waren ebenso weiß wie das Gebäude selbst. Der ganze Bau war schlicht gehalten und besaß nur wenige Verzierungen, die Säulen allein genügten, um ihn zu etwas Besonderem zu machen.

Die großen Tore waren geschlossen und das machte Kelim stutzig. Er wandte sich an Rodan.

»Bisher waren die Tore immer auf; sie wurden erst nach Beginn der Zusammenkunft geschlossen.«

»Du sprichst wahr, das ist seltsam.«

»Ihr seid zu spät!«, rief ihnen einer der beiden Wachen entgegen, als sie näher kamen.

»Zu spät?«, fragte Rodan. »Wie kann das sein? Der Beginn der Beratungen ist doch erst in einem halben Uhrumlauf!«

Die Wachen schüttelten den Kopf.

»Die Zusammenkunft ist schon vor zwei Uhrumläufen eröffnet worden«, sagte derjenige, der ihnen schon ihr Zuspätkommen verkündet hatte.

Rodan und Kelim wechselten einen besorgten Blick, dann drehte sich Rodan zu Karin um.

»Das ist nicht gut, das ist gar nicht gut! Wir hätten die Drachen noch vor Beginn melden müssen. – Jetzt gelten Glandor und Mara als wilde Drachen.«

»Ist das schlimm?«, fragte Karin.

Kelim nickte. »Wilde Drachen dürfen von jedem getötet werden.«

Erschrocken sah Karin zu Rodan, doch der nickte ebenfalls.

»Aber wieso sind wir zu spät?«, fragte Sora. »Wir haben doch die Nachricht erhalten, dass die Beratungen in der zweiten Stunde am Nachmittag beginnen.«

»Ja.« Kelim nickte nachdenklich. »Sie kam ungewöhnlich spät bei uns an und die Taube, die unsere Grenze passiert hatte, sah ziemlich zerrupft aus – das hat mir Salo erzählt, als wir im langen Hort vorbeigekommen sind. In Anbetracht dessen, dass man versucht hat, uns umzubringen, ist es denkbar, dass die Taube abgefangen worden ist und mit einer falschen Nachricht wieder losgelassen wurde.«

»Dann möchte jemand nicht, dass wir Mara und Glandor melden?«, fragte Karin.

Kelim schüttelte den Kopf, aber Rodan war es, der antwortete.

»Nein. Von den neuen Drachen weiß außer uns Drachenreitern niemand etwas. Das muss einen anderen Grund haben – und das werden wir gleich herausfinden. Gehen wir und bringen es hinter uns!«

Erhobenen Hauptes schritt er auf das Tor zu und die beiden Wächter beeilten sich, es zu öffnen.

Rechts und links des Tores verlief entlang der Außenwand ein breiter Gang, in dem in regelmäßigen Abständen Türen eingelassen waren, die nach innen führten. Gegenüber des Eingangstores gab es eine weitere, große Tür. Auch hier standen zwei Wachen davor, die die Tür jedoch sofort öffneten, als sie hereinkamen. Von drinnen drangen Stimmen zu ihnen heraus, die augenblicklich verstummten, als sie hineingingen. Karin versuchte, sich umzusehen, was nicht ganz einfach war, da sie hinter Kelim und Rodan ging. Der Saal war ähnlich aufgebaut wie der Ratssaal der Drachenreiter: In der Mitte gab es einen größeren freien Platz, auf dessen einer Seite erhöht in einem Halbrund die Tische standen, an denen die Mitglieder des Weltenfriedensrates ihren Platz fanden. Der Boden des Saales bestand im Gegensatz zu dem hölzernen Boden im Ratssaal der Drachenreiter lediglich aus gestampftem Lehm, dafür war der gesamte Saal um ein mehrfaches größer und höher. Sie entdeckte noch drei hölzerne Pfähle, die in einigem Abstand zueinander mitten auf dem freien Platz aufgestellt waren, hatte jedoch keine Idee, wozu diese gut sein sollten. Auf der anderen Seite gab es für Zuschauer rechts und links des Einganges, zwei hohe, bis fast unter die Decke reichende Tribünen, zwischen denen sie jetzt standen. Die Tribünen waren bis auf einige vereinzelte Plätze voll besetzt, so dass sie keinen Platz mehr darauf fanden; sie mussten im Eingangsbereich stehen bleiben.

»Sieh an!«, begrüßte sie eine bekannte Stimme. »Haben sich die Drachenreiter doch noch entschlossen, hier zu erscheinen? So viel Mut hätte ich ihnen gar nicht zugetraut.«

Gelächter erfüllte den Raum. Das war kein guter Anfang! Karin spähte zwischen den Schultern von Kelim und Rodan hindurch und erkannte Gar, der genau in der Mitte des Tisches saß. Kelim hatte ihr erklärt, dass der Erste Rat den Platz in der Mitte des Tisches innehatte und zu seiner Rechten, beziehungsweise Linken, würden die beiden Stellvertreter, der Zweite und der Dritte des Rates, ihren Platz haben. Doch Gar war nicht der Vorsitzende, wieso saß er dann in der Mitte?

Kelim trat einen Schritt vor.

»Werte Ratsmitglieder, uns wurde mitgeteilt, dass die Zusammenkunft erst in der zweiten Stunde nach Mittag beginnen würde; nach unserem Ermessen sind wir zur rechten Zeit hier eingetroffen. Ich bedauere sehr unser Zuspätkommen, da wir schon zeitig am Vormittag in Elnamira eingetroffen sind und es bei Kenntnis des richtigen Zeitpunktes des Beginns es uns keine Mühe gemacht hätte, rechtzeitig zu erscheinen, insbesondere, da es wichtige Dinge gegeben hätte, die zu Beginn der Zusammenkunft zur Sprache gebracht hätten werden sollen. Ich bitte euch, werte Ratsmitglieder, um Verzeihung für unser Zuspätkommen.«

»Nun denn, es sei euch verziehen«, antwortete Gar großzügig. »Aber was beschlossen ist, soll so bleiben und nun lasst uns fortfahren!«

Karin konnte sich keinen Reim auf Gars letzten Satz machen und blickte ratlos zu den anderen, doch die blickten ebenso ratlos zurück.

Kelim verschwendete keine Zeit und ging zu einem leeren Platz an der linken Seite des Tisches hinüber, um seinen Platz im Weltenfriedensrat einzunehmen. Gar stoppte ihn.

»Halt!«, rief er mit einem hämischen Grinsen im Gesicht. »Dein Platz ist hier!« Er deutete auf ihre Gruppe.

Kelim blieb stehen und Gar fuhr fort:

»Da ihr nicht rechtzeitig erschienen seid, haben wir einige Dinge ohne euer Dabeisein geregelt. Dabei wurden eure jüngsten Vergehen, derer ihr jetzt angeklagt werdet, zur Sprache gebracht und mehrheitlich beschlossen, euch aus dem Weltenfriedensrat auszuschließen; eure Meinung ist hier nicht mehr erwünscht!«

Das war ein schwerer Schlag und Karin hörte, wie Rodan hörbar Luft holte.

»Das können sie doch nicht einfach machen!«, meinte Sora verzweifelt. »Jedes Volk hat mindestens einen Vertreter im Friedensrat.«

»Da steckt bestimmt Gar dahinter«, wetterte Niro. »Erst hat er die Nachricht gefälscht und dann hat er Lügen über uns erzählt, um die anderen zu überzeugen, dass wir Schuld haben. – Woran auch immer.«

Rodan hatte sich umgedreht. »Und ohne Kelim, der uns hätte beistehen können, ist ihm das auch gelungen! – Aber jetzt beherrscht euch; noch ist nicht alles verloren.«

Er drehte sich wieder nach vorne. Kelim machte keine Anstalten, zu ihnen zurückzugehen, und wandte sich an Gar.

»Es scheint in der kurzen Zeit bis zu unserem Eintreffen, sehr Vieles beschlossen worden zu sein. Ich sehe, dass du, Gar, Baru Elnamira e Ebene Ela, So Gabor Baruwar Elnamira e Ebene Ela e So Nelisera, Barawar Elnamira, offensichtlich seit Neuestem auch Erster des Rates bist. Noch nie wurde ein Vorsitzender schon zu

Beginn einer Zusammenkunft gewählt. Darf ich erfahren, welche wichtigen Gründe zu dieser vorzeitigen Wahl beigetragen haben?«

»Nun, wenn ihr zeitig erschienen wärt, müsstet ihr dererlei nicht fragen.« Gar grinste und betonte seine folgenden Worte derart, dass kein Zweifel darüber bestand, dass er sich über sie lustig machte. »Aber da ihr offensichtlich völlig unschuldig daran seid, zu spät gekommen zu sein, werde ich mir die Mühe machen, es euch noch einmal darzulegen. Es soll doch niemand behaupten können, dass wir so wichtige Leute wie die Drachenreiter einfach übergehen.«

Vereinzelt war Gelächter zu hören und das sagte Karin, dass sie hier wohl nicht viele Freunde hatten.

»Der werte Erste, Kandra Wara aus dem Reich der Feuerberge, hatte gestern einen Unfall. Er ist in seinem Quartier die Treppe hinuntergestürzt und hat sich mehrere Knochen gebrochen, so dass der werte Zweite die Versammlung eröffnen musste. Deshalb habe ich vorgeschlagen, die Wahl vorzuziehen, damit der Rat wieder vollzählig ist. Und wie du siehst, ist die Wahl auf mich gefallen. Und nun nimm deinen Platz ein, wenn du der Zusammenkunft beiwohnen und erfahren willst, was weiter beschlossen und verhandelt wird und rede künftig nur, wenn du dazu aufgefordert wirst!« Großzügig fügte er noch hinzu: »Sollten von eurer Seite Dinge versäumt worden sein, die üblicherweise zu Beginn vorgetragen werden, so sollt ihr – wenn es auch nicht üblich ist – am Ende der Zusammenkunft die Gelegenheit erhalten, dies nachzuholen.«

Karin ballte ihre Hände zu Fäusten. Gar hatte sich als Wohltäter inszeniert, der ihnen sogar noch Dinge zugestand, auf die sie, so wie er es dargestellt hatte, eigentlich kein Recht mehr hätten, obwohl er ihnen in Wahrheit alle Möglichkeiten genommen hatte, Einfluss auf die Entscheidungen des Weltenfriedensrates zu nehmen. Und sie war sich sicher, dass er auch hinter der falschen Nachricht steckte, sozusagen als Versicherung, wenn sein heimtückischer Anschlag mit den Büffeln misslingen würde – was er Gott sei Dank auch war. Und sie traute ihm durchaus zu, bei dem Unfall des früheren Ersten ein wenig nachgeholfen zu haben, damit er die Gelegenheit bekam, an seiner Stelle gewählt zu werden. Sie hatte Gar schon vorher gehasst, aber jetzt erkannte sie, dass ihr Hass durchaus noch steigerungsfähig war. Der Wunsch nach vorne zu laufen und Gar an die Gurgel zu gehen, wurde beinahe übermächtig, doch das würde ihre Lage sicher nicht verbessern. Außerdem würde sie es wahrscheinlich nicht einmal in Gars Nähe schaffen, bevor seine Soldaten sie stoppten. Viel zu viele davon waren überall im Saal postiert. Das war auch etwas, was sie beunruhigte, Kelim hatte ihr erzählt, dass während der Zusammenkunft keine Waffen im Saal erlaubt waren, aber nicht wenige von Gars Soldaten waren bewaffnet. Wie hatte Gar das durchsetzen können? Außerdem gehörten alle Soldaten, wie ihre Uniform verriet, Gars persönlicher Elitetruppe an, die nur ihm allein unterstellt war. Wie sie unschwer an den Gesichtern der anderen erkennen konnte, war sie nicht die Einzige, die sich deswegen Sorgen machte, sie konnten jedoch nichts tun. Einzig Kelim hätte danach fragen können, wenn er noch dem Rat angehört hätte, doch so stand es auch ihm nicht mehr zu, danach zu fragen. Konnten sie ohne Stimme im Rat überhaupt noch Anklage gegen Gar erheben? Sie stupste Rodan an und fragte danach, aber er konnte sie beruhigen: Jedem im Saal stand das Recht zu, Missstände vor den Rat zu bringen und auch als Ankläger aufzutreten; nur auf das Urteil hatte, außer den Mitgliedern des Weltenfriedensrates, niemand Einfluss. Auch ohne zur Rede aufgefordert worden zu sein, war es möglich, einen kurzen Einwand vorzubringen, fand dieser Gehör bei einem der Ratsmitglieder, wurde darüber verhandelt.

Gar ließ ihnen keine Zeit, sich auf diese neue Situation vorzubereiten. Er wartete gerade so lange, bis Kelim wieder zu ihnen hinüber gegangen war, dann verkündete er, dass, nachdem nun die Drachenreiter erschienen wären, es genau der richtige Zeitpunkt wäre, die schon vorher angekündigte Anklage gegen diese zu eröffnen. Er stand auf und begann.

»Drachenreiter, ihr werdet angeklagt, da ihr eure Auflagen und das geltende Recht auf das Gröbste gebrochen habt und einen heimtückischen Angriff auf die Wüstenfestung geflogen seid! Benennt einen Vertreter, der für euch das Urteil entgegen nimmt!«

Kelim trat vor. »Nun, das Geschehene lässt in der Tat den Schluss zu, dass unsere Gemeinschaft unsere uns auferlegten Auflagen gebrochen hat, aber ist dir, Gar, werter Erster des Rates,

Baru Elnamira e Ebene Ela, So Gabor, Baruwar Elnamira e Ebene Ela e So Nelisera, Barawar Elnamira, entgangen, dass die Reiterin des Drachen ein sehr ungewöhnliches Aussehen hatte? Sie ist eine Fremde und außergewöhnliche Umstände haben sie zu uns geführt. Besondere Umstände und Eigenschaften dieser Frau haben uns veranlasst, ihr diesen einen Drachen anzuvertrauen, obwohl sie in diesen Dingen über keinerlei Erfahrung besitzt, geschweige denn ein fertig ausgebildeter Drachenreiter ist. Sie hat unser Vertrauen auf das Schwerste enttäuscht, indem sie gegen die ausdrückliche Anweisung, ausreichend Abstand zu halten, verstoßen hat und eigenmächtig den Drachen in die verbotene Zone gelenkt hat, um ihre Neugier zu befriedigen. Natürlich wusste sie weder von der Flugverbotszone, noch von der Gefahr für ihren Drachen, aber das tut nichts zur Sache. Wir haben sie daraufhin aus unserer Gemeinschaft ausgeschlossen und jeden weiteren Umgang mit den Drachen untersagt. Das konnte sie allerdings nicht akzeptieren und sie hat ihr Leben und ihre Gesundheit aufs Spiel gesetzt, um bei uns bleiben zu können. Und so haben wir ihr eine zweite Chance gewährt und sie wieder bei uns aufgenommen. Und sie ist mit uns hergekommen, um die Verantwortung für den Fehler, den sie begangen hat, zu übernehmen. Du kannst unsere Gemeinschaft nicht für den Fehler einer einzelnen Person anklagen, die zum Zeitpunkt der Tat nicht einmal ein vollwertiges Mitglied unserer Gemeinschaft gewesen ist.«

Kelim drehte sich zu Karin und bedachte sie mit einem auffordernden Blick. Rodan nahm ihr den Umhang ab und sie trat vor. Gar starrte sie an wie einen Geist und sagte erst einmal nichts, während die Drachenreiter ihr halfen, ihre Schutzausrüstung und die Stiefel auszuziehen. Karin warf einen verstohlenen Blick in die Runde und sah erstaunte Gesichter und unverhohlene Neugierde. Alle, auch die Zuschauer auf den Tribünen starrten sie wieder einmal an wie das achte Weltwunder.

Inzwischen hatte sich Gar ein wenig von seiner Überraschung erholt. »So?«, meinte er. »Ihr wollt also nicht schuld an diesem Überfall sein und versteckt euch hinter dem Rücken dieser Frau?«

Karin ärgerte sich über seinen überheblichen Tonfall, bevor sie sich jedoch eine passende Erwiderung ausdenken konnte, übernahm es Kelim, Gar Paroli zu bieten.

»Von verstecken kann wohl kaum die Rede sein; dazu ist sie eindeutig zu klein!«

Gelächter erfüllte den Saal und Gar drehte sich verärgert um und ging zu seinem Platz zurück. Er beriet sich kurz mit den beiden Männern, die neben ihm saßen, und man konnte sehen, dass er mit dieser Wendung des Falls alles andere als zufrieden war. Schließlich erhob er sich wieder und verkündete in ruhigem Tonfall, der nichts über seine Stimmung verriet, dass die Anklage geändert würde und statt der Gemeinschaft nun »diese Drachenreiterin« angeklagt würde. Auf einen Wink seinerseits kamen zwei seiner Soldaten und führten Karin zu einem der drei Pfähle in der Arena. Sie überkreuzten ihre Handgelenke und fesselten sie mit einem groben Strick an den Pfahl, in dessen Spitze dazu praktischerweise ein Metallring eingelassen war, durch den sie den Strick zogen.

Gar schlug auf einen kleinen Gong, der vor ihm auf dem Tisch stand. »Ich eröffne hiermit die Verhandlung gegen diese Drachenreiterin.«

Der verächtliche Unterton, der in seiner Stimme mitschwang, als er die letzten beiden Worte aussprach, ärgerte Karin und sie spürte, wie ihr die Röte ins Gesicht stieg. Kelim hatte ihr den guten Rat gegeben, ruhig zu bleiben; aber wie sollte sie die ganze Verhandlung lang ruhig bleiben, wenn sie sich jetzt schon aufregte, ehe sie überhaupt begonnen hatte? Sie schloss die Augen und zählte stillschweigend bis zehn, um sich wieder zu beruhigen.

Gar war inzwischen zu ihr herübergekommen.

»Bevor ich die Anklage vortrage, sollten wir etwas mehr über dich erfahren. Möglicherweise hast du sogar einen Namen, mit dem wir dich anreden können.«

Dieses Mal war das Gelächter auf seiner Seite.

Kelim meldete sich zu Wort. »Ich halte es nicht für klug, wenn der, der über das Urteil mitentscheidet, auch die Anklage führt. Ich schlage vor, beides von verschiedenen Personen erledigen zu lassen, um das Urteil nicht dem Anschein der Willkür zu unterwerfen.«

Kelim hatte die Worte nicht an Gar gerichtet, sondern klug allgemein in den Raum gestellt, so dass Gar nicht direkt antworten konnte. Gar warf Kelim einen giftigen Blick zu, während sich ein Murmeln im Saal erhob. Schließlich erhob sich eine weiße Gestalt aus den Reihen der Ratsmitglieder; es war einer der beiden Jediki, die dem Rat angehörten. Karin konnte gar nicht anders, als ihn anzustarren, er wirkte einfach zu fremdartig in seinem weißen Pelz.

»Ich muss Kelim recht geben«, sagte er mit einer seltsam hohen Stimme, die fast wie Gesang klang, »beide Ämter sollten von verschiedenen Personen bekleidet werden, um der Gerechtigkeit Genüge zu tun. Ich stelle hiermit den Antrag, dass ein anderes, unabhängiges Ratsmitglied die Anklage übernimmt.«

Gar biss sich auf die Lippen und man sah, dass er angestrengt überlegte, wie er aus dieser Situation am besten herauskam. Auf die Anklage wollte er sicher nicht verzichten, aber tat er es nicht, konnte man ihm Ungerechtigkeit vorwerfen und das Urteil womöglich in Frage stellen. Außerdem würde es seinem Ruf schaden. Karin gratulierte Kelim im Stillen für diesen Einwand. Gar wandte sich an den Jediki.

»Werter Jediki Mandolan, ich sehe, dass du klug gesprochen hast. Es ist in der Tat nicht gut, beide Ämter zugleich innezuhaben.« Dass Kelim das Thema zuerst angesprochen hatte, überging er geflissentlich. »Wenn es auch nicht so ist, könnte man doch meinen, ich würde das Urteil im Sinne der Anklage beeinflussen, wenn ich beide Ämter innehabe.«

Karin wusste, dass das eine Lüge war; als sie Gar in der Wüstenfestung gegenübergestanden hatte, hatte er keinen Zweifel daran gelassen, dass er alle verfügbaren Mittel einsetzen würde, um den Drachenreitern zu schaden. Aber Gar konnte schließlich nicht öffentlich zugeben, dass er alles tun würde, um den Drachenreitern größtmöglichen Schaden zuzufügen. Ohne mit der Wimper zu zucken, fuhr Gar in seiner Rede fort: »Ich habe beschlossen für den Zeitraum der Verhandlung gegen diese Drachenreiterin mein Amt als Erster des Weltenfriedensrates ruhen zu lassen und mich durch den gewählten Zweiten vertreten zu lassen. Ferner soll auch mein Amt als gewöhnliches Mitglied im Rat während der Verhandlung ruhen und durch einen von mir bestimmten Stellvertreter wahrgenommen werden. Werte Versammelte, wenn ihr diese Vorgehensweise billigt, so tut dies bitte gleich durch euer Zeichen kund, um die Sache nicht unnötig zu verzögern.«

Bis auf die beiden Jediki hoben alle die linke Hand und somit war es beschlossen. Karin wunderte sich, wieso die Jediki nicht zugestimmt hatten, obwohl sie es doch gewesen waren, die das Ganze angestoßen hatten, aber auch Kelim schien nicht ganz glücklich damit zu sein. Doch als Gar einen seiner Männer zu seinem Stellvertreter im Rat bestimmte, verstand sie deren Bedenken: *Gar* hatte den Mann ausgewählt, nicht die Ratsmitglieder! So konnte er sicher sein, dass dieser genau in seinem Sinne verfuhr. Gar war wirklich durchtrieben. Niemand hatte in der Eile, die er verordnet hatte, bemerkt, dass er den Weltenfriedensrat hinters Licht geführt hatte – außer den Jediki. Und natürlich Kelim. Nun war es zu spät, um daran noch etwas ändern zu können, der Mann hatte seinen Platz im Weltenfriedensrat bereits eingenommen.

Wieder kam Gar zu ihr herüber und machte da weiter, wo ihn Kelim unterbrochen hatte.

»Wie heißt du?«

»Karin.«

»Karin? Mehr nicht?«

Sie schüttelte den Kopf. »Nicht in dieser Welt.«

Er ging langsam einmal um sie herum und musterte sie aufmerksam, dabei entdeckte er ihr Medaillon. Kurz flackerte so etwas wie Erstaunen in seinem Blick auf, jedoch nur kurz, niemand außer ihr – und vielleicht Kelim, der mehr als andere sah, konnte es bemerkt haben. Er griff danach und drehte es um, um den Namen darauf zu lesen. Das Lächeln, das daraufhin in seinem Gesicht erschien, gefiel ihr ganz und gar nicht. Er sagte nichts dazu, sondern griff ihr als nächstes in die Haare. Sie fühlte, wie seine Finger über ihren Hinterkopf glitten und ganz leise, so dass nur sie es hören konnte, sagte er: »Wie kann es sein, dass du lebst?« Er nahm die Finger aus ihren Haaren und sagte laut: »Soso, nicht in dieser Welt, und wie alt bist du?«

»Zwanzig«, antwortete sie arglos. Als sie Gars Erstaunen in seinen Augen wahrnahm, fügte sie schnell hinzu: »… Jahre.«

»Soso«, sagte Gar wieder. »Zwanzig Jahre. Nicht Sommer?«

»Äh …« Karin sah sich hilfesuchend nach Kelim um. Irgendwie wurde hier das Alter anders berechnet, das war ihr schon mehrmals aufgefallen, nur sie wusste nicht wie. Und ein Sommer war wohl etwas anderes als ein Jahr, das es auch nicht gab. Stattdessen sprach man von einem *Sonnenkreis*.

Kelim half ihr aus der Verlegenheit.

»Wenn ich helfen darf: Nachdem, was ich von ihr weiß, zählt sie etwa vierzig Sommer.«

Dann hatte ein Jahr also zwei Sommer?

»So, du weißt also nicht einmal, wie alt du bist, aber du reitest einen Drachen, eine wilde, unberechenbare Bestie. Offenbar ist nicht viel Intelligenz nötig, um sich von einem Drachen durch die Gegend tragen zu lassen.«

Karin merkte, wie schon wieder der Ärger in ihr hochstieg und sie mahnte sich, sich nicht von Gar provozieren zu lassen. Die Gefahr war zu groß, dass sie ihm mit ein paar unbedachten Worten in die Hände spielte. Als Nächstes wollte er wissen, wo sie geboren wurde. Was sollte sie darauf antworten?

»Nicht in dieser Welt«, antwortete sie knapp.

»Und wie bist du in unsere Welt gekommen?«

Auf diese Frage hatte Karin gewartet.

»Das weiß ich nicht genau«, antwortete sie so, wie sie es mit Kelim und Rodan abgesprochen hatte, um nicht unnötig viel über die ganze Sache und über die Drachenreiter preiszugeben. Sie wollten Gar möglichst keine Zeit geben, um sich auf ihre Vorwürfe vorzubereiten, aber sie konnten frühestens Anklage gegen Gar erheben, wenn in Karins Verhandlung von der grünen Kiste die Rede war, vielleicht sogar erst nach Abschluss der Verhandlung. Und vielleicht mussten sie jetzt womöglich – noch länger darauf warten, sie waren schließlich zu spät gekommen und hatten sich zu gedulden, bis sie an der Reihe waren. Es war in jedem Fall besser, sich vorsichtig auszudrücken. Sie fuhr fort: »Es gab ein Tor, jemanden, der meine Freunde und beinahe auch mich umgebracht hat, und andere, die mich gerettet haben, indem sie mich in diese Welt gebracht haben. Ich war schwer verletzt und kann mich nicht gut daran erinnern. Das, was mich geheilt hat, hat mich verändert und zu dem gemacht, was ich jetzt bin.«

Der letzte Satz war nicht klug gewählt und sie hätte ihn lieber wieder zurückgenommen. Natürlich fragte Gar sofort nach: »Und was bist du jetzt?«

Sie musste darauf antworten, aber sie sollte weder von Mara, noch von dem, was die Drachenmilch aus ihr gemacht hatte, sprechen, also sagte sie das, was auch ohne die beiden Dinge hätte sein können:

»Ich bin jemand, der Drachen liebt und ohne sie nicht mehr sein möchte.«

Allgemeines Gelächter quittierte diese Aussage, doch Kelim nickte, als sie kurz zu ihm blickte. Gar war dieser kurze Blickkontakt nicht entgangen und Karin mochte sich irren, aber es schien, als hätte ihn die Tatsache, dass sie sich auf diese Weise rückversicherte, auf eine Idee gebracht, denn für den Bruchteil einer Sekunde huschte so etwas wie ein Lächeln über sein Gesicht und ein Lächeln von Gar war sicher kein gutes Zeichen. Doch er wusste wohl nicht, was er auf ihre Antwort erwidern sollte, denn er beendete die Befragung und begann die Anklage vorzutragen.

»Karin, fremde Drachenreiterin, ich klage dich hiermit an, mit deinem Drachen das Flugverbot über der Wüstenfestung gebrochen zu haben, um einen heimtückischen Überfall auf meine Männer zu unternehmen. Und ich klage dich an, den Bereich der Wüstenfestung unbefugt betreten zu haben. Ferner klage ich dich an, mithilfe deines Drachen versucht zu haben, Dinge aus meinem Besitz zu stehlen. Des Weiteren klage ich dich des heimtückischen und lebensbedrohlichen Angriffs auf meine Person, sowie zwei meiner Männer an. Zuletzt klage ich dich an, aus meinem Gewahrsam geflohen zu sein, um dich der gerechten Strafe zu entziehen. Karin, fremde Drachenreiterin, hast du meine Worte verstanden?«

Sie hatte. Gar hatte wirklich nichts ausgelassen. *Heimtückisch* hatte er ihre Aktionen genannt …

»Ja, habe ich, Gar, w…« Karin stockte kurz. Das Amt des *Ersten des Rates* hatte er gerade niedergelegt, und nach allem, was ihr Kelim erzählt hatte, gehörte es momentan nicht in die Anrede und sie beschloss, es wegzulassen. »… Baru Elnamira e Ebene Ela, So Gabor Baruwar Elnamira e Ebene Ela e So Nelisera, Barawar Elnamira«, fuhr sie fort, und hoffte, dass sie es richtig gemacht hatte.

»Was hast du dazu zu sagen?«, fragte Gar weiter, ohne etwas zu ihrer Antwort zu sagen; wenn sie einen Fehler gemacht hätte, hätte er es ihr sicher unter die Nase gerieben.

Sie schloss die Augen und holte tief Luft. Jetzt musste sie auf ihre Worte achten, wenn sie sich nicht um Kopf und Kragen reden wollte. Zum Glück hatte Kelim das ausgiebig mit ihr besprochen und sie konnte auf das Geübte zurückgreifen.

»Ich bin bereit, jede angemessene Strafe anzunehmen für das, was ich getan habe und ich gebe zu, der Wüstenfestung zu nahe gekommen zu sein, aber das wusste ich zu der Zeit nicht. Ich widerspreche dem Vorwurf eines heimtückischen Überfalls; ich wollte mir lediglich die grünen Kisten näher ansehen. Ich widerspreche dem Vorwurf, die Wüstenfestung unbefugt betreten zu haben, da ich, noch ehe ich deren Boden berührt habe, das Bewusstsein verloren habe und keinen meiner nächsten Schritte freiwillig getan habe. Ich gebe zu, dass ich mir eine der Kisten genauer ansehen wollte und sie zu diesem Zweck mit mir nehmen wollte, aber ich bezweifle, dass du der rechtmäßige Besitzer dieser Kisten bist, sondern du sie vorher an einem anderen Ort unrechtmäßig an dich gebracht hast. Ich widerspreche dem Vorwurf eines heimtückischen und lebensbedrohenden Angriffs auf dich und deine Männer, ich habe lediglich versucht, mich zu verteidigen, da du mich bedroht hast, wobei du mir meinen Tod in Aussicht gestellt hast und mir weitere unschöne Dinge angedroht hast, die mir Angst gemacht haben. Keine meiner Aktionen zielte darauf, jemanden zu töten, ich wollte lediglich verhindern, dass du mir zu nahe kommst und so weit wie möglich davonlaufen, auch wenn ich wegen meiner Verletzungen dazu nicht in der Lage gewesen wäre. Es tut mir leid, dass dabei zwei deiner Männer verletzt wurden, das lag nicht in meiner Absicht, ich wollte einfach nur weg. Auch dem letzten Punkt der Anklage widerspreche ich: Ich hatte gar nicht die Möglichkeit zu entkommen, dazu war ich zu schwer verletzt. Du – oder jemand anderes – hat auf mich mit Lichtpfeilen schießen lassen und im Anschluss daran, wolltest du mich vom Dach des Gebäudes werfen lassen. Dass mich dabei ein Drache aufgefangen und mitgenommen hat, spielt wohl keine Rolle, da du kein Interesse mehr an mir oder meinem Körper hattest, wenn du mich wegwerfen wolltest. Von einer Flucht kann deshalb wohl kaum ausgegangen werden. Überdies entspricht die Behandlung, die du mir zuteil hast werden lassen, wohl kaum der *guten Sitte* der Völker untereinander; du hast lediglich darauf gewartet, dass ich sterbe, ohne etwas für mich zu tun. Und deine Männer haben auf mich geschossen, obwohl noch kein Urteil über mich gefällt war und du mich auch anders hättest aufhalten können.«

Nun war es gesagt. Jetzt lag es nicht mehr in ihrer Hand. Jetzt war es Sache von Kelim, sie zu verteidigen und gegen Gars Argumente zu schützen – und sich mit den Einwänden der Mitglieder des Weltenfriedensrates auseinanderzusetzen, die am Ende das Urteil über sie fällen würden. Als Verteidiger durfte er nach jedem vorgebrachten Argument das Wort ergreifen, ohne extra dazu aufgefordert zu werden, auch wenn er nicht mehr im Rat saß. Allerdings durfte er nicht unaufgefordert eigene Argumente mit einbringen oder die anderen unterbrechen, wie es zwischen den Ratsmitgliedern üblich war. Das hatte ihr Kelim erst gestern Abend erklärt, als er sie über die hier gültigen Regeln der *guten Sitte* aufgeklärt hatte.

Anfangs schien es ganz gut zu laufen, da die Behandlung, die Gar ihr angedeihen hatte lassen, gegen die *gute Sitte* verstieß, aber Gar leugnete einfach ihre Anschuldigungen und behauptete, dass er sie in keinster Weise bedroht hätte, dass irrtümlich auf sie geschossen worden wäre und er sie danach für tot gehalten hatte. Er ließ seine Männer als Zeugen auftreten und diese leugneten, dass Gar Karin bedroht hätte, und sagten aus, dass sie völlig überraschend auf ihn und ihre Bewacher losgegangen sei.

Dann wurde Sora als Zeugin des *Überfalls* befragt und sie bestätigte Karins Aussage über den Anflug auf die Kisten und wies jede Anschuldigung der Heimtücke von sich. Als unsichtbare Beobachterin war sie allerdings als Zeugin für die weiteren Vorfälle von vorne herein unglaubwürdig und Kelim verzichtete deshalb auf ihre Aussage zu diesem Thema, so dass der Wert von Karins Aussage allein auf ihrer Glaubwürdigkeit beruhte. Und genau da setzte jetzt Gar an. Er musterte sie abfällig und sagte dann: »Wer bist du denn schon? – Eine zum Gehorsam verpflichtete Sklavin! Du musst so reden, wie man es dir gesagt hat. Du hast nicht das Recht auf eine eigene Meinung! Deshalb entbehren deine Worte jeder Grundlage. Du bist das Opfer, das die Drachenreiter bringen, damit sie ihrer gerechten Strafe entkommen – du hast keinen Wert für die Drachenreiter und nicht das Recht, frei zu sprechen. Und ich glaube dir nicht, wenn du sagst, du bist unwissend und aus Neugierde zu tief geflogen; die Drachenreiter haben *dich* dorthin geschickt, um zu stehlen, damit nicht sie die Schuld trifft, solltest du scheitern. Sie waren es, die es auf mich und mein Eigentum abgesehen hatten. Und nur deswegen stehst du jetzt hier. Du bräuchtest es nur zuzugeben, aber ich denke, das wirst du nicht. Ich brauche mir nur deine Füße anzusehen, um zu sehen, dass es noch nicht all zu lange her sein kann, dass man dich grausam gefoltert hat, um dich zum Gehorsam zu zwingen. Du bist für mich nicht glaubwürdig.«

Erschrocken betrachtete Karin ihre Füße. Sie hatten in den letzten Tagen wieder zu schmerzen begonnen, jetzt sah sie, dass eine der Wunden am linken Fuß erneut aufgebrochen war. Verwendete Gar denn alles gegen sie? Niemand war auf die Idee gekommen, dass Gar ihr Medaillon oder die Steinbeißerbisse für seine Argumentation benutzen könnte. Leider klang es auch noch plausibel und es war zu befürchten, dass *ihr* nun niemand mehr glaubte; sie gehörte nun einmal wirklich Niro und war damit offiziell nichts anderes als eine Sklavin, auch wenn das niemand so sah – außer Gar. Und dass man sie gefoltert hatte, war auch eher zu glauben, als dass sie sich freiwillig so einer Tortur ausgesetzt hatte.

Und in der Tat fanden ihre Beteuerungen, dass sie ihre Füße freiwillig aufs Spiel gesetzt hatte, um bei den Drachenreitern bleiben zu können, und dass sie das Medaillon erst nach diesem Vorfall und freiwillig angenommen hatte, wenig Gehör; Gar hatte erfolgreich ihre Glaubwürdigkeit in Frage gestellt. Damit drohte auch die ganze Anklage, die sie gegen Gar vorbereitet hatten, zu kippen. Auch ihre Verletzung an der Seite war dank Mara so gut verheilt, dass man eine Pfeilverletzung durchaus für unglaubwürdig befinden konnte, Entsprechendes galt auch für die jüngeren Treffer in der Wüstenfestung und ebenso für den Schädelbruch; war seine Heilung schon für die Drachenreiter wie ein Wunder, würde es hier kaum jemand glauben. Für die Anklage gegen Gar blieben also nur noch der Pfeil und die Kiste, die sie als Beweise hatten. Soras und Niros Aussage würde Gar wiederum als Lüge hinstellen. Aber gegen den Inhalt der Kiste und den Pfeil würde er nichts ausrichten können. Eines machte ihr allerdings Sorgen: Gar musste inzwischen wissen, dass *sie* die Kiste hatten, trotzdem schien es ihn nicht weiter zu beunruhigen.

Kelim widersprach Gars Anschuldigungen vehement und Niro bestätigte Karins Aussage bezüglich des Medaillons und Karin hatte das Gefühl, dass ihnen nun doch etliche Ratsmitglieder glaubten. Und dann kam endlich die Kiste und damit natürlich ihr Inhalt ins Gespräch. Jetzt war der Zeitpunkt, an dem sie ihre Vorwürfe gegen Gar in den Raum stellen konnten, da sich Karins Anklage und die Vorwürfe gegen Gar nicht mehr voneinander trennen ließen. Also erhob Kelim offiziell Anklage gegen Gar und Karins Verurteilung wurde vorübergehend aufgeschoben, da sie als wichtigste Zeugin aussagen musste. Man geleitete Gar zu einem der anderen Pfähle, aber bei ihm verzichtete man darauf, ihn daran festzubinden, und natürlich durfte er seine Stiefel anbehalten. Er legte lediglich eine Hand auf den Pfahl und hörte sich ihre Vorwürfe in Ruhe an. Da die Drachenreiter weder für den Überfall auf das Dorf, noch für den Anschlag mit den Büffeln ausreichende Beweise hatten, bezogen sie diese Vorfälle nicht in die Anklage mit ein; über den Vorfall mit den Büffeln verlor Kelim kein Wort, er berichtete lediglich von dem Überfall auf das Dorf, um ihre Anwesenheit in der Wüste und ihren Suchflug über die Wüstenfestung zu erklären, wobei er geschickt und eher beiläufig Gar als Verdächtigen ins Spiel brachte und er vergaß auch nicht, das Stück Blech zu erwähnen, das Karin dort gefunden hatte und von dem sie annahm, dass es von einer Kiste stammte – eine von der Art, wie sie sie später bei der Wüstenfestung entdeckt hatte. In der eigentlichen Anklage beschränkte er sich allein auf den Überfall auf Karin und ihre Freunde. Auch den Inhalt der Kiste bezog er nicht direkt in die Anklage mit ein, sondern benutzte sie, um Karins Handlungsweise zu erklären: Sie hätte sich an etwas aus ihrer Welt erinnert gefühlt, was sich im Nachhinein als richtig herausgestellt hätte, da die Kiste tatsächlich aus ihrer Welt stammte. Natürlich stand damit der Vorwurf im Raum, dass Gar unerlaubt Dinge aus fremden Welten an sich gebracht hatte, und es erhärtete den Verdacht, dass Gar auch etwas mit dem Überfall auf das Dorf zu tun haben könnte. Bel Kani erwähnte Kelim mit keinem Wort. Er wäre zwar ein wertvoller Zeuge gewesen, aber das Risiko war zu groß, dass Gar versuchen würde, ihn umzubringen, wenn er davon erfuhr.

Gar verzichtete als »völlig unnötig« auf einen eigenen Verteidiger und schmetterte dann alles, was sie gegen ihn vorgebracht hatten, als Lüge ab. Mehr noch, er beschuldigte seinerseits die Drachenreiter, selbst für diese Vergehen verantwortlich zu sein, und behauptete, dass die Drachenreiter das Tor geöffnet hätten, dass sie es waren, die Karin entführt hätten, um sie zu ihrer Sklavin zu machen, und dass sie auch die grünen Kisten aus Karins Welt gestohlen hätten. Seine Kisten waren leer gewesen, als er sie in der Wüste gefunden hätte – wahrscheinlich von den Drachenreitern zurückgelassen – und er hätte in ihnen Lichtpfeile gelagert. Die Drachenreiter hätten diese bei der gestohlenen Kiste durch die Handgranaten ersetzt, um von ihrem Vergehen abzulenken und ihm die Schuld in die Schuhe zu schieben. Außerdem wäre er in Elnamira gewesen und kein Schiff würde die Überquerung des Meeres in so kurzer Zeit bewerkstelligen können, um zur fraglichen Zeit, in der das Tor geöffnet worden war, in der Wüste zu sein. Der Lichtpfeil, den die Drachenreiter als Beweis anführten, stamme natürlich aus der gestohlenen Kiste, in der etwa fünfzig intakte Pfeile gewesen wären und das Blut darauf konnte auch so aufgetragen worden sein. Und dann brachte er noch ein Argument gegen sie vor, und statt mit Kelim zu sprechen, der ihm vielleicht die Stirn hätte bieten können, suchte er sich Karin aus, um ihr die Frage zu stellen:

»Warum hätte ich diese Dinge tun sollen?«

Karin musste darauf antworten und obwohl schon viele Ideen dazu in ihrem Kopf herumgegangen waren, zum Beispiel, dass es Gar einfach Vergnügen bereitete oder er die Alleinherrschaft anstrebte oder sogar fremde Welten dominieren wollte, musste sie vor sich zugeben, dass sie es nicht wusste. So blieb ihr nur eine Antwort:

»Ich weiß es nicht, ich weiß nur, dass es geschehen ist.«

»Ihr habt noch nicht einmal einen Grund dafür gefunden, warum ich das getan haben sollte? Dafür weiß *ich*, warum ihr mir das in die Schuhe schieben wollt: Ihr hasst mich, weil ich eurem Streben nach Macht erfolgreich entgegengetreten bin; ihr wollt mit euren Drachen die Welt beherrschen und dazu ist euch jedes Mittel recht. Statt dass ihr die wilden Drachen tötet, nutzt ihr es aus, dass die Völker in Angst und Schrecken vor diesen Bestien leben, und wenn ihr es schon nicht zu Wege bringt, sie zu töten, wäre es eure Aufgabe, sie wenigstens zu vertreiben, aber in letzter Zeit dringen sie bei ihren Überfällen bis tief in die drachenfreien Gebiete vor. Doch was tut ihr? Ihr lasst sie gewähren und versucht, sie für euch zu gewinnen. Jetzt bringt ihr sogar schon wieder zwei neue Drachen an, dabei habt ihr schon mehr als genug von diesen Bestien und dennoch wollt ihr die Gaben der Drachen nicht mit den anderen Völkern teilen. Ihr wolltet uns die heilbringende Drachenmilch vorenthalten, damit ihr euch immun gegen alle Gifte machen könnt, aber wenigstens das habe ich erfolgreich verhindert. Und außer dieser einen Gabe sind sie doch zu nichts nutze, außer alles in Schutt und Asche zu legen und Vieh zu stehlen!«

Karin erschrak. Woher wusste Gar von Glandor und Mara? Und das mit dem *die Welt beherrschen*, war eher das, was die Drachenreiter von Gar annahmen, nicht umgekehrt.

Kelim ließ sich nicht anmerken, ob ihn Gars Wissen über die neuen Drachen beunruhigte. In ruhigem Tonfall, in der Art, wie ein Lehrer zu seinen Schülern sprach, so als hätten die Ratsmitglieder in der Schule nicht aufgepasst, und müssten den Unterricht nachholen, stellte er die Sache richtig: »Das stimmt nicht! Erstens fressen Drachen am liebsten Fische und andere Meerestiere. Zweitens weiß jeder zahme Drache, dass er die Menschen und ihr Vieh in Ruhe lassen muss. Natürlich stimmt es, dass wilde Drachen manchmal Dörfer überfallen und Vieh und Mensch töten und fressen, aber es ist die Aufgabe der Drachenreiter, genau dies zu verhindern. Und dafür brauchen wir eben viele kräftige und gesunde Drachen und um einen jungen Drachen aufzuziehen, bedarf es einer großen Menge Drachenmilch von seiner Mutter, damit er stark und kräftig wird; mit einem schwächlichen Kümmerling können wir den wilden Drachen niemals Einhalt gebieten. Und außer in der Zeit, in der ein Drache ein Junges aufzieht, gibt er keine Milch. Wir verfügen also nicht über beliebige Mengen davon. Überdies höre ich zum ersten Mal, dass Drachen in letzter Zeit in drachenfreie Gebiete vorgedrungen sind. Laut unserer Auflagen sind wir verpflichtet, in solchen Fällen sofort einzugreifen, und zu diesem Zweck ist vorgeschrieben, dass wir über derartige Vorfälle unverzüglich zu informieren sind. Ich muss also annehmen, dass andere ihre Pflicht verletzt haben oder diese Aussage nicht zutrifft. Außerdem ist der Nutzen, den auch ihr von den Drachen zieht, bei Weitem größer, als der Schaden, den die wilden Drachen anrichten. Ich nenne nur drei Dinge von Vielen: Das Einbringen des Holzes aus den Bergen und das Vertreiben oder Geringhalten der Zahl von Weideschädlingen oder Beutegreifern. Und natürlich die Jagd auf den Blaufisch, die kein anderes Volk, als das der Drachenreiter, meistert.«

Als Kelim zu sprechen aufhörte, lächelte Gar, als hätte dieser einen Fehler gemacht.

»Um den Blaufisch zu jagen, bedarf es wohl kaum mehr als drei Drachen«, sagte er leichthin, »und auch bei allen anderen Unternehmungen habe ich noch nicht erlebt, dass mehr als zehn Drachen unterwegs waren; meist deutlich weniger! Ihr habt hunderte Drachen! – Aber wir schweifen vom Thema ab: Werte Ratsmitglieder, ich habe euch einen Grund genannt, warum die Drachenreiter mich aus dem Weg räumen wollen, sie hingegen konnten mir keinen nennen.«

Kelim kniff die Lippen zusammen und Karin erkannte, dass er tatsächlich einen Fehler gemacht hatte: In dem Bemühen für ihre Drachen zu sprechen und sie gegen den Vorwurf, ihre Auflagen nicht erfüllt zu haben, zu schützen, hatte er versäumt, die Gelegenheit zu nutzen, einen Grund dafür in den Raum zu stellen, warum Gar diese Verbrechen begangen haben sollte. Und da Kelim nicht mehr im Rat saß, konnte er dies nicht mehr nachholen, wenn ihn Gar nicht mehr zu Wort kommen ließ. Würde er versuchen, einfach zu sprechen, würde er aus dem Saal geworfen werden und das wäre noch schlimmer. Karin war sich sicher, dass Gar genau aus diesem Grund die Überfälle der wilden Drachen erwähnt hatte: Um Kelim zu zwingen, sich dagegen zu verteidigen und ihn so davon abzuhalten, Argumente gegen ihn vorzubringen. Und sein Plan war aufgegangen.

Es folgte eine rege Diskussion, bei der die Ratsmitglieder noch viele Fragen in den Raum stellten, aber Gar sorgte geschickt dafür, dass Kelim wenig Gelegenheit dazu erhielt, seine Argumente vorzubringen oder sein Versäumnis nachzuholen. Es sah nicht gut für sie aus. Vor allem ein Argument von Gar ließ sich nicht von der Hand weisen: Die Zeitdauer einer Überfahrt über das Meer sprach eindeutig für Gar, und auch wenn Sora und Niro neben Karin ebenfalls beteuerten, ihn erkannt zu haben und Kelim von der Möglichkeit eines Tores von Elnamira zur Wüste sprach, war dies der deutlichste Schwachpunkt in ihrer Anklage. Nun hing alles davon ab, für wie glaubwürdig sie gehalten wurden – und da sah es schlecht für sie aus, während kaum jemand an Gars Worten zweifelte, obwohl auch er keine Beweise für seine Anschuldigungen hatte.

Karin musste sich noch einer gründlichen Untersuchung ihrer genannten Verletzungen unterziehen, dann wurde die Verhandlung gegen Gar unterbrochen, um das Urteil über Karin zu fällen, weil sie für den weiteren Verlauf der Verhandlung gegen ihn nicht mehr benötigt wurde, da sie ihre Aussage gemacht hatte.

Die Mitglieder des Weltenfriedensrates zogen sich zurück und es dauerte endlos lange, ehe sie zurückkamen und sich wieder auf ihre Plätze setzten. Der Zweite des Rates erhob sich, um das Urteil zu verkünden: »Die Beweggründe der fremden Drachenreiterin, sich grüne Kisten anzusehen, lassen sich nicht feststellen, aber ob aus Neugierde oder auf Befehl, Heimtücke ist der fremden Drachenreiterin nicht vorzuwerfen. Eher Dummheit.«

An dieser Stelle wurde er durch Gelächter unterbrochen und es dauerte, bis wieder Ruhe eingekehrt war und er weitersprechen konnte.

»Auch der Vorwurf eines absichtlichen Angriffs auf Gar, Baru Elnamira e Ebene Ela, So Gabor, Baruwar Elnamira e Ebene Ela e So Nelisera, Barawar Elnamira und seine Soldaten ist nicht zu beweisen. In Anbetracht dessen, dass sie verletzt war – wie schwer auch immer – und auch die Anschuldigungen nicht nach *guter Sitte* versorgt worden zu sein, nicht völlig entkräftet werden konnten, trifft die Drachenreiterin Karin nur eine geringe Schuld. Ihre Vergehen sollen auf folgende Weise bestraft werden:

Sofern ihr keine bleibenden körperlichen Schäden zugefügt werden, kann Gar, Baru Elnamira e Ebene Ela, So Gabor, Baruwar Elnamira e Ebene Ela e So Nelisera, Barawar Elnamira, jede beliebige Strafe für sie auswählen. Die Strafe muss bis zum heutigen Sonnenuntergang vollzogen sein. Ein Aufschub ist nicht möglich. Gar, Baru Elnamira e Ebene Ela, So Gabor, Baruwar Elnamira e Ebene Ela e So Nelisera, Barawar Elnamira, nimmst du diesen Urteilsspruch an?«

Gar nickte. »Ja, werter Zweiter, ich nehme ihn an.«

»Karin, fremde Drachenreiterin, nimmst du den Urteilsspruch an?«

Kelim hatte ihr gesagt, dass neu verhandelt wurde, wenn sie den Spruch nicht annahm, dass es aber in jedem Fall besser wäre zuzustimmen. Sie sah sich nach Kelim um, und der nickte.

»Ja, ich nehme das Urteil an«, antwortete sie und fügte schnell noch ein »werter Zweiter« hinzu; die Anrede sollte sie besser nicht vergessen!

»Hiermit übergebe ich die fremde Drachenreiterin Karin dem Ankläger, um sie in Gewahrsam zu nehmen, ihre Strafe zu bestimmen und zu vollziehen.« Er setzte sich wieder auf seinen Platz.

Keine bleibenden körperlichen Schäden. Karin atmete auf. Was auch immer Gar mit ihr vorhatte, sie würde Mara hinterher wieder reiten können. Auf einen Wink von Gar kamen zwei seiner Soldaten zu ihr herüber, lösten den Strick vom Pfahl und führten sie zu ihm hinüber. Er musterte sie kurz und sagte dann:

»Sperrt sie ein, solange die Verhandlung noch läuft, ich denke mir später eine geeignete Strafe aus.«

Sie würde bei der weiteren Verhandlung also nicht dabei sein. Aber das konnte sie nicht ändern. Widerstandslos ließ sie sich von den beiden eine lange Treppe hinunter in einen dunklen Gang führen. Am Ende des Ganges versperrte eine schwere Holztür den Weg. Während einer der beiden sie festhielt, schob der andere einen schweren Eisenriegel beiseite und stieß die Tür auf. Ein weiterer, dunkler Gang lag dahinter. Die Männer schoben sie durch die Tür. Neben der Tür standen auf einem Regalbrett etwa ein halbes Dutzend verschlossene Gläser mit einem metallenen Tragegriff, die Karin an Marmeladengläser erinnerten, statt mit Marmelade, waren sie allerdings mit einer grünlichen, schwach leuchtenden Masse gefüllt. Der Mann, der die Tür geöffnet hatte, griff sich eines davon und schüttelte es; sogleich begann die grüne Masse hell zu leuchten. Mit diesem Licht bewaffnet, führten die beiden sie noch ein Stück den Gang entlang und öffneten dann eine schwere Holztür zu ihrer rechten, die mit zwei dicken Eisenriegeln verschlossen war. Sie stießen sie in den

Raum dahinter und schlugen die Tür hinter ihr zu. Sie hörte, wie die Riegel zugeschoben wurden und die beiden Soldaten sich entfernten. Sie hatten sich nicht die Mühe gemacht, ihr die Fesseln abzunehmen, und Karin nahm schon den Knoten zwischen die Zähne, um es selbst zu erledigen, da fiel ihr ein, dass es bei den Drachenreitern *gute Sitte* war ruhig abzuwarten, bis das Urteil gefällt wurde. Dann war es wohl besser das Gleiche auch hier zu tun und sie beließ den Strick an ihren Händen, so wie er war. Inzwischen hatten sich ihre Augen an das spärliche Licht, das von dem leuchtenden Fleck an der Decke kam, gewöhnt und sie sah sich in ihrem Gefängnis um. Der Raum war vielleicht drei mal drei Meter groß und bis auf ein bisschen Stroh in einer Ecke, gab es nichts zu entdecken. Sie ging zur Tür und probierte, ob sie auch wirklich verschlossen war. Natürlich war sie es und Karin konnte nichts tun, außer abzuwarten, bis die Verhandlung gegen Gar, die inzwischen eher zu einer Verhandlung gegen die Drachenreiter geworden war, zu Ende war und Gar sie holen ließ. Dieser Mistkerl! Hatte er doch tatsächlich ihr Medaillon dazu benutzt, ihre und damit auch die Glaubwürdigkeit der Drachenreiter in Frage zu stellen! Wenn Niro das vorher gewusst hätte … Und das Schlimmste war, dass ihm die Ratsmitglieder auch noch zu glauben schienen, während sie den Drachenreitern von vorneherein misstrauisch gegenüber standen. Wieso eigentlich? Karin war vorher noch nie jemandem begegnet, der so wahrheitsgetreu war wie die Drachenreiter; das sollten doch auch die anderen Völker dieser Welt wissen. Aber es war immer wieder von Auflagen die Rede. Irgendetwas musste sich in der Vergangenheit ereignet haben, was das Misstrauen gegen die Drachenreiter begründete. Sie wünschte sich, mehr von dieser Welt und ihrer Geschichte zu wissen, dann könnte sie das Ganze vielleicht besser verstehen. Doch auch dann könnte sie den Drachenreitern nicht beistehen, solange sie hier eingesperrt war. Die Zeit verging und sie wurde immer unruhiger. Was, wenn statt Gar nun die Drachenreiter als die Schuldigen aus der Sache hervorgehen würden? In ohnmächtiger Wut schlug sie mit den Fäusten gegen die Wand.

»Hallo? Ist da wer?«, drang eine schwache Stimme durch die Wand.

Karin zuckte erschrocken zurück und rieb sich erst einmal die schmerzenden Hände an ihrem Bein. Dann beugte sie sich vor.

»Hallo?«, rief sie leise. »Wer bist du?«

Die Antwort kam unverzüglich.

»Ich bin Thomas. Bist du auch ein Gefangener von Gar?«

Sie brauchte ein paar Sekunden, bevor sie antworten konnte. »Thomas« – der Name klang wie einer aus ihrer Welt und der Stimme fehlte der typische Akzent, wie sie ihn von den Drachenreitern und auch von Gar her kannte – sie klang eher so, wie auch sie sprach. Als sie ihre Stimme wiederfand, konnte man ihre Erregung darin hören.

»Ja, bin ich. Aber nur für kurze Zeit. Thomas – woher kommst du?«

»Woher?« Ein leises Lachen war zu hören. »Das würdest du doch nicht glauben! Oder würdest du glauben, dass ich nicht aus dieser Welt stamme?«

Karins Hände fühlten sich auf einmal ganz feucht an vor Aufregung. Sie drückte sich enger an die Wand und bemühte sich, deutlich, aber nicht zu laut zu sprechen; ein Dritter sollte von diesem Gespräch möglichst nichts mitbekommen.

»Ich heiße Karin. Auch ich bin nicht aus dieser Welt. Ein Tor hat sich geöffnet und es war Gar, der mit seinen Soldaten herübergekommen ist und meine Freunde getötet hat. Mich haben die Drachenreiter gerettet und jetzt bin ich hier.«

»Aber du bist auch gefangen! Gar wird dich solange foltern, bis du tust, was er von dir verlangt.«

Foltern? Was hatte Gar mit dem armen Kerl angestellt?

»Das wird er nicht«, beruhigte sie ihn. »Er muss mich bei Sonnenuntergang wieder frei geben.«

»Sicher?«

»Sicher! Aber erzähle von dir! Wie kommst du hierher?«

Und dann hörte sich Karin Thomas Geschichte an. Als er fertig erzählt hatte, waren ihre Hände nicht nur schweißnass, sondern zitterten auch. Sie ließ sich zu Boden rutschen und blieb dort sitzen, ohne ein Wort zu sagen.

»Karin? Bist du noch da?«

»Ja. Ja, ich bin noch da«, brachte sie heraus. Ihre Gedanken arbeiteten fieberhaft. Das war der Beweis! Thomas war der Beweis dafür, dass Gar hinter allem steckte. Der Überfall auf das Dorf.

Die Tore zwischen Elnamira und der Wüste. Und die Waffen aus ihrer Welt. Aber wie konnte das den Drachenreitern helfen? Sie waren beide eingesperrt. Sie konnte es erst verraten, wenn Gar sie zu ihrer Bestrafung holen ließ. Doch war das klug? Es würde Gar wenig Mühe kosten, dafür zu sorgen, dass sie nicht dazu kam Einzelheiten preiszugeben und bis er sie freigeben musste, hatte er genug Zeit, Thomas aus dem Weg zu schaffen. Nein, bis sie wieder frei war, durfte niemand davon erfahren. Sie beugte sich näher zur Wand.

»Thomas? Verrate niemandem, dass du mit mir gesprochen hast, sonst bringt dich Gar auf der Stelle um – oder, wenn du Glück hast, bringt er dich nur woanders hin. Aber auch dann kann ich dir nicht mehr helfen. Ich versuche, dir zu helfen, doch du musst Geduld haben. Gar wird mich bald holen lassen, aber ich kann erst von dir erzählen, sobald ich frei bin. Und dann dauert es vielleicht noch Tage – oder noch länger, ehe wir in der Lage sind, dir zu helfen. Aber gib die Hoffnung nicht auf! Was auch passiert, ich werde dich nicht vergessen!«

Thomas kam nicht mehr dazu, zu antworten, denn schwere Stiefel polterten den Gang entlang und dann wurden die Riegel von Karins Tür aufgeschoben.

»Jetzt bist *du* dran«, sagte einer der beiden Männer, die vor der Tür standen. »Komm mit!«

Karin erhob sich und ging langsam zur Tür. Ihre Hände zitterten immer noch und sie fürchtete schon, die Männer würden ihr ansehen, was soeben vorgefallen war, aber sicher dachten sie bloß, dass sie vor ihrer Strafe Angst hatte. Tatsächlich hatte sie darüber überhaupt nicht mehr nachgedacht. Jetzt beschlich sie langsam ein mulmiges Gefühl. Wenn es auch keine bleibenden körperlichen Schäden hinterlassen durfte, sie war sich sicher, dass ihr einige höchst unangenehme Stunden bevorstanden – Gar hatte sich sicherlich etwas einfallen lassen, was sie nicht so schnell vergessen würde. Sie spürte einen dicken Kloß im Hals und sie schluckte, als sie in den Saal geführt wurde. Sofort suchten ihre Augen nach den Drachenreitern. Sie standen noch am selben Platz, aber etwas stimmte nicht. Hinter und neben ihnen standen Soldaten von Gar. Kelims und Rodans Gesichter wirkten wie versteinert und Sora war blass wie die Wand, auch die anderen wirkten wie unter Schock. Und Niro fehlte. Der Platz neben Sora war leer. Was war passiert? Sie bekam keine Gelegenheit, auch nur ein Wort mit ihnen zu wechseln, Gars Soldaten zerrten sie vor den Tisch des Weltenfriedensrates. Gar saß wieder auf dem Platz des Ersten, das konnte nichts Gutes bedeuten. War es ihm etwa gelungen, den Rat von seiner Darstellung zu überzeugen? Als sie sich wieder nach den Drachenreitern umsehen wollte, drehte ihr einer von Gars Soldaten den Kopf zurück nach vorne und hielt ihn fest.

Gar kam gleich zur Sache, ohne ein Wort über die vorangegangene Verhandlung zu verlieren; es schien ihm Spaß zu machen, sie im Unklaren darüber zu lassen.

»Wir wollen uns nicht lange mit Gerede aufhalten«, sagte er und man sah, dass es ihm Vergnügen bereitete, Karin so hilflos vor sich zu haben; er beobachtete sie genau, während er weitersprach. »Nachdem du vor mir und meinen Männern davonlaufen wolltest, damit wir dir nicht zu nahe kommen, liegt es auf der Hand, dass wir dich jetzt etwas näher kennenlernen wollen. Deine Strafe besteht darin, mir und meinen Männern deinen Körper zu unserem Vergnügen zu überlassen. Von jetzt an bis zum Sonnenuntergang.«

Es dauerte eine Weile, bis Karin die volle Bedeutung von Gars Worten verstanden hatte. Sie starrte ihn voller Entsetzen an. Nein! Niemals würde sie zulassen, dass Gar sie berührte!

Gar lächelte zufrieden, als er merkte, dass sie begriffen hatte. Er beugte sich vor und sagte leise, dass es niemand, außer ihr, verstehen konnte: »Niemand widersetzt sich meinem Willen!« Laut sagte er: »Bringt sie rüber!«

Ehe sich Karin versah, hatte man sie in eine Ecke des Saales gezerrt. Hier war ein kleiner Raum mit auf Leinen gehängten, dünnen, fast durchsichtigen Tüchern abgeteilt worden und sie wurde hineingeführt. Auf dem Boden lag ein kleines Kissen. Darum herum hatte man vier Holzpflöcke in den Boden geschlagen. Karin schauderte. Das Kissen war mit einem roten, samtig aussehenden Stoff überzogen und irgendwie war das am schlimmsten. Sie begann zu zittern. Nein! Das konnten sie nicht mit ihr machen! Aber sie konnten es doch. Sie zogen ihr ihre Kleider aus und fesselten sie mit Händen und Füßen an die Pflöcke.

Sie verwendeten dazu, dünne, raue Stricke, die, im Gegensatz zu den weichen Lederriemen, die die Drachenreiter verwendeten, unangenehm an der Haut rieben.

Gar kam herein und betrachtete sie genüsslich, dann kniete er sich neben sie und drückte ihr ein mit Leder umwickeltes Holzstück in den Mund.

»Sonst kommst du am Ende noch auf die Idee, uns anzuspucken«, kommentierte er seine Handlung, während er das Holzstück mit zwei Schnüren in ihrem Nacken festband. So würde sie nicht nur nicht ausspucken können, so würde sie auch kaum laut schreien können. Wenigstens würde sie wohl niemand versuchen, zu küssen, wenn sie ein dickes Holzstück im Mund hatte, obwohl das wegen ihres Drachengeruchs sowieso nicht zu befürchten war. Gar rückte noch das Kissen unter ihrem Rücken zurecht, dann steckte er den Kopf durch die Tücherwand und rief: »Ich brauche noch einen Zeugen aus den Reihen der Drachenreiter, der bestätigt, dass die Vorgaben des Rates erfüllt werden.«

Es dauerte eine Weile, dann näherten sich Schritte.

»Dein Name!«, forderte Gar.

»Ron.« Es war nur sein Name, den Ron aussprach, Karin hörte jedoch den mutlosen, fast verzweifelten Unterton heraus, der ihr sagte, wie schwer ihm diese Aufgabe fiel – und dass es noch etwas anderes geben musste, was ihm jede Zuversicht nahm. Ron kam herein und musterte Karin mit traurigem Blick. Er sagte noch etwas zu einem von Gars Soldaten, was sie nicht verstand, aber der schüttelte den Kopf und erwiderte: »Das ist nicht vorgeschrieben«, dann nickte Ron und nahm seinen Platz als Beobachter außerhalb des Tüchervorhangs ein; Karin konnte ihn durch die dünnen Tücher hindurch undeutlich sehen.

Was war geschehen? Wegen dem, was gleich mit ihr passieren würde, würde Ron doch nicht allen Lebensmut verlieren. Sie bäumte sich auf. Es machte sie halb wahnsinnig, dass Sie nicht wusste, wie die Sache ausgegangen war. Aber es half nichts. Gar würde es ihr nicht sagen. Nicht bevor er mit ihr fertig war. Sie lag wieder still und schloss die Augen. Sie brauchte etwas, um sich abzulenken, etwas, an das sie sich halten konnte, wenn sie das durchstehen wollte. Wieder einmal war es der Gedanke an Mara, der ihr Kraft gab und sie öffnete die Augen, um sich dem

Unvermeidlichen zu stellen. Jetzt verließen die Soldaten den Raum und sie war allein mit Gar, der sie genussvoll von oben bis unten betrachtete; sie war seine Beute und er hatte alle Zeit der Welt, das auszukosten.

Sie wollte ihm diesen Triumph nicht gönnen und nahm sich vor, ruhig liegen zu bleiben und zu tun, als wäre es ihr egal. Nur dass es nicht funktionierte; sie konnte seine Berührung einfach nicht ertragen, und als er sich neben sie auf den Boden kniete und ihr mit dem Handrücken sanft über die Wange strich, drehte sie unwillkürlich den Kopf zur Seite, was nicht viel half; seine Hand folgte ihrer Bewegung. Er lächelte über ihren nutzlosen Abwehrversuch und begann mit seinen Händen sanft über ihren Körper zu streichen. Schon bei der ersten Berührung an ihrer Seite zuckte sie zusammen und spannte die Muskeln. Sie versuchte, sich zur Seite zu drehen und seinen Händen auszuweichen, als diese über ihren Körper glitten, aber das brachte nicht viel. Gar genoss ihren hilflosen Widerstand und fuhr fort, sie zu streicheln, dann glitten seine Hände über ihre Brüste und fassten fester zu, zuletzt fanden sie den Weg zwischen ihre Beine. Sie spannte die Muskeln, dass sich die Stricke an ihren Handgelenken und Füßen strafften und ihr die Blutzufuhr abschnürten, doch Gar achtete nicht darauf. Schließlich stand er auf und entledigte sich seiner Kleider, dann fiel er über sie her. Sie wand sich wie eine Schlange und warf den Kopf in den Nacken, aber ihr Widerstand reizte ihn umso mehr und seine Hände packten stärker zu. Am Ende biss er sie sogar in die Brust, dass sie aufschrie. Dann war es vorbei und er blieb eine Weile auf ihr liegen, ehe er aufstand und sich wieder anzog.

Karin lag da mit geschlossenen Augen und fühlte sich furchtbar. Sie zitterte am ganzen Körper. *Sie* hatte doch ihre Freunde rächen wollen, hatte Gar das Handwerk legen wollen, stattdessen war es jetzt er, der triumphierte und sie benutzte wie ein willenloses Spielzeug. Und es war noch nicht vorbei. Draußen warteten seine Soldaten …

Gar verschwand durch den Tuchvorhang und sie hörte ihn noch sagen: »Sie gehört euch!«, dann kamen die ersten von seinen Soldaten herein und einer nach dem anderen fiel unter den anfeuernden Rufen seiner Kameraden über sie her. Die meisten kamen gleich zur Sache und so ungestüm, dass sie froh um das

Kissen unter ihrem Rücken sein konnte, doch einige nahmen sich auch die Zeit, ihren Körper vorher ausgiebig mit den Händen zu erkunden. Die Zeit begann sich aufzulösen und Karin hatte das Gefühl, dass sie hier schon seit Tagen lag. Die Sonne würde bis in alle Ewigkeit niemals untergehen. Bald spürte sie ihre Hände nicht mehr und ihr Körper schmerzte von den vielen unsanften Berührungen. Nicht wenige packten so fest zu, dass sie blaue Flecken davontragen würde, manche schlugen sie auch oder bissen sie. Sie starrte an die Decke und versuchte, an Mara zu denken, versuchte, irgendwo anders zu sein, weit weg von dem, was hier in diesem Raum mit ihr geschah.

Und dann kam ein Mann herein, den sie schon einmal gesehen hatte. Er trug eine lederne Maske, die Kinn und Unterkiefer bedeckte und Karin durchlief ein Schauer, als ihr einfiel, woher sie ihn kannte: Er war einer der beiden Männer, die sie in der Wüstenfestung vor Gar geführt hatten. Sie erinnerte sich an den Blick, den er ihr zugeworfen hatte, nachdem sie ihren Treffer gelandet hatte. Ihr Stiefel musste ihn übel verletzt haben, wenn er nach dieser Zeit noch immer diese seltsame Maske benötigte; wahrscheinlich hatte sie ihm mit ihrem Tritt den Unterkiefer zertrümmert. Normalerweise hätte sie das zutiefst bedauert, aber der Blick, den ihr der Mann jetzt zuwarf, ließ ihr das Blut in den Adern gefrieren und sie zerrte unwillkürlich an ihren Fesseln. Im ersten Augenblick dachte sie, dass er sie umbringen würde, dann fiel ihr ein, dass er das nicht durfte, er durfte sie nicht einmal ernsthaft verletzen, schließlich durfte sie keine bleibenden körperlichen Schäden davontragen. Er musterte sie kalt, dann öffnete er seine Hose und urinierte ihr unter dem Gelächter einiger anderer Soldaten, die mit ihm hereingekommen waren, mitten ins Gesicht. Karin drehte schnell den Kopf zur Seite, aber jemand packte sie an den Haaren und bog ihren Kopf weit zurück und da sie den Mund nicht schließen konnte, lief ihr nicht wenig von dem, was auf sie herabregnete, mitten hinein. Dann machte auch dieser Mann, was alle taten, aber er fasste sie so grob an, dass sie vor Schmerzen schrie. Nachdem er sich mit ihrem Körper befriedigt hatte, legte er ihr seine Hände so eng um den Hals, dass sie keine Luft mehr bekam, und beugte sich zu ihrem Ohr.

»Niemand tritt mich ungestraft ins Gesicht«, flüsterte er drohend. »Diesmal darf ich dir nichts tun, aber wehe, wenn wir uns noch einmal begegnen!«

Er ließ sie los und Karin schnappte nach Luft. Sie sah, wie er hinter den Tüchern verschwand und atmete erleichtert auf. Das Schlimmste hatte sie wohl hinter sich und irgendwann würde die Sonne schließlich untergehen und sie erlösen. Doch dann bekam sie einen Krampf im Bauch und der war so heftig, dass sie aufschrie und der Mann, der sich gerade auf ein paar vergnügliche Minuten mit ihr gefreut hatte, wich erschrocken zurück. Obwohl ihr Schrei durch das Holzstück in ihrem Mund gedämpft wurde, kam sogar Gar herein, um zu sehen, was los war. Er fand schnell heraus, was nicht in Ordnung war und legte ihr seine Hände auf den Bauch und die Wärme seiner Hände löste schließlich den Krampf. Gar ließ eine Wärmflasche bringen und gönnte ihr ein paar Minuten Pause, dann gab er sie wieder frei und abermals kamen seine Männer zu ihr. Aber irgendwann ging die Sonne doch noch unter und es war vorüber.

Gar wischte sie mit einem Tuch sauber, nahm ihr das Holzstück aus dem Mund und durchschnitt die Stricke, mit denen sie gefesselt war. Mühsam drehte sich Karin auf die Seite und kam schließlich auf die Knie. Sie spuckte aus und wischte sich den Mund an ihrem Arm, um den üblen Geschmack loszuwerden, aber der Geschmack wollte nicht weichen. Ihr tat alles weh und ihre Arme gehorchten ihr nicht richtig und schienen nicht mehr zu ihrem Körper zu gehören. Gar half ihr auf die Beine und sie spürte, wie das, was seine Soldaten in ihr hinterlassen hatten, ihr jetzt die Beine herablief. Sie sah an sich hinunter und stellte fest, dass Blut dabei war. Sie wollte das Zeug loswerden, es wegwaschen oder wenigstens abwischen, doch Gar hielt ihr ihre Kleider entgegen.

»Zieh dich an«, sagte er und seine Stimme klang dabei nicht einmal unfreundlich. Jetzt, nachdem er bekommen hatte, was er wollte, konnte er es sich erlauben, nett zu ihr zu sein.

Karin war zu zerschunden, um sich selbstständig anziehen zu können, besonders die Bindebänder machten ihr Probleme; sie hatte keinerlei Gefühl in ihren Händen und sie musste sich helfen lassen. Gar ließ sich es nicht nehmen, dies selbst zu erledigen und danach erneuerte er auch noch ihre Haarschleife, die sich gelöst hatte.

Zufrieden mit dem Ergebnis seiner Bemühungen nahm er sie am Arm und führte sie hinüber zum Tisch der Ratsmitglieder, die dort immer noch saßen, während seine Männer begannen, die Tuchwände abzubauen.

»Jetzt wirst du noch freigesprochen, dann kannst du wieder zu den Drachenreitern hinübergehen«, erklärte er dabei wie beiläufig. Doch dann fügte er noch etwas anderes hinzu:

»Dann kannst du mit ihnen gemeinsam zusehen, wie diese unnötigen, nicht gemeldeten Drachen sterben. Es gibt sowieso viel zu viele von ihnen. Leider benötigt ihr die übrigen, um nach Hause zurückkehren zu können, so dass wir sie am Leben lassen müssen. Aber ihr werdet künftig noch weitere Drachen abgeben; das wird euch eine Lehre sein, Lügengeschichten zu verbreiten!«

Karin stand noch zu sehr unter dem Einfluss des Geschehenen, um gleich zu verstehen, was Gar sagte, erst als sie beinahe am Tisch der Ratsmitglieder angekommen waren, begriff sie, was er eben gesagt hatte und sie blieb abrupt stehen.

Gar wollte den Drachenreitern die Drachen wegnehmen? Er wollte Mara und Glandor töten lassen? Mara. IHRE Mara! Den Drachen, der ihr und Niro das Leben gerettet hatte? Sie hatte all dies nur ertragen, weil ihr Mara die Kraft dazu gegeben hatte. Sollte alles umsonst gewesen sein? Auf einmal spürte sie gar nichts mehr. Alles um sie herum wurde undeutlich – bis auf Gar. Gar, der immer noch im Rat saß, der immer noch makellos erschien und der sie jetzt anlächelte, als wäre alles in bester Ordnung … NEIN!

Mit einem wilden Schrei ging sie Gar an die Kehle. Völlig überrumpelt taumelte er einen Schritt zurück, ehe er sie an den Handgelenken fasste. Nach dieser stundenlangen Quälerei hatte Karin zu wenig Kraft, um ihn ernsthaft in Bedrängnis zu bringen, und er befreite sich mühelos aus ihrem Griff, doch sie riss, wie schon bei ihrer ersten Begegnung, das Knie hoch – und traf ihn zum zweiten Mal da, wo Männer besonders empfindlich waren. Wieder ging er stöhnend in die Knie. Ehe sie sich noch etwas anderes ausdenken konnte, eilten zwei seiner Soldaten herbei und zogen sie von ihm weg. Gar kam wieder auf die Beine und obwohl ihm der Schmerz noch ins Gesicht geschrieben stand, bedachte er sie mit einem siegessicheren Lächeln.

»NEIN!«, schrie sie und in einem neuerlichen, verzweifelten Aufbegehren riss sie sich los und stürmte erneut auf Gar zu. Sie hörte laute Rufe und irgendetwas veranlasste sie, innezuhalten und sich nach rechts zu wenden. Es blitzte auf und etwas kam auf sie zu geflogen. Ohne zu wissen, was sie tat, machte sie mit dem rechten Arm eine Abwehrbewegung vor ihrer Brust und sie spürte, wie sie mit ihrer Hand irgendetwas traf, wie dieses Etwas in tausend Stücke zersprang und dabei eine dunkle Flüssigkeit verspritzte, wie sie die Tropfen im Gesicht und an ihrer rechten Seite trafen, und sie sah, wie die Soldaten von Gar, die sie wieder einfangen hatten wollen, ebenfalls davon getroffen wurden. Gleichzeitig flog links von ihr etwas Leuchtendes vorbei und etwas anderes Leuchtendes bohrte sich in ihren linken Oberarm.

Der Rest des Geschehens spielte sich wie in Zeitlupe ab. Karin hielt den Blick auf ihre rechte Hand gerichtet, von der eine dunkle Flüssigkeit tropfte. Die herablaufenden Tropfen hinterließen rötliche Spuren auf ihrer Haut, die sich brennend heiß anfühlten. Es wurde mucksmäuschenstill im Saal und alles schien wie erstarrt und während Karin weiter auf ihre Hand blickte, wurde das Brennen immer schlimmer, bis sich ihre Atmung beschleunigte. Auch auf der Haut in ihrem Gesicht, und selbst an ihrem, durch Kleidung geschützten Oberkörper und an ihrem rechten Bein begann sich nun dieses Brennen auszubreiten; überall dort, wo sie etwas von der Flüssigkeit abbekommen hatte. Ihre Kleidung schützte sie nur wenig; die Flüssigkeit war einfach hindurchgesickert und jetzt spürte sie das Brennen auch dort. Dann rief jemand entsetzt in die Stille hinein: »Ein Todespfeil! – Jemand hat einen schwarzen Pfeil abgeschossen! Hier, in diesem Saal!«, – und ein aufgeregtes Gemurmel erhob sich.

Dann fingen die von der Flüssigkeit getroffenen Soldaten zu schreien an und auch Karin schnappte nach Luft, als die Schmerzen immer schlimmer wurden. Sie hielt noch immer die Hand erhoben und sah, dass sich von den Spuren, die die Tropfen hinterlassen hatten, leuchtend rote Linien auszubreiten begannen. Sie breiteten sich netzförmig über ihre Haut aus und da erkannte Karin, was sie beinahe mit tödlicher Sicherheit in die Brust getroffen hätte: In der Pfeilspitze war das Gift der roten Spinne gewesen! Das Brennen nahm weiter zu und Karin stöhnte auf. Sie wusste, dass sie als Drachenkind zwar weniger empfindlich gegenüber dem Gift war, an einer höheren Dosis konnte sie allerdings genauso sterben, wie jeder andere auch. Der Schmerz steigerte sich kontinuierlich und die Schreie der Soldaten wurden lauter. Sie lagen inzwischen am Boden, wo sie sich von unerträglichen Schmerzen gepeinigt hin und her wälzten.

Karin indes blieb stehen. Sie bekam kaum noch Luft, aber sie schrie nicht. Sie ließ ihre Hand sinken und jetzt fiel ihr Blick auf den Pfeil, der sie in den anderen Arm getroffen hatte. Er hatte sich in ihren Oberarm gebohrt und das kristallene Ende ragte auf der einen Seite ein Stück heraus. Es war unzweifelhaft ein Lichtpfeil. Einer von der Sorte, die Gars Eliteeinheit verwendete. Und er war lang. Karin schloss kurz die Augen, als sie von einer schier unerträglichen Schmerzwelle durchflutet wurde, aber es hatte sich ein Gedanke in ihr festgesetzt. Sie begriff nicht, warum; die Tatsache, dass der Pfeil *lang* war, hatte jedoch irgendeine Bedeutung. Wieder starrte sie auf den Pfeil und dann durchzuckte sie die Erkenntnis wie ein Blitz; wie hatten sie das übersehen können? Aber sogar Kelim, der sonst immer alles sah, hatte es nicht bemerkt. Die Schmerzen steigerten sich weiter und Karin begann zu zittern. Mit letzter Kraft schleppte sie sich zum Tisch der Ratsmitglieder, vor dem ein weiterer Tisch mit der unheilbringenden, grünen Kiste stand. Niemand hielt sie auf, als sie jetzt vor die Kiste trat; die Ratsmitglieder starrten sie nur mit entsetzt aufgerissenen Augen an. Karin schaffte es, mit ihrer rechten Hand nach dem Pfeil in ihrem Arm zu greifen und diesen mit einem Ruck herauszuziehen. Die Spitze zerbrach und das Brennen, das sich daraufhin in ihrem Arm ausbreitete und ihn lähmte, war lächerlich im Vergleich zu den Schmerzen, die das Gift der roten Spinne verursachte. Das rote Netz auf ihrer Hand hatte inzwischen zu pulsieren begonnen und es konnte nicht mehr lange dauern, bis sie das Bewusstsein verlieren würde. Doch vorher hatte sie noch etwas zu erledigen, und sie konzentrierte sich auf diese letzte, eine Aufgabe. Sie konnte mittlerweile kaum noch etwas sehen, aber das reichte für das, was sie vorhatte. Sie hielt den Pfeil in die Höhe, dass ihn jeder sehen konnte – und sie konnte sich der Aufmerksamkeit aller gewiss sein – dann legte sie ihn auf die grüne Kiste.

Der Pfeil war auch ohne seine Kristallspitze noch fast so lang wie diese …

Karin sah zu den Ratsmitgliedern auf, die direkt vor ihr saßen und als der erste von ihnen verblüfft den Mund aufriss, sagte sie so laut und deutlich, wie sie noch in der Lage war zu sprechen – und das war leider nicht mehr viel mehr als ein Flüstern, aber zum Glück hatten die getroffenen Soldaten inzwischen aufgehört zu schreien – wahrscheinlich hatten sie das Bewusstsein verloren: »Ein Drachenreiter – lügt nicht. – Niemals – und – unter keinen – Umständen. – Seht her:« – sie deutete mit zitternder Hand auf den Pfeil – »Gar war es – der gelogen hat!«

Sie hörte um sich herum einige verblüffte Rufe und wusste, dass, wenn wohl auch nicht alle, so doch genügend der Anwesenden begriffen hatten, was das bedeutete. Sie hatte ihre Aufgabe erledigt: Sie hatte Gar der Lüge überführt und Mara würde nicht getötet werden; jetzt konnte sie in Ruhe sterben. Sie spürte, wie ihre Beine unter ihr nachgaben, und stürzte zu Boden. Wie aus weiter Ferne hörte sie aufgeregte Stimmen um sich herum. Jemand sagte laut und vernehmlich:

»Bringt sie raus und lasst sie in Frieden sterben!«

Und dann hörte sie noch die Stimme von Kelim, die sagte:

»Lasst mich versuchen, ihr Leben zu retten. Sie ist anders als wir.«

Dann wurde es dunkel.

Das Erste, was sie spürte, waren Schmerzen; ein heißes Brennen, das durch ihren Körper wanderte. Das quälende Brennen ließ nach, nur um wenig später erneut durch ihren Körper zu wandern. Jemand hob ihren Kopf an und versuchte, ihr etwas einzuflößen.

»Schlucken! Du musst schlucken!«

Eine erneute Welle brennender Schmerzen wanderte durch ihren Körper und Karin gab ein leises Stöhnen von sich. Langsam wurde sie wacher.

»Schlucken!«, wiederholte die vertraut klingende Stimme.

Sie schluckte. Wieder lief ihr etwas in den Mund und sie schluckte ein weiteres Mal.

»Gut so! Weiter! Du musst etwas trinken!«, sagte die Stimme, während ihr mehr von der angenehm kühlen Flüssigkeit in den Mund lief.

Eine neue, heftigere Schmerzwelle durchlief ihren Körper und verhinderte, dass sie abschlucken konnte. Sie stöhnte auf und verschluckte sich. Sie hustete die Flüssigkeit aus, aber schon wurde ihr neue eingeflößt.

»Schlucken!«, befahl die Stimme erneut. Das Brennen ließ nach und sie schluckte gehorsam ein paar Mal, ehe die nächste noch stärkere Schmerzwelle über sie kam. Dieses Mal verschwanden die Schmerzen nicht mehr, nachdem die Welle durch ihren Körper gelaufen war. Je wacher sie wurde, desto unerträglicher wurde das Brennen. Sie stöhnte auf und wollte den Kopf wegdrehen; es ging nicht. Wieder lief das kühle Etwas in ihren Mund und die Stimme forderte sie auf zu schlucken. Die nächste Welle war so heftig, dass aus ihrem anfänglichen Stöhnen ein Schreien wurde. Das quälende Brennen hörte nicht mehr auf; es fühlte sich an, als ob ihr Körper in Flammen stünde, und sie konnte nicht mehr schlucken. Doch erneut tropfte ihr etwas in den Mund, dieses Mal schmeckte es bitter. Ein vager Gedanke an einen bekannten Geschmack drängte sich in ihr Bewusstsein.

»Schlucken!«

Es ging nicht. Eine Hand legte sich auf ihren Hals und strich daran herunter und dann ging es doch und Karin schluckte noch einmal ab, ehe die Schmerzen sie mit sich rissen und zum Schreien brachten. Danach ließ das unerträgliche Brennen allmählich nach, bis sie abermals in Dunkelheit versank.

Wieder Schmerzen. Wieder gab es jemanden, der ihr etwas einflößte. Und wieder gab es die bitteren Tropfen, als der Schmerz stärker wurde. Und als dieser nachließ, kam wieder die Dunkelheit.

Noch mehrmals wechselten Schmerzen mit Dunkelheit, dann wurde es besser und Karin konnte für längere Zeit wach bleiben und sogar die Augen ein wenig öffnen, bevor das Brennen zu stark wurde, um es ertragen zu können. Sie erkannte zwar nicht, wer ihr dabei etwas einflößte, die Stimme war ihr jedoch vertraut und sie versuchte vergeblich, sich zu erinnern, woher sie diese kannte. Erst zwei Wachphasen später war sie in der Lage dazu, ihre Umwelt so deutlich wahrzunehmen, dass sie erkannte, wer sich um sie kümmerte: Es war Kelim und seine Stimme war es, die sie zum Schlucken gebracht hatte. Inzwischen schaffte sie es sogar, ihren Kopf ein wenig anzuheben und Arme und Beine leicht zu bewegen. Und wenn sie die Augen öffnete, konnte sie sogar etwas erkennen – vorausgesetzt, es war nicht weiter als drei Meter entfernt.

Als sie das nächste Mal aufwachte, hörte sie fremde Stimmen. Sie spürte, wie sie auf eine Decke gelegt und hochgehoben wurde. Sie öffnete die Augen ein wenig und sah mehrere Männer, die sie in der Decke davontrugen. In einem großen Raum wurde sie auf dem Boden abgesetzt und die Männer blieben wartend neben ihr stehen. Einer von ihnen beugte sich zu ihr hinunter und Karin erkannte, dass es einer von Gars Elitesoldaten war, seine Uniform war unverkennbar. Er betrachtete sie neugierig und berührte sie vorsichtig an der Stirn.

»Es hat den Anschein, als ob sie wirklich am Leben bleibt«, sagte er zu seinen Kameraden.

»Gönn es ihr«, hörte sie einen anderen sagen. »Soll sie ihr Leben genießen, solange sie es noch kann. Wenn alles nach Plan läuft, sind die Drachenreiter sowieso bald Geschichte.«

»Glaubst du? Jetzt, nachdem alles so gründlich schief gelaufen ist?«

»Ich sage dir, Gar ist noch nicht am Ende. Wenn es auch jetzt nicht so glatt läuft, er wird am Ende sein Ziel doch erreichen.«

»Woher nimmst du nur diese Zuversicht?«

Bevor der Angesprochene antworten konnte, rief eine Stimme von weiter entfernt etwas und die Männer griffen nach der Decke und hoben Karin hoch. Nach wenigen Metern wurde sie erneut abgesetzt und sie vernahm mehrere Stimmen um sich herum, konnte jedoch nicht verstehen, was diese sagten. Inzwischen war das Brennen wiedergekehrt und die ersten noch schwachen Schmerzwellen liefen über sie hinweg. Plötzlich stand Kelim vor ihrer Decke und beugte sich zu ihr hinunter.

»Jetzt bist du frei von Schuld gesprochen und wir können dich nach Hause bringen. Wir sehen uns am Lagerplatz wieder.«

Karin verstand nicht, was er damit meinte und als die nächste, recht kräftige Schmerzwelle durch ihren Körper ging, wünschte sie sich, er würde weniger reden und ihr lieber etwas gegen die Schmerzen geben. Aber Kelim verschwand, ohne ihr etwas gegeben zu haben. Sie stöhnte auf, als die Männer sie anhoben und forttrugen. Es dauerte, und bis die Männer sie wieder absetzten, hatte sich das Brennen schon fast bis auf ein unerträgliches Maß gesteigert.

»Habt Dank für eure Hilfe«, sagte eine bekannte Stimme und sie erkannte Rodan, als er sich zu ihr herabbeugte, und ihr über die Haare strich. »Wir sind bald zu Hause«, tröstete er sie, nur, Karin verstand den Sinn dieser Aussage nicht. Sie wollte nicht nach Hause, sie wollte, dass diese fürchterlichen Schmerzen endlich aufhörten! Eine neuerliche Schmerzwelle ließ sie aufstöhnen, aber Rodan war verschwunden und sie musste das quälende Brennen noch einige Zeit ertragen, ehe Kelim erschien und ihr endlich die bitteren Tropfen gab, die sie einschlafen ließen, zuvor bekam sie noch mit, dass man sie in die Höhe hob.

Als sie das nächste Mal aufwachte, lag sie neben einem Lagerfeuer zwischen Kelim und Rodan, die sich leise miteinander unterhielten. Als sie sich bewegte, flößte Kelim ihr etwas zu Trinken ein und gab ihr gleich danach wieder die Tropfen.

Und dann war sie von Vorhängen umgeben. Nein, nicht schon wieder! Angstvoll sah sie sich um, aber sie konnte keine Soldaten von Gar entdecken. Sie lag auch nicht gefesselt am Boden, sie lag sorgfältig zugedeckt in einem Bett. Nach einem weiteren Blick auf die Vorhänge erkannte sie, wo sie war: Im Heilhaus bei Bataya. Erleichtert schloss sie die Augen; hier war sie sicher.

Als sie Stimmen hörte, öffnete sie die Augen erneut. Kelim und Kers kamen zu ihr herein. Kelim nahm sich den Stuhl und setzte sich vor ihr Bett, während Kers hinter ihrem Kopf verschwand und an irgendetwas über ihr herumhantierte. Nachdem Kelim ihren Puls gefühlt hatte, nahm er ihre Hand in die seine und sah sie mit einem breiten Lächeln an.

»Ich glaube, das Schlimmste hast du überstanden. Hast du jetzt Schmerzen?«

»Ein bisschen«, antwortete Karin matt. Sie drehte den Kopf, um zu sehen, was Kers mit ihr machte. Kers hatte ihren rechten Arm freigelegt und entfernte gerade einen perlmuttartig glänzenden Schlauch, der auf dem Halm steckte, der aus ihrer Armbeuge ragte. Der Arm war von den Fingern bis oben hin mit dem leuchtend roten Netz der Roten Spinne bedeckt und Karin erschrak, aber Kers schenkte dem unheimlichen Muster keine Beachtung.

»Ich denke, das brauchst du nicht mehr«, sagte sie und zog auch den Halm heraus. Sie brachte einen kleinen Verband an, dann legte sie den Arm wieder unter die Decke zurück und verließ das Abteil.

Karin versuchte, sich zu erinnern, was mit ihr geschehen war, doch das Vergangene lag wie in einem dichten Nebel verborgen, der nur hie und da etwas undeutlich preisgab. Da waren die Vorhänge gewesen und Gar mit seinen Männern … Sie schauderte und unwillkürlich sah sie sich um, ob nicht einer von Gars Soldaten in der Nähe war. Doch nur Kelim saß neben ihrem Bett und hielt ihre Hand. Aber danach war noch etwas passiert. Es hatte etwas mit ihren Schmerzen zu tun und sie erinnerte sich an etwas hell Leuchtendes. Dann fiel es ihr wieder ein: Der Pfeil! Man hatte mit einem vergifteten Pfeil auf sie geschossen; deswegen lag sie jetzt hier. Aber warum hatte man auf sie geschossen?

»Du musst etwas essen«, unterbrach Kelim ihre Überlegungen. Er ließ ihre Hand los und stellte das Kopfteil des Bettes etwas höher, bevor er nach einer Schüssel griff, die auf dem Tischchen stand, und sie zu füttern begann. Als ihr Kelim den dritten Löffel in den Mund schob, erinnerte sie sich wieder daran, wie ihr Gar verkündet hatte, dass er Mara und Glandor töten würde und wie sie dann versucht hatte, stattdessen ihn umzubringen – und man dann auf sie geschossen hatte. Sie verschluckte sich fast und wich dem nächsten Löffel mit einer schwachen Bewegung aus.

»Mara!«, brachte sie heraus. »Ist sie …?«

»Es ist alles in bester Ordnung: Du hast die Drachen gerettet.«

»Und Gar?«

»Gar ist am Ende. Nachdem du ihn mit der Länge seiner Pfeile der Lüge überführt hattest, wurde er aus dem Weltenfriedensrat ausgeschlossen und seinem Volk droht dasselbe, wenn sie ihn nicht davonjagen. Ich bin mir sicher, Gar wird nicht mehr lange Baru sein – weder von Elnamira, noch von Ela; er hat Schande über sein Volk gebracht. Er kann uns nicht mehr schaden und wir haben unsere Ehre zurück.«

Kelim fuhr fort, sie zu füttern und Karin ließ es zu. Das Schlucken wurde zusehends anstrengender und das bisher nur leichte Brennen begann an Intensität zuzunehmen. Endlich stellte Kelim die Schüssel beiseite und stellte das Kopfteil des Bettes wieder flach.

»Ich denke, das war genug für den Anfang. Ich gebe dir etwas, damit du wieder schlafen kannst.«

Karin nickte schwach, zu mehr hatte sie keine Kraft mehr.

Von draußen drang Lärm zu den Fenstern herein. Kelim stand auf und sah nach. Als er sich wieder zu ihr setzte, lächelte er.

»Sie tanzen vor Freude wie die Kinder um den Brunnen herum«, berichtete er, während er Tropfen auf einen Löffel zählte.

»Wenn ich nicht so schwach wäre, würde ich mich auch freuen.«

»Das kannst du später nachholen.« Er schob ihr den Löffel in den Mund. »Inzwischen können wir das für dich übernehmen. Jetzt schlaf erst einmal, damit du bald wieder gesund wirst. Mara wartet auf dich.« Und mit einem Schmunzeln fügte er hinzu: »Niro natürlich auch.«

Er zog ihr die Decke bis zum Kinn hoch und stand auf.

Karin fand, dass er um Jahre jünger aussah; die Sorgenfalten, die sich in den letzten Wochen vor der Verhandlung in sein Gesicht gegraben hatten, waren wie weggeblasen und seine Augen blickten mit einer Zuversicht in die Welt, wie schon lange nicht mehr.

Er warf noch einen letzten Blick auf sie, dann verschwand er hinter dem Vorhang.

Mara und Niro warteten auf sie … Mit einem Lächeln auf den Lippen schlief Karin ein.

Ende Teil I

Nachwort der Autorin

Liebe Leser,
schön, dass Sie es zusammen mit Karin
bis hierher geschafft haben.
Über Kommentare oder ein Hallo per E-mail oder
auf meiner Facebook Seite würde ich mich sehr
freuen. Ebenso über eine ehrliche Rezension.

Ihre
Sonja Röhm-Reimann

ingridrr@kabelmail.de
www.facebook.com/SonjaRoehmReimannAutorin/
https://sonja-roehm-reimann-autorin.jimdosite.com
https://www.instagram.com/roehmreimann/

Über die Autorin

Die Autorin, Jahrgang 66, lebt im schönen Straubing in Niederbayern. Sie hat den Kopf voller Geschichten, die dort beständig herumspuken und erst Ruhe geben, wenn sie niedergeschrieben sind. Neben dem Schreiben ist sie gerne draußen in der Natur beim Wandern oder bei der Arbeit im Garten. Für ein bisschen Sport ist auch noch Zeit und so kann man sie gelegentlich beim Joggen, beim Bogenschießen oder im Karate Dojo antreffen.

Bereits veröffentlichte Bücher der Autorin:
Die Drachenreiter von Mera (ab 16 Jahren)
Band 1: Entscheidung in Elnamira (ISBN 978-1-7311-4607-6)
Band 2: Tödlicher Nebel (ISBN 978-1-7017-1477-9)
Band 3: Das Eisenvolk (ISBN 979-8-6468-4872-8)
Band 4: Die Kaltera Schluchten (ISBN 979-8-5072-4773-8)

Für Kinder:
Drachengeschichten (ab 8 Jahren) (ISBN 979-8-6903-9547-6)

Printed in Poland
by Amazon Fulfillment
Poland Sp. z o.o., Wrocław

36963076R00323